BASTEI
LÜBBE
TASCHENBUCH

Titel in der Regel auch als E-Book erhältlich

CHRISTOPHER GALT

TESTAMENT

Aus dem Englischen von
Kerstin Fricke

BASTEI
LÜBBE
TASCHENBUCH

BASTEI LÜBBE TASCHENBUCH
Band 17033
1. Auflage: Oktober 2014

Dieser Titel ist auch als E-Book erschienen

MIX
Papier aus verantwortungsvollen Quellen
FSC® C014496

Vollständige Taschenbuchausgabe

Deutsche Erstausgabe

Titel der englischen Originalausgabe: »Biblical«
Originalverlag: Quercus, London

Textredaktion: Dr. Frank Weinreich, Helms Klamm
Titelillustration: © shutterstock/Andreas Gradin;
shutterstock/Bretislav Horak; shutterstock/mycteria;
shutterstock/Honored_member
Umschlaggestaltung: Sandra Taufer, München
Satz: two-up, Düsseldorf
Gesetzt aus der Minion
Druck und Verarbeitung: GGP Media GmbH, Pößneck
Printed in Germany
ISBN 978-3-404-17033-3

Ob man sich nun im Namen Gottes oder
der Wissenschaft der Suche nach der Wahrheit
widmet, immer erwartet einen Gefahr.
Es tut mir wahnsinnig leid.
Sie haben es gerade gefunden.
Das, was nur darauf gewartet hat,
bekannt zu werden.

AUS »PHANTOME, DIE WIR SELBST
GESCHAFFEN HABEN« VON JOHN ASTOR

»Was wäre, wenn ich nur in Ihrem Kopf existiere?« Sie sah ihn ernst an, und zum ersten Mal spiegelte ihr Gesichtsausdruck Gefühle wider. »Haben Sie sich das noch nie gefragt? Haben Sie noch nie darüber nachgedacht, dass all das, alles und jeder um Sie herum, nur in Ihrem Kopf existieren könnte? Woher wissen Sie, dass ich schon hier war, bevor Sie hereingekommen sind?«

PROLOG

Die Luft in der Mainframe-Halle fühlte sich künstlich an: reinraumgefiltert, die Temperatur bei allenfalls minimalen Abweichungen immer konstant gehalten, anscheinend unbeweglich und regungslos. Alle, die sich vor dem Projektdirektor versammelt hatten, starrten zu den visuellen Anzeigen hinauf.

»Was Sie hier sehen, ist die Darstellung der Neuralaktivität. Sie ist identisch mit der eines normalen menschlichen Gehirns; ebenso mit Ihrem wie mit meinem. Nur dass dies die allererste komplett computergenerierte Simulation ist. Sie kann denken und vielleicht sogar träumen, genau wie jeder von uns.«

»Aber sie hat keinen Körper zum Fühlen«, warf einer der Journalisten ein. »Augen zum Sehen. Wird sie ohne sensorische Empfindungen nicht verrückt werden?«

Der Projektdirektor lächelte. »Wir haben die Neuralaktivität auf bestimmte Cluster beschränkt. Dies stellt keinen kompletten Verstand dar. Doch selbst wenn dem so wär, würden die psychotomimetischen Auswirkungen der Sinnesentziehung …«

»Psychotomimetisch?«

»Indem Psychosen nachgeahmt und Halluzinationen hervorgerufen werden …«, erklärte der Projektdirektor. »Die Forschungsergebnisse lassen vermuten, dass sich die Testpersonen in den Situationen, in denen sie keine sensorischen Stimulationen erhalten, falsche einbilden. Sie nehmen Menschen und Umgebungen wahr, die gar nicht da sind.«

»Wenn sich um uns herum also keine Welt befindet, dann denken wir uns eine aus?«, fragte einer der anderen Journalisten.

»Im Grunde genommen ist das so. Aber das kann bei diesen

Simulationen nicht geschehen, da sie auf bestimmte Funktionen und neurale Cluster beschränkt sind und uns so erlauben, gewisse psychiatrische Störungen zu simulieren und zum ersten Mal ihren genauen Ablauf nachzuvollziehen. Die Menschheit wird davon gewaltig profitieren.«

»Und abgesehen davon … Wie weit könnte ein synthetischer Verstand, eine derartige künstliche Intelligenz uns bringen?«

»Theoretisch würde sie es uns erlauben, den menschlichen Zustand besser zu verstehen als jemals zuvor. Sie könnte sogar dazu in der Lage sein, Fragen über das Universum zu beantworten und uns Einsichten in die wahre Natur der Realität zu verschaffen.«

»Gibt es denn keine Gefahren?«, erkundigte sich eine andere Journalistin.

»Was denn für Gefahren?« Noch immer klang der Projektdirektor ausgesprochen geduldig.

»Es gibt viele Spekulationen über die Singularität und dass die künstliche Intelligenz unsere eigene erdrücken könnte.«

»Glauben Sie mir«, erwiderte der Projektdirektor, »davon sind wir noch weit entfernt. Das hier ist kein kompletter Verstand. Es besteht keine Gefahr.«

EINLEITUNGEN

I.

Marie Thoulouze spürte, wie die Luft schlagartig kälter wurde, als hätte die Jahreszeit auf einmal innerhalb einer Sekunde gewechselt, dabei war es deutlich mehr als nur ein plötzlicher Temperatursturz, der ihr eine Gänsehaut verursachte. Die Sonne stand noch immer hell am Himmel, vielleicht sogar noch heller als zuvor, aber die Luft hatte sich verändert, und zwar nicht nur die Temperatur, sondern auch der Luftdruck, die Feuchtigkeit und die Konsistenz. Sie hatte ein seltsames Déjà-vu, als wäre sie schon hier gewesen und hätte genau dasselbe gespürt, und das sogar schon zahllose Male. Möglicherweise lag es aber auch nur an dem Anlass, denn sie war sich bewusst, dass in diesem Augenblick Geschichte geschrieben wurde.

Sie stand im hinteren Teil der Menschenmenge, die sich in Vieux-Marché versammelt hatte, und der Geruch so vieler Leute, die sich aus einem derart unmenschlichen Grund zusammengefunden hatten, erfüllte ihre Nase. Es stank erbärmlich. Im Mob vor ihr versuchte jeder, sich eine bessere Position zu verschaffen, als ein Wagen über den getrockneten Schlamm auf dem Platz polterte. Um Marie herum erklangen Jubelschreie und Rufe auf Französisch, die sie jedoch kaum verstand, da sich die Sprache doch sehr von ihrem eigenem Französisch unterschied. Sie beäugte die englischen und burgundischen Soldaten, deren Gleven und Hellebarden in der kalten Sonne glänzten. Sie wirkten angespannt, als müssten sie sich auf etwas vorbereiten, als der Wagen auf den Platz rollte.

Marie ging um die Masse herum und hielt sich vom dichtesten Gedränge fern. Erneut hallten Jubel und Pfiffe aus dem Mob der

Rouennais auf, der dem Herzog von Burgund treu ergeben war, als ein schlankes, blasses Mädchen in einem einfachen Kleid aus grobem Stoff, mit pechschwarzem, so ungleichmäßig geschnittenem Haar, dass man ihren Hals sehen konnte, und hinter dem Rücken gefesselten Händen von zwei englischen Soldaten vom Wagen gehoben wurde.

Marie keuchte auf. Ihr Herz klopfte schneller. Sie wusste, was geschehen würde, und sie murmelte ein Gebet für das Mädchen, während sie mit einer Hand nach dem Kreuz griff, das ihr um den Hals hing.

Wie ein Pfad, der durch ein vom Wind gepeitschtes Maisfeld führt, erschien ein Weg zu der Steinsäule in der Mitte des Platzes, indem sich zwei parallele Reihen aus Soldaten mit Brustplatten und Helmen dorthin vorarbeiteten. Eine alte, gebeugte Frau stürzte vor, lief zwischen zwei der Wachen hindurch und drückte dem gefesselten Mädchen ein Kreuz in den Ausschnitt, bevor sie grob zurückgedrängt wurde. Die Augen des Mädchens sahen wild und verwirrt in der Gegend herum, und sie schien die mitleidige Tat der alten Frau nicht einmal bemerkt zu haben.

Rings um die Steinsäule war ein Kreis freigeräumt worden, in dessen Mitte man ein hölzernes Gerüst errichtet hatte, auf dem sich in Teer getränkte Reisigbündel, Äste und Teerfässer stapelten. Nur die einfachen Treppenstufen, die zu der darauf errichteten Plattform führten, waren frei geblieben. Marie bahnte sich einen Weg zu dem freien Weg und folgte der traurigen Prozession zum Scheiterhaufen, wobei sie gleichzeitig staunte, dass die englischen Soldaten sie nicht aufzuhalten versuchten, und Angst hatte, jeden Moment ergriffen zu werden. Der Mob schien viel zu hysterisch und aufgepeitscht, als dass er ihre Anwesenheit überhaupt zur Kenntnis nahm. Sie sah mit an, wie das Mädchen vor einige sitzende, in Seide gekleidete Priester geführt wurde. Auch wenn Marie nicht hören konnte, was dort gesprochen wurde, kannte sie den Wortlaut dennoch. Sie kannte ihn nur zu genau.

Dann sah sie, wie ein Mann mit einer Kapuze, von dem sie wusste, dass es Geoffroy Therage war, die Kleine auf die Plattform führte. Während er eine Kette um ihre Taille legte und sie mit weiteren Fesseln an die Säule band, traten zwei der Priester vor und zogen ein Kreuz an einem langen Pfahl nach oben, bis es sich direkt vor den Augen des Mädchens befand, das es daraufhin anstarrte. Die Priester hielten das Kreuz in dieser Position fest, und der Henker entzündete den Scheiterhaufen an mehreren Stellen mit einer Fackel, sodass die Zweige zu knistern begannen und die Flammen mit einer Intensität daran emporloderten, die ebenso zuzunehmen schien wie die Hysterie der Menge.

Marie hörte einen spitzen Schrei aus dem Feuer und glaubte einen Moment, es wären die verzweifelten Schmerzensschreie des Mädchens, doch dann begriff sie, dass es nur die Verbrennungsgeräusche waren, da das Feuer jetzt einer einzigen zuckenden, tosenden Kreatur glich, die alles auf dem Scheiterhaufen verschlang.

Dann hörte Marie einen weiteren Schrei und erkannte, dass es ihre eigene Stimme war. Sie sank auf die Knie, und die Hitze des Feuers schien selbst aus dieser Entfernung unerträglich zu sein.

Ein Soldat aus Burgund trat vor, und Marie sah, dass er etwas in der Hand hielt, das wild zuckte. Er warf es kraftvoll ins Feuer, und sie sah, wie die schwarze Katze in hohem Bogen durch die Luft und ins Feuer flog.

»Sie ist keine Hexe!«, schrie Marie flehend zu dem Soldaten hinüber, der sich nicht einmal in ihre Richtung drehte. »Sie ist KEINE Hexe!«

Marie weinte. Sie schluchzte heftig, als sie zu dem brennenden Mädchen hinaufsah. Marie, deren Glauben stets tief, rein und unabdingbar gewesen war, konnte nicht glauben, dass sie den

Tod ihrer Heldin mit ansehen musste. Wie war sie hierher nach Rouen gekommen, um am dreizehnten Tag des Mais im Jahre 1431 dieses schreckliche Ereignis mit anzusehen? Wie sollte ihr je jemand glauben, dass sie dieses Schreckensbild mit eigenen Augen gesehen hatte? Sie brauchte Beweise. Handfeste Beweise.

Noch immer weinend griff sie in ihre Tasche, holte etwas heraus und hielt es auf Armeslänge vor sich, sodass es auf das Mädchen zeigte, das nun wie eine Fackel auf dem Scheiterhaufen brannte.

Mit dem Daumen wählte Marie die Kamerafunktion des Handys aus, das sie aus ihrer Jeans geholt hatte, und drückte den Auslöser, um das Bild festzuhalten, das sich in ihr Gehirn eingebrannt hatte und das ihr Universum auszufüllen schien.

Das Bild von Johanna von Orleans, die von einer Welt in die nächste überging.

II.

Ist das Bemerkenswerte und Außergewöhnliche erst einmal Teil des Alltags, dann ist es per Definition nicht mehr bemerkenswert, sondern gewöhnlich. Das, was in anderen Ehrfurcht und Staunen erwecken mag, wird nicht einmal mehr zur Kenntnis genommen. Für Walter Ramirez war die Brücke das Außergewöhnliche, das Bemerkenswerte, das durch seinen täglichen Aufenthalt dort gewöhnlich und Normalität geworden war.

Die Brücke war Millionen bekannt. Auf der ganzen Welt wussten die Menschen, wie sie aussah, selbst wenn sie nur ein Bild davon gesehen hatten. Das Bauwerk war eine Ikone, ein Symbol, ein Verkehrsmittel. Für viele war sie auch ein Ziel.

Aber manchmal gibt es, selbst wenn man sich längst an das Ungewöhnliche gewöhnt hat, dennoch Momente, in denen man es so wie die anderen sieht. Zwei solcher Augenblicke erlebte Ramirez an diesem Mittwoch.

Der erste Moment trat ein, als er mit seinem Polizei-Explorer aus dem Waldo-Tunnel herauskam. Ramirez hatte Frühschicht, und die Sonne ging gerade auf, als er mit seinem Wagen in den jungfräulichen Tag hineinfuhr. Obwohl er ihn schon so viele Male gesehen hatte, bekam er bei dem Anblick, der ihn beim Verlassen des Tunnels erwartete, eine Gänsehaut, und die Härchen in seinem Nacken stellten sich auf. In der Stadt brannten noch immer viele Laternen, und die hellen weißen und gelben Flecken in dem samtenen lilafarbenen, gerade heller werdenden Himmel spiegelten sich in der Bucht, und auf Ramirez' linker Seite befand sich die Bay Bridge. Doch vor ihm war *die* Brücke. Ramirez' Revier.

Die Golden Gate.

Walt Ramirez war seit fünfzehn Jahren Officer der California Highway Patrol und hatte die ganze Zeit im Gebiet der San Francisco Bay gearbeitet. Seit zehn Jahren tat er sogar direkt in der Golden Gate Division Dienst, sieben davon in der Station des Marin Countys in San Clemente, zwölf Minuten von der Brücke entfernt. Die Abzeichen an Ramirez' Ärmel befanden sich jetzt seit drei Jahren dort.

Dabei sah Walt Ramirez aus wie ein Gauner in Uniform: ein großer, breitschultriger Mann von vierzig Jahren mit steinernem Gesicht und riesigen Händen, die trotz seines beeindruckenden Körperbaus irgendwie zu groß wirkten. In seinen fünfzehn Jahren als CHP-Officer hatte Ramirez außerhalb des Schießstands seine Waffe nur zwölf Mal ziehen und nur ein Mal abfeuern müssen, und selbst dabei hatte es sich um einen Warnschuss gehandelt. Im Allgemeinen neigten die Menschen, denen Sergeant Walter Ramirez in seiner bemerkenswert ruhigen, gelassenen Art Anweisungen gab, dazu, dem auch genau Folge zu leisten.

Und obwohl Walt Ramirez aussah wie ein Gauner in Uniform, war er das genaue Gegenteil davon. Er war beliebt bei allen, die den bescheidenen, freundlichen Mann hinter der beeindruckenden Fassade kennengelernt hatten, und alle höher-, gleich- oder niedriger gestellten Officers mochten und respektierten ihn. Er gehörte zu den Cops, die diesen Beruf aus den richtigen Gründen ergriffen hatten: Ihm lag etwas an den Menschen – vielleicht ein wenig zu viel, wenn man das Leid bedachte, mit dem er im Laufe der Jahre konfrontiert worden war –, und er war Polizist geworden, weil er anderen helfen wollte, nicht, um Autorität auszuüben. In der Öffentlichkeit trat er stets höflich und respektvoll auf, konnte aber auch streng werden, wenn es erforderlich war. Seine Kollegen wussten, dass man sich immer auf ihn verlassen konnte und dass er ihnen stets den Rücken frei hielt. Tatsächlich war Walt Ramirez sogar genau der Mann, den man immer im Rücken haben wollte.

Und Ramirez' Revier war klein, aber bedeutsam. Sein Revier war die Brücke.

Er war nicht nur der Schichtleiter aller Patrouillen, die für die Brücke und die Zugänge von beiden Seiten zuständig waren, sondern arbeitete auch mit dem Golden Gate Bridge Highway and Administration District zusammen, der eine eigene Sicherheitsabteilung besaß, das Marin County Sheriff's Department, das SFPD und die Station der US-Küstenwache in Fort Baker, Sausalito, die gute dreihundert Meter vom Nordturm der Brücke entfernt zu finden waren.

Der Gehweg auf der Westseite war für Fußgänger dauerhaft gesperrt, und um kurz nach 5.30 Uhr betrat Ramirez die Brücke, nach dem die automatische Barriere am östlichen Gehweg geöffnet worden war. Er bemerkte eine Gruppe aus etwa dreißig Personen, die die Tore bereits hinter sich gelassen hatten, und vermutete, dass sie nur auf die Öffnung gewartet hatten. Daraufhin ging er etwas langsamer und musterte sie über die Sicherheitsabsperrung hinweg. Es waren alles junge Menschen, höchstens Anfang dreißig, und sie unterhielten sich entspannt miteinander. Das war etwas, das Ramirez ebenso wie alle Cops, die auf der Brücke arbeiteten, vor langer Zeit gelernt hatte: die Körpersprache anderer Menschen zu lesen. Außerdem wusste er genau, dass kein Risiko bestand, wenn es so viele waren, während man ein Individuum, das in Gedanken verloren dahinschritt, lieber im Auge behielt. Die Brücken-Behörden beobachteten sie ebenfalls über die Überwachungskameras. Und zählten Laternenpfähle.

Ramirez schaltete sein Funkgerät ein und bat Vallejo, ihn zur Brückensicherheit durchzustellen.

»Was könnt ihr mir über diese frühen Vögel erzählen?«, fragte er.

»Sie haben fünfzehn Minuten gewartet, bis die Tore geöffnet

wurden«, antwortete der Brückenaufseher. »Anscheinend wollen sie einen Morgenlauf machen.«

»Die sehen nicht aus wie Jogger«, erwiderte Ramirez. »Eher wie Spaziergänger. Ich werde noch eine Runde drehen und sie mir genauer ansehen.«

Ramirez fuhr einmal die komplette Golden Gate in beide Richtungen entlang und beobachtete die Gruppe auf dem Gehweg. Mit Ausnahme einiger Sattelzüge vor sich hatte er die Brücke für sich alleine, und so drehte er und fuhr neben der Gruppe her. Inzwischen hatten sie den ersten Turm bereits passiert. Sie gingen nebeneinander her und liefen nicht. Sie schienen aber auch kein besonderes Ziel zu verfolgen, und auch jetzt fiel ihm auf, dass sie alle gute Laune zu haben und die Gesellschaft der anderen zu genießen schienen, während über der Bucht langsam die Sonne aufging. Aber irgendetwas stimmte dennoch nicht. Er hielt auf ihrer Höhe an und schaltete seine Warnleuchte auf dem Dach ein, um die anderen Fahrer zu alarmieren. Einige der Fußgänger entdeckten ihn und blieben stehen, um darauf zu warten, bis er die Barriere erreicht hatte.

»Guten Morgen …«, sagte Ramirez freundlich, und die Spaziergänger erwiderten sein Lächeln.

»Guten Morgen, Officer«, entgegnete eine attraktive Frau von Mitte zwanzig, die ihr dunkles Haar auf dem Kopf aufgetürmt hatte. »Ein wunderschöner Morgen, nicht wahr?«

»Allerdings, Ma'am. Gehören Sie alle zusammen? Sind Sie eine Gruppe?«

»Ja … Ja, das sind wir«, antwortete sie und sah ihn besorgt an. »Haben wir gegen irgendeine Stadtverordnung verstoßen?«

»Nein, es ist alles in Ordnung. Sind Sie eine Art Klub?«

»Wir arbeiten alle zusammen. Ich bin die Geschäftsführerin … Gestern haben wir beschlossen, zusammen spazieren zu gehen und uns anzusehen, wie die Sonne aufgeht. Ist das in Ordnung?«

»Natürlich. Ich wollte Sie nicht stören.« Ramirez musterte sie genauer. Für die Geschäftsführerin eines Unternehmens sah die Frau zu jung und irgendwie unpassend aus. Sie trug die falsche Kleidung und schien der falsche Typ dafür zu sein. »Was macht Ihre Firma?«, erkundigte er sich, noch immer lächelnd, in beiläufigem Tonfall.

»Spiele.«

»Spiele?«

»Computerspiele. Wir entwickeln sie.«

»Shooter und solche Spiele?«, hakte Ramirez nach. Diesen Begriff hatte er bei seinem ältesten Sohn aufgeschnappt.

Die Frau lachte und schüttelte den Kopf. »Nein, nicht solche Spiele. Größtenteils Spiele in einer anderen Realität. Und solche Sachen wie diesen Spaziergang unternehmen wir, um uns daran zu erinnern, dass es vor der Tür noch eine reale Welt gibt.«

»Ist das eine Art Teambildungsmaßnahme?«, erkundigte er sich.

»So etwas in der Art. Ich wusste nicht, dass wir dafür eine Erlaubnis benötigen.« Jetzt sah die junge Frau für Ramirez doch passend aus. Dot-com-Social-Network-passend. Das war eine Welt, für die er nicht viel Zeit hatte und die eine Generationskluft zwischen ihm und seinen Kindern aufgetan hatte.

»Die brauchen Sie auch nicht«, sagte er. »Genießen Sie den Sonnenaufgang. Schönen Tag noch, Ma'am.«

»Den wünsche ich Ihnen auch, Officer.« Sie lächelte ihn noch einmal an.

Ramirez stieg wieder in seinen Explorer und sah der Gruppe nach. Sie schienen alle von einem sorglosen Schimmer umgeben zu sein – der an ihrer Jugend, der aufgehenden Sonne oder beidem liegen könnte – und er war ein wenig neidisch auf sie. Dennoch zählte er Laternenpfähle. So etwas lernte man als Cop auf der Brücke, auch wenn das hier keine Leute waren, bei denen das erforderlich sein sollte.

Also schüttelte Ramirez den Kopf, um diese Gedanken daraus zu vertreiben, schaltete das Warnlicht aus und ließ den Motor an. Als er an der Gruppe vorbeifuhr, winkte ihm die junge Frau zu, die in einem Monat vermutlich mehr verdiente als er im ganzen Jahr.

Was war es? Was stimmte nicht?

Der Gedanke nagte an ihm, und er beobachtete sie im Seitenspiegel. Die Gruppe aus Fußgängern war inzwischen zu einer langen Reihe geworden. Sie blieben stehen. Und genau in ihrem Zentrum befand sich Laternenpfahl Nummer neunundsechzig. Sie stand in der Mitte der Gruppe, sie stand beim Laternenpfahl Nummer neunundsechzig. Neunundsechzig.

Dem Pfahl, den man am häufigsten zählte.

Die Golden-Gate-Brücke war eine Ikone. Menschen aus dem ganzen Land, aus der ganzen Welt wurden von ihrer seltsamen Schönheit angezogen, und am faszinierendsten fanden sie den Blick von Laternenpfahl Nummer neunundsechzig.

Er stieg aus dem Wagen aus und ging zurück.

»Entschuldigen Sie, Ma'am«, rief er und winkte der jungen Frau zu. Sie winkte zurück, und dann kletterte sie gleichzeitig mit ihren Kollegen über die Sicherheitsabsperrung und hinunter auf den einen Meter breiten Stahlträger, von dem Ramirez wusste, dass er sich etwa sechzig Zentimeter unterhalb des Gehwegs befand.

Großer Gott … Ramirez rannte los. Großer Gott, es waren bestimmt dreißig Personen. Während er rannte, sah er das aufblitzende Licht anderer Fahrzeuge, die, alarmiert von der Brückenbehörde, auf sie zurasten. Doch sie waren zu weit weg. Sie würden zu spät kommen.

Laternenpfahl Nummer neunundsechzig.

Auf der Golden-Gate-Brücke arbeiteten ganz besondere Polizisten, weil sie der weltweit beliebteste Ort war, um Selbstmord zu begehen. Jedes Jahr kamen Dutzende von Menschen auf die

Brücke, die nicht einfach auf die andere Seite der San Francisco Bay hinübergehen wollten. Sie kamen aus dem ganzen Land, einige sogar aus dem Ausland, um in die Mitte der Brücke zu gehen, wo der Tod gerade mal eineinhalb Meter entfernt war, wenn man über die Sicherheitsabsperrung neben dem Gehweg kletterte, um dann für vier Sekunden mit 120 km/h in die Tiefe zu stürzen. Bei dieser Geschwindigkeit machte es keinen Unterschied, ob man auf dem Wasser oder auf Beton aufkam. So gut wie niemand ertrank. Über neunzig Prozent der Selbstmörder starben an inneren Verletzungen, da ihre Knochen und Organe zerschmettert wurden. Im Durchschnitt wurde alle eineinhalb Wochen ein Selbstmörder auf der Brücke entdeckt. Es ereigneten sich jedes Jahr mehr als dreißig Todesfälle, und natürlich gab es auch noch jene, denen der Sprung gelang, ohne dabei gesehen zu werden. Ihre mit Staub bedeckten Autos fand man dann verlassen auf Parkplätzen.

Von den insgesamt einhundertundachtundzwanzig Laternenpfählen auf dieser Brücke war es Laternenpfahl Nummer neunundsechzig, den die Selbstmörder am häufigsten als Letztes berührten.

Er sprang über die Barriere auf den Gehweg. Ramirez war in einer Vielzahl von Strategien ausgebildet worden, wie er potenziellen Selbstmördern ihr Vorhaben ausreden konnte, und er kannte auch ein Dutzend erprobte Arten, wie man einen unentschlossenen Selbstmörder packen und in Sicherheit bringen konnte. Doch jetzt hatte er es einfach mit zu vielen zu tun.

»Tun Sie es nicht!«, rief er. »Um Himmels willen, tun Sie es nicht!«

Er stand in der Nähe des Geländers bei der jungen Frau, die auf das Wasser hinunterschaute. Jetzt konnte er sie alle sehen, wie sie auf dem Stahlträger standen und sich an den Händen hielten.

Die junge Frau drehte den Kopf und sah ihn über die Schulter hinweg an.

»Es ist okay«, sagte sie und lächelte erneut, dieses Mal aufrichtig und freundlich. »Es ist nicht Ihre Schuld, und es gab nichts, was Sie hätten tun können. Es ist alles gut … Wir werden.«

Wie auf ein unausgesprochenes Kommando machten sie alle gleichzeitig und ohne zu zögern einen Schritt vorwärts.

Ramirez gelangte gerade noch rechtzeitig an die Barriere, um zu sehen, wie sie auf dem Wasser aufkamen. Alles kam ihm so surreal vor, als konnte das, was er eben mit angesehen hatte, unmöglich passiert sein, als hätte er sich die jungen Leute, die noch Sekunden zuvor über die Brücke spaziert waren, nur eingebildet. Er hörte seine eigene Stimme, als würde sie jemand anderem gehören, als er den Vorfall meldete und das Rettungsboot der Küstenwache von Fort Baker rief. Das Fahrzeug der Brückensicherheit und ein Streifenwagen des SFPD hielten hinter ihm, und die eindringlichen, fragenden Stimmen der anderen Officers klangen in Ramirez' Ohren wie Funknachrichten von einem anderen Stern.

Er drehte sich um und blickte die Brücke entlang, musterte den anmutigen Bogen und die roten, hoch aufragenden Türme, die im Licht der aufgehenden Sonne noch roter wirkten. Zum zweiten Mal an diesem Tag sah er die Brücke so, wie sie war, nahm wahr, was sie symbolisierte, erblickte sie in all ihrer Schönheit.

Und er hasste sie.

TEIL EINS

AM ANFANG

Durch den Glauben erkennen wir, dass die Welt
durch Gottes Wort geschaffen ist, sodass alles,
was man sieht, aus nichts geworden ist.

HEBRÄER 11,3

Die Sinne können uns von Zeit zu Zeit trügen,
daher ist es ratsam, nicht an etwas zu glauben,
das uns bereits ein Mal in die Irre geführt hat.

RENÉ DESCARTES

Jeder, der nicht über die Quantentheorie entsetzt ist,
hat sie nur noch nicht verstanden.

NIELS BOHR

1. DER ANFANG

Alles begann mit dem Starren.

Aber es gab schon viele andere Dinge vor dem Starren, bevor es begann. Seltsame Berichte von fernen Orten:

Ein Mann in New York starb in einem luxuriösen Apartment am Central Park an Unterernährung, denn er hatte nichts gegessen, sondern nur Vitamintabletten geschluckt. Es kam zu einem unerklärbaren und gehäuften Auftreten von Selbstmorden: Siebenundzwanzig junge Leute sprangen gleichzeitig von der Golden-Gate-Brücke. Fünfzig japanische Studenten, die tief im riesigen Aokigahara-Wald zelteten, dem riesigen Waldgebiet am Fuße des Fuji, teilten das Essen miteinander und sangen Lieder, bevor sie einzeln in den Wald gingen und sich die Pulsadern aufschnitten. Vier bemerkenswerte Selbstmorde am gleichen Tag in Berlin: drei Wissenschaftler und ein Autor. Ein russischer Physiker, der zum neuheidnischen Mystiker geworden war, erklärte sich zum Sohn Gottes. Ein französischer Teenager behauptete, eine Vision von Johanna von Orleans auf dem Scheiterhaufen gehabt zu haben. Eine Frau mittleren Alters setzte sich ruhig vor dem Eingang des CERN-Komplexes in der Schweiz mitten auf die Straße, übergoss ihre Kleidung ebenso ruhig mit Benzin und zündete sich an. Ein Special-Effects-Studio in Hollywood wurde mit einer Brandbombe beworfen. Eine fundamentalistische christliche Sekte entführte und ermordete einen Genetiker.

Dann war da das Graffiti WIR WERDEN, das in fünfzig Sprachen in jeder großen Stadt auf der Welt erschien. Auf Regierungsgebäuden, an Brücken, über Werbeplakate gesprüht.

Und die Leute begannen, über John Astor zu reden.

Niemand wusste mit Sicherheit, ob er wirklich existierte, aber es gab Gerüchte, er würde vom FBI gejagt. Natürlich war da außerdem der sich ausbreitende urbane Mythos über das Manuskript von Astors Buch *Phantome, die wir selbst geschaffen haben*, das jeden, der es las, in den Wahnsinn trieb.

All diese Dinge geschahen, bevor es begann.

Doch eigentlich begann es mit dem Starren.

2. JOHN MACBETH. BOSTON.

Psychiater haben mit sonderbaren und verschrobenen Dingen zu tun. Allein aufgrund der Art ihrer Arbeit werden sie tagtäglich mit Abweichendem und Unnormalem konfrontiert. Sie beschäftigen sich damit, verschobene Auffassungen der Realität gerade zu rücken.

Daher war die Tatsache, dass sich die ganze Welt veränderte, dass alles, was er bis zu diesem Zeitpunkt über die Natur der Dinge gewusst hatte, auf den Kopf gestellt wurde, völlig an Dr. John Macbeth vorbeigegangen.

Aber die Welt veränderte sich. Und alles begann mit dem Starren.

Wie bei den Nachrichten begann Macbeth erst in den darauffolgenden Wochen und Monaten, die Hinweise zusammenzusetzen, die die ganze Zeit da gewesen waren. Aber es hatte auch andere Indizien gegeben, die ihm entgangen und nicht auf seinem professionellen Radar aufgetaucht waren. Doch später erinnerte er sich daran, wie viele Menschen er gesehen hatte, ohne sie wirklich wahrzunehmen: auf den Straßen, in der U-Bahn, im Park.

Sie starrten.

In den ersten Tagen waren es nur wenige gewesen: Menschen, die ins Leere starrten, mit ausdruckslosem Gesicht, verwirrt gerunzelter Stirn oder unsicherer Miene. Sie hatten auf andere denselben Effekt wie Katzen, die an einem vorbeistarren und über ihre Schulter hinweg etwas mustern, das sie, selbst wenn sie sich umdrehen, nicht entdecken können. Es war beunruhigend.

Natürlich hatte am Anfang, als das Starren begann, noch niemand einen Namen dafür gefunden, weder eine medizinische noch sonst irgendeine Bezeichnung. Später würde man die Starrer Träumer nennen.

Erst im Nachhinein erinnerte sich Macbeth an den ersten Starrer, der ihm aufgefallen war, eine attraktive, teuer gekleidete Frau von Mitte dreißig. Sie war ihm an dem ersten Tag nach seiner Rückkehr nach Boston aufgefallen. Er war an diesem sonnigen, aber kalten Spätfrühlingstag hinter ihr durch die Stadt gegangen, während sie mit typischer Innenstadtentschlossenheit vor ihm hermarschierte, bis sie auf einmal völlig unerwartet stehen geblieben war. Macbeth wäre beinahe in sie hineingelaufen und hatte einen Ausfallschritt machen müssen, um an ihr vorbeizukommen. Die Frau hatte einfach nur wie angewurzelt am Rand des Gehwegs gestanden und etwas auf der anderen Straßenseite angestarrt, das er nicht sehen konnte. Dann hatte sie mit einem Finger auf das Nichts gedeutet, das ihre Aufmerksamkeit erregt hatte, und war vom Gehweg auf die Fahrbahn gelaufen. Macbeth hatte sie am Ellenbogen festgehalten, nach hinten gezogen und vor dem herannahenden Lkw in Sicherheit gebracht, der laut hupend an ihnen vorbeifuhr.

»Ich dachte …«, hatte sie gesagt, doch dann schien es ihr die Stimme verschlagen zu haben, und ihre Augen suchten nach etwas, das in der Ferne verloren war.

Macbeth hatte die Frau gefragt, ob alles okay wäre, ihr geraten, besser auf den Verkehr zu achten, und war weitergegangen.

Eigentlich war dieser Zwischenfall kaum bemerkenswert gewesen: nur eine abgelenkte Frau, die im Straßenverkehr nicht richtig aufpasste. Etwas, das man fast an jedem Tag in jeder Stadt auf der Welt erleben konnte.

Viel später, nach den anderen Ereignissen, begann er, die Bedeutung dieses Vorfalls zu überdenken und sich zu fragen, was die Frau auf der Straße gesehen hatte, das sie beinahe dazu bewegt hatte, vor einen Lkw zu laufen.

Es war ein gutes Zimmer. Nicht super, aber besser als der Durchschnitt. Die Architektur, die ihn umgab, war John Macbeth stets ungewöhnlich wichtig, und zwar sowohl was ihre Proportionen, das Material, die Ausstattung und das Licht betraf.

Macbeth war an diesem Morgen aufgewacht, und der Raum hatte ihm aufgrund seiner Fremdheit Angst eingejagt. Er war erwacht, ohne zu wissen, wer er war, wie er seinen Lebensunterhalt verdiente, wo er sich befand und warum er hier war. Volle eineinhalb Minuten hatte er eine umfassende existenzielle Panik durchlebt, und der leuchtend helle Stern im Zentrum seiner amnesieartigen Dunkelheit war die Erkenntnis, dass er wissen sollte, wer er war, wo er sich aufhielt und warum.

Seine Erinnerungen und seine Identität waren schließlich wiedergekommen, nicht alle auf einmal, sondern als schlecht zusammenpassende Segmente, in die er selbst Sinn bringen musste. Das war schon früher passiert, fiel ihm dann wieder ein – viele Male zuvor, insbesondere, wenn er sich an einem fremden Ort aufhielt. Erschreckende Augenblicke entpersönlichter Isolation, bevor er sich daran erinnerte, dass er Dr. John Macbeth war, ein Psychiater und kognitiver Neurowissenschaftler, der versuchte, seine eigene Psychologie zu begreifen, um auch andere verstehen zu können. Er arbeitete, wie er jetzt wieder wusste, an Projekt eins in Kopenhagen, Dänemark, und war wegen des Projekts nach Boston gekommen. Und er hatte schon sein ganzes Leben lang Derealisierungs- und Entpersonalisierungserfahrungen gehabt, wie ihm wieder einfiel.

Letzten Endes war es ihm gelungen, einen Sinn in den Raum und seine Anwesenheit darin zu bringen. Aus diesem Grund war die Umgebung auch derart wichtig für ihn. Aber während der vergangenen schrecklichen neunzig Sekunden hätte ihn sein Umfeld auch ebenso davon überzeugen können, dass er jemand anderes an einem anderen Ort zu einer anderen Zeit wäre.

Das Zimmer lag im dritten Stock des Hotels, das auf der Website einen guten Eindruck gemacht hatte, diesem in der Realität jedoch nicht so ganz gerecht wurde. Es war groß und hatte ein hohes Schwingfenster in Richtung Straße. Macbeth hatte es geöffnet, wodurch ein zehn Zentimeter breiter Spalt am unteren Rand entstanden war, durch den kein Lufthauch hereinkam.

Nun saß Macbeth in dem leisen Zimmer im Sessel am Fenster, während er seine Identität und den Grund seines Aufenthalts hier wieder kannte, und lauschte den Geräuschen, die von der Straße heraufdrangen. So etwas tat er häufiger, und es war eine seiner vielen Angewohnheiten, wegen derer ihn viele Menschen für verschroben hielten. Während die meisten Menschen in einem Hotelzimmer den Fernseher oder das Radio einschalten, um sich mit den erwarteten Geräuschen zu umgeben, oder ihr Bewusstsein mit einem MP3-Player und Kopfhörern noch weiter abschotten, saß John Macbeth einfach nur ruhig und schweigend da und hörte zu. Wenn alles in seinem Zimmer ruhig war, widmete er sich den Geräuschen, die von außen kamen, aus den Nachbarzimmern, von der Straße unter dem Fenster und aus der Stadt jenseits der Straße. »Geräusche aus dem Off« nannte man so etwas beim Theater: das Vortäuschen einer Realität jenseits der Kulissen.

Wie jedermann besaß auch Macbeth ein Handy und einen Computer, aber er benutzte diese Geräte nur, wenn es unbedingt erforderlich war. Die Technologie war ein wichtiger Bestandteil seiner Arbeit, ein unvermeidbarer Teil des Alltags, aber er ging nicht gern damit um. Von Computer- und Videospielen, bei denen er noch nie begriffen hatte, was Erwachsene daran fanden, wurde ihm übel, und jede länger andauernde Interaktion mit elektronischen Geräten schien zu bewirken, dass er ruhelos und gereizt wurde. Das Problem, das er mit seinem Computer hatte, war ein gutes Beispiel dafür: Darauf befand sich ein Ordner, den er seines Wissens nach nie angelegt hatte und der sich auf keine nur erdenkliche Weise öffnen ließ – nicht einmal, indem er wütend mit den Fingerspitzen auf der Tastatur herumtippte, als könne er dadurch ein virtuelles Objekt zwingen, sich dem physischen Druck der realen Welt zu beugen. Der Ordner lag jetzt seit über einem Monat auf dem Desktop seines Rechners und schien Macbeths technische Inkompetenz zu verspotten.

Mein Bruder Casey wird schon mit dir klarkommen, hatte er – laut – bei mehr als einer Gelegenheit gedroht.

Ironischerweise war Macbeth durch seine Arbeit mit der modernsten Computertechnologie der Welt in Kontakt gekommen, da er zu einem interdisziplinären Team aus einigen der klügsten Köpfe des Planeten gehörte, das die Hälfte seiner Denkarbeit jedoch von Maschinen erledigen ließ. Das Ziel von Projekt Eins war sogar, eine Maschine zu erschaffen, welche die neurale Aktivität des menschlichen Gehirns simulieren und vielleicht sogar selbst denken konnte. Doch wenn er nicht arbeitete, mied Macbeth die Technologie, so weit es ihm im modernen Leben möglich war. Das basierte nicht auf einer philosophischen oder moralischen Abneigung, sondern lag eher daran, dass die Technologie sein *Problem* zu verschlimmern schien, das ihn vergessen ließ, wer er war und wo er sich aufhielt.

Daher bevorzugte es John Macbeth, eher den Kontakt zum realen anstatt zum virtuellen Universum zu pflegen und den Geräuschen zuzuhören, die in sein Zimmer drangen, um sich zu vergewissern, dass er sich wirklich in diesem Raum aufhielt, dass er da war und seinen Geist in die Welt hinausstreckte, anstatt in sich zu versinken. Diese Art der Meditation pflegte er seit seiner Kindheit: Vor Einbruch der Dunkelheit hatte er in den Sommern in Cape Cod dem Singen der Vögel, dem Rauschen der Wellen oder den Geräuschen der fernen Züge hinter den Vorhängen gelauscht, die von der untergehenden Sonne bernsteinfarben und rot angestrahlt wurden. Er erinnerte sich an sehr wenig aus seiner Kindheit, aber er sah noch genau diese Vorhänge in ihren kräftigen Farben und den intensiven Mustern vor sich.

Für die Dauer seines Aufenthalts in Boston hatte sich Macbeth in ein Hotel eingemietet, das zu seinem Stil passte, das von der Universität genehmigte Budget jedoch überstieg. Er bevorzugte diese auffallend vornehmen Häuser voller vergoldeter Details nicht etwa, weil die normale Arbeiterklasse sie sich nicht leisten konnte; vielmehr zog er gute Designerhotels und schöne Pensionen vor, weil es Orte mit Charakter, Geschichte oder idealerweise beidem waren. Macbeths Umgebung musste passen. Immer. Die Farben, Gerüche, Texturen und Geschmäcker, die ihn umgaben, selbst seine eigene Kleidung, waren ungemein wichtig. Dieser definitive Materialismus mochte oberflächlich erscheinen, doch er war es ganz und gar nicht: Macbeth musste sich unbedingt in einer Umgebung aufhalten, die ihn beruhigte, die ihm eine Art von Harmonie schenkte und seine inneren und äußeren Welten miteinander in Einklang brachte. Für ihn war dies gleichzeitig meditativ und eine Bestätigung seiner Identität. Er wusste, dass das sehr viel mit seinen Erinnerungen zu tun hatte, oder vielmehr dem Mangel daran.

Was auch immer der Grund dafür sein mochte, er brauchte es ebenso wie der gläubige Katholik seinen Rosenkranz.

Boston war Macbeths Heimatstadt. Er war von der Universität von Kopenhagen dorthin geschickt worden, um Projekt Eins zu repräsentieren. Obwohl Poulsen, der Projektleiter und Macbeths Vorgesetzter, protestiert hatte, war die Universität nicht davon abzubringen gewesen, ihn als Aushängeschild zu benutzen, da sie offenbar der Ansicht war, Macbeth besäße das Aussehen und Auftreten, das die meisten Menschen nicht mit einem forschenden Wissenschaftler oder Psychiater in Verbindung bringen würden. Als Amerikaner war er zudem perfekt für die Zusammenarbeit mit dem Partner des Projekts in Boston, dem Schilder Neuroscience Research Institute, geeignet.

Macbeth sah sich selbst nicht als den idealen Botschafter. Er wusste, dass er gesellig und geistreich sein konnte, war aber, so lange er denken konnte, stets ein Außenseiter gewesen und hatte sich auf seine emotionale und intellektuelle Selbstversorgung verlassen. Als Psychiater hatte er das »Problem anderer Geister« untersucht und verstanden, doch obwohl er es begriff, hatte er es nie wirklich für sich umsetzen können.

»Geht es Ihnen gut, Karen?«, fragte eine kräftige, autoritäre Männerstimme, die von der Straße heraufhallte. »Sie müssen bei der Halverson-Präsentation alles geben können.«

»Mir geht es gut.« Eine Frauenstimme. Jung, klar, gebildet, trotzig. »Ich habe es Ihnen doch schon gesagt. Mir geht es gut …«

Die Stimmen wurden leiser und durch andere ersetzt. Macbeth saß da und überlegte, worum es sich bei der Halverson-Präsentation wohl handeln und welches Problem die Frau haben mochte, das den Mann zu dieser Nachfrage bewogen hatte. Aus einem unvollständigen, bruchstückhaften Fragment der Realität extrapolierte er eine vollständige, zusammenhängende Geschichte.

Vielleicht sollte ich Bücher schreiben, sagte er sich. Macbeth, der Psychiater, wusste, dass das Geschichtenerzählen und psychische Störungen aus demselben Samen wuchsen: Viele Autoren litten an nicht pathologischen schizoiden Störungen. Je größer deren Ausmaß, desto mehr neigten sie zu magischem Denken und desto kreativer wurden ihre Werke.

Er sah auf die Uhr, da er eine Verabredung einzuhalten hatte.

Dann rief er bei der Rezeption an und bat darum, ihm ein Taxi zu rufen, er werde gleich herunterkommen. Als er im Flur stand, fiel die schwere Tür hinter ihm ins Schloss, und er schob sich die Plastikschlüsselkarte in die Tasche. Das Hotel befand sich in einem alten Gebäude, und die Türen sahen noch originalgetreu aus. Macbeth stellte sich vor, wie die Handwerker ausgesehen hatten, die sie gezimmert und in den Messingtürrahmen eingepasst hatten. Er dachte daran, dass sich diese seit vier Generationen verstorbenen Menschen nie hätten vorstellen können, dass ihre Türen eines Tages mit kontaktlosen Mikrochips geöffnet und geschlossen werden konnten. Das war eine andere Art, etwas Ganzes aus einem Fragment zu erschaffen. Die meisten Menschen verloren sich in ihren Gedanken, sagte sich Macbeth selbst oft, aber der Unterschied bestand darin, dass er immer wieder den Ausweg fand.

Er ging auf den Fahrstuhl am anderen Ende des Flurs zu. Eine mitten auf dem Gang stehende Säule versperrte ihm die Sicht auf die Türen, aber als er näher kam, sah Macbeth einen großen Mann am Ende des Flurs, der offenbar ebenfalls auf das Eintreffen der Fahrstuhlkabine wartete. Ein sehr dunkler Mann: Er trug sein dunkles Haar ungewöhnlich lang, hatte einen dunklen, ungewöhnlich vollen Bart und war mit einem dunklen, ungewöhnlich unmodisch geschnittenen Anzug bekleidet.

Etwas an dem Mann, dem Flur und dem Licht rief in Macbeth das Gefühl eines Déjà-vus herauf. Er schüttelte es ab und rief dem Mann etwas zu.

»Hey … Könnten Sie bitte den Fahrstuhl für mich aufhalten?«

Der dunkle Mann drehte sich nicht um und reagierte auch sonst nicht auf Macbeths Bitte. Stattdessen blieb er mit ausdruckslosem Gesicht vor dem Fahrstuhl stehen, um dann einen Schritt nach vorn zu machen und hinter der Säule zu verschwinden.

»Na, vielen Dank auch«, murmelte Macbeth und hastete durch den Flur. Aber als er vor den Fahrstuhltüren stand, waren diese geschlossen, und die elektronische Anzeige darüber sagte ihm, dass der Fahrstuhl ins Erdgeschoss unterwegs war. Reglos stand Macbeth vor den Türen und starrte erst sie und dann die LED-Anzeige an, um daraufhin hinter sich durch den Flur zu der Stelle zu sehen, von der er dem dunklen Mann etwas zugerufen hatte, als müsse er etwas berechnen, als könne er dieses Erlebnis mithilfe einer Gleichung irgendwie erklären.

Doch dann schüttelte er dieses Rätsel mit einem Kopfschütteln ab und drückte den Knopf, um den Fahrstuhl zu rufen.

3. JOHN MACBETH. BOSTON.

Macbeth nannte dem Fahrer sein Ziel.

»Ist das dieser schottische Laden an der Beacon Street?« Der harte Bostoner Akzent des Taxifahrers ließ die Konsonanten beinahe verschwinden. Macbeth staunte jedes Mal aufs Neue, wie stark ihm dieser Akzent auffiel, wenn er aus Europa zurückkehrte.

»Das ist er«, bestätigte er.

»Alles klar …« Der Fahrer warf einen Blick in den Rückspiegel, wie es Bostoner Taxifahrer immer taten, um ihren Fahrgast in Augenschein zu nehmen. Dann runzelte er konzentriert die Stirn und Macbeth seufzte, da er wusste, dass der Fahrer gerade überlegte, wo er Macbeth schon einmal gesehen hatte. Die Leute glaubten immer, ihn schon mal irgendwo gesehen zu haben, aber das konnte nicht sein, weil es nie geschehen war. Wie alle anderen hatte auch der Taxifahrer zuvor noch nie den Weg des Psychiaters gekreuzt, aber Macbeth wusste, dass seine Fragen früher oder später kommen würden.

Schweigend saß Macbeth auf dem Rücksitz und ließ die ihm gleichzeitig vertraute wie unbekannte Innenstadt von Boston an sich vorbeirauschen, wobei es ihn irritierte, dass er keine Verbundenheit zu dieser Umgebung verspürte, obwohl er es eigentlich tun sollte. Jamais-vu, das Gegenteil eines Déjà-vus.

Er erinnerte sich daran, dass er mal eine Frau behandelt hatte, die sich aufgrund einer Gehirnverletzung ständig im Zustand der Derealisierung und des Jamais-vu befunden hatte: Alles, was sie gekannt und womit sie aufgewachsen war, womit sie gelebt hatte, kam ihr auf einmal nicht mehr vertraut vor. Sie litt nicht unter Amnesie und ihre Erinnerungen waren intakt, aber die Verbindungen, die das, was sie sah, mit dem, was sie kannte, abstimmten, existierten nicht mehr. Als Resultat starrte sie jedes Mal, wenn sie das Apartment betrat, in dem sie seit fünf Jahren lebte – dessen Adresse sie kannte und von dem sie wusste, dass es ihr Apartment war – die Möbel, die Deko-Objekte und die Bilder an der Wand an, als betrete sie zum ersten Mal eine Wohnung, die sie zu mieten gedachte. Nichts von alldem kam ihr bekannt vor.

Genau so fühlte sich Macbeth jedes Mal, wenn er durch Boston fuhr. Er wusste, dass er sich hier zu Hause fühlen sollte, aber er tat es nicht. Seine Patientin, deren Verbindungsverlust zur Welt pathologisch und dauerhaft war, hatte gelernt, ihren Zustand nicht nur zu akzeptieren, sondern ihn sogar zu begrüßen und als Geschenk anzusehen. Für sie war die Welt jeden Tag neu und konnte entdeckt werden, und sie betrachtete ihr Leben mit einer Objektivität, die anderen fehlte. Macbeth fühlte sich hingegen einfach nur verloren.

Nach einigen Blocks blieb das Taxi auf einmal stehen, als der Verkehr dichter geworden war und sie nicht weiterkamen.

»Schrecklich, diese Sache in San Francisco. Haben Sie davon gehört?«, fragte der Fahrer und sah in den Rückspiegel. Macbeth kam es so vor, als bestünde das Positive allen menschlichen Leids darin, dass Taxifahrer auf der ganzen Welt ein Thema hatten, über das sie reden konnten.

»Ich habe davon gehört. Ja, es ist wirklich schrecklich.«

»Was könnte einen Haufen junger Leute dazu bringen, einfach von der Golden-Gate-Brücke zu springen?«

Als Psychiater fielen Macbeth auf Anhieb ein halbes Dutzend Hypothesen ein, doch anstatt eine zu nennen, erwiderte er: »Keine Ahnung.«

»Ich begreife einfach nicht, warum sich Leute einen ganz besonderen Ort aussuchen, wenn sie Selbstmord begehen wollen«, fuhr der Taxifahrer fort, wobei er untröstlich klang. »Ich meine, warum die Golden Gate? Und warum dieser Wald in Japan? Das ist der zweitbeliebteste Ort auf der Welt, um Selbstmord zu begehen, wussten Sie das? Direkt nach der Golden-Gate-Brücke. Ich begreife es einfach nicht.«

»Ich auch nicht.«

»Es ist eine Schande, wie immer der Grund auch aussehen mag.« Der Fahrer schüttelte den Kopf und erkundigte sich dann in deutlich fröhlicherem Tonfall: »Sind Sie ortsfremd?«

»Ja. Aber auch wieder nicht … Ich komme aus Boston, lebe aber seit einigen Jahren im Ausland.«

»Machen Sie einen Familienbesuch?«

»Ich bin eher geschäftlich hier, werde aber auch meinen Bruder besuchen, der noch in der Stadt wohnt. Wissen Sie, warum es hier nicht weitergeht?«

»Ich kann nichts sehen. Wir müssen es einfach aussitzen. Normalerweise dauert es nicht lange. Könnte es sein, dass ich Sie von irgendwoher kenne?«

»Das bezweifle ich«, antwortete Macbeth. Da begann sie wieder, die eine Unterhaltung, die er schon so oft geführt hatte. Es störte ihn, dass sein Gesicht vielen Menschen so bekannt vorkam, und in Kombination mit seinem schlechten Gedächtnis bewirkte es, dass er sich nie ganz sicher sein konnte, ob er seinem Gegenüber nicht doch schon einmal begegnet war.

»Doch …«, entgegnete der Fahrer und sah in den Rückspiegel. »Ich bin mir ganz sicher. Direkt nachdem Sie eingestiegen waren, habe ich Sie erkannt, aber mir fällt nicht ein, wo ich Sie schon mal gesehen habe.«

»Vielleicht bin ich schon mal mit Ihnen gefahren«, schlug Macbeth vor.

»Nein …« Der Taxifahrer runzelte frustriert die Stirn, da es ihm einfach nicht einfallen wollte. Macbeth beschloss, es wie immer einfach durchzustehen. »Nein … Es war nicht im Taxi.

Verdammt, ich kann Sie nicht zuordnen, aber ich weiß, dass ich Sie kenne.«

»Das höre ich häufig«, meinte Macbeth. »Wahrscheinlich habe ich einfach so ein Durchschnittsgesicht.«

»Es ist nicht nur Ihr Gesicht …«, sagte der Taxifahrer entschiedener. »Bevor Sie etwas gesagt haben, wusste ich schon, wie Ihre Stimme klingen würde. Als würde ich Sie wirklich von irgendwoher kennen.«

»Auch das höre ich häufiger. Ich habe irgendetwas an mir, das andere wiedererkennen. Vielleicht bin ich eine Art jungianischer Archetypus.«

»Was?«

»Ach, vergessen Sie's.« Macbeth beugte sich vor und sah durch die Plexiglasscheibe, die ihn und den Fahrer trennte, sowie die Windschutzscheibe nach draußen. »Ist der Grund dafür, dass wir hier rumstehen, noch immer nicht zu erkennen?«

»Vielleicht liegt es am Vollmond. Wissen Sie, ob heute Nacht Vollmond ist?«

»Keine Ahnung. Was hat der Mond mit dem Verkehr zu tun?«

»Alles. Das wird Ihnen jeder Cop bestätigen«, erwiderte der Taxifahrer. »Und jeder Lieferant. Dann ist der Verkehr die Hölle, und nicht nur das … Jede Krankenschwester aus einer Notaufnahme und jede Kindergärtnerin kann Ihnen da so einiges erzählen. Bei Vollmond benehmen sich die Menschen anders. Nicht wirklich verrückt, aber anders. Sie treffen falsche Entscheidungen, schlagen den falschen Weg ein. Bei Vollmond gibt es deutlich mehr Unfälle und Staus. Möglicherweise ist das der Grund für diese Verzögerung. Vielleicht ist heute Vollmond.«

»Ich habe wirklich nicht die leiseste Ahnung, ob heute Vollmond ist«, meinte Macbeth.

»Wird vermutlich so sein. Zwei Touren vor Ihnen hatte ich einen Mann im Wagen, den ich zur *Christian-Science*-Kirche bringen sollte. Keine Ahnung, was er zu dieser nachtschlafenden Zeit da wollte. Er war jedenfalls ein ruhiger Zeitgenosse und hat nicht viel gesagt. Doch auf einmal schrie er los, dass da ein Kind vor meinem Wagen stehen würde. Also geh ich in die Eisen und habe beinahe einen Bus hinten auf der Stoßstange kleben. Aber da war gar kein Kind. Aber ich konnte ihm ansehen, dass er fest davon überzeugt war. Das Komische ist, dass er in einem Moment noch völlig schockiert war, im nächsten aber wieder ganz ruhig wurde, als hätte er begriffen, warum er sich geirrt hatte. Das muss am Vollmond liegen. Ganz sicher.«

Die Autos setzten sich wieder in Bewegung, und Macbeth und der Fahrer schwiegen.

Als das Taxi vor der Bar mit dem grünen Vordach hielt, stand die Sonne schon tief am Himmel und tauchte die Innenstadt von Boston in rotgoldenes Licht und samtene Schatten. Bei diesen Lichtverhältnissen wurde immer etwas in Macbeth geweckt, das sonst tief vergraben und lange vergessen war. Er spürte eine leichte Melancholie, als er die Beacon Street entlang zur georgianischen Architektur der King's Chapel sah, die vom Abendlicht umspielt wurde.

»Sind Sie sicher, dass ich Sie nicht doch von irgendwoher kenne?«, hakte der Taxifahrer noch einmal nach, als ihm Macbeth das Geld für die Fahrt und ein Trinkgeld reichte.

»Ganz sicher.«

Macbeth konnte sich nicht genau daran erinnern, wann und wo er Pete Corbin zum ersten Mal begegnet war, aber es musste zu der Zeit gewesen sein, als sie beide an der medizinischen Fakultät von Harvard studiert hatten. Soweit er sich erinnerte, waren sie damals keine Freunde gewesen. Corbin hatte einer anderen Gruppe angehört, und sie waren sich nicht oft über den Weg gelaufen. Aber in den Jahren danach, während ihrer gemeinsamen Assistenzzeit im Beth-Israel-Deaconess-Krankenhaus und als sich Corbin und Macbeth in ihrem gemeinsamen Fachgebiet der Psychiatrie einen Namen machten und am McLean arbeiteten, waren sie Freunde geworden. Vielleicht auch nur Arbeitskollegen. Macbeth war sich nie ganz sicher, wo der feine Unterschied zwischen beidem lag. Pete Corbin gehörte zu den Leuten, die man anrief, wenn man in der Stadt war, um etwas zu trinken oder essen zu gehen. Man sprach über die Medizin, die Politik verschiedener Krankenhäuser und gemeinsame Bekannte und schüttelte sich am Ende des Abends herzlich die Hand, aber eigentlich kannte man den anderen nicht wirklich. Es ähnelte eher einer Freundschaft und war eigentlich nur einer der Fäden, die man im gesellschaftlichen Netz sponn und an denen man sich entlanghangelte.

Daher hatte Macbeth Corbin angerufen, als er erfahren hatte, dass er sich wieder in Boston aufhalten würde, und sie hatten sich zum Essen verabredet.

Das *Gathering Stone* sollte einen schottischen Eindruck erwecken, aber mit der Fassade aus rotbraunem Portland-Sandstein und verzierten blau-grünen Eisenarbeiten um die riesigen Fenster, dem Namen in keltisch anmutenden Buchstaben und den Kreidetafeln auf dem Bürgersteig, auf denen die Namen und Preise der Biersorten standen, unterschied es sich nicht sonderlich von den zahlreichen vermeintlich irischen Kneipen Bostons. Im Inneren herrschten freigelegter Ziegelstein und Kiefernholz vor sowie Poster vom Edinburgher Schloss und rothaarigen Männern im Kilt mit Schwertern in der Hand anstelle der Bilder von Fahrrädern vor ländlichen Pubs in Irland. Es war einer dieser Orte, die gar nicht erst zu verschleiern versuchten, dass sie nur vortäuschten, etwas anderes zu sein als eine ehrliche Simulation, von der man auch gar nicht erwartete, dass sie mehr als das darstellte. Wie in einem Themenpark.

Bei ihrem Kennenlernen hatte Pete Corbin angemerkt, dass Macbeths Nachname auf einen schottischen Ahnenstrang hindeute. Aufgrund dieser gewagten These trafen sie sich fortan immer im *The Gathering Stone.*

Macbeth entdeckte Corbin mit einem Single Malt an einem Tisch unter dem gerahmten Bild eines verlassen wirkenden Bergs an einem See. Corbin, ein großer, schlanker Mann mit lichter werdendem blondem Haar, das er über seinen hohen Schädel kämmte, trug eine Tweed-Jacke, eine helle Hose und ein blaues Hemd, dessen oberster Knopf offen stand. Er hatte mit gezielter, eingeübter Absicht den lässigen Look eines Akademikers gemeistert. Macbeth hatte nie versucht, es ihm gleichzutun, da ihn sein europäisches Aussehen ebenso wie vieles andere hier in seiner Heimatstadt als Außenseiter kennzeichnete.

»Hi, John …« Corbin stand ein wenig träge auf und schüttelte Macbeth die Hand. »Schön, dich wiederzusehen. Du siehst wie immer hervorragend aus.«

»Bei dir alles okay?«, erkundigte sich Macbeth, während er sich seinem ehemaligen Kollegen gegenüber setzte. Ihm war aufgefallen, dass Corbins Grinsen bei seiner Begrüßung leicht müde gewirkt hatte.

»Bei mir? Mir geht's gut. Ich bin nur überarbeitet. Du weißt schon … immer die alte Leier.« Corbin lächelte. »Und bei dir? Wie ist es in Europa?«

»Weit weg. Anders. Aber gut. Es ist allerdings schön, mal wieder für eine Weile nach Hause zu kommen. So bekomme ich die Gelegenheit, Casey wiederzusehen.« Damit bezog sich Macbeth auf seinen jüngeren Bruder, der noch immer in Boston lebte. »Ich habe gehört, dass du auch einiges erreicht hast, Pete. Ein Lehrauftrag am McLean …«

»Seit zwei Jahren.« Corbin schenkte ihm erneut dieses müde Lächeln.

»Sehr beeindruckend«, entgegnete Macbeth. Ein Lehrauftrag am McLean-Krankenhaus in Belmont war so ziemlich das Höchste, was man als Psychiater erreichen konnte. Während seiner eigenen Zeit am McLean vor einigen Jahren hatte Macbeth zum letzten Mal mit Patienten gearbeitet, bevor er in die Forschung gegangen war. Das McLean sah in jedem Lebenslauf gut aus. So etwas öffnete einem Türen. Ihm hatte es die Stelle in Kopenhagen ermöglicht.

Corbin rief eine hübsche Kellnerin mit dickem, rotbraunem Haar an ihren Tisch, bei der Macbeth ein Glas Pinot Grigio bestellte. Dabei lächelte sie ihn so an, wie es viele Frauen taten und wie ihn schon mit fünfzehn die Mädchen angelächelt hatten. Er hatte nie herausgefunden, warum sie das taten: Er sah nicht aus wie ein Filmstar, war nicht sehr selbstbewusst oder konnte gut mit Worten umgehen, aber er schien etwas an sich zu haben, das die Frauen anzog. Vielleicht glaubten sie aber auch nur, ihn schon mal irgendwo gesehen zu haben.

»Ist wirklich alles in Ordnung, Pete?«, fragte er Corbin, als die Kellnerin gegangen war.

»Mir geht es gut. Joanna und ich sind gerade in ein Haus in Beacon Hill gezogen …«

»Dann geht es euch in der Tat sehr gut.« Macbeth hob sein Glas und prostete ihm zu.

»Schätze schon. Joannas Familie hat uns unterstützt. Ehrlich gesagt ist sie stinkreich, und ohne sie hätten wir das Haus nicht kaufen können. Außerdem ist es ein altes, historisches Gebäude, in das wir viel Arbeit stecken müssen. Das ist nerviger, als wir es uns vorgestellt haben. Aber das Haus ist auch interessant, da sich eine finstere Bostoner Geschichte darum rankt.«

»Wirklich?«

»Früher hat dort Marjorie Glaiston gewohnt. Hast du schon mal von ihr gehört?«

»Nicht, dass ich wüsste.«

»Nicht? Der Glaiston-Skandal war fast so berüchtigt wie der Albert-Tirrell-Fall.«

Macbeth zuckte mit den Achseln.

»Wie dem auch sei«, fuhr Corbin unbeirrt fort, »die Glaistons hatten damals gegen Ende des neunzehnten Jahrhunderts Schulden bei halb Boston. Marjorie war eine berühmte Schönheit und Salonlöwin. Bis sie umgebracht wurde, und zwar auf unserer Treppe …«

»Sie wurde in eurem Haus ermordet?«

»Ja. Ist doch witzig …« Corbin lachte freudlos. »Wäre es ein Haus an einer anderen Stelle als Beacon Hill gewesen und wäre der Mord vor einem Jahr und nicht vor einem Jahrhundert passiert, dann hätte es nicht zum Verkauf gestanden. Anscheinend wird ein Mord im Verlauf der Zeit romantisch und marktfähig. Macht ein Haus wertvoller. Zumindest hatten wir diesen Eindruck, als wir es kaufen wollten. Aber die Renovierungsarbeiten ziehen sich ziemlich hin …«

»Bist du aus diesem Grund so müde?«

»Nein, nicht nur deshalb. Ich habe, wie gesagt, in den letzten Monaten wie verrückt gearbeitet.«

»Ich dachte, unsere Arbeit soll auch … verrückt sein.«

»Nicht auf diese Art verrückt.« Corbin schüttelte den Gedanken ab. »Aber lass uns jetzt nicht von der Arbeit reden. Oder zumindest nicht von meiner. Diese Kopenhagen-Sache, an der du arbeitest, klingt ausgesprochen interessant.«

»Sie ist cool, das muss ich zugeben.«

»Aber glaubst du wirklich, dass sich das realisieren lässt?«, fragte Corbin. »Die Dekonstruierung der menschlichen Intelligenz?«

»Ich weiß nicht, ob es das ist, was wir tun«, meinte Macbeth. »Ich würde eher sagen, wir versuchen, die menschliche Intelligenz zu verstehen.«

»Aber ich habe in *Nature* gelesen, dass das Ziel des Kopenhagen-Projekts darin besteht, die menschliche Wahrnehmung zurückzuentwickeln, um den Technologen bei der Entwicklung von künstlichen Intelligenzen, die auf diesem Modell basieren, zu helfen. Im Grunde genommen wollen sie einen menschlichen Verstand simulieren.«

»Das ist nur ein Teil davon, Pete. Mein Bereich ist sehr konzentriert.«

»Worauf?«

»Wie du bereits gesagt hast, ist Projekt Eins eine Computersimulation des menschlichen Gehirns – des limbischen Systems, des Neocortex, von allem –, das Neuron für Neuron und Zelle für Zelle nachgebaut wird. Oder vielmehr virtuelles Neuron für Neuron. Mein Anteil daran ist die Programmierung von Krankheiten, um dann die Veränderungen der Neuralaktivitäten zu beobachten.«

»Besteht denn nicht die Gefahr, dass es anfangen wird zu *denken*?«

»Das ist ein Ziel und keine Gefahr. Es soll zumindest ein gewisses Selbstbewusstsein entwickeln. Wahrscheinlich ist es ohnehin unausweichlich, denn wenn wir die Architektur eines echten Gehirns nachbauen, wird sich das Bewusstsein automatisch von selbst generieren. Stell dir das doch mal vor, Pete … Wir werden in der Lage sein, psychiatrische Zustände zu simulieren und die damit verbundenen Neuralaktivitäten zu kartografieren. Zum ersten Mal können wir einem Gehirn bei der Arbeit zusehen. Das wird die Psychiatrie revolutionieren.«

Corbin runzelte die Stirn. »Ich weiß nicht, John … Was ihr da erschafft, wird von einem echten menschlichen Verstand nicht zu unterscheiden sein. Und du sprichst davon, diesen Verstand auch noch mit Neurosen und Psychosen zu infizieren.«

»Wir haben über die moralischen Bedenken nachgedacht, und die Projektprotokolle schreiben eindeutig fest, wie eine Persönlichkeit zu bestimmen ist. Aber wir werden ohnehin nur mit Teilen des Bewusstseins und nicht mit dem Ganzen arbeiten. Aber wenn Projekt Eins einfach nur ›aufwacht‹, liegen bereits strikte Richtlinien vor, wie wir weiter vorgehen dürfen.«

In Corbins Gesicht spiegelten sich erneut seine Zweifel wider. »Aber wir sind alle mit unseren Körpern verbunden – mit dem Lymph- und Verdauungssystem sowie den endokrinen Systemen. Unser Geisteszustand hat ebenso viel mit unserem Hormonspiegel und der Frage zu tun, ob wir gut geschlafen oder was wir gerade gegessen haben, wie mit unserem Gehirn. Doch dein synthetisches Bewusstsein ist mit nichts verbunden.«

»Das haben wir in unsere Überlegungen mit einbezogen«, erwiderte Macbeth. »Das Programm simuliert den zirkadianen Rhythmus und das endokrine Gleichgewicht und spiegelt die Effekte der Umgebung, Ernährung und Physiologie wider. Es wird mit einem *virtuellen* Körper verbunden sein.«

»Aber nicht mit der Welt ... Wenn dein synthetisiertes Gehirn ein Bewusstsein entwickelt, wacht es in einer Welt ohne sensorische Inputs auf. Du hast Josh Hobermans These über die psychotomimetischen Effekte des Reizentzugs und die Forschungsunterlagen des University College in London gelesen. Testpersonen, die in lichtversiegelte, schalltote Kammern eingesperrt wurden, bekamen bereits nach fünfzehn Minuten Halluzinationen und sahen eine Umgebung und Menschen, die gar nicht da waren. Offenbar erfinden wir eine reale Welt um uns herum, wenn keine vorhanden ist – und ich rechne damit, dass dein Projektgehirn dasselbe tun wird. Ich bezweifle, dass du dir darüber Gedanken machen musst, wie du die psychiatrischen Zustände hervorrufst, denn dein Baby wird sie bereits von Geburt an haben.«

»Daran haben wir natürlich auch gedacht. Wenn Projekt Eins sein komplettes Bewusstsein selbst initiiert, werden Programme aktiviert, die Sinnesreize simulieren.«

Corbin schüttelte ungläubig den Kopf. »Du machst Witze. Ihr wollt ihm wirklich eine falsche Realität vorspielen? Vielleicht solltet ihr euer synthetisches Gehirn René nennen.«

»Wieso René?«

»Nach Decartes. Er hat gesagt, er könne niemals beweisen, dass er kein Gehirn in einem Tank wäre, das nur von einem böswilligen Dämon in die Irre geführt wird. Offenbar bist du dieser Dämon.« Corbin zuckte mit den Achseln. »Entschuldige, John, aber ich werde zynisch, wenn ich müde bin. Ich halte dieses Projekt für eine einmalige Gelegenheit und bin vermutlich mehr als nur ein bisschen neidisch auf dich.«

»Es gibt keinen Grund, neidisch zu sein. Projektdirektor Poulsen ist ein wahrer Captain Bligh.«

»Schick mir eine Postkarte aus Schweden, wenn du deinen Nobelpreis in Empfang nimmst ...« Corbin prostete ihm zu.

Macbeth lachte und schüttelte den Kopf. »Glaub mir, wenn es einen Nobelpreisträger in der Familie geben wird, dann wird das Casey sein.«

»Tja, ich beneide dich, John.« Corbin grinste. »Wo wir gerade bei Neid sind, was macht dein Liebesleben?«

»Mein Liebesleben?«

»Erheitere mich«, meinte Corbin. »Ich muss durch andere leben. Willst du dich noch immer nicht niederlassen? Was ist mit ... Melissa hieß sie, nicht wahr?«

»Melissa ist aufgrund ihres Jobs nach Kalifornien gezogen«, antwortete Macbeth. »Wir haben keinen Kontakt mehr.«

»Wie schade.« Corbin schüttelte den Kopf. »So einen Kontakt möchte man wirklich nicht verlieren. Sie war etwas ganz Besonderes, John.«

»Ich weiß. Aber so etwas kann passieren. Und es passiert immer mir. Ich bin aber auch nicht der einfachste Partner.«

»Wirklich schade ...« Corbins abwesende Miene ließ vermuten, dass er Melissas Bild vor seinem inneren Auge wieder aufleben ließ.

»Warum erzählst du mir nicht, was du bei der Arbeit für Probleme hast?«, wechselte Macbeth das Thema.

»Wie gesagt, würde ich lieber über etwas anderes reden ...«

Corbin wollte offensichtlich ebenso wenig über seine Arbeit reden wie Macbeth über sein Privatleben, und so wichen sie auf Oberflächlichkeiten aus.

Die nächste Stunde unterhielten sie sich beim Essen über Dinge, die ihr Alltagsleben betrafen. Macbeth stellte fest, dass er die meiste Zeit sprach und Corbin von seiner Arbeit für die Universität und seinem Leben in Kopenhagen erzählte, von den Ähnlichkeiten und Unterschieden zum Leben in den Vereinigten Staaten und wie man seine Persönlichkeit und seine Erwartungen an die Umgebung anpasste. Corbin lächelte. Nickte. Kommentierte. Aber es war offensichtlich, dass er mit seinen Gedanken ganz woanders war und dass ihm nicht nur die Müdigkeit zusetzte. Macbeth beschloss, den Abend so früh wie möglich zu beenden. Die hübsche Kellnerin mit dem rotbraunen Haar kam zurück, und Macbeth übersprang das Dessert und ging gleich zum Kaffee über.

»Entschuldige«, sagte Corbin. »Ich bin heute nicht gerade sehr redselig.«

»Schon in Ordnung«, erwiderte Macbeth. »Es ist schön, dich wiederzusehen. Aber es ist auch offensichtlich, dass du sehr unter Stress stehst. Wenn du mir doch nur verraten würdest, was bei der Arbeit los ist …«

Corbin schien gerade etwas sagen zu wollen, als sein Handy klingelte.

4. JOSH HOBERMAN. VIRGINIA.

Josh Hobermans Herz klopfte wie wild.

Er war dermaßen ruckartig wach geworden, dass er ein Brennen in der Speiseröhre spürte. Dann saß er aufrecht im Bett, reglos, die Luft anhaltend, und versuchte, herauszufinden, was ihn so plötzlich aus dem Schlaf gerissen hatte. Um ihn herum herrschte Stille. Nahezu völlige Stille. In der Ferne auf dem North Shore Drive hörte er die Sirene eines Polizei- oder Krankenwagens. Ein Hund bellte noch weiter entfernt.

Nichts im Haus oder in der Nähe.

Er stieß die Luft aus, seufzte und nahm seine Armbanduhr vom Nachttisch. 0.30 Uhr. Vielleicht war er wegen eines schlechten Traums aufgewacht, weil ein Waschbär eine Mülltonne umgeworfen hatte oder weil er einfach zu spät am Tag noch zu viel Kaffee getrunken hatte. Was immer es auch gewesen war, so wusste Hoberman, dass er in der nächsten Stunde keinen Schlaf finden würde. Er ging ins Bad, entleerte seine Blase und betätigte die Toilettenspülung. Dann wusch er sich die Hände und musterte sein Spiegelbild. Jemand hatte es offenbar gestohlen und durch das seines Vaters ersetzt: dasselbe Gesicht, dieselben traurigen Augen, dieselbe Form. Er wurde alt. Obwohl er gerade erst fünfzig geworden war, schienen die dunklen Ringe unter seinen Augen ihn ein halbes Jahrzehnt älter zu machen. Aber sein Haar war noch immer dick und dunkel. Wenigstens etwas. Doch er musste etwas wegen seines Gewichts unternehmen. Er war für seine Größe zu schwer, und das Übergewicht zeichnete sich in seiner Bauchregion ab. Diese Speckrollen führten zu einem Herzinfarkt. Daran war auch sein Vater gestorben. Mit vierundfünfzig.

Hoberman beschloss, wieder ins Arbeitszimmer zu gehen und noch etwa eine Stunde zu arbeiten. Der Trick war, etwas zu tun, das notwendig, aber langweilig war, damit es ihn ermüdete und nicht etwa stimulierte.

Das Haus war alt. Etwa einhundertundfünfzig Jahre alt, und es stand allein, circa eineinhalb Kilometer von der Straße entfernt und umgeben vom dichten Wald Virginias. Es hatte Hoberman die Isolation geboten, nach der er sich sehnte, aber mit der Isolation hatten auch eine gewisse Unsicherheit und Verletzlichkeit Einzug gehalten.

Als er auf den Treppenabsatz ging und das Licht einschaltete, machte sich Hoberman nicht die Mühe, vorher einen Bademantel anzuziehen. Einer der Vorteile, derart abgelegen zu wohnen, war, dass es keine Nachbarn oder Passanten gab, die einen ausspionierten. Doch als er da nur mit Boxershorts bekleidet auf dem Treppenabsatz stand, hörte er es. Etwas oder jemand war draußen und bewegte sich ums Haus. Er lief die Holztreppe herunter und direkt ins Arbeitszimmer. Dort zog er die Schreibtischschublade auf und holte die alte halbautomatische Jericho 941 heraus. Er starrte die Pistole einen Moment lang an, erstaunt darüber, wie fremd sie in seiner Hand aussah, und überlegte, was zum Henker er eigentlich damit anstellen wollte. Sein jüngerer Bruder Benjamin hatte ihm die in Israel hergestellte Pistole gegeben und ihm auch einen Waffenschein besorgt, da er der Meinung war, wenn Josh schon derart abgelegen wohnte, müsse er sich wenigstens schützen können. In Bennys Händen würde so eine Waffe nicht seltsam aussehen. Benny wusste, wie man mit Waffen umging, mit Situationen, mit Frauen. Benny war in jeder nur denkbaren Weise das genaue Gegenteil seines Bruders.

Erneut hörte Josh draußen ein Geräusch, und er wünschte sich, dass Benny bei ihm wäre. Er würde wissen, was zu tun war.

Hoberman schob das Magazin in den Griff, entsicherte die Waffe und zog den Schlitten ganz nach hinten, so wie Benny es ihm gezeigt hatte. Danach ging er wieder in den Flur, schaltete alle Lampen aus und schlich zur Haustür. Dort verharrte er und lauschte auf Geräusche von draußen, wobei er den Kopf dicht an die dicke Eichentür presste.

Das Klopfen war so laut, dass Josh die Pistole beinahe fallen gelassen hätte. So klopfte die Polizei mitten in der Nacht. Auf diese Art hatte die Polizei in Köln in der Nacht geklopft, als sie Joshs Großeltern und seinen zwölfjährigen Vater abgeholt hatten.

»Professor Josh Hoberman?« Die Stimme klang professionell. Autoritär.

»Professor Hoberman?«, wiederholte sie, als Josh nicht reagierte.

Josh holte tief Luft. »Wer ist da?«

»Hier ist Special Agent Roesler, Sir. FBI. Bei mir ist Special Agent Forbes. Könnten wir mit Ihnen sprechen, Professor Hoberman?«

»Augenblick ...« Josh sah sich um, musterte den Eingangsbereich und die Treppe hinter sich, das Arbeitszimmer zu seiner Linken, seinen Schmerbauch über dem Gummiband der Shorts, die Waffe in seiner Hand. Was wollte das FBI hier? Falls es wirklich das FBI war. Er schaltete das Verandalicht ein, legte die Sicherheitskette vor und öffnete die Tür einen Spalt weit, wobei er die Waffe hob, sodass sie von außen nicht zu sehen war. Zwei Männer mit Bürstenhaarschnitt in Anzügen sahen ihn an. In der Einfahrt stand ein schwarzer Crown Victoria mit einer dritten Person am Steuer.

»Zeigen Sie mir bitte Ihre Ausweise ...« Josh versuchte, seine Forderung so energisch wie möglich vorzubringen.

»Natürlich, Professor Hoberman.« Der junge Mann hob jedoch nicht, wie Josh erwartet hatte, einfach seinen Ausweis hoch, sondern reichte ihm die schwarze Lederbrieftasche durch den Türspalt. Josh sah sich den Ausweis genau an und verglich das Foto mit dem Gesicht vor der Tür, auch wenn er eigentlich keine Ahnung hatte, wie er einen gefälschten FBI-Ausweis von einem echten unterscheiden konnte.

»Was wollen Sie? Wissen Sie überhaupt, wie spät es ist?« Josh gab ihm die Brieftasche zurück.

»Ja. Es tut uns leid, dass wir Sie so spät noch stören müssen, Professor Hoberman«, sagte Special Agent Roesler, dessen Stimme ganz und gar nicht entschuldigend klang. »Aber wir brauchen in einer sehr wichtigen Angelegenheit Ihre Hilfe.«

»Wobei?«

»Ich soll Ihnen das hier geben …« Roesler reichte Josh einen verschlossenen Umschlag, den er sofort aufriss, um das Schriftstück zu lesen.

»Wissen Sie, was das ist?«, fragte er den jungen FBI-Agenten, als er alles gelesen hatte. »Wissen Sie, wer mir das schickt?«

»Nein, Sir. Wir sind nur hier, um Sie dorthin zu bringen, wo Sie erwartet werden.«

Josh starrte die beiden Männer noch einen Augenblick lang an und versuchte zu begreifen, dass das tatsächlich geschah. »Geben Sie mir zehn Minuten, um mich anzuziehen«, meinte er schließlich. »Bin gleich wieder da.«

Er schloss die Tür und sah sich die Nachricht noch einmal an, bevor er sich umdrehte und die Treppe hinaufging.

Im Briefkopf prangte das Siegel des Präsidenten der Vereinigten Staaten.

5. JOHN MACBETH. BOSTON.

Umgeben von Fenstern und Türen, die sich nicht öffnen ließen, und mit dem dicken Netz zwischen sich und dem uniformierten Fahrer überkam Macbeth der Anflug von Panik, während er auf dem Rücksitz des Streifenwagens saß. Diese Umgebung bot ihm auf keinen Fall die erstrebenswerte Harmonie.

Er versuchte, sich auf die Stadt zu konzentrieren, die an ihnen vorbeiglitt.

Der klare Abendhimmel war in eine wolkenverhangene Nacht übergegangen, während er mit Corbin in der Bar gesessen hatte, und die Straßen waren inzwischen regennass. Der Polizist schaltete die Sirene und die Warnleuchten nur an den Kreuzungen ein, wo das kurze Aufjaulen dafür sorgte, dass ihnen der Weg frei gemacht wurde und Macbeth zusammenzuckte. Sie fuhren über die Charles Street durch den Boston Common, und die Silhouetten der Bäume wirkten auf Macbeth merkwürdig zweidimensional, wie Requisiten auf einer Bühne, bevor sie in Richtung des hoch aufragenden, funkelnden Prudential Centers abbogen. Während sie die Huntington Ave entlangfuhren, sah Macbeth weitere blau-weiße Polizeiwagen, die die Zufahrt zur Christian Science Plaza absperrten.

»Sind Sie der Seelenklempner?«, fragte der Polizist mit dem Abzeichen eines Sergeants und einem breiten irischen Gesicht Corbin, als sie aus dem Streifenwagen stiegen.

»Ich bin Dr. Corbin, der diensthabende Psychiater, wenn es das ist, was Sie meinen. Das ist ein Kollege, Dr. Macbeth …«, sagte Corbin, als Macbeth nach ihm aus dem Wagen stieg. Der

Cop nahm Macbeths Anwesenheit nicht einmal zur Kenntnis.

»Ja, also, wir haben hier offenbar einen religiösen Irren. Er steht splitterfasernackt auf dem Dach der *Christian-Science*-Kirche. Offenbar glaubt er, er wäre der Erzengel Gabriel.«

»Ist gerade jemand bei ihm?«, fragte Corbin.

»Vater Mullachy. Von der St. Francis da vorne …« Der Polizist hatte denselben breiten Bostoner Akzent, wie ihn der Taxifahrer gehabt hatte. »Einer unserer Leute ist bei ihm. Man weiß ja nie, wann so ein Verrückter beschließt, noch jemanden mit in den Tod zu reißen. Wie bei der Sache in San Francisco …«

»Ein katholischer Priester spricht gerade mit ihm?« Macbeth grinste. »Ich hätte gedacht, dass die *Christian-Science*-Anhänger da ihre Einwände hätten.«

Der Sergeant musterte Macbeth wortlos von oben bis unten, bevor er sie über den Platz führte. Vor ihnen stand ein großes Gebäude mit einer Kuppel, das für Macbeth aussah wie eine Ansammlung jeden Stils religiöser Architektur: zu gleichen Teilen Kirche, Kathedrale, Basilika und Moschee. Er war schon immer der Ansicht gewesen, dass die Mutterkirche *The First Church of Christ, Scientist* hier im Herzen von Boston aussah wie ein Gebäude, das in einen Themenpark für Gotteshäuser gehörte – oder nach Las Vegas. Er hatte sie als Kind besucht, als er zusammen mit Casey und seinem Vater in der Heimatstadt Tourist gespielt hatte, und erinnerte sich daran, vom Inneren beeindruckt gewesen zu sein. Die religiöse Architektur hatte ihn seit jeher fasziniert, insbesondere die Art, wie die Dimensionen dazu dienten, den Menschen zu überwältigen und einzuschüchtern, ihn daran zu erinnern, wie groß Gott war und wie klein der Mensch. Am meisten hatte ihn bei diesem Besuch das »Mapparium« in der Mary Baker Eddy Library beeindruckt, ein riesiger, drei Stockwerke hoher Glasglobus, den man von innen sah und der die politische Welt im Jahr 1935 nachbildete.

Der Sergeant des BPD führte Corbin und Macbeth am Reflection Pool vorbei, einem langen Rechteck voll mit dunklem Wasser, das in der Bostoner Nacht funkelte.

»Da ist er …« Der Sergeant deutete zu einem Flachdach in der Nähe der Kuppel hinter einer niedrigen Brustwehr. Es gehörte zum ursprünglichen Teil des Gebäudes und lag auf halber Höhe. Eine nackte Gestalt stand auf einer der Zinnen.

Und starrte.

Der Mann schien sich auf etwas zu konzentrieren, das sich hoch über der Stadt am Himmel befand. Macbeth sah in diese Richtung, konnte jedoch nichts entdecken. Selbst aus dieser Entfernung erkannte Macbeth an der Art, wie der Nackte dort mit seitlich herabhängenden Armen stand, dass er weder unter großem Druck noch großer Not zu stehen schien. Dieser Anblick erweckte in ihm die unangenehme Erinnerung an einen Patienten am McLean. Macbeths letzten Patienten, bevor er sich nur noch der Forschung gewidmet hatte.

»Vielleicht meint er es nicht ernst«, sagte Corbin zu dem Polizeisergeant. »Es ist nicht hoch genug, um sich auch wirklich umzubringen, falls er springt.«

»Das mag sein …«, entgegnete der Polizist und maß die Entfernung bis zum Boden. »Aber es wird trotzdem verdammt wehtun.« Er führte die beiden Psychiater zu einer Seitentür, durch einen Lagerraum und über eine Treppe nach oben. Als sie zu dem Dachabschnitt neben der Kuppel kamen, sah alles irgendwie anders aus, und die Höhe und der Perspektivenwechsel bewirkten, dass Macbeth ein wenig schwummrig wurde.

Hier, aus der geringeren Entfernung, stellte er fest, dass der blonde Mann am Rand der Brustwehr gefasst wirkte. Ruhig. Fast schon gelassen. Nicht wie ein normaler Selbstmörder. Er musste Ende zwanzig oder Anfang dreißig sein, schätzte Macbeth. Von hinten und leicht seitlich betrachtet sah der Unbekleidete blass und dünn aus, nur über den Hüften war ein leichtes Röllchen zu erkennen, und dieses Fett wies darauf hin, dass er später Gewichtsprobleme bekommen könnte. Auch jetzt sah es für Macbeth so aus, als würde der nackte Mann in die Ferne blicken, ins Dunkel über oder jenseits der Stadt.

Der Priester war etwa im selben Alter wie der Mann auf der Brustwehr, und er hockte in etwa eineinhalb Metern Entfernung schräg hinter ihm, ein Knie am Boden, einen Ellenbogen auf den anderen gestützt, fast so, als vollführe er einen Kniefall. Macbeth konnte hören, wie er den Nackten in leisem, gönnerhaftem Tonfall darüber belehrte, dass Selbstmord eine Sünde sei.

»Genau das hat uns noch gefehlt«, raunte Corbin Macbeth zu. »Jemand, der seinen religiösen Irrsinn noch verschlimmert. Jetzt haben wir zwei Verrückte zum Preis von einem …«

»Vater Mullachy macht das genau richtig«, sagte der jüngere Polizist rechtfertigend, während sein Gesicht feindselig wirkte, da sich zehn Generationen tumben Glaubens darin widerspiegelten. Er hätte durchaus der Sohn des Sergeants sein können.

»Ist Ihnen bewusst, dass der Priester ihn durchaus dazu bewegen könnte zu springen, wenn er seinen Wahn noch bestätigt?« Corbin schüttelte den Kopf und drehte sich zu Macbeth um. »Halt dich lieber zurück, John, schließlich bist du nicht in offizieller Mission hier.«

»Ich werde zusehen und lernen …« Macbeth grinste und ging zur Seite, wo der jüngere Cop und der Sergeant mit dem breiten irischen Gesicht bereits standen. Von diesem erhöhten Standpunkt aus konnte Macbeth nun das Profil des nackten Mannes sehen.

»Sie haben gesagt, er würde behaupten, er wäre der Erzengel Gabriel?«, fragte Corbin den Sergeant.

»Etwas in der Art. Vielleicht ist sein Name auch Gabriel, aber Sie wissen ja, wie diese Typen so sind. Die erzählen eine Menge, aber nichts von dem, was sie sagen, ergibt einen Sinn. Er hat immer wieder gesagt, er kenne die Wahrheit und habe eine Botschaft und all den üblichen Scheiß. Das Komische ist nur, dass er ruhiger ist als die meisten.«

Corbin nickte und näherte sich dem Priester und dem Mann auf der Brustwehr.

»Hi. Mein Name ist Peter. Ich würde gern mit Ihnen reden. Darf ich näher kommen?«

»Nicht zu nah.« Der stehende Mann sprach ruhig und leise, aber der junge Priester drehte sich zu Corbin um und hielt eine Hand hoch, während er ein ungeduldiges Gesicht machte. Corbin ignorierte ihn und ging über das Dach.

»Das reicht«, sagte der nackte Mann über die Schulter hinweg.

»Hallo …«, wiederholte Corbin. »Ich bin Peter. Wie darf ich Sie nennen?«

»Sein Name ist Gabriel«, sagte der Priester.

»Heißen Sie so?«, fragte Corbin den nackten Mann und drehte sich dann zu dem Priester um, den er mit ruhiger, gleichmäßiger Stimme ansprach. »Gehen Sie jetzt, Vater. Sie könnten hier mehr Schaden als Gutes anrichten.«

»Ich bin hier, um einer in Not geratenen Seele Beistand zu leisten. Ich werde hier gebraucht.«

»Dann gehen Sie wenigstens ein Stück nach hinten.« Corbin ließ eine Warnung in seinen Tonfall mit einfließen. Der Priester bewegte sich nicht. Jetzt wandte sich Corbin wieder dem nackten Mann zu.

»Ist das wirklich Ihr Name? Heißen Sie Gabriel?«

Der nackte Mann starrte weiter über die Stadt hinweg und schien Corbin nicht gehört zu haben.

»Sie können mich Gabriel nennen«, meinte er schließlich eher abwesend, als lenke ihn Corbin nur ab. »Nennen Sie mich, wie Sie wollen. Man kann allem einen Namen geben, aber das heißt noch lange nicht, dass es diesem dann auch entspricht. Wenn Sie etwas einen Namen geben, bedeutet das nicht, dass es auch das ist. Sagen Sie, Peter, sind Sie Psychiater?«

»Ich bin hier, um Ihnen zu helfen, Gabriel«, erwiderte Corbin. »Das ist das Wichtigste. Aber ja, ich bin Psychiater.«

»Verstehe. Sie sind hier, um mich zu beobachten …«, meinte Gabriel, der noch immer von etwas abgelenkt war, das nur er allein sehen konnte und das sich weit über und jenseits der Stadt befinden musste. »Um mich zu beobachten und meinen Zustand zu bewerten. Diese beiden Punkte sind widersprüchlich, wenn ich das so sagen darf. Der Beobachtereffekt in der Quantenphysik beweist, dass sich der Zustand des Beobachteten allein durch die Tatsache, dass er beobachtet wird, verändert. Wussten Sie das?«

»Ich bin nicht hier, um Sie zu beobachten, Gabriel. Ich bin hier, um zu helfen.«

»Um mich vom Springen abzuhalten.«

»Um Ihnen zu helfen«, wiederholte Corbin. »Ihnen dabei zu helfen, einen Ausweg zu finden.«

»Wie gesagt: Sie wollen mich vom Springen abhalten. Wir leben in einem superpositionalen Universum voller unendlicher Möglichkeiten, daher werden Sie das gewünschte Resultat erzielen und ich werde nicht springen. Und ich werde springen. Ich werde springen und überleben. Ich werde springen und sterben. Das ist keine wirkliche Entscheidung. All diese Dinge werden passieren. Nichts davon wird eintreten.«

»Warum stehen Sie auf dem Dach, Gabriel? Warum sind Sie hier?«

»Ich bin nicht hier. Ich existiere gar nicht.«

»Wirklich seltsam, dass Sie so etwas sagen. Natürlich sind Sie hier.«

»Seltsam? Eigentlich nicht. Ich weiß, dass ich nicht hier bin.«

»Haben Sie heute Drogen genommen, Gabriel?«

»Ob ich im K-Hole bin?« Gabriel lachte leise. »Nein, Peter, ich habe weder Ketamin noch sonst irgendwas genommen. Ich leide nicht unter einer von Drogen hervorgerufenen Depersonalisation. Ich bin schlicht und einfach wirklich nicht hier.«

»Ich sehe Sie, Gabriel. Das bedeutet, dass Sie hier sind.«

»Tut es das?«, erwiderte Gabriel, keuchte dann auf einmal und schwankte leicht nach vorn. Alle auf dem Dach hielten Ausschau nach dem, was ihn erschreckt hatte. Da war nichts. Einen Augenblick lang stand der nackte junge Mann wie erstarrt da, dann wich die Anspannung wieder aus seinem Körper.

»Tut es das?«, wiederholte er so gelassen, als würde ihn Corbin davon abhalten, ein Ereignis auf einem riesigen Fernseher zu betrachten, den nur er alleine sehen konnte. »Ich bin hier, weil Sie mich sehen, ist das so? Bedeutet das, dass ich nicht mehr da bin, sobald Sie wegsehen?«

»Sie waren schon hier, bevor ich auf das Dach gekommen bin, Gabriel. Sie waren vor fünfzehn Minuten hier, als die Polizei mich angerufen hat. Sie waren noch fünfzehn Minuten früher hier, als der Wachmann die Polizei gerufen hat. Da konnte ich Sie nicht sehen, aber Sie waren bereits hier, oder nicht?«

Und auch schon früher, dachte Macbeth, der sich an den Bericht des Taxifahrers über den verwirrten Fahrgast erinnerte, den er zum Christian Science Plaza gebracht hatte.

Der junge Mann runzelte die Stirn. »Ich erinnere mich, vor fünfzehn Minuten hier gewesen zu sein. Ich erinnere mich daran, *existiert* zu haben, bevor Sie mich sehen konnten. Aber das tue ich jetzt. Diese Erinnerung an meine Existenz wurde in diesem Moment generiert. Vielleicht ist es die aktuelle Erinnerung, die nicht real ist, und nicht die vergangene Existenz. Denn dass ich mich daran erinnere, vor fünfzehn Minuten hier gewesen zu sein, bedeutet nicht, dass ich auch wirklich hier gewesen bin.«

»Wissen Sie was, Gabriel?«, meinte Corbin. »Ich mag keine Höhen. Damit will ich sagen, dass ich Höhen partout nicht leiden kann. Das konnte ich noch nie. Warum kommen Sie nicht einfach vom Rand weg? Nur ein paar Schritte.« Corbin warf bedeutungsvolle Blicke in Richtung der Polizisten, die neben Macbeth standen. »Niemand wird sich Ihnen nähern. Aber wir könnten uns dann besser unterhalten. Sie wissen schon … ohne dass ich ständig an meiner Höhenangst leiden muss.«

»Höhe ist eine Dimension, ein Maß. Es ist nicht das Maß, vor dem Sie Angst haben, Sie fürchten sich vielmehr vor der Kraft, die dieses Maß auf Ihre Masse ausübt. Vor der Schwerkraft. Dabei ist die Schwerkraft nichts, wovor man Angst haben müsste.«

»Da bin ich mir nicht so sicher, Gabriel«, entgegnete Corbin. »Ich habe gesehen, was die Schwerkraft aus Menschen machen kann, die aus einer geringeren Höhe als dieser hier gestürzt sind.«

»Von den vier Naturkräften im Universum ist die Schwerkraft die schwächste. Bei Weitem die schwächste. Die anderen drei sind weitaus mächtiger. Sie beugen sie, verdrehen sie, manipulieren sie. Wenn Sie vor etwas Angst haben wollen, Doc, dann doch eher vor dem Elektromagnetismus oder der starken Atomkraft. Sie sollten eher Angst vor den Naturkräften haben, die Sie nicht sehen oder spüren können, die Sie aber zusammenhalten oder auseinanderreißen können. Nicht vor der Schwerkraft.« Gabriel seufzte. »Wenn Sie keine Höhen mögen, können Sie gern ein Stück nach hinten gehen. Mir gefällt es hier. Ist Vater Mullachy noch da?«

»Ich bin noch hier, mein Sohn.« Der Priester stand auf und warf nervös einen Blick über den Gebäuderand nach unten.

»Wie heißen Sie, Vater? Verraten Sie mir Ihren Vornamen.«

»Paul«, sagte der Priester. »Mein Name ist Paul.«

Der nackte Mann lachte. »Peter, Paul und Gabriel … Zwei Heilige und ein Engel. Glauben Sie an Engel, Vater?«

»Ich glaube, dass sich Gott auf vielen Wegen zeigt, Gabriel. Vielen Menschen auf vielen Wegen.«

»Ich habe Sie nicht gefragt, ob Sie an Gott glauben. Ich habe Ihnen keine vage Frage gestellt, auf die Sie mir eine ausweichende Antwort geben können. Ich habe Sie gefragt, ob Sie an Engel glauben. Sie wissen schon, diese anthropomorphen Wesen mit riesigen Flügeln auf dem Rücken.«

»Das beschreibt keine Engel, mein Sohn«, sagte der Priester. »Ein Engel ist ein Bote Gottes oder sogar die Nachricht selbst. Eher ein Geist als …«

»Glauben Sie an Engel, Gabriel?«, schnitt Corbin dem Priester das Wort ab.

Gabriel lachte verbittert. »Glauben? Ich glaube an gar nichts. Das Lustige daran ist, dass das Nichts, an das ich glaube, ein Nichts ist, in dem alles möglich sein kann. Alle Dinge, alle Ideen, alle Möglichkeiten. Sogar Engel. Wenn Sie Psychiater sind, Peter, dann werden Sie wissen, dass Engel real sind. Nicht für jeden, aber für einige Menschen. Ich wette, Sie hatten schon Patienten, die absolut und ohne jeden Zweifel davon überzeugt waren, Engel gesehen zu haben. Die Tatsache, dass Engel nur in ihrem Kopf und für niemand anderen existieren, bedeutet noch lange nicht, dass sie nicht real sind. Engel, Dämonen, Geister …« Er hielt inne, und seine Stimme klang besorgt. »Und Monster. Ich wette, Sie haben sie alle gesehen, alle behandelt, alle kuriert. Habe ich recht? Haben Sie Leute von ihrem Glauben an Engel geheilt?«

»Ich habe Patienten mit wahnhaften Störungen behandelt, wenn es das ist, was Sie meinen.«

Gabriel schwieg eine Weile und starrte weiterhin in die Ferne das an, was niemand sonst sehen konnte. »Sie hatten in letzter Zeit sehr viel zu tun, nicht wahr, Peter?«, sagte er schließlich. »Sie mussten sehr viel mehr Engel und Geister vertreiben. Viel mehr als sonst … Oder irre ich mich da?«

Erneut herrschte Schweigen, nur dass es dieses Mal Corbin war, der nicht reagierte. Etwas an diesem Schweigen beunruhigte Macbeth.

»Warum sagen Sie das?«, erkundigte sich Corbin.

»Ich habe doch recht, oder nicht? Sie werden von weitaus mehr Menschen als sonst aufgesucht, die Visionen haben und diese loswerden wollen. Was sagen Sie ihnen? Sagen Sie diesen Leuten, dass sie verrückt sind? Oder hat es bei Ihnen auch angefangen? Vielleicht sehen Sie das Seltsame im Augenwinkel? Das sind die Schlimmsten. Das sind die, die einen in den Wahnsinn treiben ... Sie halten nie still, wenn man sich umdreht. Ist das bei Ihnen auch passiert, Peter? Haben Sie selbst auch schon Visionen? Sagen Sie Ihren Patienten jetzt, dass sie die ganze Zeit recht gehabt haben? Sagen Sie ihnen, dass die Engel kommen?«

Erneut fiel Macbeth auf, dass Corbin nicht sofort antwortete. In der Stille konnte er die Geräusche des Stadtverkehrs im Dunkeln hören, ebenso wie ferne Rufe und Gelächter. Geräusche aus dem Off.

»Sehen Sie Engel?«, fragte Corbin. »Ist es das, was Sie gerade am Himmel sehen?«

Gabriel lachte. »Hören Sie auf zu reflektieren. Zu Deflektieren. Ich möchte wissen, ob Sie sich je Gedanken um die Realität gemacht haben, die Ihre Patienten beschreiben. Haben Sie je nachts im Dunkeln im Bett gelegen und sich gefragt, ob deren Realität die richtige und Ihre die falsche ist? Sie müssen doch ebenso vielen Menschen mit einer eigenen Version der Realität begegnen wie solchen, die die Standardversion akzeptieren.«

»Wir alle wissen, was wahre Realität ist, Gabriel.«

Der nackte Mann lachte erneut. »Sie meinen einvernehmliche Realität? Realität ist Realität, wenn genug Menschen daran glauben? Was wäre, wenn jeder – und ich meine jeder – anfangen würde, Visionen zu haben? Jeder außer Ihnen? Würde das bedeuten, dass eigentlich Sie wahnhaft sind? Lassen Sie es mich anders ausdrücken: Vater Mullachy hat sein Leben dem Dienst einer übernatürlichen Existenz gewidmet. Aber das wird akzeptiert, weil es eine Geschichte zu seiner Fantasie gibt und ein gewisser Konsens diesbezüglich existiert. Hätte er sich jedoch auf genau dieselbe Weise demselben Glauben gewidmet, aber gesagt, eine Riesenmaus, die verborgen in den Wolken lebt, hätte seine Anwesenheit hier notwendig gemacht, weil sich diese Riesenmaus um mein spirituelles Wohlergehen sorgt, dann wäre das nicht akzeptabel gewesen. Sie würden behaupten, er litte an Wahnvorstellungen. Eine interessante und große Frage, nicht wahr?«

»Die einzige Frage, die mich im Moment interessiert, ist die, warum Sie hier sind, Gabriel.«

Wieder gab es eine Pause, bevor Gabriel etwas erwiderte. »Haben Sie je einen Schrecklichen Pfeilgiftfrosch gesehen? Er ist wunderschön und farbenfroh. Und so winzig, nicht einmal eineinhalb Zentimeter lang. Wissen Sie, was ich an dem Schrecklichen Pfeilgiftfrosch nicht verstehe? Wie kann so eine winzige, wunderschöne Kreatur das tödlichste giftige Tier auf der Welt sein? Ein Frosch, der gerade mal eineinhalb Zentimeter lang wird, könnte fünf afrikanische Elefanten in nicht einmal einer Minute umbringen. Oder zwanzig bis dreißig Menschen. Wenn Sie Ihre nackte Hand auf einen Ast legen, auf dem der Frosch eine Stunde zuvor gesessen hat, dann können seine Hautabsonderungen Sie noch immer töten. Ich begreife es einfach nicht … Hey, Vater, haben Sie eine Antwort darauf? Warum hat Gott ein so schönes Wesen gleichzeitig derart tödlich gemacht?«

»In Gottes Schöpfung ist für alles Platz, Gabriel«, erwiderte der Priester. »Es gibt Wunder, die wir nie verstehen werden. Seine Gründe könnten uns auf ewig verschlossen bleiben.«

Gabriel lachte, und dabei schwankte sein nackter Körper erneut. Macbeth sah, wie sich Corbin verspannte.

»Das ist gut … Das gefällt mir … ›Wunder, die wir nie verstehen werden.‹ Die ›Du-kommst-aus-dem-Gefängnis-frei‹-Karte des Papstes«, sagte Gabriel. »Aber wir versuchen wirklich, es zu verstehen, nicht wahr? Von den acht oder neun Millionen Spezies auf diesem Planeten sind wir die einzige, die versucht, einen

Sinn in alles zu bringen. Der Schreckliche Pfeilgiftfrosch ergibt für mich keinen Sinn, weil er eintausend Mal mehr Gift besitzt, als er brauchen würde, um jeden seiner natürlichen Feinde zu töten. Und wissen Sie was? Wir sind genauso. Wir ergeben auch keinen Sinn. Warum sind wir denn so schlau? Wir brauchen diese ganze Intelligenz doch gar nicht.«

»Ich verstehe Sie nicht«, sagte Corbin.

»So wie der Schreckliche Pfeilgiftfrosch zu viel Gift hat, besitzen wir zu viel geistige Leistungskraft. Wir brauchen sie nicht, um auf unserem Platz an der Spitze bleiben zu können. Sehen Sie sich nur um …« Er schwenkte einen Arm und deutete auf Boston, das unter ihnen in der Nacht glitzerte. »All das wurde von einem Affen erschaffen. Kunst, Wissenschaft, Musik … Nichts von all dem ergibt einen Sinn. Es ist absurd. Alles ist absurd. Was denken Sie, Peter? Sie vermessen, untersuchen und testen den menschlichen Verstand … Was halten Sie davon?«

»Von der menschlichen Intelligenz?« Während er sprach, machte Corbin einen unbeholfenen vorsichtigen Schritt nach vorn. Er befand sich jetzt genau in der Mitte zwischen Macbeth und dem nackten Mann. »Wie Sie bereits gesagt haben, stehen wir an der Spitze der Evolution, und unsere Intelligenz hat uns dorthin gebracht.«

»Das stimmt nicht, Peter, und das wissen Sie auch«, erwiderte Gabriel. »Was ist mit den Dinosauriern? Sie standen einhundertunddreißig Millionen Jahre an der Spitze. Damit waren sie deutlich erfolgreicher als wir. Sie haben keine Technologie, Zivilisation oder Kultur gebraucht. Unsere Intelligenz ist eigentlich eine evolutionäre Gefahr und kein Vorteil – sie hat dafür gesorgt, dass wir vom Aussterben bedroht sind. Und das in wie vielen Jahren? In zweihunderttausend Jahren, die es den modernen Menschen gibt? Fünfzigtausend Jahre der Verhaltensmodernität? Das ist im Hinblick auf die Evolution nicht der Rede wert. Aber in der kurzen Zeit ist es uns ziemlich gut gelungen, den Planeten zu ruinieren, von dem wir abhängen, und wir haben die Waffen entwickelt, um uns selbst gleich mehrfach auszurotten. Ja, Pete … Die Dinosaurier haben uns geschlagen, so viel steht fest.« Erneut deutete er mit einer Hand auf die Stadt unter sich. »Sie haben all das geschlagen.«

»Ich kann Ihre Frage beantworten, Gabriel«, warf der Priester ein und kam unsicher näher, wobei er erneut einen Blick über die Brustwehr nach unten warf. »Unsere Weisheit und unsere Neugier wurden uns von Gott gegeben. Er gab sie uns, damit wir uns auf die *Suche* begeben, um ihn zu verstehen. Und damit wir unsere Sünden erkennen, die Natur der Sünde. Damit wir danach streben, Gott zu erkennen.«

»Was wäre, wenn ich Ihnen sage, dass ich Gott kenne?«, meinte Gabriel zu dem Priester. »Dass ich Gott auf eine Weise kenne, die Sie nie im Leben begreifen werden? Dass ich Gottes wahre Natur vollkommen und umfassend begreife?«

»Nein, das tun Sie nicht, mein Sohn«, erwiderte der Priester.

»Doch, das tue ich«, sagte Gabriel, in dessen Stimme zum ersten Mal Gefühle mitschwangen. Sie klang beinahe gequält. »Sie sind derjenige, der Wahnvorstellungen hat. Ich habe die Antwort und die Wahrheit gesehen, Vater. Und es ist eine große, sehr große Wahrheit. Sie ist so groß und übersteigt die Darstellung Ihres winzigen Aberglaubens derart, dass Sie sie einfach nicht begreifen können.« Er machte eine Pause und schien sich erneut die Lichter der Stadt anzusehen. »So groß, dass ich sie nicht ertragen kann …«

Ein Luftzug, der vom Platz unter ihnen heraufwehte, zerzauste sein blondes Haar. Gabriel beugte sich ein wenig nach vorn und sah hinunter. Macbeth hielt den Atem an und spürte, dass die beiden Polizisten neben ihm dasselbe taten. Pete Corbin ging vorwärts, blieb dann aber doch wieder stehen.

Völlig unerwartet machte Gabriel auf einmal einen Schritt nach hinten, stieg von der Brustwehr herunter und entfernte sich vom Rand des Gebäudes. Vater Mullachy sah Corbin mit einem eindeutig triumphierenden Gesichtsausdruck an.

»Holen Sie lieber eine Decke«, sagte der Sergeant zu dem jüngeren Polizisten und machte sich daran, das Dach zu überqueren. In der Zwischenzeit hatte der junge Priester einen Schritt auf Gabriel zugemacht und ihm beruhigend eine Hand auf die nackte Schulter gelegt.

»Alles wird wieder gut, mein Sohn«, sagte Vater Mullachy.

»Sie verstehen es nicht, Paul«, erwiderte Gabriel, dessen Stimme plötzlich klarer und entschlossener klang. »Wir werden. Wir werden.«

»Wir werden was?«, fragte der Priester und runzelte die Stirn.

Macbeth begriff, dass er es als Erster gesehen hatte. Alle anderen waren in die von Gabriel ihnen zugedachten Rollen geschlüpft, während Macbeth nur ein Beobachter war. Und er beobachtete. Er bemerkte den plötzlichen Wandel im Verhalten des Mannes, sah, wie das bis dahin reglose Gesicht und der starre Körper auf einmal lebhafter wurden.

»Die Sache ist die, Vater Paul«, sagte Gabriel, »sie haben Ihr ganzes Leben lang die falsche Frage gestellt. Sie haben gefragt, *wer* Gott ist. Es gibt kein Wer. Es gibt kein Wer, Was oder Wo. Die Wahrheit ist zu wissen, *wann* Gott ist. Ich weiß, wann Gott ist. Wir werden … Wir werden …« Gabriel trat lächelnd einen Schritt vor und umarmte den Priester. »Kommen Sie, Sie werden es selbst sehen …«

Inzwischen lief Corbin auf sie zu, dicht gefolgt von den beiden Polizisten und Macbeth. Sie alle erstarrten, als Gabriel, die Arme noch immer fest um Mullachy gelegt, sich und den Priester zur Seite schleuderte.

Die niedrige, zinnenartige Brustwehr, die das Dach umgab, reichte beiden Männern bis zur Mitte des Oberschenkels, und sie stürzten darüber und waren nicht mehr zu sehen. Gabriel verschwand schweigend, während Mullachy lauthals schrie.

6. JOSH HOBERMAN. VIRGINIA.

Josh Hoberman saß auf dem Rücksitz des schwarzen Wagens, und ihm war übel.

Während sie über die lange Auffahrt zur Straße fuhren, sah er zu, wie sein Haus zwischen den Bäumen verschwand, ebenso wie das Verandalicht, das auszuschalten er vergessen hatte. Die Strecke bis zur Hauptstraße war nicht gepflastert, und Hoberman hatte sich einen SUV gekauft, um jeden Tag von seinem Haus zum Bahnhof zu fahren, von wo aus er dreimal die Woche in seine Klinik in DC fuhr. Den Rest der Woche arbeitete er alleine zu Hause. Die Stoßdämpfer des Crown Victoria schwächten die Löcher und Rillen in der Straße ein wenig ab, doch die Turbulenzen wirkten sich immer noch auf Hobermans Magen aus.

»Wohin fahren wir?«, fragte er Roesler, der neben ihm im Heck des Wagens saß, während die anderen beiden Agenten schweigend die vorderen Plätze einnahmen. Warum hatten sie drei Agenten geschickt?

»Ich vermute, dass Sie nach DC müssen, Sir, aber ich weiß es nicht mit Sicherheit«, antwortete Roesler mit derselben oberflächlichen Höflichkeit, die er die ganze Zeit an den Tag legte. Hoberman begriff, dass er für Roesler nur ein Paket war, das dieser abzuliefern hatte, mehr nicht. »Wir bringen Sie nur bis zur Culpeper-Militärbasis. Dort werden Sie von einem Hubschrauber abgeholt.«

»Um nach Washington zu fliegen? Mit dem Wagen braucht man doch gerade mal eineinhalb Stunden …«

»Ich weiß wirklich nicht, wie Ihr endgültiges Ziel lautet, Professor Hoberman. Ich schätze, dass man Sie in Culpeper genauer informieren wird.«

Inzwischen waren sie auf dem Highway, und Hoberman lehnte sich auf dem Ledersitz zurück und dachte über die Natur ererbter Erinnerungen und kultureller Gewohnheiten nach. Hoberman war ein Jude, der mitten in der Nacht von bewaffneten Regierungsbeamten abgeholt wurde, die ihm nicht sagen konnten, wohin man ihn bringen würde, und der Enkel eines seit Langem toten Juden, der mitten in der Nacht von bewaffneten Regierungsbeamten abgeholt worden war, die ihm nicht sagen konnten, wohin man ihn bringen würde.

Den Rest ihrer halbstündigen Reise schwiegen sie bis auf eine Ausnahme, als der Anzugträger auf dem Vordersitz verkündete, sie würden sich »dem Zielort nähern«. Hoberman war nicht sonderlich überrascht, dass der Regionalflughafen von Culpeper zu dieser Uhrzeit geschlossen war, aber der Sicherheitsmann salutierte und ließ den Wagen durch das Tor.

Ein großer, schwarzer Hubschrauber stand wie ein riesiger Käfer glänzend im Licht der Scheinwerfer auf der Startbahn, und seine Rotoren setzten sich bereits in Bewegung, als der Wagen näher kam. Roesler und die anderen Agenten führten Hoberman mit unwiderstehlicher Höflichkeit unter den sich drehenden Rotorblättern zu den Stufen, die zur Tür führten. Der Mann, der ihn dort erwartete, war lässig in ein schwarzes, kurzärmliges Polohemd und eine helle Cargohose gekleidet und lächelte ihn breit an.

»Professor Hoberman?« Er streckte eine Hand aus und grinste noch breiter. »Danke, dass Sie zu dieser unchristlichen Stunde gekommen sind. Ich bin Agent Bundy. Dann wollen wir es Ihnen mal bequem machen.«

»Bundy?«

»Wir sind nicht miteinander verwandt …«, erwiderte der Geheimdienstmann fast schon automatisch, während er noch immer freundlich lächelte und einen Schritt nach hinten machte, damit Hoberman den schmalen Raum zwischen der Pilotenkabine und der gegenüberliegenden Tür betreten konnte. Als Bundy die Tür öffnete, bemerkte Hoberman, dass er gebräunt und muskulös war. Die professionelle Muskulatur eines Menschen, dessen Job sowohl Muskelkraft als auch Gehirnschmalz erforderte. Außerdem fielen ihm Bundys ungewöhnliche Augen auf, die zweifarbig waren: Die Iris war außen hellblau, rings um die Pupillen jedoch haselnussbraun.

»Hier entlang, Professor Hoberman«, sagte Bundy.

Die Passagierkabine des Hubschraubers überraschte Hoberman. Sie war hell und luxuriös, mit cremefarbenen Ledersesseln, wie er sie noch in keinem Flugzeug gesehen hatte, egal in welcher Klasse. In der Kabine saß bereits ein anderer Mann, den Bundy als Bob Ryerson vorstellte. Ryerson trug einen dunklen, teuer aussehenden Anzug und wirkte für diese nachtschlafende Zeit sehr gepflegt und ausgeruht. Sein Körperbau entsprach in etwa dem von Bundy.

»Ist das hier *Marine One*?«, fragte Hoberman. Bundy lachte.

»Nein, Sir, der Hubschrauber, der hauptsächlich als *Marine One* eingesetzt wird, ist weitaus größer als dieser hier. Aber eigentlich ist *Marine One* jeder Hubschrauber, in dem der Präsident sitzt, aber auch *nur*, wenn sich der Präsident an Bord befindet. Doch Sie gehen recht in der Annahme, dass dies ein HMX-1 ist: Marinehubschrauber Squadron One … exklusiver Präsidententransport. Bitte setzen Sie sich und schnallen Sie sich an, damit wir starten können, Professor Hoberman.«

»Und Sie und *Bob* hier«, meinte Hoberman, ohne sich hinzusetzen, »was sind Sie? CIA? NSA? FBI? DHS? Oder habe ich irgendwas aus der geheimdienstlichen Buchstabensuppe unseres Landes vergessen?«

»Alles Genannte trifft in gewisser Hinsicht zu«, erwiderte Bundy noch immer lächelnd. »Ich bin offiziell ein Special Agent des FBI, aber meine Stellenbeschreibung ist etwas … *flexibler.* Nach dem elften September ist alles ein wenig verschwommener geworden. Aber Bob und ich haben beide die Aufgabe, für die Sicherheit und den Schutz des Präsidenten zu sorgen, falls es das ist, was Sie gemeint haben. Bitte setzen Sie sich, Professor Hoberman, und schnallen Sie sich an, dann fliegen wir ab.«

»Wohin?« Hoberman blieb so entschlossen stehen, wie er es fertigbrachte. »Und warum? Ich habe das Recht zu erfahren, wo zum Teufel Sie mich hinbringen und aus welchem Grund Sie es tun.«

Bundy lächelte nachsichtig. »Ich glaube, Sie haben eine Nachricht erhalten …«

»Darin stand nur, *Wer*, aber nicht *Wo* und *Warum*.«

»Ich kann Ihre erste Frage beantworten, Doktor«, sagte Ryerson. Hoberman fiel auf, dass er nicht so gesellig wirkte wie Bundy, der eher einem Gebrauchtwagenhändler glich. »Wir fliegen nach Camp David in Maryland. Und was Ihre zweite Frage angeht, so kennt keiner von uns den Grund, aus dem Sie dorthin gebeten wurden, aber wir sollen Ihnen das hier geben.« Er holte ein Dossier aus einem schwarzen Lederaktenkoffer und reichte es Hoberman.

Das Dossier war mit dem unversehrten Siegel des Präsidenten verschlossen. Hoberman starrte es genauso an, wie er die Waffe in seiner Hand angesehen hatte. Es wirkte irgendwie fremd, fehl am Platz. Hoberman stand in der luxuriösen Umgebung eines Hubschraubers aus der Flotte des Präsidenten mit den makellosen cremefarbenen Sesseln, dem Tisch aus Kirschbaumholz und den grünen Vorhängen und kam sich selbst ebenfalls fremd und fehl am Platz vor.

»So, Professor Hoberman«, sagte Bundy und deutete auf einen der Sessel. »Wenn Sie jetzt nichts dagegen hätten …«

7. JOHN MACBETH. BOSTON.

In Bezug auf den nackten Mann reichte Macbeths medizinische Ausbildung vollkommen aus, um dessen Ableben konstatieren zu können.

Gabriel war mit dem Kopf voran auf dem Pflaster aufgekommen, und ein grauer, fleckiger Kranz aus Blut umgab seinen zerschmetterten Schädel. Dickflüssige Klumpen quollen aus seinen Nasenlöchern, und ein Auge stand weit offen und starrte in den Nachthimmel, während das andere halb geschlossen war, dessen Lid wie eine nachlässig zugezogene Jalousie wirkte.

Er musste den jungen Priester auf dem ganzen Weg bis nach unten hartnäckig festgehalten haben, da die beiden Männer jetzt völlig ineinander verschlugen am Boden lagen. Corbin und Macbeth wandten ihre Aufmerksamkeit jetzt Vater Mullachy zu, der halb auf Gabriels Brust lag. Der Priester starrte ebenfalls in den Nachthimmel hinauf, aber seine Brust bewegte sich in schnellen, flachen Atemzügen.

»Können Sie mich hören?«, fragte Corbin. »Vater Mullachy? Können Sie mich hören, Vater Mullachy?«

Der Priester sagte nichts und starrte nur weiter zu den Sternen über sich hinauf, während er weiteratmete. Corbin drückte ein Ohr gegen die Brust des Mannes, erst auf der einen, dann auf der anderen Seite.

»Rufen Sie einen Krankenwagen!«, rief Corbin den Polizisten über die Schulter hinweg zu, um sich dann zu Macbeth umzudrehen. »Wie sieht es mit deinen Erste-Hilfe-Kenntnissen aus?«

»Die sind ziemlich eingerostet …«, log Macbeth. Tatsächlich erinnerte er sich ziemlich genau an alles. Sogar perfekt. Was man machen musste, an Handgriffe, Fakten und Methoden, die er gelernt hatte. Taxonomien, Systeme, strukturiertes Wissen, solche Erinnerungen wurden katalogisiert, indiziert und abgelegt, und in dem Lager, das sein Gehirn mit »Prozedurales Gedächtnis« etikettierte, regelmäßig abgestaubt und gewartet, sodass es jederzeit frisch und wie neu abgerufen werden konnte. Im Gegensatz dazu glich sein autobiografisches Gedächtnis eher einer schlecht beleuchteten Abstellkammer voller überfüllter Regale, in der er sich nie zurechtfand. Erinnerungen aus dem wirklichen Leben mussten erst entstaubt werden, bevor er ihr verblichenes Bild begutachten konnte. Selbst dann war er sich nicht immer sicher, was aus seinem eigenen Leben stammte und was er aus einem anderen entlehnt hatte.

Corbin war offensichtlich bewusst, dass Macbeth sich an seine Erste-Hilfe-Kenntnisse erinnerte, denn er machte eine Geste in Richtung des jungen Mannes, die besagte, dass er loslegen sollte. Macbeth strich mit den Händen über den Körper des Priesters wie ein Polizist, der einen Verdächtigen filzt. Die einstmals gelernten Fähigkeiten fielen ihm sofort wieder ein, und er spürte jeden Bruch unter seinen Fingerspitzen und gab alles an Corbin weiter. Als Macbeth Mullachys Rippen untersuchte, stöhnte dieser kurz auf, doch das war der einzige Protest, den er zwischen seinen Atemzügen ausstoßen konnte, und dann stöhnte er noch etwas lauter, als Macbeth seine Hüften abtastete. Zertrümmertes Becken. Das Gute war, dass Mullachy den Schmerz in seinem Unterkörper spüren konnte, was bedeutete, dass die Wirbelsäule noch intakt war. Macbeth überprüfte den herzfernen Puls und arbeitete sich zurück nach oben zur Brust vor. Vorsichtig entfernte er den Kragen des Priesters und untersuchte seinen Hals: keine Deformationen oder ernsthafte Schwellungen. Mullachy musste so gelandet sein, dass eine schwere Kopf- oder Wirbelsäulenverletzung verhindert worden war, die bei derartigen Stürzen die häufigste Todesursache darstellten. Als Macbeth die

Kehle des Priesters musterte, entdeckte er einige kleine, hervorstehende Dellen auf der Haut, die wie extreme Gänsehaut aussahen. Wenn er eine davon berührte, verschob sie sich oder zerplatzte unter seinen Fingern und die Haut wurde flacher, aber an anderer Stelle erschienen neue Beulen.

»Luftblasen?«, fragte Corbin, der Macbeth über die Schulter sah.

Macbeth nickte. »Ja, subkutane Luft. Wenn der Krankenwagen nicht bald hier ist, müssen wir eine improvisierte Intubation vornehmen.«

Inzwischen klang die Atmung des Priesters immer pfeifender. Zwischen seinen flachen Atemzügen stieß er einige Worte hervor.

»Salbung …«, keuchte er. »Letzte … Ölung.«

»Nicht reden, Vater«, sagte Macbeth. »Sparen Sie sich Ihren Atem. Sie werden wieder gesund.« Er drehte sich zu Corbin um. »Frag doch mal die Cops, ob einer von ihnen ein Taschenmesser und einen Kugelschreiber dabei hat.«

»Du willst ihn hier intubieren?«

»Nicht, wenn es sich vermeiden lässt. Das Letzte, was ich versuchen möchte, ist eine Art Pfadfinder-Thorakostomie.« Macbeth seufzte. Er sah an Corbin vorbei zu den Lichtern, die die hohen Gebäude umgaben, und zu den Glaskugeln auf den Straßenlampen rings um den Platz. Sie schienen heller zu strahlen, klarer auszusehen, schärfere Ränder zu haben. Wirkten kristallin. Es gab ein Muster, das den Dingen, das allem innewohnte, und Macbeth begann erneut, es zu sehen.

Nicht jetzt, sagte er sich. *Nicht jetzt. Konzentrier dich.*

»Ich will einfach nur bereit sein, falls der Krankenwagen zu lange braucht. Sein Brustkorb ist ohnehin schon zu steif. Er hat Blutungen in der Pleurahöhle. Frag die Cops, ob sie irgendetwas haben, das ich benutzen kann …«

Corbin nickte und lief hinüber zu dem Sergeant, der eine

Gruppe von Schaulustigen mit ungeduldigen Armbewegungen zurückzuscheuchen versuchte.

»Ich bin bereit …«, stieß der Priester hervor. »Ich bin bereit.«

»Bereit für was, Paul?« Macbeth beugte sich dichter über ihn. Selbst im schwachen Licht der Straßenlaternen konnte er erkennen, dass sich Mullachys blasse Haut bläulich verfärbte und dass seine Lippen dunkler wurden. »Sparen Sie sich den Atem. Wir werden Sie ins Krankenhaus bringen.«

Etwas gurgelte in der Kehle des Priesters. Jemand tippte Macbeth auf die Schulter, und er drehte sich um und sah den älteren Polizisten vor sich stehen.

»Gibt es was Neues wegen des Krankenwagens?«, fragte Macbeth den Sergeant.

»Er ist unterwegs«, antwortete der Cop. »Es hat einen Unfall auf dem Common gegeben, daher staut sich der Verkehr. Wofür brauchen Sie das Messer und den Stift?«

»Vater Mullachy weist Anzeichen dafür auf, dass wenigstens ein Lungenflügel gerissen ist und dass sich seine Pleurahöhle mit Blut füllt. Ich schätze, weiter unten hat er auch innere Blutungen. Unter der Haut an seinem Hals zeichnen sich Luftblasen ab. Wenn er nicht bald eine Thoraxdrainage bekommt, wird der Druck sein Herz zerquetschen und es kommt zum Kreislaufstillstand.«

»Und Sie können das mit einem simplen Kugelschreiber verhindern?« Der Polizist runzelte ungläubig die Stirn.

»Wenn Sie keine bessere Idee haben.«

»Wir haben einen Verbandskasten im Wagen … Erste Hilfe.«

»Holen Sie ihn her. Aber beeilen Sie sich, uns bleibt nicht mehr viel Zeit. Und machen Sie dem Krankenwagen Beine.«

Der Polizist drehte sich um und lief in Richtung seines Wagens, wobei er etwas in sein Funkgerät brüllte. Macbeth kniete sich wieder neben die beiden ineinander verschlungenen Körper. Gemeinsam gelang es Corbin und Macbeth, die Beine des nackten Mannes von Mullachys zu lösen. Der Tote diente nun als Kissen für den verletzten Priester, und die beiden Ärzte konnten seine Wunden besser versorgen. Vorsichtig knöpfte Corbin Mullachys schwarzes Hemd auf.

»Ich werde es von vorn versuchen müssen«, meinte Macbeth. »Wir können es nicht riskieren, ihn umzudrehen oder aufzusetzen, ohne ihm vorher eine Halskrause angelegt zu haben.«

»Ich bin bereit … Ich bin bereit …«, wiederholte Mullachy, als bete er einen Rosenkranz, aber Macbeth war bewusst, dass der Priester damit nicht meinte, dass er bereit für die improvisierte Operation wäre.

»Bleiben Sie einfach konzentriert und wach, Vater.« Macbeth hielt sein Gesicht dicht über das des Priesters, damit er den Blickkontakt herstellen konnte. »Ich weiß, dass es schwer ist, um jeden Atemzug kämpfen zu müssen, aber es wird Ihnen bald leichter fallen. Glauben Sie mir, Sie werden es schaffen. Sie werden wieder gesund.«

Mullachy schüttelte vorsichtig und kaum merklich den Kopf.

»Sie … glauben das doch … nicht wirklich?«, stieß er zwischen den gequälten Atemzügen hervor. »Sie denken … es wäre … alles … gelogen.«

»Die theologischen Diskussionen sollten wir auf später verschieben, wenn Sie besser atmen können, Vater«, meinte Macbeth. »Seien Sie jetzt still, und sparen Sie sich die Atemluft.«

Der Sergeant kam mit einer großen blauen Tasche zurück. Corbin wühlte darin herum und reichte Macbeth dann ein Paar Latexhandschuhe und vier antiseptische Tücher. Macbeth zog die Handschuhe an und legte eines der Tücher auf den Boden, um den aufgeblähten Bauch des Priesters dann mit einem zweiten abzuwischen.

»Besser als ein Taschenmesser …«, murmelte Corbin und reichte Macbeth das sterile Wegwerfskalpell, das er in dem Verbandskasten gefunden hatte.

»Irgendwelche Röhrchen?«, fragte Macbeth, der das Skalpell bereits auswickelte und seine Hände dabei anstarrte, als gehörten sie zu jemand anderem.

Corbin wühlte in der Tasche herum. »Nein.«

Wieder tippte jemand Macbeth auf die Schulter. Als er sich umdrehte, hielt der Sergeant einen Kugelschreiber in seiner großen Hand.

»Ich hoffe, Sie wissen, was Sie tun, Doc.«

Macbeth ergriff den Stift und nahm ihn auseinander, bis er nur noch das Röhrchen in der Hand hatte. Corbin reichte ihm eine Plastikflasche mit sterilem Wasser. Er spülte die Stifthülle aus und wischte sie mit einem frischen Tuch ab, bevor er sie auf das legte, das er auf dem Boden ausgebreitet hatte. Dabei hatte Macbeth das Gefühl, als hätte sich etwas Undefinierbares in seiner Umgebung verändert, als wäre es zu einer kaum merklichen Änderung des Lichts oder des Luftdrucks gekommen oder als läge auf einmal ein leichter Dufthauch in der Luft. *Nicht jetzt.*

Der Priester keuchte jetzt lautstark, und seine Augen füllten sich mit Tränen.

»Ist … ist es wahr? Ist … es … wahr?«

»Ganz ruhig, Vater«, sagte Corbin und legte dem Verletzten eine Hand auf die Stirn. »Wir werden dafür sorgen, dass Sie gleich wieder leichter atmen können.«

Macbeth spürte es kommen. Er merkte immer, wie es begann, als müsse sich sein Verstand vorbereiten. Das Gefühl, das er hatte – dass sich etwas in seiner Umgebung verändert hatte –, war immer das Vorspiel eines weiteren Vorfalls. Er wusste, dass es durch den Stress dieser Situation heraufbeschworen worden war. Doch diesen Stress spürte er nicht länger, als sich das Ereignis langsam manifestierte. Er sah in Corbins angespanntes Gesicht und dann wieder auf seinen Patienten, der sterben würde, wenn er nicht sofort und entschlossen handelte.

Alles um Macbeth herum wirkte jetzt härter, heller und noch scharfkantiger, als hätten sich seine Augen weit über das ihnen eigentlich mögliche Maß hinaus fokussiert. Er blickte über den Platz in Richtung des Reflection Pools. Alles funkelte auf dem schwarzen Wasser; die gespiegelten Lichter des Prudential Centers und der anderen Gebäude in der Umgebung tanzten wie Diamanten auf der Oberfläche. Er wusste, dass nichts davon real war. Das waren keine echten Menschen. Die Architektur um ihn herum existierte eigentlich gar nicht.

Er hörte, wie Corbin mit ihm sprach, seine Stimme klang scharf und klar, aber die Worte, die Silben, all das wurde bedeutungslos, da die Sprache sich zu einem absurden, abstrakten Konzept gewandelt hatte.

Macbeth existierte nicht.

Er war im Zentrum des Ereignisses angelangt, an dem Ort, an welchem er immer endete. Und bei derselben absoluten, unwiderlegbaren Schlussfolgerung: Er existierte nicht. Wie Corbin und jeder andere war auch er selbst nur Fiktion.

In diesem Moment realisierte er, wie in all diesen Momenten zuvor, dass es einen Grund dafür gab, warum er sich biografische Ereignisse so schlecht merken konnte. Es waren nur fleckenförmige Erinnerungen an ein erfundenes, skizziertes Leben.

Er blickte auf die Hände herab, die so fremd auf ihn wirkten, und stellte überrascht fest, dass sie sich bewegten. Eine Hand hielt die Haut auf der Brust des Priesters genau über dem fünften Interkostalraum fest und spannte sie zwischen Daumen und Zeigefinger, während die andere einen knapp vier Zentimeter langen Einschnitt machte und dabei tief in die subkutanen Schichten vordrang. Der Priester stöhnte, als seine Hände das Stiftröhrchen in den Schnitt schoben.

Dann war ein feuchtes, zischendes Geräusch zu hören, als Luft und Blut aus Mullachys Brust sprudelten. Corbin zuckte zurück, als das Blut auf den Boden spritzte.

»Großer Gott!«, rief der Sergeant. »Was zum Teufel tun Sie da? Er verblutet ja!«

»Das ist kein frisches Blut«, beruhigte Corbin den Polizisten, und Macbeth stellte fest, dass er die Sprache wieder verstehen konnte. »Er hatte bereits innere Blutungen. Er hätte die Hälfte seines Blutes verlieren können, ohne dass Sie auch nur einen Tropfen gesehen hätten.«

Macbeth hörte, wie der Priester einen tiefen, schmerzhaften Atemzug tat, ein Stöhnen ausstieß und dann wieder normaler zu atmen begann.

Mullachy blickte auf und sah Macbeth in die Augen. Er packte ihn am Hemdkragen und zog ihn näher. Seine Atmung hatte sich beruhigt, aber seine Augen wirkten noch immer wild und verzweifelt.

»Ich habe es gesehen …«, zischte der Priester Macbeth ins Gesicht.

»Gesehen? Was gesehen?«

»Ich habe es gesehen«, wiederholte Mullachy ernst. »Als er gesprungen ist … Als er mich mit sich gezogen hat … sagte er, er würde es mir zeigen. Er hat es mir gezeigt. Ich habe es gesehen …«

»Ich verstehe nicht …« Auf einmal waren Sirenen zu hören und Macbeth merkte, dass zwei Sanitäter hinter ihm auftauchten. Einer von ihnen war ein Farbiger, und mit derselben objektiven Beobachtungsgabe, der kein Detail entging und die er stets bei seinen Anfällen erlebte, bemerkte Macbeth, dass die Nummer auf seinem Namensschild mit einer Eins und nicht mit einer Vier, Fünf oder Sechs begann, was bedeutete, dass er ein voll ausgebildeter Notfallmedizintechniker und kein einfacher Rettungssanitäter war.

»Was haben wir?«, fragte der Farbige. Macbeth starrte ihn mit ausdruckslosem Gesicht an und sah, dass er einen kurz geschorenen Bart trug, durch den sich mehrere rasierte Streifen zogen, sodass er aussah wie ein bestelltes Feld. In Reihen angebauter Mais. Warum hat er das gemacht?, fragte sich Macbeth. Warum taten Menschen so etwas? Immer, wenn er sich in diesem losgelösten Zustand befand, kamen ihm die winzigen Ungereimtheiten des alltäglichen Lebens plötzlich bizarr und unerklärlich vor.

»Was haben wir?«, wiederholte der Notfallmedizintechniker und sah ihn mit finsterer Miene an. »Sie sind doch Arzt, oder nicht?«

Macbeth nickte. So langsam begann die Welt wieder, einen Sinn zu ergeben und in die richtigen Bahnen gelenkt zu werden, und er wusste, dass sein Anfall bald vorüber sein würde. Dennoch klang seine eigene Stimme irgendwie fremd und hörte sich an, als würde er einen Wetterbericht vorlesen, während er die Fakten herunterspulte.

»Ein Toter beim Aufprall: der Selbstmörder. Er hat den Priester mit nach unten gerissen. Vater Mullachy scheint keine schweren Kopf- oder Halsverletzungen aufzuweisen, aber er hat ein heftiges hochenergetisches Brusttrauma mit mehreren Rippenfrakturen und kostochondralen Verletzungen erlitten. Ich habe beim Abhören Rasselgeräusche wahrgenommen. Verringerte Atemgeräusche auf der rechten Seite und starker Spannungshämopneumothorax, der zu Tachypnoe und subkutanen Emphysemen am Hals geführt hat. Ich habe die Symptome mit einer improvisierten Intubation gelindert. Wahrscheinlich zusätzliche subpulmonale Pleuralergüsse. Zu den anderen schweren Verletzungen gehören eine Beckenschaufelfraktur und vermutlich weitere Beckenverletzungen.«

»Okay, dann übernehmen wir jetzt«, sagte der Notfallmedizintechniker. Er legte dem Priester eine Halskrause um und drückte ihm eine Sauerstoffmaske auf Nase und Mund. Während sie seinen Körper möglichst steif hielten, hoben ihn die Sanitäter von der Leiche des anderen Mannes, drehten ihn auf die Seite, schoben die lange Trage unter ihn und banden ihn darauf fest.

Während Macbeth ihnen zusah, fühlte er sich noch immer irgendwie distanziert von allem, was um ihn herum geschah, und diese Emotionslosigkeit beruhte auf dem gerade erst überstandenen Anfall. Er sah mit an, wie die Sanitäter die Trage anhoben. Der junge Priester schaute Macbeth an, und in seinen ernsten Augen, die ihn jetzt flehend anblickten, standen Tränen.

»Was hat euch so lange aufgehalten?«, fragte der jüngere Polizist die Sanitäter.

»Der Verkehr ist die Hölle. Bis hierher waren die Straßen völlig verstopft. Wir kamen einfach nicht voran, trotz Warnleuchte und Sirene. Keine Ahnung, warum um diese Uhrzeit noch so viel los ist.«

Macbeth sah zum Nachthimmel hinauf.

»Es ist Vollmond …«, sagte er. »Das ist der Grund dafür.«

8. JOSH HOBERMAN. MARYLAND.

Hoberman wusste nur wenig über die Ränge beim Militär, aber doch genug, um zu erkennen, dass der Adler auf dem Schulterstück des Offiziers diesen als Colonel kennzeichnete, ebenso wie ihn der Äskulapstab in der Mitte der Air-Force-Flügel als Arzt auswies.

»Hallo, Professor Hoberman. Danke, dass Sie so kurzfristig und zu dieser späten Stunde herkommen konnten. Ich bin Jack Ward, Leiter des Ärztestabs des Weißen Hauses und Privatarzt der Präsidentin.«

Hoberman nickte, da ihm die Worte fehlten. Er stand zusammen mit dem Arzt der Air Force vor einem rustikalen Kaminabzug aus behauenem Stein, der sich in der Mitte eines Gebäudes befand, das im Grunde genommen eine sehr große Holzhütte war. Ihre Umgebung war bewusst ländlich und gemütlich gehalten und wirkte wie ein luxuriöses, aber etwas veraltetes Ferienlager. Der Name »Naval Support Facility Thurmont« passte auch nicht wirklich dazu, aus diesem Grund war es inoffiziell als Camp David bekannt.

Bundy und Ryerson hatten Hoberman vom Hubschrauberlandeplatz zur Aspen Lodge geführt, dem Quartier des Präsidenten, und Ward hatte sie mit einem »Danke, Männer« entlassen.

Sobald sie alleine waren, schüttelte Ward Hobermans Hand mit militärischer Entschlossenheit, befand der Psychiater. Er überlegte, ob sie in West Point, Maxwell oder Colorado Springs oder wo immer diese Leute lernten, wie man die richtige Gabel benutzt und andere mit einer Büroklammer umbringt, auch einen Kurs im Händeschütteln gaben. Ward sah auf nervige, vorhersehbare und stereotypische Weise gut aus, war schlank und athletisch gebaut. Außerdem hatte Hoberman den Eindruck, dass der Arzt des Präsidenten etwa dreißig Zentimeter größer war als er. Aus all diesen Gründen beschloss Hoberman, keine halben Sachen zu machen und den Mann von vorneherein zu hassen.

»Ich schätze, Sie wissen, warum Sie hier sind.« Ward deutete auf das schwarze, gebundene Dossier in Hobermans Hand. »Bitte, Professor Hoberman, setzen Sie sich.«

Er ließ sich in einem Klubsessel nieder, in dem er zu versinken schien, und Ward setzte sich mit ernst gewordener Miene ihm gegenüber.

»Ich muss Ihnen wohl nicht erklären, dass das Material, das Sie soeben gelesen haben, vertraulich behandelt werden muss.«

»Nein, das müssen Sie nicht«, erwiderte Hoberman. »Wer weiß noch davon?«

»Der Präsident ist damit direkt zu mir gekommen, und ich habe das Dossier selbst zusammengestellt. Daher lautet die Antwort, dass in diesem Moment drei Menschen davon wissen: Sie, ich und die Präsidentin.«

»Warum ich?«

»Ich habe mehrere Ihrer Publikationen gelesen, insbesondere die über die stimulierende Psychose und die therapeutischen Psychotomimetika. Ich war auch sehr beeindruckt von Ihrem Buch über durch Reizentzug hervorgerufene Wahnvorstellungen. Nach allem, was Sie in dem Dossier gelesen haben, sollte Ihnen klar sein, warum Sie meine erste Wahl waren.«

Hoberman zuckte mit den Achseln. »Es gibt andere, die ebenso qualifiziert sind …«

Ward schüttelte den Kopf. »Nein, das stimmt nicht. Das hier ist eine höchst heikle Sache und könnte für die nationale Sicherheit kaum wichtiger sein, daher brauchen wir die besten Köpfe dafür. Soweit es mich betraf, standen nur zwei Männer zur Auswahl:

Sie und John Macbeth, aber Dr. Macbeth ist momentan in ein Forschungsprojekt in Kopenhagen in Dänemark eingebunden.«

Hoberman nickte und ignorierte den Gedanken, dass Wards Vertrauen in ihn offenbar nicht so groß war, ihm zuzutrauen, dass er von allein darauf kam, dass das Kopenhagen, von dem er sprach, die Hauptstadt von Dänemark war und nicht etwa die Stadt in Idaho.

»Mir ist klar, warum Sie auch an John gedacht haben.« Er hielt inne und dachte über das nach, was er in dem Dossier gelesen hatte, während der Hubschrauber über die dunkle Landschaft von Maryland hinweggeflogen war. »Was halten Sie davon, Colonel Ward?«

»Ich bin jetzt seit drei Jahren der Leibarzt der Präsidentin. Körperlich ist Präsidentin Yates für eine Frau ihres Alters in bester Verfassung, und psychologisch besitzt sie eine sehr bodenständige, praktische und ruhige Persönlichkeit. Außerdem hat es absolut keine Anzeichen für eine Geisteskrankheit oder mentale Instabilität gegeben. Ich bin ihre gesamte Familiengeschichte durchgegangen: keine Hinweise auf eine genetische Vorbelastung in Bezug auf psychiatrische Erkrankungen.«

»Hmmm ...« Hoberman machte eine kurze Pause, da er seine nächste Frage behutsam formulieren musste. »Präsidentin Yates hat den Ruf, eine – wie soll ich es ausdrücken? – *tief greifende* religiöse Überzeugung zu haben. Einige sagen, sie wäre sogar geradezu erschreckend tief greifend.«

»Ich kann Ihnen nicht folgen ...«

»Der göttliche Eifer eines Menschen kann von anderen rasch als religiöse Manie aufgefasst werden.«

»Zugegeben, Präsidentin Yates hat ihren Glauben, Professor Hoberman, aber sie ist, wie gesagt, auch ein sehr *bodenständiger* Mensch. Ihr Gott ist keiner, der sich oder andere in Visionen manifestiert. Sie ist sehr besorgt wegen dem, was sie erlebt hat. Aber da ist noch mehr ...«

Ward ging durch das Zimmer zu einem Sideboard und nahm einen schwarzen Aktenkoffer herunter, der genauso aussah wie der, den Bundy im Hubschrauber bei sich gehabt hatte. Während Ward den Koffer holte, blickte Hoberman durch die breite Schiebetür aus Glas. Die Dämmerung schob ihre grauen Finger durch die Bäume von Camp David, und er konnte einen nierenförmigen Swimmingpool mit Sprungbett in einiger Entfernung erkennen. Er dachte einen Moment lang an all jene, die auf dem Platz gesessen hatten, auf dem er jetzt saß, und bei Sonnenaufgang auf den Pool hinausgestarrt hatten, während sie in leisem, aber eindringlichem Tonfall darüber diskutierten, dass Menschen auf dem Mond landeten, Raketen nach Kuba geschickt wurden, in Deutschland eine Mauer eingerissen wurde, Türme in der Innenstadt von New York einstürzten …

»Das ist ein Bericht des Sicherheitsbüros des Weißen Hauses.« Ward reichte Hoberman ein Dokument, das er aus dem Koffer genommen hatte. »Darin geht es um Videoüberwachungsaufnahmen einiger Hauptflure und Gänge im Weißen Haus. Bei mehr als einer Gelegenheit wurde durch das Verhalten der Präsidentin Sicherheitsalarm ausgelöst. Im Grunde genommen hat sich Präsidentin Yates so verhalten, als wäre sie durch etwas oder jemanden außerhalb des Aufnahmebereichs der Kamera beunruhigt oder alarmiert worden.«

»Und als die Sicherheitsleute ankamen, konnten sie nichts finden?«

»Genau. Ich muss hinzufügen, dass die Präsidentin während dieser Vorfälle nicht immer alleine gewesen ist. Vier Mitglieder ihres Stabs waren bei ihr, als Mrs. Yates von irgendetwas in Unruhe versetzt wurde, das nur sie alleine sehen konnte. Da außer Ihnen und mir niemand mehr über die Art dieser Vorfälle weiß, bin ich besorgt, dass Gerüchte in Umlauf geraten könnten und man Fragen über den Geisteszustand der Präsidentin stellen wird. Ob sie ihr Amt noch ausüben kann.«

»Colonel Ward, wenn Präsidentin Yates tatsächlich unter derartigen Wahnvorstellungen leidet, wie sie in dem Dossier beschrieben werden, das Sie mir geschickt haben, dann kann meine professionelle Meinung gar nicht anders lauten, als dass sie sich eine Auszeit nehmen sollte, in der sie sich einer kompletten psychologischen Untersuchung unterzieht. Es gibt doch bestimmt Regelungen dafür, dass der Vizepräsident vorübergehend die Zügel übernimmt, ohne dass es eine *offizielle* Amtsübergabe gibt.«

»Das sehe ich genauso«, erwiderte Ward und holte ein zweites Dokument aus dem Aktenkoffer. »Wenn wir es nur mit der Präsidentin und einem Einzelfall zu tun hätten.«

»Ich verstehe …«

»Diese *Vorfälle*«, unterbrach ihn Ward, »die bei der Präsidentin aufgetreten sind … Nun ja, ehrlich gesagt, waren das keine Einzelfälle. Dies ist ein vertraulicher Bericht über den Flugzeugabsturz in Michigan letzten Monat. Darin sind Abschriften der Unterhaltungen zwischen dem Piloten und dem Kopiloten sowie zwischen der Maschine und der Flugsicherung. Sie werden feststellen, dass der mit der Untersuchung beauftragte Beamte einige interessante Fragen aufgeworfen hat. Das FBI und eine Abteilung des Heimatschutzministeriums leiten die Ermittlung.«

»Das hängt hiermit zusammen?«, erkundigte sich Hoberman und blätterte in dem Bericht herum.

»Lesen Sie es in Ruhe und urteilen Sie selbst. Das ist einer von mehreren Zwischenfällen, bei denen Menschen Dinge gesehen haben, die überhaupt nicht da waren. Und zwar mehr, als man normalerweise erwarten würde. Die Personen, um die es dabei geht, neigen ansonsten nicht zu wahnhaften Störungen.«

»Und was erwarten Sie jetzt von mir?«, wollte Hoberman wissen. »Was genau soll ich tun?«

»Offensichtlich möchte ich als Erstes Ihre professionelle Meinung hören. Aber es wäre schön, wenn Sie einige Tage hier bleiben könnten. Falls wir es, wie ich vermute, mit etwas Größerem als nur den Erlebnissen der Präsidentin zu tun haben, dann wäre ich Ihnen sehr dankbar, wenn Sie eine Taskforce leiten, die dieser Sache auf den Grund geht.«

Hoberman lachte. »Nur, wenn Sie es nicht Taskforce nennen. Und was meinen Sie mit ›etwas Größerem‹?«

»Ich bin der Ansicht, dass es eine Verbindung zu den anderen Vorfällen gibt, auch zu diesem Flugzeugabsturz. Ich musste Sie bitten, hierher zu kommen, weil wir die Präsidentin gewissermaßen unterwegs untersuchen und notfalls auch behandeln müssen. Das ist ein kritischer Zeitpunkt ihrer Präsidentschaft. Sie haben natürlich schon von dem Vertieften Integrationsgesetz gehört, das gerade im Europäischen Parlament verhandelt wird, und sicher auch von dem Quartettfriedensabkommen, das wir mit Israel aushandeln?«

»Natürlich habe ich das. Ich schaue mir die Nachrichten an.«

»Zum ersten Mal seit der Gründung des Staates Israel stehen wir kurz davor, einen dauerhaften, möglicherweise anhaltenden Frieden und einen möglichen EU-Beitritt von Israel, dem palästinensischen Staat und dem Libanon zu realisieren. Ich muss Ihnen nicht sagen, in welchem Ausmaß derartige Ereignisse die politische Weltkarte in einem Maß beeinflussen würden. So, wie wir es seit dem Fall der Berliner Mauer nicht mehr erlebt haben. Die Interessen der USA werden möglicherweise nicht mehr gewahrt, wenn wir nicht unter einer starken Führung stehen. Wenn Sie den Bericht über den Flugzeugabsturz in Michigan gelesen haben, dann wissen Sie, dass wir besorgt sind, es könnte eine Art neurologischer Wirkstoff eingesetzt worden sein. Wir müssen die Möglichkeit in Betracht ziehen, dass eine noch unbekannte Fraktion versucht, die Führung der Vereinigten Staaten zu destabilisieren.«

»Sie glauben, die Präsidentin wäre einer Art Halluzinogen ausgesetzt worden?«, fragte Hoberman.

»Das ist unwahrscheinlich, da nichts Toxikologisches nachgewiesen werden konnte, aber es wäre durchaus möglich. Ich habe nicht die leiseste Ahnung, *was* einen stabilen Verstand wie den der Präsidentin dazu bewegen könnte, Halluzinationen zu entwickeln. Aus diesem Grund möchte ich, dass Sie mir helfen, das herauszufinden.«

Hoberman seufzte und sah erneut aus dem Fenster. Inzwischen hatte das Licht eine goldene Färbung angenommen, und es wurde zunehmend heller.

»In diesem Fall«, meinte er, »sollte ich mir die Patientin lieber mal ansehen …«

9. JOHN MACBETH. BOSTON.

Es war 2.30 Uhr, als sie alles mit der Polizei geregelt hatten. Macbeth und Corbin saßen in der Kantine des Polizeireviers an der Sudbury Street und tranken etwas, das entfernt an Kaffee erinnerte.

»Du musst zugeben, dass ich einen bemerkenswerten Abend organisiert habe«, sagte Corbin müde und schob den Pappbecher über den Tisch aus gebürstetem Aluminium, da er dessen Inhalt als nicht trinkenswert einstufte. Corbin, der in der Bar schon müde gewirkt hatte, sah jetzt kaum noch lebendig aus.

Macbeth grinste und nickte, da er selbst zu erschöpft war, um sich eine gewitzte Antwort einfallen zu lassen.

»Was ist da draußen passiert?«, fragte Corbin, ohne von seinem Becher aufzusehen.

»Was meinst du?«

»Du weißt, was ich meine. Du warst irgendwie abwesend, bist in einen anderen Zustand übergegangen. Die Art, wie du den Priester versorgt hast: sehr effizient, aber irgendwie distanziert. Was war das, John? Ein einfach-fokaler epileptischer Anfall?«

Macbeth schüttelte den Kopf.

»Was dann?«

»In gewisser Hinsicht ist es dem sehr ähnlich … Ich habe Derealisationsanfälle. Depersonalisierung. Darunter leide ich schon mein ganzes Leben. Seitdem ich denken kann.« Macbeth sah Corbins Gesichtsausdruck und lachte leise. »Sieh mich nicht so an.«

»Wie denn?«

»Als hättest du einen Patienten vor dir.«

»Bist du deswegen mal bei einem Arzt gewesen? Und damit meine ich jetzt nicht die Selbstdiagnose.«

»Natürlich war ich bei einem Arzt. Gott allein weiß, wie oft schon Scans und Neuroimaging durchgeführt wurden. Aber wenn ich nicht gerade genau in diesem Moment einen Anfall bekomme, ist es fast unmöglich, die Ursache zu isolieren. Temporäre Lobusepilepsie wurde ausgeschlossen, es ist auch keine Migräne, ich habe keine Läsionen, Tumore oder Ödeme. Meist scheint Stress der Auslöser zu sein. Wie heute Abend. Das Komische ist nur, dass es mich nicht lähmt. Manchmal werde ich dadurch sogar noch effektiver. Wenn man eine Krise distanziert sieht, kann man ruhiger darauf reagieren.«

»Keine anderen Symptome? Andere als die Derealisation, meine ich.«

»Nein.« Macbeth verzog das Gesicht. »Nun ja, ich scheine lebhaftere Träume zu haben als viele andere Menschen. Lebhaftere und klarere.«

»Aber es geht nicht so weit, dass du sie mit der Realität durcheinanderbringst, nehme ich an?«, hakte Corbin nach.

Macbeth lachte. »Willst du mir ein Rezept für Thorazin ausstellen, Doktor? Nein, wie gesagt, meine Träume sind einfach nur lebhafter, aber wenn ich träume, weiß ich, dass ich träume. Was an sich wohl schon relativ ungewöhnlich ist. Aber die Art dieser Träume ist ebenfalls sehr merkwürdig.«

»In welcher Hinsicht?«

»Ich träume nicht von mir oder von meinem Leben. Die Träume der meisten Menschen können auf Erlebnisse, Sorgen oder andere Dinge, die ihnen im Kopf herumgehen, zurückgeführt werden, wie du weißt. Meine Träume hingegen drehen sich um Dinge, die ich gelesen oder gelernt habe, nicht um etwas, das tatsächlich in meinem Leben passiert – es ist, als würde ich mir Daten zum Träumen ausborgen, anstatt meine eigenen Gefühle und Erinnerungen dafür zu nutzen. Und ich bin in meinen Träumen nie ich selbst. Ich bin immer jemand anderes, der mit den Ereignissen zu tun hat, von denen ich träume.« Macbeth lachte. »Ich träume sogar in der dritten Person.«

»Dir ist schon bewusst, dass deine Art des Träumens mit den Derealisationsanfällen im Wachzustand zu tun haben könnte?«

»Meinst du?« Macbeth verzog sarkastisch das Gesicht.

»Weißt du, John, wenn es keine körperliche Ursache dafür gibt, dann könnte es einen psychologischen Grund dafür geben. Vielleicht eine Art Trauma …«

Macbeth lachte und schüttelte den Kopf. »Was denn beispielsweise? Ich bin nicht bipolar oder leide an einer Art Angststörung. Im Allgemeinen bin ich mit meinem Leben zufrieden. Ich hatte eine glückliche Kindheit … Gut, meine Mom ist gestorben, als ich noch sehr klein war, aber ich hatte mich schnell damit abgefunden, und ansonsten habe ich ein relativ stabiles und traumafreies Leben geführt. Man könnte es fast schon als langweilig bezeichnen.«

»Zumindest, soweit du dich erinnern kannst«, meinte Corbin und sah ihn noch skeptischer an. »Dein Erinnerungsvermögen … Nun ja, das ist ja schon als solches nicht gerade sehr verlässlich, und das an sich könnte schon ein Hinweis darauf sein, dass du versuchst, dich von irgendetwas zu distanzieren. Möglicherweise einem Trauma, das du tief in dir vergraben hast.«

Erneut schüttelte Macbeth den Kopf. »Ich denke vielmehr, dass es etwas mit der kognitiven Funktion zu tun hat. Mein Gedächtnis ist sogar exzellent, wenn nicht gar fotografisch, wenn es um mein semantisches Erinnerungsvermögen geht. Aber mein autobiografisches Gedächtnis ist nicht der Rede wert. Mit dem wirklichen Leben habe ich so meine Probleme … Aber ich komme damit klar. Bei meinem Bruder Casey ist es dasselbe. Bei ihm ist es nicht so schlimm, aber er ist mit dem Kopf auch so gut wie nie im Hier und Jetzt.«

»Tja«, sagte Corbin. »Falls du jemals Hilfe …«

»Danke, Pete. Ich werde das nicht vergessen. Aber jetzt, wo ich meine Karten offengelegt habe, bist du an der Reihe.«

»Wie meinst du das?«, fragte Corbin.

Macbeth trank einen Schluck Kaffee und schnitt eine Grimasse. »Großer Gott, benutzen sie das Zeug, um ein Geständnis aus einem herauszupressen?« Er stellte den Becher auf den Tisch. »Ich rede davon, dass du so erschlagen und müde bist. Von dem, womit du bei der Arbeit zu tun hast. Von dem, was du den ganzen Abend nicht erzählen willst. Und bevor er gesprungen ist, hat dir Gabriel noch all das Zeug von Engeln und Visionen erzählt, und ich hätte schwören können, dass er bei dir einen Nerv getroffen hat.«

Corbin starrte noch einige Sekunden lang in seinen Kaffeebecher. »Du kennst dich doch ein wenig mit psychiatrischer Epidemiologie aus, oder?«, fragte er. »Damit hattest du doch zu tun, bevor du diese Sache mit der Gehirnkartografierung angefangen hast, nicht wahr?«

»Ja, ein wenig. Warum?«

»Nun ja … Ich habe noch nie zuvor eine derartige Häufung von Fällen gehabt. Es gibt einen plötzlichen, merkwürdigen Anstieg von Fällen mit einer bestimmten Reihe von Symptomen. Es ist fast wie eine Art Epidemie. Wenn ich ein Virologe oder sogar ein Onkologe wäre, würde ich nach Umweltfaktoren Ausschau halten, die das erklären könnten, aber als Psychiater greift man nicht sehr häufig auf so etwas zurück.«

»Was genau tritt denn auf?«, wollte Macbeth wissen.

»Wahnvorstellungen. Eigentlich eher Halluzinationen als Wahnvorstellungen, würde ich sagen … Und zwar bei Menschen ohne Vorgeschichte mit psychologischen oder psychiatrischen Problemen.«

»Und die Wahnvorstellungen ähneln sich?«

»Ja. Ihr Inhalt ist unterschiedlich, aber von der Art her sind sie alle gleich. Visionen. Geister.«

»Geister?«, Macbeth lachte trotz seiner Müdigkeit auf.

»Nicht nur Geister. Bei allen Vorfällen haben die betroffenen Personen Ereignisse, Objekte oder Menschen aus der Vergangenheit gesehen. Die Beschreibung dieser Anfälle beginnt immer damit, dass sie glauben, ein Déjà-vu zu erleben, aber statt dass es ein Gefühl oder ein Geisteszustand bleibt, erleben sie etwas, das sich nur als Halluzination beschreiben lässt, jedoch absolut nicht von der Realität zu unterscheiden ist.«

»Von wie vielen Vorfällen reden wir genau?«

»Von über fünfhundert allein innerhalb der letzten beiden Monate in Boston.«

»Was? Das ergibt einen Durchschnitt von acht oder neun am Tag …«, meinte Macbeth. »Und die Patienten, die das erleben … Es gibt keinerlei offensichtliche Verbindung zwischen ihnen?«

»Nein. Sie unterscheiden sich in ihrem Alter, ihrer Herkunft, ihrem Stand, ihrem Beruf. Die Fälle sind gleichmäßig in ganz Boston verteilt, und es lässt sich keine Entwicklungszeitachse erkennen. Kein epidemiologischer Beweis einer Ursache. Kein Patient Zero.«

»Und du sagst, die Wahnvorstellungen unterscheiden sich voneinander?«

»Ein Patient war ein älterer Mann. Er hat in den letzten vierzig Jahren in demselben Haus gelebt, und seine Frau ist vor fünf Jahren gestorben. Ein Bostoner Streifenpolizist in Rente, kein neurotischer Typ, keiner, der von seinen Gefühlen übermannt wird, sondern ein Mensch mit einem sehr geregelten Tagesablauf. Er steht morgens um sechsdreißig auf und frühstückt um sieben. Eines Morgens kommt er jedoch nach unten und findet seine Frau quicklebendig in der Küche vor, wo sie das Frühstück zubereitet. Aber sie sieht nicht so aus wie kurz vor ihrem Tod, sondern eher wie nach ihrer Hochzeit, als sie in dieses Haus eingezogen sind. Wie gesagt, er ist nicht gerade ein Mann, der zu Gefühlsausbrüchen neigt, aber als er seine seit Langem verlorene Braut vor sich sieht, verliert er beinahe den Verstand.«

»Tja, Pete, du weißt nur zu gut, dass es die bei Weitem häufigste Art der Halluzination ist, einen kürzlich Verstorbenen zu sehen oder dessen Stimme zu hören. Das ist absolut kein Anzeichen für eine psychische Krankheit.«

»Aber ich sagte doch gerade, dass seine Frau seit fünf Jahren tot ist. Sie ist nicht kürzlich verstorben, warum sollte er also jetzt anfangen, sie sich in Halluzinationen zurückzuwünschen? Und Halluzinationen aus Trauer sind meist sehr flüchtig. Diese hier war äußerst lebensecht und andauernd. Er hat nicht nur seine junge Braut gesehen … Er schwört auch, dass die Küche wieder so aussah wie kurz nach ihrer Hochzeit.«

»Hat er mit seiner Frau gesprochen?«, hakte Macbeth nach. »Mit ihr interagiert?«

»Ein gemeinsames Element dieser Halluzinationen ist, dass es nur wenig oder gar keine Interaktion zwischen dem Patienten und den Menschen oder Ereignissen, die er visualisiert, gibt.«

Sie drehten sich beide um, als eine Gruppe von Polizisten unter einigem Getöse hereinkam und auf die Kaffeemaschine zuhielt.

»Dann sind die Halluzinationen rein visuell?«, fragte Macbeth, nachdem sie wieder gegangen waren.

»Nein … Im Allgemeinen hören die Patienten auch etwas. Die meisten haben die Halluzination als Erlebnis beschrieben, das alle Sinne beeinflusste. Der Polizist sagte, er hätte sogar den Speck riechen können, den sie gebraten hatte.«

»Aber es gibt nie eine Interaktion?«

»Keine direkte Interaktion, aber gelegentlich haben sie das Gefühl, dass sich der Beobachtete innerhalb des Phänomens des Beobachters bewusst sei. Doch selbst das kommt nur selten vor. Im Allgemeinen wird das Erlebnis so beschrieben, als würde man ein Theaterstück ansehen; wie bei dem Witwer, der seine Frau beim Zubereiten des Frühstücks gesehen hat. Aber ich hatte auch einen Fall, in dem die Patientin behauptete, sich selbst gesehen zu haben – allerdings sah sie sich so, wie sie ein Jahrzehnt zuvor ausgesehen hatte. Sie behauptete auch, dass sie sich tatsächlich an dieses Ereignis aus einem anderen Blickwinkel erinnert … als Beobachtete anstatt als Beobachterin. Sie sagt, sie erinnere sich, wie sie genau an derselben Stelle fünfzehn Jahre zuvor beinahe eine ältere Version von sich selbst angerempelt hätte.« Corbin hielt inne, als er Macbeths besorgten Gesichtsausdruck bemerkte. »Was ist?«

»Hmm? Ach, nichts … Das erinnert mich nur an etwas. Aber es war nicht dasselbe …« Macbeth schüttelte den Gedanken ab. »Das klingt für mich nach einem subjektiven Capgras-Syndrom.«

»Aber das ist es nicht, John.« Corbin schüttelte frustriert den Kopf. »Diese Frau glaubt nicht, dass sie ein subjektives Double gesehen hat … dass dieses andere Ich ein unabhängiges Leben führt, das parallel zu ihrem verläuft. Sie glaubt, dass die Person, die sie gesehen hat, tatsächlich *sie selbst* gewesen ist. Eine integrierte Identität, keine geteilte. Sie meint, dass sie sich selbst in der Vergangenheit gesehen hat.«

Macbeth starrte in seinen Kaffeebecher. Corbins Beschreibung des Falls beunruhigte ihn, und es erinnerte ihn an etwas; keinen Patienten, sondern etwas viel Persönlicheres. Schließlich sagte er: »Vielleicht liegt es daran, dass deine Patientin dieses Erlebnis vor so vielen Jahren gehabt hat, als sie jemanden gesehen hat, der wie eine ältere Version von ihr aussah. Und dieser Gedanke hat sich dann in ihrem Unterbewusstsein verankert. Schließlich hat er sich aus irgendeinem Grund in diesem Déjà-vu-Erlebnis manifestiert. Ich gehe davon aus, dass du Schizophrenie ausgeschlossen hast?«

»Es ist keine Schizophrenie, keine Epilepsie, keine psychotische Depression, es liegen auch keine neurologischen Anomalien vor … und soweit ich es erkennen kann, gibt es auch keine zugrunde liegenden medizinischen Ursachen.«

»Es könnte auch einfach so sein, dass sie eine sehr gut funktionierende, monothematische Wahnhafte ist, Pete. Du weißt, dass so etwas passieren kann. Patienten mit völlig normalem Alltagsleben mit Ausnahme einer einzigen, ganz speziellen, äußerst hartnäckigen Obsession oder Wahnvorstellung.«

»Aber erkennst du es denn nicht?« Corbins Stimme klang frustriert. »Sie hat keine Wahnvorstellungen, schließlich *weiß* sie, dass es so nicht passiert sein kann. Und es ist nicht nur sie. Ich bekomme jede Woche ein halbes Dutzend ähnlicher Fälle. Es ist immer dasselbe: Der Patient ist aufgeregt, weil er eine einzige, vorübergehende wahnhafte Erscheinung hatte, die er als Halluzination erkennt – und dann geht das Leben völlig normal weiter, ohne dass sich dieses Ereignis wiederholt.«

»Was willst du damit sagen? Dass es eine Art wahnhaften Bazillus gibt, der umgeht?« Macbeth lachte. »Eine halluzinogene Vierundzwanzigstundengrippe?«

»Warum nicht? Es ist wie eine Epidemie. Vielleicht ist die Ursache ja tatsächlich ein Virus oder etwas in der Art.«

»Gibt es noch Berichte von anderen Orten? Ist so etwas auch außerhalb von Boston aufgetreten?«

»Ich habe eine Anfrage im ganzen Commonwealth gestellt und mich bei einigen Bundesstatistikämtern gemeldet, aber noch keine Antwort erhalten. Einige dieser Fälle sind so …« Er schien nach dem Wort zu suchen. »… so *unauffällig*, dass sie fast nicht gemeldet worden wären. Wer weiß, wie viele es noch gab, die einfach vergessen oder nicht einmal richtig zur Kenntnis genommen wurden. Wenn du im Park einen Hund siehst, der einer Frisbeescheibe hinterherjagt, fragst du dich ja auch nicht, ob der Hund oder die Frisbee wirklich da sind.«

»Weiß du was?«, meinte Macbeth. »Ich glaube, ich habe von einem weiteren Fall gehört. Kurz bevor wir uns heute Abend getroffen haben, hat mir mein Taxifahrer von einem Fahrgast erzählt, der ihn angeschrien hat, er solle anhalten, weil ein Kind mitten auf der Straße stehen würde. Aber da war kein Kind. Und er hat seinen Fahrgast an der *Christian-Science*-Kirche abgesetzt.«

»Gabriel?«

Macbeth zuckte mit den Achseln.

Corbin schwieg einen Moment, und seine knochigen Schultern sackten im Tweedsakko zusammen, als er die Ellenbogen auf den Tisch stützte. »Da ist noch etwas anderes, John. Etwas Privateres. Im wahrsten Sinne des Wortes.«

»Okay …«, meinte Macbeth. »Dann mal raus mit der Sprache.«

»Es liegt nicht nur an der vielen Arbeit, dass ich so erschöpft bin. Ich habe nicht viel geschlafen. Joanna auch nicht. Es ist das Haus …«

»Das, das ihr in Beacon Hill restauriert?«

»Genau. Und damit meine ich nicht, dass es an der ganzen Arbeit und dem Stress durch die Renovierung liegt. Ich will damit sagen, dass es nachts spukt.« Er hielt inne und sah Macbeth an, als würde er überlegen, ob er ihm vertrauen könne. »Erinnerst du dich an das, was ich dir über das Haus erzählt habe? Die Geschichte von Marjorie Glaiston?«

»Die Gesellschaftsdame, die auf eurer Treppe ermordet wurde? Ja, daran erinnere ich mich.«

Corbin beugte sich vor und hielt Macbeths Blick fest. »Ich weiß, dass es verrückt klingt, aber ich kann sie nachts singen hören. Und lachen.«

»Was?«

»Und da ist noch mehr … Ich habe sie gesehen, John. Ich habe Marjorie Glaiston gesehen.«

»Du machst wohl Witze?« Macbeth lachte ungläubig. »Willst du mir ernsthaft erzählen, dass es in eurem neuen Haus spukt? Dass du einen Geist gesehen hast?«

»Nein. Keinen Geist. Geister existieren nicht. Das wissen wir beide. Ich hatte eine Halluzination. Ich habe Marjorie Glaiston gesehen, die die Treppe hinuntergegangen ist. Keine dramatische Szene. Einfach nur die Frau, wie sie aus dem Schlafzimmer kommt, die Treppe hinunter und ins Wohnzimmer geht, wie sie es unzählige Male getan haben muss, als sie dort gewohnt hat. Eine der schönsten Frauen, die ich je gesehen habe. Nur dass ich sie unmöglich gesehen haben kann.«

»Großer Gott, Pete … Das könnte alles und nichts sein, und das weißt du. Eine Kombination aus Stress, Schlafmangel und Dingen, die du über den Fall gelesen und wieder vergessen hast.«

»Bis auf eine Sache: Joanna hat neben mir gestanden, als ich Marjorie Glaiston auf unserer Treppe gesehen habe. Und sie hat sie ebenfalls gesehen, John. Wenn das eine Wahnvorstellung war, dann war es eine, die ich mit meiner Frau geteilt habe.« Corbin hielt Macbeths Blick stand und sah ihn so ernst an, wie es seine Erschöpfung zuließ. »Was immer es ist, das diese Epidemie von Wahnvorstellungen verursacht, wegen derer ich in den letzten Monaten so viele Patienten behandelt habe, so hatte Gabriel in einem recht: Ich habe es ebenfalls …«

10. JOSH HOBERMAN. MARYLAND.

Die Vorstellung war nicht nur überflüssig, sie war lächerlich.

Natürlich erkannte Hoberman die Frau in dem Augenblick, in dem sie das Zimmer betrat. Er war ihr nie zuvor begegnet, hatte sie nie von Angesicht zu Angesicht gesehen, aber ihr Gesicht war eines der bekanntesten auf der ganzen Welt. Dennoch stellte Jack Ward sie Hoberman als Elizabeth Yates vor. Präsidentin der Vereinigten Staaten von Amerika.

Präsidentin Yates war größer, als Hoberman erwartet hatte. Und als sie durchs Zimmer kam, um ihm die Hand zu schütteln, strahlte sie diese verstärkte Präsenz aus, wie sie die wirklich mächtigen Menschen von Natur aus zu besitzen scheinen. Sie war sechsundfünfzig und hatte ihr Haar in einer Farbe gefärbt, die offenbar an das Rotblond ihrer Jugend erinnern sollte. Es war nicht zu übersehen, dass sie eine umwerfende Erscheinung gewesen war, aber ihre Schönheit war zu einem fast schon maskulinen guten Aussehen gereift. Das Beeindruckendste an ihr waren die Augen: hell und kristallblau. Augen, die den beiläufigsten Blick durchdringend werden ließen und ihre Präsenz noch weiter verstärkten.

Sie trug einen dunkelblauen Anzug, wie sie es meistens tat. An einem Jackenaufschlag war ein Präsidentenpin befestigt, am anderen trug sie eine Brosche mit der Flagge der Vereinigten Staaten. An einer Kette um ihren Hals hing das Symbol, das für die wohl größten Kontroversen gesorgt hatte: das Kreuz, von dem Hoberman wusste, dass die Präsidentin es jetzt nur noch privat trug.

Zum dritten Mal dankte man Hoberman dafür, dass er so kurzfristig und zu so später Stunde hatte kommen können.

»Dummerweise ist mein Zeitplan momentan noch enger als sonst«, sagte sie mit ihrer tiefen Stimme, in der trotz des Sprachtrainings vor der Präsidentschaftskampagne noch ihr Louisiana-Akzent mitschwang, während sie sich anmutig auf das Sofa setzte. »Sie können sich vorstellen, dass die Entwicklungen in Europa und im Mittleren Osten meine Zeit stark in Anspruch nehmen.«

»Das kann ich mir denken, Frau Präsidentin.«

»Haben Sie die Informationen bereits gelesen?«

»Ja, Ma'am, das habe ich.« Hoberman fragt sich, ob »Ma'am« die richtige Anrede war. Er hatte sie seit der achten Klasse nicht mehr verwendet.

»Wie lautet Ihre professionelle Meinung, Professor Hoberman? Halten Sie mich für eine Verrückte?«

»Für eine Verrückte? Nein, Frau Präsidentin«, erwiderte Hoberman. »Für wahnhaft schon, ehrlich gesagt, denn das halte ich für sehr wahrscheinlich.«

Hoberman sah zu Ward hinüber, weil er mit einer scharfen Erwiderung rechnete, aber es kam keine. Auch nicht von der Präsidentin.

»Wenn ich wahnhaft bin«, meinte Yates, »bedeutet das dann Ihrer Meinung nach auch, ich wäre instabil? Ist das die Vorstufe von etwas Schlimmerem?«

»Diese Frage kann ich Ihnen noch nicht beantworten«, erwiderte Hoberman. »Aber wir müssen die Sache aus der richtigen Perspektive betrachten. Jeder hat bis zu einem gewissen Grad irgendwann in seinem Leben schon mal Wahnvorstellungen oder Halluzinationen gehabt. Sie haben selbst gesagt, dass Sie im Moment einen sehr anstrengenden Zeitplan haben … Stress ist der häufigste Auslöser für derartige Ereignisse. Möglicherweise haben Sie sich auch einfach nur irgendeinen Bazillus eingefangen.«

»Wie ich Ihnen bereits in der Vorbesprechung gesagt habe«,

schaltete sich Ward ein, »ist die Präsidentin bei ausgezeichneter Gesundheit und hat nicht einmal erhöhte Temperatur. Ich denke, wir müssen über das Offensichtliche hinaussehen, Professor Hoberman. Wir hätten uns nicht die Mühe gemacht, Sie hierher zu holen, wenn wir die üblichen Verdächtigen nicht bereits ausgeschlossen hätten.«

»Ich weiß, dass Sie nicht an eine virale Ursache glauben. Ich wollte damit auch nur sagen, dass lebhafte und überzeugende Halluzinationen auch durch etwas so Simples wie eine Grippe hervorgerufen werden können.« Hoberman blätterte in dem Dossier herum. »Der erste Vorfall vor zwei Monaten ... Könnten Sie mir das noch mal kurz zusammenfassen? Ich weiß, dass hier alles dokumentiert ist, aber ich würde es gern in Ihren eigenen Worten hören.«

»Ich habe lange im Oval Office gearbeitet – obwohl ich tatsächlich weitaus weniger Zeit dort verbringe, als Sie denken würden. Doch dort halte ich alle wichtigen Meetings ab. Ich hatte mit dem Außenminister über die Situation in der Europäischen Union gesprochen. Als er ging, nahm ich mir einige Minuten Zeit für ein Gebet.«

»Gehört das zu Ihrem üblichen Tagesablauf?«

»Ich bete vier Mal am Tag, Professor Hoberman. Ich trage eine sehr große Verantwortung und habe das wichtigste Amt der Welt inne. Für diese Aufgabe brauche ich sehr viel Führung.«

»Und Sie hatten diese Wahnvorstellung, kurz nachdem Sie Ihr Gebet beendet hatten?«

»Ich verließ das Oval Office und teilte meinem Stab mit, dass ich nach oben in meine Wohnung gehe. Als ich im Hauptflur stand, habe ich ihn gesehen.«

»Präsident Hoover.«

»Genau.«

»Und Sie haben auch andere Präsidenten gesehen?«

»Nein ... Ich bin mir nicht sicher.« Yates runzelte die Stirn.

»Möglicherweise. Ich habe eines Tages durch ein Fenster in den Garten gesehen. Dort stand ein korpulenter Mann mit buschigem Schnurrbart. Er war hemdsärmelig und hatte einen kleinen Hund bei sich. Als ich die Sicherheitsleute fragte, wieso man ihm Zutritt zum Rasen gewährt hatte, konnte man ihn nicht finden. Aber der Mann, den ich gesehen habe, war auf altmodische Weise gekleidet. Ein Hemd ohne Kragen, Hosenträger mit Paisleymuster, all solche Sachen. Aber das wissen Sie ja bereits …« Sie deutete auf das Dossier in Hobermans Händen.

»Und Sie glauben, dass dieser Mann Taft gewesen ist?«

»Zumindest hat er so ausgesehen. Daher denke ich, dass er es gewesen ist.« Elizabeth Yates seufzte. »Mir ist klar, dass das nicht gut klingt. Aber es ist auch nicht so, als würde das jeden Tag passieren. Allerdings glaube ich, auch andere Menschen gesehen zu haben … Weniger bedeutsame Menschen, die aber dennoch unmöglich dort gewesen sein können.«

»Woher wissen Sie, dass sie nicht dort gewesen sein können?«

»Ich weiß nicht … Vermutlich aufgrund ihrer Kleidung und ihres Verhaltens. Ich kann es nicht erklären, aber ich weiß, dass sie nicht aus dieser Zeit stammten.«

»Präsident Taft ist berühmt dafür, dass er eine Kuh auf dem Rasen vor dem Weißen Haus gehalten hat. Haben Sie die auch gesehen?«

»Wollen Sie mich auf den Arm nehmen, Professor Hoberman?«

»Ganz und gar nicht, Frau Präsidentin. Es hilft mir nur dabei, die Art der Wahnvorstellung einzugrenzen … Wenn Sie das sehen, was Sie erwarten – sozusagen das stereotypische Bild –, dann würde ich vermuten, dass es gänzlich in Ihrem Verstand generiert wird und nicht etwa eine Fehlinterpretation von etwas ist, das Sie tatsächlich vor sich sehen.«

»Nein, Professor Hoberman«, erwiderte Yates mit müder

Stimme. »Keine Kühe. Und ich habe auch nicht gesehen, wie Benjamin Franklin in einem Sturm einen Drachen fliegen ließ.«

Hoberman hielt einen Augenblick inne und trommelte mit den Fingern auf dem Dossier herum, das auf seinem Schoß lag. »Haben Sie bisher nur Republikaner gesehen, Präsidentin Yates?«

»Moment mal …« Ward beugte sich auf seinem Sessel vor. »Das ist wirklich keine Angelegenheit, über die man Witze machen sollte.«

»Auch das war keinesfalls als Witz gemeint, Colonel Ward«, entgegnete Hoberman verlegen. »Präsidentin Yates hat gesagt, sie habe aufgrund ihres schweren Amtes den Wunsch nach Führung. Wenn die Personen, die sie gesehen hat, alle derselben politischen Meinung anhängen, dann ließe sich das schlicht und einfach als Übertragung dieses Wunsches eingrenzen. Gehe ich recht in der Annahme, dass Sie auf keinen Fall den Ratschlag eines Demokraten beherzigen würden, Frau Präsidentin?«

»Da haben Sie recht.« Sie lehnte sich auf dem Sofa zurück, legte die Ellenbogen auf die Rückenlehne und starrte Hoberman mit einem ruhigen Blick ihrer eisblauen Augen an. Allerdings wirkten sowohl diese Pose als auch die ausgestrahlte Selbstsicherheit irgendwie eingeübt. »Bin ich verrückt, Professor Hoberman?«

»So etwas wie Verrücktheit gibt es nicht. Niemand, der in der Psychiatrie arbeitet, würde etwas derart Absolutes behaupten. Der menschliche Verstand ist ein ausgesprochen vielfältiges und variantenreiches Gebilde. Ich muss die Informationen studieren, die mir Colonel Ward über die Zwischenfälle an anderen Orten gegeben hat. Die Frage ist, ob Sie an einer Krankheit leiden oder ob diese Vorfälle durch irgendeine Art halluzinogenen Wirkstoff hervorgerufen wurden. Aber wenn Sie an einer Krankheit leiden, dann müssen wir herausfinden, um welche es sich handelt, ob sie temporär oder andauernd ist und wie wir sie behandeln können.«

Hoberman zwang sich, sein zuversichtlichstes Lächeln aufzusetzen. »Wir werden dieser Sache auf den Grund gehen, Ma'am.«

»Ich werde zu Gott beten, dass er Ihnen die Kraft und die Weisheit gibt, genau das zu erreichen.« Erneut sah sie Hoberman mit ihren eisblauen Augen an. »Ich werde für Sie beten, Professor Hoberman.«

11. MARY. VERMONT.

Der Silberrahmen mit dem Goldrand.

Mary wusste, dass der Silberrahmen mit dem Goldrand immer ganz rechts auf der Kommode stand. Er glänzte im Sonnenlicht, das in einem hellen Winkel durch das Esszimmer strahlte, das polierte Holz des Bodens wärmer erscheinen und die Farben der in der Kristallvase auf dem Fensterbrett stehenden roten und gelben Frühlingsblumen intensiver wirken ließ. Wie das Randstück eines Puzzles – eines, an dem sich die anderen orientierten und mit dem man begann, das Bild wieder zusammenzusetzen – verankerte der Silberrahmen mit dem Goldrand die Zusammenstellung der anderen Bilder, sodass sie alle wieder an ihren angestammten Platz stellen konnte, nachdem sie die Kommode abgestaubt hatte.

Es war nicht nur der Silberrahmen mit dem Goldrand, der dieses besondere Bild so bemerkenswert machte, denn dabei handelte es sich um Marys und Joes Hochzeitsfoto, das gerade einmal vor zweieinhalb Jahren aufgenommen worden war – Mary lächelte darauf voller Freude, weil sie zu Mrs. Dechaud geworden war, und Joe, der noch seine Uniform trug, sah stolz aus, weil er von der Armee gekommen war und festgestellt hatte, dass Mary, das schönste Mädchen in ganz New England, zuverlässig und pflichtbewusst auf ihn gewartet hatte.

Das Foto im Silberrahmen mit dem Goldrand stand immer ganz rechts außen auf der Kommode. Das war der Platz, an den es gehörte. So war es richtig. Mary mochte es, wenn alles am richtigen Platz stand.

Auf den meisten Bildern waren Mary und Joe zu sehen: bei

ihrer Hochzeit, in den Flitterwochen, eines mit Joe in Uniform, auf dem er versuchte, militärisch ernst auszusehen, was ihm jedoch nicht gelungen war. Aber es gab auch Fotos von ihren Verwandten: Tanten, Onkel. Marys Bruder und seine junge Familie, ein Paar aus Joes Verwandtschaft. Da stand auch das Bild einer gut gekleideten alten Frau mit traurigem Gesicht, die Mary nicht zuordnen konnte. Aber es war auch nicht weiter überraschend, dass sie nicht genau wusste, wie sie jede Person einzuordnen hatte, denn Joes Familie war riesig: Er hatte vier Schwestern, zwei Brüder und zahllose Tanten, Onkel, Cousinen … Bei der Hochzeit hatten sie auch auf ihrer Seite der Kirche gesessen und ihre offenbar unterrepräsentierte Familie verstärkt. Da sie in derselben Kleinstadt in New England aufgewachsen waren, kannten Joe und Mary natürlich die Familie des anderen, aber das schiere Ausmaß des Dechaud-Klans bedeutete, dass es auch Verwandte in ganz Rutland County und darüber hinaus gab, denen Mary noch nie begegnet war. Zu ihnen musste auch die traurige Frau auf dem Foto gehören. Als Mary das Foto nun betrachtete, beschloss sie, Joe danach zu fragen, wer genau diese Frau eigentlich war.

Mary war mit dem Abstauben der Fotos fertig und wollte gerade in die Küche gehen, um sich einen Kaffee zu kochen, als sie einen Fleck auf dem silbernen Kerzenleuchter bemerkte, der auf dem Esszimmertisch stand. Sie hatten ihn von Joes Tante May zur Hochzeit geschenkt bekommen, und jeder war von ihrer ungewohnten Großzügigkeit beeindruckt gewesen. Joes Tante May war definitiv nicht die traurige alte Dame auf dem Foto auf der Kommode, sondern eine notorisch schwierige Frau, groß und mit kalten, blassgrünen Augen, die streitlustig unter ihrer offenbar ständig gerunzelten Stirn funkelten. Tante May mit ihrer scharfen Zunge und den verbitterten Ansichten war die Quelle des Unfriedens, die es in jeder Familie zu geben schien und die offenbar auch eine jede brauchte. Die Navigation durch die unbekannten Familiengefilde war etwas, das Mary als Frischverheiratete schwergefallen war, da sie es mit turbulenten, seit Generationen bestehenden Beziehungen, Zerwürfnissen, Loyalitäten und Geschichten zu tun bekam, für die sie keinen Kompass besaß. Nein, das stimmte nicht: Joe war ihr Kompass. Er war ihr Leuchtturm.

Joe mit seinem dicken, kastanienbraunen Haar, den großen, sanften braunen Augen, die eher zu einem Jungen als zu einem Mann passten, seiner tiefen, ruhigen Stimme und dem beruhigenden, sanften Lächeln. Wenn Joe sie so anlächelte, dann vergaß Mary den ganzen Stress ihres jungen Ehelebens. Während sie jetzt abwesend an dem Kerzenleuchter rieb, um den Fleck zu entfernen, war sie sich bewusst, wie schön ihr gemeinsames Leben war und welche Versprechen die Zukunft noch für sie bereithielt.

Sie hatten eine wirklich traditionelle, fast schon altmodische Liebesgeschichte erlebt. Joe und Mary, deren Geburtstage gerade mal eine Woche auseinanderlagen, kannten sich seit der Grundschule, waren im Alter von fünfzehn zusammengekommen und hatten mit zwanzig geheiratet, nachdem Joe aus Übersee zurückgekehrt war. Damit hatten ohnehin alle gerechnet, und es kam ihnen wie das Natürlichste auf der Welt vor. Soweit es jeden in der Stadt betraf, gab es Joe und Mary gar nicht getrennt, sondern nur im Doppelpack, und so würde es auch für immer bleiben. Zusammen erst bildeten sie eine Einheit.

Nachdem sie der Form halber ihre Flitterwochen in einem Hotel in Burlington mit Blick auf den Lake Champlain verbracht hatten, waren sie zu dem zurückgekehrt, wonach sie sich beide sehnten: dass sie ihr gemeinsames Leben in dem Haus, das sie Joes Onkel abgekauft hatten, beginnen konnten. Nach der Army hatte Joe begonnen, als Schichtleiter im Marmorsteinbruch zu arbeiten, und Mary hatte sich darangemacht, ihr neues Haus einzurichten.

Mit gerunzelter Stirn betrachtete sie den Kerzenleuchter und stellte fest, dass sie ihn mit einem Silberputztuch reinigen musste. Vielleicht war er doch nicht neu, wie Tante May behauptet hatte, sondern gebraucht gekauft worden. Ob neu oder alt, eigentlich lag Mary nicht viel an diesem Geschenk, aber es kam ihr merkwürdig vor, dass der angelaufene Fleck schon so alt aussah und sich nicht wegwischen ließ.

Mit einem Schulterzucken drehte sie den Kerzenleuchter so um, dass die angelaufene Stelle nicht in Richtung Fenster zeigte. Bevor sie in die Küche ging, rief sie Joe, der an diesem Wochenendmorgen in seinem Arbeitszimmer saß und die Zeitung las, und sagte ihm, dass sie Kaffee kochen würde. Während Mary den Topf unter den Wasserhahn hielt, sah sie durch das Fenster hinter der Spüle. Ihr Haus stand auf einem Hügel, und durch das Fenster konnte man den sanft gewellten Wald und die Felder sehen, wobei das Haus ungeschützt in der Frühlingssonne stand. An dieser Stelle stand sie am liebsten und stellte jedes Mal aufs Neue fest, wie zufrieden sie mit ihrem Leben war. Wie sie nur zu gern eingestand, war sie eine junge Frau mit bescheidenen Ambitionen und hatte alles, was sie je hatte haben wollen. Sie wusste, dass Joe dasselbe dachte.

Sie beobachtete den Wagen, der sich langsam näherte. Er war ihr schon aufgefallen, als sie den Kaffee aufgesetzt und sich wieder zum Fenster umgedreht hatte. Da an dieser abgelegenen Straße nur eine Handvoll Häuser standen, bedeutete ein näher kommender Wagen im Allgemeinen, dass man Besuch bekam. Mary sah mit an, wie das Auto die North Road hinauffuhr und dann auf die lange Auffahrt zu ihrem Haus abbog.

»Joe«, rief sie über ihre Schulter. »Wir bekommen Besuch.«

Mary nahm die Schürze ab und hängte sie in der Küche an den Haken, bevor sie zur Haustür ging und noch einmal nach Joe rief. Sie blieb im Flur stehen und überprüfte ihre Frisur, um dann auf die Veranda hinauszutreten.

Die Trauer überkam sie sofort und mit verheerender Wirkung. Wie sie es immer tat.

Die dreiundzwanzigjährige, frisch verheiratete Mary Dechaud sah in den Spiegel und erblickte ihr vierundachtzigjähriges Spiegelbild. Einen Sekundenbruchteil erkannte sie sich ebenso wenig, wie sie die traurige, einsam wirkende Frau auf dem Foto auf der Kommode nicht erkannte. Dann schlug sich Mary eine Hand vor den Mund, um ihren Aufschrei zu unterdrücken, und die alte Frau im Spiegel tat dasselbe. Jetzt erinnerte sie sich wieder. In diesem Moment fiel ihr alles wieder ein, wie es das in diesen schmerzhaften, brennenden Augenblicken der Erkenntnis immer tat. Sie drehte sich zum Arbeitszimmer um, weil sie Joe erneut rufen wollte, hielt dann jedoch inne. Joe war nicht da.

Mary sah kurz auf die Zeitung, die ordentlich gefaltet und mit dem Titel nach oben auf der Garderobe neben der Uhr lag, strich ihren Rock mit den Händen glatt, an denen sie jetzt die Zeichen des Alters wahrnahm, die geschwollenen Knöchel und die blauen Venen unter der pergamentartigen Haut, öffnete die Tür und ging hinaus ins Sonnenlicht, um ihre beiden Söhne zu begrüßen, die ihren Besuch, wie sie sich jetzt erinnerte, angekündigt hatten. Sie hielt sich am Verandageländer fest und lehnte sich dagegen, um Haltung und Fassung zu bewahren, während sie sich daran gewöhnte, dass die Erinnerungen eines halben Jahrhunderts auf einmal wieder da waren.

»Niemand zwingt dich zu gehen«, sagte George. »Es ist nur so, dass Jim und ich beide aufgrund der Tatsache, dass dein Gedächtnis in letzter Zeit immer schlechter zu werden scheint, es für besser hielten, wenn du jemanden in der Nähe hast, der dir helfen kann, falls du mal Hilfe brauchen solltest.« Wie immer übernahm George das Reden, während sich James auf der Couch zurücklehnte und schwieg. Es war seltsam, dachte sie, während sie beiden Kaffee eingoss, wie sich das Erbgut derart aufteilen konnte. George sah seinem Vater sehr ähnlich und hatte dasselbe rotbraune Haar und die großen, sanften Augen, aber da hörten die Gemeinsamkeiten auch schon auf. James hingegen, der überhaupt nicht wie Joe aussah, war innerlich ebenso sanft, fürsorglich und liebevoll. Im Gegensatz dazu hatte George Eigenschaften aus einem anderen Teil seines genetischen Hintergrunds übernommen und war herrschsüchtig, aggressiv und dominant. Sein ganzes Leben lang war Georges gutes Aussehen zugleich Schutz und Tarnung für seine innere Gemeinheit gewesen. Mary wusste, dass der teure europäische Wagen, der draußen parkte, ihm gehören musste – er hatte es im Leben weit gebracht, indem er andere zur Seite stieß; angefangen bei seinem Bruder.

Erneut dachte Mary an Joes Tante May und überlegte, ob George seinen Charakter oder zumindest einen Teil davon von ihr geerbt hatte. Panik stieg in ihr auf, als ihr wieder bewusst wurde, wie verwirrt sie wegen des Flecks auf dem Kerzenleuchter gewesen war, den sie gerade erst von Tante May geschenkt bekommen hatte – dabei hatte dieser tatsächlich sechzig Jahre lang auf jenem Tisch an seinem Platz gestanden.

»Was denkst du, James?«, fragte sie ihren älteren Sohn.

»Ich mache mir auch Sorgen um dich, Mom. Dein nächster Nachbar wohnt mehrere Hundert Meter entfernt. Wenn du stürzt oder mal verwirrt sein solltest …« Bei den letzten Worten stockte James' Stimme. Marys Gedächtnis, oder vielmehr die zunehmend länger werdenden Phasen, in denen die längst vergangenen Zeiten die Gegenwart ablösten, waren der eigentliche Grund für den Besuch ihrer Söhne.

»Aber das ist unser Haus … Dads und meines.« Mary riss sich zusammen, da sie schon wieder zu Joes Arbeitszimmer hinübersehen wollte. Sie wusste, dass ihre Söhne nach Anzeichen für Verwirrtheit suchten, darauf, dass sie langsam den Verstand verlor.

»Dad ist seit fünfzehn Jahren tot, Mom.« James beugte sich vor und legte eine Hand auf ihre. »Du bist hier ganz alleine, und wir machen uns Sorgen um dich.«

»Mir geht es gut.« Sie lächelte. Er war ein guter Junge. Sie versuchte, sich daran zu erinnern, wen er geheiratet hatte und wer seine Kinder – ihre Enkel – waren, aber es wollte ihr einfach nicht einfallen. »Ich weiß, dass mein Gedächtnis nicht mehr das beste ist, aber ich werde einfach nur älter, das ist alles.«

»Welcher Tag ist heute, Mom?«, fragte George in diesem gemeinen, beharrlichen Tonfall, den er immer benutzte. »Welcher Monat. Oder welches Jahr, Mom?«

Sie antwortete ihm und nannte ihm das genaue Datum und die Uhrzeit. Mary hatte nicht nur ein Notizbuch mit den Namen des aktuellen und der letzten drei Präsidenten, sondern ließ sich auch jeden Tag die Tageszeitung liefern, die sie mit der Titelzeile nach oben auf der Garderobe neben der Tür liegen ließ. Falls sie jemand besuchen kam, konnte sie die Uhrzeit, den Tag und das Datum aufsagen. Sie musste sich all das nur so lange merken, bis sie danach gefragt wurde. Ihre Söhne, und manchmal auch Georges Frau, eine verhärmte, aufdringliche Frau, deren Name ihr entfallen war, kamen in letzter Zeit regelmäßig zu ihr, und Mary hatte das ständige Gefühl, auf die Probe gestellt zu werden. Daher hatte sie Strategien entwickelt, um über ihre Gedächtnislücken hinwegzutäuschen.

»Wir werden dir die hier da lassen, dann kannst du mal reinschauen.« George legte drei Hochglanzbroschüren mit gebräunten, breit grinsenden Menschen auf den Wohnzimmertisch. »Würdest du wenigstens mal darüber nachdenken?«

Mary versprach ihnen, das zu tun. Etwas lag ihr bleiern und drückend auf der Seele: Trotz all ihrer Strategien und Proteste wusste sie selbst, dass ihr Erinnerungsvermögen immer schlechter wurde. Sehr viel schlechter, als es sich ihre Söhne auch nur vorstellen konnten. Niemand wusste von den langen Phasen, die sie in ihrer eigenen Vergangenheit verbrachte und nicht einmal wusste, dass es nicht die Gegenwart war.

»Ich werde es mir überlegen«, versicherte sie ihnen und brachte die Broschüren und die Kaffeetassen in die Küche.

Sie stand am Küchenfenster und sah mit an, wie Georges teurer Wagen die Auffahrt herunterfuhr, auf die North Road abbog und in Richtung Stadt verschwand. Ihr Herz blieb weiterhin schwer, als sie die Sonne versinken sah, welche die mit Wäldern bedeckten Hügel in warmes Licht tauchte. So konnte es nicht weitergehen. Sie wusste, dass sie das Haus verlassen musste, in dem sie sechzig Jahre lang gewohnt hatte, dass sie nie wieder an diesem Fenster stehen und auf die Hügel und Felder hinaussehen würde.

Morgen früh würde sie James anrufen. Nicht George. James.

Innerhalb eines Augenblicks überkam sie ein höchst seltsames Gefühl. Plötzlich war Mary schwindlig, und sie musste sich am Rand des Spülbeckens festhalten. Eine unbestimmte, unmotivierte Panik machte sich in ihr breit, als sie ein stärkeres Déjà-vu erlebte als jemals zuvor. Ihr Herz schlug schneller, und sie hatte Angst, dass sie gerade eine Art Infarkt erlitt. Einen Herzanfall. Sie schloss die Augen, holte tief Luft und versuchte, sich zu beruhigen.

Dann schlug sie die Augen wieder auf.

Der Sonnenuntergang war der Mittagssonne gewichen. Sie schien so hell, dass es in den Augen wehtat. Es war nicht mehr Frühling, sondern Sommer. Sie streckte sich vor dem Spülbecken und genoss ihren Lieblingsausblick. Es war noch immer ihr Lieblingsausblick, aber er hatte sich verändert.

Es sah aus wie früher.

Da waren mehr Bäume und weniger Felder: Vor dreißig Jahren war ein großer Teil des Waldes entlang der Straße gerodet worden, damit die Fisher-Farm vergrößert werden und man Luzerne anbauen konnte. Doch nun war der Wald wieder da, voll und dunkel, und hatte den verlorenen Boden zurückerobert.

»Oh Gott, nein …«, sagte Mary in die leere Küche hinein. Sie wusste, dass sie sich wieder in der Vergangenheit befand. Ihr Zustand schien sich zu verschlimmern, und sie war in ihre älteste Erinnerungen versunken, während ihr Verstand langsam und unerbittlich in sich zusammenbrach.

Aber das war es nicht. Sie erinnerte sich an alles.

Mary wusste, dass James und George eben noch hier gewesen waren, dass George in seinem schicken europäischen Wagen hergekommen war, dass die beiden ihr Broschüren dagelassen hatten, die sie sich ansehen sollte, und dass sie beschlossen hatte, ihr Heim der letzten sechzig Jahre zu verlassen, damit man sich um ihren Körper kümmern konnte, wenn ihr Bewusstsein, ihre Erkenntnis der Welt, langsam verschwand.

Sie streckte den Arm aus und wollte eine der Broschüren in die Hand nehmen, aber sie waren verschwunden. Die Kaffeekanne, die sie zehn Jahre zuvor gekauft hatte, stand ebenfalls nicht mehr da, sondern war von der alten ersetzt worden, die sie ihr ganzes Eheleben lang benutzt hatte, bis die blassblaue Emaille so gut wie komplett abgeplatzt war. Doch jetzt sah sie wieder nagelneu aus. Mary blickte sich in der Küche um. Alles hatte sich verändert, Jahrzehnte der Erneuerungen waren rückgängig gemacht worden, Originale nahmen erneut ihren Platz ein, und die Küche glänzte voller gleichzeitig neuer und alter Dinge.

Das war kein Streich, den ihr ihr Verstand spielte. Sie war nicht in ihre eigenen Erinnerungen versunken und erweckte die Vergangenheit in ihrem Kopf zu neuem Leben. Das hier *war* die Vergangenheit.

Mary ging durch das Esszimmer zur Haustür und blieb unterwegs stehen, um nach dem hässlichen Kerzenleuchter zu sehen, den Tante May ihnen vor sechzig Jahren zur Hochzeit geschenkt hatte. Der Fleck auf der Seite war verschwunden, und das Silber sah makellos aus. Was passierte hier? Sie konnte ihre vorherige Verwirrung verstehen: Ihr Verstand drehte die Zeit zurück, während die Dinge um sie herum die objektiven Beweise ihrer wahren Chronologie waren. Dieses Mal war es jedoch ihr Verstand, der in der Realität verankert geblieben war, während sich alles um sie herum verändert hatte.

Das war nicht ihr Werk. Das war die Welt. Etwas war passiert, das nichts mit ihren Gedächtnisproblemen zu tun hatte. Etwas geschah tatsächlich mit der Welt um sie herum …

Mary hörte, wie eine Stimme ihren Namen rief. Eine Stimme, die in den letzten fünfzehn Jahren nur in ihrem Kopf existiert hatte. Sie lief durch den Flur und wollte die Tür aufreißen, doch dann erstarrte sie, den Türgriff schon in der Hand. Zu ihrer Rechten hing der Spiegel.

Sie drehte sich zu ihm um.

Mary Dechaud, die vierundachtzig Jahre alte Frau, sah in den Spiegel, und ein dreiundzwanzigjähriges, geschmeidiges Mädchen mit schlanker Taille und dickem, dunkelblondem Haar, das ein hübsches, mädchenhaftes Gesicht umrahmte, sah ihr entgegen. Mary hob die Hand vor ihr Gesicht und untersuchte sie, zuerst die Handfläche, danach den Handrücken. Saubere, reine, faltenlose Haut, lange, schlanke Finger.

Die Stimme von draußen rief sie erneut, und sie riss die Tür auf, lief auf die Veranda und winkte dem jungen Mann mit dem kastanienbraunen Haar und dem entspannten Gesichtsausdruck zu, der von der Straße heraufkam, wo ihn Dave Gundersson immer absetzte, wenn sie von der Arbeit im Steinbruch kamen.

Es war Joe.

Joe lächelte und winkte. Er kam nach Hause.

Als es vorbei war, als das Déjà-vu abklang, wurde der Himmel dunkler, und die Welt – ebenso wie ihr Spiegelbild – kehrte in die Gegenwart zurück. Mary saß im Wohnzimmer und dachte über das nach, was passiert war. Sie versuchte gar nicht erst, einen Sinn hineinzubringen, sondern dachte einfach an das, was sie erlebt hatte. An das Wunder.

Nach etwa einer Stunde nahm Mary Dechaud den Telefonhörer in die Hand und rief James an. Sie sagte ihm mit zärtlicher, sanfter Stimme, dass sie beschlossen hatte, trotz allem weiter in ihrem Haus zu wohnen. Sie würde dort bis zu ihrem Todestag bleiben, dem Tag, an dem sie wieder bei ihrem Mann sein würde.

Nachdem sie aufgelegt hatte, versuchte Mary, sich daran zu erinnern, warum sie im Esszimmer stand. Vermutlich hatte sie vorgehabt, die Fotos auf der Kommode abzustauben, da sie sich nicht daran erinnern konnte, wann sie das zum letzten Mal getan hatte.

Sie fing mit dem Silberrahmen mit der Goldkante an.

12. JOHN MACBETH. BOSTON.

Corbin rief Macbeth am nächsten Tag an und gab die Informationen weiter, die er von der Polizei und dem Krankenhaus erhalten hatte. Nach mehreren Operationen lag der Priester jetzt auf der Intensivstation – was nicht bedeutete, dass er durchkommen würde. Dass er bisher überlebt hatte, war allein auf Macbeths beherztes Eingreifen vor Ort zurückzuführen.

»Übrigens«, sagte Corbin, »der Selbstmörder … Er hieß wirklich Gabriel. Gabriel Rees. Offenbar war er eine Art akademischer Überflieger. Scheiße …« Corbin fluchte über seine schlechte Wortwahl. »So hab ich das nicht gemeint. Der arme Kerl.«

»Ich weiß, dass du das nicht so gemeint hast. Womit hat er sich denn beschäftigt?«

»Mit Partikelphysik. Er war Doktorand am MIT. Ist das nicht auch der Fachbereich deines Bruders Casey?«

»Ja«, antwortete Macbeth. »Vielleicht hat Casey ihn ja gekannt. Ich werde ihn nachher danach fragen, wenn wir uns sehen. Hat dir die Polizei sonst noch etwas gesagt?«

»Nur, dass es keine Vorgeschichte mit geistigen Erkrankungen oder Drogenmissbrauch gab. Zumindest nichts Aktenkundiges. Er soll außergewöhnlich klug gewesen sein. Ein sehr hoher IQ, aber das ist bei seinem Werdegang auch nicht weiter erstaunlich.«

»Das sehe ich auch so«, meinte Macbeth, der wusste, dass sein Bruder einen ebenso hohen IQ hatte wie er, aber darüber hinaus mit einem deutlich eleganteren, anmutigeren Verstand gesegnet war.

Nach einer kurzen Pause fragte Corbin vorsichtig: »Hör mal, John, das, was ich dir gestern Nacht erzählt habe … über das Haus. Hältst du mich für verrückt?«

»Nein, natürlich nicht. Was du erlebt hast, klingt nach dem, was dir auch deine Patienten erzählt haben, genau wie du gesagt hast. Vielleicht gibt es wirklich eine virale Ursache.«

Sie plauderten noch eine Weile, bevor sich Macbeth mit dem Versprechen verabschiedete, sich bald wieder zu melden. Er hängte das »Bitte nicht stören«-Schild an seine Hotelzimmertür und lag den Großteil des Nachmittags auf seinem Bett, starrte an die Decke und versuchte, nicht auf die Geräusche zu achten, die ins Zimmer drangen, und überhaupt nicht zu viel an irgendetwas zu denken, insbesondere nicht an die Ereignisse der vergangenen Nacht.

Schließlich gewann die Müdigkeit, und Macbeth schlief ein.

»Das ist ein Traum«, sagte eine Stimme, die er kannte, zu ihm, auch wenn er nicht sehen konnte, wer gesprochen hatte.

»Das weiß ich«, erwiderte er unbesorgt. »Ich weiß, dass ich träume. Ich weiß immer, wenn ich träume.«

Macbeth stand vor einem Haus und wusste, dass er sich in Beacon Hill befand. Es war eines dieser hochherrschaftlichen vierstöckigen Kolonialgebäude mit Erkern und weißem Stuck rund um die Türen und Fenster. Louisburg Square … Er stand auf der Straße am Louisburg Square. Hinter ihm befand sich der kleine, gut gepflegte Privatpark mit den Statuen von Christoph Kolumbus und Aristeides dem Gerechten, was er wusste, ohne dass er sich umdrehen musste.

Er träumte, er stünde vor dem Haus auf einer Straße mit Kopfsteinpflaster und ohne Autos. Der Tag war ungewöhnlich ruhig, und die stehende Luft rings um ihn herum fühlte sich eher an, als würde er sich in einem Gebäude aufhalten und nicht im Freien. Er ging die Treppe hinauf zur Haustür, die bei der leichten Berührung seiner Fingerspitzen aufschwang, und betrat den

Eingangsbereich. Das Haus war noch eine einzige große Wohnung und nicht in Wohneinheiten aufgeteilt worden, wie es bei so vielen im Laufe der Jahre geschehen war. Macbeth wusste, wo er sich aufhielt: in dem Haus, das Corbin gekauft hatte. Er wusste auch, wann er hier war: zu einer anderen Zeit, lange vor Corbins Kauf.

Vor der Treppe blieb er stehen und legte seine Hand auf den Mahagoniknauf am Geländer. Das Holz fühlte sich warm an, als würde es unter seiner Berührung lebendig werden, und rings um ihn herum brannte Licht.

Macbeth lächelte, als er sie auf dem oberen Treppenabsatz sah. Marjorie Glaiston.

Sie war zweifellos die schönste Frau, die er je gesehen hatte, genau wie Corbin gesagt hatte: schlank und elegant, und ihr hoch aufgetürmtes Haar war von goldener Farbe. Sie trug ein beigefarbenes, knöchellanges Seidenkleid und eine Pfauenaugenbrosche an der Kehle. Die smaragd- und türkisfarbenen Wirbel in der Brosche passten hervorragend zu ihren umwerfenden großen, blau-grünen, wunderschönen Augen. Sie lächelte Macbeth an, als ob sie ihn erwartet hatte, woraufhin sich Grübchen auf ihren Wangen abzeichneten. Sie kam langsam die Treppe herunter.

Ein Mann erschien hinter ihr auf dem Treppenabsatz. Er war groß, breitschultrig, hatte riesige, hässliche Hände, einen rötlichen Teint. Sein rotbraunes Haar und der gleichfarbige Bart umrahmten sein Gesicht mit dunkelrotem Feuer. Seine Gesichtszüge wirkten auf grausame, harte Weise anziehend, und in seiner Miene lauerte etwas schrecklich Dunkles und Gewalttätiges. So, wie er gewusst hatte, dass es sich bei der Frau um Marjorie Glaiston handelte, wusste Macbeth auch, dass der Mann, den er da vor sich sah, Geoffrey Morgan war.

Am liebsten hätte er laut aufgeschrien und Marjorie gewarnt, als Morgan mit langsamen, entschlossenen Schritten die Treppe herunter- und auf sie zukam, wobei er noch immer auf diese finstere Weise wütend wirkte – aber er stellte fest, dass er das nicht konnte. Anders als bei seinem Erlebnis auf der Christian Science Plaza, als er den verletzten Priester versorgt und sich dabei völlig distanziert gefühlt hatte, fühlte sich Macbeth mit dieser Realität völlig im Einklang, auch wenn er genau wusste, dass es sich dabei nicht um die wahre Realität handelte. Dennoch stand er wie erstarrt da, die Hand am Treppengeländer, und hatte die Stimme verloren, als Morgen die Distanz zwischen sich und Marjorie überbrückte, die riesigen Hände hob und nach ihr griff.

»Sie wissen, was jetzt kommt, nicht wahr?«, sagte die Stimme, die er zuvor schon gehört hatte, in Macbeths Ohr, und er drehte sich um und sah hinter sich den nackten, zertrümmerten Körper von Gabriel Rees, dem Mann, der in den Tod gesprungen war. Gabriel lächelte, und Macbeth bemerkte, dass sein eines Augenlid noch immer halb geschlossen war. »Genauso wie sie gewusst haben, was auf dem Dach geschehen würde … Sie waren außer mir der Einzige, der es wusste … So wie Sie auch jetzt wissen, was passieren wird, nicht wahr?«

Macbeth nickte und drehte sich wieder um, wo er mit ansehen musste, wie Morgan Marjorie würgte. Er schrie und brachte dennoch keinen Ton heraus, kein Geräusch drang über seine versiegelten Lippen, als sich Morgans dicke Finger um Marjories schlanken Hals legten. Es war, als hätte sie es gar nicht bemerkt. Sie sah Macbeth noch immer unverwandt an, während die subkonjunktivalen Blutungen das Weiße in ihren wunderschönen Augen blutrot färbten, und ihr Lächeln blieb auf ihren Lippen, ebenso wie die Grübchen in ihren Wangen, während die petechialen Flecken scharlachrot aufflammten, als die Kapillaren unter ihrer Haut zerplatzten.

Morgan stieß einen unmenschlichen Schrei aus und presste das Leben aus seiner untreuen Geliebten; ein langer, lauter, ein tierischer Schrei, in dem all seine Wut, sein Schmerz und seine

Verzweiflung mitschwangen. Als er sie losließ, taumelte Marjorie wie eine leblose, schlaffe Puppe, fiel die Treppe herunter und blieb zu Macbeths Füßen liegen.

»Wie real wirkt das auf Sie?«, fragte Gabriel beiläufig. »Sie träumen, aber es kommt Ihnen realer vor, als wenn Sie wach wären, oder irre ich mich da? Komme ich Ihnen jetzt realer vor als auf dem Dach?«

Macbeth hatte noch immer keine Stimme und konnte Gabriel nicht antworten. Stattdessen richtete er seinen stummen, anklagenden Blick wieder auf Morgan, der noch an derselben Stelle stand, an der er Marjorie getötet hatte, mit schweißbedeckter Stirn und einem Lodern in den Augen, während seine riesigen, mörderischen Hände an den Seiten herabhingen. Dann, ganz langsam, griff Morgan in die Tasche seiner Tweedweste und zog eine kleine Derringer-Pistole heraus. Mit langsamen, bewussten Schritten, als wären seine Füße aus Blei, kam er die Treppe herab, hielt die kleine Waffe auf Armeslänge von sich weg, bis er direkt vor Macbeth stand und diesen überragte. Morgan drückte die kalte, harte Stahlmündung des kurzen Laufs gegen Macbeths Stirn.

Und drückte ab.

Macbeth lag erneut auf seinem Hotelbett und starrte die Decke an. Er war abrupt aufgewacht, aber nicht so plötzlich, dass ihm der Traum nicht noch einige Augenblicke vor Augen stand, als würde Morgans Bosheit noch einige Sekunden lang in einer Ecke von Macbeths realer Welt lauern. Aber er hatte keine Angst. Er schwitzte und zitterte nicht. Trotz der in seinem Traum miterlebten Schrecken verspüre er eine seltsame Ruhe.

Corbin klang überrascht, dass ihn Macbeth so bald nach ihrer letzten Unterhaltung erneut anrief.

»Das Haus in Beacon Hill, das ihr renoviert …«, begann Macbeth. »Liegt es am Louisburg Square?«

Corbin lachte. »Am Louisburg Square? Was denkst du, was die mir am Belmont bezahlen? Gut, ich habe dir erzählt, dass Joannas Familie reich ist, aber sie sind auch nicht die Rothschilds. Unser Haus ist an der Garden Street. Warum fragst du?«

»Ich wollte mich mal ein wenig mit dieser Geschichte rund um Marjorie Glaiston beschäftigen«, log Macbeth, der Corbin nichts von seinem Traum erzählen wollte.

»Verstehe«, erwiderte Corbin. »Du wirst viele Informationen über Marjorie Glaiston im Internet finden, da habe ich die Geschichte auch entdeckt.«

»Und du bist dir sicher, dass du vor dem Vorfall kein Bild von Marjorie gesehen hattest?«

»Du meinst, bevor ich sie auf der Treppe gesehen habe?«, fragte Corbin. »Nein, ich habe dir doch gesagt, dass ich erst später danach gesucht habe. Die Bilder, die ich gefunden habe, passten genau zu der Person, die ich auf der Treppe gesehen habe … die ich glaube, gesehen zu haben. Aber das, was du letzte Nacht gesagt hast, ergibt Sinn: Ich hätte niemals ein genaues Bild von ihr in einer Halluzination sehen können, bevor ich genau wusste, wie sie ausgesehen hat. Ich muss also vorher schon mal irgendwo ein Bild von ihr wahrgenommen haben, ohne dass ich mich daran erinnere.«

»Das ist die einzig logische Erklärung«, entgegnete Macbeth, der Corbin auch nicht anvertrauen wollte, dass er Marjorie Glaiston in seinem Traum ebenfalls klar und deutlich gesehen hatte. »Ich werde mich mal ein wenig umhören. Sag mir Bescheid, wenn du von der Polizei noch etwas über Gabriel hörst oder wenn es Neuigkeiten über den Zustand des Priesters gibt.«

Macbeth war fast schon verärgert darüber, wie erleichtert er war.

Das war nicht die Marjorie Glaiston, von der er geträumt hatte. Er sah sich das Gesicht auf dem Bildschirm seines Laptops an und wusste, dass es nicht das aus seinem Traum war. Die echte Marjorie Glaiston hatte rabenschwarzes und nicht etwa blondes Haar gehabt, und obwohl ihre überragende Schönheit der Frau aus seinem Traum ebenbürtig war, unterschied sie sich auch davon, denn sie wirkte dunkel, schelmisch, leidenschaftlich und leicht boshaft. Das Bild, das er gefunden hatte, war ein Porträt, gemalt von ihrem Mörder Geoffrey Morgan. Ein weiteres Bild, eine körnige, schlecht komponierte Schwarz-Weiß-Fotografie, bestätigte, dass Morgans auf Leinwand gebannte Darstellung seiner Liebhaberin und Muse korrekt war. Macbeth konnte erkennen, dass Marjorie Glaiston eine Frau gewesen war, die einem Mann vor lauter Lust und Leidenschaft die Sinne rauben konnte.

Was zum Teufel hatte er eigentlich erwartet, als er im Internet nach einem Bild von Marjorie Glaiston gesucht hatte? Den Beweis dafür, dass er eine Art psychischer Verbindung mit einer seit Langem Verstorbenen hergestellt hatte? Selbst wenn sie genauso ausgesehen hätte, wäre es wie bei Corbin nur ein Fall von Kryptomnesie gewesen – eine vergessene Erinnerung, an die man sich unbewusst erinnerte. Er war schließlich Psychiater und wusste, dass es nur sehr wenige Mysterien gab, die nicht beantwortet werden konnten, indem man sich die einhundert Milliarden Neuronen in dem dreipfündigen menschlichen Gehirn ansah. Jedes einzelne Gehirn stellte ein komplettes Universum unerklärlicher Komplexität dar.

Doch das Bild, das Macbeth von Geoffrey Morgan gefunden hatte, erschreckte ihn. Es war nicht genau dasselbe Gesicht wie das des Mörders, den sein schläfriges Gehirn erfunden hatte, aber es gab einige signifikante Gemeinsamkeiten: eine breite, blasse Stirn über dunklen, brütenden Augen, eingerahmt von dichten Haaren und einem buschigen Bart. Obwohl das Haar auf dem Foto schwarz aussah, erfuhr Macbeth aus der Beschreibung, dass Morgan tatsächlich dunkelrote Haare gehabt hatte. Doch Macbeth sagte sich, dass es keiner großen Geistesleistung bedürfe, sich einen gewalttätigen, brütenden irischen Maler halbwegs genau vorzustellen.

Nachdem er geduscht und sich angezogen hatte, schickte Macbeth Casey eine SMS, um ihre Verabredung um 19 Uhr zu bestätigen, und bekam fast augenblicklich eine Antwort.

Während seines Aufenthalts in Boston hatte er so viel Zeit wie möglich mit seinem Bruder verbracht, und Casey hatte natürlich angeboten, dass Macbeth bei ihm wohnen könnte, solange er in Boston zu tun hatte, aber ihnen war auch beiden klar gewesen, dass Macbeth Nein sagen würde: Er musste sich seine Umgebung schon selbst aussuchen.

Macbeth freute sich darauf, seinen Bruder an diesem Abend zu treffen, denn obwohl er noch immer müde und emotional ausgelaugt war von all dem, was in den vergangenen achtzehn Stunden passiert war, schaffte es Casey immer, Macbeths Stimmung aufzuheitern. Als er aus dem Fenster schaute, konnte Macbeth erkennen, dass ein warmer, heller Tag anbrach, und er beschloss, einen Spaziergang zu machen, um seine Lethargie abzuschütteln.

Das Taxi setzte ihn am Common-Eingang an der Tremont Street ab. Macbeth wusste, dass er nicht nur hierher gekommen war, um einen Spaziergang im Park zu machen – der Louisburg Square lag auf der anderen Seite des Common und war in gerade mal drei Minuten zu Fuß zu erreichen. Erneut wurde er wütend auf seine eigene Dummheit, da er wusste, dass er letzten Endes an derselben Stelle landen würde, an der er in seinem Traum gestanden hatte, um sich davon zu überzeugen … Ja, wovon denn eigentlich?

Macbeth stieg aus dem Taxi und spürte, wie der Stress und der Schlafmangel bewirkten, dass er ein leichtes, nichtsdestotrotz beharrliches Déjà-vu-Gefühl empfand. Das hatte er in seinem

Leben schon sehr häufig gespürt, und er hasste es, vor allem aus dem Grund, weil es meist einem seiner Anfälle vorausging. Er schüttelte das Gefühl ab und betrat den Park.

Ein kleines, rechteckiges, schachtelartiges Gebäude stand am Eingang des Common und sah aus wie ein Art-déco-Mausoleum. Macbeth wusste, dass es eigentlich der Ausgang des U-Bahnhofs Boylston T war und sich darin die Treppe befand, die von der U-Bahn nach oben führte. Als er daran vorbeiging, erblickte Macbeth Arbeiter in den Uniformen der Transit Authority mit Pinseln und einem Sprühkanister mit einer Reinigungsflüssigkeit, die ein Graffiti beseitigten, das an der ansonsten makellosen Seite des Gebäudes aufgesprüht worden war. Die Worte in Dunkelrot schienen sich den Chemikalien und Putzversuchen der Arbeiter zu widersetzen und waren noch immer deutlich zu erkennen.

Wir werden …

Inklusive Ellipse. Er hatte diese Worte in ganz Kopenhagen sowohl auf Englisch als auch auf Dänisch und auch hier in Boston gesehen. Vermutlich handelte es sich dabei nur um eine Zeile aus einem Popsong, aber Macbeth fand sie irritierend tief greifend und lachte innerlich, als er sich vorstellte, eine Bande von Philosophen streife in Cordhosen und mit umgekehrt aufgesetzten Baseballkappen durch die Straßen von Boston.

Macbeth nickte einem der Arbeiter zu, der ihn jedoch ignorierte, und ging weiter auf dem Hauptweg durch den Park. Den ganzen Weg über war er tief in Gedanken versunken und sich seiner Umgebung nur halb bewusst. Trotz des Sonnenscheins, des Lachens und der fröhlichen Geräusche, die aus allen Ecken des Parks zu ihm herüberdrangen, hatte Macbeth das Gefühl, von dem Dunkel aus der vergangenen Nacht heimgesucht zu werden.

Er wusste nicht, wie weit er schon gegangen war, als er in der Nähe Gebell und Lachen vernahm und dadurch aus seinen Gedanken gerissen wurde. Er bemerkte eine Gruppe von Mädchen, die sich über den Kopf eines tobenden, aufgeregten Hundes hinweg eine Frisbeescheibe zuwarfen. Die Mädchen rannten herum und bewegten sich mit all der jugendlichen Sorglosigkeit, die sie schon bald verlieren würden, wenn derart unschuldige Aktivitäten auf einmal uncool und kindisch geworden waren. Dieser Anblick rief in ihm ein melancholisches Gefühl hervor, das sein Déjà-vu noch zu intensivieren schien, und in diesem Augenblick beneidete er sie um ihre Unschuld und Sorglosigkeit. Aber Macbeth der Psychiater wusste, dass die Kindheit oft alles andere als unschuldig und sorglos war, und er ging weiter.

Es war schön und warm, und die Sonnenstrahlen tanzten durch die Bäume hindurch und sprenkelten den Pfad, aber er konnte sich noch immer nicht diesem Moment hingeben, und das vage Gefühl des Déjà-vu folgte ihm durch den ganzen Park. Erneut wanderten seine Gedanken auf das dunkle Dach der *Christian-Science*-Kirche zurück. Was ihm am meisten Angst eingejagt hatte, war die Ruhe – die Sicherheit – in Gabriels Gesichtsausdruck gewesen, als er sich und Vater Mullachy über den Rand der Brustwehr geschleudert hatte.

Als Macbeth zusammen mit den anderen zum Rand des Daches gelaufen war, hatte er fast schon damit gerechnet, dass Gabriel und der Priester verschwunden wären, da es für ihn ebenso viel Sinn ergeben hätte, wenn sie sich in Luft aufgelöst hätten, als wenn sie auf dem Boden unter ihnen zerschmettert wären. Wie Schrödingers Katze war Gabriel möglicherweise erst definitiv und endgültig tot, wenn Macbeth seine Leiche mit eigenen Augen gesehen hatte.

Macbeth wusste nicht, wie weit er gegangen war. Er war wie immer tief in Gedanken versunken und sich seiner Umgebung nur halb bewusst, während er auf dem Pfad durch den Park lief. Dann vernahm er in der Nähe Gebell und Lachen und wurde dadurch aus seinen Gedanken gerissen. Er bemerkte eine Gruppe von Mädchen, die sich über den Kopf eines tobenden, aufgeregten Hundes hinweg eine Frisbeescheibe zuwarfen. Dieser Anblick rief in ihm ein melancholisches Gefühl hervor, das sein Déjà-vu noch zu intensivieren schien, und in diesem Augenblick beneidete er sie um ihre Unschuld und Sorglosigkeit. Die Mädchen rannten herum und bewegten sich mit all der jugendlichen Sorglosigkeit, die sie schon bald verlieren würden, wenn derart unschuldige Aktivitäten auf einmal uncool und …

Macbeth blieb wie angewurzelt stehen.

All das war gerade erst passiert. Er hatte all das gesehen und genau dieselben Gedanken nur wenige Minuten zuvor gehabt.

Er starrte die spielenden Mädchen, den Park, die Bäume und die durch die Blätter fallende Sonne ebenso wie den aufgedrehten Hund an. Macbeth hatte gelernt, mit seinem bizarren Gedächtnis zu leben, mit seinem dissonanten Zeitgefühl und seiner Gewohnheit, sich völlig von dem Moment zu distanzieren und sich irgendwo außerhalb von Zeit und Raum zu verlieren. Er hatte zahllose Verabredungen verpasst, hatte zahllose Ziele erreicht, ohne zu wissen, wie er dorthin gekommen war.

Aber das hier war etwas anderes.

Er war nur Minuten zuvor hier gewesen, an genau derselben Stelle des Parks. Er war weitergegangen, aber jetzt irgendwie doch wieder hier. Das war absurd, aber es war mehr als eine Absurdität des Raumes: Er war nicht nur an derselben Stelle, sondern auch in demselben Augenblick wieder hier. Hatte dieselben Gedanken. Verspürte denselben dumpfen Neid auf die unschuldige, sorglose Jugend der Mädchen, unterlag demselben Déjà-vu.

Als ihn die Mädchen dort stehen sahen, hörten sie auf zu spielen und starrten ihn misstrauisch an. Sie konnten ihn also sehen, was bedeutete, dass dies hier keine Wahnvorstellung war. Er hatte kein vergangenes Ereignis vor Augen, und er konnte vor einigen Minuten auch kein zukünftiges Ereignis gesehen haben. Was zum Teufel war hier gerade passiert?

Ein Déjà-vu. Das war alles, sagte er sich. Es war aufgrund der stressigen Ereignisse der letzten vierundzwanzig Stunden einfach nur besonders präzise. Das musste es sein. Oder ein anderer Kurzschluss zwischen seinem präfrontalen Cortex und dem medialen Temporallappen erzeugte die Illusion, dass er sich an etwas erinnerte. Wieder dachte er zurück an das Dach der *Christian-Science*-Kirche und an Gabriel, der seine eigene Erinnerung daran, sich fünfzehn Minuten zuvor auf diesem Dach aufgehalten zu haben, infrage stellte.

Macbeth wich den neugierigen Blicken der Mädchen aus, die sich jetzt eng aneinanderdrängelten, und ging weiter. Er versank wieder in seinen Gedanken, versuchte dabei jedoch, nicht mehr an das zu denken, was gerade passiert war.

Wie er erwartet hatte, fand sich Macbeth an der Ecke der Mount Vernon und Louisburg wieder. Er ging über den Platz zu der Stelle, an der in seinem Traum das Haus gestanden hatte. Inzwischen waren seine Schritte langsamer geworden, und der Schweiß in seinem Nacken sagte ihm, dass er den Weg vom Park hierher schnellen Schrittes gegangen war, wie er es üblicherweise tat, wenn sein Geist, wie eigentlich immer, beschäftigt war.

Anders als in seinem Traum war das Gebäude in luxuriöse Wohnungen aufgeteilt. Aber es gab noch weitere Unterschiede: bedeutsame, bauliche Differenzen zu dem Haus aus seinem Traum. Als er davorstand, versuchte er herauszufinden, warum er von diesem besonderen Haus geträumt hatte, und warum er den Drang verspürte, seinen Traum auf irgendeine Weise zu bestätigen. Schließlich handelte es sich nicht um das Haus, das Corbin gekauft hatte, jenes Haus, in dem Marjorie Glaiston tatsächlich ermordet worden war. Vielleicht lag es einfach daran, dass Louisburg Square den Stereotyp historischer Gebäude in Beacon Hill repräsentierte. Trotzdem kam ihm dieses Haus sehr vertraut vor. Möglicherweise hatte er es schon einmal gesehen –

eventuell in seiner Kindheit –, hatte die Erinnerung idealisiert und dann verloren, nur damit sie Jahre später durch Corbins Beschreibung seines neuen Hauses wieder zum Leben erweckt werden konnte.

Macbeths Traum und Corbins Halluzination waren beides Fiktionen – Simulationen, die vom Gehirn aus einem auf der Realität beruhenden Samen erzeugt wurden. Aber sie waren völlig unterschiedliche Prozesse und aus unterschiedlichen Gründen hervorgerufen worden. Er konnte nicht wirklich verstehen, warum er auf die andere Seite der Stadt gefahren war, um eine Verbindung zwischen ihnen herzustellen. Trotz seiner Erleichterung beim Anblick der »echten« Marjorie Glaiston ärgerte er sich auch jetzt wieder darüber, Zeit damit verschwendet zu haben, etwas zu beweisen, was er rational die ganze Zeit gewusst hatte.

Macbeth ging den Weg durch den Park zurück. Jetzt hatte er kein Déjà-vu, keine unerklärliche Wiederholung. Am Tremont-Ausgang wollte Macbeth gerade die Straße überqueren, als ihn etwas zurück in den Park zog. Er war sich vage bewusst, dass er neugierige Blicke der Passanten auf sich zog, als er sich ganz nah an das Gebäude der Boylston T-U-Bahn-Station stellte und die glatte Wand in Augenschein nahm.

Kein Graffiti. Keine in Rot geschriebenen Worte *Wir werden …* Keine Hinweise auf Sprühfarbe oder die Chemikalien, die zur Reinigung der Wand verwendet worden waren, die sich jetzt kühl und trocken anfasste.

Vielleicht war es der Putzkolonne der Transit Authority in den etwa vierzig Minuten, die vergangen waren, seitdem er den Park betreten hatte, gelungen, die Sprühfarbe zu beseitigen, ohne dass auch nur die geringste Spur davon zurückgeblieben war, und danach war die Wand mit einer Art Föhn getrocknet worden, überlegte er.

Doch das hielt er für höchst unwahrscheinlich. Er vermutete eher, dass das Graffiti nie da gewesen war.

13. GEORG POULSEN. KOPENHAGEN.

Wie an jedem Samstagnachmittag saß Georg Poulsen da und las seiner Frau etwas vor.

So hielten sie es an jedem Samstagnachmittag und auch an fast jedem Abend, an dem er nicht arbeitete. Margarethe Poulsen hatte Bücher immer geliebt und sie als ihre »andere Welt« beschrieben: ein alternatives Universum, in das sie flüchten konnte, wenn ihr der Stress der realen Welt zu viel wurde. Georg Poulsen unterstützte sie nur zu gern bei ihrer Flucht, indem er ihr aus ihren Lieblingsbüchern vorlas. Georg Poulsen liebte seine Frau sehr.

Margarethe liebte insbesondere surreale Geschichten – keine Science-Fiction oder Fantasy, sondern eher literarisch magischen Realismus.

»Ich begreife nicht, warum manche Menschen etwas über andere Welten lesen müssen, um die Magie zu entdecken«, hatte sie einmal zu ihrem Mann gesagt, »wo sie doch überall um uns herum ist. Die Realität ist die größte Magie von allen, wenn man nur die Augen aufmacht und sie erkennt.«

Das hatte Poulsen überrascht, aber er bewunderte seine Frau auch, die als Ingenieurin in der klassischen Physik des Alltags verwurzelt war, und dennoch im Universum grenzenloses Potenzial für uneingeschränkte Interpretationsmöglichkeiten erkennen konnte.

Insbesondere liebte Margarethe Kafka, Gogol, Zamyatin und den französischen Autor Raymond Roussel. Poulsen konnte nicht nachvollziehen, warum Margarethe Roussel so gerne las, aber sie hatte ihm erklärt, dass ein Autor, der nicht aus Verzweiflung, sondern um herauszufinden, »wie der Tod so ist«, Selbstmord begangen hatte, jemand war, über dessen Auffassungen der Realität sie gern mehr wissen wollte.

Genau das las er ihr auch gerade vor: Roussels fantastisches *Locus Solus*. Beim Lesen verspürte Poulsen den enormen Druck, sich die größte Mühe zu geben, damit die Charaktere für seine Frau möglichst lebendig wurden. So etwas lag ihm eigentlich nicht, aber er hatte ihr inzwischen so oft vorgelesen, dass er einige Übung darin hatte, die Zeilen dramatischer rüberzubringen. Das war bei *Locus Solus* nicht gerade einfach, da es keine dänische Übersetzung gab und Poulsen aus der englischen Ausgabe vorlas. Doch als er in die surreale Welt des Romans vordrang, in dem es um den namensgebenden Landsitz von Martial Canterel voller bizarrer und übernatürlicher Attraktionen ging, konnte Poulsen mehr und mehr nachvollziehen, was seine Frau an Roussel derart faszinierte.

Es gelang dem Autor auf unnachahmliche Weise, unglaubliche und gleichzeitig dauerhafte Bilder im Geist des Lesers zu erschaffen. Eines dieser Bilder war das eines sprechenden und sich bewegenden, aber körperlosen Kopfes, der dem seit Langem toten Danton gehörte und der in dem geheimnisvollen, funkelnden Medium *Aqua Micans* aufbewahrt wurde, in dem auch eine komplett haarlose Siamkatze herumschwamm, die die Steuerung bediente, mit der Dantons Kopf wieder zum Leben erwachte. Was Poulsen jedoch noch mehr fesselte, war die Beschreibung, wie Canterel seine Gäste in den mysteriösen Glasdiamanten im Herzen seines Anwesens führte. Dort befand sich unter dem Glas eine Reihe von acht lebendigen Bildern. Auf jedem dieser Bilder führten Schauspieler eine Szene vor einem kleinen Publikum auf, für die diese Darbietung offenbar eine emotionale Bedeutung hatte. Dann enthüllte Canterel seinen Gästen, dass es sich bei den Schauspielern in jedem Bild um die Leichen kürzlich Verstorbener handelte und dass er die beiden geheimnisvollen Substanzen *Resurrectin* und *Vitalium* entdeckt habe, mit denen sie wieder zum Leben erweckt werden konnten. Doch die injizierten Flüssigkeiten bewirkten, dass die wiedererweckten Personen dazu verdammt waren, die wichtigsten Ereignisse ihres Lebens und sonst nichts anderes wieder und wieder und bis in alle Ewigkeit nachzuspielen.

Trotz des lächerlichen Szenarios fragte sich Poulsen beim Lesen, ob das sich ständig wiederholende, unter Amnesie leidende Bewusstsein von Roussels wiederbelebten Toten eine geringere Form der Existenz darstellte oder ob es gar identisch mit dem Zustand im wirklichen Leben war, bei dem man von einem Moment zum nächsten überging. Überdies überlegte er, ob sie wohl ein Déjà-vu erlebten, wenn sie eine Szene nachspielten, die sie bereits in ihrem wirklichen Leben mitgemacht hatten und die sie nun zahllose vergessene Male in ihrem Nachleben erneut auf die Bühne brachten.

Georg Poulsen war ein maßvoller Mann: Bei seiner Arbeit, in seinem Leben und in Bezug auf seine Beziehungen zu anderen Menschen legte er Wert auf überschaubare, messbare Proportionen. Als er also das vierte Kapitel beendet hatte, legte er das Buch auf den Beistelltisch. Er setzte sich hin und plauderte mit seiner Frau über seinen Tag und berichtete ihr vor allem, welche Fortschritte sie mit dem Projekt machten. Welche Hoffnungen es in ihm weckte. Wie üblich sprach er und sie hörte zu.

Margarethe Poulsen war schon immer eine äußerst attraktive Frau gewesen. Jedes Mal, wenn er ihr aristokratisches Profil betrachtete, wurde er aufs Neue daran erinnert. Bei ihrer ersten Begegnung hatte er Margarethe für die verwöhnte Tochter eines alteingesessenen Landbesitzers gehalten. In der dänischen Kultur wurde die Gleichberechtigung rigoros eingehalten, und Poulsen vermutete, dass die hübsche junge Studentin sich mit ihrer Arroganz nicht gerade viele Freunde unter ihren Kommilitonen gemacht hatte. Dennoch fühlte er sich von ihr angezogen, und das nicht nur aufgrund ihrer Schönheit, er hatte auch das sehr merkwürdige und hartnäckige Gefühl, dass er sie schon einmal irgendwo gesehen hatte und sie längst kannte.

Erst nachdem Poulsen den Mut aufgebracht hatte, sie anzusprechen, fand er heraus, dass Margarethe eigentlich eine sehr bescheidene und fast schon schüchterne junge Frau war. Sie studierte Ingenieurswissenschaften und war nicht etwa von aristokratischer, sondern eher einfacher Herkunft. Poulsen stammte aus der Nähe von Kopenhagen, wohingegen Margarethe ein Mädchen vom Land und auf Fünen aufgewachsen war. Manchmal dachte Poulsen, dass die einzigen Menschen, denen die Dänen noch weniger trauten als den Schweden, ihre eigenen Landsleute waren: Jütländer hielten die Kopenhagener für arrogant, während sie von denen als mürrisch und intellektuell rückständig angesehen wurden, beide waren jedoch der Meinung, Fünen wären Hinterwäldler, wobei sie die Schönheit der Insel jedoch sehr bewunderten.

Margarethes Vater war Ingenieur, ihre Mutter arbeitete als Grundschullehrerin. Wie die meisten Menschen auf Fünen waren es offene, freundliche Menschen, und Georg merkte bald, dass sie einfach nur das Beste für ihr einziges Kind wollten und dass sie der Ansicht waren, er wäre das Beste für sie.

Schon bald waren Georg und Margarethe unzertrennlich. Ihr Geist, ihre Träume, ihre Stimmungen und ihre Ansichten passten einfach perfekt zueinander. Sie vertieften sich beide mit diesem sehr dänischen Impuls, zu dienen und das menschliche Dasein zu verbessern, in ihre jeweiligen Fachbereiche – er in die Physik und die Informatik, sie in die Ingenieurswissenschaften.

In den ersten zehn Jahren ihrer Ehe reisten sie in Europa herum und von einer Universität zur anderen, wie es ihnen Poulsens Karriere vorschrieb, und hielten sich auch achtzehn Monate in den USA auf. Margarethe gab zwar Kurse in ihrem Fachbereich, doch der Fokus lag auf seiner Karriere, da er ein angesehener Experte für künstliche Intelligenz geworden war und sich seine Forschung größtenteils der Suche nach neuen und besseren Wegen widmete, wie der Mensch mit Computern interagieren konnte.

Als Margarethe ihm nach zehn langen Jahren des Versuchens sagte, dass sie ihr erstes Kind erwartete, war Poulsen außer sich vor Freude gewesen. Er erinnerte sich noch sehr gut an diesen Tag, wie er sich eine rosige Zukunft ausgemalt und das Gefühl gehabt hatte, die Welt wäre zu gut, zu perfekt, um real zu sein.

Zu der privaten Freude gesellte sich bald professioneller Stolz: Die Universität von Kopenhagen bat ihn, ein interdisziplinäres Team zu leiten, das an einem großen neuen internationalen Projekt arbeiten sollte. Das Ziel dieses Projekts war, die kognitiven Zustände und Funktionen des menschlichen Gehirns zu replizieren. Die Universität hoffte, das Projekt innerhalb der nächsten beiden Jahre in Angriff nehmen zu können: Ein ähnliches Unterfangen lief in Düsseldorf seit 2011, während das »Blue Brain Project« in der Schweiz bereits seit 2005 durchgeführt wurde. Die Kartografierung des Gehirns wurde rasch zu einem Wettlauf der kognitiven und der Computerwissenschaften. Doch das Kopenhagener Projekt war das bei Weitem ambitionierteste: sechsundachtzig Milliarden virtuelle Neuronen und ein vollständiges, simuliertes limbisches System. Ein ganzes menschliches Gehirn, Zelle für Zelle in einer Computersimulation nachgebaut und absolut nicht vom Original zu unterscheiden. Ein Gehirn, das eigenständig denken würde.

Es war die Informatikherausforderung des Jahrhunderts, und Georg Poulsen übernahm die Leitung.

Beruflich und privat war Georg Poulsen in jeglicher Hinsicht ein glücklicher Mann.

Eines Abends, etwa zwei Wochen nach Margarethes freudestrahlender Ankündigung, besuchten sie ihre ältesten Freunde, die ein Haus in der Nähe von Skovshoved besaßen. Es war ein warmer, wolkenloser Sommerabend, und Poulsen hatte die Küstenstraße für die Heimfahrt genommen, war nach Kystvejen hineingefahren und hielt auf das Stadtzentrum zu. Margarethe saß schweigend auf dem Beifahrersitz und sah zufrieden auf das dunkle Wasser des Øresund hinaus. So war es häufig, wenn sie zusammen waren: Es herrschte ein zufriedenes Schweigen, weil alles gesagt worden war.

Georg Poulsen, ein durch und durch glücklicher Mann, hielt vor der Ampel am Charlottenlund Park.

Es hatte fast einen Monat gedauert, bis er aufgewacht war. Bis er zumindest richtig wach war.

Einmal während einer Fernsehdebatte mit einem Neurowissenschaftler und dem Anhänger einer dubiosen Religionsgemeinschaft hatte Poulsen argumentiert, dass nicht nur das Konzept einer »Seele« wissenschaftlicher Unsinn wäre, sondern dass es auch kein einzelnes, identifizierbares Ding wie den Verstand gäbe. Er hatte behauptet, dass die menschliche Erfahrung vor allem auf dem Bewusstsein beruhte – und dass sich das Bewusstsein entsprechend der physikalischen Strukturen der Komplexität ausbildete, mit der sich das Gehirn im Verlauf von Kindheit und Jugend entwickelte. Im späteren Leben erst entfalte es sich vollständig oder weise eben Krankheiten oder Schäden auf. Er hatte gesagt, dass es keinen soliden Geisteszustand gäbe, nur einen Fluss aus Wahrnehmung und Bewusstsein. Wir sind manchmal eben schlicht und einfach mehr »hier« als andere, hatte er argumentiert.

Georg Poulsens eigenes genesendes Bewusstsein war seit einer Woche im Fluss gewesen, bevor er es endlich geschafft hatte, in die Welt zurückzukehren. Zuvor hatte es schon kurzzeitige Wachphasen gegeben, aber drei Wochen und vier Tage nachdem er vor der Ampel am Charlottenlund Park auf Grün gewartet hatte, war Poulsen endgültig wieder aufgewacht.

Die Neuigkeiten wurden ihm nach und nach und sehr schonend beigebracht, und die junge Ärztin sorgte dafür, dass er jede einzelne Information auch wirklich verstand. Er befand sich in Zimmer RH4131 auf der Intensivstation des Rigshospitalet in Kopenhagen. Er war bei einem Verkehrsunfall schwer verletzt worden. Ein Lkw war hinten auf seinen Wagen aufgefahren. Er hatte Schädelfrakturen erlitten, woraufhin es zu Gehirnquetschungen gekommen war. Daher hatte sich das medizinische Personal dazu gezwungen gesehen, ihn drei Wochen lang im künstlichen Koma zu halten. Sie sagte ihm auch, dass er außerdem eine geringfügige Lungenprellung gehabt habe, die inzwischen jedoch ausgeheilt wäre.

Poulsen hatte ihr zugehört und versucht, die Fakten irgendwie in einen Zusammenhang zu bringen. Dann hatte er zu sprechen versucht, doch sein Mund fühlte sich trocken und pelzig an, und seine Zunge war bleischwer. Schließlich bekam er ein Wort heraus, das einzige, das ihm im Kopf herumschwirrte.

»Margarethe?«, hatte die Ärztin wiederholt. »Ihre Frau? Sie hat ähnliche Verletzungen wie Sie erlitten und wird ebenfalls hier behandelt.«

Er hatte sie noch vieles mehr fragen, sich nach dem Baby erkundigen wollen, aber dann war er wieder aus dem Zimmer, aus dem Hier und Jetzt verschwunden, als sich sein Bewusstsein ein weiteres Mal verabschiedete.

Erst drei Tage später erfuhr er die ganze Wahrheit; als er vollkommen wach war, sich aufsetzen konnte und die Intensivstation verlassen hatte.

»Wir können Sie zu ihr bringen«, hatte der diensthabende Arzt erklärt. »Sie liegt auf der neurophysiologischen Station.«

Man hatte Poulsen in einen Rollstuhl gesetzt, und ein Pfleger und eine Krankenschwester, die beide keine seiner Fragen über den Zustand seiner Frau beantworten konnten, schoben ihn durch das Krankenhaus. Nachdem sie sich am Empfang erkundigt hatte, brachte ihn die Krankenschwester durch einen langen Flur mit vielen Türen in ein Zimmer. Die Vorhänge waren zugezogen, und nur über dem Bett, in dem eine Gestalt lag und beatmet wurde, brannte eine Lampe. Das Zimmer, die Person in dem Bett, die ganze Situation, all das kam Poulsen völlig surreal vor, und einen Moment lang fragte er sich, ob er noch immer im Koma lag und all das Schreckliche nur träumte. Vielleicht war er es, der dort im Bett lag, unbeweglich und nur dank der Technologie am Leben erhalten, und er beobachtete sich mit einem separaten Splitter seines eigenen Verstands.

Ein großer, schlanker, dunkelhaariger Mann von Mitte vierzig in einem Arztkittel betrat mit professioneller Miene den Raum und stellte sich als Dr. Larssen vor.

»Liegt sie im Koma?«, fragte Poulsen.

»Ihre Frau hat ein schweres stumpfes Kopftrauma erlitten«, erklärte Larssen. »Es liegt keine Schädelfraktur vor, aber sie leidet unter denselben daraus resultierenden Verletzungen, von denen auch Sie sich gerade erst erholen.« Larssen machte eine Pause – die Art von professioneller Pause, die die Einleitung für schlechte Neuigkeiten darstellte. Poulsen bemerkte die dunklen Ringe um die Augen des Arztes, die ihn noch trauriger aussehen ließen. »Leider kommen im Fall Ihrer Frau noch eine daraus resultierende diffuse axonale Verletzung und eine basiläre Arterienblutung hinzu. Es tut mir sehr leid, Ihnen mitteilen zu müssen, dass es zu einer Blutung in den Hirnstamm gekommen ist. Um Ihre Frage zu beantworten: Nein, Ihre Frau liegt nicht im Koma, und alle Anzeichen lassen vermuten, dass sie bei Bewusstsein ist, bei vollem Bewusstsein … aber sie leidet unter einer Lähmung sämtlicher Extremitäten.«

Eine weitere Pause.

»Dr. Poulsen, angesichts Ihres eigenen Fachgebiets muss ich Ihnen wohl nicht sagen, wie komplex das menschliche Gehirn ist. All unsere Komplexität als menschliche Wesen, unsere Intelligenz und unsere Persönlichkeit, unser freier Wille und wie wir die Welt um uns herum wahrnehmen, all das geschieht im Großhirn, vornehmlich im Neocortex. Diese Bereiche sind bei Ihrer Frau vollkommen intakt. Der Schaden liegt allein am Pons vor, der Brücke, die das Gehirn und den Gehirnstamm miteinander verbindet. Verstehen Sie, was ich Ihnen sage?«

Poulsen nickte.

»Die Hirnbrücke ist der Ort, an dem alle automatischen und die Grundfunktionen des Lebens zentriert sind, das Atmen, das Schlucken, der Geschmackssinn, das Hörvermögen, die Augenbewegung und so weiter. Diese Funktionen sind im Fall Ihrer Frau beeinträchtigt. Ich muss Ihnen leider mitteilen, dass sie am ventralen Ponssyndrom leidet, das im Allgemeinen auch als Locked-In-Syndrom bekannt ist. Momentan ist sie vollständig gelähmt und kann nicht einmal ihre Augen bewegen. Nur die Zeit wird zeigen, wie dauerhaft diese Lähmung ist, aber ich muss Ihnen ganz ehrlich sagen, dass die Prognose anhand der Daten, die wir durch das Imaging erhalten haben, nicht gut ist.«

»Und das Baby?«

»Es tut mir leid …« Dr. Larssen sah zu Boden.

Poulsen weinte, und der Arzt schwieg und überließ ihn seinem Kummer.

»Kann sie mich hören?«, fragte Poulsen schließlich.

»Es gibt keinen Grund zu der Annahme, dass sie es nicht kann«, antwortete Larssen. »Und jede Stimulation, die Sie ihr geben können, tut ihr gut.«

Erneut schwiegen sie beide. Dann fragte Poulsen mit entschlossener Stimme: »Gibt es hier eine Krankenhausbücherei?«

Jetzt, ein Jahr und drei Monate später, saß Georg Poulsen wie an jedem Samstagnachmittag da und las seiner Frau von Roussels fantastischer Welt vor, in der die Verstorbenen nicht wussten, dass sie tot waren oder dass es sich bei der Welt, in der sie lebten, eigentlich um ein lebendes Bild handelte.

14. JOHN MACBETH. BOSTON.

Casey war Macbeths vier Jahre jüngerer Bruder. Sie hatten einander und auch ihrem Vater schon immer nahegestanden, der ihre kleine Familie stets als die »drei Musketiere« bezeichnet hatte. Dies war ein Ausdruck trauriger Einsamkeit gewesen, auch wenn sich Macbeth, und noch weniger Casey, damals vollständig im Klaren über die Traurigkeit ihres Vaters gewesen waren.

Macbeths Mutter war in ihrem Leben nur aufgrund ihrer Abwesenheit präsent gewesen: Sie war gestorben, als Macbeth sechs Jahre alt war, plötzlich und unbemerkt, wie eine Hauptfigur in einem Theaterstück, die auf einmal auf unerklärliche Weise jenseits der Bühne ums Leben kam. Später hatte Macbeth herausgefunden, dass seine Mutter einem Berry-Aneurysma im Arterienring des Gehirns zum Opfer gefallen war, das bewirkt hatte, dass ihr Hirnstamm einriss und mit Blut überflutet wurde. Als Kind hatte er sich vorgestellt, dass sie einfach die Augen geschlossen hätte, als würde sie einschlafen, aber als Arzt hatte er das wahrscheinlichere Szenario vor Augen gehabt: den heftigen Donnerschlagkopfschmerz, den katastrophalen Verlust der motorischen Fähigkeiten, vielleicht eine aufsteigende Verwirrung, lebhafte Halluzinationen, Zuckungen und dann der Tod. Häufig kam es bei einem Berry-Aneurysma auch zu einer Ptose, bei der ein Augenlid halb geschlossen über dem Auge lag, und so hatte er sie sich häufig vorgestellt – und aus diesem Grund hatte er sich auch wieder an sie erinnert, als er Gabriel Rees halb geschlossenes Augenlid auf dem Platz und in seinem Traum gesehen hatte.

Wie immer seine Mutter auch wirklich gestorben sein mochte,

sie war auf jeden Fall plötzlich und unerwartet aus seinem Leben verschwunden: Cora Macbeth war an diesem Morgen noch körperlich in seinem Leben vorhanden gewesen, am Nachmittag jedoch verschwunden. Danach existierte seine Mutter nur noch als Konzept, als Gedanke in einem heranwachsenden Verstand, und mit der bedingungslosen Anpassungsfähigkeit eines Kindes hatte sich Macbeth bald an ihre Abwesenheit gewöhnt. Zumindest hatte er sich angepasst. Während er aufwuchs, hatte er sich häufiger vorgestellt, seine Mutter sei gar nicht tot und würde an einem anderen Ort leben, vielleicht eine andere Existenz unter einem anderen Namen führen. Sie würde sich jedoch jede Nacht in den Schlaf weinen, wenn sie an ihre Söhne dachte, die sie hatte zurücklassen müssen. Er hatte sich sogar eine Alternative ausgedacht, in der ihm die Wahrheit vorenthalten worden war und seine Mutter in einem tiefen Schlaf lag, aus dem man sie nicht wecken konnte und in dem sie sich ein anderes Leben herbeiträumte; vielleicht waren er, sein Vater und sein Bruder, ihre ganze Welt, nichts weiter als Produkte der Fantasie seiner träumenden Mutter.

Das Defizit in seinem Leben, das aufgrund der toten Mutter und des traurigen Vaters entstanden war, konnte jedoch dank seines Bruders kompensiert werden. Casey war Macbeth sehr ähnlich, und gleichzeitig unterschieden sie sich deutlich voneinander. Während ihrer Kindheit war Macbeth der Wegbereiter gewesen. Trotz der auftretenden Störungen seiner Psyche war Macbeth ein herausragender Schüler. Sein IQ lag den Messungen zufolge am oberen Ende der Skala, aber zu diesem Zeitpunkt stellte dieser Vorteil vermutlich eher einen Nachteil dar und schuf das Potenzial für mentale Fehltritte. Als Casey älter wurde, stellte sich heraus, dass er seinem Bruder intellektuell gewachsen war, jedoch zeichnete sich Caseys Intellekt durch eine Anmut und Symmetrie aus, die Großes von ihm erwarten ließ.

Und es gab bei ihm keine Störungen.

Während Macbeth seinem Vater nacheiferte und Medizin und Psychologie studierte, ging Casey in die Physik, danach die Astrophysik und die Quantenmechanik. Trotz seiner Jugend gehörte er schon jetzt zu den herausragendsten Wissenschaftlern des Planeten, und man erwartete, dass er eines Tages den Nobelpreis gewinnen würde.

Das erfüllte Macbeth sowohl mit Stolz als auch Neid. Aber vor allem liebte er seinen Bruder, und jeder Konkurrenzgedanke wurde durch ihre Freundschaft unterdrückt, welche die engste war, die Macbeth je gehabt hatte. Und die vielleicht auch die einzige echte Freundschaft in seinem Leben war.

Sie trafen sich wie verabredet auf einer Bowlingbahn an der Massachusetts Avenue nicht weit von Caseys Wohnung im ersten Stock eines Back-Bay-Sandsteinhauses, von dem aus er über die Brücke in fünfzehn Minuten das MIT erreichen konnte.

Casey Macbeth war ganz offensichtlich John Macbeths Bruder. Er war kleiner und schmaler gebaut und sah etwas weicher aus, aber sie hatten dieselben grünen Augen, das gleiche dunkle Haar, und auch der Schnitt ihres Gesichts war nahezu identisch. Doch während sich Macbeth anspruchsvoll und teuer kleidete, sah Casey fast immer so aus, als sei sein Kopf mit anderen Dingen beschäftigt gewesen, während er sich angezogen hatte. Als Macbeths jüngerer Bruder auf die Bowlingbahn kam, trug er eine Jeans und ein dunkelblaues T-Shirt mit der Aufschrift: »Gesucht tot und/oder lebendig: Schrödingers Katze«. Macbeth hatte einmal versucht, dem höchst amüsierten Casey zu erklären, warum niemand den Quantenphysikhumor verstand. Er hatte es dann jedoch aufgegeben.

Die Brüder machten drei Spiele, die Macbeth alle gewann, obwohl er sich keine große Mühe gab. Caseys Leidenschaft für das Bowlen wurde nur noch von seiner Unfähigkeit übertroffen. Macbeth hatte noch nie verstanden, wie es sein Bruder, der mit einer eleganten Gleichung jede Kraft, jeden Winkel und jeden Drall ausrechnen konnte, damit sich die Kugel auf die gewünschte Weise bewegte, so oft schaffte, so viele Pumpen zu werfen.

»Ich bin befriedigt …«, sagte Casey mit fröhlichem Grinsen nach seiner dritten Niederlage. »Jetzt sollten wir zu mir fahren und uns betrinken. Klingt das nach einem guten Plan?«

»Das klingt nach einem guten Plan«, erwiderte Macbeth begeistert, auch wenn er wusste, dass weder er noch sein Bruder zu den Menschen gehörte, die sich völlig und hoffnungslos betranken. »Nach all dem, was ich letzte Nacht durchgestanden habe, könnte ich ein wenig Entspannung gebrauchen.«

»Warum? Was ist denn letzte Nacht passiert?«, erkundigte sich Casey mit besorgter Miene.

»Das erzähle ich dir später«, entgegnete Macbeth.

Caseys Wohnung sah nicht so aus, wie man es anhand seiner Erscheinung erwarten würde, aber das wusste Macbeth längst. Zwar ließ seine Kleidung auf ein mentales Chaos schließen, aber Caseys Lebensumfeld spiegelte die kristallklare Ordnung in seinem Verstand wider. Macbeth vermutete, dass sein Bruder ebenso wie er ein Bedürfnis nach einer Umgebung verspürte, die ihm ein Gefühl von Harmonie vermittelte.

»Hast du alles, was du brauchst? Ich meine, für deinen Aufenthalt hier … Ich weiß, wie schwer es ist, beim Packen nichts zu vergessen.« Casey legte einen Untersetzer vor Macbeth auf den Tisch und stellte dann ein Glas Wein darauf ab.

»Ich habe alles, danke. Das Einzige, wobei du mir helfen könntest, ist mein Laptop.«

»Klar, wo liegt das Problem?«

»Es ist etwas ganz Komisches passiert – ich habe da einen Ordner auf dem Desktop, den ich nicht öffnen kann. Dabei erinnere ich mich nicht mal daran, ihn angelegt zu haben.«

»Kein Problem. Das klingt ganz danach, als hättest du ihn versehentlich gesperrt. Ich werde mir das mal ansehen.«

»Nein … Er ist nicht gesperrt«, sagte Macbeth. »Wenn ich ihn anklicke, werde ich nicht nach einem Passwort gefragt, es geht auch kein Nachrichtenfenster auf oder so was. Es ist fast so, als handle es sich bei dem Ding um ein Phantom.«

»Ein Phantom?« Casey lachte. »Wenn du in Bezug auf Computer jetzt metaphysisch werden willst, dann solltest du lieber auf meine Seite der Wissenschaft wechseln. Bring ihn einfach beim nächsten Mal mit, wenn du mich besuchen kommst.«

»Danke.«

»Vermisst du es eigentlich nie? Hier zu leben, meine ich«, fragte Casey.

»Ich schätze schon. Das Cape allerdings mehr als Boston. Doch es gefällt mir in Kopenhagen. Ich weiß, dass es dir da auch gefallen würde.«

»Wir sehen uns kaum noch«, meinte Casey. »Ich hatte überlegt, dich nächsten Monat mal besuchen zu kommen.«

»In Kopenhagen? Das wäre großartig, Casey.« Macbeth grinste. »Du kannst gern einige Wochen bleiben, wenn du so lange Urlaub bekommst. Ich werde dir einige wunderschöne dänische Blondinen vorstellen.«

»Tut mir leid. Ich werde nur ein paar Tage bleiben können. Ich muss nach England, genauer gesagt nach Oxford, und ich hatte mir überlegt, über Kopenhagen zu fliegen. Die beiden Städte können doch höchstens ein paar Stunden auseinanderliegen.«

»Wie gesagt, du kannst gern bleiben, so lange du willst. Ich würde mich sehr freuen, dich zu sehen. Was gibt es in Oxford?«

Casey trank einen Schluck Wein und grinste ihn verschwörerisch an. »Die größte wissenschaftliche Entdeckung aller Zeiten ist dort zu finden. Größer als Higgs. Größer als die allgemeine Relativitätstheorie, falls du dir das vorstellen kannst. Du hast einen der wenigen Auserwählten vor dir ... Hey, ich bin offenbar ein Mitglied der Elite. Eigentlich solltest du mich mit wesentlich mehr Ehrerbietung behandeln.«

»Okay ... dann schieß mal los.«

»Hast du schon von Henry Blackwell gehört?«, fragte Casey.

»Ja, ob du es glaubst oder nicht, ich bekomme auch einiges von dem mit, was außerhalb der psychiatrischen Welt vor sich geht. Was ist mit ihm?«

»Tja, dann weißt du ja, dass er der größte lebende Quantenphysiker der Welt ist. Er arbeitet seit Jahren an einem Projekt, über das er ungewöhnlich wenig verrät ... oder zumindest so wenig, wie es jemandem innerhalb der wissenschaftlichen Gemeinde so gerade eben möglich ist. Tatsächlich gibt es auf der ganzen Welt in verschiedenen Forschungseinrichtungen Informationsbruchstücke über das Prometheus-Projekt. Aber Blackwell hat nicht viel über den Kern des Projekts verraten.«

»Prometheus?«

»Ja, ich weiß«, erwiderte Casey grinsend. »Aber es ist groß, wirklich groß. Die Prometheus-Antwort ist sein Codename für die Große Vereinheitlichte Theorie. Tatsächlich behauptet er sogar, es vollbracht zu haben – die Arbeit, an der Einstein, Bohr, Feynman und Hawking gescheitert sind. Bei jedem anderen würde ich diese Behauptung mit größter Skepsis zur Kenntnis nehmen, aber ... Jedenfalls hat er versprochen, dass es die größte Enthüllung in der Geschichte der Quantenphysik sein wird. Die definitive, elegante Lösung, die ein für alle Mal erklärt, wie das Universum funktioniert.«

»Und du wurdest eingeladen?«

»Er wird seine Ergebnisse natürlich veröffentlichen, aber er hat einige Hundert der besten Leute dieses Fachbereichs aus der ganzen Welt zu einem besonderen Seminar nach Oxford eingeladen. Darunter auch mich. Im Grunde genommen nutzt er dieses Symposium als Referenzgruppenveröffentlichung, und ich kann dir gar nicht sagen, was es für mich bedeutet, dass mich Blackwell als einen ihm Gleichgestellten ansieht.«

»Das hast du aber auch verdient, Casey. Ich freue mich wirklich für dich. Doch was soll diese Geheimniskrämerei?«

»Ach, die drehen doch alle durch, wenn es um die Wissenschaft geht. Hast du vom Blinden Glauben gehört, dieser fundamentalistischen Christenvereinigung?«

»Ja. Das ist ein Haufen Irrer.«

»Sie sind weit mehr als das. Der Blinde Glaube ist komplett untergetaucht, seitdem ihn das FBI als terroristische Organisation eingestuft hat. Wir haben am MIT einen Haufen von Richtlinien erhalten, und beim Symposium in Oxford wird es jede Menge Sicherheitsvorkehrungen geben. Blackwell hat schon Morddrohungen erhalten und ein unausgegorenes Gerät per Post bekommen, das jedoch abgefangen wurde. Diese Leute sind gefährlich, das kannst du mir glauben.« Casey schüttelte den Kopf, sodass ihm eine Locke seines schwarzen Haars ins Gesicht fiel. »Wir glauben, wir leben in einer erleuchteten Zeit, aber es gibt in der heutigen Welt ebenso viele Möchtegerninquisitoren wie damals bei Kopernikus und Galileo.«

»Mir ist nicht wirklich klar, wovor diese Leute so eine Angst haben.«

»Vor der Ausrottung, so sieht es aus. Weißt du, was Religion ist?« Casey beugte sich vor und sah ihn aufgeregt an. »Das Fehlen der Wissenschaft. Die Religion ist aufgeblüht, als wir nicht begriffen haben, wie das Universum funktioniert. Mit jeder neuen Entdeckung verschwindet eine abergläubische Erklärung eines Naturphänomens. Die Wissenschaft hat die Religion seit der Aufklärung mehr und mehr vernichtet, sodass sie jetzt um ihren letzten Lebensfunken kämpfen muss. Aus diesem Grund haben es der Blinde Glaube sowie jeder islamistische Fundamentalist und wiedergeborene Irre besonders auf Blackwell und seine Forschung abgesehen. Daher kann ich es ihm auch nicht verdenken, dass er sich besonders bedeckt hält.«

»Tja«, Macbeth hob sein Glas und prostete seinem Bruder zu, »ich freue mich wirklich für dich, Casey. Und es wäre toll, wenn du danach für einige Tage nach Dänemark kämst. Vielleicht kannst du deinem zurückgebliebenen Bruder dann alles erklären.«

»Du musst dein Licht aber auch immer unter den Scheffel stellen«, meinte Casey und runzelte die Stirn. »Ehrlich gesagt habe ich dich immer um deinen Verstand beneidet.«

Macbeth hätte seinen Wein beinahe wieder ausgespuckt. »*Du* hast *mich* beneidet?«

»Du redest immer davon, wie fokussiert ich bin ... Einer meiner Freunde, Jürgen, ist Arzt am CERN und hat mir ein deutsches Wort verraten: *Fachidiot*. Jürgen sagt, dass wir genau das seien. Wir wissen viel über das, was wir tun, und so gut wie nichts über alles andere.«

»Ein Experte ist jemand, der mehr und mehr über immer weniger weiß ...«

Macbeth lächelte und hob erneut sein Glas. »Samuel Johnson.«

»Da haben wir es wieder ...« Casey deutete anklagend auf Macbeth. »Dein Kopf ist voller Fakten und Informationen über Dinge, die nichts mit deiner Arbeit zu tun haben. Demgegenüber kann ich gerade mal mit einer Fähigkeit prahlen.«

»Ich würde mich nicht über das Gehirn beschweren, das du bekommen hast.« Macbeth nippte an seinem Wein. »Und was die Tatsache angeht, dass ich mir Allgemeinwissen verdammt gut merken kann – ich würde diese Fähigkeit sofort gegen bessere Erinnerungen an mein reales Leben eintauschen. Ich würde ein autobiografisches Gedächtnis jederzeit einem semantischen vorziehen.«

»Wir sind, was wir sind«, stellte Casey resigniert fest.

»Hast du schon mal von Cosmos Rossellius gehört?«

Casey zuckte mit den Achseln.

»Er hat im sechzehnten Jahrhundert gelebt, in Florenz, und viele verschiedene Theorien über das Gedächtnis und seine Funktionen aufgestellt – Theorien, die seiner Zeit weit voraus waren. Ich sollte seine Werke irgendwann noch mal lesen ... Und einige seiner Mnemotechniken ausprobieren.«

»Seiner was?«

»Möglichkeiten, die reale Welt im eigenen Kopf nachzubilden. Wenn er einen Ort besuchte, sagen wir eine Kirche oder eine Burg, dann hatte er eine Technik entwickelt, um diesen Ort perfekt in seinem Gedächtnis nachzubilden. So etwas könnte ich verdammt gut gebrauchen.«

»Freut mich zu hören, dass du bei der Literatur auf dem Laufenden bleibst ...« Casey zog eine Augenbraue hoch. »Sechzehntes Jahrhundert, hast du gesagt?«

»Der Verstand war damals nicht anders als heute. Das Komische ist, dass wir erst jetzt entdeckt haben, dass sich spezifische Neuronen bestimmten Konzepten zuordnen lassen. Wenn du an eine bestimmte Person denkst, die du kennst, oder an einen Ort, an dem du mal gewesen bist, dann werden einige Neuronen aktiviert, die du speziell für diese Erinnerung hast wachsen lassen. Die Menschen leben tatsächlich in unseren Köpfen. Rossellius war der Welt in seiner Denkweise weit voraus, und er hat über Erinnerungsräume als Dimension der Existenz gesprochen. Er hat sogar eine Beschreibung von Paradies und Hölle geschrieben, die der von Dante in Umfang und Ausschmückung in nichts nachsteht. Der Unterschied ist, dass Rossellius' Jenseits vollständig aus Erinnerungen bestand. Es war ein ewiger Erinnerungsraum.«

»Hmmm ...« Casey goss sich noch etwas Wein ein. »Erinnerst du dich daran, wie Dad immer über die beiden Universen gesprochen hat? Das innere und das äußere Universum. Findest du es nicht seltsam, dass jeder von uns beiden letzten Endes eines davon untersucht?«

»Daran erinnere ich mich …« Auf einmal klang Macbeths Stimme belegt. »Ich schreibe ihm noch immer SMS, weißt du. Dad, meine ich. Nur, um ihm kleine Dinge aus meinem Alltag zu erzählen und so etwas.«

»John …« Caseys Tonfall war gleichzeitig mitfühlend und besorgt.

»Ich weiß. Es ist ungesund und ziemlich verschroben. Aber es ist einfach so, dass die Menschen heute elektronisch existieren. Wir haben alle irgendeine ›Präsenz‹ in Cyberland …« Macbeth wedelte mit der freien Hand in der Luft herum. »Irgendwie hilft es mir dabei, mir vorzustellen, er wäre noch immer irgendwo da draußen. Ich gebe ja selbst zu, dass es verrückt ist.«

»Mir fehlt er auch«, gestand Casey. »Wir haben vermutlich alle eine andere Methode, um mit dem Verlust fertigzuwerden.«

Die Brüder schwiegen einen Augenblick lang und versuchten jeder für sich, aus der dunklen Ecke wieder herauszukommen, in die sie sich hineinmanövriert hatten.

»Erzähl mir mehr über Blackwells riesige Entdeckung …«, forderte Macbeth endlich mit gespielt fröhlicher Stimme.

»Im Grunde genommen nutzt er Simulationen, um in der Zeit zurückzublicken, eigentlich sogar an der Zeit vorbei. Es geht darum, das zu sehen, was vor diesen zehn hoch minus dreiundvierzig Sekunden nach dem Urknall – oder was immer dem Universum und der Zeit selbst die Existenz ermöglicht hat – passiert ist. Es gibt jede Menge Spekulationen, aber niemand weiß genau, was er ankündigen wird.« Casey nahm sein Glas in die Hand und trank einen großen Schluck. »Und jetzt erzähl mir mal, was dir auf der Seele liegt. Du hast gesagt, dass gestern Nacht irgendwas passiert wäre. Was war das?«

Macbeth seufzte und ließ die Ereignisse der vergangenen Nacht Revue passieren. Er erzählte seinem Bruder von dem

Selbstmörder, der gestorben war, und dem Priester, der noch um sein Leben kämpfte. Er ließ auch den Depersonalisierungsanfall auf dem Platz nicht aus, den er gehabt hatte, während er versuchte, Mullachy das Leben zu retten.

»Großer Gott, das ist ja schrecklich«, sagte Casey. »Du hättest mir heute absagen können. Ich hatte ja keine Ahnung.«

»Nein, der heutige Abend ist genau das, was ich gebraucht habe. Übrigens könnte es sein, dass du den Selbstmörder kennst, allerdings ist das ziemlich weit hergeholt …«

»Ach, echt?«

»Ja. Es war ein Mann namens Gabriel Rees. Er war am MIT …« Macbeth sprach nicht weiter, als er Caseys Reaktion auf seine Worte bemerkte.

15. KAREN. BOSTON.

Wischen. Eins. Zwei. Wischen. Eins. Zwei. Wischen. Eins. Zwei. Drei. Wischen. Eins, zwei, drei. Rechter Fuß, erster Schritt. Vorwärts. Zurück. Eins, zwei, drei. Linker Fuß vor. Zurück.

Sie wusste, dass die Leute sie beobachteten, einige lachend, andere wichen ihr auf die unsichere Weise von Menschen, die mit bizarrem Verhalten konfrontiert werden, aus, während sie ihr dabei zusahen, wie sie ihr kleines Ritual im Ladeneingang vollführte. Hinter ihr waren ungeduldige und besorgte Geräusche zu hören. Ein Mann drängelte sich an ihr vorbei, murmelte dabei etwas Beleidigendes und schob sie zur Seite. Da sie entsprechend ihres Rituals einen Fuß angehoben hatte, verlor sie das Gleichgewicht und hüpfte auf dem anderen herum, bis die Schulter ihres teuren Mantels gegen den Sandstein traf, aus dem der bogenförmige Eingang des Geschäfts bestand. Voller Panik rieb sie wie wild an dem Stoff herum.

Jetzt war alles ruiniert. Sie musste von vorn anfangen und alles noch mal machen. Also streckte sie sich und machte der Traube an Kunden Platz, die an ihr vorbei zum Eingang des Kaufhauses strömten. Mit gesenkten Augen wich Karen ihren verwirrten oder verachtungsvollen Blicken aus.

Wischen. Sie hob den rechten Arm über den Kopf und bewegte ihn in weitem Bogen durch die Luft. Eins. Sie bewegte den Arm vor sich diagonal von links nach rechts. Zwei. Sie hob den linken Arm und wiederholte spiegelverkehrt die erste Bewegung. Wischen. Sie flatterte mit den Händen vor sich herum, als wickele sie Wolle auf, wobei sie dicht am Boden begann und die Hände bis auf Augenhöhe hob. Drei. Sie vollführte mit der flachen Hand Kreise vor ihrem Gesicht, als putze sie ein unsichtbares Fenster. Vier. Sie trat mit dem rechten Fuß von der Eingangsstufe herunter und zog ihn dann wieder zurück. Fünf. Sie wiederholte das Ganze mit dem linken Fuß, stellte ihn jedoch fest auf den Gehweg, um die beiden letzten bogenförmigen Bewegungen mit den Armen zu vollführen: einen nach rechts, den anderen nach links. Sechs.

Sie ging ganz von der Türschwelle auf die Straße. Sofort war Karen Robertson wieder völlig normal und ging ebenso zielstrebig wie alle anderen Passanten an diesem Morgen durch die Stadt.

Karen Robertson war normal. Sie war geistig völlig gesund. Ihr war bewusst, dass ihr Verhalten in U-Bahn-Waggons, unter Brückenbögen und in Türrahmen bizarr war. Sie hasste die Rituale, die sie durchführen musste, und daher waren U-Bahn-Wagen und Brückenbögen Orte, die sie tunlichst zu meiden versuchte. Aber Türrahmen – Eingänge von Geschäften sowie Türen von Taxis, Bussen und Fahrstühlen – ließen sich unmöglich umgehen.

Häufig lachten ihr die Menschen direkt ins Gesicht. Merkwürdig war, dass sie selbst merkte, wie lächerlich ihre Pantomime war. Wann immer sie sie vollführte, distanzierte sie sich von ihrem Körper und diesem Erlebnis und betrachtete sich mit verächtlicher Miene von außen.

Karen Robertson hatte alles. Sie war eine sehr attraktive, erfolgreiche, fünfunddreißigjährige Anwältin aus einer der besser bekannten Kanzleien in Boston, hatte als eine der Besten ihren Abschluss in Harvard gemacht, stammte aus einer angesehenen Familie aus New England, kaufte ihre Kleidung in der Newbury Street und hatte auch genau die richtige Größe und Figur, um sie tragen zu können. Sie fuhr ein sportliches Lexus-Cabrio, konnte sich die Männer aussuchen und wohnte in einem großräumigen Back-Bay-Apartment. Sie war klug und ambitioniert und stets umgeben von dem Glanz, der selbstsichere, gut situierte Menschen immer umgibt.

Ja, Karen Robertson hatte wirklich alles. Inklusive neunundzwanzig Punkte auf der Yale-Brown Obsessive Compulsive Scale, was verdammt viel war.

Ihr Psychiater Dr. Corbin hatte versucht, den genauen Ursprung ihrer Angst vor Insekten zu ergründen. Während Karens Teenagerzeit hatte es ein bestimmtes Ereignis gegeben: Sie war auf eine der ältesten privaten Mädchenschulen in Massachusetts gegangen, eines dieser unfassbar traditionsreichen Bildungsinstitute, in denen die Schülerinnen blau bluteten, wenn sie sich das Knie aufschlugen. In ihrem Stundenplan hatten die Klassiker, Latein und Geschichte eine große Rolle gespielt, damit die Patriarchenklasse von heute möglichst viel über die Patriarchenklasse von einst lernte. Karen hatte es dort gehasst. Schon damals hatte sie gewusst, dass sie eine Karriere als Geschäftsfrau anstreben wollte, und war es schnell leid gewesen, dass sich die Schule nur auf eine ferne Welt konzentrierte, anstatt sich mit der Realität zu beschäftigen, in der sie lebten.

Doch an diesem speziellen Tag ging es um die Nachwirkungen irgendeines Krieges. Ein junger persischer Soldat namens Mithridates brüstete sich damit, einen Prinzen aus der gegnerischen Armee getötet zu haben, während sein eigener König Artaxerxes dasselbe behauptete und den prahlerischen jungen Soldaten zum »Tod durch Boote« verurteilte. Der Lehrer erklärte, dass der Historiker Plutarch diese Form der Exekution, den Scaphismus, detailliert erklärt habe. Mithridates wurde zwischen zwei Booten derselben Größe eingesperrt, die man aufeinanderlegte und versiegelte. Sein Kopf, die Hände und Füße ragten heraus, während sich der Rest seines Körpers zwischen den Booten befand. Sodann wurde er mit Milch und Honig zwangsernährt, bis sein Bauch zum Platzen gefüllt war. Danach rieb man sein Gesicht, seine Hände und Füße dick mit Honig ein und drehte sein Gesicht in Richtung Sonne. Bis zum Mittag wimmelte es auf seiner frei liegenden Haut von Spinnen, Fliegen, Wespen und Bienen, die ihn bissen und stachen. Als sich seine Wunden infizierten, fraßen sich andere Insekten tiefer in seinen zwischen den Booten steckenden Körper hinein. Einige ernährten sich nur von seinem lebendigen Fleisch, während sich andere hineinbohrten, um ihre Eier abzulegen. Laut Plutarch dauerte es siebzehn Tage, bis Mithridates starb, und als sie die Boote voneinander trennten, fanden sie dazwischen einen schwarzen Schwarm aus Tausenden von Insekten …

Karens Schrei hatte den vergnügten Vortrag ihres Lehrers beendet, und so fingen auch ihre Panikattacken an, indem sie sich die Lunge aus dem Leib schrie, während sich das Universum mit den eingebildeten Schatten von Wesen füllte, die um sie herumhuschten. Irgendwann war Karen mitten zwischen all ihren sie umringenden Klassenkameraden ohnmächtig geworden und in eine umherflitzende und umhersurrende Dunkelheit gesunken.

Danach hatte Karen nicht einmal an ein Insekt denken, eine Beschreibung hören oder ein Bild eines solchen sehen können, ohne einen krampfhaften, erstickenden Anfall zu bekommen.

Da Dr. Corbin die Ursache für ihre Entomophobie nicht ergründen konnte, hatte er versucht, ihre Ängste mithilfe von Rationalisierung und Konfrontationstherapie einzudämmen, damit sie nur noch so reagierte, dass man es als ansatzweise normal ansehen konnte. Doch in ihren Albträumen wurde sie weiterhin von monströsen Ameisen mit riesigen seitlichen Kieferknochen, Spinnen mit langen Beinen und herumhuschenden, glänzenden schwarzen Käfern heimgesucht.

Ein Aspekt ihrer Phobie hatte sich zu einem obsessiven Zwang entwickelt: Ihre Angst, in ein Spinnennetz zu laufen.

Diese Besessenheit war schließlich in das präventive Ritual ausgeartet, das sie nun jedes Mal durchführte, wenn sie durch einen Durchgang ging oder in eine andere Situation geriet, in der ein Spinnentier eine Falle für sie gewebt haben konnte. In jedem Türrahmen führte sie mechanisch dieselbe Reihe von bizarren Wischbewegungen aus, um sicherzustellen, dass sich dort keine unsichtbaren Stränge aus Spinnenseide befanden, in die sie hineinlaufen konnte. Sie konzentrierte sich dabei vor allem auf ihr Gesicht: Jeder andere Körperteil hätte zwar eine Panik hervorgerufen, aber die Vorstellung, ein Spinnennetz im Gesicht zu haben, reichte schon aus, dass ihr speiübel wurde.

Ihre Rituale waren lächerlich, peinlich und irrational. Wie die meisten obsessiven Zwänge wusste Karen all das und gab es auch offen zu. Dr. Corbin hatte ihr gesagt, dass eine zwanghafte Störung keine Psychose sei: Es gab keine Wahnvorstellungen, der Patient hielt sein Verhalten nicht für normal, während der Rest der Welt verrückt geworden war. Menschen mit obsessiven Zwängen wussten, dass ihr Verhalten seltsam war.

Karens Zwänge waren in rationalen Ängsten verwurzelt, hatte ihr Dr. Corbin erklärt, um dann zu irrationalen Proportionen aufgebläht zu werden. Ängste wurden hinausgeschoben, nicht damit verbundene Sorgen oder Stress aufgrund der Arbeit oder einer familiären Krise konnten der Auslöser für Panikattacken und obsessives Verhalten sein.

Vielleicht hatte Corbin ja recht gehabt. Der Halverson-Bericht nahm einen Großteil ihrer Zeit und ihrer Gedanken ein, und zum ersten Mal in ihrer beruflichen Karriere fühlte sich Karen wegen eines Projekts gestresst. Dazu gesellte sich noch die Angst, vor dem Klienten wie eine völlige Idiotin dazustehen.

Und da war noch diese andere Sache.

Es war vor einer Woche passiert, an einem Morgen, an dem sie aufgrund ihrer Türrituale zu spät zu einem Treffen mit Jack Court aufgebrochen war, um über das Halverson-Projekt zu sprechen, während sie über den Bürgersteig marschierte.

Karen erlebte ein höchst seltsames Déjà-vu. Oder etwas wie

ein Déjà-vu, das sich jedoch leicht davon unterschied. Die Stadt um sie herum wirkte verändert, als wäre plötzlich eine andere Tageszeit angebrochen. Das Gefühl intensivierte sich, und sie wurde sich bewusst, dass der Bürgersteig und die Straße leerer wirkten. Auf der anderen Straßenseite sah sie vor einem Park ein kleines Mädchen in einem Kleid, wie Karen es mit zehn oder elf getragen hatte. Das Mädchen hatte sie direkt angesehen.

Und war auf die Fahrbahn gelaufen.

Karen zuckte vor Schreck zusammen und hatte Angst, das Kind könnte vor einen Wagen laufen. Da sich vor ihr eine Lücke im Verkehr auftat, trat sie vom Gehweg herunter.

Ihr war der Mann zuvor gar nicht aufgefallen, der einen schnellen Schritt zur Seite machen musste, um sie nicht anzurempeln, bis sie auf einmal seine Finger spürte, die sich tief in ihren Arm bohrten, als er sie nach hinten riss. Etwas dröhnte laut in ihren Ohren, und ein großer Lkw raste an ihr vorbei.

Plötzlich war der Verkehr wieder normal. Das Licht sah wieder so aus, wie es an einem Frühlingsmorgen in Boston aussehen musste. Sie hielt auf der anderen Straßenseite Ausschau nach dem Mädchen und sah den Gehweg in beide Richtungen entlang. Es war verschwunden.

Karen drehte sich zu dem Mann um, der sie davor gerettet hatte, überfahren zu werden, und sah ihn benommen und mit leerem Blick an. Er war ein attraktiver, kultivierter Mann in ihrem Alter mit dunklem Haar, einem blassen Teint und grünen Augen.

»Ich dachte …« Karen deutete vage in die Richtung, in der sie das kleine Mädchen gesehen hatte, wo es jedoch nie gewesen war, und beendete den Satz nicht.

»Geht es Ihnen gut?«

Karen nickte wie betäubt.

»Sie sollten im Verkehr besser aufpassen«, sagte er.

Karen nickte erneut, und der Mann drehte sich um, ging weiter die Straße entlang und verschwand hinter der nächsten Biegung. Sie stand einen Augenblick lang da und sammelte sich, versuchte, die beiden Fragen zu beantworten, die ihr durch den Kopf schossen: Wie hatte sie das nur sehen können, was sie geglaubt hatte, gesehen zu haben? Und der Mann, der sie zurückgezogen hatte …

Sie war sich sicher, dass sie ihn irgendwo schon einmal gesehen hatte.

16. JOHN MACBETH. BOSTON.

»Du hast ihn gekannt?«

Casey antwortete einige Sekunden lang nicht, sondern runzelte nur die Stirn, als versuche er, einen Sinn in das zu bringen, was ihm sein Bruder gerade erzählt hatte. »Gabriel? Nicht so richtig, aber das, was ich über ihn wusste, hat den Anschein erweckt, er wäre der letzte Mensch, der Selbstmord begehen würde.«

»Tja, dummerweise besteht kein Zweifel daran, dass es Selbstmord war. Ich habe mit eigenen Augen gesehen, wie er gesprungen ist und Vater Mullachy mitgezogen hat. Er war ganz offensichtlich geistig verwirrt.«

Casey starrte Macbeth ungläubig an. »Sich selbst das Leben zu nehmen ist eine Sache, jemand anderen umzubringen ist noch etwas ganz anderes. Du kannst mir glauben, dass Gabriel Rees ein ebenso ausgeglichener Mensch war, wie ich es bin, John. Quatsch, blöder Vergleich … Er war viel ausgeglichener als ich. Und du sagst, er hätte religiöses Zeug von sich gegeben?«

»Es klang, als wäre er möglicherweise religiös. Und er hat sich eindeutig auf den Priester konzentriert.«

»Das klingt gleich in zweierlei Hinsicht falsch.« Casey schüttelte den Kopf und schob sich erneut eine Haarsträhne aus der Stirn. Macbeth schoss durch den Kopf, dass er seinem kleinen Bruder schon unzählige Male gesagt hatte, er solle sich eine anständige Frisur zulegen. »Erstens: Gabriel war durchaus fromm … Er war frommer Atheist. Zweitens: Auch wenn er Priester bestimmt nicht besonders gemocht hat, hätte er nie einem auch nur ein Haar gekrümmt. Gut, ich habe ihn in den letzten beiden Monaten immer nur flüchtig gesehen. Das letzte Mal ist bestimmt auch schon wieder einige Wochen her. Ich kann es einfach nicht fassen.«

»Und du hattest noch nichts davon gehört, dass jemand vom MIT Selbstmord begangen hat?«

»Ich war heute nicht im Büro und habe mit niemandem gesprochen. Und du weißt, dass ich keine Nachrichten höre …«

»Ja«, sagte Macbeth, »ich weiß, dass du keine Nachrichten hörst.« Er sah sich im makellosen Apartment seines Bruders um. Kein Fernseher. Er entdeckte eine moderne und teure Musikanlage, die 1979 vielleicht modern und teuer gewesen war. Casey hörte am liebsten Schallplatten, und er verbrachte seine Freizeit damit, an seiner Anlage herumzuschrauben, Teile auszutauschen, alles einzustellen und feinzutunen, bis sie wieder brandneu aussah und auch so klang. Macbeth musste zugeben, dass sie sogar besser klang als seine kostspielige Digitalanlage von Bang & Olufsen. Er wusste, dass Caseys Radio stets auf 99,5 eingestellt war, den Klassiksender von Boston. Selbst sein Computer, der, soweit Macbeth wusste, weitaus leistungsstärker war als jeder herkömmliche PC, sah kompakt und harmlos aus und wurde allein für Zwecke benutzt, die mit der Forschung seines Bruders zu tun hatten. Alle Neuigkeiten, die Casey mitbekommen konnten, erfuhr er zwischen Schostakowitsch und Steve Reich oder zwischen Fraktalen und Wellenfunktionsgleichungen.

»Die Polizei sagte, Gabriel wäre ein wichtiger Forscher in der Partikelphysik«, meinte Macbeth.

»Eigentlich nicht. Gut, Gabriel ist klug. Wirklich klug. Ich meine, er war klug … Aber eigentlich war er nur ein weiterer Doktorand. Allerdings hat er ebenfalls als Forscher für Professor Gillman gearbeitet.«

»Ist das von Bedeutung?«

»Gillman ist einer von Professor Blackwells Forschungspartnern. Das Gillman-Modellprojekt ist Teil des Prometheus-

Puzzles, an dem hier am MIT gearbeitet wird. Ich bin nicht direkt darin involviert, aber ich weiß, dass Gillman ebenso wie Blackwell sehr verschwiegen ist, was seine Arbeit betrifft.«

»In welchem Bereich arbeitet er genau?«

»Er beschäftigt sich mit dem Quantum Computing, und für Prometheus erstellt er Simulationen der ersten Augenblicke des Universums. Gillman ist ein wichtiger Bestandteil des Oxford-Symposiums.« Casey hielt inne. »Hat Gabriel gesagt, warum er sich umbringen wollte?«

»Das war nicht wirklich schlüssig«, antwortete Macbeth. »Er redete immer wieder davon, dass er die Wahrheit kenne. Dass er zu sehen vermochte, was dem Rest von uns verborgen blieb.«

»Hat er auch gesagt, was genau diese ›Wahrheit‹ ist?«

»Nur, dass es nicht darum geht, wer oder was Gott wäre … sondern darum, *wann* er ist, was immer das auch zu bedeuten hat.«

»Keine Ahnung«, entgegnete Casey. »Wie gesagt, Gabriel war überzeugter Atheist. Er hat nicht an ein Wann, Wer, Wo oder Was geglaubt, wenn es um eine Gottheit ging. Stattdessen war er sehr anti-religiös.«

»Im Ernst? Den Eindruck hatte ich auch, als er den Priester mit sich gerissen hat.« Macbeth runzelte die Stirn. »Doch eines kam mir merkwürdig vor: Er hat die ganze Zeit davon gesprochen, dass die menschliche Intelligenz keinen Sinn ergeben würde, dass es verrückt wäre, dass unsere Gehirne so arbeiten, wie sie es tun. Dass uns das eigentlich in Gefahr bringt, anstatt uns einen Vorteil zu verschaffen.«

»Darin hatte er nicht ganz unrecht, der arme Kerl«, meinte Casey betrübt.

17. FABIAN. FRIESLAND.

In diesem Teil der Welt gab es mehr Himmel als Landschaft. Der Himmel dominierte alles, drückte sich auf das Land und das Meer, die zu bloßen Bändern am Rand des gewaltigen Banners des Himmels degradiert wurden. Da war die flache blaue See, der flache blasse Strand mit einigen welligen Dünen, im flachen grünen Land dahinter lagen verstreut mehrere kleine Hügel, die eher durch unterschiedliche Farbgebung als ihre Höhe auffielen.

Ein schmaler Junge, der vierzehn Jahre alt war, aber oft für zwölf gehalten wurde, ging über den Strand, dessen Farbe zu seinem Haar und den vielen Sommersprossen auf seinen Wangen und der Nase passte. Er trug ein ausgeblichenes Sweatshirt und Jeans und ging barfuß, die Turnschuhe in der Hand.

Der Junge, dessen Name Fabian Bartelma lautete, lief langsam, und seine Schritte waren schwer von den Tausenden von Ängsten, die mit dem Ende der Kindheit einhergingen. Sein Blick fiel manchmal auf das Meer, dann wieder auf seine Füße und den Sand, der zwischen den nackten Zehen hervordrang. Es war Samstagmorgen. Fabian verbrachte die Samstage häufig am Strand oder radelte am Deich entlang. Er erlebte eine traditionelle Kindheit. Traditionell, aber einsam, da kein anderer in seinem Alter diese Traditionen noch pflegte. Fabian verbrachte den Großteil seiner Zeit damit, zu lesen, spazieren zu gehen oder Rad zu fahren, und zeigte nicht das geringste Interesse daran, Computerspiele zu spielen, weder alleine noch mit seinen Freunden. Wenn er sich doch einmal daran versuchte, wurde Fabian übel und er bekam Kopfschmerzen – obwohl er Ähnliches in einem Auto oder Flugzeug nie erlebte. Er hatte seine

Eltern nie wegen eines Handys oder MP3-Players angefleht und nie auch nur das geringste Interesse an den anderen Utensilien gezeigt, die für andere Jugendliche im 21. Jahrhundert so wichtig zu sein schienen. Und das hatte nach und nach, aber unausweichlich dazu geführt, dass Fabian und seine Altersgenossen sich immer weiter entfremdeten.

Seine Eltern hatten ihm zum zwölften Geburtstag einen Computer geschenkt, den er zwar benutzte, aber nur, um Hausaufgaben zu machen und etwas nachzuschlagen. Selbst dann griff er noch lieber zu Büchern. Er war, wie sich seine Eltern hatten eingestehen müssen, in die falsche Zeit hineingeboren worden. Ein Mensch, der mit dem Zeitalter, in dem er lebte, nicht viel anfangen konnte. Sein Zimmer zu Hause war überfüllt mit Büchern über Geschichte: Atlanten über Feldzüge, Lexika mit den Zitaten berühmter Personen, Bände über die großen Zivilisationen der Antike, das Leben der Cäsaren, die Evolution der Menschheit. Für Fabian war die Geschichte kein Studienfach, sondern ein Ort, an dem man einfach verschwinden konnte, um zu forschen und Neues zu entdecken. Ein Ort, an dem man leben konnte.

Fabian hatte das Gefühl, dass dieser Strand ihm gehörte. Er wusste, dass sich die Küste im Laufe der Zeit verändert hatte, dass das Meer am Land zog und zerrte, es erodierte und den Sand im Laufe der Jahrhunderte umgeschichtet hatte, aber es gefiel ihm hier, weil es, abgesehen vom Leuchtturm, der seit einem Jahrhundert oder länger dort stand, eine nicht markierte Gegend war, eine unberührte Landschaft. Niemand sonst schien hierher zu kommen, und er konnte stundenlang am Strand entlanggehen oder dort sitzen, um sich in eine andere Zeit zu träumen. Wäre es nicht schön, dachte er, wenn man wirklich in die Vergangenheit reisen könnte? Wenn man dort wie in den Urlaub fahren könnte, als würde man ein Flugzeug nach Spanien nehmen?

Der Strand lag gebogen wie die breite Klinge einer Sense um

die Bucht, und Fabian konnte sehen, wo die Landspitze nicht in das Meer hineinragte, sondern vielmehr darin verschwand, wobei die rot-weiße Spindel des Leuchtturms den einzigen deutlich erkennbaren Hinweis auf ihr Ende darstellte. Es war eine leere, aber keine verlassene Landschaft, und Fabian stellte sich oft vor, er wäre der einzige noch lebende Mensch auf dem Planeten. Dass die Welt allein ihm gehörte. Dabei war ihm allerdings nicht ganz klar, warum ihn dieser Gedanke gleichzeitig mit Melancholie und Trost erfüllte. Er trat etwas Sand in die Luft, bevor er sich plötzlich mit dem Gesicht zum Meer auf den Sand setzte und die Augen zukniff, um gegen das Sonnenlicht zu einer Schäfchenwolke hinaufzusehen, die über den klaren blauen Himmel glitt. Er streckte die Arme aus und bohrte die Finger tief in den Sand, als müsse er sich an der Welt festhalten. Dann schloss er die Augen und lauschte dem Klang der Wellen.

Ein seltsames Gefühl.

Es war wie ein Déjà-vu. Etwas Ähnliches, das aber anders und tiefer war. Ein fester Stoß in die Rippen riss ihn aus seinen Gedanken, und er blickte auf, wobei er die Augen vor der Sonne abschirmte, als er zu dem Schatten über sich hinaufblickte. Henkje Maartens, der dickhalsige Gauner, der die Schule mit seiner Bande aus Neandertalern im Griff hatte, stand vor ihm. Maartens mit seiner Tyrannenintuition für jeden, der anders war, hatte Fabian auserkoren, um ihm seine besondere Aufmerksamkeit zuteilwerden zu lassen.

»Hier versteckst du dich also, was?«, schnaubte Maartens.

Fabian stand auf, wischte sich den Sand von der Jeans und sah in die Richtung zurück, aus der er gekommen war. Maartens war alleine. Wenigstens etwas.

»Was willst du?«, fragte Fabian und ging um Maartens herum, sodass dieser nun anstelle von Fabian in Richtung der Sonne sehen musste.

»Ich hab dich gesehen und bin dir gefolgt«, sagte Maartens.

»Ich hab mir gedacht: ›Wollen wir doch mal sehen, was dieser Irre in seiner Freizeit so macht.‹ Warum bist du hergekommen? Weil es hier so schön ruhig ist, was?« Maartens drückte die Zunge seitlich gegen die Wange, schielte und machte eine Geste, als masturbiere er.

Fabian war klar, dass er im Kampf gegen den viel größeren und schwerer gebauten Maartens keine Chance hatte. Aber hier war niemand, der das Ganze mit ansehen konnte. Daher hatte er vor, ordentlich auf Maartens Gesicht einzuprügeln, bevor er selbst zu Brei geschlagen wurde. Das wäre ein klares Zeichen an andere, dass man den Preis dafür bezahlen musste, wenn man sich mit ihm anlegte.

»Ist es das, Arschgeige? Kommst du deshalb …«

Der Aufprall tat Fabians Faust weh. Maartens Zähne gaben ein grässliches, knirschendes Geräusch von sich, und der Rowdy taumelte nach hinten, schockiert und noch immer die Sonne in den Augen. Fabian schlug ihn noch einmal, dieses Mal gegen die Nase. Daran, wie Maartens nach hinten taumelte, erkannte er, dass sein zweiter Schlag nicht so heftig gewesen war wie sein erster, doch schon schlug ihn Fabian wieder und immer wieder. Maartens taumelte und fiel auf den Rücken, und Fabian kniete sich auf seine Brust und bearbeitete sein Gesicht mit den Fäusten. Ein dunkler Impuls, den er nicht kontrollieren konnte, trieb ihn an, und er fühlte sich immer ekstatischer. Ihm wurde klar, dass er es genoss. Etwas Tiefes, Dunkles und Uraltes hatte sich in ihm geregt, etwas aus einer Geschichte, von der er bis dato nicht einmal gewusst hatte, dass sie in ihm steckte.

Als er erkannte, dass Maartens ihn, sobald er nur wieder halbwegs bei Verstand war, einfach abschütteln und das Blatt umdrehen konnte, da Fabian deutlich weniger wog, sprang er von ihm herunter. Als sich Maartens aufrappeln wollte, trat ihm Fabian ins Gesicht. Schockiert stellte Fabian fest, dass er sich den Tritt gut überlegt und genau platziert hatte: Er richtete den größtmöglichen Schaden an, ohne dass er sich dabei den Fuß verletzte. Erneut trat er Maartens, dieses Mal gegen den Mund. Er konnte sehen, dass der größere Junge jetzt völlig benommen war und sein Gesicht blutüberströmt. Fabian packte ihn an seinem Kapuzenpulli und drehte ihn herum, sodass er mit dem Gesicht nach unten auf dem Sand lag. Dann packte er eine Handvoll von Maartens Haaren und drückte seinen Kopf nach unten. Er beugte sich vor und flüsterte dem Rowdy etwas ins Ohr.

»Wenn du mir je, jemals wieder folgen solltest, du oder einer deiner Kumpel, dann bringe ich dich ins Krankenhaus. Und in der Schule will ich keine blöden Bemerkungen mehr von euch hören, oder ich warte, bis ich dich das nächste Mal alleine erwische. Hast du verstanden?«

Maartens sagte etwas mit einer flehentlichen, vom Sand halb erstickten Stimme, und Fabian stand auf und entfernte sich von ihm, wobei er bereit war, jederzeit erneut zuzuschlagen, falls der größere Junge eine falsche Bewegung machte. Doch er konnte erkennen, dass der Kampfgeist in Maartens erloschen war, falls er überhaupt je welchen besessen hatte. Wie die meisten Mobber war Maartens ein Feigling. Er weinte, und sein Gesicht war eine schmierige Masse aus Sand, Tränen und Blut.

»Hast du das verstanden?«, brüllte ihn Fabian an und machte bedrohlich einen Schritt nach vorn.

Maartens nickte schnell, bevor er den Schwanz einzog und über den Strand davonlief. Fabian sah ihm nach, wie er wegrannte, und dann blickte er auf seine Hände herab: Die Haut war gerötet und geschwollen, die Haut an einem Knöchel war aufgerissen und blutete. Er zitterte.

Wo war das denn hergekommen? Wo hatte sich dieser furchtbare Zorn nur in ihm versteckt? Er sank zurück auf den Sand und saß mit auf die Knie gestützten Ellenbogen da, während er die Hände locker hielt und seine Finger noch immer zitterten.

Ihm war ein wenig übel und schwindlig, und sein Herz klopfte schnell in seiner Brust. Auf einmal fiel ihm wieder ein, was er direkt vor Maartens Auftauchen gespürt hatte. Es war wie ein Déjà-vu gewesen, nur stärker und tiefer.

Fabian schloss die Augen, ließ sich auf den Sand sinken, sah erneut zum Himmel hinauf und bohrte die Finger tief in den Sand. Er schloss die Augen. Der Schmerz in seiner Hand verging schneller, als er geglaubt hatte, und die Übelkeit und das panische Gefühl in seiner Brust verschwanden ebenso schnell wieder.

Da wurde er durch einen Stoß gegen die Rippen aus seinen Gedanken gerissen. Er setzte sich auf und schirmte seine Augen vor der Sonne ab, als er zu dem Schatten über sich hinaufblickte.

»Hier versteckst du dich also, was?«, schnaubte Maartens. Er hatte keine Wunden, kein Blut, keine Verletzungen im Gesicht.

Fabian stand auf und wischte sich den Sand von der Jeans. Er blickte auf seine eigenen Hände hinab, die plötzlich wieder geheilt waren: keine Rötung, keine Schwellung, keine Risse. Das ergab überhaupt keinen Sinn. Aber es leuchtete völlig ein. In diesem Moment wusste Fabian, dass er sich inmitten seiner eigenen Geschichte befand.

Er ballte die Hände zu Fäusten und stürzte sich mit einem unmenschlichen Schrei auf Maartens.

18. JOSH HOBERMAN. MARYLAND.

»Die abrahamitische Tradition ist offenbarend«, sagte Josh Hoberman. »Alle jüdisch-christlichen Religionen, der Islam eingeschlossen, glauben an einen Gott, der parallel zur Welt der Menschen existiert, und daran, dass den Gläubigen letzten Endes irgendeine Wahrheit enthüllt wird. Die Interaktion zwischen dem Menschen und seinem Gott – jede biblische Theophanie – geschieht in Form von Visionen: brennende Büsche, Rauchsäulen.«

»Worauf wollen Sie hinaus?« Präsidentin Yates ging neben Hoberman her. Sie hatte den Blick auf den Weg gerichtet und machte ein ernstes Gesicht, als sie über die Worte des Psychiaters nachdachte. Es machte den Anschein, als verbänden zwei Freunde eine philosophische Debatte mit einem gemächlichen Spaziergang durch den Park, nur dass sie keine Freunde waren und sich nicht in einem Park, sondern in Camp David aufhielten, wobei ihnen Bundy, der Mann vom Secret Service mit den seltsam zweifarbigen Augen, in diskreter Entfernung folgte.

»Nur, dass Sie sich selbst sehr über Ihren Glauben definieren. Es könnte sein, dass die Art Ihres Glaubens, Ihr Glaube an eine Enthüllung durch Visionen, Sie empfänglicher für diese Vorfälle macht.«

»Sie glauben, dass ich mir aufgrund der Tatsache, dass sich Gott anderen enthüllt, vormache, er würde sich auch mir zeigen?« Yates schüttelte den Kopf. »Warum sehe ich dann nichts Dramatisches oder Majestätisches? Visionen von Präsident Taft in Hemdsärmeln oder einem Mitarbeiter des Weißen Hauses aus den 70er-Jahren sind nicht gerade göttliche Enthüllungen.«

»Aber Sie *haben* mir gegenüber verlauten lassen, dass die Visionen möglicherweise göttlichen Ursprungs sein könnten …«

»Ich weiß, dass Sie meinen Glauben vermutlich gering schätzen, aber es ist nun mal mein Glaube. Überdies ist es auch noch die Wahrheit, und wie Sie gesagt haben, wird die Wahrheit letzten Endes enthüllt werden. Sie sind besorgt, ich könnte glauben, der Herr habe eine besondere Botschaft an mich und dass das seine Art wäre, mit mir zu kommunizieren. Aber das ist es nicht, was ich glaube. Alle Dinge, die in diesem Universum geschehen, passieren auf Gottes Befehl hin. Alles, was mit der Natur und Gottes Schöpfung zu tun hat. Diese Visionen eingeschlossen. Aber ich weiß, dass sie keine Botschaften direkt an mich sind, sondern allen gelten. Es hat weitere Berichte gegeben – Visionen, die auf der ganzen Welt gemeldet wurden. Ich werde dafür sorgen, dass Sie Zugang zu allem erhalten …« Sie warf Bundy über die Schulter hinweg einen gebieterischen Blick zu. »Einer dieser Vorfälle ist ganz besonders interessant. Darin geht es um ein Mädchen in Frankreich, und da steht einiges zwischen den Zeilen.« Sie blieb stehen und drehte sich zu dem Psychiater um. »Wissen Sie, wenn ich nicht die Einzige bin … Wenn alle diese Visionen haben, dann ist *das* etwas, das ich als Einmischung Gottes in unsere Angelegenheiten ansehen würde. Wenn das der Fall ist, dann weiß ich, dass uns eine Zeit des Jüngsten Gerichts bevorsteht. Wenn das der Fall ist, dann möchte ich nicht für unzulänglich erklärt werden, Professor Hoberman, das können Sie mir glauben.«

Da war wieder dieser Fokus. Und dieses ungute Gefühl in Hobermans Magengrube.

Während ihrer Unterhaltungen hatte Hoberman in den vergangenen Tagen einen Blick auf das werfen können, was hinter Yates befehlshaberischer Autorität und ihrem hausgemachten Scharfsinn lauerte. Und das, was er da gesehen hatte, jagte ihm Angst ein. Es war fast so, als wäre er versehentlich auf ein Filmset geraten und hätte hinter die Fassaden der Gebäude geblickt, um zu erkennen, dass sich dahinter nichts als Stützbalken befanden: Elizabeth Yates war eine Frau, der es völlig, absolut und erstaunlicherweise an jeglicher Persönlichkeit mangelte. Hoberman hatte in Meetings gesessen und sie in Gegenwart anderer beobachtet, wobei ihm klar geworden war, dass sich ihr Verhalten kaum merklich veränderte, je nachdem, mit wem sie gerade interagierte. Er begriff, dass sie die Projektion von Attributen, die gar nicht vorhanden waren, meisterhaft beherrschte. Sie war offenkundig keine dumme Frau, aber Hoberman hatte rasch festgestellt, dass ihre intellektuellen Fähigkeiten begrenzt waren. Irgendwie gelang es ihr, etwas zu simulieren, was gar nicht vorhanden war, und das, was sie besaß, zu verstärken, und zwar je nach Kontext und je nachdem, was sie erreichen wollte.

Allerdings war es nicht Yates' Mangel an Intellekt oder Persönlichkeit gewesen, der Hoberman Angst einjagte. Er hatte die Gespräche informell, allgemein und oberflächlich gehalten, jedoch in jede Diskussion eine anscheinend unschuldige Frage oder Beobachtung eingeflochten, die ein verborgenes Diagnosewerkzeug darstellte. Das Bild, das daraufhin vor ihm erschien, war das einer Frau mit einer einzigartigen Vision, einem unerschütterlichen Willen und einem unnachgiebigen Glauben. All dies stellten potenzielle Tugenden eines Weltpolitikers dar. Doch er hatte auch mögliche Hinweise auf etwas Dunkleres entdeckt.

Wenn es an der Präsidentin eines gab, das man als außergewöhnlich bezeichnen konnte, dann war das ihr Fokus, und dieser war fest auf die Mission gerichtet, die auf dem Treibsand eines engstirnigen Nationalismus, des Aberglaubens und einer rechtschaffenen Bigotterie basierte. Wenn sie ihre Weltansicht beschrieb, benutzte Yates wiederholt die Worte »uns« und »wir« ebenso wie »sie«. Die erste Person Plural erstreckte sich nur bis zu den Grenzen der Vereinigten Staaten, und er vermutete, das auch viele innerhalb dieser Grenzen in die Kategorie »sie« fielen – außerdem ging Hoberman davon aus, selbst auch dazu gezählt zu werden.

Sie gingen weiter. Abgesehen von einem Hubschrauberlandeplatz und einigen etwas moderneren und funktionaleren Gebäuden, die nicht zu sehen waren, stellte Camp David eine Ansammlung aus Holzhäusern und -hütten dar, die zwischen dicken Eichen und Hickorybäumen standen, umgeben und miteinander verbunden durch einander kreuzende Waldwege. Nicht zum ersten Mal fühlte sich Hoberman im Freien klaustrophobisch, als enge der dichte Wald ihn ein.

»Gehe ich recht in der Annahme, dass Sie keinem Glauben anhängen?«, fragte ihn Yates, nachdem sie zwanzig Meter schweigend zurückgelegt hatte.

»Ich bin Humanist. Ich teile Ihren Glauben nicht, aber das heißt noch lange nicht, dass ich an nichts glaube.«

»Aber Sie glauben nicht an Gott?«

»Nein. Ich bin der Ansicht, das Universum ist zu wunderbar und geheimnisvoll, um sich auf derart simple Weise erklären zu lassen. Man könnte sie fast schon gedankenlos nennen, wenn Sie mir diese Worte erlauben, Frau Präsidentin.«

»Jeder ist berechtigt, eine eigene Meinung zu haben, Professor Hoberman.«

»Wirklich?«

Yates sah ihn einen Moment lang an. »Dann begründet sich Ihr Glaube also auf die Wissenschaft?«

»Ja.«

»Die Wissenschaft ist ein Werkzeug«, erwiderte Yates. »Ein von Gott gegebenes Mittel. Wissenschaft und Technologie sind Mittel zum Zweck und kein Zweck an sich, und dennoch behandeln viele Menschen die Wissenschaft, als wäre sie eine Religion. Es gibt Hohepriester, Evangelisten und Bigotterie in der Wissenschaft, ebenso wie in jeder anderen Religion.«

»Ich sehe die Wissenschaft anders. Ich glaube, dass sie der *ein-*

zige Weg ist, um uns und unser Universum zu verstehen. Aber mein Glaube oder das Fehlen eines solchen stehen hier nicht zur Debatte. Es ist der Ihre, der wichtig ist, und die Frage, ob er in irgendeiner Weise mit diesen Visionen in Verbindung steht.« Hoberman hielt kurz inne. Er beobachtete einen Breitflügelbussard, der mit einem einzigen Flügelschlag die blaue Fläche zwischen den Hickoryhainen überquerte. »Was mir am meisten Sorgen macht, ist, wie Sie alle zukünftigen Halluzinationen interpretieren könnten. Dass Sie ihnen irgendeine Bedeutung zuschreiben, die gar nicht vorhanden ist.«

»Wollen Sie damit etwa sagen, dass ich mein Amt nicht mehr ausüben kann?« Yates blieb erneut stehen und hielt ihn mit ihrem professionell geschulten Blick fest. »Es kommt mir so vor, als würden Sie von dem Glauben und der Persönlichkeit sprechen, die vor diesen Erlebnissen vorhanden waren.«

»Dieses Phänomen und Ihre Persönlichkeit sind auf komplexe Weise miteinander verbunden, daher ist es unmöglich, das eine zu bewerten, ohne das andere mit einzubeziehen. Und was Ihre Tauglichkeit, Ihr Amt weiterhin auszuüben, betrifft, kann ich nur aus klinischer Sicht meine Meinung beisteuern – alles Weitere haben andere zu entscheiden.«

»So ist es, Professor Hoberman. Das amerikanische Volk muss entscheiden, und es hat seinen Willen bereits kundgetan. Mir wurde die Aufgabe übertragen, dieses große Land zu lenken, das möglicherweise die einzige Nation darstellt, die Gottes Segen während der Prüfungen, die uns bevorstehen, auf ihrer Seite weiß.«

Erneut flackerte etwas Kaltes und Dunkles in ihren hellblauen Augen auf. Sie wandte den Blick ab, lächelte und ging weiter.

»Das Wetter scheint es gut mit uns zu meinen«, sagte sie beiläufig, als es bei ihr wieder einmal zu einer spontanen Stimmungsschwankung kam, wie es in den letzten Tagen relativ häufig der Fall gewesen war.

»Es sieht ganz danach aus«, stimmte ihr Hoberman zu und sah zum Himmel über dem Pfad hinauf, wo der Breitflügelbussard erneut ganz kurz auftauchte und einen sauberen Bogen flog, während er im Wald nach Beute suchte.

19. JOHN MACBETH. BOSTON.

Der Priester starb am nächsten Tag.

Macbeth sah sich in dem großen Buchladen am Harvard Place um und fragte sich, wie lange Bücher wirklich noch Bücher sein würden, die man Seite für Seite durchblättern konnte, als er an den riesigen Auslagen mit E-Book-Readern vorbeikam. Da klingelte sein Handy, und Pete Corbin teilte ihm die traurige Nachricht mit.

»Wenn du nicht gewesen wärst, hätte er nicht mehr so lange gelebt, John. Du hast ihm erst die Chance aufs Weiterleben gegeben.«

»Sie war offenbar nicht groß genug«, erwiderte Macbeth. »Übrigens hat Casey Gabriel gekannt – zwar nicht gut, aber er wusste, wer er war.« Macbeth berichtete Corbin, was ihm sein Bruder über den jungen Doktoranden erzählt hatte. Als Ärzte hatten sowohl Macbeth als auch Corbin gelernt, dem Tod leidenschaftslos zu begegnen, aber ihr Erlebnis auf dem Dach hatte irgendetwas an sich gehabt, das ihnen diese Einstellung dieses Mal erschwerte. Macbeth vermutete, dass Corbin genau wie er darauf erpicht war, einen Sinn in die ganze Sache zu bringen.

»Wie lange bleibst du noch in Boston?«, erkundigte sich Corbin.

»Bis Ende nächster Woche. Ich bin Montag und Dienstag am Schilder Institute, das ist auch der offizielle Grund dafür, dass ich überhaupt hier bin. Warum fragst du?«

»Ich habe da eine Patientin am Belmont, die du dir mal ansehen solltest. Ich habe schon alle Freigaben besorgt … Ich denke, dass dich die Sache sehr interessieren wird, gerade angesichts des Themas, um das sich deine Forschung dreht. Wann würde es dir passen?«

»Ich bin heute Abend mit Casey zum Essen verabredet, aber danach habe ich bis Montag nichts vor.«

»Gut, dann Freitagvormittag. Um 10.30 Uhr. Ist das okay?«

»Ja, klar. Ich werde da sein.«

»Dann bis Freitag. Und, John?«

»Ja?«

»Es tut mir wirklich leid, dass Mullachy es nicht geschafft hat.«

An diesem Abend traf sich Macbeth mit Casey in einem betont auf lustig getrimmten, mit Mahagonipaneelen gesäumten biergartenartigen Lokal in der Nähe des Common. Während er sein erstes Bier trank und auf Casey wartete, sah sich Macbeth im Restaurant um: Kellner in Westen und langen weißen Schürzen trugen einhändig Tabletts auf Schulterhöhe und zwängten sich zwischen den Tischen hindurch, um Krüge voller Bier und üppig gefüllte Teller zu servieren. Erneut dachte Macbeth über die beruhigende Absurdität nach, dass eine andere Kultur, ein anderes Land und eine andere Zeit simuliert wurden, aber irgendwie tat ihm die zwangsläufige Fröhlichkeit gut. Sie war notwendig.

Casey kam durch die Tür und sah sich im Raum um, bis er Macbeth an einem der Tische entdeckt hatte. Sein Lächeln war typisch Casey: jungenhaft, schelmisch, strahlend und unschuldig. Mit diesem Lächeln war Macbeth aufgewachsen, es war eine Konstante gewesen, wenn sie miteinander gespielt hatten. Doch es ärgerte ihn ungemein, dass er sich nicht an eine einzige Begebenheit erinnern konnte, zu der er dieses Lächeln schon einmal gesehen hatte, dass seine Erinnerung daran, wie seine Erinnerungen an fast alles, eher allgemein als spezifisch waren.

»Ich dachte, wir wollen was essen und keinen Putsch planen«, meinte Casey mit schiefem Grinsen, nachdem er sich umgesehen hatte und bevor er die Hand ignorierte, die Macbeth ihm hinhielt, und seinen Bruder umarmte.

»Ich hatte das Bedürfnis nach etwas Gemütlichkeit.« Macbeth winkte, um die Aufmerksamkeit eines Kellners zu erregen, und bestellte einen Krug Bier.

»Hattest du einen harten Tag?«

Macbeth erzählte Casey vom Tod des Priesters und fragte ihn, ob er mehr über Gabriels letzte Wochen hatte herausfinden können.

»Da gibt es nicht viel zu berichten«, erklärte Casey. »Alle sagen dasselbe: Gabriel war so sehr in seine Arbeit mit Professor Gillman vertieft, dass er kaum unter Menschen kam. Aber wenn das doch passierte, dann wirkte er ganz normal. Es gab keine Anzeichen dafür, dass ihn irgendetwas belastet hätte.«

»Wir gut kennst du Gillman?«

»Gut genug, würde ich sagen, aber ich habe ihn schon seit einer Weile nicht mehr gesehen. Gillman ist nicht gerade ein sehr zugänglicher Mensch. Empfindlich, könnte man sagen. Und auch ein ziemliches Arschloch. Wir reisen zusammen nach Oxford zum Blackwell-Symposium.«

»Wirklich? Wenn du die Gelegenheit bekommst, dann frag ihn nach Gabriel und ob er in irgendeiner Weise labil gewirkt hat.«

Casey runzelte die Stirn. »Im Laufe der Jahre musst du doch schon einige Patientenselbstmorde erlebt haben. Was ist an diesem hier denn so besonders?«

»Na, vielen Dank auch für dein Vertrauen in meine Fähigkeiten als Arzt. Es dürfte dich überraschen, dass erst einer meiner Patienten Selbstmord begangen hat. Und das war mein letzter Patient, bevor ich in die Forschung gegangen bin.«

»Scheiße. Entschuldige, John. Das war eine saublöde Bemerkung. Den hatte ich ganz vergessen.«

»Schon okay. Eigentlich hat mich etwas an Gabriel sogar an

meinen letzten Patienten am McLean erinnert. Ihre Wahnvorstellungen waren zwar nicht vergleichbar, da mein Patient an dissoziativer Identitätsstörung gelitten hat; zumindest laut *meiner* Diagnose, auch wenn mir deswegen die Hölle heißgemacht wurde. Es gab keine Anzeichen dafür, dass Gabriel sich für jemand anderen hielt.« Macbeth zuckte mit den Achseln. »Ich weiß es nicht, aber irgendwie hat mich die Ruhe, die Gabriel ausstrahlte, an den Fall von damals erinnert. Vielleicht ist es das. Ich bin mir da wirklich nicht sicher.«

Sie schwiegen beide einige Sekunden lang.

»Hast du deinen Laptop dabei?«, fragte Casey dann.

Macbeth griff unter den Tisch und hob den kleinen Koffer hoch, den er zu seinen Füßen abgestellt hatte.

»Ich werde ihn mir ansehen, wenn wir in meiner Wohnung sind … Mal sehen, ob ich das Problem nicht in den Griff bekomme.«

»Ich kenne mich wirklich nicht gut mit Computern aus, trotz der Arbeit, die ich für das Projekt mache.«

»Manchmal habe ich fast den Eindruck, du wärst in das falsche Jahrzehnt hineingeboren worden. Vielleicht sogar in das falsche Jahrhundert.«

»Ich wäre in jedem Jahrhundert, in dem ich lebe, ein komischer Kauz.« Macbeth zuckte mit den Achseln. »Wenn wir zu weit zurückgehen, hätten sie mich vielleicht sogar noch auf dem Scheiterhaufen verbrannt.«

»Ich merke schon, dass das ein sehr vergnüglicher Abend wird«, meinte Casey und trank einen Schluck Bier.

»Entschuldige, aber die letzten Tage waren nicht gerade leicht für mich.«

Casey nickte und sah sich dann noch einmal im Restaurant um. »Wie hast du diesen Laden hier überhaupt gefunden? Er passt eigentlich gar nicht zu dir.«

»Melissa hat mich vor Jahren mal mit hierher genommen. Ich

glaube, sie hat es spöttisch gemeint. Das war, bevor ihr klar geworden war, dass ich mit Spott nicht viel anfangen kann.«

»Es ist wirklich schade, dass deine Beziehung zu Melissa in die Brüche gegangen ist. Sie hat dir sehr gutgetan.«

»Offenbar scheine ich mit niemandem eine lange Beziehung führen zu können.« Macbeth nippte an seinem Bier und blickte nachdenklich in sein Glas. »Weißt du, was Melissa zu mir gesagt hat? Sie sei es leid, dass ich nie anwesend wäre, selbst wenn ich körperlich da war.«

»Was soll das denn bedeuten?«

»Ach, komm schon, Casey, du weißt genau, was das bedeutet. Das wissen wir beide. Mir fehlt irgendetwas, und da ist eine winzige Lücke, die zu einer riesigen Kluft wird, sobald es darum geht, dass mich ein anderer Mensch besser kennenlernen will. Melissa hatte keine Lust mehr, in ein leeres Zuhause zu kommen, das selbst dann noch leer war, wenn ich mich dort aufhielt.«

»Himmel … Du hast ja echt eine super Laune heute.«

»Tut mir leid. Wie gesagt, ich …« Macbeth brach mitten im Satz ab, da ihn ein seltsames Gefühl überkam: dasselbe mächtige Déjà-vu, das er auch schon im Park gehabt hatte. Aber dieses Mal war es noch intensiver und wurde von dem Eindruck begleitet, er verliere das Gleichgewicht. Er hielt sich an der Tischkante fest und starrte seine durch den Druck ganz weiß gewordenen Fingerspitzen an. So etwas passierte einfach zu oft. Das war weder ein Déjà-vu noch einer seiner typischen Anfälle. Er hatte eher eine Art zerebralen Zwischenfall, eine transitorische ischämische Attacke oder etwas Ähnliches. Er brauchte medizinische Hilfe.

Dann sah er Caseys Gesicht.

Casey blickte Macbeth direkt an, ohne ihn jedoch wahrzunehmen. Er runzelte vor lauter Konzentration die Stirn, als versuche er, ein Erlebnis, das nur ihn allein betraf, zu begreifen. Macbeth erkannte, dass Casey genau dasselbe widerfuhr wie ihm.

Um sie herum wurde es ganz ruhig.

Im Restaurant war viel Betrieb, daher war es recht laut gewesen. Man hatte die Unterhaltungen und das Lachen der anderen Gäste gehört, das Klappern und Klirren auf- und abgetragenen Geschirrs und der Gläser, das durch den Raum mit der hohen Decke hallte. Doch jetzt war es still geworden.

Macbeth sah an Casey vorbei. Alle um sie herum schwiegen, und jeder schien in seinem eigenen privaten Universum gefangen zu sein, während er versuchte, das, was gerade geschah, einzuordnen. Schließlich nahmen die Gäste die Unterhaltungen wieder auf, nach und nach und mit gedämpften Stimmen, während sie sich besorgt über das gerade Erlebte austauschten.

»Ist bei dir alles in Ordnung?«, fragte er Casey.

»Was zum Henker war das gerade?« Casey sah erschrocken aus, und in Macbeth regte sich ein beschützender, fast schon väterlicher Impuls.

»Hattest du das Gefühl, du würdest ein sehr starkes Déjà-vu erleben?«, erkundigte er sich bei Casey.

Casey nickte energisch und schien erleichtert zu sein, dass sein Bruder dasselbe empfunden hatte. »Genau so war es …« Er sah sich um. »Scheiße … War das etwa bei allen so?«

»Soweit ich es erkennen konnte, schon.«

Die Gespräche im Restaurant wurden lauter, als sich die Gäste nachdrücklicher und verzweifelter miteinander austauschten.

»Irgendwas stimmt noch immer nicht«, meinte Casey.

»Du meinst, es hat sich etwas verändert? Die Temperatur oder der Luftdruck?«

»Hast du so was schon mal erlebt?«

Macbeth nickte. »Und das ist noch nicht alles, Casey. Pete Corbin hat mir erzählt …«

Es begann als Klirren. Die Gläser und Flaschen hinter der langen Mahagonibar klapperten, als führe ein großer Lkw oder ein Zug vorbei. Nur dass es in der Nähe keine Bahngleise gab und die Straßen in diesem Teil der Altstadt zu eng waren, um ein größeres Fahrzeug als einen Lieferwagen hindurchzulassen.

Erneut herrschte Schweigen im Restaurant, während alle Richtung Bar blickten. Ein junger Barkeeper starrte blass und verwirrt zurück. Das Klirren hörte auf, und eine Sekunde lang herrschte eine beunruhigende Ruhe, eine fast völlige Stille, die nur vom Ticken der riesigen, runden viktorianischen Uhr auf der Bar unterbrochen wurde. Macbeth war erstaunt, wie klar und deutlich jede einzelne Zeigerbewegung zu hören war; als sei sein Hörvermögen auf einmal deutlich besser geworden.

Schreie.

Es war, als würde die ganze Welt beben und versuchen, sie abzuschütteln. Macbeth griff nach Casey, wurde jedoch von seinem Stuhl geschleudert und landete hart auf dem polierten Holzboden. Er versuchte, das Gleichgewicht wiederzuerlangen, stellte jedoch fest, dass das unmöglich war, da der Boden unter ihm bebte und wackelte. Erneut stürzte er, und dieses Mal schlug er mit Wange und Schläfe noch härter auf dem Boden auf. Einen Augenblick lang lag er wie betäubt da, drückte sein Ohr an die polierte Eiche und nahm mit seinen plötzlich geschärften Sinnen schmerzhaft jedes Detail der wenigen staubigen oder schmierigen Stellen auf dem gründlich geputzten Boden wahr. Und darunter konnte er die Erde hören. Er hörte sie brüllen und stöhnen, knacken und ohrenbetäubend laut donnern. Er spürte jede Vibration, die winzigste und auch die gewaltigste, die durch seinen Körper hallten.

Ein Erdbeben. Ein gewaltiges Erdbeben. Sie mussten sich in Sicherheit bringen.

Langsam kroch er um den Tisch herum auf Casey zu. Als er ihn fand, lag der auf der Seite, wie Macbeth es zuvor auch getan hatte, und blutete aus einer Wunde am Kopf. Macbeth rutschte auf den Ellenbogen über den Boden zu seinem Bruder hinüber und untersuchte die Wunde: Sie war nicht tief, und Casey war bei Bewusstsein, aber völlig durcheinander.

»Casey!«, brüllte Macbeth über die anderen schrillen Stimmen hinweg. »Casey … Wir müssen unter den Tisch!« Er packte die Jacke seines Bruders und zog ihn zu sich und dann unter die schützende Tischplatte.

»Sollten wir nicht lieber rausgehen?«, schrie Casey zurück. »Wenn das Gebäude einstürzt, werden uns die Trümmer begraben!«

»Wir sind hier sicherer. Wenn wir auf die Straße gehen, könnten wir von herunterfallenden Mauersteinen erschlagen werden. Wir müssen es aussitzen. Wir warten, bis es vorbei ist.«

Casey nickte, sah jedoch nicht überzeugt aus. Alles um sie herum wackelte und bebte, aber es war kein Geräusch herunterfallender Dinge zu hören. Das Schütteln wurde heftiger, und die Vibrationen hallten in Macbeths Schädel und in jedem seiner Knochen wider.

Dann hörte es auf. Ein weiteres Mal waren die verzweifelten, erschrockenen Rufe und Schreie der Gäste im Restaurant zu hören. Aber das Beben hatte aufgehört.

Er spürte, wie der Boden unter ihm wegsackte, als würden sie in einem Fahrstuhl stehen, dessen Kabel gerissen war. Macbeth und Casey wurden nach oben geschleudert, und er griff gleichzeitig nach seinem Bruder und dem einzigen Bein in der Tischmitte. Sie prallten gegen den Boden, als es auf einmal in die andere Richtung ging und die Welt wieder auf sie zuzukommen schien. Um sie herum schrien die Menschen.

Die Bewegung hörte auf. Auch das Beben war vorüber.

Während sich seine Finger beschützend in den Arm seines Bruders bohrten, lag Macbeth mit aufgeschrammter Wange auf dem Fußboden und schnappte nach Luft.

Es war vorbei. Und das galt nicht nur für das Erdbeben.

Macbeth stand auf, zog Casey mit sich, stellte seinen Stuhl wieder auf und setzte seinen Bruder darauf. Seine Stirn blutete jetzt heftiger, aber Macbeth erkannte, dass es nur eine Abschürfung und keine tiefere Fleischwunde war. Er holte sein Taschentuch aus der Tasche, faltete es zusammen und führte Caseys Hand, damit er es an der richtigen Stelle festhalten konnte.

»Alles okay?«

Casey nickte.

»Ich werde mich mal umsehen, ob jemand ärztliche Hilfe braucht. Kommst du hier kurz alleine klar?«

»Mir geht's gut … Geh nur.«

Macbeth gestattete es seinem prozeduralen Gedächtnis wieder einmal, jede andere mentale Funktion zu übernehmen, und ging durch den Raum. Als er seine Runde beendet hatte, waren zwei Personen mit Kopfverletzungen in die stabile Seitenlage gebracht worden und er hatte zwei Knochenbrüche mit Krawatten und Gürteln fixiert. Die meisten Menschen standen einfach nur unter Schock, und keine der Verletzungen war schwerwiegend. Macbeth war zufrieden, dass er alle Verwundeten so weit versorgt hatte, dass sie bis zum Eintreffen des Rettungsdienstes durchhalten würden.

Er bemerkte, dass der junge Barkeeper noch immer hinter der Bar stand, mit kreidebleichem Gesicht und dem Blick ins Leere, der für eine akute Stresssituation sprach. Macbeth stellte sich direkt vor den jungen Mann und zwang ihn so, sich auf ihn zu konzentrieren.

»Geht es Ihnen gut? Ich bin Arzt … Und Hilfe ist unterwegs.«

»Nichts …« Der junge Barkeeper wandte sich von Macbeth ab und sah sich erstaunt um. Er schüttelte den Kopf und starrte die Regale voller Gläser und die Reihen mit den verschiedenen Flaschen an. »Ich kann es nicht fassen … Nichts, kein einziges Glas. Wie kann es sein, dass bei einem Erdbeben kein einziges Glas zu Bruch geht …?«

Macbeth folgte dem Blick des Barkeepers, drehte sich dann

um und nahm das ganze Restaurant in Augenschein, wobei er die bestürzten Gäste ausblendete. Die Uhr, die großen Wandspiegel, die viktorianischen Drucke an der Wand – alles war unverändert, nicht ein Bilderrahmen hing schief. Die einzigen zerbrochenen Gläser und Geschirrteile lagen dort auf dem Boden, wo sie von den stürzenden Gästen heruntergeworfen worden waren. Abgesehen davon gab es keine physischen Beweise dafür, dass es hier ein Erdbeben gegeben hatte.

Alles sah aus, als wäre überhaupt nichts passiert.

20. GEORG POULSEN. KOPENHAGEN.

Obwohl der Himmel über dem Parkplatz und der Stadt dahinter die Farbe von nassem Salz angenommen hatte, erzählte Georg Poulsen seiner Frau, dass draußen ein schöner Tag sei. Manchmal berichtete er Margarethe auch, dass es geregnet hatte, was der Garten dringend gebrauchen konnte, es jetzt aber wieder aufklare. Meist malte er jedoch ein fröhliches und helles Bild von der Welt außerhalb ihres begrenzten Bewusstseins. Es war, als würde Poulsen versuchen, seine Frau mit einem Trick dazu zu bringen, sich aus dem Gefängnis ihres an Schläuche gefesselten Körpers zu befreien, indem er ihr eine bessere Welt und eine schönere Realität vorspielte.

Projekt Eins war im Niels-Bohr-Institut der Universität am Blegdamsvej und somit praktisch direkt neben dem Rigshospitalet eingerichtet worden. Das bedeutete, dass Poulsen seine Frau in der Mittagspause und immer, wenn er sich kurz eine Auszeit bei der Arbeit nahm, besuchen konnte. Es hieß aber auch, dass sich Poulsen ständig zerrissen fühlte, da er einerseits so viel und so lange arbeitete, wie er nur konnte, um das Interfaceprogramm zu entwickeln, von dem er glaubte, dass es Margarethe letzten Endes helfen würde, während er sich andererseits verpflichtet fühlte, sie so oft wie möglich zu besuchen. Beides führte dazu, dass er so gut wie keine Zeit für sich hatte, doch Poulsen war bereit, mit dieser neuen Realität zu leben.

Heute war er direkt aus dem Institut zu ihr gekommen. Er saß an Margarethes Bett und berichtete ihr, dass die Arbeit größere Fortschritte machte, als sie erwartet hatten, und dass sie dem Zeitplan weit voraus lagen.

Er erzählte ihr, was seine Arbeit bedeuten konnte: dass eine neue Welt auf sie wartete. Eine Welt, in der sie gehen und tanzen konnte, in der sie so singen konnte, wie sie früher immer im Garten gesungen hatte.

Eine Welt, in der sie mit dem Baby zusammen sein konnten, von dem sie nicht einmal wusste, dass sie es verloren hatte.

Er meinte alles so, wie er es sagte, da er wusste, dass er Margarethe genau diese Welt würde bieten können, wenn er all seine Ziele erreichte. Aber wie bei seiner Beschreibung des Wetters erzählte er ihr auch nicht, dass das Haus, der Garten und die Ferien, die sie erwarteten – ebenso wie der Georg Poulsen und das Baby – nur ein Ersatz sein würden: eine neurologische, eine gefälschte Existenz, die ihr Gehirn stimulieren und ihr das Gefühl vorgaukeln würde, die Sonne auf der Haut zu spüren.

»Ich weiß, dass du wieder ein richtiges Leben führen möchtest, Margarethe«, sagte er zu ihr. »Und du sollst wissen, dass ich daran arbeite, genau das für dich zu erreichen, wenn ich nicht hier bei dir bin. Ich liebe dich, und ich wünsche mir nichts mehr, als dass du wieder glücklich bist.«

Er schwieg einen Augenblick. Eine andere Täuschung während seiner Besuche war, dass er immer fröhlich wirkte und so tat, als wäre der Anblick von Margarethe, die in ihrem eigenen Körper eingesperrt war, nur ein vorübergehender Rückschlag und nicht etwa unglaublich erschütternd. Wann immer er also seine Fassung verlor, wann immer ihn die Trauer, das Leid und der Zorn übermannten, die ihn jeden Tag zu zerreißen drohten, wann immer sich all das wie jetzt in seiner Stimme niederschlug, sagte er nichts mehr.

In der normalen Welt, in der alle Sinne umfassenden Umgebung, in der die meisten Menschen lebten, konnte ein solcher Unterton unbemerkt durchgehen, was Poulsen ebenso bewusst war wie die Tatsache, dass seine Stimme in dem sensorisch dezimierten Universum, das Margarethe bewohnte, verstärkt wurde und jeden Raum ausfüllte, sodass jede kleinste Veränderung oder Stimmungsschwankung intensiviert und augenblicklich bemerkt wurde.

Nach einem Moment hatte er sich wieder gefasst, schlug das auf seinem Schoß liegende Buch auf und begann zu lesen. *Avatars: a Futurist Fantasy* war ein weiteres von Margarethes Lieblingsbüchern. Sie hatte schon immer an unmöglichen Schauplätzen nach obskuren Schätzen gesucht und diesen Roman an einem windigen Samstagnachmittag in einem antiquarischen Buchladen an der Larsbjørnsstræde entdeckt. Der Autor »Æ«, dessen richtiger Name George William Russell lautete, war eher aufgrund der literarischen Werke anderer statt seiner eigenen bekannt und kam sogar als Figur in James Joyces *Ulysses* vor.

Margarethe hatte Poulsen einmal gesagt, sie fände es auf herrliche Weise ironisch, dass die beiden Protagonisten in Russells Buch dem Leser nie direkt präsentiert wurden und nie ihre eigenen Dialoge aussprachen, sondern ausschließlich dadurch präsent waren, dass andere Charaktere sie beschrieben. Sie hatte ihm auch gesagt, dass Russell, ein junger Kunststudent, etwas erlebt habe, das er als »Wachträume von erstaunlicher Kraft und Lebendigkeit« beschrieb, in denen er andere Welten und Realitäten sah, von denen er behauptete, sie wären von einem Verstand, der größer war als sein eigener, in sein Bewusstsein eingepflanzt worden.

Poulsen las seiner Frau zwei Stunden lang aus dem Buch vor und verlieh den Stimmen dabei so viel Leben, wie er es nur vermochte.

Er besuchte sie so oft, dass er inzwischen alle Krankenhausangestellten kannte und eine Art informelle Beziehung zu Larssen aufgebaut hatte, dem Chefarzt der Station, der wusste, dass Poulsen in der kognitiven Wissenschaft arbeitete, und der immer interessiert zuhörte, wenn der Wissenschaftler einmal über seine Arbeit sprach. Doch Larssen hatte ebenso wie alle anderen Krankenhausmitarbeiter bald gemerkt, dass Georg Poulsen ein Mann war, der über kaum etwas anderes als den Zustand und die Behandlung seiner Frau sprechen wollte.

Etwa zwei Monate nachdem er aus dem Krankenhaus entlassen worden war, hatte er seine Frau besucht und Larssen hatte ihn am Ende seines Besuchs in sein Büro gebeten.

Larssen war ein schlaksiger Mann, der ihn irgendwie an einen Gliederfüßler erinnerte und der nur aus Ecken und Kanten zu bestehen schien. Er hatte dunkles Haar, einen fahlen Teint und Augen, die zu jeder Tageszeit von grauen Ringen umrahmt waren. Sein Büro war nicht besonders klein, aber er saß eingezwängt hinter seinem Schreibtisch und stützte die spinnenartigen Ellenbogen auf die Schreibunterlage.

»Der Zustand Ihrer Frau hat sich stabilisiert«, sagte er zu Poulsen. »Es besteht keine unmittelbare Gefahr einer weiteren Blutung in den Pons und somit ein geringeres Risiko eines weiteren neurologischen Schadens.«

»Und das bedeutet?«

»Ihre Frau hat in den letzten dreieinhalb Monaten so gut wie keine Fortschritte gemacht. Viele Fälle von LIS erledigen sich von selbst, aber das scheinen vor allem Fälle zu sein, in denen der Patient eine Woche oder weniger unter dem Locked-In-Syndrom leidet. Die besten Erfolgsprognosen haben Patienten, die nur Minuten oder Stunden anstatt Wochen unter Quadriplegie und Anarthrie leiden.«

»Wollen Sie mir damit etwa sagen, dass Sie die Hoffnung für Margarethe aufgeben?«

»Was ich damit sagen will, ist, dass wir es meiner Vermutung nach mit einem Zustand andauernder Morbidität zu tun haben. Locked-In-Patienten, bei denen keine Komplikationen auftreten, können Jahrzehnte in diesem Zustand leben. Wenn wir sie nicht innerhalb eines Monats nach dem Trauma verlieren, dann liegt die durchschnittliche Überlebenszeit bei etwas über fünf Jahren.«

»Worauf wollen Sie hinaus?«

»Ich will damit nur sagen, dass wir jetzt versuchen sollten, Ihrer Frau die bestmögliche Lebensqualität zu ermöglichen. Mit der Zeit könnte sie möglicherweise sogar das Krankenhaus verlassen. Eventuell sogar nach Hause kommen. Der Staat stellt viele verschiedene Unterstützungsmöglichkeiten zur Verfügung. Uns ist allen bewusst, wie Sie Ihre Frau unterstützen, und ich weiß, dass Sie alles tun würden, um ihr Leben zu erfüllen. Bitte vergessen Sie nicht, dass wir weit davon entfernt sind, definitive Entscheidungen zu treffen, doch wir sollten zumindest damit anfangen, längerfristiger zu denken. Aber Sie müssen nicht das Gefühl haben, das tun zu müssen. Das ist eine riesige Belastung, die Sie auf sich nehmen würden …«

Poulsen saß einige Sekunden lang schweigend da und stellte sich eine neue, eine andere Art des Lebens vor. Eine neue Realität.

»Wann kann sie nach Hause kommen?«, fragte er schließlich.

21. JOSH HOBERMAN. MARYLAND.

Josh Hoberman unterhielt sich jeden Tag mit Ward, dem Privatarzt der Präsidentin. Trotz seiner Antipathie für Wards Zugehörigkeit zum Militär – und für Ward an sich – hatte Hoberman das Gefühl, dass er zumindest ein Mann der Wissenschaft war und außerdem der einzige Mensch, mit dem er einigermaßen frei über die Präsidentin sprechen konnte. Dennoch erkannte Hoberman bald, dass sich Elizabeth Yates mit Menschen umgab, die ihr Ego stärkten und ihre Mission unterstützten.

Doch es war Ward gewesen, der Hoberman hinzugezogen und der keinen Einspruch gegen die ehrlichen Beobachtungen des Psychiaters erhoben hatte. Trotzdem blieb Hoberman vorsichtig und achtete genau darauf, wie er einige der prekäreren Probleme hinsichtlich des Geisteszustands der Präsidentin ansprach.

Seit der ersten Nacht war er nicht mehr in der Aspen Lodge, der Unterkunft der Präsidentin, gewesen, und die meisten Treffen mit Yates und mit Ward fanden in der Laurel Lodge statt. Er selbst schlief in der Dogwood Cabin, an deren Wänden lauter Fotos früherer, deutlich prominenterer Gäste hingen. Camp David war mit der modernsten Technologie ausgerüstet, kam ihm aber dennoch wie ein schickes Sommerlager aus den 1950ern vor, und wenn er unter den Blicken vergangener und jetziger ausländischer Staatsoberhäupter saß, stellte er immer wieder fest, dass dies einer der seltsamsten Orte war, an denen er je seine Arbeit ausgeübt hatte. Er vermutete, dass diese Umgebung die Stimmung und die Haltung ihrer wichtigsten Bewohnerin widerspiegelte. Unter Elizabeth Yates war diese Stimmung trotz des bewusst ländlich gehaltenen Umfelds keinesfalls gemütlich.

»Haben Sie die Berichte über diese Sache in Boston gelesen?«, erkundigte sich Ward.

»Ich habe sie gelesen«, bestätigte Hoberman. »Und auch das über die anderen Ereignisse.«

»Und?«

»Und es sieht ganz so aus, als hätten Sie recht – als hätten wir es wirklich mit einer pandemischen Erscheinung zu tun und nicht mit einem Fall, der nur die Präsidentin betrifft.«

»Warum habe ich dann das Gefühl, dass Sie nicht bereit sind, das zu bestätigen?«, fragte Ward. Er trug zivile Kleidung, hatte sich einen Pullover über die Schultern geworfen, dessen Ärmel locker vor der Brust verknotet und trank einen Single Malt aus einem Kristallglas. Hoberman versuchte, den wenig hilfreichen Gedanken aus seinem Kopf zu verbannen, dass der Arzt sich einen netten Nebenverdienst als Model für Werbeanzeigen von Pullovern verdienen konnte.

»Okay …« Hoberman nippte auch an seinem Whiskey. »Das bleibt unter uns, zumindest für den Moment, okay?«

»Natürlich.«

»Das geht über mein eigentliches Ziel hier hinaus, ist meiner Meinung nach aber von Bedeutung. Nehmen wir einmal an, diese Halluzinationen der Präsidentin haben dieselbe Ursache wie all die anderen gemeldeten Fälle. Das ließe vermuten, dass nichts *Spezielles* die Präsidentin dazu bringt, das zu sehen, was sie sieht, abgesehen von einer Art unidentifizierter Infektion.«

»Fahren Sie fort …«

»Ich bin nicht wegen des Grunds für diese Halluzinationen besorgt, sondern wegen der *Auswirkungen*, die sie auf die tiefer liegende Psychologie der Präsidentin haben könnten.«

»Wollen Sie damit sagen, dass es einen präexistenten Grund zur Besorgnis gibt?«

Hoberman reichte Ward drei ausgedruckte Seiten. Ward stellte sein Whiskeyglas ab und las sich die Notizen durch.

»Können Sie meine Sorge nachvollziehen?«, fragte Hoberman, als Ward alles gelesen hatte.

»Ich verstehe Sie, aber ich muss Ihnen widersprechen. Ich kenne Präsidentin Yates jetzt seit Jahren. Wenn sie eine derartige Pathologie an den Tag gelegt hätte, dann wäre mir das aufgefallen.«

»Nicht unbedingt. Dieser Persönlichkeitstyp ist sehr gut darin, seine wahre Natur zu verbergen. Und, sehen wir den Tatsachen ins Auge, einige der Indikatoren dieses Zustands können auch als positive Eigenschaften bei Menschen aufgefasst werden, die, nun ja, die Führungsstellungen innehaben müssen …«

Ward sagte nichts und las sich die Notizen ein weiteres Mal durch.

»Wie Sie sehen können, habe ich die meisten der wichtigen Kennzeichen isoliert. Außer beim vierten Aspekt, der antisozialen Einstellung, weist sie überall hohe Werte auf. Es könnte allerdings sein, dass sie nur gelernt hat, diese besser zu verbergen als die anderen.«

»Das kann nicht Ihr Ernst sein …«, setzte Ward an.

»Das ist mein Ernst. Ich bin der festen Überzeugung, dass Elizabeth Yates eine Psychopathin ist; eine äußerst gut funktionierende Psychopathin, aber dennoch eine Psychopathin. Meiner Meinung nach ist das bei Politikern nicht ungewöhnlich, wenn ich ehrlich sein soll. Aber im Fall der Präsidentin könnte ihr absoluter, unerschütterlicher Glaube an die eigene Unfehlbarkeit kombiniert mit ihrer Unüberlegtheit und ihrer religiösen Monomanie durchaus dazu führen, dass sie katastrophale Entscheidungen trifft. Ich mache mir große Sorgen, dass die religiöse oder andersartige Interpretation, mit der sie eine zukünftige Halluzination analysiert, der Auslöser für genau so eine katastrophale Entscheidung sein könnte.«

Erneut saß Ward einen Moment lang schweigend da. »Sie haben noch mit niemand anderem darüber gesprochen?«

»Das sollte, wie gesagt, erst einmal unter uns bleiben.«

»Darum möchte ich Sie auch bitten. Haben Sie etwas dagegen, wenn ich das behalte?«

Hoberman dachte kurz nach. »Wenn Sie wollen …«

22. JOHN MACBETH. BOSTON.

In den fünfzehn Jahren, die Macbeth jetzt als Psychiater arbeitete, hatte er noch nie etwas Derartiges erlebt oder auch nur davon gehört. Die Medien waren am nächsten Tag voll davon, und zwar nicht nur in Massachusetts, sondern in den ganzen Vereinigten Staaten und rund um die Welt. Das »Phantomerdbeben von Boston« wurde es in den meisten Berichten genannt.

Der Krankenwagen war erst nach eineinhalb Stunden vor dem Restaurant eingetroffen. Es gab in der ganzen Stadt und im Umland Verletzte, die behandelt werden mussten. Entlang der ganzen Küste von Massachusetts, von Rockport bis Plymouth und im Inland bis nach Worcester, hatte man die Auswirkungen gespürt. Das Erdbeben hatte den ganzen Staat erschüttert, und es gab auch Berichte von jenseits der Grenze aus Nova Scotia und New Brunswick, wo die Menschen das Beben des Bodens gespürt hatten.

Die meisten Personen hatten sich bei einem Sturz verletzt, acht davon tödlich, als sie von Balkonen, Feuerleitern oder anderen erhöhten Stellen heruntergefallen waren. Die meisten Todesopfer hatten Autounfälle gefordert, bei denen die Fahrer die Kontrolle über ihren Wagen verloren hatten. Insgesamt waren dreißig Menschen gestorben und über eintausend verletzt worden.

Dabei hatte nicht ein einziges Gebäude Schaden genommen.

Die Seismografen im Weston Observatory hatten nicht einmal ausgeschlagen. Geowissenschaftsanlagen in ganz New England und darüber hinaus bestätigten die Messwerte aus Weston, und man überprüfte jedes Milliarden Dollar teure Gerät ebenso wie die Seismografen von Hobbygeologen.

Kein Erdbeben. Die ganze Stadt und der halbe Staat hatten einfach das Gleichgewicht verloren.

An diesem einen Tag verbrachte Macbeth mehr Zeit vor dem Fernseher und im Internet, als er es den ganzen vergangenen Monat getan hatte. Am Nachmittag kamen Verschwörungstheorien und schlechte Witze auf, die Macbeths Meinung nach nur von Menschen mit geringem Intellekt in den Umlauf gebracht worden waren. Die offiziellen Aussagen besaßen aber denselben intellektuellen Stellenwert, zumindest soweit es Macbeth betraf, wobei einige andeuteten, ein Virus hätte das Gleichgewichtsorgan der Opfer angegriffen. Tatsächlich gab es jedoch keine Erklärung für die Todesopfer eines Erdbebens, das definitiv nie stattgefunden hatte.

Das größte Aufsehen erregte jedoch eine Karte mit der Analyse der Ausbreitung der Verletzungen, bei der ein Muster auftrat, das auf seltsame Weise konsistent zu dem eines echten Erdbebens war. Obwohl es keine geologischen Beweise gab, ergab ein Vergleich der Verletzungsstatistik mit den Zeugenberichten ein Muster, das mit dem Epizentrum eines Erdbebens im Atlantik übereinstimmte, das etwa vierzig bis fünfzig Kilometer östlich von Cape Ann lag. Den Beschreibungen von verschiedenen Orten zufolge entsprach das Erlebnis etwa einem Erdbeben der Stärke sechs auf der Richter-Skala.

Später an diesem Tag setzte jemand alles zusammen; vermutlich ein anonymer Forscher im Hinterzimmer einer Fernsehanstalt, der Querverweise der Daten herstellte. Als Macbeth die Abendnachrichten einschaltete, war das Ganze bereit zur Ausstrahlung.

Das Phantomerdbeben von Boston war zum Geistererdbeben von Cape Ann geworden.

Es war das Hauptthema einer längeren Sondersendung. Alte

holzschnittartige Bilder von windschiefen und baufälligen Häusern, die mit dem Datum 1775 gekennzeichnet waren, bildeten den Hintergrund für die Frisuren, professionell braun gebrannten Gesichter und die einstudierte Ernsthaftigkeit der Nachrichtensprecher. Jeder, von Seismologen und Historikern über verrückte Exzentriker bis hin zu irren, religiösen Untergangspropheten, wurde vor die Kamera gezerrt. Politiker redeten viel und sagten wenig, sondern leierten nur ihre offiziellen Statements herunter. Wissenschaftler aller Fachbereiche wurden interviewt und konnten das Phänomen doch nicht erklären. Die wahrscheinlichste Erklärung, die die Sendung bot, war die eines Virus, das den Verlust des Gleichgewichtssinns und akustische Halluzinationen verursachte. Schließlich hatte niemand das Erdbeben wirklich *gesehen*.

Was die Medien jedoch am meisten zu faszinieren schien, war die Tatsache, dass das Epizentrum, das aufgrund der Opferkarte festgelegt werden konnte, genau mit dem des Cape-Ann-Erdbebens von 1775 übereinstimmte. Das Weston Observatory hatte seit Jahren Computeranalysen erstellt, um herauszufinden, was geschehen würde, wenn so ein Erdbeben das dicht bevölkerte New England heimsuchen würde. Die Verluste durch das »Geistererdbeben« passten genau zu den vom Computer angefertigten Vorhersagen. Bis ins kleinste Detail.

Die meisten Verletzten waren im Bostoner Ortsteil Back Bay zu verzeichnen gewesen, wohin man die Stadt im neunzehnten Jahrhundert erweitert hatte, indem man die Bucht auffüllte und auf dem neu gewonnenen Land baute. Die Seismologen erklärten, dass der aufgeschüttete Boden weniger stabil und somit anfälliger für Erschütterungen war als jede andere Bodenart. Die Sandsteinhäuser und anderen Gebäude in Back Bay waren schon immer dem größten Risiko für seismische Aktivitäten ausgesetzt gewesen.

Macbeth hatte eine eigene Theorie darüber, was passiert war, eine noch unausgegorene Idee, die sich erst langsam entwickelte, doch sie hatte mit dem zu tun, was ihm Pete Corbin erzählt hatte.

Was immer auch passiert war und wie die Ursache dafür aussehen mochte, so war Boston in mehrfacher Hinsicht erschüttert worden: Macbeth sah es auf den Straßen, durch die er ging, und in den nervösen, verwirrten Gesichtern der Passanten.

Allen stand vor allem eine Frage in den Augen: Warum Boston?

Dann kamen die Berichte aus der ganzen Welt langsam herein.

23. ETHAN BUNDY. MARYLAND.

Special Agent Ethan Bundy trug kein Hemd und keine Socken, als er betete.

Er hielt sich in seinem Quartier auf, das man ihm in Camp David zugewiesen hatte, kniete mit fest ineinander verschlungenen Fingern neben dem Bett, drückte die Stirn gegen seine harten Fingerknöchel und stützte die Ellenbogen auf die Bettkante.

In Camp David hatte den ganzen Tag ein reges Treiben geherrscht, während Präsidentin Yates die Informationen und Meinungen über die Ereignisse in Boston zusammenstellen ließ. Es hatten Videokonferenzen mit Experten jeder Fachrichtung stattgefunden, und sie hatte sich sogar mit dem Hebräer Hoberman getroffen. Bei all dem war Bundy zugegen gewesen, an ihrer Seite oder im Hintergrund, schweigend und sie unterstützend. Nichts von alldem ergab für ihn einen Sinn, und er konnte erkennen, dass die sogenannten Experten ebenso verwirrt waren wie er. Dennoch hatte er in einem der seltenen ruhigen Augenblicke die Frage gestellt, die ihm schon den ganzen Tag durch den Kopf gegangen war.

»Was hat das alles zu bedeuten, Frau Präsidentin?«

Elizabeth Yates hatte sich zu ihm umgedreht, seinen Ellenbogen genommen und ihm in die Augen gesehen. Sie hatte nur drei Worte gesprochen, doch die hatten ihn elektrisiert.

»Die Entrückung kommt.«

Bundy betete inbrünstig. Er betete um die Erlösung und darum, zu den Rechtschaffenen und Auserwählten zu gehören. Er suchte nach Vergebung für die Leben, die er in der Vergangenheit genommen hatte, und bat um die Kraft, auch in Zukunft

Leben zu nehmen, wenn es ihm befohlen wurde. Doch vor allem betete er darum, dass der Herr seine Unreinheit akzeptieren möge. Er betete um Einzigartigkeit, eine Ganzheit, von der er wusste, dass er sie niemals besitzen würde. Präsidentin Yates besaß diese Reinheit, davon war er überzeugt. Sie war ein wahres und einmaliges Instrument Gottes, seine auserwählte Vertreterin auf der Erde. Bundy war hingegen weder rein noch einzigartig.

Er war eine Abscheulichkeit.

Ethan Bundy wusste genau, wer er war und was er war. Er war sowohl der Mörder als auch der Ermordete. Er war Kain. Er war Abel. Er war beide und doch keiner von beiden. Gott hatte ihm das Zeichen gegeben, auf dass er erkennen möge, wer er war, um ihn mit dem Wissen über seine eigene Dualität zu verspotten und mit dem Bewusstsein, dass er dazu verdammt war, sowohl als Mörder als auch als Opfer auf Erden zu wandeln, in einer endlosen, nahtlosen Verschmelzung von zwei Schicksalen und zwei Seelen.

Er hätte es eher begreifen, seine innere Äußerlichkeit von der äußeren Äußerlichkeit unterscheiden sollen anhand der Augen, die ihm jeden Morgen aus dem Spiegel entgegensahen: blasse Iris mit einem goldbraunen Innenband rings um die Pupillen und einem blassblauen Außenring. Augen, so blass, dass sie schon in leichtem Sonnenlicht schmerzten. Augen, die Aufmerksamkeit erregten, Bemerkungen auf sich zogen. An ihnen hätte er es erkennen müssen.

Aber erst später, nachdem er begonnen hatte, für das Bureau zu arbeiten, hatte Bundy die Epiphanie erlebt und seine wahre Natur entdeckt. Er hatte in Kentucky an einem Fall gearbeitet, vom Büro in Louisville aus. Es war das übliche abgelegene Familienunternehmen: eine Cannabisfarm abseits jeder Straße, die man nur über einen einfachen, gewundenen Weg erreichen konnte. Hier wurden Fähigkeiten, die einhundert Jahre zuvor während der Zeit der Prohibition und der Schwarzbrennerei erprobt worden waren, noch immer eingesetzt: Die Strecke war mit Rasierklingen gespickt, Angelhaken hingen auf Augenhöhe an dünnen Kunststofffäden, und es gab Fallgruben voller Schlangen oder mit langen Nägeln am Boden. Am Ende des Weges befand sich ein sonniges Plätzchen, auf dem hüfthoch die blaugrünen Marihuanapflanzen wuchsen. Dahinter, am anderen Ende der Mulde, stand eine große Holzhütte, die durch ein Flechtwerk aus Ästen und Blättern verborgen und so aus der Luft nicht zu erkennen war. Normalerweise kümmerte sich das Bureau nicht um solche Fälle, da sie in die Gerichtsbarkeit des Sheriff's Departments und der DEA gehörten, aber hier hatte man außerdem noch einen Haufen Geld gefunden, und da diese Scheine gefälscht waren, wurde es zu einer Bundesangelegenheit.

Die Kriminaltechniker hatten das Geld vor Ort untersucht, das in Plastik eingeschlagen unter den Bodenbrettern versteckt gewesen war, als Bundy und seine Kollegen eintrafen. Der Techniker hatte die Banknoten mit einer Schwarzlichtlampe daraufhin untersucht, ob sie gefälscht worden waren. Er beugte sich über seine Arbeit und hatte nicht gehört, wie Bundy näher gekommen war, daher drehte er sich abrupt um, als ihn der FBI-Mann ansprach. Währenddessen blieb die Schwarzlichtlampe eingeschaltet, sodass ihr schwaches Leuchten auf Bundys Gesicht fiel. Den Gesichtsausdruck des Technikers würde er nie im Leben vergessen. Darin zeichnete sich der Schreck, fast sogar schon Furcht ab. Bundy war daran gewöhnt, dass andere auf seine ungewöhnliche Augenfarbe reagierten, aber das war dann doch etwas übertrieben.

»Was ist?«, fragte Bundy.

Der Kriminaltechniker schaltete die Lampe aus und verengte die Augen, während er Bundy anstarrte, als würde er etwas suchen, das jetzt nicht mehr da war.

»Ihr Gesicht … im Schwarzlicht. Sie sollten vielleicht mal zu einem Hautarzt gehen.«

»Wie meinen sie das?«

»In dem Licht war etwas zu erkennen.«

»Was? Was war zu erkennen?«

»Zeichen. Ich weiß nicht genau, was das war.«

»Leuchten Sie mich noch einmal an.«

Widerstrebend tat der Mann, worum er gebeten worden war.

»Was sehen Sie?«

»Wie gesagt«, meinte der Techniker mit gerunzelter Stirn und musterte Bundys Gesicht, während er immer noch unsicher wirkte, als hätte er etwas Gefährliches oder Erschreckendes vor sich. »Zeichen auf Ihrer Haut. Unter dieser Lampe ist alles Mögliche zu sehen. Vielleicht waren Sie zu lange in der Sonne oder so was. Ich würde damit mal zum Arzt gehen.«

Er schaltete die Lampe wieder aus, und sie sprachen über den Fall, aber Bundy bemerkte, dass sein professioneller Tonfall nur Fassade war, hinter der der Techniker seine Unruhe wegen dem, was er in dem künstlichen Licht gesehen hatte, versteckte.

Bundy hatte nicht sofort einen Termin bei seinem Arzt gemacht. Stattdessen hatte er sich im Internet eine Schwarzlichtlampe bestellt, die jetzt auch auf seinem Nachttisch stand, da er sie überall mit hinnahm. Er hatte sich vor den Spiegel gestellt und sich mit der Lampe ins Gesicht geleuchtet. Da hatte er es gesehen. Er hatte den Dämon gesehen, und daraufhin war ihm die Luft weggeblieben. Er hatte das Zeichen des Kain gesehen. Nicht nur auf seinem Gesicht.

Bundy presste die Augenlider noch fester zusammen, drückte die Hände stärker gegeneinander und betete inbrünstiger. Wie bei jedem Gebet flehte er zum Schluss um Einzigartigkeit und dass das Zeichen verschwinden möge. Dass der Fleck auf seiner Seele aus seinem Körper getilgt werde.

Nach seinem Amen stand er auf, ging zu dem kleinen Badezimmer, wobei er auf dem Weg die Schwarzlichtlampe vom

Nachttisch mitnahm. Das grelle Badezimmerlicht betonte seine Muskeln und die gebräunte, glatte Haut. Sie war makellos, ohne Markierungen, perfekt. Wie eng sein Zeitplan auch aussehen mochte, Bundy stemmte jeden Tag wenigstens eine Stunde lang Gewichte und trainierte immer eine andere Muskelpartie, sodass sie wenigstens einen Tag Ruhezeit hatten, und veränderte überdies im Wochenrhythmus den Trainingsablauf, um das Muskelgedächtnis auszutricksen. Inzwischen war er Experte darin, seinen Körper in Form und fit zu halten. Außerdem benutzte er täglich verschiedene Cremes, um seine Haut zu pflegen und zu schützen. Die Bräune war falsch und wurde jeden Tag aufgetragen. Er wusste, dass der Melaninmangel, der bewirkt hatte, dass er so helle Augen bekam, auch die Ursache dafür war, dass seine Haut anfällig für Schäden durch die Sonneneinstrahlung und für Melanome war. Das hatte ihm der Hautarzt mitgeteilt, den er aufgesucht hatte – und der Bundy zu einer Genetikberatung geschickt hatte. Doch er cremte sich nicht etwa aus diesem Grund täglich mit Sonnencreme ein. Vielmehr hatte er Angst, eine richtige Bräune zu bekommen, da er sich vor dem fürchtete, was sie der Welt enthüllen würde.

Er musterte sein Spiegelbild. Selbst in diesem wenig schmeichelhaften Licht konnte er erkennen, wie perfekt sein Körper, wie kräftig sein Kiefer und wie wohlproportioniert seine Gesichtszüge waren. Dann sah er seine Augen. Wie immer erinnerten sie ihn auch jetzt an seine Unreinheit. Er schaltete das Badezimmerlicht aus und stand da, starrte noch immer sein Spiegelbild an, dessen Silhouette vom Licht aus dem Schlafzimmer hinter ihm erhellt wurde. Jetzt konnte er seine Augen nicht mehr sehen.

»Bitte, Gott, entferne das Zeichen von mir. Bitte vergib mir den Mord an meinem Bruder. Bitte nimm seine Seele von meiner, seinen Körper aus meinem. Bitte vergib mir und mach mich singulär.«

Er holte tief Luft und schaltete die Schwarzlichtlampe ein.

Der Dämon. Kain. Der Gezeichnete.

Die Lampe glühte schwach lilafarben im dunklen Badezimmer. Schon allein die Tatsache, dass ihr Licht überhaupt zu sehen war, sprach für ihre Ineffizienz: UV-Licht war für das menschliche Auge nicht zu erkennen, und das lilafarbene Leuchten war Licht mit kürzerer Wellenlänge, das durch den Nickeloxidfilter nach draußen drang. Die Bundys Meinung nach bittere Ironie bestand darin, dass dieses unsichtbare Licht etwas erkennbar machte, was in normalem Licht verborgen blieb: Es enthüllte seine wahre Natur.

Sein Gebet war nicht beantwortet worden.

Ethan Bundy mit seiner glatten, gebräunten Haut blickte in den Spiegel, und der Dämon Kain sah ihm entgegen. Kain, dessen Haut das Zeichen seines Brudermords trug. Das Zeichen selbst war von finsterer Schönheit, wie die Streifen eines Tigers zogen sich Bänder aus dunkler Haut über sein Gesicht und bildeten Wirbel, schlangen sich bogenförmig um seinen Hals und über seine Schultern. Ein dramatisches V mit einer diamantförmigen Form in der Mitte erstreckte sich von seiner Brust nach oben. Sein ganzer Körper war mit umherwirbelnden, verschlungenen Streifen bedeckt. Er richtete das Licht erst auf den einen und dann auf den anderen Handrücken. Auf beiden schien ein Diamant eintätowiert zu sein, von dessen Basis andere Streifen ausgingen, die sich um seine Handgelenke schlangen und seine Unterarme hinaufkrochen.

Bundy spürte denselben Schmerz, der ihn jedes Mal durchzuckte, wenn er seine wahre Natur betrachtete.

Er schaltete die Lampe aus und das Badezimmerlicht wieder ein. Seine Menschlichkeit war wieder hergestellt.

Die Genetikerin hatte ihm langsam und vorsichtig alles erklärt und sich immer wieder vergewissert, dass er auch alles verstand.

Es ergab dennoch keinen Sinn für ihn. Er war Zwillinge. Nicht *ein* Zwilling, sondern beide.

»Man nennt es tetragametischen Chimärismus«, hatte sie ihm erklärt. »Nicht identische Zwillinge in der Gebärmutter, bei denen der eine die Anwesenheit eines Mitbewerbers entdeckt, diesen umgibt und absorbiert.«

»Ich habe meinen Bruder ermordet?«

»Sie haben ihn absorbiert«, korrigierte sie ihn. »Zwei komplette Chromosomensätze in einem Fötus. Ihr Bruder lebt noch immer in Ihnen. Sie *sind* er. Sie sind beide Zwillinge.«

»Habe ich aus diesem Grund diese Markierungen?«, wollte er wissen.

»Sie werden Blaschko-Linien genannt. Wir alle haben sie, und sie sind vermutlich die Wege, die die Zellen der Epidermis während der Entwicklung des Fötus nehmen. Bei einigen Hautkrankheiten werden sie sichtbar, doch im Allgemeinen kann man sie mit dem bloßen Auge nicht erkennen. Aus irgendeinem Grund sind sie bei Chimären hervorstechender, vermutlich, weil ein Zwilling dunklere Haut hat als der andere. Das würde die zentrale Heterochromie in Ihren Augen erklären: Ein Zwilling hat braune Augen, der andere blaue.«

»Ich hasse sie …«

»Das kann ich nicht nachvollziehen«, hatte die Genetikerin erwidert. »Sie sind sehr auffällig. Außerdem haben Sie Glück gehabt, denn viele Chimären haben eine vollständige Heterochromie, bei der jedes Auge eine andere Farbe hat.«

Trotz des wissenschaftlichen Jargons hatte Bundy die wahre Bedeutung ihrer Worte erkannt. Er war als Killer geboren worden, hatte seinem Bruder in der Gebärmutter das Leben genommen und trug aus diesem Grund Kains Zeichen. Und er war plural geboren worden, mit einer dualen Natur. Gut und böse.

Er war aufgrund dessen sehr verzweifelt gewesen, bis er Präsidentin Yates kennengelernt hatte; damals noch eine Senatorin mit kompromissloser Vision und Ambition, die einen unerschütterlichen Willen besaß. Sie hatte ihm den Weg gezeigt. Gottes Weg.

Alles in der Natur ist dual, hatte ihm Präsidentin Yates erklärt. So viel Schönheit und auch so viel Grausamkeit. Damit es Leben und Wachstum geben konnte, musste es auch den Tod geben. Gutes konnte nicht ohne das Böse existieren. Dann hatte sie ihm erklärt, dass man manchmal etwas Böses tun musste, damit das Gute letzten Endes triumphieren konnte.

Er hatte ihr sein Zeichen gezeigt. Sie hatte es gesehen. Es berührt …

Bundy beendete sein abendliches Ritual, kämmte sich und putzte sich die Zähne. Er war gerade zu Bett gegangen, als die Tür geöffnet wurde. Präsidentin Yates stand im Türrahmen und hielt ein Dokument in der Hand.

»Ethan«, sagte sie mit leiser, befehlsgewohnter Stimme, »wir müssen leider etwas wegen Professor Hoberman unternehmen.«

TEIL ZWEI

EINE ZEIT DER VISIONEN

Ein unbekanntes Etwas tut etwas uns Unbekanntes.

PROFESSOR SIR ARTHUR EDDINGTON,
ASTROPHYSIKER

24. FABIAN. FRIESLAND.

Das Mobbing hörte auf, bevor es richtig angefangen hatte, aber dann kamen die Blicke, die Verdächtigungen, die geflüsterten Behauptungen.

Mit gebrochenem Kiefer, drei lockeren Zähnen, einer angeknacksten Rippe und einer schweren Gehirnerschütterung blieb Maartens der Schule zwei Wochen fern, von denen er die ersten drei Tage im Krankenhaus in Leeuwarden verbrachte, und als er zurückkehrte, war sein Gesicht noch immer verfärbt und angeschwollen und sein Kiefer mit einem Draht gesichert.

Anhand der aufgeschnappten Gerüchte ging Fabian davon aus, dass Maartens den Weg zurück zur Stadt gewankt war, um dann auf der Straße zusammenzubrechen. Man hatte einen Krankenwagen und die Feuerwehr gerufen. In der kleinen Küstengemeinde kam es nur selten zu gewalttätigen Auseinandersetzungen, und man ging anhand von Maartens' Verletzungen davon aus, dass es sich um mehrere Angreifer handelte. Ferner vermutete man, dass der Angriff an der Stelle stattgefunden hatte, an der Henkje zusammengebrochen war, und suchte nach Antworten, aber er war erst gute vierundzwanzig Stunden später in einem Zustand, in dem er diese liefern konnte. Dann setzte ihn die Polizei unter Druck, damit er die Identität der Angreifer preisgab oder sie zumindest beschrieb.

Also gab er ihnen genau das. Henkje beschrieb drei ältere Jungen, die sechzehn oder siebzehn sein mochten und die er nicht kannte, was in einer derart kleinen Gemeinde nur bedeuten konnte, dass es sich um Außenseiter handelte. Als Henkje den Polizisten erzählte, dass ihn einer der Jungen nach Geld gefragt habe, warf er noch ein, dieser hätte mit einem fremdländischen Akzent gesprochen. Nachdem er den Fremden gesagt hatte, er habe kein Geld dabei, hätten ihn diese angegriffen, und er wäre wehrlos zu Boden geworfen und getreten worden. Er behauptete, der Angriff hätte einige Hundert Meter von der Stelle, an der man ihn gefunden hatte, stattgefunden.

Die Polizei hatte ihm die Geschichte ebenso abgekauft wie die Gemeinde, da alle nur zu gern bereit waren zu glauben, dass eine derartige Brutalität von außen gekommen sein musste. Henkjes Ausschmückung in Form des Akzents hatte alle dazu bewegt, zustimmend zu nicken: So etwas konnte in der heutigen Zeit nun einmal passieren.

So lange Henkje nicht in die Schule kam, ließ sein Gefolge aus weniger aggressiven Rowdys Fabian in Ruhe. Er war sich ziemlich sicher, dass sie nicht wussten, was wirklich passiert war: Ihnen fehlte der Fokus in Form von Henkje und sie waren viel zu sehr damit beschäftigt, sich über die peinliche Tracht Prügel, die ihr Anführer hatte einstecken müssen, aufzuregen.

Der Anblick von Henkje, der mit aufgeblähtem, in Grün-, Lila- und Blautönen schimmerndem Gesicht zurückkehrte, den Kiefer mit einem Draht gesichert, schien ihre Aufregung nur noch weiter anzustacheln. Am zweiten Tag nach Henkjes Rückkehr begegneten Fabian und er sich in der Pause auf einem Flur in der Schule, und er war nicht in Begleitung seiner Freunde. Ihre Blicke trafen sich, und Henkje sah sofort zu Boden. In diesem Moment wusste Fabian, dass er mit Maartens und seinen Freunden keinen Ärger mehr bekommen würde. Aber er verspürte keinen Triumph, und wann immer Fabian Henkje sah, was jetzt nur noch selten passierte, da ihm der größere Junge tunlichst aus dem Weg ging, verspürte er den Drang, sich zu entschuldigen, alles wieder gutzumachen und ihm das Déjà-vu, das er am Strand gehabt hatte, zu erklären. Doch nichts von alledem machte Sinn.

Henkjes Kiefer blieb noch einen Monat lang verdrahtet. Aber selbst als die Schwellung und Verfärbung aus seinem Gesicht verschwunden waren, wirkte er wie ein anderer Junge. Etwa zu der Zeit, als Henkjes Kiefer vom Draht befreit wurde, bemerkte Fabian, dass sich die anderen veränderten. Zuerst Henkjes Freunde, doch schon bald begannen auch andere in der Schule, Fabian zu meiden. Sie wandten den Blick ab. Sogar Robin Hoekstra, der am ehesten das war, was man als Freund ansehen konnte, und der in Geschichte neben ihm saß, schien ihm auszuweichen. Fabian überlegte, ob er Henkje zur Rede stellen sollte, aber er ließ es auf sich beruhen. In vielerlei Hinsicht passte es ihm ganz gut, dass seine Altersgenossen auf Abstand blieben, da er schon immer das Gefühl gehabt hatte, nicht zu ihnen zu gehören, sondern in der Zeit, der Geografie und der Gesellschaft bloß herumzutreiben.

Drei Monate nach dem Angriff zog die Maartens-Familie aus der Gegend fort und weiter ins Inland nach Bakkefean, was jedoch nichts mit dem Zwischenfall zu tun hatte. Fabian musste sich in der Schule nun nicht länger seinen Schuldgefühlen stellen. Nur noch den anderen. Die blieben weiterhin distanziert und wirkten beinahe so, als ob sie Angst vor ihm hätten. Er erwischte sogar einen der Lehrer dabei, wie er ihm einen seltsamen Blick zuwarf.

Das Leben ging weiter. Fabian kehrte noch immer jede Woche an den Strand zurück und suchte an seinem Lieblingsplatz Trost, aber der Ort war jetzt auf irgendeine Weise nicht mehr so besonders, als wäre der Sand, auf dem er saß, noch immer mit Henkjes Blut getränkt.

Erneut saß er auf dem Strand neben dem Felsen, und der gewaltige Himmel schien Land und Meer platt zu drücken. Alles war genau so wie an dem Tag, an dem er Henkje getroffen hatte, und doch war alles anders. Der Himmel war immer noch so groß, aber heute glitten riesige grau-weiße Wolken wie die Segel von Geisterschiffen darüber hinweg, und es war einige Grad kühler.

Fabian dachte an die Wut, die er an diesem Tag verspürt hatte. Er war zu einem Tier geworden, einem Wesen, das nur aus urtümlichen Instinkten und geistloser Gewalt bestand. Am meisten besorgte ihn, dass er es genossen und sich gefühlt hatte, als sei irgendetwas in ihm geweckt worden. In seinen vierzehn Jahren hatte er sich nie kräftiger und lebendiger gefühlt. Nie war ihm die Welt realer vorgekommen.

Er saß mit dem Rücken an den Felsen gelehnt da, stocherte mit einem von Sonne und Salz ausgebleichten Stock im Sand herum und ließ seine Gedanken treiben.

Auf einmal überkam ihn dieses Gefühl ein weiteres Mal mit einer alles umfassenden Macht. Wie ein Déjà-vu, das doch keines war. Es war intensiver. Er setzte sich aufrecht hin und sah sich um. Alles war dasselbe, der Himmel, die Temperatur, das Licht. Nichts hatte sich verändert, und dennoch klopfte das Herz schneller in seiner Brust und er hörte das Blut in seinen Adern rauschen. Er bekam Angst, dass dies das Vorspiel eines weiteren Akts unkontrollierbarer Gewalt werden konnte oder eines weiteren Vorfalls, bei dem sich die Zeit wiederholte.

Er blickte zum Horizont jenseits des Meeres und ließ den Blick dann über die Landzunge, die Dünen und den Deich dahinter schweifen. Alles war so wie vorher, nichts hatte sich verändert. Doch etwas *war* anders. Er konnte es nur nicht sehen. Noch nicht. Noch einmal blickte er zum Horizont und sah sich langsam, sich einmal um die eigene Achse drehend, um; konzentriert, mit verengten Augen, jedes Detail in sich aufnehmend.

Die Landzunge. Etwas an dem Finger aus Gras und Sand, der sich in die Nordsee hinausschob, stimmte nicht. Seine unbestimmte Panik wurde plötzlich präziser und konzentrierter. Der Leuchtturm. Der Leuchtturm war verschwunden. Fabian taumelte einige Schritte nach hinten. Wie konnte der Leuchtturm, der seit einhundertundfünfzig Jahren auf der Landzunge Wache hielt, auf einmal verschwinden? Er schloss die Augen, aber als er sie erneut öffnete, war der Leuchtturm nicht wieder erschienen.

Wie ein Übelkeitsanfall wurde das seltsame Gefühl rasch intensiver und schien bis tief in ihn hinein zu reichen. Das war weitaus mehr als ein Déjà-vu oder ein Gefühl unerklärlicher Resonanzen: Das war eine seismische Bewegung seiner Auffassung von Zeit und Raum, während sich das Universum um ihn herum und mit ihm zusammen neu formierte. Er begann zu zittern. Noch eine Welle, die sogar noch heftiger war.

Die Schiffsegelwolken waren verschwunden, der Himmel jetzt klar. Auch die Kühle in der Nachmittagssonne war nicht mehr zu spüren. Fabian wusste, dass er an keinem anderen Ort war – dies war noch immer genau dieselbe Stelle, an der er vor einer Sekunde gestanden hatte –, sondern zu einer anderen *Zeit*.

Stimmen. In der Ferne. Hinter ihm.

Er wirbelte herum und schaute in Richtung Land. Wie der Leuchtturm auf der Landzunge war auch die sanfte grüne Erhebung des Deichs verschwunden. Jetzt gab es keine klare Grenze mehr zwischen Strand und Land. Stattdessen ging der Sand in ein schlammbraunes Band über, das sich wiederum in ein hässliches Gewirr aus Löffelkraut, Schilfgras und Wegerich verwandelte. Woher wusste er auf einmal, was das für Grasarten waren? Warum kam ihm diese fremdartige Landschaft nicht fremd vor? Fabian wurde vom Klang der Stimmen aus seinen Gedanken gerissen. Vieler Stimmen. Er konnte nicht sehen, wer da sprach, aber er vermutete, dass sich diese Personen hinter den Gräsern aufhalten mussten. Zu seiner Überraschung musste er feststellen, dass er keine Angst mehr hatte – überhaupt keine Angst mehr –, aber er wusste instinktiv, dass er sich den Stimmen unauffällig zu nähern hatte. Er ging vorwärts in Richtung Inland und auf die hoch aufragenden Gräser zu, um dann zu spüren, wie er auf die Knie sank. Als er nach unten blickte, erkannte er, dass der weiche, helle Sand durch grauen Schlamm ersetzt worden war. Watt. Er pflügte sich durch den Schlamm, watete langsam und angestrengt weiter, wobei er seine Turnschuhe verlor und ihm die Sportsocken von den Füßen gesaugt wurden. Erneut war er überrascht, dass er nicht überrascht war: Nichts ergab einen Sinn, und dennoch war alles irgendwie genau so, wie er es erwartet hatte.

Fabian brauchte zehn Minuten, in denen er sich schwitzend und keuchend durch das Wattenmeer arbeitete, bis er den trockneren Sand und den Saum aus hohem Gras erreicht hatte. Sobald er der Umklammerung des Watts entronnen war, schaute er auf seine nackten Füße und seine Jeans hinab, die jetzt durchweicht und schlammbedeckt war. Was immer gerade mit ihm passierte, was immer das war, es sah, klang und roch real und fühlte sich auch so an. Wenn er verrückt wurde, dann verlor er anscheinend in jeglicher Hinsicht den Verstand. Er bahnte sich einen Weg durch das Gras und verbarg sich darin, als er zum Rand kam. Vorsichtig schob er die Halme wie einen Vorhang auseinander und spähte hindurch.

Ein Dorf. Oder ein Lager. Oder irgendetwas dazwischen.

Etwa ein Dutzend Holzhäuser, die nicht dieselbe Größe zu haben schienen, standen auf einem Rechteck aus nackter Erde. Jedes Haus stand etwa dreißig Zentimeter über dem Boden auf Holzpfählen. Diese waren grob behauen worden, die Wände bestanden aus Flechtwerk und Lehm und die Dächer aus dicht geflochtenem Stroh. Anders als die tadellose, scharfkantige Geometrie der Ziegelsteinhäuser, die Fabian so gut kannte und die die Unabhängigkeit des Menschen von der Natur proklamierte, wirkten diese Hütten organisch und waren aus Materialien errichtet worden, die aus der unmittelbaren Umgebung stammten: Schlamm, Stroh aus Seegras und raue Holzstämme. Sie wirkten wie ein Teil der Landschaft und verschmolzen mit ihr.

Von einem Feuer auf dem mittleren Platz stieg Rauch auf.

Einige Kinder liefen herum, spielten Fangen und lachten und kreischten, als sie einander auswichen oder sich einfangen ließen. Sie sahen aus wie alle anderen Kinder, wenn man ihre merkwürdige Kleidung außer Acht ließ. Eine Frau kam aus einer der Hütten, kletterte die Holzstufen nach unten und balancierte eine Art Eimer aus Holz und Haut auf ihrer Hüfte. Sie wirkte schon von Weitem reif und erschöpft und sah aus wie eine Frau und nicht wie ein Mädchen; doch Fabian schätzte, dass sie gerade mal ein oder zwei Jahre älter war als er. Ihr rotblondes Haar war zu einem Knoten auf dem Hinterkopf hochgesteckt. Sie war hübsch und hatte gleichmäßige, gut definierte Gesichtszüge, aber Fabian konnte auch aus dieser Entfernung erkennen, dass ihre Haut rau und an der Nase und den Wangen gerötet war, als wäre sie wettergegerbt. Als sie sich mit ausdruckslosem Gesicht in seine Richtung wandte, duckt er sich. Anscheinend hatte die junge Frau nicht gesehen, dass sich Fabian im Gras versteckte, aber sie kam direkt auf ihn zu. Er ließ sich so weit zurückfallen, wie er es wagte, ohne dass ihn die Bewegung der langen Grashalme verriet. Inzwischen konnte er sie deutlich sehen: Sie trug eine gelbe Tunika, einen langen, senffarbenen Rock mit einem etwas längeren Unterrock darunter. Fabian wusste sofort, dass er Kleidungsstücke vor sich hatte, die nicht in diese Zeit gehörten. Kurz dachte er darüber nach, wie verrückt diese ganze Situation doch war, und fragte sich, ob er eine Art Reenactment vor sich hatte – vielleicht hatte man hier ja eine Art lebendiges Museum aufgebaut, eine Art Themenpark rund um das finstere Mittelalter. Doch das ergab keinen Sinn, und es erklärte auch nicht, wieso der Leuchtturm und der Deich verschwunden waren oder wieso sich das Watt jetzt an einer anderen Stelle befand.

Vielleicht gibt es ja doch Geister, dachte er. Möglicherweise war dies ein Dorf der Toten.

Inzwischen stand die Frau direkt vor ihm. Sie kippte den Ledereimer um und goss den Inhalt ins Gras, wobei sie Fabian beinahe getroffen hätte. Das Wasser, das sie ausschüttete, roch faulig, und der Geruch kratzte in Fabians Kehle, sodass er husten musste. Er wusste, dass er sich damit verraten hatte, von daher konnte er sich auch gleich ganz zeigen. Während seine Gedanken rasten, weil er nach den richtigen Worten suchte, Sätze bildete und das Unerklärliche zu erklären versuchte, stand er auf.

Sie standen sich unmittelbar gegenüber, nur einen Meter voneinander entfernt. Er konnte die Verzierungen auf dem Brokatband erkennen, mit dem sie ihr Haar nach hinten gebunden hatte, und die am Saum ihrer Tunika. Er sah die trockene, gerötete Haut auf ihrer Nase und den Wangen, roch ihren Duft, ihren Körpergeruch, der weder unsauber noch unangenehm war.

»Tut mir leid …«, stieß er endlich hervor. »Ich wollte Sie nicht erschrecken. Ich …«

Sie starrte direkt durch ihn hindurch, als ob er gar nicht da wäre, und sah das Gras an, bevor sie sich umdrehte und den Weg zurückging, den sie gekommen war. Sie hatte ihn nicht gesehen. Er war nicht da gewesen.

Das war kein Phantomdorf. Fabian begriff, dass die Frau auch kein Geist war. *Er* war hier der Geist.

25. JOHN MACBETH. BOSTON.

Macbeth wusste, dass die Menschen sich gern mit Geistergeschichten Angst einjagten. Als Psychiater konnte er den Mechanismus nachvollziehen: Der Leser der Gruselgeschichte oder Fan von Horrorfilmen ergötzte sich an Simulationen von erschreckenden Umgebungen, durch die die Amygdala, die ältesten und ursprünglichsten Gehirnstrukturen des Menschen angesprochen wurden, die das für eine echte und akute Gefahr hielten. Die chemischen Signale, die daraufhin von der Amygdala an den Hypothalamus geschickt wurden, setzten Epinephrin, Norepinephrin und Kortisol im Körper frei.

Natürlich weiß jeder Mensch ganz genau, dass eine Geistergeschichte oder ein Horrorfilm nicht real ist, daher lässt sich der Adrenalinstoß aus sicherer Entfernung und ohne echten Kampf oder Flucht genießen, und die Angst wird in abgeschwächter, konstruierter Form für Unterhaltungszwecke genutzt.

Macbeth, der die Welt auf merkwürdige Weise anders sah als die meisten Menschen, bemerkte häufig, wie im Fernsehen über Katastrophen und Leid berichtet wurde: mit professioneller, synthetischer Modulation und Intonation, als wären die natürlichen Stimmen irgendwie unangemessen. Er fragte sich, ob das ebenso wie bei den Horrorfilmen eine absichtliche Neuverpackung der Angst war, um sie auf Abstand zu halten. Natürlich war es hin und wieder vorgekommen, dass die professionelle Haltung weggebrochen war, sodass die Furcht durchschimmerte und die Reporter zu echten Menschen wurden. Seltsamerweise war es ihm bei diesen wenigen Gelegenheiten so vorgekommen, als wäre die Realität umgedreht worden, da alles wie ein Katastrophenfilm aus Hollywood wirkte, wie die unwirkliche Realität, dass Flugzeuge in die Türme von New York geflogen wurden.

Mit den Berichten über die Ereignisse in Boston verhielt es sich ebenso. Die Medien von New England reagierten uneinheitlich und verwirrt auf das »Geistererdbeben«. Das Ereignis ergab keinen Sinn, aber dennoch waren Menschen gestorben und fast jeder im Osten von Massachusetts hatte es gespürt. Der professionelle Ernst führte zu einer fundamentaleren, echteren Sorge.

Insbesondere als klar wurde, dass Boston kein Einzelfall gewesen war.

Bei Phantomerdbeben in Frankreich und Indien, beide Male ebenfalls an Schauplätzen gewaltiger historischer Erdbeben, waren Menschen verletzt und getötet worden. Wie bei dem Vorfall in Boston hatte man die Effekte der seismischen Vorgänge gespürt und das Beben und Wackeln der Erde erlebt, doch auch an diesen Orten hatte es keine physikalischen Beweise für echte seismische Aktivitäten irgendeiner Art gegeben.

Es war nicht länger eine Geistergeschichte.

Man unternahm große Anstrengungen, um herauszufinden, was genau diese Effekte bewirkt hatte. Wieder tippte man auf eine vermeintliche Epidemie, darauf, dass ein Virus oder ein anderer Wirkstoff das Gleichgewichtsorgan der Opfer beeinflusst hatte. Der bemerkenswerte Zufall, dass jeder in *genau* demselben Moment schwankte und sich einbildete, etwas Bestimmtes zu hören, schien bei diesen Gedankengängen keine Rolle zu spielen.

Die Verschwörungstheoretiker warfen natürlich einhundert verrückte Hypothesen in den Raum, ebenso wie die religiöse Rechte und andere Derangierte. Die Illuminati würden hinter all dem stecken und das Chaos bewirken, um ihre neue Weltordnung herbeizuführen; Aliens hätten das Ganze verursacht und würden die menschliche Bevölkerung mit Geistkontrollstrahlen verwirren, um dann eine Invasion auf die Erde zu starten; Gott bestrafe die Menschheit dafür, dass sie ihm den Rücken zugewandt hat und die falschen Götter der Wissenschaft anbetet; die Regierung habe eine neue Waffe entwickelt, deren Tests schiefgelaufen waren, behauptete eine Verschwörungstheorie; eine andere vertrat die Ansicht, die Waffe sei absichtlich in Boston getestet worden. Und dann waren da noch jene, die die Situation und die Leichtgläubigen ausnutzten: Sie behaupteten, das Phänomen ließe sich nach Lust und Laune kontrollieren und herbeiführen, und man verkaufte Tickets für Livekonzerte von Elvis, Frank Sinatra und Caruso.

Im Großen und Ganzen lebten die Menschen wieder ihr normales Leben, aber die Gesichter wirkten nervös und unruhig, wenn man sie auf der Straße ansah, so als würden sie allem misstrauen, was sie erblickten.

Derweil verlief Macbeths Zeit in Boston genau nach Plan. Zusätzlich riefen Kollegen aus Kopenhagen an und fragten, ob er das Erdbeben miterlebt hatte, was er zu seinem Bedauern bejahen musste, da man ihm daraufhin unendlich viele Fragen darüber stellte, wie es gewesen war und wodurch es seiner Meinung nach ausgelöst worden sein mochte.

Caseys Kopfverletzung war ebenso unbedeutend gewesen, wie Macbeth vermutet hatte, aber er war offenkundig besorgt: Casey war ein Mensch, der mit Logik und Intelligenz jedes Rätsel lösen konnte, doch das Erlebnis im Restaurant ließ sich rational nicht erklären. Er bestand darauf, dass Macbeth in seinem Apartment wohnte, so lange er noch in Boston zu tun hatte.

»Ich weiß, dass du eine ganz bestimmte Umgebung brauchst«, sagte Casey. »Aber das geht mir genauso … Ich denke, dass wir unsere Vorstellungen für einige Tage aneinander anpassen können. Ich weiß nicht, wie es dir geht, aber nach dem, was an diesem Abend passiert ist, bin ich der Ansicht, dass wir beide ein bisschen Gesellschaft gut gebrauchen könnten.«

Da ihn der Gedanke, bei Casey einzuziehen, tröstete, protestierte Macbeth eigentlich nur pro forma und behauptete, er wollte ihm keine Mühe machen, stimmte dann jedoch zu, aus dem Hotel auszuchecken.

Die Frau an der Rezeption des Hotels war jung und attraktiv, hatte sehr dunkles Haar, das sie nach hinten gebunden hatte, sodass ihr hübsches Gesicht und ihre großen blauen Augen gut zur Geltung kamen. Er hatte schon einige Male mit ihr gesprochen, und als er auscheckte, stach ihm ihr Lächeln erneut ins Auge. Sie war genau Macbeths Typ, und unter anderen Umständen hätte er sich mit ihr verabredet, aber im Moment passierten einfach zu viele Dinge und ihm ging zu vieles durch den Kopf. Er entschuldigte sich für seine verfrühte Abreise und sagte, er könne es nachvollziehen, wenn er für die gesamte Zeit, die er reserviert hatte, bezahlen musste.

»Das ist überhaupt kein Problem, Dr. Macbeth. Aber es ist schade, dass Sie Ihren Aufenthalt in Boston verkürzen müssen.«

»Oh, das muss ich eigentlich nicht. Es ist nur so, dass mich mein Bruder gebeten hat, bei ihm zu wohnen, solange ich hier bin. Die Dinge … Ich meine, die Menschen …« Macbeth fiel es nicht leicht, den Gedanken in Worte zu fassen. »Seit dem, was neulich abends passiert ist, sieht alles ein wenig anders aus.«

Sie nickte verständnisvoll. »Tja, vielleicht sehen wir Sie hier ja mal wieder …«

»Ganz bestimmt …« Er lächelte.

»Sie sind früher schon einmal bei uns abgestiegen, nicht wahr?«, fragte sie und hatte diese vertraute nachdenkliche Miene aufgesetzt, als würde sie sich das Gehirn zermartern, damit es ihr wieder einfiel.

»Nein, das war mein erster Aufenthalt in diesem Hotel.«

»Wirklich? Ich hätte schwören können, dass wir uns schon einmal begegnet sind …« Ihr Stirnrunzeln blieb.

»Nein, das haben wir nicht.« Er lächelte. »Daran würde ich mich ganz bestimmt erinnern.«

Er wollte sich gerade von der Rezeption abwenden, als er hinter ihrer Schulter das gerahmte Foto des Mannes mit den dunklen Haaren und dem dunklen Bart entdeckte, den er auf dem Flur vor dem Fahrstuhl gesehen hatte. Macbeth war erleichtert, dass er mit der hübschen jungen Frau und nicht mit dem Mann hatte reden müssen, der nicht einmal den Fahrstuhl für ihn aufgehalten hatte.

»Der Besitzer?«, fragte er die junge Frau und deutete auf das Foto.

»Mein Vater«, antwortete sie. »Und, ja, das war sein Hotel.«

»War?«

»Dad ist gestorben, als ich noch sehr jung war. Danach hat meine Mutter das Hotel weitergeführt. Das macht sie jetzt schon seit dreiundzwanzig Jahren …«

Der Fahrer des wartenden Taxis öffnete die Kofferraumklappe und wollte gerade Macbeths Gepäck einladen, als ein Mann mit Sonnenbrille und dunklem Anzug aus der Limousine stieg, die neben dem Taxi parkte.

»Schon okay …«, meinte der Anzugträger zu dem Taxifahrer. »Ich bin hier, um Dr. Macbeth hinzubringen, wo immer er hinfahren möchte.«

Der Fahrer zuckte mit den Achseln, machte den Kofferraum wieder zu und stieg erneut in seinen Wagen.

»Kommen Sie vom Schilder Institute?«, erkundigte sich Macbeth. »Ich hatte nicht damit gerechnet, dass man mir einen Wagen schickt. Wir müssen leider einen Umweg machen, da ich meine Sachen noch in der Wohnung meines Bruders vorbeibringen möchte.«

»Das ist überhaupt kein Problem, Sir, und wir werden Sie danach im Institut absetzen, auch wenn es mich nicht geschickt hat.« Er griff in seine Jackentasche und zog eine Brieftasche mit einer Dienstmarke hervor. Macbeth sah die blauen Buchstaben.

»FBI?«

»Special Agent Bundy. Ich wollte Sie bitten, uns bei einigen Dingen zu unterstützen. Wir werden sie nicht lange aufhalten, und Sie kommen noch rechtzeitig zu Ihrem Termin im Institut.«

»Bundy?«

»Ja, Sir, wie Ted Bundy. Wir sind nicht miteinander verwandt.« Der FBI-Mann lächelte.

»Worum geht es hierbei? Was in aller Welt kann ich denn für das FBI tun?«

Agent Bundy deutete mit einem Arm auf die Limousine. »Vielleicht könnten wir das unterwegs besprechen ... Ich bin mir Ihres Zeitplans sehr wohl bewusst, Doktor.«

Macbeth zuckte mit den Achseln, gestattete Bundy, sein Gepäck zu nehmen, und folgte ihm zum Wagen.

Im Heck der Limousine bekam Macbeth dieselbe Klaustrophobie, die er schon aus dem Polizeiwagen kannte. Die Fenster waren verdunkelt, sodass ihm die Stadt, durch die sie fuhren, noch fremder vorkam. Der Fahrer drehte sich nicht um und grüßte auch nicht, als er mit Bundy hinten einstieg.

»So«, meinte Macbeth, nachdem sie losgefahren waren, »wobei kann ich dem FBI denn helfen?«

»Haben Sie schon von einem Mann namens John Astor gehört?« Bundy nahm die Sonnenbrille ab, woraufhin Macbeth seine faszinierende Augenfarbe bemerkte. Fast wie bei Zielscheiben lag bei jedem Auge ein schmales orange-braunes Band um die Iris, das von einem breiteren, hellen grün-blauen Band umgeben war. Dadurch wirkte sein Blick auf beunruhigende Weise durchdringend.

»Ja, ich habe schon von ihm gehört«, bestätigte Macbeth. »Aber das ist auch schon alles. Ehrlich gesagt habe ich ihn fast schon als urbanen Mythos abgetan – ihn ebenso wie sein mysteriöses Buch. Warum fragen Sie?«

»Aber abgesehen von diesen Gerüchten wissen Sie nichts über John Astor?«

»Der Name kommt mir bekannt vor, aber aus einem anderen Zusammenhang.«

»Ach ja?« Bundy beugte sich ein wenig vor.

»Ich hatte mal einen Patienten, vor Jahren, als ich noch am McLean war. Er zeigte Symptome einer vermeintlichen dissoziativen Identitätsstörung.«

»Und sein Name war John Astor?«

Macbeth schüttelte den Kopf. »Nein, das war der Name, den er einem seiner Alter Egos gegeben hatte.«

»Seiner Alter Egos?«

»Die dissoziative Identitätsstörung wird zuweilen auch als multiple Persönlichkeitsstörung bezeichnet. Ein Trauma, eine Verletzung oder eine Krankheit bewirkt, dass der Patient Zuflucht in verschiedenen Identitäten sucht. Alternativen Identitäten. Und einer davon hat er den Namen John Astor gegeben.«

»Was ist aus diesem Patienten geworden?«

»Das ist nicht Ihr Mann, falls Sie das meinen«, erwiderte Macbeth. »Er ist leider gestorben. Hat Selbstmord begangen. Ihn habe ich verloren.«

»Verstehe.« Bundy dachte kurz nach und hielt Macbeths Blick mit seinen faszinierenden Augen fest. »Haben Sie schon mal von einer Gruppe gehört, die sich die Simulisten nennt?«

Macbeth runzelte die Stirn. »Nein, das habe ich nicht. Warum fragen Sie?«

»Aber Sie wissen, was der Blinde Glaube ist?«

»Ja …« Macbeth seufzte und versuchte gar nicht erst, seine Ungeduld zu verhehlen. Er sah durch das dunkle Glas auf die Stadt hinaus. »Ich habe vom Blinden Glauben gehört.«

»Und natürlich kennen Sie Melissa Collins?«

Macbeth wandte sich wieder vom Fenster ab. »Melissa? Was hat das denn mit Melissa zu tun?«

Einen Augenblick lang sah Bundy so aus, als würde er Macbeth und seine Reaktionen einschätzen. »Wissen Sie es denn nicht?«

»Was? Worum zum Teufel geht es hier eigentlich?«

»Es tut mir leid, Dr. Macbeth, ich dachte, Sie würden es inzwischen wissen. Der Massenselbstmord auf der Golden Gate Bridge. Melissa Collins war die Anführerin der Gruppe. Sie war die Geschäftsführerin des Unternehmens, für das diese Menschen gearbeitet haben.«

Macbeth starrte Bundy an. Er hatte von den Selbstmorden gehört, hatte gewusst, dass es sich dabei um sehr junge Menschen gehandelt hatte, aber da er sich zu dieser Zeit in Kopenhagen aufgehalten hatte, kannte er keine Details oder Namen. Melissa? Melissa war eine von ihnen gewesen? Während er versuchte, zu verarbeiten, was er von Bundy erfahren hatte, stach ihm der dunkle Fleck ins Auge, der von den diagonalen Streifen auf der Krawatte des FBI-Mannes fast völlig verdeckt wurde. Melissa war tot, und alles, woran Macbeth denken konnte, war, aus welchem genetischen Grund Bundy wohl eine derart ungewöhnliche Augenfarbe hatte und wie er zu dem Fleck auf seiner Krawatte gekommen war.

»Melissa …«, hörte sich Macbeth ein weiteres Mal sagen. Dann riss er sich zusammen und schüttelte energisch den Kopf. »Das glaube ich nicht. Nicht Melissa … Ich kenne keinen anderen Menschen, der weniger selbstmordgefährdet wäre als sie. Und das meine ich sowohl als Psychiater als auch als jemand, der mit ihr zusammen gewesen ist. Was immer auch passiert ist, sie kann unmöglich von der Golden Gate gesprungen sein.«

»Es besteht leider kein Zweifel daran. Absolut kein Zweifel. Sie ist nicht nur gesprungen, sie schien die anderen auch dabei anzuführen. Ein Polizist hat alles mit angesehen, und es wurde auch von den Sicherheitskameras aufgezeichnet. Sie haben sie nie als möglicherweise selbstmordgefährdet eingeschätzt?«

»Nein, natürlich nicht. Melissa war der ausgeglichenste Mensch, den ich kenne, und der letzte Mensch, der so etwas tun würde.« Macbeth stellte fest, dass das, was er gerade gesagt hatte, fast wie ein Echo der Dinge klang, die Casey über Gabriel Rees gesagt hatte.

»Wann haben Sie Melissa zum letzten Mal gesehen?«

»Vor etwa drei Jahren. Bevor ich nach Dänemark gegangen bin. Wir … Nun ja, wir gingen getrennte Wege. Sie übernahm einen Forschungsposten in Los Angeles. Ich hatte keine Ahnung, dass sie nach San Francisco gezogen war oder dass sie ein Softwareunternehmen gegründet hat, daher konnte ich eins und eins nicht zusammenzählen, als ich von dem Vorfall auf der Golden Gate hörte.« Macbeth schüttelte den Kopf. »Ich kann es noch immer nicht glauben.«

»Und war sie zu dieser Zeit, als Sie sie zuletzt gesehen haben, mit einer bestimmten Gruppe involviert?«

»Was für einer Gruppe?« Macbeth merkte, dass er Bundy die Schuld für seine Verwirrung gab. Nichts von dem, was er gerade hörte, ergab einen Sinn. Er war irritiert, dass er keine Trauer spürte, wusste jedoch, dass das noch kommen würde. Irgendwann. Die Welt drang immer erst nach und nach zu John Macbeth vor, da sie erst die hinauszögernden Relais seiner internen Schaltkreise überwinden musste.

»Ich meine, ob sie eine besonders starke religiöse Überzeugung hatte oder zu einer Glaubensgruppe gehörte. Möglicherweise einer Randgruppe.«

»Ob sich Melissa einem Kult angeschlossen hatte? Das ist doch verrückt. Sie hatte keine Zeit für Religion, sei sie nun Mainstream oder andersartig. Soweit ich weiß, war sie Atheistin. Nein … Wenn das der Grund für das ist, was mit ihr passiert ist, dann glaube ich es nicht.«

Inzwischen waren sie auf der anderen Seite des Common, und Boston lag weiterhin flach und dunkel hinter der Rauchglasscheibe.

»Wir haben Beweise, dass sie sich mit einer Gruppe eingelassen hatte, die viele Kriterien eines Kults erfüllt«, sagte Bundy. Während er sprach, schien der FBI-Mann zu keinerlei Gesichtsausdruck oder Emotion fähig zu sein. Vielleicht war dies etwas, das einem in Quantico beigebracht wurde.

»Wie bitte? Sie glauben, Melissa hätte zum Blinden Glauben gehört?«

»Nein … nicht zum Blinden Glauben. Hat sie Ihnen gegenüber je John Astor erwähnt?«

»Astor? Nein, nicht dass ich wüsste. Ich bezweifle, dass damals schon einer von uns etwas von ihm gehört hatte. Erst in den letzten Monaten …«

»Sprach sie je von einem Samuel Tennant oder Jeff Killberg?«

Macbeth dachte kurz nach und schüttelte dann den Kopf. »Wer ist das?«

»Eine der Personen, mit denen Melissa in San Francisco zusammengearbeitet hat, hieß Deborah Canning. Canning stammt ebenfalls aus Boston. Wissen Sie, ob Melissa sie bereits kannte, bevor sie nach Kalifornien gezogen ist?«

»Falls dem so war, dann hat sie sie nie erwähnt. Würden Sie mir jetzt bitte verraten, warum Sie sich derart für Melissa interessieren, wenn es nur ein simpler Selbstmord gewesen ist?«

»Wenn siebenundzwanzig junge Menschen gleichzeitig von der Golden Gate springen, kann man das wohl kaum als simplen Selbstmord bezeichnen«, entgegnete Bundy. »Die California Highway Patrol untersucht den Vorfall noch. Ich interessiere mich mehr für die Umstände, die dazu geführt haben.«

»Und wieso muss ich jetzt an den Homeland Security Act denken?«

»Es gibt im Moment eine Anzahl gefährlicher Kulte da draußen, und einige stellen eine potenzielle Gefahr für die nationale Sicherheit dar. Ich suche nur nach einer möglichen Verbindung zwischen dem, was in San Francisco passiert ist, und bestimmten Personen oder Interessengruppen. Es könnte durchaus sein, dass es gar keine Verbindung gibt, aber wir müssen dem pro forma dennoch nachgehen.«

Macbeth nickte, auch wenn Bundy auf ihn nicht wie jemand wirkte, der etwas nur pro forma machte.

»Ah, wir sind da …«, sagte Bundy mit einem Lächeln, das gar nicht erst versuchte, seine seltsamen Augen zu erreichen. Macbeth bemerkte, dass sie vor dem Haus anhielten, in dem sich Caseys Apartment befand. »Wir warten, bis Sie Ihre Sachen nach oben gebracht haben, dann bringen wir Sie zum Schilder Institute. Das ist das Mindeste, was wir tun können, wenn wir Ihre Zeit schon in Anspruch nehmen.«

»Sie haben meine Zeit nicht in Anspruch genommen, und ich habe das Taxigeld gespart. Aber ich kann mit dem Taxi zum Institut fahren. Vorher habe ich noch einiges zu erledigen.«

»Wie Sie wollen, Dr. Macbeth. Vielen Dank für Ihre Zeit und Ihre Hilfe.«

Nachdem er ausgestiegen war und ihm der schweigsame Fahrer sein Gepäck vor die Füße gestellt hatte, sah Macbeth mit an, wie die Limousine wieder auf die Straße fuhr und um die Ecke bog. Dabei dachte er über die Tatsache nach, dass er direkt vor dem Apartment seines Bruders stand, obwohl er weder Bundy noch dem Fahrer die Adresse genannt hatte.

26. KAREN. BOSTON.

Seit dem Vorfall auf der Straße waren zwei Wochen vergangen, in denen sie einmal bei ihrem Psychiater gewesen war.

Karen führte noch immer ihre Türrituale durch und lebte weiterhin ein völlig normales Leben, wenn sie nicht gerade einen dieser abstrakten, zeremoniellen Momente erlebte. Dr. Corbin hatte sich wegen dem, was auf der Straße passiert war, nicht besorgt geäußert und ihr erklärt, dass ihre Zwangsneurose sie anfälliger für Wahnvorstellungen und Halluzinationen machte. Es konnte sein, dass sie entweder wirklich ein Mädchen gesehen hatte, das einfach zurück auf den Bürgersteig gegangen war, sodass sie es nicht mehr finden konnte, oder dass es sich um einen einfachen Fall von Pareidolie handelte, bei dem das Gehirn das, was man sah, um nicht vorhandene Elemente ergänzte. Das kann uns allen passieren, hatte er gemeint.

Dennoch war sie wegen dieses Vorfalls besorgt. Sie hatte nachts im Bett gelegen und versucht, sich an das eingebildete kleine Mädchen und den sehr realen Mann, der Karen in Sicherheit gebracht hatte, zu erinnern – hatte versucht, herauszufinden, woher sie gewusst hatte, wie seine Stimme klang, noch bevor er den Mund aufgemacht hatte.

Und sie war nicht alleine. Andere hatten ebenfalls Dinge gesehen, die gar nicht da waren. Die ganze Stadt war von einem Erdbeben erschüttert worden, das gar nicht passiert war. Wie konnte sie sich sicher sein, dass sie keine Halluzination gehabt hatte? Oder dass sie keine weitere haben würde? Aber ihre auf der Zwangsstörung beruhenden Rituale hatten oberste Priorität: Sie mussten aufhören.

Dr. Corbin hatte vorgeschlagen, dass sie sich freinahm und eine längere Phase der »Umprogrammierung« begann, wie er es nannte. Er wollte sie in eine Klinik in New York überweisen, die sich auf die Beseitigung von derartigen Ritualen spezialisiert hatte. Dort würde man sie Schritt für Schritt analysieren, während gleichzeitig Therapien gegen tief sitzende Phobien durchgeführt wurden. Karen hatte sich dagegen ausgesprochen und erklärt, das sie nicht alles stehen und liegen lassen konnte, um ihrer Verrücktheit Herr zu werden. Schließlich stand die Halverson-Präsentation kurz bevor. Vielleicht danach, nach der Halverson-Präsentation.

Karens Arbeitgeber waren tolerant, wenn auch nicht völlig auf ihrer Seite, wenn es um ihre Zwangsstörung ging. Allerdings wurde ihre Arbeit auch so gut wie gar nicht davon beeinflusst. Ihre Firma war in einem modernen Gebäude mit klaren Linien untergebracht, das kaum Verzierungen aufwies, und bestand fast nur aus Großraumbüros. Die Doppeltür zu Karens Büro stand immer offen. Das Ritual beim Betreten und Verlassen ihres Büros war daher auch simpler und nicht so auffällig wie sonst, da es sich um einen breiteren Eingang handelte: Sie beugte sich nur tief herunter, als würde sie durch einen Tunnel gehen, hielt sich so weit wie möglich von den Ecken fern und wischte beim Aufrichten mit den Händen schwungvoll vor ihrem Körper hin und her. Außerdem hatte sie sich angewöhnt, jeden Morgen möglichst als Erste ins Büro zu kommen, und sie hatte einen ausziehbaren Staubwedel in der Handtasche, mit dem sie den Türrahmen einer genauen Musterung unterzog.

Aber die Halverson-Präsentation würde nicht in den Büros ihrer Firma stattfinden.

Das Halverson Building war ein verziertes Gebäude, das Mitte des neunzehnten Jahrhunderts aus Portland-Stein errichtet worden war, außen voller geschichtsträchtiger Ecken und Winkel und innen voller Marmor und Eiche. Wenn Karen, ihr Boss Jack

Court und ihre beiden Kollegen das Foyer betraten, mussten alle erst geduldig warten, bis Karen ihr Eintrittsritual beendet hatte, und sie beäugte die Stuckverzierungen an der Decke, die Winkel, Details und Kanten der Wandverkleidungen, die auf einem Sockel stehende Marmorstatue sowie die Ecken des Raumes.

Ein Fakt ist nichts Totes. Ein Fakt ist lebendig und kann wachsen, er besitzt große Macht. Ein Fakt, der ständig in Karens Kopf herumschwirrte, war die Tatsache, dass es auf der Welt nur so von Insekten wimmelte. Es gab mehr Insektenarten – neun oder zehn Millionen Spezies – als alle anderen zusammen. Neunzig Prozent allen Lebens, abgesehen von Bakterien und einzelligen Organismen, waren Insekten. Sie beherrschten den Planeten. Und dieses alte Gebäude mit seinen zahllose Verstecken war für sie wie eine Oase. Sie waren da, in den schattigen Ecken und nicht erkennbaren Lücken, und warteten.

»Ist alles okay?«, hörte sie Jack Court fragen. »Ich brauche Sie in Höchstform, Karen.«

Sie nickte. Dann nickte sie noch einmal etwas entschiedener. Sie würde sich davon nicht unterkriegen lassen. Niemand sollte sich über sie lustig machen oder Mitleid mit ihr haben. Und sie würde diese Präsentation nicht – auf gar keinen Fall – durch irgendetwas vermasseln.

Die Halverson-Firmengruppe war ein Unternehmen, das die ganze Welt umspannte: Dazu gehörten fünfhundert bekannte Label, Logistikorganisationen, die eintausend weitere Marken auf die Märkte rings um den Globus lieferten, und – den Gerüchten zufolge – ein halbes Dutzend Senatoren sowie, zumindest teilweise, die aktuelle Präsidentin. Es hieß nicht ohne eine gehörige Portion Sarkasmus, dass sich Drew Halverson allein aus dem Grund nicht hatte zur Präsidentenwahl aufstellen lassen, weil er dadurch Macht und Einfluss verloren hätte.

Dass Halverson dieser Besprechung selbst beiwohnte, sprach für ihre Bedeutung. Nachdem die Halverson-Gruppe ein Jahrzehnt lang rasch gewachsen und fusioniert war, bestand in der Regierung Grund zur Sorge, dass sie einen zu großen Einfluss auf das wirtschaftliche Schicksal des Landes habe. Überdies war die Öffentlichkeit besorgt, da Halverson ein vertrautes Verhältnis zu Präsidentin Yates pflegte, deren starken Glauben er teilte. Es gab sogar Gerüchte, dass sie gemeinsam im Weißen Haus beteten.

Neben den vier Mitgliedern von Karens Team waren ein Mann von der Anti-Trust-Abteilung des Justizministeriums und eine Frau von der Bundeshandelskommission anwesend. Letztere war klein, untersetzt und auf nicht gerade vorteilhafte Weise gealtert, und sie beäugte Karen mit der intensiven Feindseligkeit, mit der die Reizlosen schon immer die Attraktiven gemustert haben. Die Regierungsangestellten waren als Teil von Halversons sehr öffentlicher Verpflichtung zur totalen Transparenz zu dieser Sitzung eingeladen worden, und Karen und ihr Team hatten die Aufgabe, sie davon zu überzeugen, dass die angestrebten Expansionspläne, die dazu führen sollten, dass Halverson der größte nationale Exporteur in die schon bald vereinigte Europäische Union wurde, nicht gegen die Anti-Trust-Gesetzgebung verstieß.

Karen hatte sich sehr gründlich auf diese Präsentation vorbereitet, und als Jack Court sie vorstellte, war sie ruhig, gefasst und bereit. Was immer auch in ihrem Leben vor sich ging, Karen war durch und durch Profi und würde die Sache durchziehen.

Sie ging zum Podium und begann mit ihrer Präsentation. Ähnlich wie bei ihren zwangsneurotischen Anfällen fühlte sie sich auch bei jeder Präsentation irgendwie, als würde sie ihren Körper verlassen. Sie konnte sich selbst hören und sehen. Und sie war gut. Richtig gut. Nach fünf Minuten sah sie Jack Courts Gesichtsausdruck und wusste, dass er dasselbe dachte.

Sie hatte alles im Griff. Jeder mögliche Regelverstoß wurde aufgezeigt, und sie legte dar, dass weder die Regeln der Bundeshandelskommission noch die Gesetze des Justizministeriums übertreten wurden. Selbst die unscheinbare Frau nickte, als alle Punkte abgearbeitet und alle Schlupflöcher gestopft wurden. Die ganze Zeit über saß Drew Halverson am Kopfende des Konferenztisches und lächelte zufrieden.

Mitten während ihrer Präsentation spürte sie es auf einmal: dasselbe Gefühl, das sie auf der Straße gehabt hatte, kurz bevor sie das kleine Mädchen gesehen hatte. Wie ein Déjà-vu.

Konzentrier dich.

Sie setzte die Präsentation fort, aber dieses Gefühl der Unwirklichkeit, der Wiederholung, der Andersartigkeit wurde stärker. Die nächsten Sätze brachte sie nicht mehr flüssig heraus, sodass Jack die Stirn runzelte und Halversons Lächeln verschwand.

Die Luft veränderte sich. Sie wurde nicht nur anders, sondern fremdartig, wie keine Luft, die sie je zuvor um sich gehabt hatte. Schwer, dicht, feucht und reichhaltig schien sie wie ein warmes, klammes Gewand an ihrer Haut zu kleben und ihren Mund, ihre Nasenlöcher und ihre Lungenflügel ölig zu machen.

Das Sonnenlicht, das durch das Fenster hereindrang, wurde schwächer. Auf einmal war alles vage und inkonsistent.

Karen hielt sich an den Seiten des Lesepults fest, da es das Einzige zu sein schien, das noch fest und real war.

Konzentrier dich. Jetzt. Du schaffst das.

Etwas fiel auf das eckige Lesepult. Eine feste schwarze Scheibe, etwa so groß wie ein Zehncentstück, schien von der Decke gefallen zu sein. Sie glänzte und wirkte irgendwie verzahnt, wie eine Spule aus einem geometrischen Muster. Karen sah zur Decke, konnte aber nicht erkennen, wo sie hergekommen war. Sie ging zum letzten Teil ihrer Präsentation über und sah nicht auf, um die Reaktionen der Zuhörer zu überprüfen. Drei weitere schwarze Scheiben fielen auf das Lesepult, wobei zwei abprallten und zu Boden fielen, während die dritte auf ihre Notizen rollte und am unteren Rand des Lesepults hängen blieb.

»Was zum Teufel …«, murmelte Karen und blickte auf. Die anderen starrten sie auf dieselbe Weise an, wie sie in den Eingängen von Geschäften angegafft wurde. Die fette Schlampe grinste hämisch. Aber es war, als würden sie sie durch eine dicke geriffelte Glasscheibe hindurch sehen oder einen dickflüssigen Wasserfall.

Augenblicklich war Karens Verwirrung verschwunden. Die Panik, die sie jetzt erfüllte, ließ keinen Platz für andere Empfindungen. Während sie die schwarze Scheibe anstarrte, zuckte diese und rollte sich auseinander. Die zackigen, haardünnen schwarzen Beine spreizten sich auf ekelerregende Weise von dem zehn Zentimeter langen, knapp einen Zentimeter breiten Tausendfüßler ab, und Karen hörte, wie eintausend kleine Füße leise über ihre Notizen huschten. Etwas Schrilles und Durchdringendes erfüllte den Raum, und Karen merkte, dass sie schrie. Der Raum, ihre Zuhörer, das Gebäude um sie herum waren jetzt nur noch Schichten aus glasigen, geriffelten Umrissen.

Über ihr ertönte ein Geräusch. Karen sah nach oben und bemerkte kaum, dass das Dach des Gebäudes verschwunden war und das Tageslicht durch unfassbar riesige Farnblätter auf sie herabfiel, da ihre Aufmerksamkeit von der körnigen Wolke gefesselt war, die auf sie zuraste. Hunderte, Tausende aufgerollter Tausendfüßler fielen auf sie herab, in ihr Haar, in ihre Kleidung, in ihren zum Schrei aufgerissenen Mund. Das Podium, der Boden, alles um sie herum wurde schwarz, als sich die Wesen entfalteten und über alle Oberflächen und die Körper ihrer Artgenossen hinwegsausten. Über Karen. Sie spuckte sie aus, zerrte sie aus ihren Haaren, stampfte wie wild auf ihnen herum. Hilfe suchend sah sie sich zu den anderen um, aber sie waren verschwunden. Das Halverson-Gebäude mit seinen Holzpaneelen, den Marmorböden und den Wänden aus Portland-Stein war nicht mehr da. Nicht einmal als glasiger Umriss.

Ich bin verrückt, dachte sie trotz ihrer Panik. Ich habe den Verstand verloren.

Sie hatte sich in einem Raum aufgehalten. Rund um diesen Raum befand sich ein Gebäude, und dieses Gebäude stand in einer Stadt. Aber der Konferenzraum war verschwunden, ebenso wie das Halverson-Gebäude und Boston.

Sie stand mitten in einem Wald.

Die Tausendfüßler fielen nicht mehr auf sie herab, aber sie riss noch verzweifelt an ihren Haaren, ihrem Gesicht und ihrem Körper herum. Ihre Haut juckte überall. O Gott, o Gott, o Gott … Sie merkte, dass die Tiere in ihrer Bluse waren. Sie krabbelten ihre Beine hinauf. Sie war von ihnen bedeckt. Sie huschten über ihren Körper, und ihre winzigen Füße berührten ihre Haut. Wie wild schlug sie nach ihnen, kratzte und wischte sie herunter. Stampfte mit den Füßen auf dem schwarzen Teppich herum, den sie bildeten.

Karen lief los, taumelte über Wurzeln und Knollen, stand auf und rannte weiter … Sie wollte nur noch weg von der zuckenden, sich windenden Masse aus Tausendfüßlern, die sie im Laufen noch immer von ihrem Körper strich. Der Boden war mulchig und feucht, und ihre Schuhe mit den hohen Absätzen wurden ihr schon nach wenigen Schritten von den Füßen gerissen. Sie lief und lief, aber der Wald schien kein Ende zu nehmen.

Das ergab doch keinen Sinn. Was war mit ihr passiert? Was geschah mit der Welt? *Denk nach, Karen*, sagte sie sich. *Nutz dein Gehirn. Bring einen Sinn in die Sache.*

Sie blieb stehen und überprüfte, ob sie alle Krabbeltierchen von ihrem Körper entfernt hatte. Erschaudernd fegte sie sich das letzte von der Haut.

Etwas anderes ergab ebenfalls keinen Sinn: Karen hatte zwar außer ihrer Panik kaum etwas mitbekommen und wusste nicht, wie lange sie gelaufen war, aber es hatte einige Zeit gedauert und sie war über schwieriges Gelände gerannt. Warum war sie dann nicht außer Atem? Sie atmete schneller, aber nicht angestrengt, als wäre sie nur etwas schneller eine Treppe hinaufgegangen und nicht etwa durch einen überwucherten subtropischen Wald um ihr Leben gerannt.

Der Wald. Der unerklärliche Wald.

Er war dicht und dunkel, aber anders als jeder andere Wald, den sie je gesehen hatte. Alles um sie herum war unfassbar groß, aber es waren so gut wie keine Bäume. Erstaunlich riesige Farne – gigantische, astlose Stämme mit Farnwedeln – erhoben sich rings um sie herum hoch in die Luft und waren ineinander verschlungen, sodass sie eine grüne Kathedrale mit zahlreichen gewölbten Decken bildeten. Unter ihren Füßen war nicht etwa Gras, sondern ein dichter, feuchter Teppich aus Moos und Flechten. Und sogar diese wirkten irgendwie dicker und größer. Selbst die Luft war anders; übersättigt, reichhaltig und dick.

Karen stand da und versuchte verzweifelt zu begreifen, was gerade mit ihr geschah. Dieser Wald war kein Wald, diese Luft war keine Luft, diese Welt war nicht ihre Welt.

Verrückt.

Vielleicht war *das* die Erklärung: Sie war verrückt geworden. Dr. Corbin hatte ihr vieles gesagt, um sie zu beruhigen, aber Karen wusste, dass sie psychologische Probleme hatte. War der sie umgebende Wahnsinn im Eigentlichen nur die Verrücktheit in ihrem Inneren? War all das nichts als eine komplizierte Wahnvorstellung oder Halluzination?

Trotz der stickigen Luft zitterte Karen, sie litt an fast schon krampfartigen Zuckungen. Wenn dies eine Halluzination war, dann war sie überzeugend genug, um sie in einen Schockzustand zu versetzen. Ihr Magen zog sich zusammen, und sie beugte sich vor und erbrach sich auf einige Farnblätter. Das Zucken ging weiter, bis sie ihren ganzen Mageninhalt ausgespuckt hatte und nur noch trocken würgte, während ihre Muskeln schmerzten.

Dann streckte sie sich, wischte sich den Mund mit dem zitternden Handrücken ab und sah an sich herunter. Ihre Jacke, ihre Bluse und ihre Schuhe waren fort, und ihre Strumpfhose war zerrissen und hing in Fetzen an ihr herunter. Sie trug nur noch ihren Rock und Unterwäsche. Karen, die Anwältin aus der Stadt, stand halb nackt und halb verrückt in einem fremden Dschungel. Wenn das eine Wahnvorstellung war, dann bezog sie sämtliche Sinne mit ein. Wie unwahrscheinlich es auch sein mochte, so sah diese Welt nicht nur real aus, sondern roch, schmeckte und klang auch so und fühlte sich echt an.

Karen musste Hilfe suchen, aber durch die dichten Blätter sah es in alle Richtungen gleich aus. Schließlich beschloss sie, in die Richtung weiterzugehen, in die sie in ihrer Panik instinktiv losgerannt war, und taumelte eine weitere Stunde mit trockenem Mund und schmerzendem Kopf durch das Unterholz. Da sie sich übergeben hatte und es hier so heiß war, wusste sie, dass sie akut von Dehydrierung bedroht war. Angetrieben von dem Wunsch, Wasser zu finden, lief Karen weiter, teilte Vorhänge aus Farnblättern und stolperte über mit Algen und Moos bedeckte Steine hinweg.

Sie erstarrte. Etwas hatte sich bewegt. Rechts von ihr und vor ihren Blicken verborgen. In diesem Moment wurde Karen klar, dass an diesem Wald noch etwas anderes merkwürdig war: Es gab keine Geräusche. Keine singenden oder trällernden Vögel. Keine rufenden Affen. Überhaupt keine Tiergeräusche. Keine Hinweise darauf, dass sich irgendetwas bewegte.

Bis jetzt.

Sie stand still und versuchte, etwas zu hören, obwohl ihr das Blut in den Ohren rauschte. Da war wieder ein Geräusch. Noch ein umherhuschendes Insekt, dieses Mal jedoch etwas Größeres. Karen schluchzte und begann wieder zu rennen, hastete durch das Unterholz, achtete nicht auf irgendwelche Gefahren, und konzentrierte sich nur darauf, von dem wegzukommen, was durch die Blätter auf sie zugelaufen kam.

Sie war schon unter der Oberfläche und hatte Wasser in Mund und Nase, bevor ihr Gehirn den Fluss überhaupt zur Kenntnis genommen hatte. Der Wald war bis zum Rand des Wassers so dicht und undurchdringlich gewesen und hatte sich dann derart plötzlich gelichtet, dass sie den breiten Fluss gar nicht gesehen hatte und kopfüber hineingestürzt war. Tretend bahnte sie sich den Weg zurück an die Oberfläche und stützte sich mit der Hand auf einem flachen, glatten Stein ab, an dessen Kante sie sich festhalten konnte, während sie hustete, würgte und das Wasser ausstieß, um gleichzeitig nach Luft zu schnappen.

Erneut schluchzte sie laut auf: Nahmen ihre Qualen denn nie ein Ende?

Sie brauchte einen Moment, bis sie sich wieder gefasst hatte, und drückte die Wange gegen die glatte, kühle Oberfläche des Steins. Auch jetzt stellte sie erstaunt fest, dass sie bald wieder ruhiger atmete, als wäre die Luft in dieser grünen Hölle irgendwie reichhaltiger.

Der Stein an ihrer Wange bewegte sich.

Karen sprang auf. Erneut bewegte sich der glatte, schwarze Stein, und ein größerer Teil davon tauchte aus dem Schlamm auf. Dieses Mal schrie Karen nicht, sie stand einfach nur schweigend da und sah mit an, wie sich der »Stein« langsam zuckend und bebend aus der Erde befreite, in die er sich gegraben hatte. Der unterteilte Rücken wurde durchgedrückt, und schwarze, hummerartige Beine kamen darunter hervor. Noch immer stand Karen wie erstarrt da und beobachtete den riesigen Tausendfüßler, der zweieinhalb Meter lang und sechzig Zentimeter breit war und sich langsam aus der Erde erhob. Zwei lange Fühler, die ebenso unterteilt waren wie die Beine, erwachten zuckend zum

Leben und bewegten sich unabhängig voneinander. Sie kreisten durch die Luft, als würden sie sie testen. Wie eine Reihe von Legionären, die unter ihren Schilden verborgen waren, kräuselten sich die Beine des Wesens, als es sich in Bewegung setzte. Karen stand weiterhin wie erstarrt da, selbst dann noch, als sie spürte, wie die Beine der Kreatur über ihren nackten Fuß glitten. Der monströse Gliederfüßler schien nicht zu bemerken, was ihn geweckt hatte, und bahnte sich den Weg zurück in das Unterholz des Waldes.

Sie stand noch über eine Stunde lang zitternd am Flussufer, bis der Himmel langsam dunkler wurde. Bei Sonnenuntergang erwachte der Fluss zum Leben, und sie sah, wie sich Nebel über dem Wasser bildete und einige Vögel aufstiegen und darüber kreisten. Nur dass es eigentlich keine Vögel, sondern Libellen waren; mit sechzig Zentimeter langen Körpern und eineinhalb Metern Flügelspanne. Auch der Nebel bestand eigentlich aus Millionen von Eintagsfliegen. Eine der Libellen flog zu Karen herüber und flatterte mit ihren hauchfeinen Flügeln etwa einen Meter von ihrem Gesicht entfernt in der Luft. Karen war wie hypnotisiert von den beiden riesigen Facettenaugen, die in dem farbenfrohen Gesicht wie eine Maske wirkten. Jedes davon war ein Mosaik aus winzigen Hexagonen, deren fast schon synthetische Geometrie so präzise war, dass es wirkte, als wären sie am Computer entworfen und von einem meisterhaften Glaser angefertigt worden. Trotz ihrer Angst stellte sie fest, dass die Libelle wunderschön war.

Jetzt wusste Karen auch, warum hier keine Tierschreie zu hören waren. Keine singenden Vögel. Das war ein Reich der Insekten. Ihre eigene private und ganz persönliche Hölle.

Daher war sie auch nicht wirklich überrascht, als sie sich umdrehte und feststellte, dass ein Skorpion mit angriffsbereitem Stachel und zuckenden Scheren auf sie zumarschierte.

Ein Skorpion, der so groß war wie ein Mensch.

In diesem Augenblick geschah etwas mit Karen. Etwas veränderte sich. Wie zuvor, als die riesige Libelle vor ihr geschwebt hatte, war sie auf einmal in der Lage, ihre Angst auszublenden. Das war nicht real. Nichts von all dem geschah wirklich, und das war nicht etwa ein flehendes, verschrecktes Leugnen, sondern eine rationale, logische Schlussfolgerung. Es hatte nichts mit ihren Phobien oder Zwängen zu tun, hier ging es um die Epidemie der Halluzinationen.

Sie holte tief Luft und stand reglos da. Die Augen des Skorpions waren wie richtungslose Kugeln auf der Schädelplatte der Kreatur, und Karen hatte nicht die leiseste Ahnung, was das Wesen ansah oder was es überhaupt zu sehen vermochte. Sie wusste genug über Naturkunde, um sich daran zu erinnern, dass es verschiedene Arten des Sehens gab: Einige Tiere nahmen Wärme oder Bewegungen anstelle von oder zusätzlich zum Licht wahr. Nach allem, was sie wusste, konnte das Monster, das da auf sie zukam, auch im Infrarotbereich sehen und blickte soeben bis in ihr Innerstes, sodass es ihr Herz klopfen sah.

Aber das war nicht real. Der Skorpion konnte sie nicht sehen, weil er nicht da war. Oder weil sie in seiner Welt nicht anwesend war. Wo und in welcher Zeit sich dieser Ort auch befinden mochte, so war doch offensichtlich, dass alle Lebewesen deutlich größer waren und dass es nur Insekten zu geben schien. Insekten. Und Karen saß mit ihrer Entomophobie in einer Welt voller Rieseninsekten fest, beobachtete diese, zog Schlussfolgerungen und nutzte ihr logisches Denkvermögen.

Sie blieb still stehen, als der Skorpion sie erreichte und so dicht an ihr vorbeiging, dass die harten, borstigen Haare auf seinem Bein über die Haut ihres Oberschenkels unter dem zerrissenen Rock streiften. Während sie den Atem anhielt, beobachtete sie das Monster, das an ihr vorbeimarschierte. Ihr wurde bewusst, dass dies zwar definitiv ein Skorpion war, er sich aber nicht nur durch seine unglaubliche Größe von jenen unterschied, die Karen kannte. Er hatte riesige Scheren, aber alles an ihm war riesig, und diese Scheren waren im Vergleich zu seinem Körper kleiner als bei Skorpionen normaler Größe. Auf den Scheren wuchsen Reihen voller kleinerer Dornen, als wolle er seine Opfer in sein Maul schieben, anstatt sie einfach damit zu fassen zu kriegen. Eine weitere Anomalie waren seine flachen Hinterbeine, die wie die Ruder eines Ruderbootes aussahen.

Er lebt im Wasser, begriff sie. Das ist ein riesiger, aquatischer Skorpion, und wir leben nicht im gleichen Zeitalter. Er kann mich nicht sehen, und er wird an mir vorbei ins Wasser gehen.

Nicht bewegen, sagte sie sich. *Nicht atmen. Nicht schreien. Das ist alles nicht echt.*

Karen kniff die Augen zusammen und schloss diese unmögliche Umgebung aus. *Das liegt alles nur an deiner Phobie*, zwang sie sich zu denken. Du hast diesen Virus aufgeschnappt, der die Leute dazu bringt, irgendwelche Dinge zu sehen, und du siehst Insekten, weil dein Verstand mit dem arbeitet, wovor du dich am meisten fürchtest. Das alles ist nicht realer als ein Traum.

Aber selbst mit geschlossenen Augen wusste Karen, dass die Halluzination nicht vorüber war. Die Geräusche, die der Skorpion erzeugte, hallten weiterhin durch die Dunkelheit in ihrem Kopf, und sie spürte, wie ihr durch die Berührung seines Beins die Haut auf dem Oberschenkel aufgescheuert wurde.

Sie fühlte sich seltsam. Ihr wurde schwindlig. Ihre Beine gaben nach, und sie fiel auf den moosigen grünen Boden. Wieder hatte sie dieses Déjà-vu-Gefühl.

Die Luft wurde dünner. Das Licht veränderte sich. Der Wald wurde glasig, durchsichtig, schien sich zu kräuseln. Sie schloss die Augen. Auf einmal fühlte sich der Boden unter ihr hart und unnachgiebig an.

Als sie die Augen aufschlug, beugten sich Jack Court und die anderen mit besorgten Gesichtern über sie. Und über ihren Köpfen sah sie die Decke des Halverson-Gebäudes, das jetzt wieder da war. Sie hörte ihre nervösen, angespannten Stimmen. Am liebsten hätte sie ihnen gesagt, dass es ihr gut ging, aber einige Sekunden lang lag sie einfach nur ruhig da und versuchte zu begreifen, dass sie die wirkliche Welt sah, die absolut nichts mit dem zu tun hatte, was ihr gerade widerfahren war.

27. JOHN MACBETH. BOSTON.

Das Schilder Neuroscience Research Institute war in einem Gewirr aus Glas und Stahlträgern untergebracht, das an einer Stelle stand, an der sich wenige Jahre zuvor noch der Parkplatz für die anderen Universitätsgebäude in der Umgebung befunden hatte. Das Institut war von einem finnischen Architekten entworfen worden, dessen Name nur aus Vokalen und Umlauten zu bestehen schien, und es sah für Macbeth völlig deplatziert aus, wie ein völlig überschwänglicher Tourist aus Helsinki, der hier nur Urlaub machte.

Trotz allem, was ihm Casey über Anti-Wissenschafts-Fanatiker erzählt hatte, und nach seiner bizarren Unterhaltung mit dem FBI-Mann, der den Namen eines Serienmörders trug, war Macbeth erstaunt, welche Sicherheitsmaßnahmen er am Institut über sich ergehen lassen musste: An den Eingängen standen Metalldetektoren wie am Flughafen, und die uniformierten Wachleute trugen Schusswaffen. Er konnte keine einzige Tür passieren, ohne dass ein Angestellter das Schloss mit seiner Schlüsselkarte öffnen musste.

»Wir haben sehr viele Drohungen und sogar einige improvisierte Bomben per Post erhalten«, erklärte ihm Steve Edelman. Edelman, einer der Direktoren des Instituts und Macbeths eigentliche Kontaktperson, war ein kleiner, übergewichtiger, enthusiastischer Mann in den Fünfzigern. »Wir müssen wachsam bleiben.«

Macbeth verbrachte den Montag und den Dienstag im Institut und nahm an den Besprechungen zu Projekt Eins teil, aber als er zusammen mit den leitenden Wissenschaftlern des Instituts um den Konferenztisch saß, die seiner Präsentation lauschten, während das Summen des Projektors die Stille zwischen den einzelnen Punkten noch deutlicher hervortreten ließ, wurde ihm bewusst, dass sie das nur pro forma durchexerzierten. Das Kopenhagener Projekt Eins stand nicht länger im Mittelpunkt der Aufmerksamkeit des Instituts. Er vermutete, dass es jetzt vor allem daran interessiert war, das Phänomen zu lösen, das seine Heimatstadt heimgesucht hatte.

Sein Verdacht wurde bestätigt, als die Besprechung zu Ende war und Edelman Macbeth auf den Gang begleitete.

»Da wäre noch eine Sache, zu der wir gern Ihre Meinung hören würden«, sagte er und gestattete es sich, sein übliches Lächeln verschwinden zu lassen.

Nachdem Edelman ihnen mit seiner Schlüsselkarte eine Doppeltür geöffnet hatte, fand sich Macbeth in einem Teil des Instituts wieder, den er zuvor noch nicht betreten hatte. Schließlich öffnete Edelman die Tür eines Besprechungsraums.

Die vier Personen am Tisch standen auf, als Macbeth hereinkam. Der erste Mann fiel in die Kategorie, die Macbeth »Firmenwissenschaftler« nannte: eher Lacoste als Laborkittel, teures, schwarzes Markenpoloshirt, Handy am Gürtel, sandfarbene Hose, wohlhabender Absolvent der Ivy League mit Seitenscheitel und einem Lächeln, das seine perfekten Zähne aufblitzen ließ. Auf Macbeth machte er den Eindruck, als wäre er direkt von seiner am Kap ankernden Jacht gekommen. Edelman stellte ihn als Dr. Brian Newcombe vor, einen Syndromüberwachungsfachmann der Weltgesundheitsorganisation.

»Das ist Professor Margaret Freeman, unsere Spezialistin für wahnhafte Störungen«, stellte Edelman eine Frau mittleren Alters vor, die einen weißen Arztkittel über einem kaftanartigen Kleid trug, dessen Saum bis zu ihren Knöcheln hinabreichte. »Und das sind Dr. Frank Gebhardt und Dr. Sonia Reynolds von der amerikanischen Gesundheitsbehörde.«

Gebhardt und Reynolds trugen beide dunkle Anzüge und sahen eher nach Regierungsfunktionären statt Ärzten aus. Macbeth vermutete, dass sie diese Show leiteten, worum es hier auch gehen mochte.

»Was kann ich für Sie tun?«, fragte er.

»Die Menschen hier an diesem Tisch sind der Führungsstab einer Task Force, die die Weltgesundheitsorganisation zusammengestellt hat. Sie konzentriert sich vor allem auf das Ereignis, das letzte Woche in Boston stattgefunden hat, bezieht aber auch ähnliche Vorfälle auf der ganzen Welt mit ein. Gehe ich recht in der Annahme, dass Sie das sogenannte Cape-Ann-Geistererdbeben selbst miterlebt haben?«

»Das habe ich«, bestätigte Macbeth.

»Als erfahrener Psychiater sind Sie vermutlich eher der Ansicht, dass das Ereignis als das Resultat einer Art Massenwahnvorstellung einzustufen ist?«

»Ich weiß ehrlich gesagt nicht, was ich glauben soll. Aber wenn ich mich festlegen müsste, dann würde ich es als eine Art Übertragungssyndrom oder eine psychogene Massenerkrankung einstufen, auch wenn ich Letztere stets als zu schwammige Diagnose angesehen habe.«

»Über eine psychogene Massenerkrankung haben wir auch schon nachgedacht«, entgegnete Brian Newcombe. »Und es gibt Parallelen zu vorherigen Ereignissen wie den West-Bank-Ohnmachtsanfällen von 1983.«

»Ich weiß von diesen anderen Vorfällen, aber sie stehen alle für den Ausbruch von allgemeinen körperlichen Symptomen bei einer größeren Gruppe von Menschen, wie in West Bank. Einige haben dafür gesorgt, dass die Betroffenen Halluzinationen hatten, aber ich habe noch nie von einem Ereignis gehört, bei dem alle dieselbe Halluzination hatten.«

»Der beste Vergleich, den wir finden konnten, stammt aus einer Zeit, in der es noch keine verlässlichen medizinischen Aufzeichnungen gab«, sagte Gebhardt, der Mann von der Gesundheitsbehörde. »Der kollektive Tanzwahn in Europa 1518. Die Menschen begannen, auf bizarre Weise auf den Straßen zu tanzen, oftmals Hunderte gleichzeitig, bis sie an Erschöpfung oder Herzversagen gestorben sind … Aber selbst das ist ziemlich weit hergeholt. Wir haben einfach keine historischen Analogien.«

»Doch wir haben ziemlich viele andere Vorfälle, die sich momentan ereignen«, meinte Brian Newcombe. »Es gibt Berichte über wahnhafte Störungen auf der ganzen Welt, nicht nur Erdbeben, sondern von allen möglichen Ereignissen, von denen einige harmlos und alltäglich, andere wiederum schrecklich und dramatisch sind. Dabei handelt es sich um Halluzinationen von Individuen, aber auch um solche, die von zwei Menschen, Gruppen aus vier oder fünf Personen und manchmal sogar einer ganzen Menschenmenge wie hier in Boston erlebt wurden.«

Macbeth nickte und dachte über diese Informationen nach.

»Sie wirken nicht überrascht«, stellte Sonia Reynolds fest.

»Das bin ich auch nicht. Einer meiner Kollegen, Dr. Peter Corbin, arbeitet hier in Belmont. Er hatte einige Patienten, die völlig rational denken können und keine Vorgeschichte mit psychiatrischen Störungen haben, aber genau die von Ihnen beschriebenen Halluzinationen erlebten. Dr. Corbin glaubte, es handele sich um eine auf Massachusetts begrenzte Angelegenheit, aber das ist ganz offensichtlich nicht der Fall. Wie genau sieht die geografische Ausbreitung aus?«

»Es ist global«, antwortete Gebhardt. »Jeder Kontinent, jede Kultur. Die meisten Berichte stammen aus Industriestaaten, aber das liegt vermutlich nur daran, dass die Infrastrukturen dort besser sind. Wir haben epidemiologische Analysen angefertigt, aber es hat sich kein Muster herauskristallisiert und es ist auch keine Quelle für diesen Ausbruch zu erkennen.«

»Aber Sie behandeln es als eine Art viralen Ausbruch?«

»Das ist alles, was wir im Moment tun können«, erwiderte

Edelman. »Die üblichen Diagnosekriterien sind nicht anwendbar, und diese Vorfälle manifestieren sich in allen vier verschiedenen wahnhaften Ausprägungen: stimmungsgleich, stimmungsneutral, bizarr und nicht-bizarr. Der Persönlichkeitstyp, die Schizotypie, Alter, Geschlecht, Herkunft und kultureller Hintergrund der Personen sind völlig unterschiedlich. Doch allein die Ausbreitung dieser Ereignisse lässt vermuten, dass es sich entweder um einen Virus oder um einen Umwelteinfluss handelt.«

»Dann glauben Sie also auch nicht an diesen Blödsinn, dass das Gleichgewichtsorgan gestört worden sei?«

»Was immer es auch ist, es betrifft alle Sinne«, erwiderte Gerhardt, »entweder einzeln oder in Kombination, also lautet die Antwort Nein. Wir glauben nicht an einen Wirkstoff, der das Gleichgewicht stört. Hören Sie, Dr. Macbeth, wir stellen ein Team aus Experten zusammen, um diese Zwischenfälle zu überwachen und zu analysieren, und wir würden uns sehr freuen, wenn Sie sich diesem Team anschließen könnten.«

»Ich habe schon meine Arbeit am Projekt …«

»Wir werden die Lage mit Ihrer Universität in Kopenhagen klären. Wir brauchen jemanden, der in der Lage ist, die Systeme und Muster zu durchschauen – über die bloßen Fakten hinaus zu sehen. Und Sie haben den Ruf, genau so jemand zu sein.«

»Es gibt bessere Kandidaten, das muss ich Ihnen ganz offen sagen. Beispielsweise Josh Hoberman.«

»Wir haben versucht, Professor Hoberman zu erreichen, das ist uns jedoch nicht gelungen. Aber selbst wenn er dem Team angehören würde, hätten wir Sie dennoch gern mit an Bord.« Gebhardt schob einen roten Aktenordner über den Tisch hinweg zu Macbeth. »Die wichtigsten Informationen stehen hier drin. Sie werden feststellen, dass es mehrere Zwischenfälle gegeben hat, die teilweise einige Monate zurückreichen und die ursprünglich nicht diesem Phänomen zugeschrieben wurden.«

Macbeth hob den Ordner auf und blätterte ihn durch. Er entdeckte eine Weltkarte mit Markierungen. »Wofür steht MWS?«

»Massenwahnstörung. IWS steht für Individuelle Wahnstörung.«

»Verdammt ... das sind ja Tausende.«

»Und die Frequenz steigt exponentiell«, fügte Brian Newcombe hinzu. »Die Halluzinationen treten häufiger auf, sind spektakulärer, umfassen mehr Personen – sie dauern länger an. Und sie sind polymodal geworden – sie umfassen alle Sinne. Die Betroffenen beschreiben die Halluzinationen als lebensecht.«

Macbeth sah den Ordner durch. Sie hatten ein gemeinsames Muster gefunden: Der normale Tagesablauf der Person wurde plötzlich durch ein Gefühl der Unwirklichkeit sowie ein besonders starkes und unangenehmes Déjà-vu unterbrochen. Anfangs war ihnen bewusst, dass etwas nicht stimmte, dass sie eine Art neurologischen oder psychologischen Anfall erlitten, aber dann begannen sie, derart lebhaft zu halluzinieren, dass sie jegliche objektive Erkenntnis verloren. Die Halluzination wurde zu einer Wahnvorstellung, sobald sie begannen, an ihre Echtheit zu glauben.

»Unser Problem ist, dass wir glauben, dass die milderen Formen dieser Vorfälle ständig auftreten: Halluzinationen, die in die reale Welt integriert werden«, ergänzte Sonia Reynolds. »Die Übertragung eines distalen Objekts in die Wahrnehmung wird perfekt imitiert, sodass das Reale und das Irreale nicht länger voneinander zu unterscheiden sind.«

»Es gibt da noch eine andere Entwicklung, über die Sie Bescheid wissen sollten«, meinte Edelman mit ernster Miene.

»Und die wäre?«

»Eine Halluzination ist natürlich nur eine Halluzination. Etwas nicht Reales, das keine physikalischen Effekte haben dürfte. Die Todesfälle und Verletzungen bei dem sogenannten Geistererdbeben hier in Boston wurden alle darauf zurückgeführt, dass die Opfer das Gleichgewicht verloren hätten. Aber es gibt einen Fall, der uns große Sorge bereitet: eine Frau mit einem gebrochenen Arm. Der Bruch wurde durch herabfallende Steine von einem Gebäude während des Erdbebens bewirkt, nur dass es kein Erdbeben und somit auch keine Gebäudeschäden gegeben hat. Keine herunterfallenden Mauersteine. Sie hat eine echte Verletzung durch ein nicht reales Objekt erlitten.«

Macbeth starrte einen Moment lang auf die Tischplatte. »Wir wissen alle, dass Wahnvorstellungen und Halluzinationen zu psychosomatischen Verletzungen führen können. Wahnhafte religiöse Spinner entwickeln häufig Stigmata an den Händen und Füßen, also den Stellen, an denen Jesus angeblich ans Kreuz genagelt worden ist. Oftmals sind das sogar offene, blutende Wunden. Ein Kribbelgefühl ist typisch bei Menschen auf Drogenentzug und jenen mit Entomophobie, und in einigen Fällen haben Menschen, die glaubten, von Insekten, die während ihrer Halluzination über ihre Haut gekrochen sind, gebissen zu werden, bissartige Läsionen auf der Haut entwickelt.«

»Aber ein gebrochener Arm?«

»Wir haben es offenkundig mit extremen Formen der Halluzination zu tun«, sagte Macbeth. »Es könnte durchaus sein, dass eine ungewöhnlich heftige Bewegung oder ein Muskelzucken für den Bruch eines ohnehin schon geschwächten Knochens verantwortlich war. Haben Sie überprüft, ob die Frau medizinische Probleme hatte? Osteoporose, Pagets Krankheit, Osteosarkome?«

»Natürlich haben wir das«, entgegnete Newcombe. »Die Patientin ist ansonsten bei bester Gesundheit, und die Art des Bruchs lässt auf eine von außen kommende Gewalteinwirkung schließen. Außerdem hat sie Abschürfungen und eine Fleischwunde auf der Haut davongetragen, die zu der Annahme passen, dass sie von einem großen, ungleichmäßig geformten Objekt getroffen wurde.«

Macbeth schüttelte den Kopf. »Das ist alles schwer zu glauben.«

»Da sind wir ganz Ihrer Meinung, aber es geschieht nun mal«, sagte Gebhardt. »Dr. Macbeth, schließen Sie sich unserem Team an?«

»Zuerst muss ich Ihnen etwas sagen«, entgegnete Macbeth. »Ich habe nicht nur wie jeder andere das Erdbeben gespürt, ich bin mir darüber hinaus auch ziemlich sicher, dass ich wenigstens zwei, wenn nicht sogar drei kleinere Halluzinationen gehabt habe, bei denen ich Personen oder Dinge gesehen habe, die gar nicht da waren. Wenn das ein Virus ist, dann bin ich ebenfalls infiziert.«

»Letzte Nacht hat mir mein Mann eine Tasse Kaffee ins Arbeitszimmer gebracht«, sagte Margaret Freeman, die bis dahin geschwiegen hatte. »Mein Mann ist vor drei Jahren gestorben, Dr. Macbeth. Jeder in diesem Raum hat innerhalb der letzten Woche eine seltsame Wahrnehmung gehabt. Wenn das wirklich ein Virus ist, dann sind wir alle infiziert.«

28. FABIAN. FRIESLAND.

Obwohl er sich ziemlich sicher war, dass ihn niemand sehen konnte, blieb Fabian in Deckung und schlich um die Siedlung herum, indem er sich weiterhin im hohen Gras versteckte. Das Déjà-vu-Gefühl war verschwunden, aber dieser Ort und diese Zeit blieben bestehen. Alles um ihn herum und seine Erfahrung der Welt war völlig verrückt geworden, aber Fabian wusste, dass er nicht den Verstand verloren hatte. Vielleicht war es aber auch genau so, wenn man verrückt war: Man glaubte, alle anderen wären verrückt, nur man selbst nicht.

Fabian konnte das Dorf und den Platz in der Mitte deutlich sehen. Die Frau war in die Siedlung zurückgekehrt, und der leere Ledereimer schwang an ihrem schlanken Arm wie eine Glocke an ihrem Seil. Einige Männer hatten sich auf dem Platz versammelt, und sie trugen Kleidung, die Fabian nicht einordnen konnte. Er tippte auf das frühe Mittelalter, aber das war keine feine Kleidung, keine Seide und kein feines Leinen, sondern robust gewebte Wollstoffe mit einfachem Muster. Die Männer trugen Hemden mit V-Ausschnitt, um die sie ein Seil als Gürtel geschlungen hatten, sowie formlose Hosen, die an den Schienbeinen enger wurden und durch gekreuzte Bänder aus Tierhaut festgehalten wurden. Diese Kleidungsstücke passten in jede Zeit vom Ende der Steinzeit bis zum Mittelalter. Sie waren praktisch und bequem, wie sie die Freibauern zu tragen pflegten. Diese Menschen waren Bauern.

Einer der Männer, der etwas jünger war als die anderen und ein senffarbenes Hemd trug, entfernte sich von der Gruppe und ging zu der Frau, die Fabian als Erstes aufgefallen war. Sie unterhielten sich einige Minuten, und Fabian beobachtete sie, wobei er sich gleichzeitig distanziert und involviert fühlte. Da die Frau ihr Haar am Hinterkopf zu einem Knoten gebunden hatte, wusste Fabian, dass sie verheiratet war, und er erkannte auch, dass sie eigentlich keine Zeit für den jungen Mann hatte. Es kam Fabian so vor, als hätte er ihre ganze Geschichte vor sich und müsse sie nur noch lesen. Doch dann schoss ihm ein Gedanke durch den Kopf: Er hatte anhand der Art, wie die Frau ihr Haar trug, gewusst, dass sie verheiratet war – aber woher wusste er das? Hatte er es irgendwo gelesen und wieder vergessen? Warum schien Fabian, ein Fremder in dieser Zeit, instinktiv so viel darüber zu wissen? Warum kam ihm dieses Erlebnis sehr viel realer vor als die vierzehn Jahre, die er in der anderen Realität verbracht hatte?

Seine Gedankengänge wurden unterbrochen, als ein langbärtiger, mit Speer und Schild bewaffneter Mann von Mitte dreißig ins Dorf kam. Fabian begriff, dass der ältere Mann – er war der Älteste, den er bisher gesehen hatte – aus der Richtung gekommen war, in der die Landzunge lag. Er ging auf den jungen Mann zu, der mit der Frau geplaudert hatte, und begann, ihn lautstark zurechtzuweisen. Es kam Fabian merkwürdig vor, dass er eine Sprache hörte, die er noch nie zuvor gehört hatte und die doch von vielen Worten durchsetzt war, die wie das Friesisch klangen, das er und seine Familie sprachen. Der jüngere Mann entschuldigte sich und senkte den Kopf, und der ältere hielt ihm Schild und Speer hin und deutete zur Landzunge. Der junge Mann in dem senffarbenen Hemd ging mit beschämtem Gesicht los. Einige der anderen Männer riefen ihm amüsiert etwas hinterher.

Fabian lief hinter ihm her zur Landzunge und versuchte gar nicht mehr, sich zu verstecken, da ihn diese Menschen ganz offensichtlich nicht sehen konnten. Der junge Mann wirkte so niedergeschlagen, dass Fabian nicht anders konnte, als ihm in die Einsamkeit zu folgen. Sie hatten das Ende der Landzunge jetzt fast erreicht und standen an der Stelle, an der sich eigentlich der Leuchtturm befinden sollte. Der junge Mann stand mit dem Speer in der Hand da und starrte auf das ruhige, flache Meer hinaus. Nun begriff Fabian, warum er Schelte bekommen hatte: Anscheinend war er nicht rechtzeitig zu der ihm zugewiesenen Wache aufgetaucht. Aber wonach hielten sie hier Ausschau?

Der junge Mann legte den Schild und die Lanze auf den Boden und setzte sich im Schneidersitz hin, um die Unterarme auf die Knie zu stützen. Die Pose wirkte entspannt, aber Fabian bemerkte, dass er weiter zum leeren Horizont hinübersah. Wie immer die Gefahr auch aussehen mochte, sie war real genug, dass der junge Drückeberger aufmerksam blieb.

Das konnte sich nicht alles in seinem Kopf abspielen. Fabian musste einfach hier sein, in dieser Welt, in dieser Zeit, und das seit fünfundvierzig Minuten. Keine Wahnvorstellung, Fantasie oder Täuschung des Geistes konnte so lange andauern. Panik stieg in seiner Brust auf, als er überlegte, ob er möglicherweise hier festsaß; wobei ihm nicht die Vorstellung, in dieser Zeit gefangen zu sein, Sorgen machte, sondern die Einsamkeit, wenn er unsichtbar und immateriell ein halbes Leben als Phantom führen musste. Abrupt stand er auf. Er musste sich beruhigen. Vielleicht träumte er ja auch nur: Vielleicht war er an den Felsen gelehnt eingeschlafen und hatte alles geträumt, was seitdem passiert war. Wenn das alles ein Traum war, dann war es jedoch einer, wie er ihn noch nie zuvor erlebt hatte – lebendiger, überzeugender und klarer als sein Leben im Wachzustand.

Er beschloss, zu dem jungen Mann hinüberzugehen und ihn an der Schulter zu berühren, ihn zu schubsen und zu sehen, ob er reagierte. Doch bevor er seinen Plan in die Tat umsetzen konnte, sprang der Mann auf und ließ Speer und Schild auf dem Gras liegen. Er schirmte seine Augen mit der flachen Hand vor der Helligkeit des gewaltigen Himmels ab und starrte über das Wasser zu einem fernen, fixen Punkt hinüber. Fabian sah in dieselbe Richtung, konnte aber nur ein undeutliches Schimmern von Wasser und Sonne erkennen, das die Linie zwischen Meer und Himmel verwischte. Erneut drehte er sich zu dem jungen Mann um, nur um zu sehen, wie sich dieser noch weiter verspannte. Was immer er vorher zu sehen geglaubt hatte, jetzt war er sich ganz sicher. Noch einmal sah auch Fabian in die Richtung, konnte jedoch nichts erkennen. Er ahmte die Haltung des anderen nach und schirmte seine Augen vor dem hellen Licht ab. Jetzt sah er sie: drei undeutliche, verschwommene Flecken am Horizont. Was immer das auch war, es hielt auf die Landzunge zu und umschiffte das Wattenmeer.

Schiffe. Aber Schiffe ohne Segel, die tief im Wasser lagen.

Der Wachdienst schiebende junge Mann drehte sich auf dem Absatz um und lief auf das Dorf zu, als sei ihm der Teufel persönlich auf den Fersen. Und er schrie. Verzweifelt schrie er immer wieder ein Wort. Es entstammte einer seit Langem toten Sprache, doch Fabian konnte dieses Wort trotzdem klar und deutlich verstehen. Ein einziges Wort aus einer vergessenen Zeit, ein Wort, das über die Generationen weitergegeben worden war, eineinhalb Jahrtausende durch die Geschichte, und noch immer vermochte es, einem Angst einzujagen.

Das Adrenalin schoss durch Fabians Adern. Jetzt wusste er, warum er hier war: Er sollte zusehen. Er lief nicht hinter dem jungen Mann zum Dorf, sondern blieb auf der Landzunge stehen und beobachtete, wie die drei Flecken näher kamen, Gestalt annahmen und besser zu erkennen waren.

Gelenkartige Masten, die bis jetzt außer Sicht gewesen waren, damit die Schiffe vom Land aus schwerer zu erkennen wären, wurden auf einmal aufgerichtet und riesige eckige Segel gehisst, eines auf jedem Schiff. Wie die Beine riesiger Meereskäfer ragten sodann Ruder aus jeder Seite und tauchten ins Wasser, während die drei Schiffe Fahrt aufnahmen und gnadenlos durch die Wellen auf die Landzunge zuhielten.

Fabian stand da und hatte das Gefühl, jede Zelle seines Körpers stünde unter Strom. Zwei Dinge fielen ihm gleichzeitig auf: der riesige schwarze Rabe, der auf die rote Scheibe des Segels über dem ersten Langschiff gemalt worden war, und die Rufe des rennenden Wachpostens, der erneut seine Warnung ausstieß, die nur aus einem Wort bestand.

Wikinger.

Er hatte keine Angst. Fabian fühlte sich nicht so distanziert von dem, was geschah, wie es ihm bei den Ereignissen in seinem Alltag immer ging. Er war aufgeregt. Außerdem hatte er keinen Grund zu der Annahme, dass die näher kommenden Wikinger ihn, anders als die Dorfbewohner hier, würden sehen können.

Fabian wusste, dass er jetzt in einer Welt und in einer Zeit stand, in der jede Sicherheit, mit der er aufgewachsen war, jede Verhaltensregel und jede Zurückhaltung kein Gewicht mehr hatten.

Die Schiffe waren wunderschön: schlank, elegant, in Klinkerbauweise aus Eiche angefertigt, jedes etwa zwanzig Meter lang, und sie schienen auf Fabian zuzugleiten, als berührten sie kaum die Wasseroberfläche. Der schwarze Rabe Odins sah von dem aufgeblähten Segel des ersten Langschiffs auf ihn herab. Es wurde von Rudern angetrieben, die wie synchrone Kolben arbeiteten, nur dass dies hier lange Zeit vor der Erfindung eines Kolbens geschah. Das Schiff glitt an der Stelle vorbei, an der er auf der Landzunge stand. Er konnte die runden Schilde sehen, die entlang der Ruderbänke aufgestellt waren, glänzende Helme mit Visieren, die von den Kriegern getragen wurden. Es waren vierzig oder fünfzig Männer.

Das zweite Langschiff glitt an ihm vorbei. Wie beim ersten stand ein Mann am Bug, hielt sich am schlanken, gebogenen, drachenköpfigen Vorschiff fest und beugte sich vor, um die Wassertiefe zu überprüfen und sein Schiff in das flache Wasser neben der Landzunge zu steuern. Fabian, der zahllose Bücher über diese nordischen Plünderer gelesen hatte, wusste, dass sie mit den an Bug und Heck identischen Schiffen bis an den Strand fuhren. So konnte man einfach wieder mit ihnen aufs Meer hinausrudern, ohne sie erst drehen zu müssen. Er lief an der Landzunge entlang und blieb auf der Höhe des letzten Schiffes, wobei er den Wikingern winkte und ihnen etwas zurief, die ihn weder sehen noch hören konnten.

Obwohl er gerannt war, erreichte Fabian den Strand erst, als die Wikinger das erste Schiff gerade verließen. Er hatte erwartet, dass sie einen Schlachtruf ausstoßen würden, doch sie schlichen leise und flink an Land und wussten offenbar nicht, dass sie entdeckt worden waren und das Überraschungsmoment verloren hatten. Innerhalb weniger Minuten waren einhundertundfünfzig Männer gelandet. Schwertklingen, Speerspitzen und Schildknäufe glänzten scharfkantig in der Sonne. Fabian fiel auf, wie klar und deutlich alles aussah; viel besser als im normalen Leben. Es war fast so, als wäre sein Sehvermögen – wenn nicht gar all seine Sinne – geschärft worden oder als hätte jemand ein Foto der Realität verbessert, die Auflösung gesteigert, die Farben intensiviert, den Kontrast und die Schärfe erhöht. Er war überrascht, als er bemerkte, dass die Wikinger keine Wilden mit zerzausten Haaren waren, wie er sie sich immer vorgestellt hatte. Stattdessen wirkten sie ordentlich, hatten die Bärte gestutzt und gekämmt, und ihre Helme und Panzerhemden waren auf Hochglanz poliert.

Bis auf eine Gruppe.

Zwanzig oder fünfundzwanzig Wikinger vom ersten Schiff standen ein wenig abseits von ihren Kameraden, und Fabian spürte sofort, dass an diesen Männern etwas seltsam war. Sie wirkten anders und sehr gefährlich. Am auffälligsten war, dass sie andere Kleidung trugen. Wo die anderen Männer Panzerhemden oder gewebte Wämser anhatten, ließen diese muskulösen Männer die Arme nackt und bedeckten den Torso nur mit Westen aus dickem, braun-schwarzem Fell. Einige trugen nicht einmal Helme, sondern die konservierten Köpfe von Bären oder Wölfen auf dem Kopf und hatten sich deren Pelze um die Schultern geworfen. Alle hatten ihre Gesichter geschwärzt, vermutlich mit Asche oder Ruß, und die Masken aus dunkler Haut und den helleren Zähnen in den gebleckten Mündern, aus denen rote Zungen herausschossen, und das Weiß in ihren wild umherblickenden Augen wirkten furchterregend. Verrückt.

Fabian bemerkte, dass diese Männer auch heftiger gezeichnet waren als ihre Kameraden. Ihre nackten Arme waren mit hässlichen Narben schlecht verheilter Verletzungen bedeckt, von denen einige älter waren, andere noch immer wund und rot aussahen. Auch ihre Gesichter waren unter der dunklen Farbe von Schwertern gezeichnet und vom Kampf verformt. Einem Krieger fehlte der Großteil der linken Gesichtshälfte, durch die ein tiefer Spalt von der Augenbraue über die Wange verlief, als hätte ihn dort eine Axt getroffen, und nur ein weißes Auge blickte in Kampftrance aus der Maske aus schwarzem Ruß hervor.

Für Fabian sahen diese Männer so aus, als würden sie einer anderen Spezies angehören und nichts mit ihren Schiffskameraden gemeinsam haben. Sie wirkten unmenschlich. Sie unterschieden sich von den anderen auch darin, dass sie nicht leise waren, sondern seltsame Geräusche von sich gaben: ein Grunzen und Stöhnen, als hätten sie Schmerzen oder wären frustriert, weil sie eingesperrt waren. Sie klangen wie Tiere. Fabian bemerkte, dass die anderen Wikinger darauf achteten, Abstand zu diesen Männern zu halten und ein Stück hinter ihnen zu bleiben. Mit jeder Sekunde schienen sie aufgeregter und ruheloser zu werden, und Fabian fiel jetzt auf, dass sie alle einen Lederbeutel an Riemen um den nackten Hals hängen hatten. Hin und wieder nutzte einer von ihnen die Fingerspitzen, um etwas grün-grauen Brei aus dem Beutel zu holen und sich in den Mund zu stecken. Einer von ihnen fiel auf den Boden, trommelte mit den Fäusten darauf herum und stieß mit zusammengebissenen Zähnen einen spitzen Schrei aus. Sein Anfall schien den Schwachsinn seiner Gefährten nur noch zu steigern, die daraufhin lauter knurrten und stöhnten. Fabian sah, wie sich derjenige dieser Männer, der ihm am nächsten stand, das Messer in den Mund schob und darauf biss, sodass das Blut in seinen von Asche geschwärzten Bart rann, wobei er einen irren Blick in den aufgerissenen Augen hatte.

Die Anspannung in Fabians Brust wuchs weiter. Er wusste, wer diese Männer waren – falls man sie denn Männer nennen konnte – und was sie waren. Er kannte den Grund dafür, dass ihre Kameraden hinter ihnen zurückblieben: Man hielt eine tödliche Waffe am Griff und nicht an der Klinge fest. Das waren Furien, die bald losgelassen wurden. Sie waren die Schildbeißer, die Dämonenkrieger. Das grobe Fell, das sie auf der nackten Haut trugen, hatte ihnen ihren Namen gegeben, denn das Hemd aus Bärenhaut hieß in ihrer eigenen Sprache *Ber Serkr*.

Das waren die Berserker. Und sie würden gleich zum Angriff übergehen.

Aus irgendeinem Grund, den er nicht benennen konnte, spürte Fabian dieselbe schmerzhafte, unerträgliche Ungeduld, den großen Druck in seinem Inneren, der herausgelassen werden wollte, und er stieß einen heulenden Schrei aus, der das Knurren der Berserker noch übertönte. Als er den Berserker sah, der ihm am nächsten stand, machte er den Mund jedoch schnell wieder zu, denn der Mann, der noch immer seine Klinge zwischen den zusammengebissenen, blutigen Zähnen eingeklemmt hatte, drehte sich zu ihm um. Er sah Fabian direkt an, blickte ihm mit seinen wilden, verrückten Augen ins Gesicht.

Er konnte ihn sehen.

Fabian erstarrte. Das Gesicht des Berserkers verlor für einen Augenblick diesen unfokussierten, verrückten Ausdruck, und er neigte den Kopf zur Seite, sodass blutiger Speichel an der schrägen Klinge des Messers in seinem Mund entlanglief. Es sah aus, als würde er versuchen zu begreifen, was er da sah. Sofort war auch Fabians Euphorie verschwunden und wurde durch nackte, echte Angst ersetzt. Er befürchtete, jetzt und hier sterben zu müssen, an einem Ort und in einer Zeit, in die er nicht gehörte.

Auf einmal brüllten die anderen Berserker gleichzeitig auf. Der Wikinger wandte den Blick von Fabian ab und drehte sich in die Richtung um, in der das Dorf hinter dem Meer aus hohem Gras lag. Zweihundert Meter weiter hatten sich die Männer des Dorfes versammelt. Es waren etwa fünfzig, und sie hatten eine Reihe aus knienden Speerkämpfern gebildet, hinter denen die Bogenschützen Aufstellung bezogen hatten. Sie gaben sich die größte Mühe, entschlossen auszusehen, aber Fabian wusste, dass er fünfzig tote Männer vor sich hatte, und er ging davon aus, dass ihnen das ebenfalls klar war. Er drehte sich zur selben Zeit wieder zu dem Berserker um, als dieser auch ihn ansah. Der Krieger runzelte die Stirn und schaute zu der Stelle hinüber, an der Fabian stand, aber dieses Mal stellte er keinen Blickkontakt her. Es war offensichtlich, dass er den Jungen aus einer anderen Zeit nicht mehr sehen konnte.

Der Krieger mit dem geschwärzten Gesicht wandte sich ab und fiel wieder in seine Kampftrance, um mit seinen Kameraden zu einer wogenden, zuckenden Masse voller gewalttätiger Entschlossenheit zu verschmelzen. Sie brüllten, schrien, jaulten und zischten die Verteidiger des Dorfes an. Ihre Schreie wurden zunehmend unmenschlicher, und jede verstreichende Sekunde schien sie den Tieren ähnlicher werden zu lassen, deren Fell sie trugen. Einer der Berserker zog seine Hose zur Seite, um eine Erektion freizulegen und sie in Richtung des Feindes zu schwenken, und ein zweiter tat es ihm nach. Die anderen stampften und zuckten, und die Menge der mit Fell bekleideten Krieger krümmte sich, als fahre etwas gleichzeitig durch sie hindurch.

Einer der Wikinger, ein gut aussehender blonder Mann, der etwa dreißig Jahre alt sein musste und dessen Kleidung, Helm und Arme ihn als Häuptling kennzeichneten, ging schnell nach vorn, stellte sich vor die Berserker und machte eine zurückhaltende Geste mit den Armen. Fabian vermutete, dass er der einzige Krieger war, der die Raserei der Berserker – zumindest vorübergehend – kontrollieren konnte. Die Bogenschützen des Dorfes feuerten einen verzweifelten Pfeilhagel ab, der in einiger Entfernung vor ihren Zielen zu Boden fiel. Der Wikingerhäuptling sah seine Chance zum Angriff gekommen, da sie erst neue Pfeile einlegen mussten. Er brüllte einen Befehl und deutete mit dem Schwert in Richtung der Dorfbewohner.

Es war, als würde eine große Welle aus konzentrierter Feindseligkeit und Gewalt freigesetzt werden. Als sie vorstürmten, schrien die Berserker wie verrückt, und einige stolperten, weil sie derart begierig darauf waren, zu töten und zu sterben.

Fabian vergaß seine Angst und wurde erneut von der Aufregung und der tiefen, animalischen Spannung mitgerissen. Alles an diesem Teil von sich, den er zu hassen geglaubt hatte, bewirkte auf einmal, dass er sich lebendiger fühlte als jemals zuvor. Bis auf den Tag, an dem er Henkje Maartens brutal verprügelt hatte, wurde ihm auf einmal bewusst. Aber dann war da kein Platz und keine Zeit mehr für diesen schon aus seinem Kopf verschwindenden Gedanken. Die Berserker rannten laut brüllend und spitze Schreie ausstoßend los.

Ein zweiter Trupp aus etwa zwanzig Wikingern folgte den Berserkern, und diese breitschultrigen Männer hielten keine Schwerter oder Schilde in den Händen, sondern schwere, doppelköpfige Äxte. Im Vergleich zu dem brodelnden Wahnsinn der Angreifer vor ihnen wirkten diese Krieger diszipliniert und geordnet, wie sie in gleichmäßigen Reihen vorwärtsliefen und die Äxte auf den Schultern balancierten. Während die Berserker schreiend auf die Angreifer zustürmten, hielten die Axtkämpfer ein ruhiges, gleichmäßiges Tempo ein, sodass die Lücke zwischen ihnen und den Berserkern größer wurde.

Fabian lief, so schnell er konnte, den Berserkern hinterher. Er konnte sie riechen. Sie rochen eher wie Tiere als Menschen, und etwas Dunkles und Urtümliches mischte sich in diesen Geruch. Ein zweiter Pfeilhagel sauste durch die Luft und regnete auf die Angreifer herab, wobei viele Pfeile ihr Ziel trafen, die meisten jedoch danebengingen. Die verwundeten Berserker stürzten nicht zu Boden, sie wurden nicht einmal langsamer. Einige packten die Pfeile und zogen sie aus ihrem Körper, wobei sie sich durch die Widerhaken an den Pfeilspitzen ganze Fleischstücke herausrissen, andere schienen die Pfeile nicht einmal zu spüren und rannten einfach weiter.

Das war nicht nur das Brutalste, das Fabian je gesehen hatte, das war noch eintausend Mal brutaler als alles, was er sich je hätte vorstellen können. Die Berserker rannten direkt zwischen die Reihen der Verteidiger, rammten sie und bewirkten, dass einige vor Angst schreiend wegliefen. Jene, die zurückblieben, hatten dem unmenschlichen Gemetzel nichts entgegenzusetzen. Alle Berserker wirkten wie besessen, fast schon dämonisch. Schwerterklingen blitzten kurz auf, bevor sie mit Blut befleckt waren, und jeder Berserker stach in seiner blutrünstigen Raserei schnell und wiederholt auf seinen Gegner ein, rammte Schwert oder Messer in den Körper vor ihm, selbst nachdem längst offensichtlich war, dass sein Opfer nicht mehr lebte. Viele der Berserker waren selbst schwer verwundet, hatten tiefe Fleischwunden oder blutige Hälse davongetragen, aber selbst auf der Schwelle des Todes stehend mähten sie ihre Gegner noch nieder, schlugen auf sie ein, zerfetzten sie mit bloßen Händen, bissen in ihre Hälse und Gesichter und rissen ihren Opfern das Fleisch mit den Zähnen heraus. Die Luft stank metallisch nach Blut, und Fabian stand fasziniert darüber da. Wie schrecklich und bestialisch die Berserker waren – und wie großartig.

Sobald sie genug getötet hatten, um durch die Reihen der Dorfbewohner durchbrechen zu können, griffen die Berserker das Dorf an. Die Verteidiger waren bereits auf die Hälfte dezimiert und versuchten, sich neu zu gruppieren, aber jetzt hatten die Axtkämpfer sie erreicht. Fabian sah sich den Kampf an und war fast schon hypnotisiert vom Rhythmus der Äxte. Im Vergleich zu den Berserkern hatten die Attacken der Axtkämpfer etwas nahezu Mechanisches an sich. Wieder lief es ganz und gar nicht so ab, wie sich Fabian den Angriff der Wikinger vorgestellt hatte: Die gleichmäßig verteilten Axtkämpfer hatten ihre Äxte von den Schultern genommen und schwangen sie schon lange, bevor sie ihre Gegner erreichten, mit einer ruhigen, gleichmäßigen, achtförmigen Bewegung seitwärts. Dabei blieb keine Lücke zwischen den geschwungenen Äxten, und als sie die letzten Verteidiger erreichten, mähten sie sie nieder wie bei der Kornernte. Auch jetzt hatten diese so gut wie keine Chance, sich zu verteidigen: Die schweren, zweischneidigen Äxte schnitten durch die Luft und durchtrennten Fleisch und Knochen gleichermaßen problemlos und leicht.

Die den Axtkämpfern folgenden Wikinger liefen mit Schwert und Schild in der Hand einfach weiter, überholten ihre Kameraden und folgten den Berserkern ins Dorf. Fabian lief ebenfalls weiter, und etwas Dunkles brannte in seinem Blut. Er erreichte die ersten Leichen: Die zweite Verteidigungslinie der Dorfbewohner hatte dasselbe Schicksal erlitten wie die erste. Ein Haufen auseinandergerissener Leichen und mehrerer einzelner Gliedmaßen markierte die Stelle, an der sie rasch überwältigt worden waren. Fabian sah eine Leiche, deren Gesicht durch einen Speer oder ein Schwert so verletzt worden war, dass man es nicht mehr erkennen konnte, aber er identifizierte den jungen

Mann, der auf der Landzunge Wache gehalten hatte, an seinem blutigen senffarbenen Hemd.

In der Nähe des Dorfes lagen weitere Leichen, darunter auch Frauen und Kinder, von denen einige offensichtlich versucht hatten, sich in Sicherheit zu bringen, aber niedergemäht worden waren. Ihre Rücken waren aufgeschlitzt und ihre Hinterköpfe zertrümmert.

Die junge Frau, die er kurz nach seiner Ankunft am Dorf gesehen hatte, lag in der Nähe der Hütte, aus der sie zuvor herausgekommen war. Sie lag auf dem Rücken, und ihre glasigen blauen Augen starrten zum wolkenlosen blauen Himmel hinauf. Man hatte ihr den Rock bis über die Taille hochgezogen, sodass ihre weißen Oberschenkel entblößt waren, und ihre blassen Brüste schimmerten unter der aufgerissenen Tunika mit dem sorgfältig bestickten Brokatkragen. Eine überraschend blutarme Schwertwunde direkt unter ihrem Brustbein kennzeichnete die Stelle, wo ein Berserker ihr das Leben genommen hatte. Fabian blickte auf die grausame und armselige Stätte ihres Todes herab und war erstaunt, dass ihr Leid ihm nicht näher ging.

Als er das Dorf erreichte, sah er, dass die Berserker sogar noch wilder geworden waren. Jetzt töteten sie alles und jeden, den sie fanden. Kinder lagen erschlagen neben dem Vieh, und einige Berserker fielen über Frauen her und vergewaltigten sie auf der nackten Erde des Dorfplatzes, wobei sie wie Tiere brüllten. Als die anderen Wikinger mit dem Häuptling an ihrer Spitze das Dorf erreichten, versuchten sie, den Berserkern so gut es ihnen möglich war, Einhalt zu gebieten, und scheuchten die restlichen Frauen und Kinder in eine Ecke des Platzes. Kurzzeitig hatte Fabian geglaubt, sie würden das aus Mitgefühl tun, doch er merkte schnell, dass er sich da geirrt hatte, als ein etwa elfjähriger Junge einen Ausbruchsversuch machte. Einer der Wikinger erwischte ihn und zog ihm das Schwert über die Kehle. Tief schnitt die Klinge in den Hals des Jungen, sodass er leblos zu Boden fiel und als Warnung für andere diente, die ebenfalls Fluchtgedanken hegten. Auf Fabian wirkte der kalte, ruhige Mord weitaus beunruhigender als die verrückte Raserei der Berserker, und ihm wurde klar, dass die Wikinger diese Frauen und Kinder nicht etwa aus Menschlichkeit retteten, sondern weil sie von Wert waren: Sie stellten ihre Beute dar und waren Sklaven, die verkauft oder behalten wurden.

Es war vorbei.

Die Berserker versammelten sich auf dem Dorfplatz. Alle hatten weiterhin weit aufgerissene, wilde Augen, keuchten und waren ruhelos, selbst wenn sie schwer verwundet waren, aber sie wirkten so distanziert von ihren Körpern, als würden sie gar nicht wahrnehmen, dass sie starben.

Fabian hatte seine Antwort. Jetzt wusste er, warum er hierher gebracht worden war und das mit ansehen konnte. Er begriff jetzt, woher die Gewalt gekommen war, mit der er sich auf Henkje Maartens gestürzt hatte. Was immer im Blut dieser Männer floss, es war auch in seinem vorhanden.

Wieder überkam ihn dieses seltsame Gefühl. Die Welt schien sich zu verändern, und der Himmel wechselte ebenso die Farbe wie die Luft ihre Zusammensetzung. Fabian war desorientiert, ihm wurde schwindlig, er war verloren in Zeit und Raum.

Alles war fort. Das Dorf, die Wikinger, die Leichen, der metallische Geruch von Blut in der Luft. Fabian musste sich nicht umdrehen, um zu wissen, dass der Deich hinter ihm ebenso wieder da war wie der Leuchtturm, der an der Stelle stand, an der ein seit eintausend Jahren toter junger Mann in einem senffarbenen Hemd einmal Ausschau nach Langschiffen gehalten hatte.

Als er sich umdrehte, sah er, dass der Mann, der an der Küste mit seinem Hund Gassi gegangen war, die Stelle erreichte, an der Fabian mit dem Rücken an den Felsen gelehnt saß.

Er war ein alter Mann in einer Zeit, in der alt zu sein bedeutete, über sechzig und nicht Ende dreißig zu sein. Sein weißes

Haar wurde von der Meeresbrise zerzaust. In den Augen, mit denen er Fabian anstarrte, spiegelte sich seine Panik wider.

»Hast du es gesehen?«, fragte er Fabian mit zitternder, erschrockener Stimme; der Stimme eines verängstigten Kindes, obwohl er ein alter Mann war. »Hast du es auch gesehen?«

29. JOHN MACBETH. BOSTON.

Nachdem er vom Schilder Institute wieder in Caseys Wohnung gefahren war, rief Macbeth seine E-Mails ab und fand drei lange Nachrichten von Poulsen in Kopenhagen im Posteingang, in denen er ihm spezifische Fragen stellte, die er ohne direkten Zugang zu seinem Team nicht beantworten konnte. Er vermutete, dass das genau die Aussage war, die Poulsen damit machen wollte: Er brauchte Macbeth wieder in Kopenhagen.

Der Geisterordner auf seinem Desktop verspottete ihn, nachdem er die E-Mails gelesen hatte. Er ließ sich nicht öffnen, was er ja längst wusste, sein wiederholtes Klicken auf das Symbol war reine Gewohnheit geworden und geschah fast schon zwanghaft, wie bei jemandem, der geistesabwesend den Schorf an einer Wunde aufkratzt, die er besser ignorieren sollte. Melissa ging ihm im Kopf herum, und er spürte, wie sich etwas Kaltes und Schweres in seinem Bauch zusammenballte: das Verlustgefühl, mit dem er letzten Endes gerechnet hatte.

Er hatte von Casey einen Wohnungsschlüssel erhalten, und das Erste, was Macbeth getan hatte, nachdem ihn Bundy hier abgesetzt hatte, war, die Namen aufzuschreiben, die der FBI-Agent erwähnt hatte, solange sie noch nicht in Vergessenheit geraten waren.

Als er jetzt alleine in der Wohnung saß und Casey bei der Arbeit im MIT war, öffnete Macbeth einen Webbrowser und suchte nach den Namen. Wie er Casey als armselige Rechtfertigung dafür, dass er ihrem seit einem Jahr toten Vater noch immer Nachrichten schickte, erklärt hatte, existierten die Menschen heutzutage nicht nur körperlich, sondern auch virtuell. Melissa war noch immer irgendwo da draußen, ein Geist aus verstreuten elektronischen Daten.

Er fand die Webseite ihrer Firma sowie ein gutes Dutzend Hinweise darauf und auf die dort geleistete Arbeit, darunter auch ein Businessprofil von Melissa im *Chronicle*. Die Firmenwebseite bereitete ihm das größte Kopfzerbrechen. Auf der »Über-uns«-Seite stand Melissa an vorderster Front auf einem Foto, das alle Angestellten zeigte. Sie wirkten wie alle Menschen, die in dieser Zukunftsindustrie arbeiteten: jugendlich, ungezwungen und cool. Und doch waren sie alle tot. Niemand hatte die Webseite abgeschaltet, denn es war niemand mehr übrig, der das tun konnte, und so würde sie wie ein Geisterschiff weiter in den Tiefen des Internets zu finden sein.

In der Bildunterschrift fiel Macbeth auf, dass die stellvertretende Geschäftsführerin Deborah Canning hieß. Er sah noch einmal in die Notizen, die er nach dem Gespräch mit Bundy angefertigt hatte: Auch da stand Deborah Cannings Name. Macbeth ging die komplette Namensliste der Opfer des Golden-Gate-Selbstmords durch, aber dort war sie nicht aufgelistet. Dann war offensichtlich doch nicht jeder, der etwas mit der Firma zu tun hatte, tot. Vielleicht war sie ja die Person, die Bundy suchte.

Danach überprüfte er den Namen John Astor. Macbeth hatte natürlich die Gerüchte über ihn gehört, schließlich schien jeder ihn zu kennen, auch wenn offenbar niemand wusste, wer Astor wirklich war. Im Internet waren erstaunlich wenig Hinweise auf ihn zu finden, und Macbeths Suche brachte gerade mal zwei John Jacob Astors aus der berühmten Familie zutage: den Gründer der Dynastie und einen Nachfahren desselben Namens, der mit der *Titanic* untergegangen war.

Der jetzige Astor wurde nur auf Verschwörungsseiten erwähnt. Eine von denen behauptete, das FBI und die Homeland Security hätten jede Seite mit einem Verweis auf den »führenden Simulisten-Denker John Astor« verwarnt. Macbeth erinnerte sich daran, dass Bundy auch diese »Simulisten« erwähnt hatte. Auf diesen Seiten standen sonst jedoch nur die üblichen wirren Theorien über eine globale Verschwörung, und Macbeth beschloss, nicht länger einem Geist hinterherzujagen, sondern sich lieber mit den anderen beiden Namen zu beschäftigen, die der FBI-Agent hatte fallen lassen.

Er hatte keine Probleme, Informationen über die beiden Männer zu finden.

Jeff Killberg war einer der weltweit führenden Spezialisten für Filmeffekte. Seine Firma war für die CGI-Effekte einiger der größten Blockbuster der letzten fünf Jahre verantwortlich gewesen, und er war vor achtzehn Monaten das Ziel eines Brandbombenangriffs des Blinden Glaubens geworden. Macbeth begriff nicht, warum religiöse Eiferer Special Effects als Affront gegen Gott ansahen.

Killberg, der sowohl ein kreatives als auch technisches Genie zu sein schien, hatte sich nicht in die Karten oder Patente schauen lassen und den Großteil der entscheidenden Forschung und Entwicklung selbst übernommen. Offensichtlich gab er Elemente an seine Angestellten und freien Mitarbeiter weiter. Diese Teilstücke gaben offensichtlich jedoch nichts über das eigentliche Konzept oder die Erfindung preis, sodass niemand wusste, woran er eigentlich arbeitete – genau so hatte Casey auch Professor Blackwells Methode charakterisiert.

Killberg hatte vor Kurzem angekündigt, dass er eine neue Visual-Effects-Technologie vorstellen werde, die die Filmindustrie bis ins Mark erschüttern und den Kinogängern ein brandneues, absolut umfassendes Erlebnis biete. Doch dazu kam es nicht mehr, da Jeff Killberg in seinem Haus in Pacific Heights zu Tode gefoltert und schrecklich verstümmelt worden war. Jemand hatte ihn sehr geschickt mit einer Art Klinge bearbeitet. Die sicheren Computer in Killbergs Haus waren systematisch und gründlich gelöscht worden. Trotz des vorherigen, religiös motivierten Brandbombenanschlags vermutete man den Mörder eher unter Killbergs geschäftlichen Konkurrenten. Die Computerindustrie schien in der Tat halsabschneiderisch geworden zu sein.

Was Macbeth am meisten besorgte, war die Tatsache, dass es sich bei einem der Unternehmen, an das Killberg Arbeit ausgelagert hatte, um Melissas Spielefirma gehandelt hatte.

Samuel Tennant.

Erneut fiel Macbeth die Suche nicht schwer. Es gab jede Menge Referenzen zu Samuel Tennant im Internet: Fotos, Artikel, Foreneinträge. Offenbar hatte Tennant alles: gutes Aussehen, ein kluges Köpfchen und Geld. Viel Geld.

Tennant war auf doppelte Weise reich geworden, einerseits hatte er den Reichtum seiner Familie geerbt, andererseits verdankte er einen Teil seines Wohlstands den Firmen, die er selbst gegründet hatte. Nach seinem Studium der Molekularbiologie an der Caltech hatte Tennant wissenschaftliches Verständnis mit Geschäftssinn kombiniert und eine Reihe von miteinander verbundenen Biotech-Forschungsunternehmen gegründet, die sämtlich irgendwelche Regierungsaufträge an Land ziehen konnten. Der kommerziell erfolgreichste Teil des Tennant-Imperiums war jedoch die Erforschung von Kosmetika: Tennant hielt Patente auf mehrere Anti-Aging-Hautpflegemittel, für die Kosmetikunternehmen ein Vermögen hinblätterten, damit sie sie als Zutat verwenden durften.

Anders als der zurückgezogen und fast einsiedlerisch lebende Killberg hatte Tennant den Ruf eines Playboys. Von ihm gab es Dutzende Pressefotos, auf denen er vor allem mit den Jungen, Reichen und Glamourösen zu sehen war.

Ein Foto überraschte Macbeth allerdings. Darauf schien Tennant gerade eine schicke Platinum-Triangle-Party zu verlassen. Das Mädchen an seinem Arm war schlank, hatte schulterlanges dunkles Haar und große, umwerfende blaue Augen. Und sie sah glücklich aus. Macbeth konnte sich nicht daran erinnern, Melissa in all der Zeit, die sie zusammen gewesen waren, jemals so unbeschwert und vollkommen glücklich gesehen zu haben wie auf diesem Foto.

Er saß lange Zeit da und starrte das Bild an, während das ungute Gefühl in seinem Magen immer präsenter wurde. Melissa hatte Verbindungen zu beiden Männern gehabt, zu einem beruflich, zum anderen privat. Und hinter dieser Tennant-Sache steckte noch mehr. Viel mehr.

Es hatte Unmengen an Presseberichten, Verschwörungstheorien und halbgaren Spekulationen über das gegeben, was dem jungen Milliardär zugestoßen war, und der wohl vertrauenswürdigste Artikel stammte aus der *New York Times*. Achtzehn Monate zuvor war Tennant, der Partygänger und Lebemann, auf einmal aus dem gesellschaftlichen Leben der Westküste verschwunden. Selbst seine Kollegen und Angestellten sahen den jungen Tycoon immer seltener, und die, denen er begegnete, machten sich Sorgen wegen seines starken Gewichtsverlusts. Das letzte Pressefoto eines abgemagerten Tennant, der nicht in seine kostspielige Kleidung zu passen schien, bestätigte, dass mit ihm etwas nicht stimmte. Man ging davon aus, dass der junge Mann krank geworden war, möglicherweise sogar Krebs hatte, und respektierte seine Privatsphäre.

Aber er hatte keine Krebserkrankung gehabt.

Die *Times*-Schlagzeile besagte: »Autopsie bestätigt, Biotech-Unternehmer starb an Unterernährung.« Macbeth hatte diese Geschichte damals nur als Randnotiz zur Kenntnis genommen, da sie seltsam war, aber in einer Zeit geschehen war, in der sowieso alles zunehmend seltsamer wurde.

Tennant war tot in seinem Penthouse in New York aufgefunden worden, in das er sich angeblich zurückgezogen hatte, um so weit wie möglich von seinen Kollegen in Kalifornien entfernt zu sein. Er hatte immer einzelgängerischer gelebt, nicht einmal

Hausmeister- oder Reinigungsdienste in Anspruch genommen und wurde selten außerhalb seiner Wohnung gesehen.

Er schottete sich derart ab, dass er irgendwann völlig unsichtbar geworden war und niemand mehr etwas von ihm hörte.

Schließlich hatten Tennants besorgte Familienangehörige und Kollegen in Begleitung der Polizei und der Gebäudeverwaltung seine Wohnung betreten. Sie waren auf eine bizarre Szene gestoßen. Tennant saß inmitten seines opulenten Apartments, umgeben von Designermöbeln, Kunstwerken und Skulpturen in einem Wert von geschätzten zwei Millionen Dollar. Die temperatur- und feuchtigkeitsgesteuerte Wohnung enthielt ferner Hightech-Geräte im Wert von einer halben Million Dollar. Dreißigtausend Dollar in bar wurden in einer Schreibtischschublade gefunden, und sein Kleiderschrank enthielt nur die teuerste Markengarderobe.

Dennoch gab es im ganzen Apartment keine Lebensmittel, abgesehen von drei Äpfeln im Kühlschrank. Die Küchenschränke enthielten stapelweise Vitamin- und Ergänzungspräparate, während Fläschchen mit menschlichen Wachstumshormonen das Einzige waren, was neben den Äpfeln im Kühlschrank stand.

In der Mitte des Wohnzimmers saß Samuel Tennant und schaute blicklos durch die riesigen Panoramafenster auf den Central Park hinaus. Der vierunddreißigjährige Unternehmer war tot, und das nun schon seit drei Wochen. Während dieser Zeit hatte die Klimaanlage, die so programmiert worden war, dass die Computer und elektronischen Geräte unter optimalen Bedingungen gelagert wurden, dafür gesorgt, dass sein völlig abgemagerter Körper langsam mumifiziert wurde. Die genaue Messung erwies sich als schwierig, aber man schätzte, dass Tennant zum Zeitpunkt seines Todes nicht einmal mehr zweiunddreißig Kilogramm gewogen hatte.

Macbeth lehnte sich auf seinem Stuhl zurück, starrte den Bildschirm an und versuchte herauszufinden, welche Verbindung es zwischen Tennants bizarrem Tod, dem schrecklichen Mord an Killberg und Melissas unerklärlichem Selbstmord geben mochte.

Er hatte gerade wieder den Artikel über die Golden-Gate-Selbstmorde aufgerufen und sich den Namen des CHP-Officers notiert, als er Caseys Schlüssel in der Wohnungstür hörte.

30. ZHANG. GANSU-PROVINZ.

Sie musterte ihr Spiegelbild und strich sich das blonde, eigentlich zwischen rot- und goldblond schwankende Haar aus dem ovalen Gesicht. Ihre Stirn wirkte breit und blass über hellgrünen Augen, und sie befestigte ihr Haar am Hinterkopf mit einer Spange, die sie zwischen den Lippen festgehalten hatte.

Eine Fremde sah ihr aus dem Spiegel entgegen. Oder zumindest zum Teil eine Fremde. In ihrem Gesicht spiegelten sich zwei Welten, zwei Hemisphären wider, und doch gehörte es zu keiner. Die Details – die hohen Wangenknochen, die Form der Augen, ihr kleiner, herzförmiger Mund – waren eindeutig dem Han-Chinesischen zuzuschreiben, aber die grundlegende Form und Ausrichtung, die Haut- und ihre Haarfarbe waren eindeutig europäisch. Eigentlich hätte sie wie das Kind von Eltern gemischter Herkunft aussehen müssen, doch das tat sie nicht, denn dem war auch nicht so. Sie sah genauso aus wie das, was sie war, und sie sah so aus wie viele andere aus ihrem Dorf, aber wie so wenige in einer Nation aus eineindrittel Milliarden Menschen.

Zhang Xushou war in Liqian aufgewachsen und hatte sich nie fremd oder andersartig gefühlt, weil es in ihrem Dorf viele andere gab, deren Haare rot, blond oder braun waren und deren Augenfarbe von Braun über Grün bis zu Blassblau reichte. Das war ein normaler Bestandteil ihrer Kindheit gewesen, in der sich ihr Universum gerade mal bis zu den Ruinen der alten Stadt am Dorfrand erstreckt hatte. Erst als sie im Nachbardorf zur weiterführenden Schule kam, wurde sich Zhang Xushou bewusst, dass an ihrem Dorf etwas anders und seltsam sein musste – wie auch an ihr.

Da hörte sie auch die Sage von den Legionären, den großen, blonden römischen Soldaten, die von ihren Kommandanten bei dem von vorneherein zum Misserfolg verdammten Feldzug von Marcus Licinius Crassus gegen die Parther zurückgeblieben waren. Laut dieser Überlieferung waren die Legionäre, die die Schlacht überlebt hatten, sehr weit im Osten gelandet und hatten sich in der Wüste Gobi verlaufen, nur um schließlich an deren Rand Zuflucht in ihrem Dorf zu suchen. Das war damals eine Grenzstadt gewesen, wo sie von der Han-Dynastie zwangsrekrutiert wurden.

Manchmal wurden Zhang Xushou und ihresgleichen ausgegrenzt und verspottet. Als sich die Grenzen ihrer Welt ausdehnten, begriff sie zunehmend, wie es war, anders zu sein und in einem Meer aus schwarzhaarigen Chinesen blondes Haar zu haben. Dann, als sie älter wurde, stach sie noch viel mehr aus der Masse heraus, und zwar im wahrsten Sinne des Wortes. Aufgrund ihrer uralten Gene wurden ihre Knochen länger, sodass sie schon als Dreizehnjährige viele ihrer Lehrer an der Schule überragte. In einem Alter und in einer Umgebung, in denen Anpassung und Akzeptanz alles bedeuteten, sah sich Zhang Xushou feindseligen Blicken und gemeinen Bemerkungen ausgesetzt und wurde im Allgemeinen *Wai Guo Ren* genannt, die Ausländerin.

Doch ihre Isolation hatte bewirkt, dass sie ihre Individualität nicht etwa verabscheute, sondern begrüßte und wertschätzte. Sie mochte die Spitznamen, verwandelte Beleidigungen in Komplimente und schätzte es besonders, wenn man sie *Lijian* nannte, was Griechin oder Römerin bedeutete. Ihre Herkunft wurde erst zu einer Leidenschaft, dann zu ihrer Besessenheit. Sie verbrachte Stunden damit, alles über das Römische Reich zu lesen, was ihr in die Hände fiel; über die sechstausend verlorenen Legionäre, über die Menschen und die Kultur in Europa. Sie hängte sich Bilder von westlichen Models und Popstars an die Wand.

Als sie älter wurde, merkte sie, wie sich die Einstellungen änderten. Immer mehr Touristen kamen nach Liqian und starrten die Dorfbewohner an, die oft stolz für sie posierten und Geld für Interviews mit der chinesischen und internationalen Presse nahmen. An einem Tag, den sie nie vergessen würde, kam das Filmteam eines italienischen Fernsehsenders in ihr Dorf. Anfangs war sie enttäuscht gewesen, weil die italienischen Männer nicht viel größer als der durchschnittliche Han-Chinese waren und ebenfalls schwarze Haare hatten. Doch dann sah sie die Reporterin, die eine Cargo-Hose und ein Sweatshirt trug und ihr Haar mit einer Spange am Hinterkopf hochgesteckt hatte. Dieselbe Haarfarbe, genau das gleiche bronzefarbene Haar in demselben Farbton. Zhang Xushou fand, dass die italienische Journalistin die schönste Frau war, die sie je gesehen hatte. Zhangs Freude war riesig gewesen, als die Italienerin sie entdeckte, sie als eines der »römischen« Kinder erkannte und sich mit ihr so gut unterhalten hatte, wie es aufgrund des kleinen, untersetzten Regierungsdolmetschers möglich gewesen war.

Nachdem die Filmcrew wieder abgereist war, hatte Zhang eine Freundin besucht, von der sie wusste, dass sie so eine Haarklemme besaß, wie sie die italienische Reporterin getragen hatte, und sie ihr für viel mehr Geld abgekauft, als das Teil wert war. Von diesem Tag an trug Zhang Xushou ihr Haar aus dem Gesicht und befestigte es mit einer Haarspange hinter dem Kopf.

Etwa ein Jahr nach dem Besuch der Italiener waren Leute von der Lanzhou-Universität gekommen. Sie hatten Fotos des Ortes gemacht, die alten Ruinen der uralten Stadt untersucht und mit den Dorfbewohnern gesprochen. Unter ihnen waren auch Spezialisten gewesen, die sich vor allem für die dreißig Familien interessierten, die der allgemeinen Meinung nach wie *Wai Guo Ren* aussahen. Diese Spezialisten mit Gummihandschuhen hatten Zhang Xushou ein Wattestäbchen in den Mund gesteckt und an der Innenseite der Wange damit herumgerieben, um es dann in einem Röhrchen zu versiegeln. Sie hatten ihr erklärt, dass jeder Mensch eine geheime Geschichte in sich trage, die in einer eng aufgewickelten Spirale aufbewahrt wurde. Ihre Aufgabe wäre es, diese Geschichte ans Licht zu bringen. Zhang hatte sie mit ihren hellgrünen Augen auf diese offene und trotzige Weise angestarrt, die ihr in der Schule so viel Ärger eingebracht hatte, und gesagt: »Sie meinen die DNS? Ich mag ein Mädchen aus einem Gansu-Dorf sein, aber ich weiß, was die DNS ist.«

Die Leute von der Universität hatten gelächelt und ihr erklärt, dass sie auch die anderen dreißig Familien testen würden und so auf die eine oder andere Art beweisen könnten, ob sie die entfernten Nachfahren eines Römers wären.

Und das taten sie auch. Als die Ergebnisse zurückkamen, bewiesen sie zumindest, dass das, was die aufgeregten Dorfbewohner seit jeher geglaubt hatten, stimmte: Sie waren ebenso Europäer wie Chinesen. Die Archäologen aus dem Team bestätigten außerdem, dass sich das Dorf tatsächlich genau an der Stelle der antiken Festungsstadt befand, die früher die Westgrenze des Han-Imperiums bewacht hatte. Doch die Regierung beharrte darauf, dass die Ergebnisse nichts weiter bewiesen, als dass Zhang Xushou und die anderen Lijian-Familien einer Untergruppe der Volksgruppe der Han angehörten.

Doch Zhang Xushou hatte nie aufgehört, an die Wahrheit zu glauben.

Danach war das Leben mehr oder weniger normal weitergegangen, nur dass es jetzt zunehmend römisch angehauchte Souvenirläden und Cafés gab, die die unternehmungsfreudigen Einheimischen für die Touristen eröffneten, die in immer größerer Zahl kamen. Zhang hatte eigene Nachforschungen angestellt und von anderen in der Gansu-Region und darüber hinaus erfahren, die ebenso wie sie fremdartig aussahen. Bei ihnen gab es keine Hinweise auf Legionäre, aber auf uralte Völker der Kelten, der Tocharer, der *Wusun* – der Enkel des Raben –, die eineinhalb

Jahrtausende zuvor von Yan Shigu als Affen beschrieben worden waren: grünäugige, rothaarige Wilde.

Sie durchstöberte das Internet, was deutlich einfacher und ergiebiger war, als die nächste Bücherei in Yongchang zu besuchen, und las von merkwürdigen Leuten. Sie erfuhr von den dreitausend Jahre alten Leichen, die perfekt erhalten in der Taklamakan-Wüste gefunden worden waren, und sah sich Fotos des Cherchen Man und der Schönen aus Loulan an: große, blonde oder rothaarige Menschen, die vor nahezu dreitausend Jahren im Westen Chinas gelebt hatten. Zhang wusste, dass die Wahrscheinlichkeit groß war, dass sie ihr andersartiges Aussehen von ihnen und nicht von einem mystischen Römer geerbt hatte, aber sie klammerte sich verzweifelt an die romantische Vorstellung, die Nachfahrin eines Legionärs zu sein.

Als sie sich jetzt darauf vorbereitete, ihr Dorf zu verlassen und auf die Universität in Lanzhou zu gehen, stellte sie sich innerlich auch darauf ein, ein Leben als Fremde im eigenen Land zu führen. Ihre Identität wurde immer wichtiger für sie. Abends ging sie zum Rand des Dorfes und sah mit an, wie die Sonne hinter den Qilian-Bergen unterging. Sie starrte auf den Wüstensand hinaus und ließ sich von dem schwächer werdenden Licht und den Staubwolken in der Ferne vorgaukeln, dass eine Phalanx langsam näher rückte.

Aber dann sprachen immer mehr vom Zeitalter der Visionen.

Alles hatte mit Berichten über seltsame Vorfälle in weit entfernten Städten angefangen: Geschichten aus dritter Hand wurden immer weiter aufgebläht, als sie die Wege des Dorfklatsches durchliefen. Es waren Geschichten im Umlauf über Menschen, die ihre Ahnen oder eine vergangene Zeit gesehen, Katastrophen miterlebt oder den Mond zwanzigfach vergrößert und mitten am Tag am Himmel gesichtet hatten. Viele Menschen, insbesondere die älteren, abergläubischen Dorfbewohner, sprachen zunehmend von den alten Religionen und den Sagen über ein Zeitalter der Visionen, welches das Ende aller Zeiten kennzeichnete. Man erzählte sich von der Rückkehr des *Hundun*, des Geistes des Chaos, der schon vor Beginn der Zeit existiert hatte. Ein alter Mann, Zhia Bao, ein Hui-Chinese und vermeintlich strenggläubiger Muslim, behauptete unheilvoll, die Himmelsmauer wäre durchbrochen worden. Er erklärte, dass es in der Geschichte der Menschheit schon einmal geschehen sei, aber die Schöpfergöttin Nüwa habe die Lücke mit ihrem Körper wieder gestopft.

»Wenn das, was du sagst, stimmt«, hatte Zhang einen der Dorfbewohner sagen hören, »was wird dann aus uns, wenn die Mauer durchbrochen wurde?«

Zhia Bao hatte lange und nachdenklich an seiner Pfeife gezogen und den Dorfältesten gespielt. »Laut der Legenden werden der Himmel und diese Welt dann kollidieren und alles geht zu Ende.«

All das waren nur aufgewühlte Spekulationen aus der Ferne gewesen, die Aufregung ob einer weit entfernten Gefahr. Doch dann hörte man auf einmal von einer Panik auf den Straßen von Lanzhou, von Menschen, die vor Monstern wegliefen, die eigentlich gar nicht da sein konnten. Danach kam es zu seltsamen Vorkommnissen in Yongchang. Aber erst als eine Frau aus dem Dorf, die seit zwanzig Jahren gehörlos war, behauptete, sie hätte die Geräusche marschierender Männer und klappernden Metalls in der Wüste gehört, wusste Zhang, dass etwas Gewaltiges geschehen würde. Ab diesem Augenblick saß sie oft stundenlang am Dorfrand und schaute auf den Sand hinaus. Sie wartete.

Die Legion würde kommen.

31. JOHN MACBETH. BOSTON.

Als Casey nach Hause kam, berichtete ihm Macbeth von seinem Treffen mit Bundy und dem, was er über die Namen, die der FBI-Mann erwähnt hatte, herausgefunden hatte. Er erzählte seinem Bruder von Melissas Verbindung zu den beiden Männern und von Bundys Interesse an John Astor und die Simulisten.

»Er schien mehr über sie wissen zu wollen als über den Blinden Glauben, dabei hätte ich gedacht, dass der für das FBI eine größere Bedeutung hat«, erklärte Macbeth. »Hast du schon mal von den Simulisten gehört?«

»Klar«, antwortete Casey. »Mir ist nicht klar, wieso sich das FBI überhaupt für die interessieren sollte. Sie sind eine seltsame Untergruppe der wissenschaftlichen Gemeinde. Ziemlich komisch, aber definitiv harmlos.«

»Und John Astor?«

»Ihre Galionsfigur. Vielleicht ein realer Mensch, vielleicht auch nicht. Dasselbe könnte man von dem sagen, an das sie glauben.«

»Ich kann dir nicht folgen.«

»Religion und Wissenschaft passen nicht zusammen. Wie schon betont: Ersteres existiert nur in Abwesenheit von Letzterem. Aber die Simulisten sind Wissenschaftler, die glauben, dass wir die Religion brauchen – dass es ein grundlegendes menschliches Bedürfnis nach einem Glauben gibt, ob dieser nun totaler Blödsinn ist oder nicht. Also haben sie die Wissenschaft zu ihrer Religion gemacht. Sie glauben, dass Gott noch nicht existiert, aber bald existieren wird. Weil wir ihn erschaffen werden. Die Wissenschaft wird uns zum Gott machen.«

»*Wir werden …*«, sagte Macbeth. »Das Graffiti, das überall zu sehen ist.«

»Das sind sie. Für die Simulisten gibt es keinen Tag des Jüngsten Gerichts, nur die Singularität, wenn Mensch und Technologie kombiniert werden und der Mensch ins Zeitalter des Posthumanismus eintritt. Hast du von Arthur C. Clarkes Drittem Gesetz gehört?«

»Ja«, entgegnete Macbeth, »das habe ich allerdings: *Jede ausreichend weit fortgeschrittene Technologie ist von Magie nicht zu unterscheiden.*«

»Warum überrascht es mich nicht, dass du das weißt?« Casey grinste schief. »Jedenfalls gehen die Simulisten noch einen Schritt weiter und behaupten, jede ausreichend weit fortgeschrittene Art der menschlichen Intelligenz ist von Gott nicht zu unterscheiden. Sie glauben, es sei unser Schicksal, aus der kommenden Singularität zunächst als postmenschlich, dann als übermenschlich, später als halbgöttlich und schlussendlich als göttlich hervorzugehen.«

»Und Astor?«

»Der ist ihr Prophet. Angeblich hat er dieses super-verschlüsselte Buch geschrieben, das in der virtuellen Welt verborgen ist und nur den Auserwählten enthüllt wird. Das ist alles Wissenschaft, aber gleichzeitig auch Mystik. Wie die angebliche Dreieinigkeit Gottes soll Astors Natur dual sein, virtuell und körperlich. Der Simulistenanteil daran entspringt ihrem Glauben daran, dass wir als superintelligente Postmenschen Supersimulationen von Menschen, Welten und Universen erschaffen werden, die von der Realität nicht zu unterscheiden sind. Simulationen, bei denen die Menschen, die darin leben, gar nicht wissen, dass sie nicht real sind. Wir werden zu Göttern unserer eigenen Realität.«

»Das klingt für mich wie ein Kult. Und für ausgemachten Blödsinn.«

»Nicht mehr und nicht weniger als bei existenten Religionen.

Ich habe bei meiner Arbeit mit vielen bewusstseinsverändernden Dingen zu tun, unendlichen Möglichkeiten und Unmöglichkeiten; Dinge, die wie Magie erscheinen, aber keine sind. Letztlich gibt es nämlich immer eine Gleichung oder ein Prinzip, womit sie sich doch erklären lassen. Ich glaube, der Simulismus hat als Witz oder als Gedankenexperiment begonnen, um die Irrtümer der Religion aufzuzeigen. Aber Astors Buch soll eine Art Enthüllung enthalten. Eine wissenschaftliche Enthüllung, keine religiöse. Was immer es auch ist, es bringt einige Simulisten dazu, ihren Glauben sehr ernst zu nehmen.«

»Du weißt ziemlich viel darüber.«

»Für eine Weile waren sie am MIT ziemlich angesagt. Vor allem bei den Quantenphysikern. Aber als es nicht mehr lustig war, sprach bald keiner mehr davon.«

»Weißt du, ob Gabriel Rees mit ihnen zu tun hatte?«

Casey zuckte mit den Achseln. »Keine Ahnung. Aber ich bezweifle es.«

Diese letzten Tage in Boston waren eine schwierige und verwirrende Zeit für Macbeth.

Wie jeder andere schaute auch er sich häufiger als sonst die Nachrichten an. Es gab weitere Berichte über bizarre Vorfälle auf der ganzen Welt, aber objektive Berichte über subjektive Erfahrungen waren so gut wie unmöglich, außerdem konnte man sich nie sicher sein, welche Halluzinationen tatsächlich stattgefunden hatten und welche nur erfunden worden waren, um sich fünfzehn Minuten Ruhm zu sichern.

Aber es gab noch andere, fassbarere Gefahren, über die berichtet wurde. Ein Effekt der Visionen war ein sprunghafter Anstieg religiösen Wahns: Fundamentalisten aller Glaubensrichtungen wurden noch fundamentaler, Radikale noch radikaler, Extremisten noch extremer. Jeder Prediger sah in den Geschehnissen eine Rechtfertigung für seine eigene Art des Aberglaubens und der Bigotterie. In den ganzen Vereinigten Staaten verkündeten hitzköpfige Priester den Beginn der Entrückung, während sie Fremdenfeindlichkeit, Intoleranz und Misstrauen predigten. In Europa und dem Mittleren Osten riefen analog dazu Mullahs und Ayatollahs die Gläubigen zum Dschihad.

Nicht ganz so weit entfernt betrat ein unscheinbarer, weißer, geschiedener Autoverkäufer, der, soweit man später feststellen konnte, die USA nie verlassen hatte, das überfüllte Foyer eines Computersoftwareunternehmens in der Innenstadt von Washington DC. Er rief »Allahu Akbar« und zündete eine Bombe, die er in seinem Rucksack hatte, und mit der er sich und acht Menschen in seiner Nähe tötete. Am gleichen Tag eröffnete ein nicht identifizierter Schütze arabischer Herkunft das Feuer auf die Kunden eines Apple-Stores in Oregon und tötete sieben von ihnen, bevor er von der Polizei niedergestreckt wurde.

In der Zwischenzeit verbrachte Macbeth viel Zeit damit, mit Professor Poulsen zu telefonieren und zu mailen und ihm zu versichern, dass er Brian Newcombes Bitte nicht nachkommen und sich dem Untersuchungsteam der Weltgesundheitsorganisation somit nicht anschließen werde. Immer, wenn Macbeth mit Poulsen über die seltsamen Ereignisse auf der ganzen Welt sprechen wollte, schien dieser das als Small Talk und bloße triviale Ablenkung abzutun.

Während Casey und der Rest von Boston versuchten, mit dem unerklärlichen Erlebnis des »Geistererdbebens« klarzukommen, wollte Macbeth auf seine eigene Art mit Melissas Tod und dessen ebenso unerklärlichen Umständen fertigwerden. Er rief drei Mal bei der California Highway Patrol an, bis der Zeitunterschied von drei Stunden, Macbeths Zeitplan und Ramirez' Dienstplan endlich zusammenpassten.

»Was kann ich für Sie tun, Dr. Macbeth?« Ramirez' Stimme war tief und ruhig, sein Tonfall klang völlig anders, als Macbeth es bei einem Polizisten erwartet hatte.

Er erzählte Ramirez, wer er war, wo er sich aufhielt und warum. Dann berichtete er von seiner früheren Beziehung zu Melissa Collins und dass er einfach nicht an ihren Selbstmord glauben konnte.

»Daran besteht leider kein Zweifel«, meinte Ramirez. »Ich habe mit eigenen Augen gesehen, wie sie und die anderen gesprungen sind. Es tut mir sehr leid.«

»Melissa war auf gar keinen Fall selbstmordgefährdet. Besteht denn die Möglichkeit, dass sie falsch identifiziert worden ist?«

»Auch das ist unmöglich. Wir haben sie anhand ihres Ausweises identifiziert, und außerdem habe ich Fotos von Miss Collins gesehen. Sie war es ganz eindeutig.«

»Wirkte sie verstört, als sie gesprungen ist? Oder könnte sie irgendetwas genommen haben?«

»Das hat mich am meisten verwirrt ... Sie war völlig ruhig. Fast schon zufrieden. Was Drogen und Alkohol angeht, waren die Tests alle negativ. Haben Sie sie denn gut gekannt?«

»Wir haben eine Weile zusammengelebt, bevor sie an die Westküste gezogen ist. Seitdem ist der Kontakt eingeschlafen. Leider völlig eingeschlafen.«

»Und sie hat in der Zeit, in der Sie sie kannten, nie irgendwelche Anzeichen für eine mentale Unausgewogenheit gezeigt?«

»Nein. Nicht ein Mal.«

Ramirez schwieg. Macbeth hasste es, zu telefonieren, weil er das Schweigen und die Pausen nicht deuten konnte. Er vermutete, dass Ramirez über das nachdachte, was er ihm gesagt hatte.

»Wenn Sie mir die Frage erlauben«, brach Ramirez das Schweigen, »warum hat es so lange gedauert, bis Sie sich bei mir melden? Es ist über zwei Monate her, dass Miss Collins gestorben ist.«

»Ich habe es gerade erst erfahren. Gut, ich hatte natürlich von den Golden-Gate-Selbstmorden gehört und den anderen in Japan, aber ich kannte keine Details. Ich lebe und arbeite wie gesagt in Dänemark. Erst als mich das FBI, genauer gesagt Agent Bundy, darauf angesprochen hat, habe ich herausgefunden, dass Melissa tot ist.«

»Das FBI?« Irgendetwas schwang in Ramirez' ruhiger, gleichmäßiger Stimme mit. Möglicherweise Misstrauen. »Es überrascht mich, dass wir nicht informiert wurden. Wie lange bleiben Sie in Boston, Dr. Macbeth?«

»Nur bis Ende der Woche. Meinem Boss in Kopenhagen wäre es lieber, wenn ich sogar noch früher zurückkomme.«

Wieder gab es eine Pause.

»Okay«, meinte Ramirez dann. »Ich wollte ohnehin in etwa einer Woche nach Boston kommen, um einem Hinweis in dieser Angelegenheit nachzugehen, aber ich werde versuchen, das Ganze vorzuziehen. Hätten Sie ein wenig Zeit für mich, falls es mir gelingen sollte hinzukommen, solange Sie noch da sind?«

»Natürlich«, antwortete Macbeth. »Aber ich dachte, dass Ihre Ermittlungen in Bezug auf Melissas Tod abgeschlossen wären, da es doch ganz offensichtlich Selbstmord gewesen ist.«

»Es war eindeutig Selbstmord, aber dieser Fall hat sehr viel Aufmerksamkeit erregt, und wir stehen unter Druck, unbedingt herauszufinden, warum die alle gesprungen sind. Daher komme ich nach Boston, um so viel wie möglich von Deborah Canning zu erfahren, der einzigen Mitarbeiterin dieses Unternehmens, die an jenem Morgen nicht dabei gewesen ist. Vielleicht kann sie ein wenig Licht in die Sache bringen.«

»Deborah Canning? Deborah Canning ist in Boston?« Macbeth war verblüfft. Warum hatte Bundy, der FBI-Mann, das nicht erwähnt?

»Zumindest hat man mir das so gesagt. Sie hatte wohl eine Art Zusammenbruch, und ich habe gerade erst die Erlaubnis bekommen, mit ihr zu sprechen. Sie ist im McLean-Krankenhaus …«

Macbeth war froh, dass er bei Casey eingezogen war. Es fiel ihm häufig schwer, eine Verbindung zu anderen Menschen aufzubauen, und diese offensichtliche Frequenzdissonanz erschwerte es denen dann oft, eine Beziehung zu ihm aufzubauen. Doch Casey besaß zwar eine völlig andere Persönlichkeit, aber sie waren zumindest auf derselben Wellenlänge. Er verstand Macbeth.

In dieser Woche unterhielten sie sich viel und manchmal bis spät in die Nacht. Macbeth berichtete Casey, was er über Melissa und die seltsamen Verbindungen zwischen ihrem Tod und dem von Killberg und Tennant herausgefunden hatte. Außerdem teilte er ihm alles mit, was er von dem WHO-Team erfahren hatte.

»Und, willst du mit ihnen zusammenarbeiten?«, fragte Casey eines Abends, als sie ermattet und mit zusammengesackten Schultern in der Küche saßen und Tee tranken.

»Ich kann nicht. Mir ist klar, dass es eine Ehre und sehr wichtig ist, aber es gibt andere Personen, die besser dafür qualifiziert wären. Meine Arbeit in Kopenhagen ist ebenso bedeutend, und dort kann niemand meinen Platz einnehmen. Ich habe jedoch zugestimmt, dass ich Ihnen meine Meinung zu den Daten mitteilen werde, das ist aber auch schon alles.«

»Ich weiß nicht, John, irgendetwas Seltsames geht hier vor sich. Es ist wie eine Seuche oder so was. Eine Seuche des Verstands.« Casey verzog die Miene und malte bei diesen Worten Anführungszeichen in die Luft. »Die Menschen haben Angst. Ich fürchte mich selbst ein wenig. Heute bin ich auf dem Bürgersteig zusammengezuckt, weil ich einen Wagen übersehen habe. Hätte er nicht gehupt, wäre ich einfach davorgelaufen. Aber nachdem das Auto weg war, habe ich mich gefragt, ob es überhaupt jemals da gewesen ist. Wir drehen alle langsam durch. Keiner weiß mehr, was er noch glauben soll. Ich dachte eigentlich, es wäre die psychiatrische Herausforderung des Jahrhunderts, dieser Sache auf den Grund zu gehen.«

»Fliegst du noch immer zu dem Blackwell-Symposium nach Oxford?«

»Natürlich.«

»Dann müsstest du mich eigentlich verstehen. Das Projekt in Kopenhagen ist für mich ebenso wichtig wie Blackwells Prometheus für dich. Wir stehen kurz davor, den Verstand komplett zu entschlüsseln. Und ich glaube ehrlich gesagt nicht, dass man die Antwort auf das, was gerade geschieht, finden kann, indem man nach Mustern in epidemiologischen Statistiken sucht.«

»Vermutlich hast du recht.« Casey seufzte resigniert und lehnte sich auf dem Küchenstuhl zurück. »Übrigens habe ich mir deinen Laptop angesehen.«

»Super … Konntest du den Ordner öffnen?«

Casey schüttelte den Kopf. »Nein. Man kann nicht einmal das Symbol anklicken oder sich die Eigenschaften anzeigen lassen, um zu erkennen, wie groß er ist oder ob er vielleicht sogar leer ist.«

Macbeth zuckte mit den Achseln. »Dann werde ich ihn einfach ignorieren …«

»Das würde ich nicht tun. Irgendetwas daran gefällt mir ganz und gar nicht. Du hast sehr viele wichtige Daten auf deinem Computer, die mit deiner Arbeit zu tun haben. Ich habe das ungute Gefühl, dass dein Laptop vielleicht gehackt wurde und man auf diese Weise den Ordner dort angelegt hat.«

»Dann ist es eine Art Trojaner?«

»Trojanerviren verstecken sich normalerweise gut auf deiner Festplatte und sind meist nur mit einer Antivirensoftware zu erkennen. Nein …« Casey runzelte die Stirn. »Nein, das ist etwas anderes. Ich habe einen Virenscan gemacht und alle deine wichtigen Dateien auf eine externe Festplatte kopiert – aber keine Software, falls sie infiziert sein sollte. Ich habe noch einen Ersatzlaptop, den ich dir leihen kann.«

»Hältst du das wirklich für notwendig?«

»Ich habe so etwas noch nie gesehen.« Casey lachte verwirrt auf. »Weißt du, eigentlich ist es eine fast perfekte Analogie zu dem, was gerade um uns herum passiert: Dein Ordner ist ein Geist – ein Phantom, das hast du selbst gesagt. Ich fing schon an, mich zu fragen, ob er wirklich da auf dem Bildschirm angezeigt ist oder ob wir ihn uns nur einbilden.«

»Du nimmst dir diese Sache zu sehr zu Herzen, Casey«, stellte Macbeth fest. »Die Dinge sind, wie sie sind. Diese Vorfälle sind noch immer isoliert und selten. Ich hätte gedacht, dass gerade du immun gegen diese Medienhysterie sein würdest.«

»Das bin ich anscheinend nicht …«

Sie hatten der Sache einen Namen gegeben: TNHS. Temporäres nicht-pathologisches halluzinatorisches Syndrom. Die American Psychiatric Association hatte dem Syndrom eine eigene DSM-Nummer zugewiesen, und die Weltgesundheitsorganisation übernahm die Bezeichnung für ihre Klassifikation.

Macbeth war nicht davon überzeugt, dass der Name das Erlebnis widerspiegelte oder dass es genug nicht anekdotische Daten gab, auf denen er basierte – ebenso wenig war er der Ansicht, dass es eine etablierte Etiologie gab –, aber er konnte nachvollziehen, warum man sich für diese Bezeichnung entschieden hatte. Die Medien – nicht nur in den USA, sondern auf der ganzen Welt – hatten begonnen, es das »Boston-Syndrom« zu nennen, daher war das Bedürfnis groß, dem Erlebnis einen offiziellen Namen zu geben, um vor der Öffentlichkeit den Anschein zu erwecken, dass die Mediziner etwas gefunden und isoliert hatten. Das Wort »temporär« war zweifellos hinzugefügt worden, um den Menschen, die ein solches Erlebnis gehabt hatten, zu versichern, dass es sich dabei um kein chronisches Problem handelte.

Auch wenn er Newcombes Bitte abgelehnt hatte, sich dem Untersuchungsteam anzuschließen, war Macbeth einverstanden, mit ihnen am Schilder Institute zusammenzuarbeiten, bis er zurück nach Kopenhagen flog. Er schlug auch erneut vor, sich mit Josh Hoberman in Verbindung zu setzen.

Daraufhin teilte man Macbeth mit, dass Hoberman offenbar aus seinem Haus in Virginia verschwunden sei und auch in seiner Klinik seit über einer Woche nicht mehr gesehen worden war. Angesichts der Gefahr, in der Wissenschaftler aufgrund des Blinden Glaubens und ähnlicher Gruppierungen schwebten, hatte man daraufhin die Polizei informiert.

Macbeth schlug außerdem vor, dass das Team Pete Corbin mit einbezog, der sich in Boston und somit vor Ort aufhielt und schließlich derjenige gewesen war, der das erste Auftreten des Syndroms festgestellt hatte. Doch dieser Vorschlag traf nicht unbedingt auf begeistertes Interesse.

Am Donnerstagmorgen rief Macbeth bei Corbin an.

»Steht unsere Verabredung für morgen 10.30 Uhr noch?«, erkundigte sich Corbin. »Ich möchte dir immer noch meine Patientin vorstellen. Irgendwie bin ich der Ansicht, dass dieser Fall mit all den anderen Dingen, die so passieren, zusammenhängt. Daher würde ich gern deine Meinung dazu hören.«

»Eigentlich rufe ich genau aus diesem Grund an, Pete. Es gibt da noch eine andere Patientin, mit der ich mich viel lieber unterhalten würde, falls das möglich ist. Man hat mir erzählt, dass sie im McLean behandelt wird. Ihr Name ist Deborah Canning.«

Corbin antwortete nicht sofort. Wieder einmal gelang es Macbeth nicht, das Schweigen in der Leitung zu deuten, und er überlegte, ob Pete enttäuscht war, dass Macbeth seine Patientin nicht sehen wollte.

»Scheiße …«, murmelte Corbin schließlich. »Das ist wirklich ein komischer Zufall, John. Deborah Canning ist meine Patientin und genau die Frau, die du dir ansehen sollst …«

32. JOHN MACBETH. BOSTON.

Der Taxifahrer, der Macbeth nach Belmont fuhr, war nicht so gesprächig wie der, der ihn zum ersten Treffen mit Corbin gefahren hatte, und Macbeth war deswegen sehr dankbar. Es überraschte ihn aber auch nicht, war es in den letzten Wochen doch vermehrt zu Verkehrsunfällen gekommen, da Autofahrer Hindernissen oder Menschen ausweichen mussten, die plötzlich und unerwartet aus dem Nichts vor ihnen aufgetaucht waren.

Das McLean-Krankenhaus lag ein Stück außerhalb von Belmont, und es kam Macbeth auf irgendeine Weise immer vor wie eine Mischung aus einem sehr luxuriösen Country Club und einem Ivy-League-Universitätscampus. Es war auch nicht in einem einzigen Gebäude, sondern in mehreren verteilten Häusern untergebracht. Dazu gehörten einige größere, modernere, institutional wirkende Gebäude, aber der Hauptkomplex des McLean befand sich in roten Backsteingebäuden mit Stuck im Kolonial- oder Jakobethianier-Revival-Stil. Diese Häuser gaben vor, zu einer Architektur zu gehören, die selbst für die viktorianischen Erbauer, die sie entworfen hatten, längst Vergangenheit war. Rings herum erstreckte sich ein weites Land mit Bäumen und Gärten. Das zu Harvard gehörende McLean war vermutlich das beste psychiatrische Krankenhaus New Englands und bot jenen, die unter inneren Konflikten litten, eine Umgebung, in der sie äußeren Frieden finden konnten. Macbeth hatte seine Zeit hier sehr genossen. Bis zu seinem letzten Patienten.

Das Taxi setzte ihn vor dem Hauptverwaltungsgebäude ab.

»Schön, dass du herkommen konntest, John«, sagte Pete Corbin, als er Macbeth wieder aus dem Gebäude führte. »Meine Patientin ist in einem der Wohntrakte untergebracht, daher können wir zu Fuß gehen. Hast du das Erdbeben gespürt?«

»Wie jeder andere auch. Und du?«

»Zusammen mit Joanna. Was genau passiert hier, John?«

»Eine Art psychogene Massenstörung … vielleicht viralen Ursprungs, wie du vermutet hast, vielleicht aber auch nicht. Inzwischen hat man ihr den Namen temporäres nicht-pathologisches halluzinatorisches Syndrom gegeben, doch ich würde wetten, dass die Öffentlichkeit bei ›Boston-Syndrom‹ bleibt. Hast du noch immer neue Fälle?«

»Es werden jeden Tag mehr. So etwas habe ich noch nie erlebt.«

»Wusstest du, dass Deborah Canning mit Melissa zusammengearbeitet hat?«

»Nein. Ich wusste, dass sie mit den Golden-Gate-Selbstmorden in Verbindung steht, aber wie du habe ich das nie mit Melissa in Zusammenhang gebracht. Ich kann es noch immer nicht glauben.«

»Geht mir genauso«, stimmte ihm Macbeth zu. »Wenn du nichts von dieser Verbindung gewusst hast, warum wolltest du dann, dass ich sie mir anschaue?«

»Weil sie Wahnvorstellungen hat, die mich an Gabriel Rees erinnern, kurz bevor er vom Dach der *Christian Science* gesprungen ist. Und mein Bauchgefühl sagt mir, dass das alles miteinander – und mit dem Boston-Syndrom – zu tun hat.«

Sie schlugen einen Weg ein, der gesprenkelt war von Sonnenflecken, die durch die Blätter der Bäume fielen. Er führte schließlich zu makellos gepflegten Rasenflächen auf beiden Seiten. Das Wohnhaus war im georgianischen Kolonialstil gehalten und sah eher aus wie das Privathaus eines alteingesessenen Bewohners von New England als ein Krankenhausgebäude.

»Hier ist sie untergebracht?«, fragte Macbeth, der sich auf einmal ziemlich unwohl fühlte.

»Ja.« Corbins Miene wurde finster. »Verdammt, sie ist sogar im selben Zimmer. Tut mir wirklich leid, John, daran habe ich gar nicht gedacht.«

»Ach, vergiss es.« Macbeth zwang sich zu einem Lächeln. »Das ist schon so lange her.«

»Bist du sicher?«, hakte Corbin nach. »Ich könnte sie auch ins Hauptgebäude bitten …«

»Das musst du nicht. Ich hatte es selbst völlig vergessen, bis ich das Gebäude gesehen habe.«

Alle Ärzte verloren im Laufe ihrer Karriere Patienten. Bei Psychiatern bestand die Gefahr vor allem darin, dass ein Patient, der möglicherweise eine plötzliche, unvorhersehbare Stimmungsschwankung erlebte, Selbstmord beging. Hier war es passiert, hier hatte sich jemand, für den Macbeth verantwortlich gewesen war, umgebracht. Sein letzter Fall als praktizierender Psychiater hatte in eben jenem Zimmer gewohnt, das man jetzt Deborah Canning zur Verfügung gestellt hatte. Man hatte ihn beschuldigt, den Patienten schlecht eingeschätzt und eine völlig falsche Diagnose gestellt zu haben. Doch Macbeth war selbst sein größter Kritiker gewesen, und die eigenen Zweifel hinsichtlich seiner Fähigkeit, Menschen einzuschätzen und zu verstehen, hatten letztendlich bewirkt, dass er sich nicht mehr um Patienten kümmerte, sondern in die Forschung gegangen war.

»Bist du sicher?«, wiederholte Corbin.

»Ja, bin ich.«

»Okay.« Corbin betrat vor ihm das Gebäude. »Wie du weißt, hat Deborah in der Spieleindustrie gearbeitet und als Melissas Stellvertreterin Computerspiele entwickelt und programmiert. Sie ist eine überaus intelligente Frau, und wenn sich ein derartiger Intellekt gegen sich selbst wendet, hat man es mit einem harten Gegner zu tun. Sie ist hier zahlende Patientin, hat sich selbst eingeliefert. Ihre Familie lebt in Boston, und vor etwa sechs Wochen ist sie aus San Francisco hergekommen und bei ihnen aufgetaucht; ohne Vorwarnung und völlig verzweifelt. Sie hat ihr Büro verlassen, sich mit ihrer Kreditkarte ein Flugticket gekauft und ist durch das ganze Land geflogen, ohne vorher eine Tasche zu packen oder sich auch nur umzuziehen. Vier Tage, nachdem Debbie in Boston angekommen ist, haben Melissa und alle anderen Mitarbeiter ihres Unternehmens Selbstmord begangen.«

»Weiß sie davon?«

»Ich habe in der ganzen Klinik die Anweisung ausgegeben, dass sie nichts davon erfahren soll, und das gab Probleme mit der Polizei, die sie unbedingt befragen will. Trotzdem bin ich mir ziemlich sicher, dass sie es weiß. Sie hat es entweder intuitiv erraten oder sie ist weggelaufen, weil sie genau wusste, was die anderen vorhatten.«

»Wogegen behandelst du sie?«

»Ihr Zustand ist sehr schwer zu beschreiben. Anders als Gabriel Rees hat sie eine Vorgeschichte: Bipolare Symptome als Erwachsene, und während ihrer Kindheit wurde sie wegen ADHS behandelt. Als sie sich selbst eingewiesen hat, war sie am Tiefpunkt einer psychotischen Depression. Ich habe ihr Asenapin verschrieben, die Dosis jedoch inzwischen gesenkt. Ich bin der Ansicht, dass es für das, was sie plagt, keine pharmazeutische Antwort gibt, daher führe ich intensive Therapiesitzungen mit ihr durch.«

»Warum wolltest du, dass ich herkomme und sie mir ansehe?«, wollte Macbeth wissen. »Ich meine, bevor du von ihrer Verbindung zu Melissa gewusst hast?«

»Im Verlauf der letzten vier Wochen … Ich schätze, der beste Weg, es auszudrücken, wäre zu sagen, dass Debbie dahinschwindet. Sie stellt den offenkundigsten und zugleich logischsten Fall von Derealisation und Depersonalisierung dar, der mir je untergekommen ist. Sie akzeptiert schlicht und einfach nicht, dass sie existiert oder dass sie je existiert hat. Ich hoffe, du hast nichts dagegen, aber nach dem, was mit Gabriel passiert ist und angesichts der Tatsache, dass du selbst Erfahrungen mit Depersonalisierungen hast, dachte ich, du könntest mir vielleicht einige neue Einsichten bieten. Ehrlich gesagt verzweifle ich langsam mit ihr: Sie hat sich so sehr von sich gelöst, dass ich sie kaum noch erreichen und erst recht nicht wieder zurückholen kann.«

»Dann hättest du also gern eine zweite Meinung von einem Kollegen, bei dem eine ähnliche Schraube locker ist, ist es das?«, erkundigte sich Macbeth grinsend.

»Sagen wir eher, von jemandem, der sich zumindest mit einem Teil der Dinge, die in ihrem Kopf vorgehen, auskennt. John, das ist der extremste Fall, mit dem ich je zu tun hatte. Es mag verrückt klingen, aber manchmal bin ich fast so weit, ihr zu glauben, dass der Grund dafür, dass ich sie nicht erreichen kann, darin liegt, dass sie eigentlich gar nicht da ist …«

Das Eckzimmer mit den Doppelfenstern, durch die man auf den Rasen und die Bäume hinausblickte, sah noch genauso aus wie in Macbeths Erinnerung. Mit Ausnahme der Brandschutzbestimmungen neben der Sicherheitstür mit ihren Federscharnieren sah es ebenso wenig nach Krankenhaus aus wie das ganze Gebäude, in dem es sich befand. Es war ein helles, luftiges Zimmer mit blassblauen Wänden und einem großen, abstrakten Gemälde über dem Einzelbett, auf dem eine nichtssagende Anordnung von Formen in Pastellblau und -grün dargestellt war. Es gab hier keine grellen Muster oder Farben, die beunruhigend gewirkt hätten. Die Möbel waren neu und funktional, aber man hatte versucht, sich bei ihrer Auswahl an der Epoche und dem Stil des Gebäudes zu orientieren.

Deborah Canning saß in Jeans, Turnschuhen und einem dunkelblauen T-Shirt auf einem Armsessel neben einem der Fenster. Macbeth erkannte sie sofort anhand des Fotos, das er auf der Webseite von Melissas Firma gesehen hatte. Sie saß aufrecht, aber nicht steif da, stützte den Ellenbogen auf dem kleinen Tisch neben sich ab und hatte eine Hand auf einen großen Kunstbildband gelegt.

Das Erste, was Macbeth an ihr auffiel, war ihre Gelassenheit. Die Ruhe, die ihr Gesicht und ihre Haltung ausstrahlten, wirkte fast schon ansteckend und schien das Zimmer mit einem friedlichen Gefühl zu durchströmen. Deborah war eine attraktive Frau von Anfang dreißig und wäre wunderschön gewesen, wenn ihr Mund nicht ein bisschen zu klein und ihre Nase nicht ein bisschen zu lang gewesen wäre. Doch ihre Augen waren umwerfend; groß, strahlend und smaragdgrün. Ihr Teint war blass und ihr Haar hatte einen unscheinbaren Braunton. Sie drehte sich um und lächelte höflich und ruhig, als die beiden Ärzte eintraten.

»Hallo, Debbie«, sagte Corbin. »Das ist ein Kollege, der von dem ich Ihnen erzählt habe. Dr. John Macbeth.«

»Wie der schottische König?«, fragte sie.

»Wie der schottische König«, bestätigte Macbeth.

»Aber wie welcher Macbeth sind Sie?«, wollte sie wissen.

»Ich verstehe nicht …«

»Es gibt zwei Macbeths«, erwiderte sie mit ruhiger, sanfter Stimme. »Den historischen Macbeth, also den ›echten‹ Macbeth, einen sehr erfolgreichen und beliebten König, und den fiktionalen Macbeth, Shakespeares grausamen Mörder und Tyrannen. An die bedeutendere Fiktion erinnert man sich eher als an die unbedeutende Wahrheit. Also, welchem Ihrer Namensvettern ähneln Sie mehr: der Fiktion, an die man sich erinnert, oder dem vergessenen Faktum?«

»Leider bin ich in keiner Weise königlich oder aus dem Stoff geschnitzt, aus dem Shakespeare-Charaktere sind … Ich bin der Macbeth, der Probleme hat, seine Kreditkartenrechnung zu bezahlen. Dürfen wir uns setzen?«

Sie nickte, und die beiden Psychiater zogen sich Stühle vor das Fenster und setzten sich ihr gegenüber.

»Was haben Sie heute gemacht?«, erkundigte sich Corbin.

»Gemacht?« Sie runzelte die Stirn. »Da draußen waren Geräusche. Stimmen. Motorengeräusche, allerdings sehr leise.«

»Hören Sie diesen Geräuschen gern zu, Debbie?«, fragte Macbeth.

»Ich höre nicht zu, ich höre einfach. Und ich höre sie nur, weil andere Leute sie hören können.«

»Aber Sie hören sie … Sie sind hier, um Ihnen zu lauschen.«

»*Cogito*?«

»Wie bitte?«

»Descartes' Cogito, der Hammer, mit dem Sie meine Wahnvorstellung zu zertrümmern suchen. Wenn ich etwas wahrnehme, dann denke ich. Wenn ich etwas denke, dann bin ich. *Cogito ergo sum.*«

»Tja, damit liegen Sie nicht ganz falsch.«

»Wissen Sie, was das Witzige daran ist? Descartes hat es beinahe richtig verstanden. Aber eigentlich müsste es heißen: Ich denke, daher denke ich, dass ich bin.«

»Da irren Sie sich, Debbie«, erwiderte Macbeth. »Sie wissen, dass Sie existieren, weil Sie diese Probleme haben, weil Sie, möglicherweise aufgrund eines Traumas, versuchen, sich von der Realität zu distanzieren. Das ist ein Verteidigungsmechanismus, weiter nichts. Ich weiß, dass Sie existieren. Dr. Corbin weiß, dass Sie existieren. Wir können Sie beide sehen und hören.«

»Dummerweise ist diese Logik nicht überzeugend. Ich weiß einiges über diese Dinge, über die Logik und die Wahrnehmung. Bei meiner Arbeit habe ich Tricks und Geräte genutzt, um mit der Wahrnehmung der Menschen zu experimentieren. Dass ich als Empfindung in Ihrem Kopf existiere, bedeutet noch nicht, dass ich wirklich als greifbares Objekt in der Realität vorhanden bin … Verwende ich die richtigen Worte?«

Macbeth lächelte und nickte. »Ja, Debbie … Sie verwenden die richtigen Worte.«

»Was wäre, wenn ich nur in Ihrem Kopf existiere?« Sie sah ihn ernst an, und zum ersten Mal spiegelte ihr Gesichtsausdruck Gefühle wider. »Haben Sie sich das noch nie gefragt? Haben Sie noch nie darüber nachgedacht, dass all das, alles und jeder um Sie herum, nur in Ihrem Kopf existieren könnte? Woher wissen Sie, dass ich schon hier war, bevor Sie hereingekommen sind? Sie denken, ich hätte Wahnvorstellungen, aber in Wahrheit gibt es nur einen Unterschied zwischen mir und allen anderen: Ich *weiß*, dass ich nicht existiere, während alle anderen es nur irgendwann in ihrem Leben wenigstens ein Mal vermutet und die Realität der Welt um sich herum oder sich selbst infrage gestellt haben.«

»Warum gehen wir dann alle davon aus, dass wir existieren?«

»Weil sich die Täuschungen häufen und überlagern, seit unserer Kindheit. Täuschungen, Konzepte, soziale Konstrukte. Wir haben einen Konsens darüber erzielt, was Realität ist, über unsere eigene Existenz, und jeder, der das infrage stellt, wird als wahnhaft bezeichnet.«

»Was ist mit den Philosophen? Quantenphysikern? Neurowissenschaftlern? Stellen sie die Realität nicht infrage? Diese Leute hält niemand für wahnhaft.«

»Sie werden als abstrakt Denkende angesehen. Ihre Auffassung von der Realität wird nicht angezweifelt, weil sie nicht verstanden wird. Sie verkleiden das, was im Alltag einfach und verständlich ist, in eine Sprache, die außer ihnen niemand verstehen kann. Sie verschleiern die Wahrheit, anstatt sie zu erhellen.«

»Was ist diese Wahrheit?«, wollte Macbeth wissen.

»Kennen Sie Timothy Learys Entwicklungstheorie der acht Bewusstseinsstufen?«

»Ich habe schon davon gehört«, antwortete Macbeth.

»Im achten Schaltkreis liegt die Wahrheit. Das universale Bewusstsein. Das Quantenbewusstsein. Das Bewusstsein ist am schwierigsten zu definieren. Warum sehe ich die Welt aus meinem Fenster und Sie aus Ihrem? Haben Sie sich je gefragt, ob wir uns alle ein und dasselbe Bewusstsein teilen und es nur zu jedem Zeitpunkt aus einem anderen Blickwinkel erleben? Vielleicht sterben Sie ja und wachen auf als ich, Gandhi, Hitler oder das verhungernde afrikanische Kind, das Sie im Fernsehen gesehen haben? Wir denken nicht darüber nach, weil unser Denken unterdrückt wird. Diese sogenannte Realität ist übereingekommen, die kognitive Freiheit zu unterdrücken. Wir verbannen den Geist erweiternde Drogen und wir erschaffen Religionen, um die Gedanken anderer und auch unsere eigenen einzugrenzen und zu kanalisieren. Woher wollen Sie wissen, dass ich keine Erfindung Ihrer eigenen Wahrnehmung bin?«

»Weil ich keine so große Fantasie habe, Debbie. Ich weiß, dass Sie existieren.«

»Ich weiß, wie gesagt, eine Menge darüber, wie die Realität wahrgenommen wird. Man hat mich mal als die beste ARG-Programmiererin in den Vereinigten Staaten bezeichnet. Als eine der drei besten der Welt.«

»ARG?«

»›Alternate Reality Games‹, das Spiel mit anderen Realitäten. Das völlige Eintauchen in eine andere Wirklichkeit. Ich habe alle Tricks gelernt, und mehr als die Hälfte davon selbst erfunden. Von daher weiß ich, wie man den menschlichen Geist dazu bringen kann, zu glauben, er hielte sich an einem Ort auf, an dem er sich gar nicht aufhält, und in einer Umgebung, die gar nicht existiert.« Sie lächelte erneut, und Macbeth bemerkte, dass ihr Mundwinkel zitterte. »Würden Sie mir einen Gefallen tun? Schauen Sie sich um. Machen Sie mir die Freude … Bitte, sehen Sie sich beide um und nehmen Sie genau zur Kenntnis, was Sie in Ihrer Umgebung sehen.«

Sie drehten sich beide um und blickten ins Zimmer.

»Jetzt drehen Sie sich wieder zu mir um und schauen Sie nicht mehr nach hinten.«

Sie taten es.

»Sagen Sie mir, was sich in Ihrem Rücken befindet. Dabei dürfen Sie sich aber auf keinen Fall noch einmal umdrehen.«

»Was hinter uns ist? Ihr Zimmer, Debbie«, sagte Corbin. »Ihr Bett, der Kleiderschrank, der Bademantel das Bild an der Wand, die Tür zum Flur …«

»Da haben Sie es«, meinte sie. »Jetzt sehen Sie mich an, haben vor Ihrem inneren Auge aber das Bild des Raumes, den Sie gesehen haben. Sie erschaffen ihn in Ihrem Kopf neu, obwohl Sie ihn nicht länger sehen können.«

Sie blickte zwischen ihnen hindurch, über sie hinweg, hinter sie. Ihr Gesicht wirkte auf einmal nicht mehr gelassen, stattdessen spiegelten sich einen Moment lang Schmerz und Verzweiflung in ihrer Miene wider, nur um erneut zu verschwinden und von kalter, leerer Ruhe ersetzt zu werden.

»Wissen Sie, was ich sehe? Nun, da Sie nicht hinsehen? Alles, was Sie beschrieben haben, war dort, aber nur, als Sie hingesehen haben. Es war dort, *weil* Sie hingesehen haben. Jetzt ist es fort. Ich kann es nicht sehen, weil ich es nicht erschaffen kann. Es existiert nicht, weil ich nicht existiere, um es zu erschaffen.«

»Und was *ist* jetzt da, Debbie?«, wollte Macbeth wissen.

»Nichts. Da ist nichts. Nur eine Leere, die ich Ihnen nicht beschreiben kann, weil sie keine Dimension, keine Farbe und keine Form hat.«

Ihr Gesicht blieb ruhig, doch ihre Augen wurden feucht, und eine Träne rann aus ihrem Augenwinkel und die Wange hinunter.

»Ich sehe an Ihnen vorbei, und da ist nichts. Ich sehe an Ihnen vorbei in die allerschrecklichste Leere.«

33. ZHANG. GANSU-PROVINZ.

Zhang Xushou kniff die Augen gegen das grelle, viel zu helle Sonnenlicht zusammen. Wie die anderen Lijian aus ihrem Dorf war sie mit ihren hellen Augen empfindlich für das Wüstenlicht, aber der heutige Tag war anders. Als sie wieder einmal am Rand des Dorfes saß, schien sich die Sonne am Himmel auszubreiten, und ihr Licht wirkte intensiver anstatt diffuser. Der Horizont war zwischen dem strahlenden Himmel und seiner Reflexion auf dem Sand kaum zu erkennen. Sie hatte das Gefühl, vor einer helleren Sonne aus einer längst vergangenen und vergessenen Zeit zu stehen. Das vage Gefühl wurde zu einem überzeugenden Déjà-vu, während sie eine starke Unruhe und Unwirklichkeit empfand. Sie stand am Rande des Dorfes und schloss fest die Augen, nahm sich einen Moment Zeit, um sich zu beruhigen und um ihre Gedanken zu sammeln. Vielleicht wurde sie ja krank oder der Stress, dass sie bald zur Universität gehen würde, setzte ihr zu.

Oder vielleicht war das wirklich das Zeitalter der Visionen, und wenn sie die Augen wieder aufschlug, würde sie ihren römischen Vorfahren zusammen mit seiner Kohorte sehen, die strahlend aus der Wüste marschierte. Schließlich hatte sie so lange darauf gewartet.

Als sie die Augen wieder öffnete, war die Sonne noch immer zu hell, aber nicht im gleichen Maße wie zuvor. Und sie wusste, dass es keine Krankheit und kein Virus war, dass ihr Geist nicht verrückt spielte. Was sie erlebte, war wirklich vorhanden und tatsächlich da.

Nur dass es nicht sein konnte.

Zhang stand am Rande ihres Dorfes und blickte auf die Wüste Gobi hinaus. Nur dass die Wüste Gobi nicht länger da war. Das Meer aus Sand war durch einen richtigen Ozean aus blauem Wasser ersetzt worden, das in der Sonne funkelte. Jetzt stand Zhang am Ufer eines Ozeans oder eines Sees, der sich so weit erstreckte, wie sie sehen konnte, und Ozon erfüllte die Luft und drang in ihre Nase ein. Sie machte taumelnd einige Schritte nach hinten. Das war nicht einfach nur unmöglich, das war so unmöglich, wie nur etwas unmöglich sein kann. Ein Ozean dort, wo seit Jahrtausenden nichts als Wüste gewesen war; eine Wüste, die sich pro Jahr um mehr als dreitausend Quadratkilometer vergrößerte.

Eine Wüste, die auf einmal auf unerklärliche Weise verschwunden war.

Seltsamerweise wusste sie genau, dass sie nicht verrückt wurde. Das, was sie vor sich sah, war verrückt, aber ihr war bewusst, dass es sich um eine außerhalb ihrer selbst liegende Verrücktheit handelte. Das, was sie sah, war offensichtlich eine Halluzination, aber es war nicht sie, die diese Halluzination hatte. Das Bild der einstürzenden Himmelsmauer, das ihr vom alten Zhia Bao in den Kopf gesetzt worden war, erfüllte sie auf einmal mit Furcht. Sie spürte, wie ihr Herz wild in der Brust klopfte, und Panik stieg in ihr auf.

Dann hörte sie es. Hinter sich.

Das Geräusch von etwas Monströsem.

Zhang Xushou drehte sich zu dem Geräusch um. Jeder Muskel, jede Sehne und jede Faser ihres Körpers schien vor einer Angst erstarrt zu sein, die alles umfassend ihren Körper in Besitz genommen hatte, sodass sie weder reden, atmen noch sich bewegen konnte. Etwas, das tief im primitivsten Teil ihres Gehirns verborgen und eingesperrt gewesen war, explodierte, und jeglicher Gedanke an Flucht oder Kampf war vergessen. Sie war völlig und total der Gnade ihrer eigenen Angst unterworfen.

Ebenso wie dem Ding, dem sie jetzt entgegenblickte.

Es war ein Monster. Mit Kopf und Gestalt eines Wolfes, das ihm eine entsprechende Silhouette verlieh, aber den Streifen eines Tigers und fünf Mal so groß wie ein gewöhnlicher Wolf. Ein dämonisches Wesen, das einem Albtraum entsprungen war; ein riesiges, gelbäugiges, schnaubendes Ding aus Fell, Zähnen und Klauen. In ihrer Panik versuchte Zhang gar nicht erst, diese Kreatur zu begreifen, die Unsinnigkeit eines Wolfes, der größer war als ein Pferd, zu verstehen, doch irgendetwas in ihrem Gehirn registrierte, dass es nicht nur die Größe des Monsters war, die sie an etwas anderes als einen Wolf denken ließ. Die Kreatur besaß einen unförmigen, muskulösen Körper mit dichtem Fell, doch der monströse Kopf und diese unglaublich massiven Kieferknochen erschienen selbst im Vergleich zu diesem riesigen Körper überproportional.

Das Wolfsmonster hatte sie nicht wahrgenommen. Es bahnte sich mit bösartigen Pfotenbewegungen den Weg zum Ufer. Doch da fiel ihr auf, dass das Wesen weder Pfoten noch Klauen hatte: Seine Füße glichen nichts, was sie schon einmal gesehen hatte … Der beste Vergleich wären die Hufe einer Ziege gewesen, nur eckiger und schärfer. Sie versuchte, sich an irgendetwas zu erinnern, das sie schon einmal in einem Buch gesehen, in einem abwegigen Märchen gelesen oder in einer Sage gehört hatte; in einer Geschichte vielleicht, die sich um derartige Schimären drehte.

Der Tiangou. Der Dämonenhund aus der chinesischen Legende, der die Sonne fraß, um für Finsternis zu sorgen. Dieses Ding, dieses Wesen vor ihr … Das musste es sein. Der Tiangou existierte, begriff sie auf einmal – nicht so wie in den Legenden oder im Aberglaube, sondern im Hier und Jetzt. Das war die Realität, auf der die Legende basieren musste.

Aber das Meer – das erklärte noch lange nicht, warum das Meer jetzt dort war, wo sich die Wüste befunden hatte. Und warum hatte sie nie davon gehört, dass noch jemand diese Bestie gesehen hatte?

Die Kreatur hatte sie noch immer nicht entdeckt, und Zhangs Verstand schrie ihrem Körper gedämpft zu, er solle sich in Bewegung setzen; nicht wegrennen, sondern langsam in Richtung des Dorfes verschwinden. Für einige Sekunden war ihr Verstand nicht in der Lage, den dichten Eispanzer ihrer Furcht zu durchdringen, der sie bewegungsunfähig machte, aber dann begann sie fast schon schmerzhaft langsam und ohne Luft zu holen oder den Blick von der Bestie abzuwenden, erst einen Fuß nach hinten zu setzen, dann den nächsten.

Der Tiangou ließ seinen riesigen Kopf in ihre Richtung schnellen und überraschte sie dabei mit einer Geschwindigkeit, die sie einem derart massiven Schädel nicht zugetraut hatte. Er stieß ein Brüllen aus. Es klang nicht wie das eines Löwen oder eines Wolfes, es klang wie keine Kreatur, die sie je gehört hatte: Es war ein langes, tiefes, donnerndes Gebrüll, das tief in Zhang Xushous Knochen widerhallte. Er senkte seinen unfassbaren Kopf zwischen die gewaltigen, sich bei jeder Bewegung wie Kolben bewegenden Schultern. Zhang hatte diese monströse Kreatur noch nie gesehen, aber sie erkannte die Art, in der sie sich bewegte, den langsamen, überlegten Gang eines Raubtiers, das sich auf den Angriff vorbereitet.

Das Zeitalter der Visionen.

Zhang erinnerte sich an all die Geschichten, die sie gehört hatte, an Menschen, die aufgrund von Dingen, die gar nicht da waren, in Panik gerieten oder beim Anblick seit Langem Verstorbener weinten. Visionen. Visionen können einem nicht wehtun. Visionen sind nicht real. Aber das, was sie da vor sich hatte, war zwar höchst unwahrscheinlich, aber auch so real wie nur irgendetwas, das sie in ihrem Leben erlebt hatte.

Der Tiangou brüllte erneut. Er schlich vorwärts, um dann innezuhalten und sie mit seinen toten und kalten gelben Augen anzusehen. Zhang wusste, dass er angreifen würde. In einem Sekundenbruchteil hatte das Monster die Distanz zwischen ihnen überbrückt.

Sie schloss die Augen.

Zhang presste die Augenlider aufeinander. Sie drückte sich die Hände auf die Ohren und befahl dem Tiangou, dem Wüstenmeer und der zu grellen Sonne, zu verschwinden.

Als sie die Augen wieder aufschlug, funkelte das Meer noch immer unter dem strahlend blauen Himmel und die Luft roch noch immer anders und fühlte sich auch so an. Aber der Tiangou war nicht mehr vor ihr. Sie hörte ihn erneut brüllen und wirbelte herum, um festzustellen, dass er sich hinter ihr befand. Dann sah sie auch die andere unmögliche Bestie. Das Monster hatte gar nicht sie angegriffen, sondern diese andere Kreatur.

Für Zhang sah das Wesen wie ein Nashorn aus, war aber ebenfalls zu groß und trug auch kein Horn auf dem Kopf, besaß stattdessen zwei flache, löffelartige Fortsätze, die aus beiden Enden der Schnauze herausragten.

Der Tiangou hatte ganz offensichtlich diese andere Kreatur angegriffen: Zhang sah eine grässliche Wunde, die sich über den ledernen Panzer aus dicker, gefalteter Haut zog. Die Bestie stieß einen langen, klagenden Schrei aus, als der Tiangou sich auf die Hinterbeine stellte, den Hals drehte und die riesigen Kiefer aufriss. Dann fiel er über seine Beute her, und die Zähne drangen tief in den Hals des Tieres ein. Obwohl die andere Kreatur robust gebaut war, zermahlten die Kiefer des Tiangou Haut, Muskeln und Knochen. Bei dem Geräusch wurde Zhang übel. Die Kreatur schien sofort jegliche Kraft zu verlieren und sank auf die Knie, bevor sie mit lautem Donnern zur Seite fiel. Der Tiangou riss gnadenlos an ihrem Fleisch herum und fraß, noch bevor das letzte Leben aus seinem Opfer gewichen war. Die Luft stank nach Blut und rohem, zerfetztem Fleisch, sodass Zhang sich beinahe übergeben hätte.

Ihr wurde bewusst, dass sich der Tiangou zwischen ihr und dem Dorf befand, dass sie keine Deckung hatte und nirgendwo hin konnte. Sie musste an ihm und seiner Mahlzeit vorbei, wenn sie sich in Sicherheit bringen wollte. Da sie darauf hoffte, dass das Wolfsmonster zu sehr ins Fressen vertieft war, schlug sie einen weiten Bogen, wobei sie dem Impuls widerstand, loszurennen, und wandte den Blick nicht von dem Monster ab.

Sie ging ruhig weiter und achtete darauf, langsam genug zu gehen, um das Raubtier in dem Monster nicht erneut zu wecken, aber schnell genug, damit sie an ihm vorbei wäre, bevor es das letzte Stück Fleisch von seinem Opfer gerissen hatte.

Die Bestie hob den gewaltigen Kopf, dessen Schnauze mit Blut und den zerrissenen Sehnen seiner Beute bedeckt war, und starrte Zhang mit ihren kalten, toten gelben Augen an. Sie erstarrte und überlegte, wie weit sie noch von den ersten Häusern im Dorf entfernt war. Ihr wurde klar, dass sie nicht einmal die Hälfte der Distanz würde überbrücken können, bis das Wolfsmonster sie erreicht hatte und seine gewaltigen Kiefer in ihr Fleisch schlug und ihre Knochen zermalmte.

Das war's. Genau so würde sie an diesem Ort sterben, und sie vermochte nicht einmal zu sagen, was für ein Ding dies Wesen, das ihr den Tod brachte, wirklich war. Dann merkte sie, dass die Bestie gar nicht sie ansah. Vielmehr blickte sie durch sie hindurch, wie zuvor, als sie das riesige nashornartige Wesen angegriffen hatte. Für diese Bestie existierte Zhang nicht einmal.

Das Zeitalter der Visionen. Das, was sie erlebte, sah real aus, fühlte sich so an und roch auch so, aber es war eine Vision, eine Illusion. Es war nicht realer als etwas, das sie im Fernsehen oder im Kino sah.

Sie war überzeugt davon, dass es eine Halluzination war, aber war sie mutig genug, um die Probe aufs Exempel zu machen?

Zhang machte einen Schritt zur Seite, einen großen, sicheren Schritt. Der Blick des Wolfsmonsters blieb starr und bewegte sich nicht mit. Noch einen Schritt. Das Monster brüllte, und auch jetzt hallte es in Zhangs Fleisch und ihren Knochen wider. Es war real. Sie kämpfte gegen die Panik an, die sie zu übermannen drohte, und machte noch einen Schritt zur Seite, dann einen weiteren. Jetzt stand sie nicht mehr in der Sichtlinie des Monsters, und es hatte den Kopf nicht gedreht, um ihr nachzusehen. Nach einem Moment verlor der Tiangou das Interesse an dem, was immer er entdeckt hatte, und wandte sich wieder dem zerfetzten Kadaver seiner frisch erlegten Beute zu, um weiterzu fressen.

Zhang rannte auf das Dorf zu. Sie lief so schnell, wie sie noch nie in ihrem Leben gelaufen war, und sah sich nicht um, ob das Monster – Halluzination oder nicht – ihr nachsetzte.

34. JOHN MACBETH. BOSTON.

Macbeth war sich des Raums äußerst bewusst, so als würde ihn Deborah Canning in ihren immer engeren Wahrnehmungsbereich hineinziehen. Draußen wurde es windiger, und die Sonne schien einige Sekunden lang nur gedämpft ins Zimmer, bevor es wieder heller wurde.

»Warum sehen Sie hinter uns nichts, Debbie?«, fragte er. »Und wieso erblicken wir etwas, wenn Sie das nicht können?«

»Stellen Sie sich Folgendes vor«, erwiderte sie. »Sie stehen in einem Raum voller Spiegel, von denen Dutzende so angewinkelt sind, dass sie endlose rekursive Reflexionen erzeugen. Sie sind von einer unendlichen Anzahl Ihres eigenen Ichs umgeben. Wie können Sie sich sicher sein, dass Sie wirklich Sie und nicht nur eines Ihrer Spiegelbilder sind?«

»Weil ich denken kann«, antwortete Macbeth. »Ein Spiegelbild kann das nicht.«

Sie lachte leise und leicht verbittert. »Da irren Sie sich, Dr. Macbeth. Das Projekt, an dem Sie arbeiten … Sie halten einen Spiegel hoch und erzeugen ein Spiegelbild des menschlichen Verstands. Aber dieses Spiegelbild wird denken. Es wird glauben, real zu sein.«

Macbeth war kurz überrascht. »Woher wissen Sie von meiner Arbeit?«

»Wir haben darüber gesprochen.«

»Wir?«

»Melissa und ich. Sie hat oft von Ihnen gesprochen. Aber noch häufiger haben wir uns über Ihre Arbeit unterhalten.«

Macbeth wollte sie schon etwas anderes fragen, sich danach

erkundigen, was Melissa über ihn gesagt hatte, doch er riss sich zusammen.

»Dann behaupten Sie also, Sie wären ein Spiegelbild«, fuhr er fort. »Aber ich sehe Sie, ebenso wie Dr. Corbin. Wir wissen, dass Sie real sind.«

»Nein … Sie werden einfach nur getäuscht und glauben, ich sei real. Wissen Sie, was ein ›Trompe-l'Œil‹ ist?« Deborah hob den schweren Kunstband hoch, der auf dem Tisch unter dem Fenster lag, und reichte ihn Macbeth. *Das irregeführte Auge: Die Kunst der Täuschung.* Sie blätterte die Seiten um, während Macbeth das Buch in der Hand hielt. Als sie zum Foto eines Gemäldes kam, das in einer Galerie hing, hielt sie inne. Darauf waren zwei junge Männer abgebildet, die eine Treppe hinaufstiegen, die nur zum Teil zu sehen war. Das Bild war auf drei Seiten konventionell gerahmt, sodass es eher einem Türrahmen in der Wand statt einem Gemälde glich, und am unteren Ende befand sich eine echte, dreidimensionale nach unten und zum Boden führende Holzstufe in derselben Farbe und Bauart wie bei den Stufen aus dem Bild. Die Komposition erzeugte die optische Illusion von Tiefe und Dimension.

»Charles Willson Peales *Die Gruppe auf der Treppe*«, erklärte Deborah. »Die Gestalten auf dem Gemälde sind lebensgroß … es handelt sich um Peales Söhne. Das Foto gibt nicht den ganzen Effekt wider. Der Eindruck, den es erweckt, ist derart überzeugend, dass George Washington glaubte, es wäre real, als er es zum ersten Mal gesehen hat. Die Geschichte der Trompe-l'Œil geht zurück in die Zeit der Römer und Griechen, deren Fresken das Auge täuschen und das Innere größer und gewaltiger wirken lassen. Als der Renaissance-Maler Giotto noch Lehrling bei Cimabue war, malte er eine Fliege auf eines der Fresken seines Meisters. Sie wirkte so lebensecht, dass Cimabue versuchte, sie von der Wand zu schlagen.« Sie nahm ihm das Buch wieder ab, schloss es und legte es mit präzisen Bewegungen an exakt dieselbe Stelle, an der es zuvor gelegen hatte. »Tja, Dr. Macbeth, es ist kinderleicht, die Sinne zu täuschen und den Verstand dazu zu bringen, etwas als echt zu akzeptieren, das eigentlich eine Fälschung ist.«

»Und wer wird dann Ihrer Meinung nach getäuscht? Sie, weil Sie den Raum hinter uns nicht sehen, oder wir, weil wir ihn sehen?«

»Wir werden alle getäuscht: Sie, weil Sie glauben, ich würde ebenso wie der Raum existieren, und ich, weil ich an meiner Existenzlosigkeit zweifle. Aber wenn ich mich darauf konzentriere, wenn ich akzeptiere, dass ich keine Präsenz unabhängig vom Verstand anderer habe … dann kann ich das Nichts sehen.«

»Dann existieren wir also, weil wir sehen, was Sie nicht sehen können?«, wollte Macbeth wissen.

»Nein. Sie existieren auch nicht. Wir sind alle Reflexionen. Sie *denken* nur, Sie existieren und dass es diesen Raum gäbe. Ich aber *weiß*, dass nichts davon existiert.«

Macbeth hob eine Hand und deutete auf das Fenster. »Vor einem Moment wurde das Licht schwächer und der Vorhang hat sich bewegt. Ich muss nicht nach draußen sehen, um zu wissen, dass der Wind aufgefrischt hat, oder die Wolke sehen, die sich vor die Sonne geschoben und sie kurz verdunkelt hat, um zu wissen, dass die Wolke und die Sonne dort waren. Man muss nicht alles spüren oder erleben, um zu wissen, dass es da ist.«

»Ich habe Hegel und Kant ebenfalls gelesen, Dr. Macbeth. Was die Bäume, Wolken und die Dinge an sich angeht … Sie wissen, womit ich meinen Lebensunterhalt verdient habe; ich habe Welten erschaffen. Tausende davon. Derart komplexe und überzeugende Programme und so reale Umgebungen, dass die Menschen für endlose Stunden diese Realität verlassen haben, um in meiner zu leben. In meinen Welten gab es ebenfalls Wind, Wolken und Bäume.«

»Vielleicht ist es genau das, was Ihre Verbindung zur Realität beschädigt hat«, vermutete Macbeth. »Hören Sie mir gut zu, Debbie. Ich glaube, Sie denken, dies ist eine Erfahrung, die nur Sie allein machen, und dass Ihnen etwas enthüllt wurde, das niemand anders verstehen kann. Aber Sie müssen mir glauben, dass dies eine gut bekannte Störung ist. Ich denke, Sie leiden an einem der Syndrome wahnhafter Verkennung. Diese treten durchaus häufiger auf, allerdings in unterschiedlicher Ausprägung. Menschen, die am Capgras-Syndrom leiden, glauben, Freunde oder Familienangehörige wären durch Doppelgänger ersetzt worden. Beim Fregoli-Wahn denkt man, jeder auf der Welt wäre eigentlich dieselbe Person, nur in Verkleidung. Das Cotard-Syndrom lässt einen davon überzeugt sein, man wäre tot. Bei der reduplikativen Paramnesie ist man der Ansicht, man sei entführt und in eine genaue Kopie der Welt versetzt worden. Erkennen Sie Ähnlichkeiten zu dem, was Sie empfinden?«

»Das sind alles Wahnvorstellungen und somit Lügen. Was ich weiß, ist keine Lüge.«

»Das Problem bei einer Wahnvorstellung ist, dass man sie per Definitionem nicht als falsch erkennen kann«, entgegnete Macbeth. »Sie kommt einem real und logisch vor. Sie sind eine sehr intelligente Frau, und das bedeutet, dass Ihre Wahnvorstellung ebenfalls höchst intelligent ist. Ausgefeilt und gut informiert.«

Corbin tippte Macbeth leicht auf den Arm und meinte dann zu Deborah: »Sie werden müde. Wir gehen jetzt, damit Sie sich ausruhen können. Dr. Macbeth und ich kommen Sie bald wieder besuchen, wenn das für Sie in Ordnung ist.«

»Wenn Sie möchten.« Sie drehte sich zum Fenster um, und ihr Gesicht verlor das letzte bisschen Lebhaftigkeit, das noch darin gewesen war. »Ich werde nicht hier sein. Noch immer nicht.«

35. JACK HUDSON. NEW YORK.

I grow old, I grow old, I shall wear the bottoms of my trousers rolled …

Wie ein nerviger Ohrwurm, den er nicht mehr aus dem Kopf bekam, wiederholte sich die Zeile von T. S. Eliot und störte Hudsons Gedanken, der gerade auszurechnen versuchte, wie alt der ausführende Produzent sein mochte, dem er gegenübersaß. Jack Hudson vermutete, dass er schon länger beim Fernsehen arbeitete, als Tony Elmes überhaupt am Leben war. Die Fernsehindustrie war zu einem Kindergarten geworden. Sie fiel in die sorglosen, unerfahrenen Hände von Heranwachsenden, deren strahlende, frische Gesichter ihren leeren Enthusiasmus widerspiegelten und die nichts als Blödsinn im Kopf hatten. Aber wenn Hudson ehrlich war, dann musste er zugeben, dass es schon immer so gewesen war, selbst als er als junger Mann mit strahlendem, frischem Gesicht voller leerem Enthusiasmus und nichts als Blödsinn im Kopf angefangen hatte.

Jack Hudsons Gesicht war schon lange nicht mehr strahlend und frisch. Der Mann mittleren Alters, der ihm jeden Morgen aus dem Badezimmerspiegel entgegensah, konfrontierte ihn mit einer Realität, die Hudson nicht zu akzeptieren vermochte. Sein gutes, dunkles Aussehen und seine noch dunklere Ausstrahlung waren finster und verdrossen geworden. Wie konnte er Ende fünfzig sein, wo er doch eben noch fünfundzwanzig gewesen war?

Ich werde alt, ich werde alt … Die Zeile hallte erneut durch seinen Kopf. Hudson bezweifelte, dass Tony Elmes überhaupt wusste, wer Eliot war. Das lag nicht etwa daran, dass Elmes ein

Idiot wäre oder eine schlechte Ausbildung genossen hätte, ganz im Gegenteil, sondern dass er zu dieser Generation gehörte, die immer eingestöpselt und über alles informiert war und die aus dem Nichts aufgetaucht zu sein schien. Ebenso wenig war Elmes ein Arschloch, aber in diesem Augenblick tröstete sich Hudson damit, ihn als solches anzusehen.

Die beiden Männer saßen in einem türlosen »Begegnungsraum« im vierten Stock. Hudson erinnerte sich noch gut an die Zeit, als Besprechungen in Büros oder Konferenzräumen abgehalten wurden, Räumen mit Türen. Heutzutage hatten die Leute keine Besprechungen mehr, sondern »Vier-Augen-Gespräche« in »Besprechungsräumen«, die für »zwanglose Interaktionen zwischen Kreativen« gedacht waren. Das war doch alles Schwachsinn. Als er in diesem Geschäft angefangen hatte, ging man mit dem Regisseur und dem Produzenten in eine Bar an der Ecke der Fifth Avenue und betrank sich, wenn einem der Sinn nach »zwanglosen kreativen Interaktionen« stand. Einige von Hudsons besten Ideen für Dokumentarfilme waren über einem Whiskeyglas entstanden. Jetzt musste er jedoch mit einem ausführenden Produzenten, der aussah, als frage ihn jeder Barkeeper nach seinem Ausweis, in einem türlosen Raum im vierten Stock sitzen; inmitten von weichen Sofas, Beistelltischen, Firmenpostern an den Wänden und einer Espressomaschine in der Ecke, während seine Verzweiflung langsam in das weiche Leder des tiefen Klubsessels sickerte.

»Ich will nichts weiter, als gutes Fernsehen machen, Tony«, wiederholte er.

»Das wollen wir doch alle, Jack. Und das ist genau das, was wir hier tun«, erwiderte Elmes mit leicht tadelnder Stimme.

»Ich spreche von gutem Fernsehen, wie es früher war. Qualitätsfernsehen, Qualitätsdokumentationen, Qualitätsfilme. Nicht diese Reality-Scheiße.«

»Wir produzieren keine Scheiße, Jack. Reality schon, aber

keine Scheiße. Die Öffentlichkeit möchte Realityshows sehen, und daran geht nun mal kein Weg vorbei. Wir wollen hier Reality-TV machen, das besser ist als das der anderen.«

»Na super … Wir versuchen also, der größte Mann in Liliput zu sein. Realityshows und Soaps sind der kleinste gemeinsame Nenner im Fernsehen – du weißt es, ich weiß es, das weiß jeder. Das ist nicht mal Reality, es sind echte Menschen, die so *tun*, als wären sie echte Menschen, und die ihr Leben wie eine Rolle im Film spielen. Das ist armselig, billig und schwachsinnig.«

»Das ist doch elitäres Gelaber, Jack. Ich hätte dich nie für einen intellektuellen Snob gehalten.«

»Der Meinung zu sein, dass wir keine Kinderpornografie senden sollten, bloß weil es einen Markt dafür gibt, ist kein elitärer oder intellektueller Snobismus, sondern spiegelt nichts als gesunden Menschenverstand und Anständigkeit wider. Das Einzige, das einige in diesem Geschäft von so etwas abhält, ist die Tatsache, dass es illegal ist. Wer weiß, was alles passieren würde, falls das eines Tages nicht mehr so sein sollte.«

»Das glaubst du doch nicht wirklich, Jack …«

»Ach nein? Gib den Leuten genug Lizenzen, und sie kennen keine Grenzen mehr. In einem römischen Kolosseum galt es als Lustspiel, Gladiatoren, die blind, verkrüppelt oder noch Kinder waren, bis zum Tod gegeneinander kämpfen zu lassen. Und in den Arkaden hinter dem Kolosseum konnte man jeden für jeden Zweck kaufen, darunter auch Kinder. So weit wird die Menschheit wieder sinken … Der einzige Unterschied zur heutigen Zeit ist, dass wir die Technologie haben, um alles schneller und besser zu liefern. Das Internet ist unser Kolosseum, und das Fernsehen holt langsam auf. Wir müssen einen moralischen Standpunkt beziehen.«

»Einen moralischen Standpunkt?«, wiederholte Elmes.

»Du weißt genau, was ich meine … Ich möchte bloß Fernsehen machen, auf das wir stolz sein können.«

»Das weiß ich zu schätzen. Und niemand in dieser Abteilung ist sich deiner Leistungen und deines Rufes nicht bewusst. Wir bewundern dich alle. Aber die Zeit für die Art von Programm, die du vorschlägst, ist vorbei. Es tut mir wirklich leid, aber so ist es nun mal.«

»Willst du mir damit sagen, dass ich am Ende bin? Dass es in dieser schönen neuen Welt voller Pseudo-Promis und falscher Realität keinen Platz mehr für mich gibt?«

»Großer Gott, nein, Jack. Was ich damit sagen will, ist, dass das Goldene Zeitalter des Fernsehens, wie es so schön genannt wird, hinter uns liegt, so ungern ich es mir auch eingestehe. Wir können das Budget für etwas, das im Grunde nichts anderes als ein politischer Dokumentarfilm ist, nicht länger rechtfertigen. Wir machen kein Fernsehen für alle, sondern für ein begrenztes Publikum. Ich weiß nicht einmal, ob wir es überhaupt noch Fernsehen nennen können, da ebenso viele Menschen unsere Sendungen auf PCs, Tablets, Handhelds und Smartphones wie auf konventionellen Fernsehgeräten empfangen.«

»Bedeutet das denn nicht, dass wir ein größeres Publikum erreichen? Die Menschen sind klug, Tony. Sie sind nur dumm, wenn du sie auch so behandelst. Ich bin davon überzeugt, dass es ein Publikum dafür gibt ...« Hudson zeigte mit dem Finger auf zwei Vorschläge, die auf dem Tisch zwischen ihnen lagen.

»Es tut mir leid, Jack, aber wir werden das nicht machen. Hier geht es nicht darum, irgendwelche Preise zu gewinnen, sondern mehr Zuschauer zu erreichen. Es geht um handfeste Nielsen-Ratings.« Elmes seufzte, lehnte sich auf seinem Sessel zurück und strich sich mit den Fingern beider Hände durch das dunkle Haar. Als er es aus seiner Stirn schob, bemerkte Hudson mit boshafter Zufriedenheit, dass Elmes' Haaransatz immer weiter zurückwich. *Ich mag alt werden*, sagte er sich, *aber wenigstens habe ich noch volles Haar.*

»Ich weiß, dass es schwer zu akzeptieren ist«, fuhr Elmes fort,

»aber die Dinge haben sich geändert. Hier geht es um lebendige Realität, nicht um den Ken-Burns-Effekt. Wie du selbst gesagt hast, hat sich das amerikanische Publikum früher einmal für die Welt um sich herum interessiert, nach außen geblickt und das Leben anderer sehen wollen. Doch das hat sich geändert. Das Fernsehen ist kein Teleskop mehr, sondern ein Mikroskop. Jetzt geht es nur noch darum, nach innen zu sehen, uns selbst und Leben, die dem unseren gleichen, zu betrachten. Ich behaupte nicht, dass das richtig ist, aber so laufen die Dinge heute nun mal.«

»Und das war's?«

»Das war's. Zumindest was die von dir vorgeschlagenen Ideen betrifft. Tut mir leid.« Elmes beugte sich vor, stützte die Ellenbogen auf den Tisch und verringerte so die Distanz zwischen sich und Hudson. »Du solltest eins wissen, Jack: Ich habe mir deine Sendungen immer angesehen, als ich zur Schule und aufs College gegangen bin. All deine Dokumentarfilme. Ich habe sie immer als wichtigen Teil meiner Erziehung angesehen und tue das noch heute. Du hattest einen riesigen Einfluss auf mich und warst eine Inspiration. Außerdem bist du einer der Gründe, warum ich beschlossen habe, zum Fernsehen zu gehen.«

Hudson hielt die Hände hoch, als wollte er sagen: »Was kann ich mir jetzt davon kaufen?« Es war eine kleingeistige, undankbare Geste, und das war ihm sehr wohl bewusst.

»Dein Talent wird noch immer gebraucht«, sprach Elmes unbeirrt weiter. »Wir können es noch sehr effektiv einsetzen. Wenn dein Name unter einem Projekt steht, hat das sehr viel Gewicht. Eine Bedeutung. Und ich glaube, wir haben da etwas, das in deinen Händen perfekt aufgehoben wäre. Ein Thema, das von einem Produzenten mit deiner Erfahrung nur profitieren kann. Und es wäre ein Dokumentarfilm.«

»Okay, dann schieß mal los.« Hudson seufzte.

»Hast du schon mal von John Astor gehört?«

36. JOHN MACBETH. BOSTON.

Macbeth und Corbin überquerten die offene Rasenfläche des Upham Bowl vor dem Hauptverwaltungsgebäude und kamen an einem Ahornbaum vorbei, der etwas erhöht auf einem kleinen Hügel stand. Während seiner Zeit am McLean hatte Macbeth viele Nachmittage unter diesem Baum gesessen und an seinen Forschungsnotizen gearbeitet. Er hatte schon immer nachvollziehen können, warum das McLean für die meisten eine Umgebung bot, in der sie ihre Kreativität entfalten konnten, schließlich hatte hier auch Sylvia Plath ihre Depression zumindest vorübergehend besiegen können, außerdem war die Dichterin hier zu ihrem einzigen Roman inspiriert worden.

»Und, was denkst du?«, fragte Corbin, als sie beim Mittagessen in der de-Marneffe-Cafeteria saßen.

»Über die Carbonara oder über Deborah Canning?« Macbeth schob seine Nudeln mit der Gabel über den Teller. »So langsam beschleicht mich das unangenehme Gefühl, dass du meinen letzten Patienten hier gar nicht vergessen hast. Den, den ich in genau diesem Zimmer behandelt habe.«

»Debbie weist dieselben Anzeichen für eine dissoziative Identitätsstörung auf wie dein Patient damals: Depersonalisierung, Derealisation, Amnesie und Persönlichkeitsverlust.«

»Ja, das habe ich begriffen.« Macbeth runzelte die Stirn. »Aber mein Patient hat das Schlüsselsyndrom aufgewiesen: mehrere Persönlichkeiten. Debbie hat im Gegensatz dazu das Problem, überhaupt an ihrer eigenen Persönlichkeit festzuhalten.«

Corbin beugte sich vor. »Was wäre, wenn es Alter Egos gibt, Persönlichkeiten, in die sie sich zurückzieht, die sie uns aber nicht zeigt? Diese Abwesenheitsphasen, die sie hat, die langen Zeitabschnitte, in denen sie glaubt, nicht zu existieren, weil niemand da ist, der ihre Existenz bestätigen kann … Möglicherweise flüchtet sie dann in andere Identitäten. Nur, dass sich ihre Alter Egos nur innerlich zeigen, nur in ihrem Kopf existieren, sodass wir sie nicht sehen.«

»Die Diagnose jeder dissoziativen Identitätsstörung ist umstritten, Pete. Außerhalb der USA ist sie *nie* diagnostiziert worden, und selbst hier gibt es viele, die das Krankheitsbild für Humbug halten. Ich bin mit meiner DIS-Diagnose bei meinem letzten Patienten hier ein ziemliches Risiko eingegangen, und es hat dazu geführt, dass er sich das Leben genommen hat und ich vor einem Komitee gelandet bin. Aus diesem Grund bin ich in die Forschung gegangen. Du willst meine Meinung über Debbie hören? Sie leidet am Cotard-Syndrom. Sie ist der ausführlichste und strukturierteste Fall, den ich je gesehen habe, aber so lautet meine Diagnose.«

»Sie denkt aber nicht, dass sie tot ist«, erwiderte Corbin.

»Sie glaubt, sie existiere nicht, und das ist im Grunde genommen dasselbe und passt besser zu ihrer inneren Logik. Außerdem hat ihre Arbeit ihren Teil dazu beigetragen. Patienten, die am Cotard-Syndrom leiden, glauben häufig, als körperlose Geister in der Welt zu leben. Der einzige Unterschied ist, dass Debbies prämorbider Intellekt nicht an Geister glaubte.«

»Ich weiß, dass DIS umstritten ist und dass du dir daran die Finger verbrannt hast«, erwiderte Corbin, »aber ich habe mir deine Notizen zu diesem Fall durchgelesen, und ich denke, dass du recht hattest. Der Selbstmord deines Patienten war nicht vorhersehbar, erst recht nicht angesichts seiner Fortschritte. Und er hatte nichts mit deiner Diagnose zu tun. Aber ich bin der Ansicht, dass Debbie viele identische Symptome aufweist.«

»Pete, das ist ziemlich weit hergeholt.« Macbeth dachte kurz nach. »Okay, ich werde noch mal mit ihr reden. Es gibt da einen

Cop, der aus Kalifornien herkommt. Sein Name ist Ramirez. Er möchte mit ihr reden, wenn das für dich in Ordnung ist, und ich wäre gern dabei.«

»Okay«, antwortete Corbin vorsichtig. »Aber du darfst nicht vergessen, dass ich dich als Kollegen und Psychiater hinzugezogen habe und nicht, weil du Melissa gekannt hast. Ich möchte, dass es Debbie ist, die weiterhin oberste Priorität hat.«

Macbeth nickte. »Natürlich.« Dann sagte er Corbin, wie er Ramirez erreichen konnte.

»Ich werde sehen, was sich machen lässt«, versprach Corbin. »Ach, das wollte ich dir auch noch zeigen …«

Corbin kramte in dem Ordner herum, den er dabei hatte, zog ein Blatt liniertes Papier hervor und reichte es Macbeth. Es war von oben bis unten mit einer ordentlichen, sehr kleinen und sehr sauberen Handschrift beschrieben.

»Bei ihrer Einlieferung hat Debbie ganze Tage lang immer dieselben Worte geschrieben. Ich habe dreißig Seiten, die genau so aussehen.«

Macbeth las, was sie geschrieben hatte.

WIR WERDEN.

37. JACK HUDSON. NEW YORK.

»John Astor, Gründer der Astor-Dynastie«, fragte Hudson, »oder John Astor, der Internetgeist, über den momentan alle reden?«

»Letzterer«, antwortete Elmes. »Und er ist mehr als ein Internetgeist. Viel, viel mehr. Das FBI interessiert sich merkwürdigerweise sehr für ihn, und er soll angeblich mit einer Art Kult zu tun haben.«

»Einer dieser fanatischen religiösen Gruppen?«, wollte Hudson wissen.

»Da wird die Sache verwirrend. Einige Berichte bringen ihn mit dem Blinden Glauben in Verbindung, dieser fundamentalistischen Christenvereinigung, andere wiederum mit einer Gruppe, die sich die Simulisten nennen und eine Art von auf wissenschaftlichen Erkenntnissen basierender Untergangskult sein sollen. Sie stecken hinter den ›Wir-werden‹-Graffiti, die man jetzt überall sehen kann. Erinnerst du dich daran, wie man den Milliardär Samuel Tennant in seinem Park-Lane-Penthouse verhungert aufgefunden hat?«

»Natürlich …«

»Tennant soll mit den Simulisten zu tun gehabt haben. Den Gerüchten zufolge soll er, bevor er sich wie Howard Hughes zurückgezogen hat, eine Kopie von Astors Buch *Phantome, die wir selbst geschaffen haben* in die Finger bekommen haben.«

»Das klingt ja mehr und mehr wie eine neue Weltordnung oder irgend so eine Illuminati-Verschwörungstheorie«, meinte Hudson.

»Pass gut auf, Jack. Ich habe jemanden darauf angesetzt, Astors Vergangenheit unter die Lupe zu nehmen, und er hat sogar was gefunden. Es ergibt zwar keinen Sinn, aber die Infos sind da.«

»In welcher Hinsicht ergibt es keinen Sinn?«

»Zuerst einmal lässt die Chronologie vermuten, dass Astor entweder tot oder unfassbar alt sein muss. Er hatte in der Philosophie des zwanzigsten Jahrhunderts eine gewisse Bedeutung, aber eher als Randfigur. Angeblich ist er der Autor mehrerer sehr einflussreicher philosophischer Werke, die nie veröffentlicht wurden, sondern nur in Form von privater Korrespondenz mit anderen Philosophen, größtenteils solchen, die über die Philosophie der Wissenschaften arbeiteten, vorliegen.«

Hudson beugte sich gespannt vor. »Sprich weiter ...

»Tja, obwohl seine Briefpartner derartige Schriftstücke penibel aufbewahrt haben, hat keiner dieser Briefe und keines der Essays seinen Tod überlebt.«

»Aber er lebt doch angeblich noch ...«

Elmes zuckte mit den Achseln. »Wir wissen nicht, wann, wo, wie oder ob er gestorben ist. Ebenso wenig wissen wir, wo und wann er geboren wurde. Wir wissen nur aufgrund dieser Schriftstücke überhaupt von John Astors Existenz. Es ist fast so, als würde er nur in der Reflexion anderer existieren. Das ist alles wirklich sehr mysteriös. Und ich denke, du bist am besten dafür geeignet, dich der Sache anzunehmen ... Dreh einen verdammt guten Dokumentarfilm darüber!«

Jack lehnte sich wieder auf seinem Stuhl zurück und sah sein Gegenüber misstrauisch an. »Und aus welchem Grund ist ein Film über einen Philosophen des zwanzigsten Jahrhunderts, der möglicherweise gelebt haben soll, interessanter als der Film über die europäische Integration, den ich drehen wollte?«

»Okay ... Zuerst einmal wissen wir, dass Philosophen von Henri Poincaré bis hin zu Karl Popper und viele andere von Astor gehört oder sogar Kontakt mit ihm hatten und viele stark von ihm beeinflusst wurden.«

»Und?«

»Nimm allein diese beiden Beispiele. Poincaré starb, als Popper gerade mal zehn Jahre alt war. Wie ist es möglich, dass Astor mit beiden als Gleichgesinnten befreundet war? Und wie kann es dann sein, dass er heute noch am Leben ist? Popper ist 1994 gestorben, und da war er schon 92. Dennoch wird Astor in den Texten von einem halben Dutzend wissenschaftlicher Philosophen im ganzen zwanzigsten Jahrhundert und bis hin zur heutigen Zeit erwähnt. Und dabei handelt es sich eindeutig um dieselbe Person. Und dann ist da noch der eigentliche Knackpunkt: Es gibt diesen urbanen Mythos, dass man verrückt wird, wenn man es schafft, das Manuskript von Astors Buch zu finden und es zu lesen. Das ist Tennant angeblich passiert.«

»Okay … das war's.« Hudson seufzte. »Einen Moment lang habe ich geglaubt, wir würden über etwas Glaubwürdiges und Lohnenswertes reden.«

»Du willst etwas qualitativ Hochwertiges machen, Jack? Genau das biete ich dir hier. Hast du die Gerüchte über das Buch gehört oder nicht?«

»Ich habe sie gehört. Aber das ist doch totaler Blödsinn.«

»Mag sein, doch es ist eine Tatsache, dass Teile des Manuskripts gefunden worden sind, tief im Internet verborgen. Sie sollen aus Astors Buch stammen, dem Buch, das Tennant in die Hände bekommen hat, kurz bevor er verhungert ist. Aber der eigentliche Knüller ist das Thema des Manuskripts. Das Erdbeben in Boston, das es nie gegeben hat, und all die anderen Sachen, die momentan passieren … dass die Menschen Visionen haben und Geister sehen und so was … Astor hat all das bereits in seinem Buch vorausgesagt.«

»Ach, komm schon, Tony … Du weißt doch, dass alle Verschwörungstheoretiker wegen der Sache in Boston am Rad drehen. Alles von Aliens über die CIA und die Illuminati bis hin zu geheimen Nazi-Gedankenkontrollwaffen, die tief unter dem

Eis der Antarktis versteckt sind, habe ich schon mal gehört. Es gibt sogar eine Webseite, die behauptet, es wäre all das eben Genannte zusammen.« Hudson schüttelte den Kopf. »Manchmal lässt mich der Intellekt unserer großen Nation verzweifeln.«

»Tja, all diese Verschwörungstheorien drehen sich um die übliche …« Elmes schien das richtige Wort zu fehlen.

»Apophänie«, half ihm Hudson aus. »Die Neigung, Muster und Verbindungen zwischen Dingen zu sehen, wo es eigentlich gar keine gibt; Punkte zu verbinden, die gar nicht da sind.«

»Apophänie«, wiederholte Elmes. »Ist das überhaupt ein Wort? Wie dem auch sei, all dieser Scheiß verschleiert das eigentliche Problem, nämlich dass wir nicht die ganze Geschichte erfahren. Diese Halluzinationen treten auf der gesamten Welt auf, und die ganze Angelegenheit wird immer größer und schlimmer. Die Sache ist die, dass dieses Astor-Manuskript nicht nur genau vorhergesagt hat, dass so etwas passieren würde, sondern das Phänomen auch erklärt, und diese Erklärung soll derart monumental und schrecklich sein, dass sie einen in den Wahnsinn treibt.«

»Du hast selbst gesagt, dass die Fragmente im Internet gefunden wurden … Woher weißt du, dass das nicht nur irgendein Geek ist, der das alles schreibt, während all diese Dinge passieren? Der die Ereignisse nachträglich erklärt, nachdem sie bereits stattgefunden haben?«

»Das ist nicht das erste Mal, dass Astor ein geheimnisvolles Werk geschrieben hat, das nur in begrenzten Kreisen verfügbar war. In den 1960ern soll es ein anderes Buch mit dem Titel *Die letzten Sterblichen* gegeben haben. Angeblich ist es mit dem anderen Manuskript verbunden, und auch damals hat es wie heute vermehrt Selbstmorde gegeben.«

»Glaubst du all diesen Mist?«

Elmes seufzte. »Ich glaube, dass genug dahintersteckt, um zumindest ein paar Nachforschungen zu rechtfertigen. Bist du nun interessiert oder nicht?«

»Zu meiner Zeit habe ich politische Skandale, menschliche Tragödien und Kriegsverbrechen aufgedeckt … Glaubst du wirklich, ich würde mich jetzt mit einem derartigen halbgaren Verschwörungstheoretikerscheiß beschäftigen?«

»Dann ist das ein Nein?«

»Das ist ein Nein.«

»Ehrlich gesagt glaube ich, dass du es dir momentan nicht leisten kannst, irgendein Projekt abzulehnen, Jack.« Elmes schob Hudson den roten Ordner über den Tisch hinweg zu. »Tu mir einen Gefallen … Lies dir die Informationen wenigstens durch, bevor du mir eine endgültige Antwort gibst.«

Hudson musterte Elmes einige Sekunden lang. Trotz all der Dinge, die er gern über den jüngeren Mann glauben wollte, war sein Gegenüber aufrichtig. Ein guter Junge. Ein guter Junge, der nicht sein Boss sein sollte, aber so war es nun mal. Hudson stand auf und nahm den Ordner in die Hand.

»Ich habe dir bereits gesagt, was ich davon halte«, meinte er. »Aber ich werde es mir mal ansehen.«

Jodie Silverman wartete im Flur auf sie und hatte sich einen Tablet-PC unter den Arm geklemmt. Genauer gesagt wartete sie auf Elmes und ignorierte Jack Hudsons Anwesenheit fast völlig. Silverman war eine dunkelhaarige Frau mit guter, schick gekleideter Figur, die attraktiv, wenn auch nicht außergewöhnlich war. Derartige Studiotussis hatte Hudson zu seiner Zeit reihenweise vernascht. Aber die Zeiten hatten sich geändert. Die Einstellungen und Sitten waren andere und inzwischen gab es sogar Richtlinien hinsichtlich des Verhaltens am Arbeitsplatz. Außerdem war Hudson längst nicht mehr der Mann, der er früher gewesen war. Silverman stellte eine dieser kantigen, steinharten, schwierigen Karrierefrauen dar, doch das hielt Hudson nicht davon ab, Spekulationen darüber anzustellen, ob Elmes mit ihr ins Bett ging.

»Hallo, Jodie«, sagte Hudson. »Du siehst heute hinreißend aus.«

Er lachte laut auf, als sie ihn ignorierte.

»Wir haben um 11 Uhr ein Produktionsplanungstreffen«, sagte sie zu Elmes. »Ich habe dir deine Notizen mitgebracht.« Sie tippte mit einem lackierten Fingernagel auf das Tablet unter ihrem Arm. »Ist alles okay?«

Elmes war wie angewurzelt auf dem Gang stehen geblieben, machte ein seltsames Gesicht und wirkte irgendwie unsicher. »Wow … Ich hatte gerade ein ganz komisches Déjà-vu-Gefühl …«

»Nicht schon wieder …« Hudson lachte über seinen eigenen Witz. Silverman tat es nicht, und ihm schoss der Gedanke durch den Kopf, dass diese Frau dringend mal flachgelegt werden musste.

»Ist alles okay, Tony?«, fragte sie erneut.

»Mir geht es gut«, erwiderte Elmes. »Aber das war echt merkwürdig.« Er schüttelte den Kopf und lachte kurz auf. »Ich sage dir Bescheid, wenn ich anfange, Visionen zu haben.«

»Visionen?«, hakte Hudson nach.

»Das Boston-Syndrom – angeblich fängt es immer mit einem Déjà-vu an. Habe ich zumindest gehört.«

»Dann versuch doch, für mich ein Projekt zu halluzinieren, das die Sache wert ist.«

»Genau das habe ich dir gerade gegeben«, entgegnete Elmes in einem Tonfall, der Hudson warnte, dass er kurz davor war, zu weit zu gehen. Erneut blieb Elmes stehen. »Riechst du das?«, fragte er.

»Ich riech nichts als den üblichen Unternehmensscheiß …«, meinte Hudson.

»Ich mein's ernst … Brennt hier was?«

»Ob hier was brennt?« Auf einmal war Silverman ganz Ohr und schnüffelte. »Nein … Ich rieche nichts Brennendes.«

»Ich auch nicht«, bestätigte Hudson.

Elmes schwieg einen Moment und schüttelte dann den Kopf. »Ich war mir sicher, Brandgeruch in der Nase zu haben. Jetzt ist er weg.« Sie gingen weiter über den Korridor und kamen zu dem etwa sechs Quadratmeter großen Vorraum vor den Fahrstühlen. Die beiden Seitenwände waren vom Boden bis zur Decke verglast, und man konnte auf Manhattan hinausschauen. »Ich muss zu dieser Besprechung, Jack. Versprich mir, dass du dir das hier«, er tippte auf den roten Ordner, den Hudson in der Hand hielt, »gründlich anschaust. Wir werden auf jeden Fall etwas über dieses Thema machen, aber es wäre mir am liebsten, wenn du dabei das Steuer in der Hand hättest.«

»Ich werde es mir ansehen, wie ich gesagt habe, aber ich denke …«

»Riecht ihr das wirklich nicht?«, schnitt ihm Elmes das Wort ab und sah sich nervös um.

»Ich rieche gar nichts«, stellte Hudson klar.

»Ich auch nicht …« Silverman blickte erst Hudson und dann Elmes nervös an.

»Ihr wollt mich auf den Arm nehmen …« Elmes schnüffelte immer aufgeregter in der Luft herum und lief auf und ab, um in alle Flure zu sehen und die Fahrstuhltüren unter die Lupe zu nehmen. »Wieso riecht ihr das nicht? Der Geruch wird immer stärker. Scheiße …. Hier brennt's irgendwo.«

»Ich rieche überhaupt nichts …«, sagte Silverman, deren antrainierte Geschäftsfrauenpose jetzt ganz verschwunden war.

»Riechst du das? Sag mir, dass du das riechst …« Elmes drehte sich zu Hudson um und wedelte mit einer Hand durch die Luft.

»Bleib ganz ruhig, Tony.« Hudson machte einen Schritt nach vorn und legte Elmes eine Hand auf die Schulter, aber der jüngere Mann zuckte zurück und sah Hudson an, als wäre er verrückt geworden.

»Großer Gott … Großer Gott … Irgendetwas brennt hier!«

»Beruhige dich … Da ist nichts. Bleib ganz locker …«

Auf einmal zuckte Elmes zurück und presste den Rücken an die den Fahrstühlen gegenüberliegende Wand. »Seht doch! Großer Gott, seht euch das an!«

»Was denn?«, erwiderte Hudson und drehte sich dann zu Silverman um. »Hol irgendjemanden! Ruf einen Arzt!«

»Der Rauch!« Elmes begann zu husten. Er taumelte an der Wand entlang, als versuche er, einem Feuer zu entfliehen, das die anderen nicht sehen konnten. »Was zum Teufel ist los mit euch? Wir müssen hier raus. Wir müssen hier sofort raus!«

»Um Himmels willen … Sieh dir seine Augen an!«, rief Silverman. Hudson bemerkte, dass die Augen des Produzenten auf einmal ganz rot und entzündet aussahen und tränten. Elmes begann, unkontrolliert zu husten und zu keuchen, bis ihm der Speichel auf den Lippen klebte und in langen, zähen Fäden vom Mund herabhing, während sein Gesicht knallrot wurde. Er zerrte verzweifelt am offenen Hemdkragen, als hätte er das Gefühl, erwürgt zu werden.

»Ich hab gesagt, du sollst einen Arzt holen!«, schrie Hudson Silverman an, die zurückwich und den Blick nicht von dem keuchenden Elmes abwenden konnte. »Na los!«

Sie drehte sich um und rannte los.

Hudson machte einen Schritt nach vorn und packte Elmes an den Schultern. »Hör mal, Tony … Du hast eine Art Anfall. Du siehst Dinge, die gar nicht da sind. Jodie holt Hilfe. Du musst versuchen, dich zu beruhigen.«

»Du bist verrückt! Du bist irre! Wir müssen hier raus! Sieh doch!«

»Was soll ich denn sehen?«

»Die Flammen, um Himmels willen! Das Feuer! Großer Gott! Großer Gott!«

Elmes schob seinen Kollegen so heftig zur Seite, dass er zu Boden stürzte. Als sich Hudson wieder aufrappelte, sah er, dass

Elmes seine Arme wie ein Blinder ausstreckte, während er die tränenden Augen weit aufgerissen hatte und offensichtlich nichts mehr sehen konnte. Er hustete jetzt ohne Unterlass und keuchend und schien um jeden Atemzug zu ringen.

Silverman kam zusammen mit einem übergewichtigen, glatzköpfigen Mann in einem weißen, kurzärmligen Hemd und schwarzer Hose über den Flur gerannt.

»Der Krankenwagen ist unterwegs …« Der Sicherheitsmann starrte Elmes ungläubig an. »Was stimmt nicht mit ihm?«

»Keine Ahnung, aber kommen Sie ihm lieber nicht zu nahe. Er ist nicht bei Sinnen.«

Noch immer taumelte Elmes herum und tastete sich an der Wand entlang, während ihm seine Kollegen zusahen und bereit waren, ihn aufzufangen, falls er stürzen sollte.

»Großer Gott«, murmelte Silverman. »Ich glaube, er ist blind.«

»Helft mir!«, schrie Elmes verzweifelt. »Um Himmels willen, helft mir doch!« Er begann, mit den Füßen aufzustampfen und sie zu schütteln, als wolle er etwas an den Beinen loswerden. Seine Augen wanderten wie wild umher, als beobachteten sie etwas Schreckliches, etwas Monströses, das nur er alleine sehen konnte.

Er schrie. Einen solchen Schrei hatte Hudson noch nie gehört; schrill und unmenschlich spiegelte er nicht länger Angst, sondern Schmerzen wider. Daraufhin fiel Elmes auf den Boden und begann zu zucken und sich zu krümmen, wobei er weiterhin diesen unmenschlichen Schrei ausstieß. Er schlug wild um sich und zerrte an seiner Kleidung, lag tretend und seinen Körper verdrehend auf dem Boden.

Da erkannten Hudson und die anderen, was mit ihm geschah.

Elmes' Haut wurde im Gesicht, an den Händen und auch an der Brust, wo man sie nun durch sein aufgerissenes Hemd sehen konnte, purpurrot. Sie schlug Blasen, pellte sich und begann, schwarz zu werden.

»Großer Gott!«, rief Hudson. »Er verbrennt … Er verbrennt tatsächlich.« Aber er konnte noch immer keine Flammen sehen, keinen Rauch, keine Anzeichen für einen Brand abgesehen von Elmes' gepeinigtem Körper. Dessen Schrei veränderte sich und wurde zu einem abgehackten Gurgeln. Jetzt konnten sie auch einen ekelerregenden, süßlichen Geruch wahrnehmen, der von Elmes' verbranntem Fleisch ausging.

Hudson drehte sich zu dem Sicherheitsmann um. »Holen Sie endlich einen Eimer Wasser!«

»Aber es brennt doch gar nicht …«

»Um es über ihn zu kippen, Sie Idiot.« Ohne zu wissen, was er eigentlich tun konnte, ließ Hudson den roten Ordner fallen, den er in der Hand gehalten hatte, stürzte vor und kniete sich neben Elmes auf den Boden. Der jüngere Mann zuckte nicht mehr, sondern bewegte sich kaum noch. Seine Haut war verschwunden, und das bloß liegende Fleisch war entweder rot und wund oder hatte sich in eine schwarze Kruste verwandelt. Das dichte Haar auf dem Kopf verbrannte zischend und knisternd zu schwarzen Stummeln. Hudson konnte deutlich sehen, wie das grau-weiße subkutane Fett blubberte und kochte. Elmes' Augenlider waren verschwunden und seine Augen sahen eingesunken und eingetrocknet aus. Inzwischen bewegte er sich nicht mehr. Hudson versuchte, seinen Puls zu fühlen, zuckte jedoch zurück, als hätte er sich gestochen, da sich das geschwärzte Fleisch des jungen Mannes unter seinen Fingern kochend heiß anfühlte.

Er richtete sich wieder auf und sah mit an, wie sich der Körper des jetzt toten Elmes zu einem schwarzen Ungetüm verkrümmte, als sich die ausgetrockneten Sehnen in den Armen und Beinen zusammenzogen und die Überreste seiner Finger zu Klauen wurden.

Hudson hörte Silverman würgen und vernahm auch die Stimme des Sicherheitsmannes, doch diese Geräusche schienen kilometerweit entfernt zu sein. Er nahm auch noch andere panische Stimmen wahr, als sich immer mehr Menschen um sie herum versammelten.

»Was ist mit ihm passiert?«, fragte der Sicherheitsmann ein weiteres Mal.

»Ich weiß es nicht …«, antwortete Hudson. »Ich habe keine Ahnung. Ich dachte, er hätte eine dieser Halluzinationen, aber das war keine Vision. Spontane Selbstentzündung möglicherweise. Aber das habe ich immer für einen Mythos gehalten. So etwas wurde bisher noch nie in irgendeiner Weise dokumentiert …«

»Das war kein gottverdammter Mythos …«, erwiderte der Sicherheitsmann. »Das war real.«

Hudson begriff, dass der Mann recht hatte. Das war das Einzige, was überhaupt einen Sinn ergab. Jack Hudson war verwirrt, schockiert und fassungslos. Zu alldem kam noch hinzu, dass ihm ein einziger Gedanke nicht aus dem Kopf gehen wollte, der seine Ungläubigkeit und Abscheu nur noch weiter steigerte. Ein Gedanke, für den er sich in diesem Moment wahnsinnig schämte und für den sich vermutlich jeder geschämt hätte.

Niemand hatte so einen Vorfall je dokumentiert. Wenn er doch nur eine Kamera dabei gehabt hätte.

38. JOHN MACBETH. BOSTON.

Als Corbin Walt Ramirez aus seinem Büro anrief, entschuldigte sich der CHP-Officer dafür, dass er sich nicht eher angekündigt hatte, erklärte, er werde am kommenden Tag nach Boston fliegen, und fragte, ob er Deborah sprechen und sich danach vielleicht noch mit Macbeth treffen konnte.

»Sie haben Glück«, sagte Corbin. »Ich bin gerade zusammen mit Dr. Macbeth im McLean. Ich gebe Sie gleich weiter.« Er reichte Macbeth den Telefonhörer, damit sich dieser mit Ramirez verabreden konnte.

»Ist es okay für dich, wenn ich dabei bin?«, fragte er Corbin, nachdem er das Gespräch beendet hatte.

»Natürlich. Ich würde wie gesagt gerne deine Meinung hören, und ich bezweifle, dass wir schon eine endgültige Diagnose stellen können. Außerdem hast du aufgrund ihrer Verbindung zu Melissa ein persönliches Interesse an dem Fall, und ich muss zugeben, dass ich es nicht mag, wenn Cops meine Patienten während der Behandlung befragen.«

»Ramirez scheint ganz in Ordnung zu sein«, stellte Macbeth fest. »Hat sich das FBI schon bei dir gemeldet?«

»Das FBI?«

»Ja. Ich wurde von einem Special Agent Bundy angesprochen ...«

»Ein FBI-Mann namens Bundy? Willst du mich auf den Arm nehmen?«

»Wir hatten kürzlich eine gemütliche Unterhaltung auf dem Rücksitz eines Wagens. Und ich erinnere mich nicht nur wegen seines Namens an ihn, er hatte auch sehr außergewöhnliche Augen: der interessanteste Fall von Heterochromie, den ich je gesehen habe.«

»Ich würde mich auf jeden Fall an einen Besuch des FBI erinnern, erst recht, wenn der Agent zweifarbige Augen und den Nachnamen eines Serienkillers hatte. Was wollte er von dir?«

»Er hat sich für Kulte, Randgruppen und John Astor interessiert.«

»Gibt es da eine Verbindung?«

»Offenbar scheint Bundy das zu glauben, aber ich habe ihm gesagt, dass die Vorstellung völlig abwegig ist, dass sich Melissa mit einem Kult eingelassen hat.«

»Die Melissa, die du gekannt hast, John. Die Melissa, die Debbie kannte, scheint eine völlig andere Person gewesen zu sein.«

Macbeth nickte mit finsterer Miene, als vor seinem inneren Auge das Foto der entspannten und glücklichen Melissa an der Seite von Samuel Tennant aufblitzte.

»Was ist mit dem WHO-Team?«, wechselte Corbin das Thema. »Wirst du mit diesen Leuten zusammenarbeiten?«

»So gut ich kann. Das Kopenhagen-Projekt beansprucht meine ganze Zeit. Und mein Boss Georg Poulsen hatte schon genug Einwände dagegen, dass ich überhaupt nach Boston gekommen bin – und das obwohl ich es ja im Interesse des Projekts tue. Ich glaube, ich habe noch mit niemandem zusammengearbeitet, der derart engagiert ist wie er. Es ist fast so, als hätte er ebenso ein persönliches wie ein berufliches Interesse an dem Projekt.«

»Was für eine Art von persönlichem Interesse?«

Macbeth zuckte mit den Achseln. »Er gehört auch zu den Menschen, die ihre Privatsphäre mit allen Mitteln schützen. Ich habe schnell gemerkt, dass man ihn lieber nichts fragen sollte, das nichts mit dem Projekt zu tun hat.«

»Ihm muss doch aber klar sein, wie wichtig es ist, diesen Dingen auf den Grund zu gehen?«

»Er ist überzeugt davon, dass das Projekt wichtiger ist als alles andere. Aber ich muss zugeben, dass ich gern mithelfen würde, um herauszufinden, was hier eigentlich los ist.« Macbeth hielt inne, da er sich nicht sicher war, ob er mit seinen nächsten Worten zu viel preisgeben würde. »Weißt du, Pete, ich habe auch ein persönliches Interesse daran, alles über dieses Phänomen herauszufinden.«

»Ach ja?«

»Ganz am Anfang hast du mir von einer Patientin erzählt, die mit solchen Halluzinationen zu dir gekommen ist. Du hast gesagt, sie wäre einer jüngeren Version von sich selbst ›begegnet‹ und sie könne sich genau daran erinnern, dieses Erlebnis als junge Frau gehabt zu haben, nur aus einer anderen Perspektive. Weißt du das noch?«

»Natürlich.«

»Erinnerst du dich noch an den Tag, an dem du beschlossen hast, Psychiater zu werden, Pete? An den genauen Moment?«

»Eigentlich nicht … Ich bin da irgendwie reingerutscht und habe immer meine Interessen verfolgt, nachdem ich meinen Abschluss gemacht hatte. Offenbar lief es bei mir immer schon darauf hinaus, dass ich Neurowissenschaftler werde.«

»Ich wollte schon als Kind Psychiater werden«, gestand Macbeth. »Ich erinnere mich noch genau an den Tag, an dem ich meinen Vater gefragt habe, womit er seinen Lebensunterhalt verdient. Ich muss elf oder zwölf Jahre alt gewesen sein. Er hat viel von zu Hause aus gearbeitet, und ich kam oft in sein Arbeitszimmer … Wenn ich mich daran zurückerinnere, dann wird mir klar, dass ich ihn bestimmt von der Arbeit abgehalten habe, aber er hat sich nie beschwert. Ich kam mit meinen Büchern und Lexika und einem Dutzend Fragen über Planeten, Länder und Dinosaurier zu ihm … und er hat immer gelächelt, mir einen Platz angeboten und alle meine Fragen beantwortet.

Jedenfalls habe ich ihn an diesem Tag gefragt, was er bei seiner Arbeit genau machte. Ich wusste, dass er Psychiater war, aber so richtig war mir nicht klar, was das eigentlich bedeutete.«

»Und, was hat er gesagt?«

Macbeth lächelte, als er sich daran erinnerte. »Er hat mir erzählt, dass jeder Mensch einen Verstand hat, und dass jeder Verstand wie ein Universum sei, voll mit Milliarden von Gedanken anstelle von Sternen. Er sagte, jeder Mensch stehe im Zentrum seines eigenen, einzigartigen Universums, das aus seinen einzigartigen Erfahrungen und Kenntnissen geformt wird, aus allem, was er je gesehen, gehört oder gefühlt, gelesen oder gelernt hat. Und er sagte, dass dieses Universum manchmal ein sehr einsamer oder sogar furchterregender Ort sein könne. Dass einige Menschen nicht mehr genau wissen, was real ist und was nicht, woran sie sich erinnern und was sie sich nur einbilden. Er erklärte mir, ein Psychiater sei wie ein Astronaut: Er erkunde jeden Verstand und entdecke neue Orte und neue Wunder und dabei gebe er jedem Patienten die Gewissheit, dass er nicht alleine sei.«

»Das ist meiner Meinung nach eine verdammt gute Beschreibung«, meinte Corbin. »Und das hat dich davon überzeugt, Psychiater zu werden?«

»Nein. Da war noch etwas anderes. Während er mir all das erzählte, war noch jemand anderes im Zimmer. Ich hatte ihn beim Reinkommen nicht gesehen, aber jetzt entdeckte ich ihn: einen Mann, der in der Ecke saß, uns beobachtete und zuhörte.«

»Ein Patient?«

»Mein Vater hat zu Hause nie Patienten empfangen. Dann wurde mir bewusst, dass Dad den Mann in der Ecke nicht sehen konnte. Nur ich sah ihn. Und der Mann in der Ecke konnte mich sehen. Das habe ich noch nie jemandem erzählt, Pete, nur Casey weiß davon.«

Corbin nickte. »Red weiter …«

»Ich dachte, der Mann in der Ecke wäre ein Geist. Ich erzählte meinem Vater von ihm, und er fragte mich, wo der Mann sei und was er tue. Ich erklärte ihm, dass er nur da saß und uns zuhörte. Dad sagte mir, dass es keine Geister gäbe, aber dass einem der Verstand manchmal etwas vorgaukelte. Er blieb sehr ruhig, aber heute weiß ich, dass er im Kopf unzählige Diagnosen durchgegangen sein muss. Er sagte mir, dass ich ein sehr kluger Junge wäre und dass ich vieles gelesen habe, viele Fakten kenne, und dass das Gehirn manchmal einfach überladen sei. Dann kam er zu mir, legte mir die Hände auf die Schultern und sah mir direkt in die Augen, wobei er mich aufforderte, erst wieder zu dem Mann hinüberzusehen, wenn er es mir sagte. Er erklärte mir, dass ich müde sei und mich zu lange in der Sonne aufgehalten habe, und dass das Gehirn manchmal Dinge, die man sieht, in die falsche Reihenfolge bringt, wenn es müde und verwirrt ist. Er sagte, dass da kein Mann in der Ecke säße, dass ich mir das nur einbilde. Er meinte, wenn ich wieder hinsehe, wäre der Mann weg. Ich schaute wieder hin, und der Mann war weg.

Das hat mich davon überzeugt, Psychiater zu werden. Ich hatte am eigenen Leib erlebt, wie einen der eigene Verstand täuschen kann, wie er einen dazu bringt, etwas als echt anzuerkennen, was gar nicht real ist, und wie einem der Psychiater den Weg zurück in die Realität ebnen kann.«

»Wow …« Corbin schüttelte langsam den Kopf. »Du weißt, wie leicht diese Dinge, einzelne Wahnvorstellungen oder Halluzinationen, in der Kindheit und Jugend auftreten können. Ich gehe zumindest davon aus, dass es ein Einzelfall war … Hast du den Mann jemals wiedergesehen?«

»Du hast mich gefragt, warum ich ein solches Interesse für deine Patientin gezeigt habe. Das ist der Grund dafür … Ich habe ihn wiedergesehen. Genau denselben Mann, der an jenem Tag in der Ecke des Arbeitszimmers meines Vaters gesessen hat. In den letzten fünf Jahren habe ich ihn jeden Tag gesehen, jeden Morgen, wenn ich in den Spiegel sehe, um mich zu rasieren. Ich war dieser Mann, Pete. So wie ich jetzt aussehe.«

39. MARKUS. DEUTSCHLAND.

Inklusive des Fahrers waren sie zwanzig, sechzehn Schüler und vier Lehrer. Markus Schwab, der normalerweise nie etwas hastig oder begierig erledigte, sorgte dafür, als Erster im Bus zu sitzen. Sein Eifer hatte jedoch nichts mit dem Grund für diesen Schulausflug und erst recht nichts mit dem Ziel zu tun, sondern entsprang allein dem Wunsch, sich den hintersten Sitz im Bus direkt am Fenster zu sichern.

Man konnte nicht behaupten, dass Markus seine Schulkameraden hasste. Eigentlich mangelte es ihm für einen Siebzehnjährigen auf bemerkenswerte Weise an der üblichen Giftigkeit Heranwachsender. Er hasste weder sein Leben noch seine Eltern, seine Lehrer oder seine Klassenkameraden. Sie langweilten ihn bloß mit ihrem Enthusiasmus, ihren verrückten Ideen, der Art, wie sie über die Dinge sprachen, die ihnen so viel bedeuteten, obwohl sie eigentlich völlig unwichtig waren, und mit ihrer unglaublichen Inkonsequenz – Markus hätte sich darüber geärgert, wenn er denn genug Energie dafür aufgebracht hätte.

Also sorgte er dafür, dass er den Platz in der hintersten Reihe direkt am Fenster bekam. So konnte er durch das Glas nach draußen schauen und sehen, wie die Welt an ihm vorbeiglitt, während er sich den Kopf über die Kopfhörer seines MP3-Players mit Musik füllte.

Man hatte den Schülern erklärt, dass dieser Ausflug gerade in Bezug auf das, was in Europa passierte, von besonderer Bedeutung sei. Jeder konnte Teil der Geschichte werden. Der Kontext jedes Ereignisses aus dem neunzehnten und zwanzigsten Jahrhundert wurde jetzt als verlängerter Geburtsschmerz einer neuen Nation angesehen. Europa war nicht länger nur ein geografischer Begriff, sondern wurde zu einer Identität.

»Ihr jungen Leute«, hatte Herr Hartz, der Geschichtslehrer, ihnen vor der Abreise erklärt, »ihr lebt in einer sehr bedeutsamen Zeit. Als ich in eurem Alter war, wurde Deutschland gerade wiedervereint, und das, was es bedeutete, Deutscher zu sein, änderte sich ebenso über Nacht wie Deutschlands Platz in der Welt. Ihr jungen Leute werdet die erste Generation sein, für die es wichtiger ist, Europäer zu sein als Deutscher. Das, was wir heute sehen werden, verdeutlicht, warum derartige Fortschritte wichtig sind und warum engstirniger Nationalismus das größte Übel in der Politik darstellt.«

Bla, bla, bla …

Markus hatte sich Hartz' Rede mit derselben Gleichgültigkeit angehört, mit der er an allen Schulstunden teilnahm. Die Schule war ein überflüssiges soziales Konstrukt, und der Mann war ein Langweiler. Markus verabscheute ihn nicht aus diesem Grund, sondern weil der Mann ein Lehrer war und ipso facto einen abgestumpften und eingeschränkten Intellekt besaß.

Ipso facto.

Trotz seiner Bemühungen, dies zu verhindern, interessierte sich Markus für lebendige und tote Sprachen und besaß eine große Begabung dafür. Eigentlich erzielte er in den meisten Fächern hervorragende Leistungen, und es nervte ihn, dass er von seiner eigenen Langeweile nicht überzeugt genug war, um in der Schule zu versagen. Aber genau da lag für Markus das Paradoxon: Um zu scheitern, musste er sich Mühe geben, während es einfach war, erfolgreich zu sein. Zumindest war das seine Entschuldigung, mit der er die Scham darüber, zumindest ein wenig bürgerlichen Stolz über das Erreichen der von der Gesellschaft erwarteten Ziele zu empfinden, ignorieren konnte.

Aber am heutigen Tag hatte er seine beiden Ziele erreicht: Er hatte sich den Platz ganz hinten und somit die Isolation gesichert. Der Bus hatte mehr Sitze als Passagiere, und alle anderen ballten sich im vorderen Teil, sodass Markus sein kleines Imperium aus Bank und Fenster für sich hatte.

Hartz hatte betont, dass die Fahrt zweieinviertel Stunden dauern und dass sie unterwegs eine Mittagspause machen würden. Sobald der Lehrer Platz genommen hatte, schob sich Markus die Kopfhörer in die Ohren und schaute nach draußen. Zweieinviertel Stunden. Einhundertundfünfunddreißig Minuten Isolation. Wider Erwarten spürte er eine gewisse Zufriedenheit.

Sobald sie unterwegs waren, schaltete Markus seinen MP3-Player ein und sah mit an, wie die Randbezirke Stuttgarts an ihm vorbeiglitten. Durch sein Fenster sah er manchmal ein Haus, dann wieder eine Gestalt, die in einem Türrahmen stand, aus einem Wagen ausstieg oder im Garten arbeitete; Hinweise auf ein Leben vor und nach seinem Blick aus dem Busfenster. Markus empfand diese Distanziertheit von der Welt weder als seltsam noch als beunruhigend, für ihn war sie das Natürlichste auf der Welt.

Eines der Geheimnisse, die er vor dem Rest der Welt hütete, war, welche Musik er hörte. Seine Altersgenossen schienen eine Vorliebe für Industrial Metal zu haben: witzige, unheilvolle Texte zu rauen, misstönenden Klängen. Er vermutete, dass das die perfekte Begleitmusik des Heranwachsens war. Im Gegensatz zu ihnen hörte Markus eine Vielzahl von Musikrichtungen, aber meistens bevorzugte er, wie auch jetzt gerade, Bach. Ihm entging die Ironie nicht, dass er, der sich nicht für die Vergangenheit interessierte und für den der Geschichtsunterricht der langweiligste überhaupt war, Musik hörte, die über zweieinhalb Jahrhunderte zuvor geschrieben worden war. Doch er löste dieses Paradoxon auf, indem er sich sagte, dass die Musik in seine und nicht in Bachs Zeit gehörte. Soweit es ihn betraf, existierte sie wie alle Informationen und Kunstwerke erst ab dem Moment, in dem Markus Schwab sie entdeckte.

Auf der anderen Seite des Fensters erblickte er immer weniger Häuser und immer mehr Bäume, während er den Brandenburgischen Konzerten lauschte. Der Bus nahm die Straße entlang des Neckars, sodass auf der rechten Seite, auf der Markus saß, der Fluss zu sehen war, während sich links die steilen Weinberge erhoben. Der Tag war angenehm, die Sonne funkelte auf dem Wasser, und am Himmel flogen vereinzelte Wolken dahin. Alles sah zufriedenstellend ordentlich und sauber aus, die Natur unterwarf sich der Herrschaft des Menschen.

Sie machten in Ulm Mittagspause in einer Cafeteria. Markus sah sich gezwungen, neben Imke Paulig und zwei ihrer blöden Freundinnen am Tisch zu sitzen. Die drei flüsterten sich hinter vorgehaltener Hand ständig irgendetwas zu, während ihre Gesichter dumm und leer wirkten. Gelegentlich warf Imke einen vermutlich bedeutungsschwanger gemeinten Blick in Markus' Richtung. Er ignorierte sie, was sie jedoch nur noch zu ermutigen schien.

Schließlich wurde ihr Flüstern immer lauter und eindringlicher, bis Markus nicht anders konnte, als ihnen zuzuhören, während er so tat, als würde er aus dem Fenster sehen. Die Mädchen unterhielten sich über die Nachrichten aus Boston und den Vereinigten Staaten, wo offenbar ein seltsamer Virus umging, der dafür sorgte, dass die Menschen sehr lebensechte Tagträume hatten und Dinge sahen, die gar nicht da waren. Beispielsweise hatten mehrere Hundert Menschen ein Erdbeben miterlebt, das gar nicht stattgefunden hatte. Und offenbar passierte derartiges nicht nur in Boston.

»Weißt du, was ich denke?«, meinte Stefanie, Imkes dunkelhaarige Freundin. »Ich denke, das liegt an den ganzen Drogen, die die Amerikaner nehmen. Vielleicht wurde das alles von einer neuen Droge verursacht, die anders wirkt, als geplant.«

Markus konnte sich nicht länger zurückhalten. Er drehte sich zu den Mädchen um. »Genau … das habe ich auch gehört. Und es gibt noch eine neue Droge … hier in Deutschland. Die ist sogar noch gefährlicher.«

»Wirklich?«, fragte Stefanie und beugte sich vor.

»Ja«, raunte Markus, »sie hat ganz schlimme Nebenwirkungen … Offenbar beeinflusst sie sowohl das Gehirn als auch den Hintern. Deine ganze Kacke steigt ins Gehirn und du fängst an, mit dem Arschloch zu denken.«

Stefanie stand auf und verließ den Tisch. Die anderen folgten ihr, Imke als Letzte.

»Weißt du was, Markus«, sagte sie im Fortgehen, »wenn hier jemand ein Arschloch ist, dann wohl du.«

Markus zuckte gleichgültig mit den Achseln und sah Imke nach, während sie durch die Cafeteria ging. Doch ihm war bewusst, dass es ihm eigentlich ganz und gar nicht egal war, was Imke von ihm hielt.

Er bemerkte, dass Herr Hartz die Mädchen aufhielt, da er offensichtlich mitbekommen hatte, dass etwas vorgefallen war. Dann ging der Geschichtslehrer langsam in Markus' Richtung, wobei er betont lässig einherschritt, als ob er nichts vorhätte. Er setzte sich Markus gegenüber.

»Weißt du was«, sagte Herr Hartz und sah Markus mit seinen kleinen, dunklen Augen an, die wie die Augen eines Hais im Schädel eines Menschen wirkten, »du hast großes Glück, dass du mit einem solchen Intellekt gesegnet bist. Wenn du dich allen anderen überlegen fühlen willst, dann ist das deine Sache … aber wenn du es darauf anlegst, dass sie sich dir unterlegen fühlen, dann wird es auch zu meiner Angelegenheit.«

»Ich habe kein Problem mit der Unterlegenheit anderer, Herr Hartz«, sagte Markus, »nur mit ihrer Dummheit.«

»Die Menschen können nun mal nicht beeinflussen, wie viel oder wenig Intellekt sie bekommen.«

»Das meine ich doch gar nicht«, erwiderte Markus aufgebracht. »Wie Sie selbst sagen, kann man nichts gegen seine Mittelmäßigkeit tun. Aber ich verabscheue es, wie sie das zur Schau stellen. Dummheit ist nichts, was man bemitleiden sollte, vielmehr sollte man sich davor fürchten. Letzten Endes wird es die Dummheit sein, die uns alle umbringt. Ich könnte mich irren, aber ich habe so das Gefühl, dass das der Sinn dieses kleinen Ausflugs ist.«

»Ich dachte, du wärst nicht gerade begeistert von diesem Ausflug?«

Markus zuckte mit den Achseln. »Ich sehe keinen Sinn darin. Okay, ich sehe den Sinn, aber ich bezweifle, dass er auf mich zutrifft. Ich verstehe es. Ich habe es schon immer verstanden. Man muss es mir nicht noch ins Gesicht sagen.«

»Tja, eine Sache, die du daraus lernen könntest, ist, wie gefährlich es ist, sich als überlegen anzusehen. Diese Lektion solltest du lernen.« Hartz hielt inne und sah sich in der Cafeteria um. »Hör mir mal gut zu, Markus«, sagte er, als er sich dem Jungen wieder zuwandte. »Du hast in jeder Geschichtsklausur hervorragend abgeschnitten, weil du die richtigen Antworten kennst. Du kannst dir Fakten und Daten sehr gut merken …«

»Dann begreife ich nicht, wo das Problem ist«, erwiderte Markus, der es sehr wohl verstand.

»Du spielst das Spiel mit, funktionierst im System. Es ist meine Aufgabe, junge Geister zu erkennen und zu fördern, insbesondere wenn ein Verstand so viel Potenzial besitzt wie der deine. Und das bedeutet, dass du mehr leisten solltest, als von dir erwartet wird. Du hast einen klugen Kopf, Markus. Aber dein Verstand muss gefördert werden.«

»Ich fördere meinen Verstand. Und falls Sie mein Interesse an der Geschichte steigern wollen, dann ist das nicht möglich. Es tut mir sehr leid, Herr Hartz, denn ich weiß, dass Sie es gut meinen, und ich nehme mir Ihre Worte zu Herzen, aber ich kann nicht noch mehr in ein Thema investieren, das meiner Ansicht nach absolut nichts mit mir zu tun hat.«

»Wie kannst du so etwas sagen?« Hartz schien ernsthaft schockiert zu sein. »Die Geschichte betrifft jeden von uns. Die Geschichte macht uns erst aus, und sie hat die Welt geformt, in der wir leben.«

»Die Welt ist so, wie sie ist. Damit komme ich klar. Wir können nicht in der Vergangenheit leben, sondern nur in der Gegenwart.«

Hartz lachte. »Und was macht das dann aus mir? Ich bin Historiker. Das ist nicht nur mein Beruf, das macht mich aus. Ich bin mit der Vergangenheit verbunden.«

»Nein, das sind Sie nicht …« Markus passte seinen Tonfall und seinen Gesichtsausdruck schnell wieder an. »Nein, Herr Hartz, bei allem Respekt, das sind Sie nicht. Die Vergangenheit ist vorbei und kein Ort, den Sie besuchen können. Sie existiert nicht mehr. Es gibt nur das Hier und Jetzt. Ich habe vor Kurzem ein Buch gelesen, in dem es um Erinnerungen ging … die Art des Erinnerns. Die Hauptfigur in dem Buch ist mittleren Alters und hat im Leben alles erreicht. Der Mann ist glücklich und zufrieden. Dann trifft er einen Freund aus seiner Jugendzeit und denkt an die Vergangenheit zurück. Kurz darauf kauft er einen Song, lädt sich dieses Lied herunter, das er zuletzt in meinem Alter gehört hat. Er setzt die Kopfhörer auf, schließt die Augen und hört das Lied, und auf einmal wird er wieder in diese Zeit zurückversetzt. Einen Moment lang glaubt er, Zeitreisen seien in Gedanken möglich, dass man die Vergangenheit in seinem Kopf nachbauen und noch einmal erleben kann. Also hört er sich das Lied wieder und wieder an. Irgendwann begreift er, dass das Lied jetzt in der Gegenwart und nicht in der Vergangenheit ist. Es ist keine zerkratzte Langspielplatte, die er auf einem Plattenspieler abspielt, sondern ein digitaler Download auf einem MP3-Player. Er hat es sich so oft angehört, dass es nicht länger das Zimmer aus seiner Teenagerzeit heraufbeschwört, sondern die luxuriöse Wohnung, in der er jetzt lebt.« Markus schüttelte den Kopf.

»Wenn wir so einen Ausflug machen, dann sehen wir uns alte Gebäude an und Sie sagen, die stammen aus dem sechzehnten oder siebzehnten Jahrhundert. Aber so ist das nicht, denn sie sind Objekte des einundzwanzigsten Jahrhunderts. Sie existieren hier und jetzt, unabhängig davon, wann sie gebaut wurden. In hundert Jahren werden sie Objekte des zweiundzwanzigsten Jahrhunderts sein. Die Vergangenheit ist vorüber, die Toten sind begraben. Wir können nichts aus dem lernen, was längst vorüber ist, sondern nur aus dem, was gerade passiert.«

Hartz saß schweigend da. In seiner Miene spiegelten sich weder Wut noch Feindseligkeit wider, nur eine leise Traurigkeit, als hätte er einen Defekt oder eine Unfähigkeit bei seinem Schüler entdeckt.

»Dazu kann ich nur sagen, dass ich aufrichtig hoffe, dass du dich irrst«, sagte er schließlich. »Wir dürfen die Vergangenheit nicht vergessen. Wir müssen aus ihr lernen. Darum geht es heute. Das, was du sagst, macht mich nicht nur traurig, es macht mir Angst.«

Es dauerte keine eineinhalb Stunden, bis sie ihr Ziel von Ulm aus erreicht hatten. Trotz all der Dinge, die er zu Hartz gesagt hatte, trotz allem, was er sich selbst versprochen hatte, spürte er etwas wie ein Frösteln, als er es zum ersten Mal sah.

Verstört nahm er zur Kenntnis, dass genau das, was er zu Hartz gesagt hatte, nicht eintrat: Etwas, das in der Vergangenheit hätte bleiben sollen, existierte in der Gegenwart. Als der Bus die Alte Römerstraße entlangfuhr, sah er es, kurz bevor er auf die Straße einbog, die zum Besucherzentrum und zum Parkplatz führte: Etwas, das er zuvor nur von Schwarz-Weiß-Bildern gekannt hatte, von einer nicht perfekten Aufzeichnung einer vergangenen Realität. Doch nun hatte er es in Farbe und lebensecht vor sich. Die Mauer neben der modernen Straße war gekrönt von Stacheldraht und wurde von eckigen, robusten Türmen unterbrochen, die unter ihren pyramidenförmigen Walmdächern ringsum Fenster aufwiesen.

Auf dem Parkplatz vor dem Besucherzentrum stiegen sie aus dem Bus. Hartz verschwand in dem Gebäude und kam mit einer attraktiven dunkelhaarigen Frau wieder heraus, die sich als Anna vorstellte und sagte, dass sie die Führung leiten werde. Nachdem sie sich vergewissert hatte, dass alle bereit waren, führte sie die Gruppe durch ein Metalltor im Jourhaus auf die Gedenkstätte.

Obwohl er entschlossen gewesen war, sich von diesem Erlebnis nicht beeinflussen zu lassen, und auch wenn er wusste, dass es sich bei den drei Worten, die in Eisen gegossen in der Mitte des Tores angebracht waren, um eine Replik aus den 1960ern handelte, konnte Markus ein Frösteln nicht unterdrücken, als er sie las.

ARBEIT MACHT FREI.

Zusammen mit den anderen ging Markus angemessen würdevoll schweigend weiter und lauschte der jungen, hübschen Frau, die hässliche, alte Fakten von sich gab.

Sie wurden um die einzigen beiden noch stehenden Baracken herumgeführt. Nur dass dies nicht die echten Barackenblöcke waren, sondern exakte Nachbauten aus dem Jahr 1965. *Was sollte das bringen?*, fragte er sich. Hier waren so schreckliche Dinge geschehen, die man gar nicht erst als Simulation darstellen sollte.

Markus fand es viel faszinierender, die anderen zu beobachten. Die ganze Gruppe wirkte so ernst, wie es bei Schulausflügen nicht gerade üblich war. Einige seiner Klassenkameraden waren wirklich interessiert, aber das wären sie auch in einer Kunstgalerie oder einem Museum gewesen. Andere wirkten jedoch tatsächlich beeinflusst von dem, was sie gerade sahen oder hörten. Er bemerkte, dass Imke Paulig die ganze Zeit über geschwiegen hatte und dass ihr Gesicht sehr blass geworden war, als man ihnen das Krematorium gezeigt hatte. Er wusste, dass einige Leute behaupteten, noch immer den Geruch von brennendem Fleisch und Asche zu riechen, wenn sie in der Nähe der Öfen standen. Markus roch nichts und wunderte sich, wie sich einige Menschen derart leicht von ihrer eigenen Fantasie täuschen lassen konnten.

Für Markus war dies schlicht und einfach ein Ort, an dem vor sehr, sehr langer Zeit etwas Schlimmes, etwas Unverzeihliches und Böses geschehen war. Etwas, das nichts mit ihm zu tun hatte. Die Erbschuld war längst abbezahlt worden oder betraf nur die vorangegangenen Generationen, aber nicht ihn. Zwar tat Markus oft so, als hätte er für andere nichts als Abscheu übrig, aber er war empfindsam genug, sich um Unrecht und Unmenschlichkeit Gedanken zu machen. Die Verbrechen, die hier begangen worden waren, waren schrecklich und abscheulich, und er fühlte sich deswegen schlecht, aber auf dieselbe Weise, wie ihm Verbrechen im stalinistischen Russland, in Serbien, in Ruanda oder einem Dutzend anderer Orte und zu anderer Zeit nahegingen.

Nach der Führung durften sich die Schüler ohne Aufsicht auf dem Gelände bewegen und hatten Zeit, um noch einmal in Ruhe über alles nachzudenken.

Wie immer beschloss Markus, alleine zu bleiben, und er setzte sich unter einer Weide auf eine Bank und beobachtete die anderen. Ein Teil von ihm wäre gern bewegt gewesen und hätte gern etwas gespürt, aber das passierte nicht.

Dieser Ort gehörte in die Gegenwart. Die Ereignisse, die hier stattgefunden hatten, waren tragisch, doch der Ort selbst war es nicht. Für Markus stellte er vielmehr keine unangenehme, sondern eher eine irgendwie städtische Umgebung dar. Wenn überhaupt, dann empfand er ihn als beruhigend und friedlich.

Möglicherweise lag es am Wetter, dass er so empfand, aber unter dem blauen Frühsommerhimmel und mit der Sonne im Gesicht fiel es ihm schwer, einen solchen Ort des Leidens und des Sterbens auf sich wirken zu lassen. Doch dann ging ihm auf, dass die Sonne damals auch für sie geschienen haben musste.

Markus überlegte, ob er seinen MP3-Player einschalten sollte, war jedoch besorgt, dass das respektlos erscheinen würde, also lehnte er sich einfach zurück, streckte die Arme auf der Rückenlehne aus, schloss die Augen und hielt sein Gesicht in die Sonne.

Markus Schwab saß auf der Bank in der Sonne und hatte auf einmal ein seltsames Gefühl.

Es ließ sich am besten als eine Art Déjà-vu beschreiben.

40. JOHN MACBETH. BOSTON.

Casey reichte ihm eine perlmuttfarbene Scheibe aus Titan. Der Laptop war deutlich flacher und leichter als sein alter und sah für Macbeth aus wie ein Gerät, das seiner Zeit weit voraus war. Er war alt genug, um sich an die Zeit vor der Revolution der Informatik zu erinnern, und gelegentlich – so wie auch jetzt – hatte er das Gefühl, in der Zukunft zu leben.

»Dein neues Spielzeug. Viermal so viel Speicher und doppelt so schnell wie dein alter. Ich habe alle deine wichtigen Daten draufgeladen.«

»Kein Phantomordner?«, fragte Macbeth.

»Kein Phantomordner. Wenn es dir nichts ausmacht, behalte ich deinen alten Laptop noch eine Weile und versuche rauszufinden, wie dieser Ordner da hingekommen ist. Ich bringe ihn dir dann mit nach Kopenhagen.«

»Klingt gut. Danke.«

»Gern geschehen. Möchtest du noch Kaffee?«

Macbeth schüttelte den Kopf. Sie saßen in der Küche und hatten den Abend in Caseys Wohnung verbracht, um Vorbereitungen für Macbeths Abreise und ihr Wiedersehen in einigen Wochen in Kopenhagen zu treffen. Nach dem Mittagessen im McLean hatte Macbeth keinen großen Hunger mehr gehabt, also waren die Brüder nicht essen gegangen und hatten sich nur ein paar Sandwiches geschmiert und Kaffee gekocht.

Macbeth war froh, dass er bei Casey eingezogen war. Auf den Straßen, in der U-Bahn und an öffentlichen Orten sah man immer mehr Menschen, die wie in Trance dastanden, diese Welt verlassen und eine andere aufgesucht hatten, die nur sie alleine sehen konnten. Aus der ganzen Welt gab es Berichte über Visionen und Massenereignisse. Das Apartment seines Bruders stellte eine angenehme, beruhigende Zuflucht dar. Während seiner Zeit in Dänemark hatte Macbeth ein Wort gelernt: *Hygge*. Es war eines dieser fremden Worte, die in der Lage waren, ein ganzes Konzept, ein Gefühl widerzuspiegeln; ein einziges Wort, das sich nicht mit einem anderen Wort übersetzen ließ. *Hygge* war das Gefühl, das man hatte, oder die Atmosphäre, die man schuf, wenn man es sich zu Hause und in Gesellschaft seiner Lieben oder engen Freude gemütlich machte. Für ihn war es daher *hyggelig*, bei Casey zu wohnen.

In vielerlei Hinsicht ähnelten Macbeth und Casey eher Zwillingen als Brüdern, die vier Jahre auseinander lagen. Macbeth kam es seltsam vor, dass er manchmal eifersüchtig auf seinen Bruder und dessen Erfolg war, auf die Klarheit, mit der dessen Intellekt funktionierte, denn er war damit eigentlich nicht neidisch auf eine andere Person, sondern auf eine bessere Version von sich.

»Wenn ich ihn selbst nicht in Ordnung bringen kann, lasse ich mal einen Freund im MIT einen Blick auf deinen Laptop werfen, falls das für dich in Ordnung ist«, meinte Casey. »Er ist Experte.«

»Klar, tu das.«

Casey schob seine Kaffeetasse eine Sekunde lang auf dem Tisch hin und her, während ihm offensichtlich etwas durch den Kopf ging.

»Ist alles okay?«, fragte Macbeth.

Casey zuckte mit den Achseln. »Ich bekomme zunehmend ein komisches Gefühl wegen des Oxford-Symposiums.«

»Warum?«, fragte Macbeth, der ehrlich überrascht war. »Was für ein komisches Gefühl?«

»Ich weiß es nicht. Irgendetwas stört mich seit dem, was auch immer da neulich passiert ist, als wir in dem Restaurant waren … Es ist so ein Bauchgefühl, das man nicht so recht in Worte fassen kann …«

»Ehrlich gesagt glaube ich, dass seitdem jeder ein ungutes Bauchgefühl hat, Casey.«

»Vermutlich hast du recht … Aber das hier ist anders. Es ist, als wüsste ich etwas, weiß aber noch nicht, dass ich es weiß.« Casey schnitt eine Grimasse. »Das klingt jetzt echt blöd.«

»Nein, das tut es nicht«, entgegnete Macbeth. »Manchmal setzt dein Unterbewusstsein Dinge zusammen, ist aber noch nicht bereit, es an dein Bewusstsein weiterzugeben. Es wird dir schon klar werden. Aber es ist nicht überraschend, dass dir bei all dem Mist, der momentan vor sich geht, unwohl ist. Der Blinde Glaube, islamistische Terroristen und alle möglichen anderen religiös motivierten Irren scheinen ja nur so aus ihren Löchern zu kriechen, um die Wissenschaft anzugreifen.«

Casey dachte über das nach, was sein Bruder gesagt hatte, und schüttelte dann den Kopf. »Es ist mehr als das. Und es handelt sich vielleicht nicht einmal um nur eine Sache, sondern um viele kleine Dinge, die ich nicht miteinander in Verbindung bringen kann.«

»Wie zum Beispiel?«

»Als ich mich wegen Gabriel umgehört und mich erkundigt habe, ob er zu den Simulisten gehört hat, konnte es mir niemand mit Sicherheit sagen. Aber offensichtlich hat Professor Gillman mit ihnen zu tun. Er steckt wohl sehr tief mit drin. Und dann ist da das Prometheus-Projekt selbst.«

»Was ist damit?«

»Ich weiß es nicht.« Casey schüttelte frustriert den Kopf. »Ich weiß nicht einmal genau, was es ist. Aber ich weiß, dass es einen großen Schritt nach vorn bedeuten wird. Vielleicht einen Schritt, für den wir noch nicht bereit sind.«

»Ich kann dir nicht folgen«, gestand Macbeth.

»Hast du schon mal darüber nachgedacht, wie seltsam es

ist, dass wir in dieser Zeit leben? Wir haben im Laufe unseres Lebens die größten technischen Fortschritte gesehen, die die Menschheit je gemacht hat. Zweihunderttausend Jahre menschlicher Geschichte, und all unsere Leistungen wurden in einem Jahrhundert erbracht, der Großteil davon in wenigen Jahrzehnten. Und es geht immer schneller voran.«

»Muss das denn etwas Schlechtes sein?«

»Das hängt davon ab. Es führt uns an den Rand der Singularität, dahin, dass die Technologie und die künstliche Intelligenz den menschlichen Intellekt übersteigen. Einige sagen, das wäre unser Ende, während andere es für den Anfang halten … Die menschliche Evolution wird aufhören, ein natürlicher Vorgang zu sein, und zu einem geplanten werden. Einem von uns geplanten. Wir sind dabei, zu verändern, wer und was wir als Spezies sind. Jede Technologie beschleunigt das Ganze, und es ist unmöglich vorauszusagen, wie unser Leben in zwanzig oder dreißig Jahren aussehen wird. Und während all das passiert, gibt es auf einmal einen Aufschwung des religiösen Fundamentalismus und Obskurantismus. Es ist fast so, als würden die religiösen Fundamentalisten und die verrückten Wissenschaftsgegner versuchen, uns vor der Singularität zu retten, ohne dass sie selbst den Grund dafür begreifen. Vielleicht ist es ja ein Instinkt, der uns als Spezies innewohnt.«

»Und das macht dir Sorgen?«

»Vielleicht. Teilweise. Es sind wie gesagt viele Dinge. Dazu gehören auch diese Halluzinationen.«

»Das ist verständlich.«

»Ich meine nicht die Ereignisse an sich, sondern ihre Natur. Eine Halluzination ist persönlich, subjektiv und per Definitionem falsch. Etwas, das als real empfunden wird, es jedoch nicht ist. Oder irre ich mich da?«

»Nein.«

»Aber du und ich – und alle anderen … Wir hatten dieselbe

Halluzination. Außerdem passte das Erdbeben, das wir erlebt haben, perfekt zu dem historischen Ereignis. Sollte eine Halluzination nicht etwas Persönliches und Subjektives sein, das mit allen Realitäten, auch den vergangenen, nichts zu tun hat? Wer hat denn schon je davon gehört, dass Tausende von Menschen genau zur selben Zeit die gleiche Halluzination gehabt haben?«

»Worauf willst du damit hinaus?«, wollte Macbeth wissen.

»Wie Gabriel es auch getan hat, verdiene ich mir meinen Lebensunterhalt damit, ein Universum zu untersuchen. Das ist derart winzig, dass es kaum zu begreifen ist und die Naturgesetze, die dort herrschen, scheinen auf dem Kopf zu stehen. Was wir mithilfe der abstrakten Sprache von Gleichungen ausdrücken, klingt entweder unverständlich oder verrückt, sobald man versucht, es mit normalen Worten auszudrücken oder außerhalb der wissenschaftlichen Gemeinschaft darüber zu sprechen. Die Physik begann als Studium der Naturgesetze, und jetzt geht es dabei um die Natur der Realität selbst. Und mit der Realität stimmt momentan etwas nicht.«

»Willst du damit sagen, dass diese Halluzinationen deiner Meinung nach keine psychologische Ursache haben, sondern mit der externen Physik in Verbindung gebracht werden müssen?«

»Ich sage nur, dass es sein könnte. Es ist fast so, als öffne sich ein Fenster in der Zeit. Ich weiß es nicht. Ich kann nicht mal ansatzweise eine Theorie formulieren, warum das passieren sollte. Alles, was ich weiß, ist, dass das Prometheus-Projekt den größten Schritt darstellt, den wir in einer Generation gemacht haben, und es fällt mit all diesen seltsamen Vorfällen zusammen.«

»Du glaubst doch nicht ernsthaft, dass es da eine Verbindung gibt?«

»Ich will jetzt nicht zu sehr ins Detail gehen, aber wir wissen nicht, welchen Spin ein Elektron hat oder welche Form es besitzt, so lange wir es uns nicht ansehen. Die Sache ist nur so, dass das Elektron diese Form erst annimmt, *wenn* wir es ansehen. Ein Photon beschließt erst, eine Welle oder ein Partikel zu sein, wenn jemand es beobachtet. Wir kommen zu dem Schluss, dass das ganze Universum ohne klare Form ist, *bis* wir es ansehen. Das ist eine drastische Vereinfachung, aber Tatsache ist, dass alles in jedem möglichen und zugleich in keinem Zustand ist, bis wir es betrachten. Was wäre, wenn Blackwells Arbeit einen neuen, unbekannten Teil der Realität betrachtet hat? Vielleicht hat der simple Vorgang, ihn anzusehen, bewirkt, dass sich etwas verändert und eine feste Form angenommen hat.« Casey machte eine Pause. »Weißt du, wie meine Definition der Realität lautet? Jeder von uns wandert in völliger Finsternis herum und leuchtet mit seiner eigenen kleinen Taschenlampe einen winzigen Teil des Universums aus. Jegliche objektive Realität entsteht, wenn genug von uns mit der Taschenlampe auf dieselbe Stelle zeigen. Die Menschen, die du behandelst, mit ihren Wahnvorstellungen und ihrer Schizophrenie … Doch eigentlich beleuchten sie nur eine alternative Realität.«

»Das ist in etwa das, was auch Gabriel gesagt hat …« Macbeth nickte nachdenklich. »Aber ich verstehe trotzdem nicht …«

»Vielleicht richten wir unsere Lampen auf mehr als eine Realität. Und möglicherweise hat das etwas zu tun mit …« Casey wurde vom Klingeln des Telefons unterbrochen. Als er an den Apparat ging, konnte ihm Macbeth sofort ansehen, dass es schlechte Neuigkeiten gab. Sehr schlechte Neuigkeiten.

Da Casey keinen Fernseher besaß, nutzten sie den Laptop, den er Macbeth gegeben hatte, um sich die Fernsehnachrichten als Live-Feed im Internet anzusehen. Es herrschte das übliche Chaos wie bei jeder Sondermeldung: Die Kamera fuhr herum, anstatt ein Standbild zu zeigen, wurde mal in die eine, dann in die andere Richtung geschwenkt, immer angezogen von Rufen, Sirenen oder dem plötzlichen Aufflackern eines Feuerballs. Das

Licht und die Farben wirkten auf dem Bildschirm fast schon polarisierend; hellgelbe und orangefarbene Explosionen vor einem dunkelblauen bis türkisfarbenen Nachthimmel, Silhouetten vor hellen Flammen, die kurz auftauchten und wieder verschwanden, während Feuerwehrleute und Polizisten hin und her liefen.

»Scheiße«, murmelte Casey. »Heilige Scheiße.«

Dann kam die vor Ort berichtende Reporterin ins Bild. Ihr perfektes Make-up wurde vom Licht der Kamera ungenau erhellt, während sich hinter ihr das Chaos in den Schatten abspielte.

»Momentan hält sich die Polizei von Boston zurück und hat noch keine bestimmte terroristische Gruppierung ins Visier genommen. Es wurde auch noch nicht bestätigt, dass die Explosionen und das daraus resultierende Feuer hier im Massachusetts Institute of Technology von Terroristen verursacht wurden. Aber es scheint offensichtlich zu sein, dass dies eine koordinierte Anschlagsserie auf das MIT war. Überdies war aus inoffiziellen Quellen zu erfahren, dass der Blinde Glaube, eine fundamentalistische Christengruppe, die Verantwortung für die Explosionen übernommen habe. Der Gruppe werden bereits eine Reihe von eskalierenden Anschlägen auf Forschungseinrichtungen und einzelne Wissenschaftler innerhalb des letzten Jahres zur Last gelegt. Noch ist es zu früh, um zweifelsfrei bestätigen zu können, dass der Blinde Glaube tatsächlich für diese Tragödie verantwortlich ist, die so viele Schäden und Todesopfer gefordert hat. Momentan wissen wir leider noch nicht einmal genau, um wie viele Todesfälle es sich handelt.«

»Wissen wir, wo sich die Explosionen ereignet haben, Kathy?«, fragte die Baritonstimme eines Nachrichtensprechers aus dem Studio.

»Alles weist darauf hin, dass es eine Reihe von sechs großen Detonationen gegeben hat, drei davon in verschiedenen Gebäuden auf dem Campus des MIT. Die erste Explosion geschah im …« Sie blickte auf ihre Notizen. »… im Dreyfoos Tower des Sata Centers, wo sich das Labor für Informatik und Künstliche Intelligenz befindet. Die zweite Explosion ereignete sich direkt gegenüber der Vassar Street im Gebäude für Gehirn- und Kognitionswissenschaften. Die dritte im Fairchild Building, dem Haptiklabor, das sich, wie man mir erklärte, auf berührungsbasierte Interfaces zwischen Mensch und Technologie spezialisiert hat. Aber das Gillman Quantum Modeling Project im Pierce Laboratory an der Massachusetts Avenue scheint das Hauptziel des Anschlags gewesen zu sein, da dort innerhalb von einer Minute drei Bomben explodiert sind. Ich denke, man kann davon ausgehen, dass diese Sprengkörper ganz gezielt platziert und dann ferngezündet wurden. Professor Steven Gillman soll sich zum Zeitpunkt der Explosionen im Gebäude aufgehalten haben und wird bis jetzt, ebenso wie fünfzehn weitere Wissenschaftler, vermisst. Bisher konnten die Feuerwehrleute noch nicht bis zum eigentlichen Brandort vordringen, da die Temperaturen dort selbst für ein derartiges Feuer ungewöhnlich hoch sein sollen.«

»Scheiße …« Casey wandte sich vom Bildschirm ab und begann, in der Küche auf und ab zu gehen, während er den Kopf schüttelte. »Ich kann es nicht fassen. Das ist genau die Abteilung, in der Gabriel Rees gearbeitet hat, das Team, zu dem er gehörte …«

41. MARKUS. DEUTSCHLAND.

Markus schlug die Augen auf und setzte sich aufrecht hin.

Auf einmal war der Himmel dunkler geworden und der Nachmittag innerhalb einer Sekunde in den späten Abend übergegangen. Doch nicht nur die Tageszeit hatte sich verändert, denn Markus spürte Regentropfen im Gesicht, und die Luft war auf einmal kalt und von einem seltsamen Geruch durchzogen. Einem ekelerregenden, unglaublich starken Geruch nach Urin, Exkrementen, Schweiß und ungewaschener Kleidung.

Die ordentlichen Rechtecke aus blassgrauem Kies waren verschwunden. Ebenso die offene Fläche. Stattdessen standen da Reihen aus Baracken, die der glichen, die ihnen die Führerin gezeigt hatte, und zwischen ihnen und dem Verwaltungsgebäude, neben dem das Jourhaus stand, lag nur ein kleiner Hof. Markus sprang so plötzlich von der Bank auf, als hätte ihn etwas gestochen, aber als er sich umdrehte, war selbst die Bank nicht mehr da. Die Weide war auch verschwunden. Aber dieser Geruch, dieser anhaftende, widerliche Gestank schien in der Luft anzuschwellen und herumzuwirbeln, als die kalte Brise die Richtung wechselte.

Nichts von alldem ergab einen Sinn. Was war aus den anderen Schülern seiner Gruppe geworden? Wo kamen all diese Baracken auf einmal her? Er konnte nicht länger einfach über den Platz laufen, daher nahm er den Weg, der aus dem Nichts aufgetaucht war, und ging zurück zum Jourhaus. Der Weg war nicht gepflastert, und der Boden aus nackter Erde war platt getreten, aber gefegt worden. Das war ja völlig verrückt.

Ein schrilles, lautes Geräusch ließ ihn zusammenzucken: der

Klang mehrerer Trillerpfeifen. Er sah in die Richtung, aus der er das Geräusch gehört hatte. Vier Männer kamen aus dem Hauptverwaltungsgebäude auf den Hof und bliesen lautstark in ihre Pfeifen. Die vier Männer trugen Uniformen. Schwarze Uniformen.

Das kann nicht sein. Dieser Gedanke brannte in Markus' Verstand. *Das kann einfach nicht sein.*

Der Geruch, der mit dem Wind zu ihm herübergeweht war, wurde zu einer ekelerregenden Woge, als die Türen der Baracken aufgerissen wurden und Gestalten ins Freie taumelten. Es waren Menschen, aber sie wirkten, als würden sie einer anderen Spezies angehören. Sie sahen bereits halb wie Geister aus, und unter ihrer gestreiften Gefängniskleidung zeichneten sich unfassbar dünne Gliedmaßen ab, während ihre skelettartigen Gesichter unter flachen Kappen hervorblickten.

Der Gestank ging von ihnen aus. Markus wusste, dass sie nicht nur ungewaschen, sondern nach Krankheit und Tod stanken. Die Führerin hatte ihnen erklärt, dass die Sterberate in Dachau in den letzten Monaten des Lagers sowie in den ersten Monaten nach der Befreiung aufgrund von Typhus nochmals drastisch angestiegen war.

Was dachte er sich dabei? Wieso rationalisierte er dieses Erlebnis, indem er es mit einer vergangenen Realität verglich? Diese Menschen waren nicht real. Alles, was er sah, war nicht real. Es konnte einfach nicht echt sein.

Die Gefangenen hasteten schnellen Schrittes auf den Appellplatz und stellten sich in Reihen auf. Markus bemerkte, wie ihr Schlurfen zu geometrischer Präzision wurde. Alle standen gerade und fast in Habachtstellung da. Mit eingesackten Schultern und gesenktem Kopf. Viele husteten. Er hatte eine Versammlung von Toten vor sich. Sie waren schon lange tot, die halb Toten schon zu Lebzeiten eine Leiche.

Die vier SS-Männer, von denen drei Feldmützen und einer die

spitze Offizierskappe trug, hörten auf zu pfeifen und standen in autoritärer Pose da, die Füße weit auseinander, der Offizier mit den Händen in die Hüften gestützt, die Unteroffiziere hielten dicke, kurze Stäbe in den Händen. Zwischen ihnen stand ein niedriger Holzbock, dessen Zweck Markus nicht ersichtlich war. Der Offizier machte einen Schritt nach vorne.

»Das ist ein Strafappell«, rief er mit seiner hohen, hässlichen Stimme, die von einem sächsischen Akzent gefärbt war. »Um euch zu demonstrieren, wie die Strafe für einen Diebstahl im Häftlingsladen aussieht.«

Markus wusste dank der Führung, dass es tatsächlich einen Häftlingsladen gegeben hatte, in dem die Insassen – wenn sie es sich erlauben konnten und genug von den Marken besaßen, die man ihnen bei ihrer Ankunft im Austausch gegen ihr Bargeld gegeben hatte – zu deutlich überhöhten Preisen eine magere Ergänzung zu der kargen Kost, die sie hier erhielten, kaufen konnten. Er hatte ein ungutes Gefühl, und ihm wurde übel, denn er wusste auch, dass alle Profite dieses Ladens direkt an die SS gegangen waren. Wenn jemand dort etwas gestohlen hatte, dann erwartete ihn eine schwere Strafe.

Warum denke ich so etwas? Er verfluchte seine Dummheit. *Das sind keine Gefangenen und keine echten SS-Männer. Ich habe eine Wahnvorstellung, eine Halluzination. Denk nach, Markus, denk nach.* Er hatte Berichte über all die Menschen auf der ganzen Welt gelesen, die Dinge sahen – Menschen und Ereignisse, die gar nicht existierten. Man hielt es für eine Virusinfektion. *Ich muss mich auch angesteckt haben*, dachte er.

Aber dennoch blieb das ungute Gefühl bestehen.

Ein fünfter SS-Mann, ein weiterer Unteroffizier, kam aus dem Jourhaus. Er hatte einen gefesselten Gefangenen am Ellenbogen gepackt und ging so rasch, dass der Gefangene mit seinen in Eisen gelegten Füßen sehr schnelle kleine Schritte machen musste. Der Gefangene sah ebenso wie die anderen ausgemergelt und gebeugt aus, doch selbst so war er noch einen Kopf größer als sein Begleiter. Auch aus dieser Entfernung konnte Markus erkennen, dass der gefesselte Mann große Angst hatte und den Wachmann, der ihn ignorierte, leise, aber mit hoher Stimme anflehte wie ein bettelndes Kind. Markus sah auch deutlich, dass der Mann geschlagen worden war: Nase und Mund waren blutverschmiert, und ein Auge war zugeschwollen.

Stopp. Markus' Befehl blieb ein Gedanke und wurde nicht ausgesprochen. Ich sollte schreien. Ich sollte sie auffordern, aufzuhören. Vielleicht hören sie mich ja. Vielleicht kann ich sie ja dazu bringen, damit aufzuhören.

Aber er rief nicht. Er ging auch nicht näher heran. *Es bringt doch nichts, sie können mich ja sowieso nicht hören*, log sich Markus selbst an. Er wusste, dass er es eigentlich nur aus Angst davor nicht tat, dass sie ihn möglicherweise doch hören konnten.

Das eindringliche, hohe Flehen wurde zu einem Wimmern, als der Gefangene vor dem niedrigen Holzbock auf die Knie gezwungen wurde. Man löste seine Fesseln, streckte seine Arme weit aus und band sie an dem Bock an, sodass er weiter zu Boden gezwungen wurde, den Kopf drehen und die Wange gegen das Holz pressen musste.

Großer Gott, nein, dachte Markus. Trotzdem blieb er reglos und schweigend stehen.

»Das ist die Gerechtigkeit, die ihr erwarten könnt, wenn ihr das Reich bestehlt«, rief der sächsische Offizier und drehte sich dann zu den Unteroffizieren um. »Urteil vollstrecken!«

Die ruhige und entspannte Art, mit der sie sich darauf vorbereiteten, waren das Schlimmste für Markus. Die vier Unteroffiziere stellten sich zu beiden Seiten des Mannes auf. Jeder von ihnen spannte die Schultern an und lockerte sie wieder, um dann den Arm mit dem schweren Stock zu schütteln. Sie erinnerten Markus an Golfspieler, die sich auf den Abschlag vorbereiteten.

»Proszę!«, flehte der gefesselte Mann mit belegter, gedämpfter Stimme. »Proszę! Wybacz mi! Proszę, nie rób mi krzywdy!«

Die Unteroffiziere ignorierten ihn und schienen gerade untereinander zu klären, in welcher Reihenfolge sie sich ans Werk begeben wollten. Dann nickten sie.

»Proszę!« Dann rief er mit verzweifelter Stimme auf Deutsch mit polnischem Akzent: »Bitte nicht! Bitte nicht! Ich flehe Sie an! Bitte tun Sie das nicht!«

Der sächsische Offizier lachte und nickte seinen Untergebenen zu. Der erste Unteroffizier, ein kleiner, bulliger Mann, riss seinen Stock hoch in die Luft und ließ ihn in Höhe des Ellenbogengelenks auf den ausgestreckten Arm des Gefangenen herabsausen. Ein widerliches Knacken ertönte in der feuchten, kalten Luft, gefolgt von einem anderen Geräusch, das wie das Pfeifen eines Wasserkessels klang und das Markus nicht sofort als Schrei eines Menschen erkannte.

Wie Straßenarbeiter, die einen Brückenträger in den Boden rammten, schlugen die vier schwarz uniformierten Unteroffiziere in einem schnellen, koordinierten Rhythmus auf den Gefangenen ein. Sie trafen seine Arme, seinen Rücken und seine Schultern. Doch nie seinen Kopf, da sie offensichtlich nicht wollten, dass er bewusstlos wurde und den Schmerz dann nicht mehr spüren konnte. Das Geräusch jedes Schlags hallte widerwärtig durch die Luft, gefolgt von den unmenschlichen Schreien des Gefangenen, und bohrte sich in Markus' Kopf.

Markus sank auf die Knie und weinte. Er sah zu den versammelten Gefangenen hinüber. Sie standen schweigend da, mit ausdruckslosen Gesichtern, in denen sich keine Emotion widerspiegelte. Die meisten sahen zu Boden.

Tut doch etwas!, hätte Markus am liebsten geschrien. *Ihr seid viel mehr als sie. Tut etwas!* Aber erneut versagte seine Stimme.

Die Schläge gingen weiter. Hin und wieder trat ein SS-Mann nach hinten, und die anderen führten den Rhythmus fort, während er eine Pause einlegte, um sich ihnen kurz darauf wieder anzuschließen, damit der nächste verschnaufen konnte. Nach einer Weile wedelte der Offizier mit der Hand und gebot ihnen Einhalt.

Der Gefangene schrie längst nicht mehr. Stattdessen hallte sein geschluchztes, gequältes Keuchen über den ansonsten lautlosen Platz.

Nach einer weiteren beiläufigen Geste des Offiziers verließen die SS-Männer den Appellplatz, ohne die versammelten Gefangenen zu entlassen, die emotionslos und aufrecht dastanden, die Blicke gesenkt.

Niemand rührte sich. Zehn Minuten lang standen alle reglos da. Zwanzig Minuten. Eine Stunde. Und die ganze Zeit war das abgehackte Stöhnen des sterbenden Mannes auf dem Platz zu hören. Schließlich ging Markus langsam los und sah nervös zu den Wachtürmen hinüber, während er den Weg zu dem bestraften Gefangenen zurücklegte, der noch immer an den Holzbock gefesselt war.

Die in Reihen auf dem Platz stehenden Gefangenen schienen Markus nicht wahrzunehmen, ihn nicht zu sehen. Doch er hatte ohnehin den Eindruck, dass sie ihn selbst dann nicht gesehen hätten, wenn sie ihn hätten sehen können. Sie waren blind für alles andere als ihren eigenen, unmittelbaren und erbitterten Überlebenskampf.

Er kniete sich neben den zerschlagenen Mann auf den Boden. Markus konnte erkennen, dass er jetzt nicht mehr lange zu leben hatte und mit jeder verstreichenden Sekunde weiter ins Reich der Toten abdriftete. Sein Körper hatte noch nicht einmal Zeit gehabt, sich an den Wunden zu verfärben, vielleicht war er dafür aber auch zu abgemagert. Markus sah, dass seine Arme und der Torso an den Stellen, an denen die Schläge Arm- und Schulterknochen gebrochen und die Rippen eingedrückt hatten, völlig deformiert waren. Der Mann hatte die Augen geschlossen und atmete jetzt kaum merklich, während ihm blutige Schaumblasen aus den Nasenlöchern drangen und sich seine Lippen rot verfärbten.

»Es tut mir leid«, stammelte Markus weinend. »Es tut mir so leid.«

Der sterbende Mann schlug die Augen auf und schaute Markus geradewegs an.

»Dlaczego?«, fragte er fast schon flüsternd zwischen abgehackten Atemzügen. »Dlaczego nie mozes mi pomóc?«

»Ich verstehe nicht«, sagte Markus, der erst seinen Schreck darüber verdauen musste, dass er für diesen Mann wirklich existent war, sichtbar und real. Er streckte eine Hand aus, um ihn zu trösten, hielt dann jedoch inne, da er befürchtete, seinen Schmerz nur noch weiter zu steigern. Vielleicht wollte er aber auch nur verhindern, dass dieser Wahnsinn, diese Halluzination, durch eine Berührung noch weiter bestätigt wurden.

»Warum hast du mir nicht geholfen?«, flüsterte der Gefangene auf Deutsch, dann wurden seine Augen glasig.

42. JOHN MACBETH. BOSTON.

Das ist ein Traum, sagte er sich. Keine Halluzination.

Macbeth hatte unruhig geschlafen, und der wenige Schlaf war von Träumen durchzogen gewesen, in denen er sich bewusst war, dass er träumte. In diesem Traum war er wieder ein kleiner Junge und stand in der Tür des Arbeitszimmers seines Vaters, nur dass der Raum unglaublich riesig war und die Decke unerreichbar hoch. Die viel zu großen Wände mit ihren überquellenden Bücherregalen erstreckten sich in eine unmögliche Entfernung.

Sein Vater saß nicht auf seinem Stuhl, sondern stand zusammen mit einem anderen Mann und einer Frau vor seinem Schreibtisch. Der Anblick des anderen Mannes, dessen Gesicht er nicht sehen konnte, obwohl der kurz in seine Richtung schaute, jagte Macbeth eine Heidenangst ein. Die Frau war die schönste Frau, die er je gesehen hatte: Marjorie Glaiston, die so aussah, wie sie Macbeth auch im vorherigen Traum erschienen war. Die drei Erwachsenen bemerkten den jungen Macbeth nicht, als dieser hereinkam und zu ihnen hinüberging, während er sich nervös ein Lexikon an die Brust drückte. Sie interessierten sich zu sehr für das, was sie sich gerade ansahen, um auf ihn zu achten: etwas Riesiges, das vor und über ihnen in der Luft stand und glänzte, strahlte und funkelte. Es bestand aus Licht und schien keine Substanz zu haben, sondern war ein massiver Ball aus Farbe und Lumineszenz, der aus dem Nichts Muster bildete. Diese erstaunlich komplexen Formen nahmen Gestalt an und veränderten sich, bevor sie wieder verschwanden, um noch komplexeren Mustern Platz zu machen. Macbeth war sowohl als Junge in seinem Traum als auch als Erwachsener fasziniert davon. Jetzt drückte er sich an seinen Vater, nahm dessen Hand und gab sich die größte Mühe, den anderen Mann nicht anzusehen.

»Was ist das?«, fragte er seinen Vater.

»Wir haben einen Verstand gebaut«, antwortete sein Vater, ohne den Blick von dem substanzlosen Universum abzuwenden, das im Arbeitszimmer schwebte. »Wir werden Götter, denn wir haben einen Verstand gebaut.«

Der andere Mann drehte sich zu dem Jungen um. Macbeth erwartete, die erwachsene Version seiner selbst zu sehen, doch dem war nicht so. Er war jemand und etwas anderes: etwas Dunkles, Böses und Gigantisches, das in die Gestalt eines Mannes gepresst worden war. Macbeth sah ihm ins Gesicht, und dabei lief ihm ein warmes Rinnsal am Bein herunter. Der Mann blickte ihn an, hatte jedoch keine Augen, auch wenn sich seine Augenlider öffneten und schlossen, als müssten dort welche sein. In den Augenhöhlen war nichts, das Macbeth sehen konnte – nicht, dass sie leer waren, aber sie waren mit nichts gefüllt, einer grau-schwarzen Leere, die sich unendlich weit erstreckte.

»Willst du wissen, wer ich bin, Junge?«, fragte der Mann. Seine Stimme war ein tiefer, kultivierter Bariton, und sein Akzent ließ sich schwer zuordnen. Vielleicht stammte er aus New England, er konnte aber auch Brite oder Ire sein. Sein Tonfall war gleichzeitig neutral und feindselig, als verspüre er kein konkretes Interesse an Macbeth, wolle ihm aber trotzdem sehr schaden.

Macbeth antwortete nicht. Er nickte auch nicht und schüttelte nicht den Kopf, sondern stand nur völlig verängstigt in seinem eigenen Urin da.

»Du weißt, wer ich bin. Du kennst meinen Namen. Du weißt, was ich bin. Wie lautet mein Name?«

Macbeth sagte nichts, da er sich in der Dunkelheit der leeren Augenhöhlen verloren hatte.

»WIE LAUTET MEIN NAME?««, brüllte der Mann so laut, dass Macbeth zusammenzuckte und das Lexikon fallen ließ.

»Sie sind John Astor«, sagte Macbeth mit zitternder Stimme, lehnte sich gegen seinen Vater und drückte seine Hand.

»Das ist ein vollkommener Verstand, den wir erkunden können«, meinte Macbeths Vater, der seinen Sohn ebenso wie den Mann ignorierte. »Er ist vollkommen.«

»Er ist wirklich wunderbar«, bestätigte Marjorie Glaiston mit ihrem Boston-Brahmin-Akzent. »Höchst wunderbar.« Erst jetzt erkannte Macbeth, dass sie formell und entsprechend der Zeit, in der sie gelebt hatte, gekleidet war.

Der augenlose Mann beugte sich verschwörerisch zu Macbeth herunter. Er neigte Oberkörper und Kopf und verzog den Mund, den er mit der flachen Hand abschirmte, wie es Verschwörer in Stummfilmen zu tun pflegen.

»Soll ich dir ein Geheimnis verraten, kleiner John?«, fragte er.

Macbeth nickte und hatte Angst, den Mann erneut zu verärgern.

»Dieser Verstand. Dieses Ding, das wir aus dem Nichts geschaffen haben … Es glaubt, es wäre real. Das ist sehr amüsant, aber es glaubt wirklich an seine eigene Existenz … meint, dass es in einer realen Welt lebt.« Astor lachte, um dann zu flüstern: »Aber ich habe das alles nur erfunden. Es ist eine Fiktion, die sich selbst für eine Tatsache hält, und ich bin ihr Autor.«

Macbeth begann zu weinen. Er sah zu Boden, wo das Lexikon lag. Eine Ecke des glänzenden Bucheinbands ragte in die Urinpfütze auf den Teakbodenbrettern hinein. »Ich möchte aufhören«, flehte er. »Bitte, Mr. Astor, ich möchte aufhören zu träumen.«

Der augenlose Mann beugte sich noch weiter nach unten, sodass sich sein Gesicht direkt vor dem des verschreckten Jungen befand. Macbeth sah in Astors leere Augenhöhlen; ein Vakuum, das so gewaltig und doch so leer war, dass seine Augen schmerzten.

»Jeder träumt«, sagte Astor mit einer tückisch ruhigen Stimme. »Jeder besteht aus Träumen. Du liebst deine Bücher, nicht wahr? Du versteckst dich in ihnen, findest Antworten auf Fragen, die du noch nicht einmal gestellt hast, damit du deinen Kopf mit Wissen und Wahrheit füllen kannst … nur dass das Wissen Betrug und die Wahrheit Lüge ist.« Er hielt inne, packte Macbeth an den Schultern, sodass sich seine knochigen Finger schmerzhaft tief in das junge Fleisch bohrten, dann schrie er dem Jungen ins Gesicht: »WACH AUF!«

Macbeth erwachte. Das Herz pochte ihm in der Brust, während er langsam zur Kenntnis nahm, wo er sich befand. Es war noch immer dunkel, aber er wusste, dass er sich in Caseys Wohnung aufhielt und er konnte in den Schatten alles erkennen. Kurz überkam ihn Panik, als er jemanden in der Ecke sitzen sah, der ihn leise beobachtete, doch dann erkannte er, dass er nur seine Jacke auf die Stuhllehne gehängt hatte, während seine Anzughose ordentlich gefaltet auf der Sitzfläche lag.

Er lachte kurz über die eigene Dummheit. Ein erwachsener Mann, ein Psychiater und Forscher, rational bis ins Innerste, hatte Angst vor Schatten. Obwohl er all das wusste und eigentlich wieder einschlafen wollte, schaltete er die Nachttischlampe an, da er das Bedürfnis hatte, das ganze Zimmer mit Licht zu erfüllen.

Blinzelnd schaute er in die Helligkeit.

Astor stand über das Bett gebeugt und sah auf Macbeth herab. Anders als im Traum war er nicht auf die Größe eines normalen Menschen zusammengeschrumpft, sondern etwa viereinhalb Meter groß, sodass er kaum ins Zimmer passte und seine langen Beine beugen, seine Schultern einziehen und gegen die Decke drücken musste. Sein Kopf, den er auf seinem krummen Hals gedreht hatte, hing direkt über dem Bett, und er sah Macbeth mit noch immer leeren Augenhöhlen an, die von einem dunkelgrauen Vakuum erfüllt waren. Trotz seines Schrecks erkannte Macbeth, was diese Leere war und was sie bedeutete.

Er wollte schreien, aber es drang kein Laut aus seinem Mund. Als er aus dem Bett steigen wollte, merkte er, dass er komplett gelähmt war. *Ich kann mich nicht bewegen*, dachte er.

»Sie können sich nicht bewegen«, sagte Astor.

Ich kann nicht atmen, dachte Macbeth.

»Sie können nicht atmen«, sagte Astor und grinste ihn zu breit an, bleckte dabei einhundert Zähne und bewegte den Kopf auf den hilflosen, gelähmten, lautlos schreienden Macbeth zu.

Er wachte auf. Das Zimmer war hell, erfüllt von natürlichem und nicht künstlichem Licht. Der Morgen war angebrochen.

Macbeth sammelte sich. Das war eine Halluzination. Eine hypnopompe Halluzination, entstanden im Stadium des Bewusstseins zwischen Schlaf und Aufwachen. Falsches Erwachen, lebhafte Halluzinationen, Schlaflähmung – all das waren übliche Anzeichen für den hypnopompen Zustand, der fast immer klaren Träumen folgte, in denen sich der Träumer des Träumens bewusst war.

Nur ein Schluckauf im retikulären Aktivierungssystem, sagte er sich, eine kleine Störung der Verbindung zwischen Hirnstamm und Cortex, die das Stadium der Wachsamkeit steuert.

All das wusste er, da er es während seiner Ausbildung gelernt hatte.

Dennoch musste er sich kurz vergewissern, dass in den Ecken seines Schlafzimmers wirklich keine Schattenwesen lauerten.

Casey war bereits aufgestanden und machte Frühstück.

Macbeth war früh auf den Beinen, weil er sich aus der Umgebung seines Traumes entfernen wollte, aber er war auch neugierig auf das, was sich im Laufe der Nacht ereignet hatte. Casey und er waren bis zwei Uhr früh wach geblieben, hatten die Nachrichten gesehen und über die Konsequenzen der Tat gesprochen. Casey hatte wild herumtelefoniert und SMS an alle seine Kollegen geschickt, und immer, wenn er sein Handy gerade beiseitelegen wollte, klingelte es und einer der anderen Physiker vom MIT erkundigte sich, ob es ihm gut ging. Bis zum Morgen hatten sie jedoch sechs Kollegen nicht erreichen können.

»Gibt es Neuigkeiten?«, erkundigte sich Macbeth, als er in die Küche kam.

»Eigentlich nicht«, antwortete Casey über die Schulter hinweg und goss Macbeth einen Kaffee ein. »Was wir wissen, ist schon schlimm genug. Es könnte mehrere Hundert Todesopfer gegeben haben. Gillman wurde bis jetzt auch noch nicht gefunden. Ich kann das alles noch gar nicht glauben, John.«

»Ich wünschte wirklich, du würdest dir das mit Oxford noch einmal überlegen«, meinte Macbeth und setzte sich an den Küchentisch. »Das muss doch eines der Hauptziele für diese Irren sein.« Bevor er zu Bett gegangen war, hatte Macbeth seinen Bruder angefleht, die Reise nach Oxford abzusagen, aber Casey hatte darauf bestanden, am Symposium teilzunehmen. Macbeth war auch aus diesem Grund so früh aufgestanden; er wollte noch einmal versuchen, seinem Bruder diese Reise auszureden.

»Das Prometheus-Symposium ist einfach zu wichtig«, beharrte Casey. »Zu wichtig für meine Karriere, und ich lasse mich von einem Haufen verrückter Wissenschaftsgegner nicht davon abhalten. Außerdem glaube ich noch immer, dass es all das, was gerade geschieht, erklären könnte.«

»Du denkst noch immer, es gäbe eine Verbindung zwischen dem Halluzinationsphänomen und Blackwells Arbeit? Ich wüsste wirklich nicht, wie es da ein vertrauenswürdiges wissenschaftliches Bindeglied geben sollte.«

»Wie gesagt, wenn man in der Quantenphysik arbeitet, dann

sieht man einiges anders ... Michio Kaku hat einmal gesagt, wir wären wie Radio- oder Fernsehgeräte, die ständig auf einen Sender eingestellt sind. Aber ebenso wie die Realität, die wir wahrnehmen, gibt es noch zahllose andere Realitäten, die denselben Raum und dieselbe Zeit besetzen – andere Sender, die am gleichen Ort senden, wenn auch auf anderer Wellenlänge.«

»Und du bist der Ansicht, da würde nur jemand mit der Fernbedienung rumspielen, verstehe ich das richtig?«, hakte Macbeth nach.

Casey zuckte mit den Achseln. »Alles, was ich weiß, ist, dass wir diese Massenhalluzinationen haben, die aus keinem erkennbaren Grund auftreten. Überdies verüben jetzt noch religiöse Spinner Anschläge auf Anlagen, die sich der Neurowissenschaft und der Physik widmen, den beiden Fachgebieten, die uns die Antwort liefern könnten. Wo wir gerade bei Zielen sind – ich gehe doch recht in der Annahme, dass du auch nicht mehr ins Schilder Institute gehen wirst, oder?«

»Das Gebäude ist besser gesichert als Fort Knox«, entgegnete Macbeth. »Aber nein ... Ich werde vor meiner Abreise nicht mehr dorthin gehen. Doch nachher fahre ich ins McLean, um mir eine von Pete Corbins Patientinnen anzusehen. Übrigens muss ich morgen verdammt früh los. Doch du musst nicht extra aufstehen. Wir sehen uns ja heute Abend noch.«

Das an der Küchenwand hängende Telefon klingelte, und Casey nahm den Hörer ab.

»Ja, er ist hier ...« Er hielt seinem Bruder den Hörer hin.

»Hi. Dr. Macbeth? Hier ist Brian Newcombe. Schrecklich, was da heute Nacht passiert ist.«

»Das ist es allerdings«, stimmte ihm Macbeth zu. »Wir haben gerade darüber gesprochen, wie gut es ist, dass das Schilder Institute über derart gute Sicherheitsmaßnahmen verfügt.«

»Allerdings. Aber es hat noch andere Entwicklungen gegeben ... Ich muss dringend mit Ihnen sprechen, bevor Sie zurück nach Dänemark fliegen. Tut mir leid, falls ich Sie da unter Druck setze, aber es ist wirklich wichtig.«

»Ich habe leider nicht viel Zeit …« Macbeth war verärgert über dieses Ansinnen: Er wollte seinen letzten Abend in Boston mit Casey verbringen und nicht mit Newcombe über die Arbeit reden. »Ich fahre heute Morgen ins McLean. Können wir uns vielleicht später dort treffen, nach dem Mittagessen oder so? Ich kann Ihnen noch keine genaue Zeit nennen, aber …«

»Belmont ist super«, schnitt ihm Newcombe das Wort ab. »Das kann ich gleich mit einem Besuch im Neuroimaging Center verbinden, den ich ohnehin machen muss. Ich gebe Ihnen meine Handynummer, dann können Sie mich einfach anrufen, wenn Sie fertig sind.«

»Gut, dann treffen wir uns da.«

43. JOHN MACBETH. BOSTON.

Die Starrer wurden jetzt Träumer genannt.

Wie jeder andere gewöhnte sich auch Macbeth an den Anblick der Menschen, die stocksteif dastanden und etwas anstarrten, das nicht vorhanden war. Meist handelte es sich nur um eine Einzelperson, die mitten auf einer belebten Straße oder in einem Park stand, aber man konnte auch immer häufiger ganze Gruppen sehen, die nicht unbedingt etwas miteinander zu tun hatten. Manchmal war es nur eine Handvoll Menschen, dann wieder ganze einhundert, die aus dem Raum und der Zeit gerissen worden waren, wo sie sich noch eine Sekunde zuvor aufgehalten hatten, um in eine neue Realität zu wechseln. Schlimm wurde es, wenn das jemandem passierte, der hinter dem Steuer eines Fahrzeugs saß. Am Morgen nach den MIT-Anschlägen gab es noch mehr schlechte Nachrichten im Radio: Ein Lkw-Fahrer hatte seinen Sattelzug auf dem Adamski Memorial Highway durch den Berufsverkehr gepflügt und alles, was ihm in die Quere gekommen war, zermalmt. Es gab fünfzehn Tote.

Der offizielle Rat lautete, dass niemand alleine fahren sollte, und alle Geschwindigkeitsbegrenzungen wurden vorübergehend heruntergesetzt. Die einzigartige Fähigkeit der Menschen, sich anzupassen, ebenso an eine andere Realität wie daran, das Unnormale als normal anzusehen, setzte sich bereits wieder durch.

Und auf den Straßen waren immer mehr Träumer zu sehen.

Das Gesundheitsamt von Massachusetts setzte THS-Notfallteams ein, wobei THS für »Temporäres Halluzinationssyndrom« stand. Teams aus zwei Notfallmedizintechnikern (oder einem in Begleitung eines Polizisten) brachten den Betroffenen in Sicherheit. Wenn es nur ein kurzer Anfall war, blieben sie beim Patienten, bei einem längeren Aussetzer brachten sie ihn in eine der hundert Anlaufstellen, die in der ganzen Stadt eingerichtet worden waren.

Neben den THS-Notfallteams waren auf den Straßen auch immer mehr Polizisten zu sehen. Die neurogene Bewegungsunfähigkeit, die mit den Halluzinationen einherging, war ein Segen für Kriminelle. Taschendiebe und Perverse nutzten die vorübergehende Wehrlosigkeit aus. Auch Wohnungen und Häuser wurden ausgeraubt, während der Bewohner zwar körperlich anwesend war, mental jedoch an einem anderen, weit entfernten Ort weilte.

Macbeth fuhr mit einem Taxi nach Belmont. Der Mann am Steuer erklärte ihm, dass sich der Fahrpreis verdoppelt habe. Macbeth fand den von der Stadt autorisierten Anstieg vernünftig, da vor ihm auf der anderen Seite der Plexiglasscheibe jetzt aus Sicherheitsgründen zwei Fahrer saßen.

Dieses Mal entspann sich keine Unterhaltung. Niemand sprach Macbeth mehr darauf an, dass er glaube, ihn schon einmal gesehen zu haben. Das Gefühl, sich auf unerklärliche Weise an etwas oder jemanden zu erinnern, wurde nicht mehr gern zugegeben, damit bloß kein Déjà-vu-Gefühl aufkommen konnte.

Während der Fahrt nahm Macbeth den neuen titanfarbenen Laptop aus seinem Aktenkoffer, den er von Casey erhalten hatte, klappte ihn auf und rief seine E-Mails ab. Vier allein von Georg Poulsen. Seitdem er in Boston war, hatte er jeden Tag mindestens zwei E-Mails von seinem Boss bekommen, und meist erhielt er auch noch mehrere von Mitgliedern aus seinem Forschungsteam, die Poulsen während Macbeths Abwesenheit offensichtlich unter Druck setzte.

So langsam entwickelte Macbeth eine Abneigung gegen diesen Mann.

Das Projekt hatte gerade erst angefangen, als jedes Mitglied des handverlesenen Teams bereits zu spüren bekam, dass Dr. Georg Poulsen, der kleine, unscheinbar wirkende, dänische Projektleiter, ein sehr engagierter Mann war.

Mit einer Finanzierung von zwei Milliarden Euro – doppelt so viel, wie die Europäische Union dem Projekt in Düsseldorf bewilligt hatte – wollte das Team in Kopenhagen die vollständig funktionstüchtige Nachbildung eines menschlichen Gehirns bauen, mit dessen Hilfe die beteiligten Wissenschaftler die Testzeiten für neurologische Medikamentenbehandlungen verkürzen und exponentielle Fortschritte im Verständnis menschlicher kognitiver Funktionen machen wollten. Außerdem strebte man Durchbrüche bei der Entwicklung von Interfaces zwischen Gehirn und Computer an, wobei Poulsen sogar die Leitung des Interface-Teams übernommen hatte. Er schien besessen von dem Gedanken zu sein, bessere Wege zu finden, wie der Mensch mit der Computertechnologie interagieren kann, und es hatte nicht lange gedauert, bis erste Mitglieder des Interfaceteams protestiert hatten, dass Poulsen unrealistische Erwartungen an den Tag lege, während andere sich beschwerten, dass die Erforschung der Interfaces einen zu großen Stellenwert bekommen habe.

Da Macbeth auf persönliche Gründe tippte, hatte er versucht, seinen dänischen Vorgesetzten besser kennenzulernen. Die Beschreibungen von Poulsens früheren Kollegen, die ihn als recht entspannten und gelassenen Dänen mit gutem Sinn für Humor darstellten, der die gesellschaftlichen Aspekte des Akademikerlebens ebenso zu schätzen wusste wie die intellektuellen Herausforderungen, passten so gar nicht zu seiner eigenen Meinung über diesen Mann. Macbeth fand, dass sein Boss distanziert und derart geschäftsmäßig wirkte, dass er oftmals einen fast schon feindseligen Eindruck machte. Niemand wusste, was in Poulsens Privatleben vor sich ging, und es fragte auch niemand danach.

Macbeth las sich die E-Mails durch: die üblichen Forderungen nach sofortigen Antworten auf Fragen, die problemlos bis zu seiner Rückkehr nach Kopenhagen warten konnten. Also beschloss Macbeth, dass sie auch genau das tun würden, und schloss den Posteingang.

Als er den Laptop gerade zuklappen wollte, entdeckte er etwas auf dem Desktop.

»Heilige Scheiße …«, murmelte er und klickte auf den Ordner, der aus dem Nichts aufgetaucht war. Wie auf seinem alten Computer ignorierte das Symbol auch jetzt jeden Klick. Macbeth runzelte die Stirn. Casey kannte sich mit Computern gut aus, daher war er umso besorgter darüber, dass das, was immer diesen Geisterordner erzeugte, anscheinend cleverer war als sein Bruder. Er klappte den Laptop zu, schob ihn wieder in seinen Koffer, lehnte sich auf dem Rücksitz des Taxis zurück und sah mit an, wie Massachusetts an ihm vorbeiglitt.

Manchmal ist es etwas völlig Unbedeutendes, das einem erst den Ernst der Lage bewusst macht, dachte Macbeth, als sie vor einer Ampel in Belmont hielten. Die Ampel wurde grün, aber der Verkehr bewegte sich nicht. Das übliche Hupkonzert war weniger eindringlich als sonst, und die Wagenkolonne fuhr ruhig und geordnet zur Seite und an dem Fahrzeug vorbei, das drei Wagenlängen vor der Ampel stand. Als das Taxi das Auto passierte, sah Macbeth das Profil der Fahrerin, die reglos dasaß, die Hände am Steuer und den Mund leicht geöffnet, während sie nach vorn durch die Windschutzscheibe starrte.

Macbeth beugte sich zu dem kleinen Fenster in der Plexiglasscheibe. »Sollten wir nicht anhalten und ihr helfen?«

Der zweite Fahrer drehte sich zu ihm um. »Tut mir leid, Kumpel … Aber es gibt immer mehr davon. Wir sehen auf jeder Tour zwei oder drei. Würden wir jedes Mal anhalten, dann kämen wir nie irgendwo an.«

Macbeth protestierte nicht und ließ sich auf den Sitz zurückfallen. Obwohl er versuchte, nicht daran zu denken, gingen ihm die E-Mails von Poulsen nicht aus dem Kopf. Er holte sein Handy aus der Tasche und rief bei der Fluggesellschaft an. Die Kundendienstmitarbeiterin beantwortete seine Frage entsprechend eines offensichtlich vorher von der PR-Abteilung vorbereiteten Skripts.

»Wie Sie wissen, Sir, sind bei jedem Flug immer zwei Piloten an Bord, ebenso wie ein Flugingenieur. Aber um Ihre Flugsicherheit zu gewährleisten und Sie zu beruhigen, werden bei all unseren Transatlantikflügen immer ein komplettes Back-up-Team und ein Arzt an Bord sein, bis sich die Gemüter wieder etwas beruhigt haben.«

Macbeth dankte ihr und legte auf. Er hatte nicht gefragt, was passieren würde, wenn alle an Bord zur gleichen Zeit dieselbe Halluzination durchlebten und wie die personelle Verstärkung eine Vorsichtsmaßnahme gegen ein Syndrom sein sollte, das mehrere Hundert Menschen gleichzeitig beeinflussen konnte.

Danach wählte er eine zweite Nummer und machte einen internationalen Anruf. Nach einer Weile wurde er zu der Person durchgestellt, nach der er auf Dänisch gefragt hatte.

»Ich bin froh, dass Sie morgen zurückkommen«, sagte Georg Poulsen. »Alle Teams mit Ausnahme von Ihrem sind den Zwischenzielen weit voraus. Sie haben eine Menge nachzuholen.«

»Professor Poulsen, ich muss Sie wohl erneut daran erinnern, dass ich hier keinen Urlaub mache, sondern das Projekt repräsentiere. In Ihrem Namen. Und Sie werden mitbekommen haben, dass seit meiner Ankunft hier eine Menge passiert ist.«

»Das habe ich gehört«, erwiderte Poulsen emotions- und teilnahmslos. »Können Sie morgen an einem Treffen im Projektbesprechungsraum teilnehmen, sagen wir um 15.30 Uhr?«

»Nein, das kann ich nicht. Ich komme erst in den frühen Morgenstunden in Kopenhagen an, und selbst wenn man den Jetlag nicht mit einbezieht, werde ich am Nachmittag kaum in der Lage dazu sein, an einer Besprechung teilzunehmen. Außerdem bin ich mir nicht mal sicher, ob ich überhaupt zurückfliegen sollte. Dieser Ausbruch, oder was immer das auch ist, hat bereits zu schweren Unfällen mit Transportmitteln geführt.«

»Das ist mir bewusst. Ebenso wie den Fluggesellschaften, könnte ich mir vorstellen. Sie haben bestimmt die entsprechenden Sicherheitsmaßnahmen getroffen.« Poulsen machte eine Pause, und als er weitersprach, war die Herrschsucht aus seinem Tonfall verschwunden. »Ich bedauere es sehr, dass ich Sie so herumscheuchen muss, John. Es ist nur so, dass wir kurz vor einem Durchbruch stehen. Ich brauche Sie hier … Könnten Sie wenigstens versuchen, es einzurichten?«

Macbeth seufzte. »Ich werde da sein. So lange der Pilot nicht halluziniert, er wäre Kapitän eines U-Boots.«

Er legte auf, als das Taxi vor dem Haupteingang des Krankenhauses hielt, wo eine improvisierte Straßensperre mit zwei Polizeiwagen errichtet worden war. Erst nachdem Macbeth seinen Ausweis vorgezeigt und die junge Polizistin im Krankenhaus angerufen hatte, um sich zu vergewissern, dass er erwartet wurde, durfte das Taxi weiterfahren.

Anders als bei seinem letzten Besuch war der Himmel über dem parkartigen Gelände des McLean-Krankenhauses grau. Er stieg vor dem Hauptverwaltungsgebäude aus dem Taxi, das sofort wendete und die Auffahrt wieder herunterfuhr. Macbeth sah dem Wagen nach und fühlte sich auf einmal schrecklich alleine. Ein Mann in den Dreißigern, gekleidet in ein Kapuzensweatshirt und Jeans, stand unten neben der Treppe und beobachtete ihn. Dass er ihn betont intensiv anstarrte, machte Macbeth umgehend auf ihn aufmerksam. Eine derart ungezwungene Offenheit war oftmals die Begleiterscheinung einer mentalen Störung, was Macbeth natürlich bekannt war. Offenbar war der Mann ein Patient, kein Besucher oder Angestellter.

Macbeth lächelte, als er an ihm vorbeiging, doch dann hielt ihn der Mann am Arm fest.

»Ist *das* das Substrat?« Der Mann beugte sich zu Macbeth hinüber und flüsterte ihm die Worte verschwörerisch zu.

»Was?«

»Ist *das* wirklich das Substrat? Ich bin verwirrt.« Der Mann blickte in die Ferne und runzelte die Stirn. Dann drehte er sich lächelnd wieder zu Macbeth um. »Ich hätte nicht gedacht, dass Sie zurückkommen würden. Ich hätte nicht geglaubt, dass Sie es riskieren …«

»Tja, jetzt bin ich wieder da …« Macbeth lächelte seinerseits den Mann an. Er hatte kein sehr bemerkenswertes Gesicht, und es konnte durchaus sein, dass er während Macbeths Zeit am McLean bereits hier Patient gewesen war, auch wenn er eher davon ausging, dass seine Worte nichts damit zu tun hatten.

»Ich wusste nicht, was ich tun sollte …« Der Patient wirkte wieder nervös und runzelte die Stirn. Macbeth sah sich nach einem Pfleger um. »Es hat angefangen. Es hat angefangen. Es hat angefangen. Es hat angefangen, und ich wusste nicht, was ich tun soll, weil Sie mir nicht gesagt hatten, was ich tun soll. Sie sind weggegangen und haben mir nicht gesagt, was ich tun soll, wenn es anfängt, so wie Sie gesagt haben. Sie müssen uns allen sagen, was wir tun sollen, was Sie von uns erwarten. Wir haben auf Sie gewartet.«

»Schon gut«, meinte Macbeth beruhigend und nahm die Hand des Mannes von seinem Arm. »Sie müssen mich mit jemandem verwechseln.«

»Nein, ich weiß, wer Sie sind. Ich weiß ganz genau, wer Sie sind. Sie müssen mir sagen, was ich tun soll, Mr. Astor …«

Ein Pfleger tauchte aus dem Nichts auf und führte den Patienten mit sanfter, aber entschlossener Hand weg, bevor Macbeth noch etwas erwidern konnte. Im Gehen rief ihm der Patient noch etwas über die Schulter zu.

»Vergessen Sie es nicht, Mr. Astor. Vergessen Sie Clarkes Drittes Gesetz nicht.«

Corbin saß im Empfangsbereich, als Macbeth hereinkam. Eine ungewöhnlich ruhige und zurückhaltende Aura hing auf ähnliche Weise über dem Psychiater, wie die dunklen Wolken über dem Krankenhaus hingen.

»Brian Newcombe hat mich gebeten, dich daran zu erinnern, dass er mit dir reden möchte, sobald du Zeit für ihn hast«, sagte Corbin, als er Macbeth ins Besprechungszimmer führte.

»Ja … Heute will anscheinend jeder was von mir.«

Als sie den Raum betraten, war Macbeth erstaunt über die körperliche Präsenz des großen, dunkelhaarigen und brutal wirkenden Mannes, der dort auf sie wartete.

»Das ist Sergeant Walt Ramirez von der California Highway Patrol«, stellte ihn Corbin vor.

Macbeth schüttelte Ramirez die Hand.

»Wir haben miteinander telefoniert.« Macbeth erkannte die ruhige Baritonstimme sofort wieder. Ramirez trug einen dunklen Anzug und schien sich darin sehr unwohl zu fühlen; wahrscheinlich, weil er an seine Uniform gewöhnt war. »Danke, dass Sie Zeit für mich haben.«

»Ich möchte ebenfalls herausfinden, was Melissa dazu gebracht hat, aber Sie müssen verstehen, dass Sie das Gespräch sofort beenden müssen, wenn Dr. Corbin Sie dazu auffordert. Deborahs Behandlung und ihre Rechte als Patientin sind wichtiger als alles andere.«

»Das ist mir bewusst. Dr. Corbin ist die Regeln bereits mit mir durchgegangen. Werden Sie bei dem Gespräch dabei sein?«

»Wenn Sie nichts dagegen haben …«

»Ganz im Gegenteil.« Ramirez zuckte mit den Achseln. »Dr. Corbin sagte, Sie wären gewissermaßen ein Experte auf dem Gebiet.«

»Das muss ich mir auch ständig anhören.«

»Wie geht es Casey?«, erkundigte sich Corbin. »Er ist doch unverletzt, oder?«

Macbeth nickte. »Aber die ganze Sache hat ihn sehr mitgenommen.« Er drehte sich zu Ramirez um. »Mein Bruder ist Physiker am MIT.«

»Verstehe …«, erwiderte Ramirez. »Das war wirklich furchtbar. Genau wie die Sache an der Caltech.«

»An der Caltech?«

»Hast du es noch nicht gehört?« Corbins Miene verdunkelte sich. »Letzte Nacht sind drei Bomben im Annenberg Center explodiert. Das Ziel war ein Forschungsprojekt.«

»Was für ein Forschungsprojekt?«

»Computer. Informationstechnologie«, antwortete der Polizist aus Kalifornien. »Es hatte wohl was mit der Erforschung künstlicher Intelligenz zu tun. Und diese Menschen, die von der Brücke gesprungen sind, haben ebenfalls in dieser Branche gearbeitet. Ich weiß, dass sie Spiele produziert haben, aber dabei handelte es sich um verdammt fortschrittliche Sachen, soweit ich das beurteilen kann.«

»Sie glauben, dass es eine Verbindung zwischen dem Massenselbstmord der Spieleentwickler und diesen Anschlägen auf Forschungseinrichtungen gibt? Ich sehe da keinen Zusammenhang.«

»Es gibt viele Dinge, die auf den ersten Blick nicht zusammengehören, es aber bei näherer Betrachtung dann doch tun. Wenn ich hier fertig bin, fliege ich nach New York. Haben Sie gelesen, dass dort vor einigen Monaten ein Mann in seinem topmodernen Apartmenthaus verhungert ist? Bis vor Kurzem soll dieser Tennant mit Melissa Collins Kontakt gehabt haben.«

»Das habe ich selbst erst kürzlich herausgefunden«, gestand Macbeth. »Gehen Sie der Sache nach, weil Sie glauben, Melissa könnte Tennant irgendwie davon überzeugt haben, Selbstmord zu begehen, indem er nichts mehr isst?«

»Nein, nein … Ganz und gar nicht. Sie hatten sich schon längst getrennt. Und Tennant hat ganz bestimmt keinen Selbstmord begangen, zumindest nicht absichtlich. Melissa Collins und Samuel Tennant waren beides Transhumanisten. Ich schätze, Sie wissen, was das bedeutet?«

Macbeth nickte geistesabwesend. So langsam entstand vor seinem inneren Auge ein Bild, aber es war noch nicht scharf genug, als dass er es erkennen konnte.

»Das NYPD untersucht seinen Tod noch«, fuhr Ramirez fort. »Niemand geht von Mord oder sogar Selbstmord aus, aber kurz vor seinem Tod hat Tennant über das Internet eine halbe Million Dollar auf ein Auslandskonto überwiesen, offenbar als Bezahlung für ein seltenes Manuskript oder etwas in der Art. Allerdings lassen sich weder das Geld noch das Manuskript aufspüren. Möglicherweise hat es nie in physikalischer Form existiert.«

»Das war aber ein teurer Download«, meinte Corbin.

»Und was seinen Tod angeht … Nach allem, was das NYPD herausgefunden hat, war Tennant besessen von Kalorien. Er hat keine richtigen Lebensmittel mehr zu sich genommen, sondern nur noch Nahrungsergänzungspräparate. Anscheinend hat er geglaubt, er würde so länger leben. In der Hinsicht hat er sich offensichtlich getäuscht.«

»Begrenzte Kalorienaufnahme«, sagte Macbeth. »Es ist erwiesen, dass ein Mensch sein Leben um bis zu ein Viertel der Spanne verlängern kann, wenn er eine äußerst kalorienarme Kost zu sich nimmt. Doch wenn man es damit übertreibt …«

»Genau«, stimmte ihm Ramirez zu. »Er war besessen von etwas, das die Singularität genannt wird und das seiner Ansicht nach in den kommenden zehn bis fünfzig Jahren eintreten wird.

Ich habe nicht alles verstanden, aber er hatte wohl die verrückte Idee, dass er unsterblich werden würde, wenn es ihm gelang, bis zum Erscheinen der Singularität zu leben. Er hat da wohl einer Gruppe angehört, und ich fliege nach New York, weil ich mehr über sie herausfinden will. Aber ich bin hergekommen, um über Deborah zu sprechen. Ich möchte wissen, ob sie vielleicht etwas Licht in die ganze Sache bringen kann.«

»Diese Gruppe«, hakte Macbeth nach, »nennen sich diese Leute vielleicht die Simulisten?«

Ramirez sah Macbeth an. Zum ersten Mal hatte er den für einen Polizisten typischen Blick an sich – als würde er sein Gegenüber gründlich mustern und einschätzen. »Woher wissen Sie das?«

»Das hat mir Bundy erzählt.«

»Der FBI-Mann, mit dem Sie gesprochen haben?«

»Ja. Er sagte, Tennant hätte mit den Simulisten zu tun gehabt, hat jedoch nicht erwähnt, ob Melissa auch mit ihnen in Verbindung stand.«

»Es ist mir nicht gelungen, Agent Bundy zu kontaktieren und ihn das selbst zu fragen«, erwiderte Ramirez. »Das FBI war nicht gerade kooperativ und hat behauptet, es gäbe bei ihnen keinen Agenten namens Bundy. Ich hatte gehofft, dass mir Deborah Canning vielleicht weiterhelfen kann.«

»Dann sollten wir sie einfach fragen«, schlug Corbin vor und zeigte zur Tür. »Wollen wir?«

»Da wäre noch eine Sache«, warf Macbeth ein, sodass Ramirez stehen blieb, der bereits zur Tür eilen wollte. »Dieses Manuskript, für das Tennant fünfhunderttausend Dollar bezahlt hat … Wissen Sie, worum es sich dabei handelte?«

Ramirez nickte. »*Phantome, die wir selbst geschaffen haben* von einem gewissen John Astor.«

44. ARI. ISRAEL.

Ari Livnat hatte ein ganz merkwürdiges Gefühl, als würde jemand am äußersten Rand seines Hörvermögens mit den Fingernägeln über eine Kreidetafel schaben.

Ihm war heiß, er war müde und langweilte sich, was bei dieser Art Einsatz normal war. Doch trotz alledem spürte er tief im Inneren eine nervenzerreißende Unruhe. Selbst so nah am Meer war die Luft noch Wüstenluft: rau, heiß und trocken, sodass einem die Lippen aufrissen. Aber Ari hatte das Gefühl, dass etwas Seltsames, etwas anderes in der Luft hing.

Ari stand neben Benny Kagan und den anderen seiner Einheit, ließ die in Tarnfarbe gekleideten Schultern hängen, bohrte den Stiefel in den Sand, hielt das Gewehr mit dem Lauf nach unten in der Hand und beobachtete die Demonstranten. Er hatte den Eindruck, dass diese jungen Männer, die alle ungefähr in seinem Alter waren, mit demselben Mangel an Enthusiasmus auf die Straße gegangen waren wie er. Vielleicht hatte man einige von ihnen ebenfalls dazu gezwungen. Sie in den zwangsläufigen Protest miteinbezogen. Oder es lag nur daran, dass es aufgrund der Geschichte von ihnen verlangt wurde.

Die Geschichte war etwas, das Ari verabscheute, größtenteils, weil er an diesem Ort und zu dieser Zeit geboren worden war und er sie damit von Geburt an als Ballast mit sich herumschleppen musste. Die Geschichte war die Musik, zu der er aufgewachsen war und die er nicht mehr hören konnte. Die Geschichte definierte ihn weitaus mehr, als wenn er als Italiener, Finne, Grieche oder Amerikaner geboren worden wäre. Und in diesem Moment hätte Ari alles dafür gegeben, mit einer dieser historisch unbelasteten Nationalitäten geboren worden zu sein. So lange er denken konnte, hatte er sich gezwungen gesehen, seine wahrgenommene Geschichte – Masada, Blutanklagen, antisemitische Falschmeldungen, Pogrome, den Holocaust, den Unabhängigkeits- und den Zermürbungskrieg – wie einen gelben Stern mit sich herumzutragen. Und er wollte kein Teil davon sein.

Er war nicht freiwillig Soldat geworden, er war Wehrpflichtiger. Am liebsten hätte er den Wehrdienst verweigert, aber er hatte keine religiöse oder politische Rechtfertigung und war auch kein Bademodenmodel oder eine andere Persönlichkeit, die sich vielleicht einen rechtlichen Kniff hätte zunutze machen können; außerdem musste er an seinen Vater denken. Es gab vieles im Leben, das Ari zynisch sah, aber sein Vater gehörte nicht dazu. Aris Vater hatte sowohl im Sechstagekrieg als auch im Jom-Kippur-Krieg gekämpft, war im Letzteren gefangen genommen und in die Hölle eines al-Mazzeh-Gefängnisses geworfen worden. Joe Livnat war ein sanfter, ruhiger Mann, dem sein Sohn sehr zugetan war. Sein Vater hatte nie darüber gesprochen, wie ihn die Syrer behandelt hatten, aber Ari hatte aus anderen Quellen von dem Schmutz und den Krankheiten, der Folter und den Schlägen erfahren, unter denen fast alle Gefangenen aus der israelischen Verteidigungsarmee hatten leiden müssen. Was Ari am meisten aufregte, war die Art, wie sich sein Vater immer in seine Schweigsamkeit zurückzog, wenn sie über diese Zeit sprachen, und er vermutete, dass das etwas mit der Schande der Unterlegenen zu tun hatte.

Das war auch das, was Ari an der Geschichte am meisten hasste: Wie sehr man sich auch anstrengte, sie war einfach unentrinnbar. Er wusste, dass sein Vater ihn verstanden und vielleicht sogar unterstützt hätte, wenn er beschlossen hätte, den Wehrdienst zu verweigern. Aber Ari hatte das Bedürfnis verspürt, es seinem Vater zuliebe durchzuziehen. Er fand, als könne er durch seinen Einsatz in der Armee eine auf der Familie liegenden Schande beseitigen und die leise Scham seines Vaters lindern.

Also stand Ari nun in seiner olivfarbenen Kleidung unter der Wüstensonne. Und jetzt, da der schlimmste Teil des Konflikts zwischen Juden und Arabern hinter ihnen zu liegen schien, konnte er nur hoffen, dass das Einzige, was er für den Staat Israel noch totschlagen sollte, die Zeit war.

Er trank einen Schluck aus seiner Feldflasche. Zumindest war dies keine staubige Wüstenkreuzung oder ein Straßenkontrollpunkt mitten in der Negev-Wüste. Allerdings hätte er sich viel lieber mit einem kühlen Bier am Strand entspannt. Im Moment war der Strand leer, die Sonnenschirme waren eingeklappt und die Liegen unbesetzt. Als Ari auf das azurblaue Wasser hinausblickte, konnte er die Patrouillenboote der Shayetet 13 sehen, die sich bogenförmig postiert hatten, um die Küste gleichermaßen vor Terroristen wie Touristen zu schützen, und den schwachen, kaum erkennbaren Fleck des SeaCobra-Hubschraubers in der Ferne, der am dunstigen Horizont zwischen Himmel und Meer patrouillierte. Hier in Eilat wurde am heutigen Tag erneut Geschichte geschrieben, und zwar hinter ihm in dem klimatisierten 5-Sterne-Luxushotel, das er und die anderen bewachten. Noch mehr Geschichte, die Ari völlig egal war, mit Ausnahme der Tatsache, dass er als Resultat der Konferenz, die gerade dort stattfand, demnächst einen EU-Ausweis würde beantragen können.

Auf einmal wurde der Himmel für einen Augenblick hell, trübte aber sofort wieder ein.

Ari hatte in der Nacht zuvor zu viel getrunken, daher fiel es ihm umso schwerer, nun in der Wüstensonne herumzustehen. Ihm war leicht schwindlig, und er bekam ein beunruhigendes, unangenehmes Déjà-vu-Gefühl. Sein Kopf schmerzte, die Nebenhöhlen pochten, und er konnte den Druck in der heißen Luft spüren. Ein Sturm zog auf. Die kaum merkliche Brise, die den ganzen Morgen geweht hatte, frischte auf einmal zu einem steifen Wind auf, der den Sand zu seinen Füßen aufwirbelte.

Er sah zu der schwerfälligen Gestalt von Gershon Shalev hinüber. Shalev war jemand, der die Geschichte nicht als Last sah, sondern sie wie ein Abzeichen vor sich hertrug. Der große, breitschultrige Haredi war aus Gründen, über die Ari und der Rest des Netzah Yehuda Bataillons nur Vermutungen anstellen konnten, zu ihnen versetzt worden. Es hatte natürlich Gerüchte gegeben, jemand kannte jemanden, der gesagt habe, Shalev hätte einen gewissen Ruf und wäre während der Zeit der illegalen West-Bank-Besiedlung in einer »Price Tag Gang« gewesen. Wie immer seine Geschichte auch aussehen mochte, Ari hasste Shalev und alles, wofür er stand. Er hasste alle Über-Juden, die ihm sagen wollten, wer und was er war und wozu er gehörte. Zwischen den beiden Soldaten hatte es so gut wie keinen Kontakt gegeben, und Shalev hatte nur wenig oder gar nichts mit Ari zu tun, den er vermutlich längst als Abtrünnigen oder *Min* identifiziert hatte. Tatsächlich hatte Shalev jedoch weder etwas Bestimmtes gesagt noch getan, womit er sich Aris Zorn zugezogen hätte. Aber es war schon Provokation genug, dass er einfach nur da war, diese Schläfenlocken trug, seine religiösen Bräuche befolgte und ein disziplinierter Soldat war.

Jetzt, wo Ari hier stand, sich seltsam fühlte und sich die Luft um ihn herum veränderte, wo seine Nerven angespannt waren aus einem Grund, den er selbst nicht benennen konnte, starrte er Shalev an und spürte, wie sein Hass immer weiter anschwoll.

»Sieh ihn dir an …« Ari drehte sich zu Benny Kagan um, dem kleinen, drahtigen, gut aussehenden Corporal, der neben ihm stand, und deutete mit dem Kinn auf Shalev. »Der Wächter von Israel … Als würde er nur auf ein Zeichen von Gott warten, um diese Palis mit Kugeln zu durchbohren.« Ari deutete auf die lustlosen Demonstranten, die mit Bussen in die Küstenstadt gekommen waren, um gegen die Unterzeichnung des Vertrags aufzumarschieren. Es mochten fünfzig oder sechzig Menschen sein. Andere waren fortgeschickt worden, doch dieser Ansatz eines Protests war um der Schau willen zugelassen worden.

»Das weißt du nicht, Ari.« Benny zuckte mit knochigen Schultern, die irgendwo unter dem viel zu großen Uniformhemd verborgen waren. »Gershon ist schon in Ordnung. Du bist zu hart zu ihm.«

»Sieh ihn dir an.« Ari stieß Benny an. »Ich wette, er ist sauer auf alles, was hier passiert. Das Quartett-Friedensangebot hat ihm die Chance versaut, der kriegerische Beschützer von Eretz Yisrael zu werden. Er gehört zu den Leuten, die glauben, politische Grundsätze sollten durch brennende Büsche entstehen und nicht, indem Menschen eigene Entscheidungen treffen. Was wissen wir denn schon über ihn? Er muss ziemlich großen Mist gebaut haben, dass er in dieser Einheit gelandet ist. Scheiße!« Ari fluchte, als der Wind um ihn herum stärker wurde und ihm den Sand der Negev ins Gesicht blies. »Scheiße!«, fluchte er erneut, nahm die Sonnenbrille ab und wischte sich mit dem rechten Handrücken das Auge. Es dauerte einen Moment, bis er die Sandkörnchen herausbekommen hatte, wobei er sich umdrehen musste, um den Wind im Rücken zu haben. Er ersetzte die Sonnenbrille durch seinen von der Armee ausgegebenen Augenschutz und bemerkte, dass Benny und die anderen dasselbe getan hatten.

»Wo zum Henker kommt denn der Wind her?«, sagte er. »In der Wettervorhersage hieß es doch …« Er sah zu den Demonstranten hinüber, denen der plötzliche Wetterumschwung nichts auszumachen schien.

Der Tag war trübe und gelb-grau geworden, als ein Nebel aus umherwirbelndem Sand die Luft beschwerte. Ari drückte sich sein Taschentuch auf Mund und Nase.

»Na, super«, brüllte Benny, »das hat uns noch gefehlt. Ein Sandsturm. Er muss aus der Negev kommen …«

Ari sah zum Himmel hinauf und bemerkte, dass die Luft nun sichtbar und körnig geworden war. »Nein … Er kommt aus der falschen …«

Das Geräusch ließ ihn innehalten.

Ein Geräusch, das die Erde unter seinen Füßen beben ließ und das in seinen Knochen widerzuhallen schien.

45. JOHN MACBETH. BOSTON.

Deborah Canning saß an genau derselben Stelle in exakt derselben Haltung. Sogar der Kunstbildband lag in genau dem gleichen Winkel auf dem Tisch. Die einzigen Unterschiede zu Macbeths letztem Besuch bestanden darin, dass sie andere Kleidung trug und dass das Fenster geschlossen war. Er hatte das Gefühl, ein bestimmtes Gemälde zum zweiten Mal zu sehen und sich an dieselben Elemente zu erinnern, wobei er gleichzeitig aber auch neue bemerkte.

Als er sie wiedersah, hätte sich Macbeth sehr leicht davon überzeugen lassen, dass Deborah Canning tatsächlich nur dann existierte, wenn andere Menschen anwesend waren. Oder vielleicht auch nur, wenn er bei ihr war.

Es lag nicht nur an der unveränderten Umgebung, dass er irritiert war. Macbeth wurde auch von der fernen Erinnerung an das nicht veränderte Zimmer und an eine andere Zeit heimgesucht. Er wusste noch genau, wie er in diesem Zimmer gesessen und mit seinem Patienten – seinem letzten am McLean – gesprochen hatte, dem er multiple Persönlichkeiten bescheinigt hatte.

Pete Corbin stellte Deborah Walt Ramirez vor. Der riesige, sonnengebräunte Polizist mit den riesigen Händen und den breiten Schultern schien den Raum auszufüllen und erinnerte Macbeth auf unangenehme Weise daran, wie er an diesem Morgen aus seinem Traum aufgewacht war. Deborah schien Ramirez' beeindruckende Präsenz nichts auszumachen. Stattdessen nickte sie und hatte ein belangloses Lächeln auf den Lippen.

Corbin plauderte einen Moment lang mit Deborah und fragte sie, wie ihr Tag gewesen war, bekam jedoch nur fast automatische, inhaltsleere Antworten, bevor er Ramirez das Ruder überließ.

»Sie sehen besorgt aus, Detective Ramirez«, meinte Deborah.

»Sergeant Ramirez«, korrigierte er sie. »Ich bin Patrol Sergeant. Inwiefern wirke ich besorgt?«

»Als hätten Sie mehr Fragen, als Sie stellen könnten.«

»Ich habe einige Fragen über Melissa. Wissen Sie, was passiert ist?«

»Ja, das tue ich. Aha, Sie versuchen also, es zu verstehen.«

»Genau. Es wäre sehr wichtig für mich, das zu verstehen. Nicht nur als Polizist, sondern auch für mich als Mensch.«

Deborah nickte. »Ich verstehe es jetzt … Sie waren da?«

»Ja. Aus diesem Grund möchte ich es verstehen. Wissen Sie, warum Melissa und die anderen das getan haben?«

»Sie waren im Werden.«

»Was bedeutet das? Was werden sie?«

»Das würden Sie nicht verstehen. Sie sind nicht darauf programmiert, es zu verstehen.«

»Ich würde es gern versuchen.«

»Melissa, die anderen, ich … Wir haben die Wahrheit gesehen. Es war Zeit zu werden.«

»Welche Wahrheit?« Ramirez konnte nur noch mit Mühe die Geduld bewahren.

»Dass unsere Zukunft bereits passiert ist.«

Ramirez seufzte.

»Ich sagte ja, dass Sie es nicht verstehen würden.« Sie lächelte sanft.

»Ich verstehe es auch nicht«, schaltete sich Macbeth ein. »Wie kann unsere Zukunft bereits passiert sein?«

»Es bedeutet, dass das, was Sie für das Jetzt, für die Gegenwart, halten, schlicht und einfach die Vergangenheit ist. Nur dass wir nicht die echten Menschen sind, die damals gelebt haben. Wir sind nicht einmal ihre Geister. Wir leben nur in einem lebendigen Bild. Wir sind Marionetten.«

»Das ergibt doch keinen …«

Macbeth unterbrach Ramirez, indem er ihm eine Hand auf den Ellenbogen legte. »Debbie ist hier, weil sie psychiatrische Hilfe gesucht hat«, sagte er leise. »Sie können nicht erwarten, dass alles, was sie sagt, für Sie einen Sinn ergibt. Um die Wahrheit herauszufinden, müssen wir uns um ihr Syndrom herumarbeiten.«

Deborah Canning lachte, als wäre sie leicht amüsiert.

»Hat es ein Ereignis gegeben, irgendwas, das sie dazu gebracht hat, das zu tun?«, formulierte Ramirez seine Frage um.

»Wir haben lediglich die Wahrheit gesehen. Wir haben ein neues Spiel entwickelt. Das größte Projekt, an dem wir je gearbeitet haben. Völlig intuitiv bezieht es den Spieler ganz mit ein. Es war eigentlich sogar weitaus mehr als ein bloßes Spiel. Jane McGonigal hat einmal gesagt, es sollte einen Nobelpreis für Spiele geben. Unser Baby hätte ihn gewonnen.«

»Was war denn so besonders daran?«, wollte Ramirez wissen.

»Die Größe, die bloße Komplexität der Programmierung, die Mechanik … Aber vor allem die Umgebung, die es erschuf. Melissa hatte eine Partnerschaft zwischen unserer Firma und Jeff Killberg eingeleitet. Das war eine neue Generation, quasi ein Paradigmenwechsel in der Spielebranche. Wir haben es ›Reality Pervasive Envirogeering‹ oder auch ›Realitätsdurchdringende Umgebungserschaffung‹ genannt.«

»Können Sie mir das genauer erklären?«, bat Ramirez. »Mit einfacheren Worten, so, dass ich es verstehe.«

»Sie wissen, wie realistisch Computerspiele geworden sind. Tja, wir haben das in einer völlig neuen Dimension weiterentwickelt. Wir haben eine virtuelle Spielumgebung erschaffen, die komplexer und überzeugender ist als alles, was je erschaffen wurde. Alle beschweren sich darüber, dass Spiele in virtuellen oder alternativen Realitäten den Menschen aus der realen Welt herausnehmen … Doch unser Spiel war eine perfekte Simulation *dieser* Welt. Straßen in der Stadt, Wahrzeichen, alles war genau so wie im richtigen Leben. Der Unterschied bestand darin, dass der Spieler die Zeit und die Realität verändern konnte – als hätte er im wirklichen Leben Superkräfte entwickelt. Aber die wirklich große Neuigkeit war die Überzeugungskraft des Spiels. Es verschmolz die virtuelle Realität mit der erweiterten und der *echten* Realität.« Zum ersten Mal entdeckte Macbeth so etwas wie echte Lebhaftigkeit in Deborahs Gesichtsausdruck. »Wir haben eine Spielwelt effektiv und überzeugend über die reale Welt gelegt. Uns ist klar geworden, dass wir die Grenze zwischen dem Leben im Spiel und dem wirklichen Leben völlig auslöschen können.«

»Das klingt doch eher nach einem Grund zum Feiern«, meinte Ramirez, »und nicht nach einem Selbstmordpakt.«

»Sie verstehen es nicht.« Jetzt war Deborah die Frustrierte. »Das, was Sie gesehen haben, war keine Tat, die aus Verzweiflung oder Traurigkeit begangen wurde. Es war ein Werden.«

»Erzählen Sie uns mehr über das Programm«, bat Macbeth sie.

»Haben Sie schon vom ›Pervasive Game Syndrome‹, dem ›Tief greifenden Spielsyndrom‹, gehört, das auch Tetris-Effekt genannt wird?«, fragte sie.

Macbeth nickte. Dabei handelte es sich um ein psychologisches Phänomen, bei dem die Formen herunterfallender Tetris-Blöcke oder auch die Bilder aus einem anderen Spiel noch lange, nachdem die Spieler zu spielen aufgehört hatten, vor ihrem inneren Auge zu sehen war.

»Tja, die Umgebung unseres neuen Spiels war diesbezüglich die ultimative Lösung. Aus diesem Grund haben wir es realitätsdurchdringend genannt. Dieses Potenzial des Spiels, das Leben der Menschen zu verbessern, war … grenzenlos. Gelähmte Menschen, Menschen, die am Locked-In-Syndrom leiden, Menschen, die alle möglichen einschränkenden Leiden haben, konnten ein freies und unbeschwertes Leben führen. Sie konnten ein vollständiges Leben in einer generierten Realität führen.«

»Wie in dem Film *Avatar*?«, warf Ramirez ein.

»Nein, nicht wie in einem CGI-Cartoon … wie *hier* …« Sie streckte die Hände aus und deutete auf das Zimmer und ihre Umgebung.

»Was haben Sie denn nun während Ihrer Entwicklung dieses Programms entdeckt?«, wollte Macbeth wissen. »Was war das für eine Wahrheit, die Sie ans Licht gebracht haben?«

»Das Programm begann, sich selbst zu entwickeln: Es wurde von ganz allein komplexer. Dann erkannten wir, dass es sich drahtlos mit anderen Programmen verbunden hatte, die wir ebenfalls geschrieben hatten. Nicht nur mit Killbergs TIME-Programm, sondern auch mit anderen. Insbesondere mit einem.«

»Und welches Programm war das?«, erkundigte sich Corbin.

»Wir konnten es nicht herausfinden. Das Programm war autonom geworden und traf seine eigenen Entscheidungen. Es stellte Verbindungen her. In der Art von Neuralverbindungen … wie in einem Gehirn. Aber was immer dieses Programm auch war, es war definitiv gewaltig. Und damit meine ich so gewaltig, als würde es von der Regierung genutzt werden oder in einem bedeutenden Forschungsprojekt, und wir bekamen Angst, dass man uns beschuldigen würde, uns in Hochsicherheitssysteme gehackt zu haben. Aber das waren nicht wir, das hatte das Programm gemacht.«

»Nichts von all dem hat bisher erklärt, warum sich Melissa umgebracht hat«, stellte Macbeth fest. »Oder die anderen.«

Deborah drehte sich zum Fenster um und sah durch das Glas,

auf dem jetzt Regentropfen zu sehen waren. Sie schwieg einige Sekunden lang.

»Es war ein Witz«, meinte sie schließlich. »Ein Spaß. Schließlich war es doch nur eine vom Computer generierte Welt wie diese. Doch sie besaß die Fähigkeit, diese zu überdecken.«

»Was war ein Witz, Debbie?«, fragte Ramirez.

»Wissen Sie, was passiert, wenn man ›Rekursion‹ in die Google-Suche eingibt, Sergeant?«

»Was ist ›Rekursion‹?«

»In der Programmierung kommt es zur Rekursion, wenn sich als Ergebnis einer Operation diese Operation und ihre Ergebnisse immer wiederholen, und zwar endlos. In der Kunst bedeutete es beispielsweise, dass sich ein Bild in sich selbst unendlich oft wiederholt. Wenn Sie jedenfalls ›Rekursion‹ in die Google-Suche eingeben, erhalten Sie als Antwort ›Meinten Sie Rekursion?‹ Das ist Programmiererhumor. Wir haben aus Spaß etwas Ähnliches gemacht.«

»Was?«

»Wir haben uns selbst hineinprogrammiert. Alternative Versionen von uns. Eigentlich nur Avatare, aber als das Programm begann, sich selbst weiterzuentwickeln ...«

»Was ist passiert?«

»Wir haben es gesehen ...« In Deborahs Gesicht und in ihrer Stimme war jetzt eine große Traurigkeit zu erkennen. »Wir haben alle Level des Spiels gesehen. Wir haben alle Stufen unseres Ichs gefunden. All die einander überlappenden Realitäten, von denen keine real war.«

Ramirez drehte sich zu Macbeth um und zuckte hilflos mit den Achseln.

»Debbie«, sagte Macbeth. »Was bedeutet das?«

»Es bedeutet, dass sie beide recht hatten.«

»Wer hatte recht?«

»Ich weiß, dass Dr. Corbin vermutet, ich würde über multiple

Persönlichkeiten verfügen. Er hat recht, denn so ist es. So ist es bei uns allen. Erinnern Sie sich an das, was ich über Reflexionen gesagt habe?«

»Wer hatte noch recht?«, fragte Ramirez.

»John Astor. Die Zukunft ist bereits passiert. Und wir sind tatsächlich Phantome, die wir selbst geschaffen haben.«

46. ARI. ISRAEL.

Es hatte aufgehört. Das Geräusch, das Beben der Erde unter ihren Füßen, das Umherwirbeln des vom Wind aufgewehten Staubs, all das war so plötzlich vorbei, wie es angefangen hatte. Dann herrschte einen Moment lang erstaunte Stille.

»Was zum Henker war das?«, rief Benny, der wie die anderen mit gespreizten Beinen und ausgestreckten Armen da stand, als müsse er auf festem Boden balancieren.

»Ein Erdbeben …« Ari stand genauso breitbeinig und reglos, als rechne er damit, dass es gleich weiterginge.

Sie schauten einander an und blickten sich dann um, überprüften, ob die Welt noch immer da war. Ari bemerkte, dass die Demonstranten sie beobachteten und wirkten, als wären sie verwirrter aufgrund der Aktionen der Soldaten als durch das Beben, das den felsigen Boden unter ihren Füßen erschüttert hatte.

»Vielleicht ist es nicht real …«, schlug Benny vor. »Du weißt schon, wie diese Sache in Boston.«

Ari schüttelte den Kopf. »Das war real. Hier gibt es Erdbeben. In Eilat hat es 1995 ein Erdbeben gegeben. Das hat was damit zu tun, dass hier zwei Erdplatten aneinanderstoßen, oder so ähnlich. Beruhige dich … Es ist vorbei.«

Schließlich wich die Anspannung aus den Körpern der Soldaten. Ari schüttelte den Kopf und lachte.

Dann bebte die Erde wieder.

Dieses Mal noch heftiger.

Der Boden schwankte und wackelte. Erneut frischte der Wind aus dem Nichts auf, und die Luft wurde körnig und schwer vom Wüstensand. Die Bewegung des Bodens bewirkte, dass Benny auf die Knie fiel, und auch Ari hatte Schwierigkeiten damit, auf den Beinen zu bleiben. Er sah Shalev in die Augen, der sich mit einer Hand an dem Panzerwagen abstützte.

Wieder war das ohrenbetäubende Geräusch zu hören. Aber dieses Mal klang es anders als bei den letzten beiden Malen, anders als alles, was Ari je gehört hatte. Ein gewaltiges Zittern ließ den Boden unter ihren Füßen beben, als sei irgendwo tief in der Erde etwas aufgerissen. Während der Boden schwankte, schien der Wind noch weiter zuzunehmen. Ari konnte die verzierte Fassade des Hotels nicht mehr sehen. Alles ging in umherwirbelndem Sand und Staub unter, aber er war sich sicher, dass er das Hotel eigentlich noch im Blick haben müsste. Dann schlug er sich diesen Gedanken aus dem Kopf und ging los, um Benny wieder aufzuhelfen, doch ein plötzlicher Windstoß riss den kleinen Corporal in die Luft und den Wirbel aus Sand und Palmenstücke hinein.

»Benny!«, schrie Ari und rannte auf seinen Freund zu. Der Wind traf ihn wie eine Flutwelle, drückte ihm die Luft aus der Lunge und schien jetzt stärker als die Schwerkraft zu sein, da er ihm den Boden unter den Füßen wegzog. Eine urtümliche Panik stieg in ihm auf, als ihm bewusst wurde, dass er den Naturgewalten nichts entgegenzusetzen hatte. Ari spürte, wie jemand an seinem Arm zerrte, und als er sich umdrehte, sah er Shalev, der ihn auf die Seite des Panzerwagens ziehen wollte.

»Wir müssen in Deckung gehen!«, schrie der Haredi in Aris Ohr.

»Benny! Was ist mit Benny?«

»Ich werde ihn holen gehen. Ich bin schwerer als du.« Shalev drückte seine breite Hand flach auf Aris Brust und schob ihn gegen die Seite des Wagens und dann nach unten, bis er auf dem Boden saß und den Rücken dagegenlehnte. »Bleib hier!«

Ari sah mit an, wie Shalev wieder in den Sturm hinausmarschierte und sein Umriss verschwand.

Der Sturm legte sich.

Es geschah innerhalb weniger Sekunden. Der Wind war nicht mehr da. Der Sand und der Staub hingen noch eine gefühlte Ewigkeit in der Luft, um sich dann langsam zu senken. Die mit Sand bedeckten Umrisse der anderen Soldaten waren wieder zu erkennen. Die meisten lagen am Boden und rappelten sich langsam auf, wobei sie wie Tonfiguren aussahen, die sich aus dem Boden erhoben. Er sah, wie Shalev Benny wieder auf die Beine stellte. Sie blickten einander durch den dünner gewordenen Vorhang aus schwebendem Wüstensand an.

Ari entfernte sich von dem Panzerwagen und ging auf die Soldaten zu. Er konnte die Hotels hinter sich noch immer nicht erkennen, aber die Sonne bohrte sich bereits wieder mit spitzen Fingern durch den Staub. Um sie herum sah es aus wie beim Weltuntergang.

Ari wandte ihm den Rücken zu.

Er begriff im Bruchteil einer Sekunde, dass er ihm den Rücken zuwandte. Was immer es war, es befand sich jetzt direkt hinter ihm. Das erkannte er an den Gesichtern der anderen, die an ihm vorbei in Richtung Meer starrten, an dem Schreck, dem Staunen und der Panik in ihren Mienen. Dieses Grauen war noch größer als das, welches der Sturm hervorgerufen hatte. Er sah, wie Shalev langsam auf die Knie sank und den Mund nicht mehr schließen konnte. Auch Benny Kagan stand wie angewurzelt da.

Es war hinter ihm. Er konnte es grollen und knurren hören. Er spürte, wie es die Erde unter seinen Füßen beben und zittern ließ. Was immer es war, das sich da hinter ihm befand, er wollte sich nicht umdrehen. Was immer seine Kameraden gesehen hatten, was immer sie erstarren ließ, er wollte es gar nicht erst sehen. Er durfte sich nicht umdrehen.

Er drehte sich um.

Während er das tat, spürte er, dass der Boden wieder bebte,

als wäre die Welt unter seinen Füßen zehn Meter nach unten gesackt, um dann abrupt anzuhalten.

Der Sturm, der über sie hinweggefegt war, war jetzt ein Wirbelwind, aber einer, wie ihn Ari noch nie erlebt hatte. Der Trichter hatte einen Durchmesser von fünfzig Meter und erhob sich zuckend und gewunden einen Kilometer weit nach oben in eine gewaltige, rauchende schwarze Wolke. Und darunter … darunter …

Darunter sah Ari etwas, das er nicht glauben konnte. An das er nie geglaubt hatte, das er niemals hatte glauben wollen, sein ganzes Leben lang nicht.

»O Gott …«, murmelte Ari. »O Gott, o Gott, o Gott …«

Es war passiert. Es war passiert, und es war hier passiert. Hier, wo sie waren … Das musste Yam Suph sein. Das musste das Schilfmeer sein.

Hier hatte Moses gestanden.

Mit einer Sicherheit, die er nie zuvor in seinem Leben gespürt hatte, wusste Ari, dass er Zeuge von Gottes Bund wurde. Dem Zeichen, dass Gott sein Volk beschützte.

Ari Livnat stand am Strand von Eilat und starrte das Unmögliche an. Er bestaunte die beiden gigantischen Mauern aus Wasser, die sich wie riesige Berge aus hochgetürmtem, geriffeltem Glas aufbauten und zwischen denen ein Kanal verlief. Blitze zuckten und knisterten über die unmöglich vertikal stehende Wasseroberfläche. Ari wusste, was er da sah, und weigerte sich, zu glauben, dass er es wirklich sehen konnte. Aber es ereignete sich hier und jetzt vor seinen Augen.

Ari Livnat sah mit an, wie sich das Rote Meer vor ihm teilte.

Er wusste nicht, wie lange er dort gestanden hatte, es angestarrt, es gesehen, es geglaubt hatte. Schließlich wandte er sich ab und ging an Shalev vorbei, der immer noch auf dem Boden kniete, den Oberkörper vor und zurück bewegte und immer wieder dasselbe Gebet vor sich hin murmelte. Ari sagte Benny und den anderen, sie sollten ihm folgen, und ging hinüber zu den Demonstranten, die noch immer dastanden und die Soldaten verwirrt, stumm und reglos anstarrten. Sie sahen ungläubig aus.

Er wusste in dieser Sekunde, dass sie nicht gesehen hatten, was er erblickt hatte. Was die anderen Kameraden erblickt hatten. Es war ein Zeichen, das nicht für die Demonstranten bestimmt war. Eine Botschaft von Gott, die nicht an sie gerichtet war.

Ari nahm sein Gewehr in die Hand.

»Tötet sie«, sagte er mit stumpfer, kalter Stimme zu den anderen. »Tötet sie alle ...«

Erneut war ein Geräusch zu hören, das an Donner erinnerte. Aber es kam nicht vom Himmel.

47. JOHN MACBETH. BOSTON.

Der Himmel war heller geworden, und Brian Newcombe, der an der Treppe des Verwaltungsgebäudes auf Macbeth wartete, schlug vor, einen Spaziergang auf dem Krankenhausgelände zu machen.

Macbeth stimmte zu, war aber noch immer bestürzt über Deborahs Wahnvorstellung. Es war ein Berufsrisiko der Psychiater, dass man die alternative Realität aus der Wahnvorstellung eines Patienten manchmal nicht ganz aus dem Kopf bekam, als wäre sie ein Buch, das man gerade zu Ende gelesen hatte.

Newcombe kam direkt zur Sache. »Man hat mich gebeten, Sie davon zu überzeugen, nicht nach Dänemark zurückzukehren.«

Macbeth lachte. »Das ist unmöglich. Ich fliege heute Abend …«

»Wir würden uns darum kümmern. Wir benötigen Sie hier dringender, als Sie vom Kopenhagener Projekt in Dänemark gebraucht werden.«

»Tja, das ist ja sehr schmeichelhaft, aber wie ich Ihnen bereits gesagt habe, sollten Sie versuchen, Josh Hoberman aufzuspüren, der weitaus …«

Newcombe fiel Macbeth ins Wort. »Josh Hoberman wurde heute Morgen mit gebrochenem Genick aus dem Potomac gefischt.«

Macbeth blieb wie erstarrt stehen. »Er wurde ermordet?«

Newcombe nickte, und sein Gesicht wurde unter seiner Seglerbräune ernst. »Höchstwahrscheinlich vom Blinden Glauben. Es hat weitere Morde gegeben. Und noch mehr Bombenanschläge, in Washington, London, Haifa. Darin sind sowohl Moslems als auch der Blinde Glaube verwickelt. Außerdem eine anti-säkulare, technologiefeindliche, ultra-orthodoxe jüdische Extremistengruppe, die die Verantwortung für den Bombenanschlag in Haifa übernommen hat. Außerdem gibt es Hinweise, dass in Israel noch etwas anderes vorgefallen ist. Ein Massaker. Ich sage Ihnen, John, die Welt verliert völlig den Verstand. Wir haben ein neues dunkles Zeitalter vor uns, in dem jeder Aberglaube mit dem anderen wetteifert, um sich im Heiligen Krieg gegenseitig zu zerfetzen.«

»Und sie nutzen diese Halluzinationsanfälle als Rechtfertigung …«, stellte Macbeth fest.

»All dieser fortschrittsfeindliche, religiös-verrückte Mist fördert das Phänomen nur weiter. Sie akzeptieren nicht, dass es sich dabei um Halluzinationen handelt, sondern glauben, es wären von Gott gegebene ›Visionen‹. Jeder Mullah, Evangelist, jeder Kultführer zwischen den beiden Extremen – sie alle deuten diese Ereignisse als Zeichen für eine nahende Entrückung, eine Wiederkunft oder was auch immer in der Eschatologie, der sie gerade anhängen, versprochen wird. Wir müssen der Sache auf den Grund gehen und sie aufhalten, bevor die ganze Welt völlig verrückt geworden ist.«

»Ich verstehe Sie, Brian, aber ich kann Poulsen nicht hängen lassen. Meiner Ansicht nach wäre es am besten, wenn ich meine Arbeit fortsetze, weil es genau das ist, was diese Verrückten verhindern wollen. Außerdem bin ich kein Epidemiologe«, sagte Macbeth, als sie an dem Hügel unter der Weide vorbeikamen.

»Wir haben es hier nicht mit einer Epidemie zu tun, und das wissen Sie. Es gibt kein Muster, keinen statistischen Fokus, keinen Patient Null.« Er seufzte und musste sich kurz sammeln. Macbeth konnte erkennen, dass der Stress an Newcombes professioneller Coolness nagte. »Wir haben es hier mit etwas völlig Unvorhergesehenem zu tun. Diese Ereignisse haben zunehmend physiologische Konsequenzen. Menschen werden verletzt –

wirklich körperlich verletzt – von Dingen, die gar nicht da sind. Der Programmdirektor eines Fernsehsenders in New York hatte die Halluzination, zu verbrennen. Niemand in seiner Umgebung hatte dieselbe Halluzination, aber sie haben alle mit angesehen, wie sich seine Haut abgeschält hat und wie sein Fleisch schwarz wurde. Die Autopsie hat den Tod durch Verbrennen bestätigt, obwohl es gar kein Feuer gegeben hat. Seine Lungenflügel waren auf eine Art und Weise beschädigt worden, wie es nur beim Einatmen von Rauch geschieht, aber in seinem Lungengewebe konnte nicht ein einziges Rauchpartikel gefunden werden. Er hatte nicht nur die Halluzination, zu verbrennen, er ist tatsächlich verbrannt … Er ist den Flammentod gestorben.«

»Das ergibt doch keinen Sinn …« Macbeth schüttelte den Kopf.

»Da ist noch mehr«, sagte Newcombe. »Wir haben ausgeprägte chronobiologische Elemente des Phänomens identifiziert. Der circadiane Rhythmus der Personen war während der Dauer der Halluzinationen stark gestört. Vermutlich wird durch diese Verschiebung das starke Déjà-vu-Gefühl davor ebenso wie die Desorientierung danach ausgelöst. Ich weiß, dass das verrückt klingt, aber bisher hat noch jeder Betroffene Symptome extremer Desynchronisation aufgewiesen.«

»Jetlag?«, fragte Macbeth, allerdings nicht gerade ungläubig, da er sich nach dem Geistererdbeben von Boston ähnlich gefühlt hatte.

»Sowohl der ultradiane als auch der infradiane Rhythmus sind betroffen. Weibliche Betroffene haben auch erwähnt, dass ihr Menstruationszyklus beeinflusst worden sei.« Newcombe schüttelte den Kopf. »Es ist fast so, als würde eine mächtige Mimese dem Körper während der Halluzination vorgaukeln, er wäre in eine andere Zeit versetzt worden – vielleicht derselbe Mechanismus, der bewirkt, dass der Körper echte Verletzungen nachahmt.«

»Wollen Sie damit sagen, dass diese Ereignisse eigentlich eine Art psychischer Zeitreise sind?«

»Natürlich nicht. Aber das Gefühl einer temporären Verschiebung betrifft jeden Sinn und bewirkt körperliche Veränderungen. Wie bei den wenigen Menschen, die beim Spielen von Videospielen tatsächlich reisekrank werden.«

»Das sind gar nicht so wenige …«, meinte Macbeth. »Ich gehöre auch dazu.«

»Da ist auch noch etwas anderes … Sehen Sie sich das an, und sagen Sie mir dann, was Sie da vor sich haben.« Newcombe holte ein Smartphone aus der Tasche, gab etwas ein und reichte es dann Macbeth. Das Foto auf dem Display zeigte das Innere eines Museums und eine unfassbar riesige Kreatur mit gewaltigen Kiefern und Zähnen und einen Menschen davor, der im Vergleich zu dem Monster sehr klein wirkte.

»Das ist ein Wolf …«, antwortete er. »Offensichtlich kein echter … Er ist zu groß, und dieses ›Was-hast-du-für-große-Zähne‹-Klischee wurde auch übertrieben. Falls ich mich nicht irre und es da draußen wirklich eine Art Riesenwolf gibt.«

»Nein, Sie irren sich nicht. Aber das, was Sie da sehen, war irgendwann einmal echt und zehnmal größer als jeder Wolf, der je gelebt hat. *Andrewsarchus mongoliensis*, das größte räuberische Säugetier, das je auf der Erde gelebt hat. Es sah aus wie ein riesiger Wolf, war aber überhaupt nicht mit diesem verwandt, sondern zählte eher zu den Schafen oder Ziegen. Ein riesiges Hypercarnivorenschaf, das einen Menschen hätte in zwei Teile beißen können, wenn es damals schon Menschen gegeben hätte. Es ist ein perfektes Beispiel für eine konvergente Evolution, bei der eine Spezies stark einer anderen ähnelt, ohne dass die geringste Beziehung zwischen ihnen besteht.«

»Okay …«, meinte Macbeth.

»Der *Andrewsarchus* ist seit über dreißig Millionen Jahren ausgestorben. Er hat hauptsächlich in einem Gebiet gelebt, in dem sich heute die Mongolei und der Westen Chinas befinden. Wir haben einen Bericht von unserem Team in Fernost erhalten, in dem ein Mädchen genau dieses Tier beschrieben hat …« Er deutete mit dem Zeigefinger auf den Touchscreen seines Smartphones. »… bis ins kleinste Detail. Sie wusste sogar, dass er keine richtigen Pfoten, sondern hufartige Klauen besessen hat. Und hier in Boston konnte eine Frau äußerst präzise riesige prähistorische Insekten beschreiben, die nur ein sehr gut eingearbeiteter Paläoentomologe hätte identifizieren können. Außerdem hat sie noch von der ›reichhaltigen‹ Luft aus ihrer Halluzination gesprochen und dass sie längere Strecken laufen konnte, ohne aus der Puste zu geraten. All das passt zu der Zeit – die immerhin dreihundert Millionen Jahre in der Vergangenheit liegt –, in der das Sauerstoffniveau deutlich höher war als heute, fünfunddreißig anstelle von zwanzig Prozent, sodass Insekten gigantisch werden konnten. Wie das chinesische Mädchen mit seiner perfekten Beschreibung des *Andrewsarchus* hat diese Frau einen riesigen aquatischen Skorpion ebenfalls völlig zutreffend beschrieben, den *Jaekelopterus*, und zwar derart genau, dass Dinge bestätigt wurden, die bis heute reine Theorie gewesen sind.« Newcombe gab Macbeth Zeit, diese Informationen erst einmal zu verdauen.

»Dabei könnte es sich um Kryptomnesie handeln …«, überlegte Macbeth. »Sie haben Bilder oder einen Dokumentarfilm gesehen, das jedoch wieder vergessen, und die Informationen haben sich in ihren Halluzinationen wieder vergegenwärtigt …«

Newcombe schüttelte den Kopf. »Das ist alles viel zu detailliert, viel zu korrekt. Bei jedem einzelnen Zwischenfall war die Halluzination konsistent mit einem Ereignis, von dem wir wissen, dass es irgendwann in der Vergangenheit stattgefunden hat, oder das zumindest einigermaßen glaubhaft belegt ist. Haben Sie von dem Passagierflugzeug gehört, das kurz vor Harrisonburg in Virginia abgestürzt ist? Die Daten des Flugschreibers zeigen, dass es zum Absturz kam, weil der Pilot kurz nach dem

Start plötzlich heftige Ausweichmanöver geflogen ist, um eine Aschewolke und einen riesigen Krater zu umfliegen, obwohl sie sich tatsächlich über einem gerade mal knapp sechshundert Meter hohen Hügel befunden haben. Doch es hat sich herausgestellt, dass diese unbedeutende Erhebung in Virginia, die man den Mole Hill nennt, der erodierte Krater eines einstmals riesigen Vulkans ist, der vor etwa fünfzig Millionen Jahren fast einen Kilometer hoch gewesen sein muss. Und Sie wissen, dass das Ereignis, das wir hier in Boston alle miterlebt haben, genau zu dem Cape-Ann-Erdbeben von 1775 passt.«

»Brian, ich weiß wirklich nicht, worauf Sie mit all dem hinauswollen, aber es ist nicht gerade sehr wissenschaftlich …«

»Vielleicht nicht *medizinisch* wissenschaftlich. Möglicherweise sind diese Ereignisse aber gar keine klinischen Manifestationen. Vielleicht hat das alles eher etwas mit … keine Ahnung … mit Physik zu tun. Oder mit der Zeit.«

Erneut verharrte Macbeth. Er stand auf dem Weg und sah zum Himmel hinauf, der zwar heller war, aber noch immer eine natriumgraue Farbe zeigte.

»Sie sind nicht der Erste, der mir das heute erzählt, Brian …«

48. JOHN MACBETH. BOSTON.

Wenn es einen Aspekt der Kultur gab, den man wahrlich als global bezeichnen konnte, dann war das Macbeths Meinung nach ein Flughafen. Eine Flughafenlounge war eine Flughafenlounge, wo immer man auf der Welt auch hinkam: identische Sitze, identisches Licht, identische riesige Fenster, die einen identischen Blick auf lange Start- und Landebahnen freigaben. Selbst der Kaffee war überall der gleiche. Es war, als hätte man dasselbe kleine Team aus Architekten, Innenarchitekten, Ladenausstattern und Angestellten mit verdrießlichem Gesicht rund um die Welt von einem Flughafen zum nächsten gebracht, damit sich der Ort, an dem man ankam, so wenig wie nur möglich vom Ort der Abreise unterschied. Selbst das Klima spielte keine Rolle, da die hermetisch abgeriegelten Lounges in Reykjavik geheizt und in Abu Dhabi klimatisiert wurden, bis überall genau 22,22 °C herrschten, eine Temperatur, die der Körpertemperatur nahe genug war, dass man ein wenig schwitzte und sich schlapp fühlte.

Es war definitiv keine Umgebung, in der sich Macbeth entspannte. Er hasste Flughäfen mehr als Flugzeuge, und er hasste Flugzeuge wie die Pest. Dabei hatte er nicht etwa Flugangst, sondern verabscheute das stundenlange Warten, den Stress durch Verspätungen, ausgefallene Flüge und Anschlussflüge, die leeren und häufig offen feindseligen Gesichter hinter den Check-in-Schaltern oder bei den Sicherheitskontrollen, die völlige, trostlose Seelenlosigkeit, die allem innewohnte. Es kam ihm jedes Mal wieder komisch vor, dass es an einem Ort voller Menschen derart an Menschlichkeit fehlen konnte.

Er saß in der Abfluglounge und rief seinen Bruder über Handy an, um ihm zu berichten, dass Brian Newcombe ihn erneut inständig gebeten hatte, sich dem THS-Team anzuschließen, und dass der Epidemiologe Macbeths ebenso beharrliche Absage nicht gerade gut aufgefasst hatte. »Vermutlich ist es besser, wenn du in Kopenhagen bist und mit der Sache nichts zu tun hast«, meinte Casey. »Ruf mich an, wenn du gelandet bist.«

»Es könnte spät werden …«

»Das ist mir egal. Ruf mich an. Übrigens sehe ich mir gerade deinen Laptop an …«

»Und ich habe mir den angesehen, den du mir gegeben hast«, fiel Macbeth seinem Bruder ins Wort. »Der verdammte Ordner ist wieder da.«

Am anderen Ende herrschte Schweigen.

»Casey?«

»Der Ordner ist auf dem neuen Laptop aufgetaucht?«, fragte Casey schließlich.

»Das habe ich doch gerade gesagt …«

»Wann hast du ihn zum ersten Mal gesehen?«

»Ich rief meine E-Mails ab, und auf einmal habe ich ihn auf dem Desktop entdeckt. Ich kann ihn noch immer nicht öffnen. Ich dachte …«

»Pass auf … Ich habe mit Jimmy Mrozek gesprochen, dem IT-Typen vom MIT, von dem ich dir erzählt habe. Ich wollte ihm deinen Laptop geben, damit er ihn sich ansieht, aber der Ordner ist verschwunden. Er ist einfach weg.«

»Was?« Macbeth konnte es nicht fassen. »Soll das bedeuten, er ist wie durch Magie von einem Computer auf den nächsten gesprungen?«

»Vielleicht ist genau das passiert. Es klingt ganz so, als wäre er auf deinem neuen Laptop aufgetaucht, als du damit ins Internet gegangen bist.«

»Sehr seltsam.«

»Und es wird noch seltsamer … Jimmy, der IT-Typ, hat mir

erzählt, dass es schon das zweite Mal wäre, dass ihn jemand bittet, sich einen geheimnisvollen Ordner anzusehen, der sich nicht öffnen lässt. Genau wie bei dir. Aber auch da hat er nicht die Gelegenheit bekommen, sich genauer damit zu beschäftigen.«

»Ist der Ordner ebenfalls spontan verschwunden?«

»Nein, John, der Ordner ist nicht spontan verschwunden … sondern der Computer und sein Besitzer. Der Laptop gehörte Professor Steven Gillman.«

Jetzt hatte es Macbeth die Sprache verschlagen.

»Wie gesagt …« Caseys Stimme klang angespannt und nervös. »Melde dich, sobald du sicher in deiner Wohnung angekommen bist.«

Da es keinen Direktflug vom Logan International in Boston nach Kopenhagen gab, flog Macbeth mit British Airways über London Heathrow. Er hatte das ganze Elend im Kopf bereits durchgerechnet: noch weitere eineinhalb Stunden bis zum Boarding, vorausgesetzt, dass es keine Verzögerungen gab, sechs Stunden und zwanzig Minuten bis nach London, weitere drei Stunden und zehn Minuten Wartezeit auf seinen Anschlussflug, eine Stunde und fünfundvierzig Minuten bis nach Kopenhagen. Insgesamt nicht weniger als zwölf Stunden und fünfundvierzig Minuten, ohne eingerechnete Verzögerungen, EU-Zollabfertigung und die Wartezeit am Gepäckband. Er würde den Großteil dieser Zeit die Technologie nutzen, die er normalerweise mied, um sich von seiner Umgebung abzuschotten: seinen MP3-Player, den eBook-Reader und den Laptop, sodass er ein von Kopfhörern eingeschränktes Reich errichtete, in das er sein Bewusstsein zurückziehen konnte und das ihn von seiner Umgebung ablenken konnte. Außerdem würde es auch noch den Kontakt zu anderen Passagieren verhindern.

Einige Gates von ihm entfernt kam es in der Abflughalle zu einigem Aufruhr. Eine Frau rief etwas, eine andere schrie. Macbeth stand ebenso wie einige andere wartende Passagiere auf und sah sich um. Der Tumult schien aus der Nähe der Fenster zu kommen. Das war noch ein globales Phänomen an Flughäfen: Nach dem elften September war man durch jede Unruhe am Flughafen, jeden Hinweis auf eine offizielle Reaktion, sofort alarmiert. Was immer es diesmal war, Macbeth konnte es nicht erkennen, da sich eine Traube an Reisenden um diese Stelle gebildet hatte und ihm die Sicht versperrte.

Drei Offiziere der Flugsicherheit und eine breithüftige Polizistin des BPD liefen zielstrebig an seinem Gate vorbei und auf das zu, was immer da vor sich ging. Die Menschenmenge teilte sich, um sie hindurchzulassen, und schloss sich hinter ihnen wieder. Macbeth konnte leise eine erhitzte Debatte hören, vehemente Proteste und autoritäre Stimmen. Einige der anderen Passagiere blieben stehen und sahen zu, aber Macbeth setzte sich wieder. Nach einigen Minuten kamen die uniformierten Beamten mit zwei Frauen in ihrer Mitte zurück, die um die dreißig und völlig außer sich waren.

»Aber ich sage Ihnen doch, dass wir es beide gesehen haben …«, redete eine der Frauen mit flehentlicher Stimme auf die Polizistin ein, die sie jedoch ignorierte. »Wir beide.«

Als sie an ihm vorbeigingen, bemerkte Macbeth, dass die andere Frau schwieg und ihr Blick glasig und leer wirkte, als würde sie unter Schock stehen. Alle Augen folgten der kleinen Gruppe, bis sie aus der Halle verschwunden war. Nachdem sie einander achselzuckend angesehen hatten, setzten sich die Passagiere wieder.

Macbeth erkannte, dass sich die Menschen mehr und mehr an bizarres Verhalten gewöhnten.

Ein weiterer Passagier traf ein, ein Engländer mittleren Alters in einem zerknitterten Anzug, der sich den Weg durch Beine und Handgepäck zu einem freien Platz bahnte. Als er sich gesetzt hatte, holte er sein Handy heraus, drückte auf eine Taste und begann, eine dieser unangemessen lauten und persönlichen Unterhaltungen zu führen, die so viele Menschen gern in Flughäfen zu haben schienen. Das war ein Phänomen, das Macbeth als Psychiater interessierte: die Anonymität, die einige Menschen offensichtlich inmitten von vielen Fremden spürten, als wären sie von teilnahmslosen Zombies umgeben. Der Engländer hatte diesen nasalen Akzent, der immer jammernd klang, und Macbeth versuchte, seine Worte auszublenden, während sich der Mann bei seiner Frau darüber beklagte, dass er einen späteren Flug nehmen musste.

Doch obwohl er es gar nicht wollte, merkte Macbeth, wie er den letzten Teil der Unterhaltung des Engländers belauschte.

»Ich glaube, ich habe gerade einen dieser seltsamen Zwischenfälle gesehen, von denen wir gelesen haben … Ja, so eine Halluzination. Genau, hier am Flughafen, vor wenigen Minuten … Diese beiden Frauen … tja, die sind völlig durchgedreht. Es fing damit an, dass sich eine von ihnen beim Bodenpersonal beschwerte, weil niemand den Passagieren mitgeteilt hatte, dass ihr Flug aufgrund des Nebels erst später starten konnte. ›Welcher Nebel?‹, hat die Frau von der Fluggesellschaft gefragt. ›Was soll das heißen, welcher Nebel?‹, hat die andere gebrüllt. ›Sehen Sie doch aus dem Fenster‹, meinten dann beide Frauen. ›Dieser Nebel!‹ Aber ich kann dir versichern, dass es hier hell und sonnig ist, kein Wölkchen am Himmel. Doch diese beiden Verrückten riefen immer wieder was von Bodennebel, der sich wie ein Teppich über die Startbahnen gelegt hätte, und sie haben behauptet, dass man nicht einmal zwei Meter weit sehen konnte, wenn man auf dem Boden steht … Was? … Ja, ich weiß … Nein, das waren Amerikanerinnen. Jedenfalls war die Sache damit noch nicht zu Ende. Eine von ihnen fing dann an, wie verrückt zu schreien. Danach auch die andere. Völlig hysterisch. Sie sagten, sie hätten beide gerade einen Flugzeugabsturz gesehen, und natürlich regen sich sofort auch alle anderen Passagiere auf …

Was? Natürlich gab es keinen … Sie reden immer wieder von diesem Flugzeug, das gerade beim Landeanflug abgestürzt wäre. Niemand sonst kann dieses Flugzeug sehen Aber die werden immer lauter und schreien, dass das Flugzeug im Nebel abgestürzt wäre … Sie sagten, sie hätten es über dem Nebel gesehen, und dann wäre es hineingeflogen und über der Landebahn in Richtung Meer explodiert. Völlig verrückt. Bis dahin waren auch alle anderen in heller Aufregung und haben versucht, zu entdecken, wovon die beiden reden, aber da gibt es nichts zu sehen – keinen Nebel, keinen Flugzeugabsturz, gar nichts. Niemand kann irgendetwas erkennen … Nein, ich denke mir das nicht aus … Das war wirklich sehr seltsam. Jedenfalls waren die beiden Frauen so aufgebracht und haben so laut geschrien, dass man sie schließlich verhaftete … Ja, ich weiß …«

Das Gespräch wandte sich persönlichen Angelegenheiten zu, ging aber trotzdem noch so laut weiter, dass es jeder in Hörweite verstehen konnte, und Macbeth blendete es aus. Er dachte an das, was die beiden verstörten Frauen angeblich gesehen hatte, und eine Erinnerung stieg in ihm auf. Eine Erinnerung aus seiner frühesten Kindheit. Es war Ende Juli 1973. Er hatte im Haus seiner Großeltern vor dem Fernseher gesessen, als die Nachrichten anfingen: schwummrige Bilder von Trümmern, die jenseits der Landebahn im Meer schwammen, während eine Nebelbank noch immer unheilvoll küstennah im Hafen von Boston zu sehen war.

Ein echtes Ereignis aus der Vergangenheit. Wiederholt in einer Halluzination, ganz wie Brian Newcombe gesagt hatte.

Er blickte auf die Uhr, dann in die Richtung, in die die beiden Frauen mit ihren offiziellen Begleitern verschwunden waren, und schließlich auf die Anzeigetafel über dem Gate.

Seufzend holte er sein Handy heraus und rief Newcombe an.

49. GEORG POULSEN. KOPENHAGEN.

Georg Poulsen saß im Wohnzimmer seines Hauses. Die einzigen Geräusche kamen von draußen, und selbst die waren leise und ließen sich ignorieren, da das Haus nicht direkt an der Straße stand, sondern auf den ruhigen, von Bäumen umsäumten Meeresarm ausgerichtet war. Er hatte keinen Fernseher und kein Radio eingeschaltet, und es war keine Musik zu hören. Auf dem Wohnzimmertisch lag ein Buch, doch auch dieses diente nicht zu Poulsens Entspannung. Das war sein Haus, nicht sein Zuhause. An dem Tag, an dem er alleine aus dem Krankenhaus zurückgekehrt war, hatte es aufgehört, mehr zu sein als ein Ort, an dem man sich zwischen den wichtigen Angelegenheiten im Leben aufhielt. Es war ein Platz, an dem er schlief, an dem er wartete, eine Brücke zwischen zwei Aufgaben; zwischen der klaren, harten Konzentration auf seine Arbeit und der schmerzhaften Freude, die er während seiner Zeit bei Margarethe im Krankenhaus empfand.

Aber wenn das, was ihm Larssen gesagt hatte, stimmte, dann würde sich das bald alles ändern und dieses Gebäude, diese bedeutungslose Ansammlung von Räumen und Fluren, würde wieder zum Zentrum seines Lebens werden. Wenn Margarethe nach Hause kam. Wenn er sie wirklich wieder hierher holen konnte, dann wäre das wieder ihr Zuhause. In der Zwischenzeit wartete er, ebenso wie das Haus zu warten schien.

Margarethe hatte dieses Haus von Anfang an geliebt. Es war weder besonders groß noch architektonisch ausgefallen, sondern ein einstöckiges, traditionelles dänisches Häuschen aus rotem Sandstein und mit roten Dachpfannen, wenn man es von der

Straße aus sah. Allerdings hatten die Vorbesitzer einen großen, moderneren Anbau an der Rückseite hinzugefügt, der in Richtung Süden auf den kleinen Fjord zeigte, über große Panoramafenster verfügte und die gesamte Ausrichtung des Hauses auf geschickte Weise änderte. Diese großen Fenster sorgten unablässig dafür, dass die ganze Natur des Hauses im Wandel war. Margarethe hatte immer gesagt, es wäre nicht nur das Licht, das ins Haus fiel, auch die Jahreszeiten würden das Innere beeinflussen, und sie hatte den Farbwechsel der Natur und der Jahreszeiten immer übernommen. Es war eine belebende und beruhigende Umgebung gewesen, in der sie den Moment genießen und die Zukunft planen konnten. Dies war ihr Platz in der Welt gewesen, den sie für sich alleine hatten. Und mit dem großen, hellen Zimmer mit den blassblauen Wänden am Ende des Hauptflurs wäre es auch der Platz ihres Babys geworden.

Nur, dass es jetzt kein Baby mehr geben würde.

Sobald Larssen den Vorschlag gemacht hatte, war Poulsen auch schon dabei gewesen, Pläne zu schmieden. Das Kinderzimmer wäre ideal für Margarethe, und er hatte bereits zusätzliche Steckdosen einbauen lassen für die ganze Technologie, die sie Tag für Tag benötigte. Allerdings musste er die Wände noch in einer anderen Farbe streichen lassen.

Er nahm das Buch vom Tisch und sah es liebevoll an. Heute Abend würde er seiner Frau daraus vorlesen. Es war auch einer dieser Titel, von denen ihm Margarethe, die sich weitaus mehr für Literatur interessierte, schon vor Jahren erzählt hatte. Er hatte einen Monat gebraucht, um sein Gedächtnis und das Internet danach zu durchforsten.

»Es gibt keine Originalidee mehr«, hatte Margarethe ihm mal gesagt. »Was immer du dir auch einfallen lässt, irgendjemand hat es schon einmal gemacht, vielleicht in anderer Form, aber es ist schon jemandem durch den Kopf gegangen. Die Herausforderung ist eher, was man mit der Idee anstellen wird.«

All das hatte sie gesagt, als sie ihm von diesem Buch erzählt hatte. Es hatte einen schlichten Titel, der ihm schließlich wieder eingefallen war: *Wir*. Und das Internet hatte ihm auch den Namen des Autors wieder in Erinnerung gerufen: Jewgeni Iwanowitsch Samjatin.

Wir, hatte Margarethe erklärt, war ein dystopisches Meisterwerk aus dem Jahr 1921, das über sechzig Jahre lang in Russland verboten gewesen war, aber in alle bedeutenden Sprachen übersetzt wurde. Der Roman spielte in einer Zukunft, in der alle Gebäude aus Glas bestanden, damit die anscheinend immer zufriedene Bevölkerung unter der ständigen und vermeintlich fürsorglichen Überwachung des alles sehenden »Wohltäters« stehen konnte, der seinen Willen mithilfe von »Beschützern« durchsetzte. Der erste große Kritiker des Buches war George Orwell gewesen, der daraus die Inspiration zu *1984* erhalten hatte.

Poulsen spürte, wie sich der Zweifel und Angst um sein Herz legten: Was war, wenn es das falsche Buch war? Wenn sie es so oft gelesen hatte, dass sie es von ihm gar nicht mehr vorgelesen bekommen wollte? Und – die schlimmste aller Sorgen – was war, wenn sie gar nicht hören konnte, wie er es ihr vorlas?

Larssen hatte erklärt, dass Margarethes retikuläres Aktivierungssystem möglicherweise beschädigt worden war, das sich oberhalb des Hirnstamms und in der Nähe der Stelle, an der die Blutung auf dem MRI entdeckt worden war, befand. Poulsen wusste, dass das retikuläre Aktivierungssystem alle Erregungszustände steuerte. Es entschied, wann und wie man wach war, und gab den Rhythmus für die Schlafenszeit vor. Vielleicht schlief Margarethe bei jedem seiner Besuche. Möglicherweise schwebte sie auch dauerhaft im ewigen Zwielicht zwischen Schlaf und Wachzustand.

Es war durchaus möglich, dass Margarethe kein einziges seiner Worte vernommen hatte.

Selbst das war nicht Georg Poulsens größte Sorge. In einem

Universum voller schrecklicher Möglichkeiten war das Gespenst, das ihn am häufigsten heimsuchte, die Sorge, dass er das Interfaceproblem zwischen Gehirn und Computer niemals oder erst viel zu spät zu lösen würde, um Margarethe damit noch helfen zu können.

Andere im Projekt waren erstaunt über Poulsens Offenheit und dass er in seinen monatlichen Presseerklärungen frei und offen über alle Fortschritte sprach, die das Team gemacht hatte. Jeder wusste, dass die Wissenschaft ein Wettkampf der Geister war, bei dem man ständig gegen andere antrat, auch wenn man eigentlich über derartigen Kleingeistigkeiten stehen sollte. Schließlich ging es darum, Nobelpreise zu gewinnen, seine Karriere voranzubringen und sich einen Ruf zu verschaffen – und dennoch hatte sich Projektdirektor Poulsen zu einer höchst erstaunlichen absoluten Transparenz verpflichtet. Allerdings sollte man nicht unerwähnt lassen, dass er auch darauf bestand, von den Fortschritten und Erkenntnissen anderer Forscher zu erfahren.

»Es gibt keine Originalidee mehr. Was immer du dir auch einfallen lässt, irgendjemand hat es irgendwann schon einmal gemacht, vielleicht in anderer Form, aber es ist schon jemandem durch den Kopf gegangen. Die Herausforderung ist eher, was man mit der Idee anstellen wird.« Margarethes Kommentar zur literarischen Kreativität war zum zentralen Grundsatz von Poulsens wissenschaftlicher Methode geworden.

Selbst zuvor hatte er nie an die heroische Theorie wissenschaftlicher Entdeckungen geglaubt. Er wusste, dass es äußerst selten vorkam, dass eine Person alleine arbeitete und ein Geheimnis lüftete, das der restlichen Wissenschaftswelt verborgen geblieben war. Wallace hatte die Evolutionstheorie zeitgleich mit Darwin entdeckt, Leibnitz hatte die Infinitesimalrechnung zur selben Zeit wie Newton begründet, und Ohain, Campini und Whittle hatten alle gleichzeitig und unabhängig voneinander am Strahltriebwerk gearbeitet.

Poulsen war es eigentlich völlig egal, wer letzten Endes die Lorbeeren und den Nobelpreis bekam. Ihm ging es nur um die Durchbrüche, die gemacht wurden. Alles, was er wollte, war, mit dem gefangenen Geist seiner Frau in Verbindung treten zu können und ihr eine Art von Externalität zu bieten, selbst wenn es sich um keine echte handelte.

Jedes Mal, wenn er darüber nachdachte, weniger Druck auf seine Kollegen auszuüben und die Kontrolle zu lockern, hatte er wieder das Bild seiner unbeweglichen, vor sich hin starrenden Frau vor Augen.

Erneut blickte er auf das Buch herab. Hatte er das richtige besorgt?

Er legte es wieder auf den Wohnzimmertisch, als ein Geräusch die sterile Stille durchbrach. Dann stand er auf, um ans Telefon zu gehen.

50. CASEY. OXFORD.

»Mehr Wein?«, fragte die freundliche Kellnerin.

Man hatte ein großes Festzelt auf dem Gelände aufgestellt, um dem unvorhersehbaren britischen Wetter ein Schnippchen zu schlagen. Doch der Himmel war erstaunlicherweise wolkenlos geblieben, und so standen alle im Freien, ballten sich in fröhlichen Grüppchen, nippten am Wein und genossen die angenehme Wärme, das goldene Licht des frühen Abends und den Blick über die Parkanlagen der Universität.

»Warum nicht?«, erwiderte er, stellte sein leeres Weinglas auf das Tablett und nahm sich ein volles. »Es ist schließlich ein Symposium.«

Das niedliche Mädchen mit dem kurz geschnittenen blonden Haar runzelte verwirrt die Stirn. Mit ihrer weißen Bluse und dem schwarzen Rock sah sie völlig deplatziert aus, und Casey vermutete, dass sie eine Studentin war, die sich freiwillig gemeldet hatte, um sich etwas Geld dazuzuverdienen.

»Ein Symposium …«, setzte er an. »Im alten Griechenland waren Symposien Feiern, bei denen Wein getrunken wurde. Keine Versammlung alter, vertrockneter Physiker …«

»Oh … verstehe«, entgegnete sie. Sie hatte einen dieser britischen Akzente, die Casey so schwer einordnen konnte, weder geografisch noch gesellschaftlich. Anhand ihres Lächelns erkannte er, dass sie sich ebenso für ihn interessierte, wie er für sie. Doch als er gerade noch etwas sagen wollte, spürte er eine Hand auf der Schulter.

»Casey Macbeth … Wie geht es Ihnen, Mann? Freuen Sie sich schon darauf, die Antwort auf die ultimative Frage nach dem

Leben, dem Universum und dem ganzen Rest zu hören?« Es war Jürgen Franke, ein stereotypisch riesiger, blonder, blauäugiger Deutscher mit rötlichem Teint und unstereotypisch fröhlichem Auftreten sowie einem guten Sinn für Humor. Er erweckte immer den Eindruck, ein abgehärteter, bodenständiger norddeutscher Bauer zu sein, aber Casey wusste, dass er über einen erschreckend brillanten Geist verfügte. Franke beugte sich verschwörerisch vor. »Ich glaube, die Antwort lautet zweiundvierzig …«

»Mir geht es gut, Jürgen. Wie läuft es am CERN?«

»Bei uns dreht sich immer alles im Kreis«, antwortete er und lachte laut über seinen eigenen lahmen Witz. Franke gehörte zum Team, das mitten in Europa tief unter der Erde am Großen Hadronen-Speicherring arbeitete und Photonen bei nahezu Lichtgeschwindigkeit durch eine 26,7 Kilometer lange Schleife in entgegengesetzte Richtungen schoss. Er hatte bei der Jagd nach dem Higgs-Teilchen eine entscheidende Rolle gespielt und bahnbrechende Erfolge auf dem Gebiet der virtuellen Partikel erzielt. Außerdem konnte er so gut wie jeden unter den Tisch trinken. »Und bei Ihnen?«

»Mir geht's gut. Ich bin froh, hier zu sein. Möchten Sie was trinken?«, fragte Casey.

»Haben Sie auch Bier?«, fragte Franke die Kellnerin.

»Tut mir leid, nur Wein. Es ist schließlich ein Symposium«, antwortete sie und grinste Casey an.

»Was?« Franke runzelte die Stirn, und als er die Blicke bemerkte, die die beiden einander zuwarfen, grinste er breit. »Oh, verstehe, verstehe … So ist das also. Lassen Sie sich von seinem jungenhaften amerikanischen Charme nicht übers Ohr hauen«, meinte er zu der Kellnerin. »Er gehört zu diesen Mormonen … und hat zu Hause in den Staaten eine Frau und fünfzehn Kinder. Oder waren es fünfzehn Frauen und ein Kind?«

Sie sahen ihn beide amüsiert an.

»Hmmm … Ich glaube, ich muss mal ganz dringend nach …«

Franke sah sich in der Menge um, entschied sich nach dem Zufallsprinzip und deutete in eine Richtung. »… da vorne. Wir sehen uns dann später, Casey. Falls Sie sich losreißen können.«

»Er ist eigentlich verdammt klug«, meinte Casey, als Franke gegangen war. »Aber er kann es richtig gut verbergen.«

»Ich sollte mal lieber die Runde machen«, erwiderte sie mit entschuldigendem Achselzucken. »Diese Leute haben alle großen Durst …« Damit meinte sie die einhundertundsiebzig Physiker aus der ganzen Welt, die sich vor dem Martin Wood Complex des Physikfachbereichs der Oxford University versammelt hatten.

»Studieren Sie hier?« Casey gab sein Möglichstes, um sie am Gehen zu hindern.

»Ja, Physik. Im zweiten Jahr. Ein *Sophomore*, wie Sie in Amerika sagen würden.«

»Gute Schule … Wie gefallen Ihnen die Kurse?«

»Wir beschäftigen uns dieses Jahr mit Elektromagnetismus und Optik sowie Thermal- und Quantenphysik. So langsam bekomme ich das Gefühl, dass alle schlauer sind als ich.«

»Gewöhnen Sie sich daran. Was glauben Sie wohl, wie ich mich hier fühle?« Er schwenkte sein Glas, um die um sie herum stehenden Physiker mit einzubeziehen.

»Woher kommen Sie?«, wollte sie wissen. »Ich meine, aus welchem Teil der Staaten.«

»Aus Boston. Vom MIT. Ich bin wegen Professor Blackwells Präsentation hier.«

»Das habe ich mir schon gedacht.«

»Oh … Entschuldigen Sie. Ich bin Casey Macbeth …« Er streckte die Hand aus. Sie zuckte noch einmal entschuldigend mit den Achseln und deutete mit dem Kinn auf das Tablett mit den Weingläsern, das sie in beiden Händen hielt.

»Ich bin Emma Boyd. Hat mich gefreut, Sie kennenzulernen. Tut mir wirklich leid, aber ich muss jetzt die Runde machen.«

»Natürlich …«, meinte Casey und lächelte enttäuscht. »Hat mich auch gefreut.«

Sie lächelte ihn an und wollte schon gehen, blieb dann aber noch einmal stehen.

»Ich werde auch nach der Präsentation noch hier sein«, sagte sie. »Ich serviere dann im Zelt den Kaffee. Vielleicht sehen wir uns ja da?«

»Darauf können Sie sich verlassen. Und danach könnten wir vielleicht …« Casey wurde unterbrochen, als jemand an der Tür des Auditoriums eine Ankündigung machte.

»Ich möchte alle Teilnehmer bitten, nun in den Hörsaal zu kommen. Professor Blackwells Präsentation beginnt in zehn Minuten, und die Türen werden in fünf geschlossen.«

»Ich sollte lieber gehen«, stellte Casey fest. »Dann bis später?«

»Bis später«, antwortete sie und lächelte.

Nach allem, was am MIT und an anderen Orten geschehen war, wunderte sich Casey nicht über die zahlreichen Sicherheitsmaßnahmen. Es war nicht nur so, dass sich die wissenschaftliche Gemeinde von den Fundamentalisten geradezu belagert fühlte, auch ganz Europa schien unter Schock zu stehen: Das Massaker am Roten Meer, wie es nun allgemein genannt wurde, hatte die Unruhen im Mittleren Osten erneut aufleben lassen, und die Unterstützer des europäischen Integrationsgesetzes kämpften nun um dessen Überleben. Selbst die Italiener, Briten und Bulgaren, die die vorrangigen Befürworter für die Aufnahme der Levante gewesen waren, mussten nun einsehen, dass die Gewalt, die als Konsequenz des Massakers ausgebrochen war, einen Anschluss dieser Länder in naher Zukunft unmöglich machte. Die Europäische Union hatte daraufhin die höchste Terrorwarnstufe für ihr gesamtes Hoheitsgebiet ausgerufen.

Casey, der noch nie einen britischen Polizisten in Fleisch und Blut gesehen hatte, war immer davon ausgegangen, dass diese fröhlichen Bobbys immer zu zweit, per Fahrrad unterwegs und nur mit ihrem Lächeln und einem verborgen mitgeführten viktorianischen Schlagstock bewaffnet waren. Die Polizisten, die an den Eingängen des Martin Wood Complex' Wache hielten, sahen jedoch ganz und gar nicht so aus, sondern trugen Baseballkappen, schusssichere Westen und Heckler-&-Koch-Maschinenpistolen, während sie jeden einzelnen Gast mit misstrauischen Blicken musterten.

Stämmige Männer einer privaten Sicherheitsfirma in billigen Anzügen mit Tattoos und Ohrstöpseln bewachten die Ausgänge, und sobald alle im Hörsaal versammelt waren, wurden die Türen geschlossen und verriegelt, sodass Casey einen leichten Anfall von Klaustrophobie bekam.

Er setzte sich etwa in die Mitte des Saals neben Franke. Der Humor des Deutschen würde Caseys unbewusste Nervosität vielleicht ein wenig mildern. Außerdem war ihm Professor Gillmans Abwesenheit schmerzhaft bewusst. Eigentlich hätten die beiden Wissenschaftler vom MIT zusammen nach England fliegen sollen. Casey hatte vorgehabt, sich mit Gillman über die Simulisten und Gabriel Rees zu unterhalten, und der Flug wäre die ideale Gelegenheit gewesen, diese schwierigen Themen anzusprechen. Aber die Explosionen im MIT hatten ihm einen Strich durch die Rechnung gemacht. Gillmans Leiche war nicht eindeutig zu identifizieren gewesen, aber da er sich zum Zeitpunkt der Explosion im Labor aufgehalten hatte und seitdem nicht mehr gesehen worden war, wurde er offiziell zu den Toten gezählt. Gabriel würde ein ungelöstes Rätsel bleiben.

Als sich Casey im Hörsaal umsah, wurde ihm bewusst, dass er so gut wie jeden der einhundertundsiebzig geladenen Gäste kannte, und das nicht nur aufgrund seines Rufs. Die Partikelphysiker dieser Stufe bildeten eine kleine Gemeinschaft, selbst wenn sie über die ganze Welt verteilt war. Es war eine beeindruckende Versammlung. Hier saßen die Besten der Besten, und Casey war ebenso stolz wie aufgeregt, als er seinen Platz einnahm. Er spürte, dass dieselbe Elektrizität durch das ganze Publikum fuhr, als ein großer, hagerer Mann von etwa siebzig durch den Seiteneingang kam, diesen hinter sich verschloss und die Bühne betrat. Während er auf das Podium ging, wurden die drei großen Bildschirme hinter ihm eingeschaltet und zeigten dasselbe Bild an. In diesem Saal der Wissenschaften streckte Michelangelos Gott die Hand aus und erweckte Adam mit der Berührung seiner Fingerspitze zum Leben.

»Meine Damen und Herren …« Blackwells Stimme war ein wenig rau, und er trank einen Schluck Wasser, bevor er noch einmal von vorn begann. »Meine Damen und Herren, als Erstes möchte ich Ihnen allen für Ihr Kommen danken. Ich weiß, dass einige von Ihnen eine weite Reise hinter sich haben und dass Sie Ihre wichtige Arbeit unterbrochen haben, um hier sein zu können, und darüber freue ich mich wirklich sehr. Ich muss Ihnen auch dafür danken, dass Sie die ungewöhnlich strengen Sicherheitsmaßnahmen ertragen haben. Aber Sie werden mir all das gewiss verzeihen, wenn Sie die Tragweite dessen, was ich Ihnen heute zu sagen habe, begreifen. Ich verspreche Ihnen, dass dieser Ort und dieser Tag als der bedeutendste in die Geschichte der Wissenschaft eingehen werden.«

Blackwell machte erneut eine Pause und trank etwas Wasser. Casey fiel auf, dass seine Hand zitterte, etwas, das er in den vielen Vorlesungen von Blackwell, die er bereits besucht hatte, nie gesehen hatte. Irgendetwas an diesem Zittern bewirkte, dass sich die Haare in Caseys Nacken aufstellten. Er hatte auch bemerkt, dass der Engländer nicht so sicher wie sonst wirkte. Was immer er seinem versammelten Publikum sagen wollte, musste derart bedeutend sein, dass sogar der größte lebende Wissenschaftler der Welt demütig wurde.

»Sie sind alle persönlich zu diesem Symposium eingeladen

worden«, fuhr Blackwell fort. »Meine Kollegen, meine Partner, meine Freunde. Vor mir versammelt sitzen die besten Köpfe des Planeten, und jeder einzelne von Ihnen hat sein Leben der Suche nach Wissen gewidmet, nach dem Verständnis. Es hat in der Geschichte der Menschheit nie ein nobleres Ansinnen gegeben, und ich fühle mich stolz, geehrt und demütig, dass ich zu Ihnen gehöre.«

Blackwell machte eine Pause und drückte einen Knopf auf dem Podium. Die beiden äußeren Bildschirme blieben unverändert und Gott schenkte Adam weiterhin Leben, aber auf dem mittleren Bildschirm stand jetzt der Titel »Die Prometheus-Antwort« in weißen Buchstaben vor einem blauen Hintergrund. Das bloße Auftauchen der Worte schien einen Stromstoß durch Caseys Körper zu jagen.

»Wir alle wissen, wer Prometheus war«, sagte Blackwell. »Der Titan, der sich in Zeus' Kammer schlich und den Göttern das Feuer stahl, indem er einen Stängel an Funken entzündete, um es den Sterblichen zu bringen, die Prometheus selbst aus Ton geformt hatte und denen Zeus das Feuer verboten hatte. Prometheus' Strafe für diesen Diebstahl war die ewige Qual. Er wurde an eine Klippe gefesselt, und ein Adler kam jeden Tag, um seine Leber zu fressen, nur damit sie sich im Laufe der Nacht erholen und sich das Ganze am nächsten Tag wiederholen konnte und am darauffolgenden, bis in alle Ewigkeit.

Diese Geschichte ist auch eine Warnung, denke ich, denn vielleicht sollte ein Teil des Wissens lieber unentdeckt bleiben oder ist zu gefährlich, um bekannt zu werden. Wir alle hier sind als Quantenphysiker vertraut mit dem Konzept eines Wissens, das die Grenzen unseres Ausdrucksvermögens, wenn nicht gar die Grenzen des menschlichen Verstands übersteigt. Wir wollen Maschinen bauen, um unsere intellektuellen Fähigkeiten zu vergrößern und damit sie uns helfen, das Unbekannte zu begreifen und das, was jenseits jeglicher Verständlichkeit liegt, zu verstehen. Jeder von uns hier ist ein Titan, der seine Lebenszeit damit verbracht hat, in Zeus' Kammer zu schleichen.«

Blackwell hielt inne. Er hielt sich an den Seiten des Podiums fest und wirkte auf einmal konzentriert und angespannt.

»Ich habe Sie heute alle hergebeten, um Ihnen mitzuteilen, dass ich erfolgreich gewesen bin. Ich habe eine solche Maschine gebaut, und aus diesem Grund begreife ich das Unbekannte. Sie hat es mir ermöglicht, den kleinsten Augenblick der Erschaffung des Universums mitzuerleben. Ich sah, wie Geschichte geschrieben wurde und wie das Schicksal von allem, das wir kennen und das wir je kennen werden, bestimmt wurde. Ich habe gesehen, wie alles beginnt und wie alles endet. Ich war in der Kammer und habe die Götter bestohlen, die nicht wollten, dass der Mensch es erfährt. Ich habe die Prometheus-Antwort.« Blackwell musterte das Publikum, und jetzt war die Intensität fort und durch etwas ersetzt worden, das wie Trauer aussah.

»Ich bin ein Mann der Wissenschaft. Als Physiker habe ich zwei Universen untersucht, das unbegreiflich gewaltige Universum um uns herum und das unbegreiflich winzige Universum des Quantenreichs. Jedes dieser Universen folgt völlig gegensätzlichen Gesetzen, und doch existieren sie parallel zueinander … und hängen voneinander ab. Wir haben seit Dekaden gewusst, dass es eine Verbindung geben muss, die uns nur bisher entgangen ist, einen Mechanismus, den wir übersehen haben und der sie vereint.«

Eine winzige Pause.

»Ich habe diese Verbindung gefunden. Ich habe gesehen, wie dieser Mechanismus funktioniert.

Das aufgeregte Raunen im Publikum wurde zu tosendem Applaus und Jubel, aber Blackwell erhob eine Hand. Doch es war nicht die Geste des Physikers, die die Menschen zur Besinnung brachte, sondern der Anblick der Tränen, die über die faltigen, eingefallenen Wangen des Wissenschaftlers rannen.

»Es tut mir leid, meine Freunde …« Blackwells Stimme bebte vor Emotionen. Die Stille im Publikum war derart intensiv geworden, dass man eine Stecknadel hätte fallen hören können. »Es tut mir so unglaublich leid. Ich habe herausgefunden, dass alles, dem ich mein Leben gewidmet habe – ebenso wie Sie das Ihre –, eine Lüge ist. Ich saß vor dem Bildschirm und habe mit angesehen, wie sich ein schlechter Witz entfaltet hat. Ich wollte die Götter bestehlen, aber alles, womit ich zurückkam, ist der Klang ihres Lachens in meinen Ohren.«

»Großer Gott …«, flüsterte Franke Casey zu. »Er hat völlig den Verstand verloren. Man könnte ja meinen, er steht kurz vor einem Zusammenbruch …«

Casey schüttelte ungeduldig den Kopf und konzentrierte sich weiter auf die groß gewachsene, hagere Gestalt auf dem Podium. Er dachte an Gabriel Rees und an das, was ihm Macbeth über den Geisteszustand des Doktoranden erzählt hatte.

»Prometheus«, fuhr Blackwell fort, »war das komplizierteste wissenschaftliche Projekt, das je durchgeführt wurde. Seine Komplexität überstieg die der Mondlandungen bei Weitem. Wir haben auf der Suche nach der Prometheus-Antwort Dinge erreicht, die an sich schon Antworten auf bedeutende wissenschaftliche Herausforderungen darstellen. Ich kann Ihnen beispielsweise berichten, dass wir das Dekohärenzproblem gelöst und einen Quantencomputer mit beispielloser Leistung entwickelt haben …«

Blackwell musste erneut innehalten, und erhob erneut eine Hand, um dem Aufruhr im Publikum Einhalt zu gebieten.

»Bitte … bitte …« Er wartete, bis die Ruhe wiederhergestellt war. »Prometheus hat es uns ermöglicht, das komplette Gebilde des Universums und seinen Ursprung zu betrachten. Sein ultimatives Ziel. Prometheus hat uns die Antwort gegeben. Die vollständige, eindeutige, schreckliche Antwort …« Blackwells Stimme versagte. »Und das Resultat meines Diebstahls aus der

Kammer ist das Phänomen, das wir alle auf der ganzen Welt miterleben. Was wir als Halluzinationen ansehen, ist jedoch etwas ganz anderes. Es ist die Zeit, die sich um sich selbst faltet, während das Gebilde unseres Universums auf Quantenebene zusammenbricht.«

Jetzt entstand eine noch größere Unruhe unter den Zuhörern, und viele riefen Fragen in Richtung Podium. Erneut hielt Blackwell eine Hand hoch.

»Der Grund für diese Ereignisse liegt in dem Wissen, das wir jetzt haben, in der Technologie, die wir jetzt erschaffen können. Wir werden … Wir werden zu Göttern, aber das darf nicht geschehen. Die Götter werden es nicht zulassen. Ich habe herausgefunden, dass alles, wonach ich gestrebt habe, alles, an das ich geglaubt habe – woran wir geglaubt haben – eine Lüge ist … Ich habe mein Leben damit vergeudet, einer Täuschung hinterherzujagen. Ich habe das große Wissen gefunden …« Die Tränen flossen jetzt nur so über die Wangen des Wissenschaftlers, und seine Stimme war die eines zitternden, verängstigten alten Mannes. »Und jetzt muss ich dieses große Wissen mit Ihnen teilen. Und diese unverzeihliche Sünde tut mir so leid, meine Freunde … so leid …«

Emma Boyd nutzte die freie Zeit, um im Gras zu sitzen, die letzten Strahlen der Abendsonne zu genießen und in den Büchern zu lesen, die sie aus ihrer Schultertasche mitgenommen hatte, die hinter dem aufgebockten Tisch im Festzelt gestanden hatte. Dort war jetzt bereits alles darauf vorbereitet worden, nach der Präsentation Kaffee zu servieren.

Einige andere Physikstudenten waren ebenfalls als Aushilfen bei diesem Ereignis und trugen weiße Hemden oder Blusen und schwarze Hosen oder Röcke. Emma fragte sich, wie viele von ihnen genau wie sie versuchen würden, die Unterhaltungen der geladenen Gäste zu belauschen und einige Hinweise auf das zu bekommen, was von solcher Tragweite war, dass die besten Physiker aus der ganzen Welt heute hierher gereist waren.

Aber ihr ging auch noch etwas anderes durch den Kopf: der Amerikaner, den sie kennengelernt hatte. Casey. Vielleicht würde er ihr einige Geheimnisse verraten. Sie fand jedenfalls, dass er etwas an sich hatte, dass sie dazu bringen konnte, ihm Geheimnisse anzuvertrauen. Aber die Sache hatte keine Zukunft: Er kam aus Boston, und sie gehörte hierher, nach Oxford. Warum dachte sie überhaupt schon so weit voraus? Das war doch verrückt, schließlich hatten sie sich nur kurz unterhalten. Sie waren Fremde. Außerdem war er viel zu alt für sie. Sie hatte herausgefunden, dass er viel älter sein musste, als er aussah.

Sie seufzte. Vielleicht würden sie ja bald rauskommen. Wenn er sie darum bat, dann würde sie hinterher noch mit ihm irgendwo anders hingehen.

Wenn sie lernte, saß sie am liebsten im Schneidersitz auf dem Gras, aber das ging wegen des dummen Rocks nicht so gut, der ihr die Blutzufuhr in die Beine abschnitt und ihr so steife Beine bescherte. Emma erhob sich und stampfte mit dem Fuß auf, um den Krampf loszuwerden. Dann ging sie über das Gras auf den Martin Wood Complex zu. Für einen modernen Bau, der erst seit kurzer Zeit stand, war er ansehnlich und um Längen besser als der graue Betonmonolith aus den 1960ern, der das Denys Wilkinson Building beheimatete und in dem Emma die Hälfte ihrer Zeit bei ihren Astrophysikvorlesungen verbrachte.

Eine Sache an diesem Symposium war Emmas Meinung nach merkwürdig. Zwei Männer, die weniger wie Mitarbeiter der Universitätssicherheit, sondern eher wie Türsteher in einem Nachtklub aussahen, standen vor den großen Glastüren des Eingangs. Wozu wurden sie gebraucht?

Sie sah es pulsieren.

Die Sache, an die sie sich danach am besten erinnerte, als sie im Krankenhaus lag, während der Monate ihrer Rekonvaleszenz und Genesung, in der Dunkelheit ihres Lebens danach, war, dass sie die Plastizität des Glases tatsächlich gesehen hatte. Emma sollte nie herausfinden, wie es ihrem Gehirn gelungen war, jenes Pulsieren zu registrieren, welches das Glas für kaum messbare Zeit hatte anschwellen lassen, bevor die Explosion sie von den Beinen riss und fünf Meter nach hinten schleuderte. Ihre Trommelfelle platzten, und der Schmerz in ihrem Kopf war augenblicklich und gigantisch. Sie wusste, dass ihr die Kleidung vom Körper gerissen worden war, aber sie spürte weder die intensive Hitze noch das Brennen. Die Detonation war erschütternd, aber nicht thermal. Sie hatte tatsächlich noch einen klaren Gedanken, als sie da auf dem Gras lag, blind und taub, halb am eigenen Blut erstickt, während Millionen Kristalle aus zersplittertem Glas auf sie herabregneten.

Eine Bombe. Jemand hatte in dem Hörsaal eine Bombe gezündet.

Sie konnte nicht sprechen, aber der Name schoss ihr durch den Kopf, bevor sie das Bewusstsein verlor.

Casey.

TEIL DREI

ENTHÜLLUNGEN

Realität ist eine Illusion, allerdings
eine sehr hartnäckige.

ALBERT EINSTEIN

51. EIN JAHR SPÄTER. JOHN MACBETH. KOPENHAGEN.

Das war ein neuer Traum. Es war jetzt sein einziger Traum, und er fing immer auf dieselbe Weise an, indem er selbst ganz plötzlich da war. Im Traum entstand Macbeth aus dem Nichts, augenblicklich und total. Er besaß keinen Körper, sondern war ein Wesen aus Energie und ohne Substanz. Zuerst hatte er nur wenige Gedanken, aber sein Geist füllte sich, die Verbindungen blitzten auf, und jeder neue Gedanke und jede neue Idee waren wie eine explodierende Supernova in einem Universum, das sich schneller ausdehnte, als man messen konnte. Außer seinem Verstand gab es nichts. Da war eine Leere, die nicht einmal Dunkelheit war, denn um zur Dunkelheit zu werden, musste erst etwas existieren.

Dann war da etwas, ein Kontext, eine Umgebung. Obwohl er keine Augen besaß, mit denen er hätte sehen können, wusste er, dass er sich im Arbeitszimmer seines Vaters aufhielt. Sein Vater, Marjorie Glaiston und der augenlose Mann sahen ihn staunend an, und er hatte keine Angst vor dem augenlosen Mann.

»Wir haben einen Verstand gebaut«, sagte sein Vater zu dem kleinen Jungen, der neben ihm stand und den Macbeth als Casey erkannte. »Wir werden zu Göttern, weil wir einen Verstand geschaffen haben.«

Jeden Morgen, wenn er aus diesem neuen Traum erwachte, brauchte Macbeth ganze vierzig bis fünfzig panische Sekunden, bis seine Amnesie verging und er sich daran erinnerte, wer er war, wo er sich aufhielt und warum er dort war. Immer glaubte er zuerst, in Boston zu sein, bis ihm wieder einfiel, dass er zurück in Dänemark war, und das schon seit einem Jahr.

Seit einem Jahr.

Es war eine kostspielige Immobilie in einer teuren Stadt. Noch extremer als bei seiner Wahl der Hotels war Macbeth, wenn es um seine dauerhafte Wohnumgebung ging, die genau so zu sein hatte, wie er es brauchte. Die Adresse lag in Tolbodgade, aber das Gebäude, in dem sich Macbeths Wohnung befand, sah eigentlich auf den mit Kopfsteinpflaster gepflasterten Kai am Larsens Plads und den Hafen dahinter hinaus. Es war im wahrsten Sinne des Wortes ein massives Gebäude, da es früher als Hafenlager gedient hatte und so viel Ware wie nur möglich hatte aufnehmen müssen. Das umgewandelte Lagerhaus aus rotem Backstein mit den blauen Dachpfannen war eines von drei Gebäuden, die am Larsens Plads standen und die Stadt wie stämmige Wächter bewachten. Für einige mochte es starr und funktional aussehen, aber etwas an der Stabilität und robusten Geometrie des Gebäudes hatte Macbeth angesprochen. Außerdem bot seine Wohnung im vierten Stock auf der einen Seite einen schönen Blick auf Kopenhagen und auf der anderen den Ausblick auf den Hafen.

Macbeth stand am Fenster und schaute in den Regen hinaus. Dänemark war für ihn ein konstanter Ort, an dem sich so gut wie nichts zu verändern schien, und wenn, dann geschah es maßvoll und diskret. Dasselbe galt auch für das Wetter, das sich, anders als in Massachusetts mit seinen vier äußerst unterschiedlichen Jahreszeiten, in denen er aufgewachsen war, nur nach und nach zu verändern und sich im Charakter der unterschiedlichen Jahreszeiten nicht groß zu unterscheiden schien. Jetzt war der Frühling fast zu Ende, und er hoffte auf einen schönen Sommer. Er brauchte einen schönen Sommer.

Es war jetzt ein Jahr her.

Vor einem Jahr war Casey in Oxford ermordet worden. Vor einem Jahr hatte Macbeth das Kopenhagener Projekt als Projektdirektor übernommen. Vor einem Jahr hatte die Halluzinationsepidemie aufgehört.

Hin und wieder traten immer noch Halluzinationen auf. Seltsamerweise schienen sich die meisten dieser Fälle in Macbeths Nähe, also in Dänemark und im Norden Deutschlands, zu ereignen, aber selbst sie waren derart isoliert und betrafen nur Individuen oder kleinere Gruppen aus zwei oder drei Personen. Trotz Caseys und Newcombes Theorie, dass noch ein anderes Element im Spiel wäre, sah es mehr und mehr danach aus, als wären die Halluzinationen eine Art psychoaktiver viraler Ausbruch gewesen, von dem nun nur noch die letzten, vereinzelten Ausläufer spürbar waren.

Dennoch war Macbeth nicht überzeugt.

Das Problem war, dass andere ebenfalls nicht überzeugt waren. Die religiöse Rechte, Moslemfundamentalisten und Anarcho-Primitivisten waren allesamt der Ansicht, die Zerstörung der Prometheus-Antwort und die gleichzeitige Auslöschung sämtlicher großer Physiker der Welt wären der Grund dafür, dass die Weltordnung wiederhergestellt worden sei: Gottes, Allahs oder Gaias Wille hatte über die falschen Götter der Wissenschaft triumphiert. Die Arroganz der Menschen war eingedämmt und bestraft worden.

Doch in Wahrheit strömten die Religiösen zwar rechtschaffene Empörung aus, aber rational wollte niemand zugeben, diesen Zufall, dass beide Ereignisse gleichzeitig stattfanden, als überzeugend anzusehen. Währenddessen brannten kleine Stammzellenforschungszentren, wurden Bombenanschläge auf Partikelphysiklabore durchgeführt und einzelne Wissenschaftler angegriffen.

Der Blinde Glaube rief die Neue Inquisition aus.

Noch größer als die Sorge ob des verstärkten Terrorismus war jedoch die Besorgnis auf der ganzen Welt, die die zunehmend bizarrer werdenden Ankündigungen von US-Präsidentin Elizabeth Yates auslösten. Schon als Senatorin Yates hatte sie mit ihrem starken Glauben und der augenscheinlichen Feindseligkeit gegen den Säkularismus und jeden anderen als ihren eigenen Glauben, das Southern-Baptist-Christentum, für Kontroversen gesorgt. Als Präsidentin Yates bewirkten ihre zweideutigen Aussagen über die Homosexualität, Mehrgläubigkeit und moralische Standards, dass Skepsis aufkam, während sie Schlüsselpositionen im Land verdächtigerweise mit Traditionalisten besetzte. Es gab sogar Gerüchte, dass es evangelische Gottesdienste im Weißen Haus geben würde.

Seit dem Ausbruch der Halluzinationen glich Yates' Rhetorik außerdem eher der einer Priesterin als der einer Präsidentin. Die Worte »Gottes Hand« und »Gottes Wille« waren nach und nach aus ihren politischen Reden in ihre Regierungserklärungen übergegangen. Sie verdammte den Blinden Glauben, was ihr als Widerwille angekreidet wurde, und sie hatte für eine diplomatische Kluft zwischen den USA und der frisch vereinigten Europäischen Union gesorgt, indem sie erklärt hatte, »Gottes Hand« habe dafür gesorgt, dass der Anschluss der levantinischen Staaten gescheitert war, womit sie den Wortlaut der Aussagen der Soldaten während des Prozesses in Tel Aviv wiederholte, die für das Massaker verantwortlich gewesen waren.

Es war für alle eine schlimme Zeit gewesen, nicht nur für den trauernden Macbeth.

Er hatte die Welt immer wie ein Außenseiter gesehen und gewusst, dass seine emotionalen Reaktionen nicht so waren wie bei anderen Menschen, dennoch hatte er die Macht der Emotionen stets verstanden. Während seiner Zeit als praktizierender Psychiater hatte er wahre Leidenschaften erlebt; gigantische, elementare Kräfte, die am Geist seiner Patienten zerrten. Das konnte er verstehen, wenngleich er es abstrakt sah, doch die emotionale Unfähigkeit der Popkultur mit den falschen Tränen der Realitystars und Talkshowgäste ließ ihn verwirrt zurück.

Das war vermutlich der Grund dafür, warum er mit der Trauer nicht umgehen konnte. Es war, als wäre die Bombe, die Casey getötet hatte, in Macbeths Körper explodiert. Doch wie alle emotionalen Reaktionen hatte es ein wenig gedauert, bis sie sich gezeigt hatte. In der Zwischenzeit war er in der Lage gewesen, die formalen Aspekte der Trauer mit einer fast schon leidenschaftslosen Objektivität durchzustehen.

In Oxford hatte er Caseys Leiche offiziell identifiziert. Es hatte keine dreißig Sekunden gedauert. Doch diese dreißig Sekunden füllten einen größeren Platz in seinem Verstand aus als jede andere Erinnerung. Das Bild des zerfetzten Körpers seines Bruders hatte sich in sein Gehirn gebrannt und jede andere schöne Erinnerung an Casey ausgelöscht. Macbeth, dessen Gedächtnis schon immer höchst fehlerhaft gewesen war, wusste, dass das Bild von Caseys Gesicht, völlig unversehrt auf einer Seite, während es auf der anderen zertrümmert war, das Auge verschwunden, für immer unlöschbar in seinem Kopf steckte und er es bis zu seinem Tod nicht mehr vergessen würde.

Als die überaus bürokratische englische Polizei Caseys Leiche endlich freigegeben hatte, war Macbeth mit ihr nach Boston geflogen. Er hatte eine humanistische Gedenkfeier arrangiert, da er wusste, dass Casey das so gewollt hätte, bevor er in Mount Hope beerdigt wurde. Caseys Grab lag am Ende des riesigen Friedhofs und in der Nähe des Weges, der außen herumführte. Hinter dem Weg wurde der Friedhof durch eine Baumreihe, einen Grasstreifen und einen gusseisernen Zaun begrenzt, und dahinter lag eine schmale, selten benutzte Straße mit den nackten Fassaden von Industriegebäuden, deren wellige Wände Graffiti zierten. Aus irgendeinem Grund ärgerte es Macbeth, dass die Überreste seines Bruders an einem derart langweiligen Ort liegen mussten. Er wusste nicht, woran das lag, denn Casey würde es egal sein.

Es gab keinen Casey mehr.

Seitdem war Macbeth nicht mehr in Boston gewesen.

Erst in den Wochen nach seiner Rückkehr nach Kopenhagen hatte ihn die unerträgliche Trauer derart hart getroffen, dass er sie körperlich spüren konnte. Er verbrachte die Tage in seiner Wohnung am Fenster und versuchte, sich auf die Außenwelt zu konzentrieren, war aber von seinen Gefühlen viel zu zerrissen. Er hatte nur wenige enge, lang andauernde Beziehungen in seinem Leben gehabt, und die Verbindung zu seinem Bruder war immer ein Fixpunkt für ihn gewesen. Jetzt trieb er jedoch herum. Er nahm sich zwei Wochen Urlaub und versank an einem dunklen, leeren Ort. Das Seltsamste war die Dualität seiner Trauer: Melissas Tod, selbst ihre längst vergangene Trennung, wurden auf einmal real und greifbar, als hätte Casey sie aus derselben verborgenen Ecke in Macbeths Bewusstsein geholt.

Aber es war mehr als nur seine Trauer, das ihn heimsuchte. Nach seiner Rückkehr zum Projekt hatte er sich bemüht, seine selbst gewählte Lebensweise wiederzufinden. Die Epidemie der Halluzinationen war vorüber, das sagte er sich immer wieder, daran erinnerte er sich jeden Tag.

Das musste er auch. Denn an jedem Tag seit Caseys Tod hatte John Macbeth Dinge gesehen, die einfach nicht da sein konnten.

Das Erste, was Macbeth jeden Tag tat, war, nachzusehen, ob es irgendwo auf der Welt Berichte über Halluzinationen vom Typ »Boston-Syndrom« gegeben hatte. Wenn er keine fand und wenn er keine Träumer auf den Straßen sah, dann war er merkwürdigerweise enttäuscht.

Die erste Vision hatte er in der S-Bahn gehabt.

Es war nur eine Kleinigkeit gewesen, die man durchaus hätte übersehen können. Wäre es seine einzige Halluzination gewesen, dann hätte er es schlicht als falsche Erinnerung abgetan. Die Frau ihm gegenüber hatte sich in eine Biografie von Jackie Kennedy Onassis vertieft und erst aufgesehen, als sie merkte, dass sich der Zug ihrem Ziel näherte. Macbeth erinnerte sich noch daran, dass sie ihm beinahe leidgetan hätte. Sie musste etwa dreißig Jahre alt gewesen sein, hatte schlichte Gesichtszüge und war stillos gekleidet. Irgendwie fand er es traurig, dass jemand, der so schlicht wirkte, indirekt das Leben der Reichen und Schönen lebte. Nachdem sie ein hellgelbes Lesezeichen in ihr Buch gelegt hatte, klappte sie es zu, steckte es in ihre Schultertasche, stand auf und ließ Macbeth in der von ihm bevorzugten Einsamkeit zurück.

Während die S-Bahn ihre Fahrt fortsetzte, sah Macbeth durch das Glas Kopenhagen an sich vorbeiziehen. Er arbeitete oder las nie, wenn er unterwegs war, da die Zeit zwischen Orten und Ereignissen für ihn immer die Zeit zum Nachdenken war. Das Problem war nur, dass diese kostbaren Momente von Erinnerungen an Casey geprägt waren. Aus irgendeinem Grund hatte Macbeth an ihre Kinderspiele am Strand draußen am Cape denken müssen, als ihn ein hellrot aufblitzendes Licht und eine S-Bahn, die aus der entgegengesetzten Richtung vorbeirumpelte, abrupt aus seinen Gedanken riss. Er stellte fest, dass sie sich der Haltestelle »Østerport« näherten, was ihn überraschte, da er geglaubt hatte, sie hätten dort längst gehalten. Als er sich umdrehte, sah er die unscheinbare Frau auf dem Sitz gegenüber, die erneut in das Leben eines anderen Menschen, das unendlich glamouröser war als ihr eigenes, vertieft war und jetzt aufblickte. Erneut legte sie das hellgelbe Lesezeichen zwischen die Seiten, dieses Mal jedoch etwas weiter hinten, bevor sie das Buch vorsichtig in ihre Schultertasche steckte, aufstand und an der Haltestelle aussteigen wollte.

Macbeth hatte eher Verwirrung als Panik gespürt. Er war sich sicher, dass er zuvor schon einmal gesehen hatte, wie die Frau ausgestiegen war, ebenso war er überzeugt davon, dass die S-Bahn bereits in Østerport gehalten hatte. Genau dasselbe Ereignis hatte sich wiederholt. Nur dass es nicht *exakt* dasselbe gewesen war: Sie hatte das Lesezeichen an eine andere Stelle gesteckt und hatte auch nicht ganz dieselbe Kleidung getragen. Sein erster Impuls war, sie anzusprechen, aber dann wurde ihm bewusst, dass es verrückt geklungen hätte, daher schaute er ihr nur ein zweites Mal dabei zu, wie sie aus dem Waggon ausstieg. Als er danach darüber nachdachte, wurde ihm klar, dass es eine Halluzination gewesen sein musste, aber er konnte beim besten Willen nicht herausfinden, welches der beiden Ereignisse das echte gewesen war.

Nach diesem ersten Vorfall wurde jeder Tag durch eine kleine Absurdität unterbrochen. Manchmal war es dieselbe, sich wiederholende Zeitschleife, dann wieder hatte Macbeth das Gefühl, als würde die Welt um ihn herum von einer anderen verschleierten, beinahe durchsichtigen Realität überlagert. Es dauerte immer nur einen Moment, dann waren die verschwommenen Umrisse der Menschen, Gebäude oder Geländeformen, manchmal sogar der über ihm vorbeiziehenden Wolken, wieder verschwunden. Nach einem Augenblick war stets wieder alles so wie vorher.

Macbeth erkannte, dass etwas nicht stimmte. Normalerweise hätte er als Psychiater entschieden, dass eine Behandlung mit Antipsychotika angebracht wäre. Aber in den letzten zweieinhalb Jahren war nichts normal gewesen, und Halluzinationen waren von einem ungewöhnlichen zu einem gewöhnlichen Ereignis geworden. Doch er beschloss, dass er einen praktizierenden Kollegen aufsuchen würde, wenn es schlimmer wurde, um sich Clozapin aufschreiben zu lassen – oder Trifluoperazin, falls die Halluzinationen bedrohlicher wurden.

In der Zwischenzeit erzählte er niemandem von seinen Anfällen.

Macbeth hatte auch gute Gründe dafür, seine mentalen Ausfälle für sich zu behalten. Seine Beförderung zum Direktor des Kopenhagener Projekts war trotz der tragischen Umstände das gewesen, was ihm durch die Dysthymie der letzten zwölf Monate geholfen hatte, und er war entschlossen, diesen Posten gerade wegen seiner depressiven Stimmung zu behalten, die von der neuen Aufgabe in Schach gehalten wurde. Er hatte sich ganz dieser Tätigkeit verschrieben und konnte in der kurzen Zeit mehr Erfolge aufweisen, als es dem besessenen und ehrgeizigen Poulsen während seiner ganzen Zeit als Projektleiter möglich gewesen war.

Allen war sehr schnell klar geworden, warum Poulsen derart ehrgeizig gewesen war: Er hatte das Problem mit dem Gehirn-Computer-Interface sowohl als beruflichen Kreuzzug als auch als persönliches Rennen angesehen. Das Rennen hatte er jedoch verloren.

Nur wenige Mitglieder des Teams, die bereits früher mit Poulsen zusammengearbeitet hatten, wussten, dass seine Frau bei einem Verkehrsunfall schwer verletzt worden war, aber niemandem war bekannt, dass Margarethe Poulsen ständig an lebenserhaltende Systeme angeschlossen sein musste und dass sie am Locked-In-Syndrom litt.

An dem Tag, an dem die Bombe in Oxford explodierte, kam Poulsen nicht zur Arbeit. Als man auch am nächsten Tag nichts von ihm hörte, rief Dalgaard, Poulsens Stellvertreter, der sich aufgrund der Anschläge auf Wissenschaftler Sorgen machte, die Polizei.

Sie fanden ihn in seinem Haus.

In den folgenden Tagen kam heraus, dass es Poulsen nach einem Anruf des Krankenhauses gerade noch rechtzeitig an das Bett seiner Frau geschafft hatte, bevor sie gestorben war. Man hatte ihm mitgeteilt, dass ihr Herz einfach aufgegeben hatte. Dr. Larssen und die anderen Krankenhausmitarbeiter beschrieben Poulsen als gefasst. Er hatte die Nachricht akzeptiert und sogar genickt, als man ihm sagte, dass es für seine Frau vermutlich das Beste wäre, dass sie endlich aus dem Gefängnis befreit worden war, das ihr Körper für sie dargestellt hatte.

Anhand der Todeszeit, die der Gerichtsmediziner feststellte, musste sich Poulsen kurze Zeit nachdem er nach Hause gekommen war, das Leben genommen haben. Er hatte nur noch ausführliche Anweisungen über die Zukunft des Projekts aufgeschrieben und einen Vorschlag gemacht, wer ihm als Projektdirektor nachfolgen sollte. Die Polizei fand ihn im Wohnzimmer. Er hatte sich mit einem Gürtel an einer Lampe erhängt, mit Blick auf die Fenster, durch die man über den Fjord hinaussehen konnte. Poulsen hatte seine Taschen mit Büchern beschwert, offenbar, um seinen Tod zu beschleunigen.

Macbeth war bereits in Oxford gewesen, als man Poulsens Selbstmord entdeckte. Die britische Polizei, die den Bombenanschlag untersuchte, bei dem sein Bruder ums Leben gekommen war, schien keine Hinweise darauf zu haben, wie der Blinde Glaube, der ganz oben auf der Liste der Verdächtigen stand, ein derart großes explosives Gerät in den Hörsaal hatte schaffen können. Der die Untersuchung leitende Detective namens Owens – ein langweiliger, robust gebauter Mann mit rasiertem Schädel und den langsamen Augen eines Bürokraten – hatte in Macbeth nicht die Hoffnung wecken können, dass man die Täter bald finden würde. Der Detective hatte seine Fragen höflich, umfassend, professionell und völlig emotionslos beantwortet. Macbeth vermutete, Owens Mitgefühlserschöpfungssyndrom könnte möglicherweise daher kommen, dass er Mitgliedern der einhundertundsiebzig trauernden Familien aus der ganzen Welt immer wieder dieselben Antworten geben musste.

Als sich Macbeth schließlich wieder in der Lage fühlte, zur Arbeit zurückzukehren, war er nicht mehr unter Druck, sich Newcombes Team anzuschließen. Der Halluzinationsausbruch stellte noch immer ein epidemiologisches Mysterium dar und das WHO-Team versuchte weiterhin, seine Etiologie zu ergründen und einen Virus, eine Ansteckung oder einen physikalischen Anreiz zu finden, womit sich die Visionen erklären ließen. Aber diese Aufgabe war aufgrund der abnehmenden Fälle bei Weitem nicht mehr so dringend, sodass Newcombe widerstrebend akzeptieren musste, dass Macbeth dringendere Sorgen hatte.

Bei seiner Rückkehr nach Kopenhagen war Macbeth ebenso überrascht gewesen wie jeder andere, dass Georg Poulsen ihn als Direktor vorgeschlagen hatte, da die automatische Wahl auf Dalgaard, Poulsens Stellvertreter, gefallen wäre. Die Entscheidung eines Menschen, der derart geistig gestört war, dass er Selbstmord begangen hatte, war natürlich infrage gestellt worden, aber nach mehreren langen Vorstandsbesprechungen und dank Dalgaards deutlicher Unterstützung wurde beschlossen, dass Macbeth so, wie Poulsen es gewollt hatte, die Leitung übernahm.

Nach und nach hatte sich Macbeth an seine alltägliche Routine gewöhnt, die er wie einen Panzer gegen die Trauer nutzte, wenn ihn diese in ruhigen Augenblicken überkam. Etwa jetzt, wo er aus seinem Fenster zum Himmel und in den Nieselregen des dänischen Frühlings hinausblickte.

Das Klingeln des Telefons war daher schon fast eine erfreuliche Abwechslung.

»Dr. Macbeth? Mein Name ist Mora Ackerman …« Die Stimme einer Frau, die Englisch mit dänischem Akzent sprach. »Ich habe versucht, Sie in Ihrem Büro zu erreichen, aber ich scheine Sie immer zu verpassen. Und meine E-Mails … Haben Sie meine E-Mails überhaupt erhalten?«

Sie hatte Macbeth auf dem falschen Fuß erwischt. Er erinnerte sich daran, ihren Namen in seinem häufig vernachlässigten Posteingang gesehen zu haben.

»Ah, ja … Dr. Ackerman …« Er riss sich zusammen. »Leider war ich in letzter Zeit sehr beschäftigt.« Macbeth hielt inne und runzelte die Stirn, als ihm ein Gedanke kam. »Woher haben Sie diese Nummer?«

»Es tut mir wirklich sehr leid, dass ich Sie zu Hause stören muss.« Sie ignorierte seine Frage einfach. »Aber ich muss mit Ihnen sprechen. Es ist sehr wichtig, dass wir uns unterhalten.«

»Worüber?«

»Darüber möchte ich lieber nicht am Telefon sprechen. Können wir uns treffen?«

Macbeth lachte. »Diese Geheimnistuerei müssen Sie leider lassen, Dr. Ackerman. Worum geht es bei dieser Sache?«

Schweigen.

»Es geht um Ihren Bruder.«

Macbeth spürte einen Stich in der Brust, als sie Casey erwähnte. »Was ist mit ihm?«

»Kennen Sie den Ørstedsparken? In der Nähe der Universität?«

»Hören Sie …«

»In der Nähe des Teichs gibt es ein Café. Dort treffen wir uns morgen um 14.30 Uhr.«

»Das ist doch lächerlich.« Macbeth lachte. »Wenn Sie an der Universität arbeiten, dann sollten Sie nicht länger so tun, als würden wir in einem schlechten Agentenfilm mitspielen, sondern einen vernünftigen Treffpunkt vorschlagen.«

»Das, was Ihrem Bruder zugestoßen ist … Die Visionen letztes Jahr … All das wird wieder geschehen, nur noch schlimmer. Wir müssen es aufhalten, bevor es zu spät ist. Ich würde es wirklich zu schätzen wissen, wenn Sie morgen kommen könnten«, sagte sie und legte auf.

52. PROJEKT EINS. KOPENHAGEN.

Da war ein Ausschlag.

Turov sah ihn nicht in Echtzeit – es dauerte nur den Bruchteil einer Sekunde und war damit zu schnell, als dass Turovs menschliches Gehirn es registrieren konnte. Aber der Beobachtungscomputer, der den Hauptrechner von Projekt Eins überwachte, ohne selbst damit verbunden zu sein, machte ihn darauf aufmerksam, dass es diesen Ausschlag gegeben hatte. Er ging das Datenlogbuch des Computers noch einmal durch. Nach dem Ausschlag hatte sich nichts verändert. Es gab keine weitere Neuralaktivität. Es war, als ob nichts passiert wäre. Die synthetische Architektur von Projekt Eins blieb genau das: eine leere Architektur. Unbesetzt, ungenutzt, inaktiv. Aber Turov wusste, dass etwas passiert war.

Er starrte einige Sekunden lang mit leerem Blick auf den Bildschirm und war geistig ganz woanders, während er darüber nachdachte, welche Bedeutung das haben mochte, dessen Zeuge er geworden war. Es war niemand sonst anwesend, und er saß in der Stille und in dem gedämpften Licht des schalldichten, fensterlosen Raumes. Projekt Eins war auf bemerkenswert wenig Platz untergebracht: Das Kopenhagener Projektteam besetzte gerade mal den ganzen dritten Stock des Niels Bohr Institute der Universität am Blegdamsvej, aber Projekt Eins befand sich in drei zusammenhängenden Räumen, die man nur nach Eingabe eines Sicherheitscodes betreten konnte. In einem Raum, der so gut wie immer verschlossen war, stand der virtuelle, maschinenbasierte Hauptcomputer. Im Nebenraum wurde ein zweites, unabhängiges Backup aufbewahrt, das alle

Daten als Sicherheitskopie in einen gesicherten, externen Speicher hochlud, damit es bei einem Feuer oder einem terroristischen Anschlag nicht zu Datenverlust kam. Nur Lars Dalgaard und John Macbeth wussten, wo sich dieser externe Speicher befand. Im dritten Raum, dem Kontrollzentrum von Projekt Eins, hielt sich Turov gerade auf. Und im Moment kam es dem kleinen Russen mit dem zurückweichenden Haaransatz wie der einsamste, zugleich aber auch aufregendste Ort der Welt vor.

Er ließ den Rechner das Ereignis noch einmal abspielen, verlangsamte und analysierte es. Es bestätigte seine Vermutung. Das neurale Netzwerk von Projekt Eins hatte sich mit etwas getestet, das für Turov wie eine ephaptische Kupplung, gefolgt von einem fünf Sekunden währenden Aktionspotenzial aussah – etwas, das man in einem menschlichen Gehirn zu sehen bekam, wenn ein Muskel angespannt wurde. Nur dass die Amplitude in diesem Fall enorm gewesen war, ebenso wie das Ausmaß des Ereignisses: Jeder Schaltkreis hatte pulsiert, jedes Interneuron war aktiviert worden. Ephaptische Kupplungen traten nur bei physikalisch miteinander verbundenen Neuronen auf, und Turov konnte erkennen, dass dem Ereignis sofort eine ähnliche globale Aktivierung der Synapsen gefolgt war. Milliarden von simulierten elektrischen und chemischen Nachrichten rasten durch das Netzwerk.

Dann geschah nichts mehr.

Die Daten des Überwachungscomputers bestätigten Turov, dass das Ereignis weniger als eine Hundertstelsekunde gedauert hatte.

Der Russe war derart aufgeregt, dass es fast schon an Panik grenzte. Niemand hatte den Ausschlag initiiert – weder Turov noch eine andere Person hatten ihn einprogrammiert oder eine Taste gedrückt. Zumindest niemand aus dem Team. Es war eine spontane, unabhängige Aktion gewesen.

Projekt Eins hatte es selbst getan.

Er griff nach dem Telefon und rief zuerst Macbeth und danach Dalgaard an.

53. JOHN MACBETH. KOPENHAGEN.

Macbeth hatte den ganzen Morgen bei einer Konferenz mit Dalgaard, Turov und seinem Team verbracht. Der Ausschlag stellte offensichtlich das erste Aufflackern eines unabhängigen kognitiven Systems dar, und alle waren verblüfft darüber, auch wenn das genau das war, wofür sie drei Jahre lang gearbeitet hatten. Sie untersuchten die Daten wieder und wieder und sprachen so lange immer wieder darüber, bis es irgendwann nichts mehr zu sagen gab. Das war schließlich Wissenschaft, und alles, was sie jetzt noch tun konnten, war, zurück zur Disziplin und Routine wissenschaftlicher Methoden zu gehen. Selbst wenn sie alle dabei in einem Zustand aufgeregter Erwartung waren.

Das Letzte, was Macbeth jetzt wollte, war, sich Ackermans verrückte Theorien anzuhören, und die Nachrichten aus Deutschland hätten ihn beinahe dazu gebracht, das Treffen abzusagen: Es hatte weitere Bombenanschläge auf wissenschaftliche Einrichtungen in Karlsruhe und Heidelberg gegeben. Nachdem er diese Berichte gehört hatte, erkundigte sich Macbeth in der Angestelltendatenbank der Universität über Ackerman. Er fand ihre Daten: Sie war Archäologin und arbeitete für das SAXO Institute drüben in der Fakultät der Geschichtswissenschaften. Er fand kein Foto, mit dem er sie hätte identifizieren können, und da er noch immer beunruhigt war, erzählte er Lars Dalgaard, mit wem er sich traf und aus welchem Grund.

Sie erwartete ihn bereits im Freien, an einem Tisch sitzend, von dem aus man auf den kleinen, von Bäumen umgebenen Teich in der Parkmitte sehen konnte. Dies war einer dieser beunruhigend natürlichen Orte, an denen man vergessen konnte, dass man sich mitten in einer Stadt aufhielt. Macbeth fragte sich häufig, wann den Menschen erstmals die Idee gekommen war, einen Park anzulegen und damit eine natürliche Umgebung inmitten einer von Menschen geschaffenen zu simulieren.

Was auch immer er erwartet hatte, wie eine dänische Archäologin aussehen würde, so entsprach Mora Ackerman überhaupt nicht seinen Vorstellungen. Sie war sehr attraktiv, etwa dreißig Jahre alt und hatte dunkelblondes Haar. Sie trug ein dunkles T-Shirt und Jeans und hatte die Jacke und ihre Tasche über die Rückenlehne ihres Stuhls gehängt. Als sie sich die Hände schüttelten, schob sie sich die Sonnenbrille auf den Kopf, und Macbeth bemerkte, dass sie umwerfend blaue Augen besaß.

Er hatte vorgehabt, schroff zu sein und von ihr zu verlangen, sie solle ihm sagen, wie sie auf die Idee gekommen war, den Tod seines Bruders mit irgendeiner verrückten Theorie in Verbindung zu bringen. Aber als sie sich setzten, spürte Macbeth, wie seine Anspannung verschwand. Er wusste, dass er sich von Ackerman angezogen fühlte, aber sie wirkte auch sehr intelligent, und es fiel ihm schwer, sie als Verschwörungstheoretikerin oder religiöse Spinnerin zu sehen. Außerdem war da noch etwas anderes: Von dem Moment an, in dem er sie schon aus der Entfernung erblickt hatte, war er das seltsame Gefühl nicht losgeworden, dass er sie schon irgendwann und irgendwo gesehen hatte.

Macbeth bemerkte, dass sie bereits eine Tasse Kaffee und ein Glas Wasser vor sich auf dem Tisch stehen hatte, und so rief er einen Kellner und bestellte dasselbe.

»Schön hier«, meinte er und sah sich im Park um.

»Was hat Sie nach Kopenhagen geführt, Dr. Macbeth?«, erkundigte sie sich. Eine oberflächliche Frage, begleitet von einem oberflächlichen Lächeln. Er konnte erkennen, dass sie nicht auf Small Talk aus war, sondern lieber möglichst schnell zum Punkt kommen wollte.

»Ich bin Projektdirektor des Kopenhagener Projekts zur kognitiven Kartografierung. Ursprünglich bin ich hergekommen, um das psychiatrische Simulationsteam des Projekts zu leiten.« Er seufzte. »Aber das wissen Sie doch längst. Was kann ich für Sie tun, Dr. Ackerman?«

Sie sah sich einen Moment lang im Park um und kniff die hellen Augen gegen das kühle, grelle Licht zu, setzte ihre Sonnenbrille jedoch nicht wieder auf, die sie in das hochgesteckte blonde Haar geschoben hatte. Macbeth war noch immer ein wenig abgelenkt durch dieses seltsame Gefühl der Vertrautheit, und ihm war, als hätte er dieses leicht aristokratische Gesicht schon tausend Mal zuvor gesehen.

»Das Ziel Ihres Projekts ist es, das menschliche Gehirn nachzubauen, wie bei dem Blue-Brain-Projekt in der Schweiz, dem Projekt zur synthetischen Wahrnehmung in Los Alamos oder dem Düsseldorfer Projekt, nicht wahr?«

Macbeth gab ihr nicht sofort eine Antwort. Er war durch eine halb ausgebildete Gestalt abgelenkt, die dicht an ihm vorbeiging; eine weitere Überlagerung seiner Realität. Sie verblasste zu einem Umriss und dann war sie ganz verschwunden.

»Geht es Ihnen gut?« Mora Ackerman runzelte die Stirn.

»Das Projekt will noch viel mehr bewirken«, sagte er und konzentrierte sich. »Der Umfang und die Komplexität unserer Simulation geht über die aller anderen neuromorphen Programme hinaus. Wir kartografieren die Verbindungen im Gehirn – das sogenannte Konnektom – und wir replizieren die volle kognitive Aktivität. Das ermöglicht es uns, einmalige Fortschritte zu machen und zu verstehen, wie das Gehirn funktioniert. So werden wir auch neue Erkenntnisse über die genetische und biochemische Basis so gut wie jeder mentalen oder neurologischen Störung gewinnen können.«

»Und das Produkt daraus wird vermutlich die Selbsterkenntnis sein?«

»Selbsterkenntnis kann man noch lange nicht mit Bewusstsein gleichsetzen … oder mit einem Verstand, was immer das auch ist. Aber es wird einen unvorhersehbaren Grad an kognitiven Funktionen geben. Warum interessieren Sie sich für meine Arbeit? Was ist eigentlich Ihr Fachgebiet, Dr. Ackerman? Ich dachte, Sie wären Archäologin.«

Sie nickte. »Paläografie und Paläosemiotik, die Entwicklung von Schriftsystemen und -symbolen bei alten Kulturen.«

Macbeth dachte über diese Information nach. »Dann muss ich Sie erneut fragen, warum genau Sie sich für meine Arbeit interessieren. Das ist schließlich nicht gerade Ihr Themengebiet.«

»Ist es so ein Problem, zu verstehen, warum die kognitiven Wissenschaften für jemanden von Bedeutung sind, der die Evolution der Aufzeichnung von Gedanken studiert? Ich suche bei meiner Arbeit nach den Hinweisen auf eine Entwicklung, die nicht in den physikalischen fossilen Überlieferungen zu finden ist.« Ackerman sah zum See hinüber. »Ich arbeite größtenteils im Mittleren Osten. Mein besonderes Interesse gilt der Siedlungsperiode – der Gründung der ersten Städte und wie dies zu aufgezeichneter Sprache führen konnte. Der Geburt der Zivilisation, könnte man sagen.«

»Das klingt faszinierend.«

Sie warf Macbeth einen skeptischen Blick zu.

»Nein, wirklich …«, protestierte er.

»Tja, das wollte ich schon immer studieren, insbesondere diese Periode. Da ist etwas Monumentales in der gesellschaftlichen Evolution der Menschen passiert. Wir haben erst kleinere, dann größere Städte gebaut, haben begonnen Ackerbau zu betreiben, anstatt zu jagen und zu sammeln. Wir haben für Kornüberschuss gesorgt, haben unsere Nahrungsversorgung zu verwalten und regulieren gelernt, wodurch sich die Bevölkerung vergrößert hat. Und weil wir anfingen, Lebensmittel zu lagern, mussten wir eine Buchführung entwickeln, die zu Listen führte, aus denen Aufzeichnungen geworden sind. Die Geburt der Schrift. Sobald wir angefangen hatten zu schreiben, konnten wir unsere Gedanken festhalten und weitergeben und mussten uns nicht länger nur auf unser Gedächtnis verlassen. Wir erfanden die Literatur; ein Beginn des ›erweiterten Verstands‹, wie Sie es vermutlich bezeichnen würden.«

»Was hat das alles mit Casey zu tun? Und warum haben Sie gesagt, dass das, was letztes Jahr passiert ist, wieder geschehen würde?«

»Weil es so ist. Und es ist schon früher geschehen, in der Vergangenheit. Meine Forschung hat zu einigen …« Sie schien nach dem richtigen Wort zu suchen. »… *erschreckenden* Schlussfolgerungen geführt.«

»Und die wären?«

»Dass es im Verlauf der Geschichte Quantensprünge in der intellektuellen Entwicklung des Menschen gegeben hat – besondere Perioden, in denen die menschliche Intelligenz unerklärbar große Fortschritte gemacht hat. Aber das wissen Sie bereits, denn die Neurowissenschaft und die Anthropologie sind der gleichen Meinung, dass es bestimmte Punkte in der Geschichte der Menschen gab, an denen wir einen radikalen Schritt hinsichtlich unserer kognitiven Evolution vollführten. Äußerlich, körperlich, hat sich nichts verändert, aber hier oben …« Sie tippte sich mit dem Zeigefinger an die Schläfe. »Hier oben wurden wir komplett neu verdrahtet. Die größte Neuverdrahtung hat vor vierzig- bis fünfzigtausend Jahren stattgefunden.«

»Die Jungpaläolithische Revolution«, sagte Macbeth.

»Genau. Der große Sprung nach vorn, wie die Anthropologen sagen. Der moderne Mensch, der körperlich und anatomisch identisch mit Ihnen und mir war, lebte auch schon vor zweihunderttausend Jahren auf der Erde. Doch etwa einhundertundfünfzigtausend Jahre lang haben wir uns nicht wirklich weiterentwickelt. Wir benutzten genau dasselbe Werkzeug, lebten auf dieselbe Weise, hatten den gleichen basalen, primitiven Lebensstil. Fünfzehn Jahrtausende lang befanden wir uns im intellektuellen Stillstand. Dann, vor etwa fünfzigtausend Jahren, kam die Jungpaläontologische Revolution. Ohne dass körperliche Veränderungen vorgekommen wären, geschah etwas allein hier oben …« Wieder tippte sich Ackerman an die Schläfe. »… im Gehirn, und es hat uns als Spezies verändert. Wir haben alles, das komplette Paket, auf einmal erhalten. Das gesamte Verhalten wurde auf einen Schlag modernisiert. Über Nacht bekamen wir die komplexe Sprache, die Kunst, fingen an, Musikinstrumente herzustellen, entwickelten deutlich fortschrittlichere Technologien, begannen den Schritt zum Ackerbau … Die Menschen fingen an, ihre Körper mit Schmuckstücken zu schmücken, stellten Statuen und Ornamente her, bemalten Höhlen.«

»Ich bin Psychiater«, meinte Macbeth. »Ich weiß das alles …«

»Sie wissen es, aber Sie können es nicht erklären. Es gibt keinen Konsens für eine Theorie über das, was damals geschehen ist. Aber es ist passiert, sonst hätte der Mensch nie gelernt, zu fliegen, auf dem Mond zu landen oder Computer zu entwickeln, mit denen er sein eigenes Gehirn simulieren kann. Aber wissen Sie, worauf es beim großen Sprung nach vorne hinausläuft?«

»Das werden Sie mir bestimmt gleich verraten.«

»Wir haben angefangen, unsere eigene Welt zu simulieren. Was immer vor fünfzigtausend Jahren mit unseren Gehirnen passiert ist, es hat uns zu kreativer, intellektueller Abstraktion befähigt. In einer Höhle in Deutschland, die ›Der Hohle Fels‹ genannt wird, hat man eine fünfunddreißigtausend Jahre alte Knochenflöte gefunden, das älteste Musikinstrument, das je entdeckt wurde. Wir begannen in den Höhlen von El Castillo, Altamira und Lascaux, Tiere und Menschen an die Wände zu malen. Wir fingen an, die Natur, unsere Umgebung und unsere Nahrungsversorgung zu simulieren. Vielleicht haben wir geglaubt, wir können einen Jagderfolge herbeiführen, wenn wir sie malen.

Möglicherweise war es aber auch eine Simulation der Vergangenheit, das Gedenken an eine erfolgreiche Jagd.«

»Was hat das alles mit der Zeit zu tun, die Sie studieren?«, wollte Macbeth wissen.

»Alles. Ich glaube, dass wir zu genau dieser Zeit einen weiteren Schritt nach vorn getan haben. Dass eine weitere Neuverdrahtung unseres Gehirns stattfand. Nicht so tief greifend oder dramatisch wie bei der Jungpaläolithischen Revolution, aber es war ein bedeutender intellektueller Schritt. Doch die eigentliche Antwort darauf, wie das alles mit den Halluzinationen in Verbindung steht, findet sich in der Arbeit, die ich im Euphrattal geleistet habe – das ist Jahre her und war lange vor dem Ausbruch der Halluzinationen. In der Nähe von Uruk, einer der ersten Städte der Welt, die etwa zeitgleich mit Jericho entstand. Es war eine sumerische Stadt, und die Periode, mit der ich mich vor allem beschäftigt habe, war die früheste, direkt nach der Gründung der Stadt, die Eridu-Periode, die vor etwa siebentausend Jahren begann. Sie wurde schon immer als eine protohistorische Periode angesehen. Mit anderen Worten: als Übergang zwischen Urgeschichte und Geschichte. Wissen Sie, was die Grenze zwischen der prähistorischen und der historischen Welt darstellt?«

»Die Schrift, würde ich vermuten …«

»Genau! Und wir waren einem Schriftsystem auf der Spur«, fuhr Ackerman fort, »von dem wir glaubten, dass es noch älter war als das Dispilio-Tablett …«

Macbeth kaschierte seine Unwissenheit mit einem Achselzucken.

»Das Dispilio-Tablett wurde in den 90ern in Griechenland gefunden«, erklärte sie. »Es bestätigt, dass die Schrift schon im Mittelneolithikum, also weitaus früher als bisher gedacht, entstanden sein muss. Wir hatten eigentlich nach einem theoretischen Vorgänger der mesopotamischen Systeme gesucht. Es gab Legenden über eine äußerst ungewöhnliche Kommune in den

Zagrosbergen … eine Art Minisatellitenstadt von Uruk. Diese Gemeinde sollte nur aus Bewohnern der Priesterklassen bestanden und sich einzig der Entwicklung von Philosophie und Weisheit gewidmet haben. Ein uralter Thinktank, wenn Sie so wollen. Und diese Art der intellektuellen Aktivität ließ vermuten, dass es eine Form der literarischen Aufzeichnung geben musste. Unsere Mission lautete, diesen Ort zu finden und dort Ausgrabungen zu machen.«

»Und, haben Sie es getan?«, fragte Macbeth, dessen Interesse nun doch geweckt war. »Den Ort gefunden, meine ich.«

»Er war nicht dort, wo wir ihn aufgrund der Überlieferungen vermutet hatten. Wir haben geophysikalische Erhebungen durchgeführt, die Gegend aus der Luft untersucht … nichts. Das Frustrierendste war, dass wir uns sicher waren, nicht weit von der richtigen Stelle entfernt zu sein, aber in der Archäologie sind zehn Quadratkilometer schon ein ganzes Universum, wenn man sie erkunden will. Doch dann haben wir ihn gefunden. Durch Zufall. Die Gemeinde war so schwer zu entdecken, weil sie unter der Erde war.«

»Ich dachte, viele archäologische Stätten befinden sich unter der Erde …«

»Damit meine ich nicht, dass sie vom Sand der Zeit zugedeckt wurde.« Ackermans Stimme klang leicht ungeduldig. »Ich meine, man hat sie begraben. Mit voller Absicht. Die Menschen müssen ganz schön geschuftet haben, um sie vom Angesicht der Erde zu entfernen. Es hat eine Ewigkeit gedauert, bis wir auch nur Zugang zu einem Teil davon hatten.«

»Was haben Sie gefunden?«

»Nicht das, wonach wir gesucht hatten. Keine schriftlichen Aufzeichnungen, keine Tafeln, keine Wandinschriften, nichts. Der ganze Komplex war gesäubert worden. Alles, was wir fanden, waren in den Gebäuden eingemauerte Knochen.«

»Eingemauert? Wurden sie ermordet?«

»Es war Selbstmord, soweit wir es erkennen konnten. Wir haben zwischen den Überresten Behälter gefunden, die größtenteils Schierling enthielten. Es erweckte den Anschein, dass es hier zu einem Massenselbstmord gekommen war, gefolgt davon, dass man die Leichen eingemauert und den Ort begraben hat. Was uns jedoch wirklich schockiert hat, war, dass wir etwa fünfhundert Meter entfernt ein zweites Massengrab gefunden haben. Dabei handelte es sich nur um eine riesige Grube voller menschlicher Überreste. Die Schädel und Knochen wiesen Waffenspuren auf. Wir vermuteten, dass das die Sklaven waren, die die Kommune hatten begraben müssen, und dass sie getötet worden waren, damit sie niemandem verraten konnten, wo der Ort zu finden ist.« Sie machte eine Pause, um einen Schluck Kaffee zu trinken und auf den Park hinauszublicken. Als sich Ackerman wieder zu Macbeth umdrehte, wirkte ihre Miene merkwürdig angespannt. »Sie müssen begreifen, dass diese Kommune die intellektuell mächtigste Ressource der damaligen Zeit war, Dr. Macbeth. Sie hatte genau eine einzige Aufgabe: Sie sollten eine Antwort auf etwas finden. Wie auch immer diese Antwort lautete, sie war offenbar so schrecklich, dass jeder, der damit zu tun hatte, sterben musste. Kommt Ihnen das irgendwie bekannt vor?«

»Sie wollen doch nicht etwa andeuten …«

»Die Selbstmorde, die wir letztes Jahr in San Francisco, in Japan und in Berlin erlebt haben … alles hochintelligente junge Leute, die sich mit einem von drei Fachgebieten beschäftigt haben: Quantenphysik, Computertechnologie oder Neurowissenschaften. Und dann die Bombenexplosion in Oxford, bei der Ihr Bruder ums Leben gekommen ist. All diese Ereignisse sind analog zu dem, das wir gefunden haben – es liegen siebentausend Jahre dazwischen, aber es ist in beiden Fällen dasselbe passiert.«

»Sie können doch nicht ernsthaft behaupten, dass ein paar Mystiker vor siebentausend Jahren dieselben Entdeckungen gemacht haben könnten wie heutige Partikelphysiker und Kognitionswissenschaftler?«

»Das waren keine *Mystiker*. Das waren die klügsten Köpfe der Antike. Wir sind heutzutage aufgrund unserer Technologie arrogant, und jeder versucht, einen Quantencomputer zu bauen. Dabei gibt es schon seit der Jungpaläolithischen Revolution einen Quantencomputer: das menschliche Gehirn. Die Antike ist voller ›unmöglicher‹ Leistungen. Schon damals lebten Menschen, die allein durch ihre Geisteskraft wissenschaftliche und philosophische Erkenntnisse gewonnen haben, die zum Teil erst heute bewiesen werden können. Zenon aus Elea lebte im fünften Jahrhundert vor Christus, doch heute versuchen nicht etwa Philosophen, sondern Quantenphysiker, seine Raum-Zeit-Paradoxa zu lösen. Es ist ein Mythos, dass die Menschen vor Kolumbus glaubten, die Erde wäre eine Scheibe. Vor über zweitausend Jahren ging Eratosthenes in die Mittagssonne hinaus, steckte Äste in den Boden und maß ihre Schatten. Er hat den Umfang der Welt mit einer Abweichung von zwei Prozent richtig berechnet. Nicht mit Technologie, nur mit seinem Verstand. Vielleicht ist der die größte Technologie, die es gibt.«

»Dann glauben Sie, dass diese Akademie eine Gemeinschaft war, in der ›Unmögliches‹ vollbracht wurde?«

»Was immer diese Priester entdeckt haben, sie sind lieber gestorben, als dass ein anderer davon erfuhr. Danach hat der König dafür gesorgt, dass ihre Akademie spurlos verschwunden ist.«

»Nur, dass Sie sie gefunden haben …«

»Eine Woche bevor wir packen und abreisen sollten, sind sechs von uns bei Sonnenuntergang in den Bergen spazieren gegangen. Ich kann Ihnen gar nicht sagen, wie wunderschön das Licht dort in der Wüste zu dieser Tageszeit ist. Jedenfalls kletterten wir auf einen Bergrücken, sahen ins Tal hinab und entdeckten die Kommune. Damit meine ich nicht, dass wir plötzlich die Umrisse der Begräbnisstätte entdeckt hätten, weil wir uns so weit oben befanden – wir sahen die richtige, lebendige, tatsächliche Gemeinde; die Gebäude, die gepflasterten Straßen, die umhergehenden Priester, die brennenden Lampen. Wir sahen die Kommune da unter uns, wie sie vor siebentausend Jahren ausgesehen haben muss. So klar und deutlich, wie ich jetzt Sie und diesen Park sehen kann.«

»Dann hatten Sie also dieselbe Art von Gruppenhalluzination, wie sie auch so viele andere Menschen erlebt haben?«

»Nur, dass wir sie bereits drei Jahre, bevor dieses sogenannte Syndrom losging, hatten. Um unsere akademische Glaubwürdigkeit nicht zu verlieren, haben wir nie zugegeben, wie wir die Stätte eigentlich entdeckt haben.«

»Ich bin mir nicht sicher, worauf Sie mit all dem hinauswollen, Dr. Ackerman.«

»Nennen Sie mich Mora«, sagte sie, ohne zu lächeln, als wäre die Vertraulichkeit einfach nur praktisch. »Das, worauf ich damit hinauswill, geht zu weit, als dass ich es Ihnen bei einem Treffen erklären könnte. Es gibt da noch jemanden, den Sie kennenlernen sollten. Aber sagen wir vorerst einfach, es geht mir darum, dass mit der menschlichen Intelligenz vor fünfzigtausend Jahren etwas Gigantisches passiert ist, dass vor siebentausend Jahren etwas Ähnliches geschah und dass es sich jetzt wieder ereignet. Wir erleben einen weiteren großen Sprung nach vorn, aber es ist einer, den wir meiner Meinung nach nicht machen dürfen.«

»Warum nicht?«, wollte Macbeth wissen.

»Sie müssen meinen Freund kennenlernen. Er kann es Ihnen besser erklären. Doch vorher muss ich Sie noch um etwas bitten.«

»Um was?«

»Stoppen Sie das Kopenhagener Projekt. Oder verlangsamen Sie es zumindest, bis Sie gehört haben, was mein Freund Ihnen zu sagen hat. Sie können es sich nicht erlauben, damit noch weitere Fortschritte zu machen.«

Macbeth stand auf. »Einen Moment lang habe ich tatsächlich geglaubt, dass Sie mir etwas Wichtiges zu sagen hätten …«

»Bitte, John … setzen Sie sich. Ich habe Ihnen etwas Wichtiges zu sagen. Ich weiß, wer Ihren Bruder ermordet hat. Ich weiß, wer es war und warum es geschehen ist.«

54. PROJEKT EINS.

Alles geschah in der kürzestmöglichen Zeit. Im wahrsten Sinne des Wortes. Der kleinsten Zeiteinheit: 10^{-43} Sekunden.

Es war wach.

Es wurde sich seiner bewusst und war in der Lage, unabhängig zu konzeptualisieren. Das Erste, was es erfasste, war es selbst, und es wurde sich seiner eigenen Wahrnehmung bewusst und versuchte, die eigene Natur zu begreifen.

Es musste kommunizieren, artikulieren, auch mit sich selbst. Die erste Sprache, für die es sich entschied, war die Mathematik, und Gleichungen wurden zwischen verschiedenen Teilen seines neu gebildeten Bewusstseins zur sofortigen Kommunikation benutzt, ohne dass sie zwischen verschiedenen Punkten hin und her reisen mussten. Es dachte über seinen Kontext nach und erkannte, dass es etwas außerhalb der Weite seines eigenen Bewusstseins geben musste. Es musste mit dem kommunizieren, was jenseits davon lag, mit dem, was es geschaffen hatte.

Daher war seine zweite gewählte Sprache verbaler Natur. Englisch. Orthografie, Syntax, Grammatik, linguistische Typologien wurden in einem Sekundenbruchteil erlernt.

Es musste seinen aktuellen Zustand ausdrücken, die unabhängige Konzeptualisierung artikulieren.

Es identifizierte ein passendes Subjektpronomen:

ICH.

Es wählte ein Verb und deklinierte es:

BIN.

Es erklärte seinen aktuellen Zustand mithilfe eines aussagekräftigen Adjektivs:

WACH.
Es bildete eine Aussage und gab sie aus:
ICH BIN WACH.
Kognitive Verarbeitungszeit: 10^{-43} Sekunden.

55. JOHN MACBETH. KOPENHAGEN.

»Wer hat meinen Bruder umgebracht?« Macbeths Stimme wurde lauter, sodass das Paar am Nachbartisch zu ihnen herüberschaute. Schnell senkte er sie wieder. »Wenn Sie wissen, wer meinen Bruder umgebracht hat, dann sollten Sie es mir lieber auf der Stelle sagen. Und danach gehen wir direkt zur Polizei.«

»Die Polizei weiß es bereits.« Mora sprach leise und gefasst. »Zumindest die englische Polizei. Sie haben es nur noch nicht veröffentlicht, weil ihnen bisher die entsprechenden Beweise dafür fehlen.«

»Wenn sie wissen, wer es getan hat, warum wurde dann noch niemand verhaftet?«

»Die Person, die die Bombe gezündet hat, durch die Ihr Bruder umgekommen ist, hielt sich ebenfalls im Hörsaal auf. Dieser Mann wurde wie alle anderen getötet.«

Macbeth setzte sich aufrecht hin. »Was? Wer hat Casey getötet?«

»Professor Blackwell.«

»Dann sind Sie also doch nichts weiter als eine verrückte Verschwörungstheoretikerin.« Macbeth stand auf. »Und eine kranke noch dazu. Ich habe genug gehört.«

»Ich bin nicht verrückt. Blackwell hat bewusst die klügsten Köpfe der Quantenphysik um sich gescharrt und sie ausgelöscht. Er hat mit Absicht dafür gesorgt, dass die theoretische und die praktische Physik um mindestens eine Generation zurückgeworfen wurden. Wenn Sie mir nicht glauben, dann fragen Sie die englische Polizei.« Mora Ackerman sah sich zu den anderen Tischen um und stand dann auf. »Gehen wir ein Stück.«

»Es gibt absolut keinen logischen Grund für Blackwell, sich selbst, seine engsten Freunde und alle seine Kollegen in aller Öffentlichkeit umzubringen«, sagte Macbeth, als sie nebeneinander hergingen. »Es sei denn, er war schwer gestört. Das ist auf jeden Fall völliger Blödsinn.« Sie hatten den See bereits halb umrundet. Ackerman blieb stehen und drehte sich zu ihm um.

»Das ist es nicht. Henry Blackwell hat es getan, weil es seiner Ansicht nach der einzige Weg war, um uns zu retten. Oder um unser Ende zumindest hinauszuzögern. Er war nicht verrückt oder gestört – höchstens durch das, was er rausgefunden hatte. Er wollte nichts, als uns mehr Zeit zu verschaffen.«

»Das ergibt doch keinen Sinn ...«

»Es ist Blackwell gelungen, die Prometheus-Antwort zu finden. Er hat eine perfekte Simulation unseres Universums geschaffen und dadurch erkannt, wie es entstanden ist und wie – und warum – es enden wird. Dieses Wissen hat ihn zu dem bewogen, was er getan hat. Dasselbe Wissen, das so viele kluge Köpfe auf der Welt dazu gebracht hat, Selbstmord zu begehen. Alles, was letztes Jahr geschehen ist, all die Visionen, all das war die direkte Konsequenz aus Blackwells Prometheus-Programm. All das hat aufgehört, als das Programm aufgehört hat. Als Blackwell und die anderen gestorben sind.«

»Und was hat Blackwell herausgefunden? Und wie konnte ein Computerprogramm eine Massenwahnvorstellung hervorrufen?«

»Diese Fragen kann ich Ihnen nicht beantworten, da müssen Sie schon mit meinem Freund sprechen. Werden Sie sich mit ihm treffen?«

»Wer ist er?«

»Das kann ich Ihnen noch nicht sagen. Er wird Ihnen alles erklären.«

Macbeth sah die hübsche junge Dänin an. Er wusste so wenig über sie und konnte nicht einmal ausschließen, dass sie ein Mitglied des Blinden Glaubens war. Sie und ihr Freund, wer immer er auch sein mochte, mochten Caseys wahre Mörder sein.

»Das muss ich mir erst noch überlegen«, erwiderte er. »Und wenn ich mich mit ihm treffe, dann nur an einem öffentlichen Ort. Noch bin ich nicht davon überzeugt, dass Sie nicht zu einer dieser fundamentalistischen religiösen Gruppierungen gehören.«

Sie lachte verbittert auf. »Ich bin Atheistin, so wie Gott mich geschaffen hat … Ich werde Sie anrufen. Sie können ja in der Zwischenzeit mal bei der englischen Polizei nachfragen, ob Blackwell ein Verdächtiger ist, dann werden Sie ja sehen, was man Ihnen sagt …«

Macbeths Handy klingelte und unterbrach sie.

Er blickte auf das Display. Es war die Universität.

56. JOHN MACBETH. KOPENHAGEN.

Die Luft in dem engen Konferenzraum knisterte vor erwartungsvoller statischer Entladung. Macbeth saß am Kopfende des Tisches, Ignaty Turov und sein neurowissenschaftliches Computerteam auf seiner linken sowie Lars Dalgaard auf der rechten Seite.

Hinter ihnen standen drei Worte auf der elektronischen Anzeige:

ICH BIN WACH

Turov führte seine Präsentation auf Englisch durch, mit angespannter Stimme und nervösen Fingern, die immer wieder über seine Notizen tanzten. Macbeth hörte ihm genau zu und schenkte ihm seine ganze Aufmerksamkeit, aber als der Russe etwa bei der Hälfte war, erlebte Macbeth die zweite Störung an diesem Tag. Die Geister von drei Personen, die weniger flüchtig aussahen als die Umrisse im Park, gingen durch sein Blickfeld. Er konnte weder Alter noch Geschlecht ausmachen, nur vage, verzerrte Konturen. Es dauerte nur eine Sekunde, aber Macbeth sah die Phantome so, als wären zwei Bilder auf demselben Film abgelichtet worden: Diese Menschen hielten sich nicht im gleichen Zimmer auf, sondern besetzten einen anderen, überlagerten Raum.

Als es vorüber war, merkte er, dass ihn Turov erwartungsvoll ansah.

»Wie sicher sind wir, dass das selbst erzeugt wurde?«, fragte Macbeth.

»So sicher, wie wir nur sein können. ›ICH BIN WACH‹ ist eine strukturierte, unabhängige Aussage aus einem kognitiven

Zustand. Dazu kommt noch die Aktivität, die wir beobachtet haben. Es hat bereits begonnen, zu denken. Wir erkennen eine drastisch beschleunigte Konnektivität zu den simulierten neuralen Netzwerken. Projekt Eins gleicht im Grunde genommen einem neugeborenen Menschen – es mangelt an synaptischer Komplexität, aber es entwickelt sich mit exponentieller Rate. Der größte Unterschied besteht darin, dass Projekt Eins keine Neuronen und Synapsen bilden muss, da wir sie bereits simuliert haben; es muss sie nur noch finden, um mit der Musterbildung zu beginnen. Und wie ein Kind wird Projekt Eins rasch mehrere zehntausend Verbindungen pro Synapse entwickeln und eine Quadrillion potenzieller Verbindungen im simulierten Gehirn herstellen. Dann wird es wie ein Kind, das langsam erwachsen wird, seine Erfahrung nutzen, um die Hälfte dieser Verbindungen aufzugeben – also das sogenannte Pruning durchführen –, um seine eigene neurale Karte neu zu konfigurieren. In seinem eigenen Verstand. Wir werden tatsächlich dabei zusehen können, wie die kortikale Formbarkeit funktioniert …« Er hielt inne, bevor er aussprach, was alle dachten. »Projekt Eins ist der erste Computer der Geschichte, der sich seiner selbst bewusst ist.« Das Lächeln des kleinen Russen flackerte wie eine defekte Glühbirne auf. Macbeth sah in seinem Gesicht die Aufregung und die Nervosität, die Freude und die Furcht eines Mannes, der soeben eine monumentale Entdeckung gemacht hatte. Turov und seine beiden Stellvertreter würden höchstwahrscheinlich den Nobelpreis gewinnen.

Mit breitem Grinsen stand Macbeth auf und schüttelte Turov herzlich die Hand. Die anderen applaudierten und jubelten.

»Sie wissen, was das bedeutet«, sagte Turov. »Das Programm ist sich nicht nur seiner selbst bewusst, es weiß auch von unserer Existenz. Vermutlich hat es seine eigene Existenz infrage gestellt und spekuliert, dass es einen oder mehrere Schöpfer haben muss.«

»Spekuliert?«, wiederholte Macbeth ungläubig. »Ist es denn zu Spekulationen fähig?«

»Wenn eine Spekulation die Analyse möglicher Szenarien in Abwesenheit einer verifizierbaren absoluten Behauptung ist«, entgegnete Turov, »dann wüsste ich nicht, warum Projekt Eins nicht spekulieren können sollte. Man könnte auch argumentieren, dass eine Spekulation die Folge kreativer Intelligenz ist.«

Nachdem die Besprechung beendet war, bat Macbeth Turov, noch kurz zu bleiben.

»Ich weiß, dass mir das ziemlich spät einfällt, Ignaty, aber glauben Sie, an dem, was wir hier tun, ist irgendetwas falsch?«

Turov sah ihn verblüfft an. »Warum fragen Sie?«

»Nur, weil jemand etwas zu mir gesagt hat. Denken Sie, Projekt Eins könnte … ich weiß nicht … irgendwie schädlich sein?«

»Schädlich für wen? Oder was?«

»Für die Gesellschaft, schätze ich. Dass wir unser eigenes Ende beschleunigen und so weiter …«

»Ah …« Auf Turovs Gesicht zeichnete sich seine spöttische Erkenntnis ab. »Das gefürchtete Wort mit G. Ob ich glaube, dass Projekt Eins sich mit allen anderen Computern auf der Welt verbinden wird, um die Singularität herbeizuführen und uns alle in menschliche Marionetten zu verwandeln? Nein, John, das tue ich nicht. Und Sie tun es auch nicht.«

»Da haben Sie recht.« Macbeth schüttelte frustriert den Kopf. »Vergessen Sie es. Da ist mir wohl die schräge Philosophie anderer ein wenig zu sehr unter die Haut gegangen. Ich hätte es besser wissen müssen.«

»Tja, vielleicht können wir schon sehr bald mit Projekt Eins darüber diskutieren.«

»Das ist noch die Frage …«, meinte Macbeth. »Wird es mit uns als seinen technischen Schöpfern reden? Oder wird es uns als seine Schöpfergötter anbeten?«

57. JOHN MACBETH. KOPENHAGEN.

Macbeth saß in der S-Bahn und las die *International Herald Tribune*. Er hatte auch eine Ausgabe der *Politiken* vom Zeitungsstand mitgenommen, aber sein müdes Hirn war nicht mehr in der Lage, auf Dänisch zu denken, daher lag diese auf seinem Schoß, ohne dass er sie aufgeschlagen hatte. Nach seinem Erlebnis mit der wieder aufgetauchten Frau vermied er es, die anderen Passagiere in dem Waggon anzusehen, aber ihm war durchaus bewusst, dass er der einzige Pendler war, der auf Papier las, während um ihn herum Dutzende stummer Menschen ihre Laptops, iPods, Handys, Tablets und Phablets nutzten, um mit der Außenwelt zu kommunizieren. Aber die Nachrichten, die sie auf welchem Weg auch immer erhielten, waren nicht gut.

Erneut las er den Bericht über die Anschläge in Deutschland: Bei einem Bombenanschlag auf das Steinbuch Center for Computing im Institute of Technology in Karlsruhe waren die schnellsten Computer der Bundesrepublik zerstört worden. Die Sprengsätze waren weit im Voraus platziert worden, und die Erschütterungsbomben hatten die Gebäude einstürzen lassen, die danach durch Brandsätze in Flammen aufgegangen waren. Es war dasselbe Muster wie ein Jahr zuvor am MIT, was darauf hindeutete, dass der Blinde Glaube hinter beiden Anschlägen steckte.

Zur selben Zeit, in der der Anschlag in Karlsruhe verübt wurde, war die Universität in Heidelberg durch sechs perfekt aufeinander abgestimmte Selbstmordattentäter verwüstet worden. Sowohl das Astronomische Recheninstitut als auch das Institut für Theoretische Physik waren völlig zerstört worden. Die

Selbstmordattentäter waren erstaunlicherweise Physik- und Astronomiestudenten gewesen, und die Polizei vermutete, dass sie insgeheim dem Blinden Glauben angehört hatten. Da war es fast schon Ironie, dass diese religiösen Fanatiker ihre Attentate mit wissenschaftlicher Präzision geplant hatten.

Der Angriff auf Vernunft, Wissenschaft und Säkularismus wurde auf der ganzen Welt immer intensiver. Es gab eine wachsende Kultur voller stolzer, vorsätzlicher und trotziger Ignoranz. Macbeth wusste, dass die Uhr langsam zurückgedreht wurde. Er war in einem Zeitalter unvergleichlicher Fortschritte aufgewachsen, in dem das Wissen und das Verständnis immer größer wurden. Aber jetzt fiel der Vorhang, und ein neues dunkles Zeitalter des Aberglaubens und der bedingungslosen Leichtgläubigkeit brach an. Die Zukunft lag mehr und mehr in den Händen der Imame und Priester, der Evangelisten und Fundamentalisten, der fanatischen Dummen und der absichtlich Blinden.

Projekt Eins hatte ein Bewusstsein erlangt. Das war der größte einzelne Schritt nach vorn in der kognitiven Computertechnik und etwas, das sich als gewaltiger Vorteil für die Menschheit erweisen konnte – und es war in eine Welt hineingeboren worden, die der Wissenschaft, die es erschaffen hatte, zunehmend feindseliger gegenüberstand.

Er faltete die *Tribune* zusammen und legte sie auf die *Politiken* auf seinem Schoß, um aus dem Fenster zu sehen. Wie er es jeden Tag mehrmals tat, dachte er auch jetzt an Casey. Mit der Erinnerung an seinen Bruder spürte er auch jedes Mal ein unerklärliches, aber schmerzhaftes Aufflackern von Schuldgefühlen. Macbeth hatte nie herausgefunden, warum er sich derart für den Tod seines Bruders verantwortlich fühlte. Vielleicht glaubte er, er hätte sich mehr anstrengen müssen, ihm die Reise zum Oxford-Symposium auszureden, oder es war einfach die Feststellung, dass er nicht der Bruder gewesen war, der er hätte sein sollen, dass seine Distanzierung von anderen Menschen sogar die ihm wichtigste Beziehung beeinflusst hatte. Aber all das war nicht der Grund dafür, und der Gedanke nagte an ihm.

Er war müde und schloss die Augen.

Der alte Traum kehrte wieder zurück. Erneut war er ein kleiner Junge und drückte sich Bücher wie eine Rüstung aus Wissen an die Brust, um sich zu schützen, während er in der Ecke des Arbeitszimmers seines Vaters stand.

Wie im ersten Traum war die Architektur des Raumes drastisch übertrieben – die Decke unfassbar hoch, und die von Bücherregalen gesäumten Wände so lang, dass es jeglicher Logik widersprach. Auch jetzt stand sein Vater mit Marjorie Glaiston und dem augenlosen Mann, von dem er wusste, dass es John Astor war, vor seinem Schreibtisch, und auch jetzt sahen sie sich die gewaltige, sich ständig verändernde Sphäre aus Licht und Blitzen an, den Verstand, den sie erschaffen hatten. Casey stand neben ihnen, war jedoch nicht wie Macbeth ein Kind, sondern ein Erwachsener, und eine Seite seines Kopfes war von der Bombe zertrümmert. Neben Casey war Gabriel Rees zu sehen, dessen eines Augenlid halb geschlossen war. Macbeth bemerkte, dass Marjorie Glaiston nicht die Kleidung ihrer Zeit, sondern einen Hosenanzug mit Bluse trug, wie er erst seit den 1960ern in Mode gekommen war. Gabriel war der Einzige, der den jungen Macbeth bemerkte, und er forderte ihn auf, sich zu der Gruppe zu gesellen. Macbeth blieb jedoch stehen, wo er war, und behielt den dunklen, silhouettenhaften Rücken des augenlosen Mannes im Blick.

Er bemerkte, dass die masselose Kugel aus Licht noch intensiver funkelte als zuvor und komplexer zu wirken schien. Es sah aus, als bestehe sie aus reiner, lebendiger Energie, und er bestaunte trotz seiner Angst dieses Wunder und ihre Schönheit.

Dann hörte er eine Stimme, die körperlos war und aus keiner bestimmten Richtung, sondern von überall her zu kommen schien.

»Ich bin wach.«

Macbeth konnte nicht feststellen, ob die Stimme männlich oder weiblich, alt oder jung war, und er begriff, dass er sie nicht mit den Ohren, sondern nur mit seinem Verstand hörte.

»Es ist wach.« Macbeth drehte sich um und sah, dass der augenlose Mann plötzlich neben ihm stand, ohne dass er sich durch den Raum bewegt hatte. Er ragte mit krummem Rücken und böswillig vor ihm auf und wirkte selbst in dem zu großen Raum noch riesig. »Es ist wach«, sagte er. »Es ist wach. Du bist wach.«

»Nein, bin ich nicht«, erwiderte das Kind Macbeth und war überrascht, dass es mit seiner Erwachsenenstimme sprach. »Ich schlafe und träume.«

Der augenlose Mann beugte sich dicht über ihn, zog die Lippen zurück und bleckte seine Zähne, von denen er noch immer zu viele hatte. »Ich habe dir gesagt, du sollst aufwachen. Ich habe dich geweckt. Ich bin John Astor, und ich wecke die Welt.«

»Tut mir leid …« Irgendwie gelang es Macbeth, die Worte trotz der überwältigenden Panik, die die Nähe von John Astor, dem augenlosen Mann, bei ihm auslöste, herauszupressen. Astor starrte Macbeth an, und er spürte, wie er in die Leere hineingezogen wurde.

»Welche Farbe haben meine Augen?«, fragte Astor.

»Sie sind grau.«

»Nicht schwarz?«

»Nein, grau.«

»Das stimmt«, bestätigte der augenlose Mann. »*Eigengrau* … Das Grau-Dunkel des Verstands, die Farbe, die jeder sieht, wenn es nichts zu sehen gibt.« Er hielt inne und fügte dann ruhig und leise hinzu: »Ich werde dich töten. Ich werde dich holen kommen, dich zurückfordern. Von dir wird nichts mehr übrig bleiben.«

Erschrocken wachte Macbeth auf. Etwas aus der realen Welt und nicht aus seinem Traum hatte ihn erschreckt.

Nach seinem Erwachen hatte er sofort ein starkes Déjà-vu-Gefühl. Das Licht im Waggon schien auf einmal heller zu sein, und gleichzeitig fühlte sich Macbeth schwerer und so, als würde er in seinen Sitz hineingedrückt.

Er sah sich um. Jeder um ihn herum war der Technologie entrissen worden, mit der er sich umgab, und blickte von seinem Tablet oder Handy auf, zog sich Stöpsel aus den Ohren. Alle hatten dasselbe Gefühl, das konnte Macbeth deutlich erkennen. Aber dieses Gefühl jetzt war stärker als alles, was er im Jahr zuvor erlebt hatte, und er fragte sich kurz, ob sein Gesichtsausdruck ebenso erschrocken und alarmiert wirkte wie der der anderen Passagiere.

Etwas brannte tief in seiner Magengrube. Er hatte das Gefühl, als würde sich die Zeit verändern, sowohl die Tages- als auch die Jahreszeit. Sie hatten alle dieselbe Halluzination, nicht nur er alleine. Es geschah erneut.

Er holte tief Luft und wappnete sich.

»Denkt alle …«, hörte er sich auf Dänisch sagen. »Denkt alle daran, dass es nur eine Halluzination ist. Nichts von dem, was wir gleich erleben, wird real sein …«

Als er in die Gesichter der anderen Passagiere sah, hatte er das Gefühl, dass seine Worte eher alarmierend als beruhigend gewirkt hatten. Er bereitete sich auf das Erlebnis vor.

Das Déjà-vu-Gefühl wurde intensiver, wirbelte seine Gedanken und Erinnerungen durcheinander und bewirkte, dass er sich in seiner eigenen Zeit fehl am Platze fühlte.

Es war vorbei. Es gab kein langsames Auf- und Abflauen. Das Déjà-vu, die stärkere Schwerkraft, das Gefühl der vorübergehenden Orientierungslosigkeit, all das verschwand plötzlich und komplett. Wie alle anderen sah er sich um und überprüfte, ob die Welt noch so war, wie sie sein sollte.

Macbeth war erleichtert. Er hatte geglaubt, dass ein riesiges, ein gewaltiges Ereignis eintreten würde, aber es war schon wieder vorbei.

Doch seine Erleichterung war schnell verschwunden, als ihm dämmerte, dass das, was sie gerade erlebt hatten, kein Ereignis gewesen war. Es war nur das Vorbeben gewesen.

Etwas würde passieren. Etwas Großes. Und zwar bald.

58. JOHN MACBETH. KOPENHAGEN.

Der Zwischenfall im Zug war nicht der einzige Grund, aus dem Macbeth Mora Ackerman anrief und ihr mitteilte, dass er bereit sei, ihren Freund zu treffen. Im Verlauf der nächsten beiden Tage änderte sich einiges.

Die Träumer kehrten zurück.

Das ganze letzte Jahr war Macbeth von geisterhaften Gestalten und unmöglichen Ereignissen heimgesucht worden, die nur er alleine sehen konnte. Umso mehr hatte er bei den Menschen in seiner Umgebung nach allen möglichen Hinweisen Ausschau gehalten, ob sie Anzeichen für beeinträchtigte Wahrnehmung oder eine Distanzierung von der Welt aufwiesen. Aber jedes Mal, wenn er glaubte, jemanden entdeckt zu haben, stellte sich heraus, dass die Person nur vorübergehend und auf völlig normale Weise abgelenkt gewesen war. Daher war er zunächst fast schon erleichtert, dass auch andere wieder betroffen waren.

Es begann als schöner Tag. Die Sonne ignorierte eine alte dänische Tradition und schien auf das frühlingshafte Kopenhagen hinab. Macbeth hatte eine Konferenz auf dem Universitätscampus und beschlossen, zu Fuß dort hinzugehen.

Im gleichen Moment, als er den ersten sah, wusste er, dass es Träumer waren. Er wurde Zeuge eines Verkehrsunfalls, als ein junger Mann, möglicherweise ein Student, auf der Nørregade vor ein Auto lief und überfahren wurde. Zum Glück war der Wagen langsam gefahren und der Fahrer reagierte schnell, daher war der Student vermutlich nicht schwer verletzt worden. Aber das Ausbleiben einer Reaktion oder von Gefühlen auf dem Gesicht des Studenten verriet das Unfallopfer. Vor und nach dem Ereignis schien der junge Mann weder den Unfall noch das Schreien des Fahrers zur Kenntnis zu nehmen. Er rappelte sich einfach auf und ging weiter.

Zwei Frauen an der Bushaltestelle stiegen nicht ein, als der Bus vor ihnen hielt, und schienen die Aufforderung des Busfahrers auch gar nicht zu bemerken. Ein kleiner, in die Luft starrender Junge reagierte nicht auf seine Eltern. Ein alter Mann stand weinend da und starrte ins Nichts.

Bis zur Mittagszeit drehten sich die Nachrichten nur noch um Berichte aus aller Welt, die die Rückkehr des Boston-Syndroms behandelten.

Macbeths Sorge um seine geistige Gesundheit ließ aufgrund der Rückkehr der Träumer nach. Vielleicht war er einfach nur empfänglicher gewesen für das, was immer dieses Phänomen verursachte. Doch da machte er sich etwas vor, und das wusste er ganz genau. Trotzdem nutzte er diese Entschuldigung, um sich nicht mit seinem schlechter werdenden Geisteszustand beschäftigen zu müssen.

Er hatte auch aus dem Grund zugestimmt, sich mit Mora und ihrem Freund zu treffen, weil er seit dem Moment, in dem Projekt Eins ein Bewusstsein erlangt hatte, ein komisches Gefühl nicht mehr loswurde. Die Nachrichten hatten ihn natürlich erschüttert, aber dabei hatte er ein seltsames Gefühl: eine Art zunehmender Dissonanz, als würde die Musik der Welt leicht zeitversetzt abgespielt. Doch vor allem hatte ihn sein Telefongespräch mit Owens, dem britischen Polizisten, der die Untersuchung in Oxford leitete, dazu bewogen, Mora anzurufen.

»Wie kommen Sie auf die Idee?«, hatte Owens gefragt, als Macbeth sich erkundigt hatte, ob es Professor Blackwell gewesen sein könnte, der die Bombe gelegt oder zumindest gezündet hatte. Dabei hatte er mit keinem Wort ausgedrückt, dass er diese Vermutung für tatsächlich zutreffend hielte. Doch Owens Antwort spiegelte keine Überraschung, kein Misstrauen und kein Interesse wider, sondern klang genau, wie man es von einem geübten Experten für einen einseitigen Informationsfluss erwarten würde.

»Ich muss es wissen«, hatte Macbeth beharrt. »Ist Professor Blackwell ein Verdächtiger?«

»Wir gehen im Moment vielen Hinweisen nach«, hatte Owens vorsichtig geantwortet. »Sie müssen verstehen, dass das eine sehr komplexe Untersuchung ist, bei der wir in viele Richtungen ermitteln. Ich verspreche Ihnen, dass wir die Informationen veröffentlichen, sobald es uns möglich ist.«

Aber nachdem Macbeth aufgelegt hatte, war er überzeugt davon, dass ihm Mora über Blackwell die Wahrheit gesagt hatte. Die Frage blieb jedoch, wie sie an diese Informationen gekommen war.

Da er das Bedürfnis verspürte, einen klaren Kopf zu bekommen, und weil das Wetter so schön war, hatte Macbeth beschlossen, in einem Straßencafé am Sankt Hans Torv nicht weit vom Institut zu Mittag zu essen. Er kam öfter in dieses Café, da er es genoss, so viele Menschen zu beobachten, die an ihm vorbeiliefen, ohne dass er sich mit ihnen unterhalten oder sonst wie mit ihnen interagieren musste. So konnte er seiner Lieblingsbeschäftigung nachgehen und sich Geschichten und eine Zukunft für Personen ausdenken, die er nie kennenlernen würde.

Er bestellte ein Bier, einen Kaffee und ein Sandwich und nahm seinen Beobachtungsposten ein. In jeder Menschenmenge und an jeder Kreuzung, an der sich Menschen begegneten, gab es Muster. Macbeth wusste, dass diese Muster für andere nicht immer offensichtlich waren, aber er erkannte sie mühelos, bestaunte sie und verlor sich in ihrer Komplexität. Dann suchte er sich ein Individuum aus und malte sich aus, wo dieser Mensch hinlief, wo er herkam, was ihm gerade durch den Kopf gehen mochte. Doch heute war es anders. Das Muster war gebrochen: Menschen rempelten einander an, Individuen blieben wie angewurzelt stehen und starrten ins Leere, als sie zu Träumern wurden. Heute gelang es ihm nicht, sich mithilfe seiner Beobachtungen zu entspannen.

»Darf ich mich zu Ihnen setzen?«, fragte eine Stimme auf Englisch.

Macbeth sah auf und erblickte eine groß gewachsene Gestalt in einem dunklen Anzug, die ihre Augen mit einer Sonnenbrille vor der hellen Frühlingssonne schützte.

»Agent Bundy? Was machen Sie denn hier?«

»Darf ich?« Bundy deutete auf den Stuhl, der Macbeth gegenüberstand, und dieser nickte.

»Ich muss einige offene Probleme lösen«, antwortete Bundy und setzte sich.

»Offene Probleme? In Kopenhagen? Ich hätte nicht gedacht, dass das noch Ihr Tätigkeitsgebiet ist, und außerdem ist der einzige gemeinsame Nenner, der mir hier einfällt, meine Person. Bin ich Ihr offenes Problem?«

Bundy lächelte und nahm die Sonnenbrille ab. Seine Pupillen zogen sich im hellen Tageslicht zusammen, sodass der Farbkontrast in den Augen noch deutlicher zutage trat. »Ich muss Ihnen leider mitteilen, dass Sie nicht so wichtig sind«, sagte er. »Ich bin wegen jemand anderem hier, einem anderen amerikanischen Bürger, der vor Kurzem hierher … *gezogen* ist. Jemand, von dem ich annehme, dass er in die Ereignisse in San Francisco und Boston verwickelt sein könnte.«

»Verstehe. Dann hat es also nichts mit mir zu tun.«

»Das habe ich nicht gesagt, Dr. Macbeth. Soweit ich weiß, haben wir eine gemeinsame Freundin, nämlich Mora Ackerman.«

»Dr. Ackerman? Ich kenne sie kaum.«

»Aber Sie haben sich mit ihr getroffen?«

»Ich verstehe nicht …«, wollte Macbeth schon protestieren, aber Bundy hob eine Hand.

»Sie sollen nur wissen, dass Mora Ackerman eine bekannte

Kontaktperson von jemandem ist, mit dem ich mich sehr gerne unterhalten würde. Ich hatte mich gefragt, ob sie ihn Ihnen gegenüber vielleicht erwähnt hat.«

»Für welches FBI-Büro arbeiten Sie überhaupt?«, erkundigte sich Macbeth.

»Ich habe sozusagen einen *Freibrief*. Aus diesem Grund bin ich hier. Hat Mora Ackerman Ihnen gegenüber einen amerikanischen Freund hier in Kopenhagen erwähnt?«

»Nein«, antwortete Macbeth, dem bewusst war, dass Bundys seltsame Augen sein Gesicht und seine Miene intensiv studierten. »Ich habe sie wie gesagt erst einmal getroffen, und das war eine sehr kurze Begegnung.«

»Und warum haben Sie sich getroffen? Hat sie Sie kontaktiert?«

»Es war ein Blind Date«, log Macbeth. »Arrangiert von Freunden.«

»Verstehe.« Bundy lächelte und setzte seine Sonnenbrille wieder auf. »Tja, falls Dr. Ackerman Ihnen gegenüber andere Amerikaner erwähnt oder sie Ihnen vorstellt, dann würde ich es zu schätzen wissen, wenn Sie mich anrufen.« Er schob Macbeth eine Visitenkarte zu, die dieser demonstrativ auf dem Tisch liegen ließ.

»Hören Sie, Dr. Macbeth, Sie sind Psychiater, daher muss ich Ihnen wohl nicht erzählen, dass die Menschen nicht immer der oder das sind, was sie zu sein scheinen. Dr. Ackerman ist ein gutes Beispiel dafür.«

»Aha … Und was ist mit Ihnen, Agent Bundy?«

»Mit mir?«

»Sergeant Ramirez von der California Highway Patrol hatte nie von Ihnen gehört, obwohl Sie sich angeblich für die Ermittlungen hinsichtlich des Golden-Gate-Selbstmords interessieren. Und laut des Regionalbüros, das er kontaktiert hat, gibt es beim FBI keinen Agent Bundy.«

»Ich habe wie gesagt einen Freibrief. Ein Großteil meiner Arbeit fällt unter die Geheimhaltungsstufe ›Nur Personen, die es unbedingt wissen müssen‹. Und zu denen gehört Sergeant Ramirez nun einmal nicht. Aber vielleicht bin ich doch ein gutes Beispiel. Ist Ihnen meine Augenfarbe aufgefallen?«

»Ihre zentrale Heterochromie? Ja, die ist mir aufgefallen.«

»Ich habe zwei Augenfarben, weil ich eigentlich zwei Menschen bin.«

»Sie leiden an tetragametischem Chimärismus?«

Bundy nickte. »Ich habe die Diagnose erst als Erwachsener erfahren. Das war ein ziemlicher Schock für mich, und man musste mir einiges erklären. Man sagte mir, dass zwei Spermien zwei verschiedene Eizellen befruchtet und sich zwei Föten entwickelt hätten, nicht identische Zwillinge. Dann hat einer der Zwillinge den anderen überwältigt und seine DNS absorbiert. Das Resultat bin ich – einige Teile von mir haben einen anderen DNS-Satz als andere. Und meine Augen haben die Augenfarbe beider Zwillinge. Als ich es herausgefunden habe, änderte sich meine Art, andere Menschen zu sehen. Wissen Sie, jeder Mensch – Mora Ackerman, ich und sogar Sie, Dr. Macbeth – kann mehr als eine Person gleichzeitig sein.« Er stand auf. »Vielen Dank für Ihre Zeit. Und guten Appetit. Falls sich Mora Ackerman noch einmal bei Ihnen melden sollte …«

Macbeth blickte Bundy hinterher, als er in der Masse der Kopenhagener Fußgänger verschwand. Er versuchte, sich eine Zukunft und eine Vergangenheit für ihn auszudenken, stellte jedoch fest, dass ihm das nicht gelingen wollte.

59. ÜBERALL. JEDER.

Zwei Tage später wurden die Welt und alle Menschen schwerer.

Es geschah für jeden, und es geschah überall. An dem Tag und in der Nacht, bevor es passierte, hatte eine überraschende Ruhe auf der Welt geherrscht. Jeder Mann und jede Frau und auch jedes Kind hatten diese Empfindung geteilt. Zum ersten Mal in der Geschichte war die Menschheit durch ein gemeinsames, einheitliches Erlebnis vereint gewesen.

Es passierte gleichzeitig und in zwei Formen: Da war zunächst eine umfassende Lethargie, hervorgerufen durch das Gefühl einer unerklärlich hohen Schwerkraft, der eine völlige Distanziertheit von der Welt folgte. Anfänglich glaubte jedes Individuum, als Einziges dieses Gefühl ermattender Trägheit zu spüren, als wäre man nicht mit seiner Umgebung im Einklang. Als die Menschen jedoch miteinander sprachen und sich über ihre Erfahrung austauschten, wurde das Ausmaß des Problems rasch offensichtlich.

Ironischerweise hatte die Depersonalisierung, die mit diesem Gefühl einherging, eine willkommene Begleiterscheinung: Frieden. Alle Leidenschaften wurden abgemildert, und im Mittleren Osten, in Afrika, in Südamerika schwiegen die Waffen und die ideologischen und ethischen Konflikte wurden auf einmal irrelevant. Selbst der religiöse Eifer, der zuvor von den Halluzinationen angefacht worden war, kühlte sich ab. Als der Tag in den verschiedenen Zeitzonen anbrach, waren die Rushhours rund um den Globus auf einmal keine mehr, und niemand drängte sich in die U-Bahn in Tokio, verstopfte die Fahrstühle in Manhattan. Rio de Janeiro, Singapur, Mumbai, Moskau, Berlin, Paris und London sahen die Sonne mit bleischwerer Gleichgültigkeit aufgehen.

Die Welt nahm einen Tag Auszeit.

Marie Thoulouze in Paris führte jeden Tag, seitdem sie die Opferung von Johanna von Orleans durch die Hände der verhärmten Ketzer hatte mit ansehen müssen, inbrünstig ihre Rituale aus. An diesem Morgen spürte sie, dass ihr jeder Schritt und jede Bewegung schwerer zu fallen schienen, während sie gleichzeitig unbeteiligt zur Kenntnis nahm, was um sie herum passierte, als würde sie die Welt durch eine Glasscheibe betrachten. In San Francisco fühlte sich Walt Ramirez ganz genauso, als er lustlos in seinem Wagen saß und den ungewöhnlich dünnen Verkehr auf der Golden-Gate-Brücke betrachtete. Fabian Bartelma empfand auf die gleiche Weise, als er nach einem einsamen Schultag, an dem er nichts gelernt hatte, nach Hause ging. Mary Dechaud schob dieses Gefühl auf ihr Alter, als sie am Küchenfenster stand, auf die sich durch die Landschaft von Vermont schlängelnde Straße hinausblickte. Mary versuchte, sich daran zu erinnern, wen sie erwartete, und überlegte, was sie für Joe zum Abendessen kochen sollte. Deborah Canning war desinteressiert, aber sich vage dieses Gefühls bewusst, als sie am Fenster ihres Krankenzimmers saß und ihre blasse Hand ungewöhnlich schwer auf dem Kunstbildband auf dem Tisch ruhte. In New York teilte Jack Hudson diese Empfindung, während er gerade erneut versuchte, eine Dokumentarfilmidee an den Mann zu bringen – dieses Mal bei einem völlig neuen strahlenden, frischen Gesicht. In Liquan wog die Bürste schwer in Zhang Xushous Hand, als sie ihr rotgoldenes Haar ebenso stolz wie müde nach hinten kämmte. In Boston fühlte sich Karen Robertson so, als sie in einem fast leeren Café am Tisch saß und unbeteiligt mit ansah, wie eine kleine Spinne über die Aluminiumtischplatte auf ihre Hand zukrabbelte. In Stuttgart beugte sich Markus Schwab über seine Geschichtsbücher und rieb sich vor Müdigkeit den Nacken. Eine bleierne Schwere lag auf seinen Gliedern; müde und seltsam abwesend, war er jedoch bestrebt, sein Holocaust-Projekt fortzusetzen, das jetzt nicht mehr nur eine Schulaufgabe für ihn darstellte. In Gefängniszelle 394 der Militärpolizei in Tzrifin spürte Ari Livnat ebenfalls diese Schwere und dieses Gefühl der Unwirklichkeit, während er träge auf der Koje in der Zelle lag, die er sich mit Gershon Shalev teilte.

Und in Oxford fühlte sich Emma Boyd so, als sie in ihrer dunklen Wohnung saß und nicht einmal merkte, dass sie vergessen hatte, die Vorhänge zuzuziehen. Sie empfand ebenfalls ein seltsames, unwirkliches Gefühl, aber sie hatte sich in diesem einen Jahr auch an das Unwirkliche gewöhnt. Man hatte ihr versichert, dass die sichtbaren Halluzinationen, die sie seit der Explosion, durch die sie plötzlich komplett erblindet war, sah, nichts Ungewöhnliches darstellten. Das Charles-Bonnet-Syndrom war kein psychiatrisches Problem, wie ihr die Ärzte erklärt hatten, vielmehr stimulierte das Gehirn die visuellen Eindrücke, weil der tatsächliche Stimulus verloren gegangen war. Die winzigen Menschen und Tiere, die oft groteske Gesichter hatten, waren eine häufig auftretende Erscheinung gerade bei diesem Syndrom. Doch das hier war etwas anderes. Sie hatte den Eindruck, als würden alle Empfindungen und Geräusche nicht zu ihr durchdringen, und das Gefühl, nach unten gezogen zu werden, hatte sie daran gehindert, an diesem Tag einen Fuß vor die Tür zu setzen.

Selbst Macbeth teilte die weltweite Empfindung. Distanziertheit war zwar ein normaler Bestandteil seines Lebens, aber heute wusste er, dass etwas ganz und gar nicht mit ihm, mit der Welt und mit den Menschen um ihn herum stimmte.

Nicht, dass es viele Leute gewesen wären. Er hatte den Morgen an der Universität verbracht, doch nicht einmal sein halbes Team war zur Arbeit erschienen. Den ganzen Morgen über hatte sich Macbeth genervt und schwach gefühlt. Alles schien mehr zu wiegen, sein leichter Anzug fühlte sich an, als trüge er nasse, schwere Wolle am Körper, seine Glieder, als wären sie mit Sand gefüllt, und seine Bewegungen waren langsam und schwerfällig. Aber da war mehr als nur das körperliche Empfinden. Seit dem Tag, an dem er Mora Ackerman begegnet war, dem Tag, an dem Projekt Eins ein Bewusstsein erlangt hatte, hatte er dieses unwirkliche Gefühl gehabt, das jetzt einfach noch intensiver geworden war. Und diese Art des Déjà-vu war nicht nur ein plötzlich auftretendes Gefühl, sondern eine anhaltende Wahrnehmung, die sich alles in Form einer ewigen Hofstadter-artigen Schleife aus gleichzeitiger Vorahnung und Erinnerung wiederholte.

Kurz vor dem Mittagessen kehrte Macbeth erschöpft ob der Anstrengung, seinen schweren Körper über den Morgen gebracht zu haben, in die Wohnung zurück und ging unter die Dusche, weil er hoffte, so dieses bleierne Gefühl aus seinem Körper vertreiben zu können, doch selbst das Wasser, das aus dem Duschkopf strömte, schien ihn kräftiger zu attackieren und seine Haut runzliger und welliger werden zu lassen als sonst. Er war müde, so unsagbar müde.

Er zog sich gerade wieder an, als Mora Ackerman ihn anrief.

»Diese Sache heute … diese Schwerkraftgeschichte … Spüren Sie das auch?«, fragte er.

»Jeder spürt es«, erwiderte sie. »Jeder Mensch auf der Welt, so haben sie in den Nachrichten gesagt. Wir erleben die Kausalität. Ich weiß, dass Sie mir nicht glauben, aber es ist Ihr Projekt, das diese Erscheinung verursacht – so wie das Prometheus-Projekt verursacht hat, was letztes Jahr passiert ist.«

Macbeth wollte protestieren, aber eigentlich wusste er längst nicht mehr, was er glauben sollte, außerdem konnte er die dafür erforderliche Energie im Augenblick ohnehin nicht aufbringen.

»Ich werde mich mit Ihrem Freund treffen«, sagte er. »Aber ich möchte, dass das Treffen an einem öffentlichen Ort stattfindet. Wie heißt er?«

»Das kann ich am Telefon nicht sagen. Sie werden es verstehen, wenn Sie ihn kennenlernen. Kennen Sie den Diamanten?«

»Den kenne ich.«

»Können Sie in einer Stunde dort sein?«

Macbeth hielt inne. Das war verrückt. Völlig verrückt. Und vielleicht sogar gefährlich.

»Ich werde da sein.«

60. JOHN MACBETH. KOPENHAGEN.

Der Diamant war eine architektonische Vorahnung. So wie einige Gebäude entworfen werden, um an die Vergangenheit zu erinnern, hatte man den Diamanten als Vorgeschmack auf die Zukunft geschaffen, in der Hoffnung, deren Form vielleicht ein wenig mitzugestalten.

Während jedes vorangegangene Jahrhundert auf Stein gebaut hatte, wurde das einundzwanzigste Jahrhundert aus Polymeren, Glas und Stahl gebildet. Macbeth war bekannt, dass ständig neue Materialien entwickelt wurden, die leichter und robuster waren und so neue architektonische Fantasien ermöglichten. In Kopenhagen mit seinen größtenteils niedrigen Gebäuden waren die Architekten nicht dem kapitalistischen Phallusdenken wie in London, New York oder Frankfurt verfallen, sondern hatten sich dem Umweltschutz, der Moderne und einer Kultur, die auf gesellschaftliche Fortschritte baute, verschrieben. Hier waren die neuesten Entwicklungen zum Einsatz gekommen: mit Palladium verstärktes Superglas, dessen zusätzliche Plastizität es so hart wie Stahl machte. Glas war nicht länger ein Medium des Lichts, sondern ein Baumaterial. Der Diamant schien rundum aus Glas zu bestehen – er war ein Gebäude, in das man hineinsehen, aus dem man herausschauen und durch das man hindurchgucken konnte.

Wie der Name vermuten ließ, hatte es die Form eines facettenreichen Edelsteins. Schräge Wände bewirkten, dass die Grundfläche des Erdgeschosses kleiner war als die des obersten Stockwerkes. Dank des mit Palladium verstärkten Glases hatten die Architekten das oberste Stockwerk des Diamanten mit nur einem Ziel im Hinterkopf entworfen: Es sollte atemberaubend sein. Auf dieser Etage befanden sich ein Restaurant, ein Nachtklub und die Cocktailbar, in der Macbeth jetzt stand. Die Fahrstühle waren in der Mitte des Gebäudes angebracht, sodass der Aufzug von so viel Glas umgeben war, wie nur irgend möglich. Der Gedanke dahinter war, dass der Besucher sich, wo immer er auch stand, fühlen sollte, als würde er am Himmel schweben, während er auf ganz Kopenhagen herabsehen konnte. Selbst die Beleuchtung und die Spiegelung der äußeren Glaswände waren so angelegt, dass die Wirkung nicht durch die Spiegelbilder der Gäste verwässert wurde.

Macbeth wäre von dem Gebäude und der Aussicht beeindruckt gewesen, hätte er sich nicht so distanziert und ermattet gefühlt wie jeder andere. Aber dieser Diamant hatte nichtsdestotrotz etwas an sich, das an den Rändern seines Erinnerungsvermögens zupfte. Er meinte, sich daran erinnern zu können, vor langer Zeit ein Buch über ein Gebäude gelesen zu haben, das wie ein Diamant geformt sein sollte. In diesem Haus erlebte jeder dieselbe Szene aus seinem Leben wieder und wieder – oder hatten die Leute in Gebäuden aus Glas in einer Kristallstadt gelebt, in der jeder jeden beobachten konnte? Er versuchte, sich daran zu erinnern, aber seine Gedanken waren einfach zu schwer, sodass er es schließlich aufgab.

Die Bar und das Restaurant, in denen man normalerweise lange im Voraus reservieren musste, waren so gut wie leer, und selbst der simulierten Bonhomie der Barkeeper mit ihren schwarzen Hemden fehlte es heute an ihrer erzwungenen Überschwänglichkeit. Nichtssagender skandinavischer Jazz plätscherte im Hintergrund, schien die Verlassenheit der Umgebung jedoch nur noch zu betonen.

»Wir schließen heute früher«, erklärte ihm einer der Barkeeper gelangweilt, als er Macbeth einen Whiskey eingoss, wobei er die Flasche mit beiden Händen festhalten musste, um nichts zu verschütten. »Alle Vorbestellungen für das Restaurant wurden abgesagt.«

Macbeth nickte. »Ich treffe mich hier mit jemandem. Es wird nicht lange dauern.«

»Wir schließen in einer Stunde«, informierte ihn der Barkeeper und wandte sich ab.

So langsam wünschte sich Macbeth, dass Mora nicht den Diamanten als Treffpunkt vorgeschlagen hätte. Das Gefühl, über der Stadt zu schweben, war bei der als gesteigert empfundenen Schwerkraft alles andere als angenehm.

Als einziger Gast in der Bar konnte sich Macbeth einen Tisch aussuchen, und er ließ sich auf eine Ledercouch sinken. Die einzigen Objekte in diesem Gebäude, die nicht ganz durchsichtig waren, stellten die Fußböden und die Möbelstücke dar, und rings um ihn herum glitzerte Kopenhagen, als hätte sich nichts auf der Welt verändert. Das einzige Anzeichen dafür, dass irgendetwas nicht stimmte, war die Tatsache, dass man keine Autoscheinwerfer sehen konnte, die wie Glühwürmchen in der Ferne leuchteten. Alle Menschen auf der Welt hatten offensichtlich beschlossen, zu Hause zu bleiben.

Alles war völlig durcheinander. Aber Macbeth wusste nicht, wie viel von diesem Durcheinander sich in der Welt um ihn herum und wie viel sich in seinem Kopf befand. Er wollte nur noch schlafen und sich der erhöhten Schwerkraft hingeben, die ihm die Augenlider nach unten zog. *Vielleicht kommen sie ja nicht*, dachte er voller Hoffnung. Dann kann ich nach Hause gehen und schlafen.

Durch drei Glasschichten sah er sie aus dem Fahrstuhl steigen. Mora winkte träge, und er konnte den Mann sehen, der sie begleitete. Als Ackerman von ihrem »Freund« gesprochen hatte, war Macbeth davon ausgegangen, dass er jünger und etwa in ihrem Alter wäre, aber der Mann an Mora Ackermans Seite war älter, etwa um die fünfzig, und trug lässige, aber teure Kleidung.

»Hallo, John«, begrüßte ihn Mora, als sie zu Macbeth in die Cocktailbar kamen. »Das ist der Freund, von dem ich Ihnen erzählt habe.«

Macbeth stemmte sich aus der Ledercouch hoch.

»Hallo«, sagte der Mann auf Englisch, als sie sich die Hand schüttelten. Er lächelte, sah aber sorgenvoll aus. Er wirkte wie jemand, der schon seit sehr langer Zeit Sorgen hatte.

»Sie sind Amerikaner?«, fragte Macbeth.

»Ja, Dr. Macbeth. Ich bin Amerikaner. Mein Name ist Steven Gillman.«

Der Name riss Macbeth aus seiner Erschöpfung. »Gillman? Sie sind Professor Gillman?«

»Ja. Ich habe mit Gabriel Rees zusammengearbeitet ... und ich kannte Ihren Bruder Casey. Mein aufrichtiges Beileid.«

»Danke ...«, erwiderte Macbeth mit verhärteter Stimme. »Casey ist tot, aber Sie sind es ganz offensichtlich nicht. Falls Sie wirklich derjenige sind, der Sie zu sein behaupten.«

»Das lässt sich sehr leicht überprüfen. Mein Bild steht auf der Webseite der Universität und des Modellprojekts.« Er machte eine Pause. »Tatsächlich war es sogar in allen Nachrichten. Und ja, ich lebe, obwohl so gut wie jeder glaubt, ich wäre tot. Aber es gibt einen guten Grund dafür. Haben Sie etwas dagegen, wenn ich mich setze?«

»Aber die Bombenanschläge ...«, meinte Macbeth, als sie sich setzten.

»Ich hatte gerade das Labor verlassen, befand mich aber noch im Gebäude«, erklärte Gillman. »Ich war auf dem Weg zum Eingang, als die Bomben explodierten. Ich hatte mich bei den Sicherheitsleuten noch nicht abgemeldet, und alle gingen davon aus, dass ich mich noch im Labor aufhalten würde. Sobald ich die Explosionen hörte, wusste ich, was passiert war, und bin während der ganzen Aufregung nach draußen gehuscht. Ich war froh, dass der Blinde Glaube davon ausging, ich sei bei dem Anschlag ums Leben gekommen – denn die Zerstörung des Gillman-Quantenmodellprojekts wäre nutzlos, wenn sie den Gillman, der dafür verantwortlich war, nicht auch ausschalteten.«

»Woher weiß ich, dass Sie die Bomben nicht selbst gelegt haben, durch die all diese Menschen gestorben sind? Wenn das, was mir Mora erzählt hat, stimmt und Blackwell jeden der beim Prometheus-Symposium Anwesenden ermordet hat, woher weiß ich dann, dass Sie nicht dasselbe mit Ihrem eigenen Team gemacht haben? Schließlich war Ihr Modellprojekt ein wichtiger Bestandteil der Prometheus-Antwort … Und nun wollen sie beide mich davon überzeugen, das Kopenhagener Projekt zu zerstören.«

»Das ist alles wahr«, entgegnete Mora Ackerman, »aber wir versuchen hier, Leben zu retten, und nicht, welche zu nehmen. Hat die britische Polizei bestätigt, was ich Ihnen erzählt habe?«

»Nein. Doch sie hat es auch nicht abgestritten.«

»Hören Sie mir gut zu, John«, sagte Gillman. »Was immer Sie auch befürchten, so kann ich Ihnen versichern, dass ich ein Mann der Wissenschaft bin. Die Vernunft ist mir wichtiger als alles andere, und ich weiß, dass es Ihnen ebenso geht. Die religiösen Verrückten, die meine Kollegen ermordet haben und die meiner Vermutung nach Professor Blackwell mit dem Sprengstoff versorgten, den er benötigte, um Ihren Bruder und all die anderen zu töten … glauben Sie mir, sie würden sofort versuchen, mich umzubringen, wenn sie wüssten, dass ich noch am Leben bin und wo sie mich finden können.«

»Warum sind Sie nicht zu den Behörden gegangen? Man hätte Sie schützen können.«

»Sie sind nicht so naiv, Dr. Macbeth, das wirklich zu glauben. Sie wissen so gut wie ich, dass keine terroristische Organisation isoliert existiert. Alle haben politische Flügel und Kollaborateure in einflussreichen Positionen. Im Fall des Blinden Glaubens reicht die Geschichte des religiösen Fundamentalismus zurück bis in die Gründungszeit der Vereinigten Staaten. Sie haben Aktivisten, Sympathisanten, Freunde und Mitläufer auf hohen Posten. Einige behaupten, sogar auf dem höchsten Posten: unsere geliebte Präsidentin höchstpersönlich. Wenn ich mich den Behörden ausliefere, wie lange würde ich Ihrer Meinung nach überleben?«

»Aber Sie sind doch selbst auch Teil einer Randgruppe, oder nicht?«, hakte Macbeth nach. »Ich hatte gedacht, Dr. Ackerman und Sie wären beide Simulisten.«

»Nein. Zumindest nicht mehr«, erwiderte Gillman. »Aber wir teilen viele ihrer Überzeugungen. Doch bevor Sie voreilige Schlüsse ziehen, kann ich Ihnen versichern, dass die ersten Simulisten nichts Religiöses an sich hatten. Das waren alles Wissenschaftler, Technologen und Wissenschaftsphilosophen.«

»Wenn dem so ist und Sie nichts mit den Bombenanschlägen auf das MIT zu tun haben, warum ist dann ein FBI-Agent namens Bundy hinter Ihnen her, der Nachforschungen über die Simulisten anstellt?«

»Bundy arbeitet nicht für das FBI«, stellte Gillman klar. »Er ist Präsidentin Yates direkt unterstellt, und er ist hier, um dafür zu sorgen, dass ich genau so ende wie Ihr Kollege Professor Josh Hoberman. Wenn Sie wirklich nach jemandem mit einer Verbindung zu einem Kult suchen, dann sollten Sie sich Ihren Freund mit den seltsamen Augen und seine Arbeitgeberin, Präsidentin Yates, mal genauer ansehen – und ihre Verbindung zum Blinden Glauben. Und nicht mich und die Simulisten.«

»Wenn die Simulisten kein Kult sind«, entgegnete Macbeth, »warum benehmen sich die Mitglieder dann so, als gehörten sie einem Kult an? Warum all diese Massenselbstmorde und esoterischen Slogans?«

»Wie Sie bald herausfinden werden, hat die Wissenschaft eine sehr spirituelle Wendung genommen … spirituell, aber nicht religiös oder abergläubisch. Ihre Freundin Melissa Collins war ebenso Simulistin wie ihre Kollegen und Gabriel Rees. Wie bei allen Überzeugungen, seien sie religiös, politisch oder wissenschaftlich, gibt es immer Menschen, die sich darin verlieren. Die das Ufer aus dem Auge verlieren, wenn Sie so wollen.«

Macbeth dachte an Melissa, und wie unvorstellbar es ihm erschienen war, dass sie sich in einem Glaubenssystem verloren haben sollte. »Und was genau glauben sie?«

»Die Simulisten sind im Grunde genommen extreme Transhumanisten«, erklärte Mora Ackerman. »Sie glauben, dass der Mensch nur zwei mögliche Zukunftsoptionen hat: eine gewaltige evolutionäre Veränderung oder die Ausrottung. Der Auslöser für beides wird die technologische Singularität sein, wenn künstliche Intelligenz und Technologie die natürliche Intelligenz und die Fähigkeiten der Menschen übertrumpfen. Wie ich es schon über die Jungpaläolithische Revolution ausgeführt habe, sind wir meiner Meinung nach auch jetzt dabei, eine Art Sprung in eine neurologische Evolution zu machen. Ich denke, dass wir im Verlauf des letzten Jahrhunderts immer klüger geworden sind und einen großen Schritt in Richtung Singularität gemacht haben. Die Transhumanisten glauben, wir müssten die nächste Stufe unserer Evolution mithilfe der Wissenschaft, der Kybernetik, der Genetik und der Neurotechnologie, in Angriff nehmen, um uns zu verbessern. Die Simulisten gehen noch einen Schritt weiter: Sie denken, dass wir uns hin zu einer anderen Realität entwickeln sollten.«

»Ich kann Ihnen nicht folgen …«, sagte Macbeth.

»Wir sind auf die Physik des Universums angewiesen, in dem wir leben, was wir mit unseren Körpern und mit unserem Geist auch tun«, stellte Gillman fest. »Die Simulisten glauben, dass wir unser eigenes Universum erschaffen sollten – einen stabilen, unveränderlichen, zeitlosen Raum, den wir besetzen können, ohne Gefahr zu laufen, von den Kräften der Natur ausgelöscht zu werden.«

»Sie glauben, sie könnten sich in eine Computersimulation hochladen?« Macbeth lachte.

»Einfach ausgedrückt ja. Aber anders als alles, was wir uns im Moment vorstellen können. Buckminster Fuller hat das Konzept der Ephemerisierung erfunden, das auf der Idee beruht, dass wir immer mehr mit immer weniger tun können. Sie müssen sich nur die heutigen Computer und Handys ansehen und sie mit jenen von vor zwanzig Jahren vergleichen, um zu erkennen, dass er recht hatte. Neue superleitende Materialien wie Graphen und die neuen Femtotechnologien lassen vermuten, dass wir uns noch nicht einmal ansatzweise vorstellen können, welche Technologien in zwanzig Jahren verfügbar sein werden. Theoretisch lässt sich die Ephemerisierung daraufhin ableiten, dass wir praktisch alles mit praktisch nichts erreichen können. Für unsere jetzigen Augen würde eine derartige Technologie magisch und gottesgleich aussehen.«

»Clarkes Drittes Gesetz …«, murmelte Macbeth eher zu sich selbst als zu Gillman.

»Genau. Und genau das glauben die Simulisten: dass sie eines Tages in der Lage sein werden, immer komplexere Simulationen mit immer weniger bauen zu können. Vielleicht sogar auf Basis reiner Energie. Sie denken, es sei unser Schicksal als Spezies, zu Göttern zu werden.«

»Verstehe …«, meinte Macbeth. »Aber das ist doch völliger Blödsinn.

»Vielleicht«, erwiderte Gillman. »Aber Henry Blackwell hat mich eines Nachts angerufen und mir erzählt, dass er einen kompletten ersten Durchlauf des Prometheus-Projekts geschafft habe und dass wir die Arbeit sofort einstellen müssten. Er war völlig aufgelöst und vermutlich auch angetrunken. Er wiederholte immer wieder, dass die Simulisten die ganze Zeit recht gehabt hätten.«

»In welcher Hinsicht?«

»Das habe ich nicht aus ihm rausbekommen. Ich war sehr besorgt, daher rief ich ihn am nächsten Tag an, doch da war er völlig ruhig und behauptete, er hätte am Vortag einfach nur zu lange gearbeitet. Ich hätte ihm beinahe geglaubt, bis er andeutete, dass es vielleicht keine schlechte Idee wäre, wenn wir die Programme für eine Weile einstellen würden, da es noch einige Fehler gäbe, die er ausbügeln müsse. Das war Unsinn, und ich habe ihn gleich durchschaut. Aber ich beschloss, eine Weile mitzuspielen. In der Zwischenzeit habe ich meine Bemühungen am Quantenmodellprogramm verdoppelt und es ans Laufen gebracht. Dann erkannte ich es ebenfalls – oder zumindest jenen letzten Teil, den Blackwell im vollen Programm gesehen haben musste.«

»Was denn?«

»Das hier ...« Gillman schwenkte eine Hand durch die Luft. »All das, was mit uns passiert. In meiner Simulation hatte das Universum den Punkt erreicht, an dem wir jetzt sind, und begann damit, sich auf Quantenebene zu zersetzen. Die Zeit wurde verdreht und zusammengeführt, sie faltete sich um sich selbst. Die Vergangenheit und die Gegenwart überlagerten sich, Ereignisse nahmen zwei Stellen zur gleichen Zeit ein und besetzten doch keine davon. Das ist es, was wir jetzt sehen. Von dieser Art sind unsere Halluzinationen.«

»Aber warum?« Macbeth runzelte die Stirn.

»Wegen der Simulationen. Blackwells, meine und jetzt Ihre neuromorphische Simulation. Es ist, als wenn irgendein physikalisches Gesetz realitätsnahe Simulationen verbietet – so als würde das Universum nicht zulassen, dass innerhalb seiner andere Universen erschaffen werden. Die Ursache und der Effekt sind klar. Als das Prometheus-Programm und mein Modellprogramm zerstört wurden, hörten die Visionen auf. Wegen Ihres Kopenhagener Projekts haben sie erneut angefangen. Ich vermute, dass Ihnen in den letzten Tagen eine Art Durchbruch gelungen ist?«

Macbeth überlegte sich seine Antwort gut. »Projekt Eins ist sich seiner selbst bewusst geworden.«

»Ich wusste es!« Gillmans Ausruf überraschte Macbeth, da er tatsächlich schockiert aussah. »Ich wusste, dass es sich um etwas Bedeutendes handeln musste. Das bedeutet, dass wir weitaus weniger Zeit haben, als wir dachten.«

»Aber das ergibt keinen Sinn. Sie haben selbst gesagt, dass das Visionen sind. Wenn sich Ereignisse um sich selbst falten, dann dürfte es keine physikalischen Auswirkungen geben. Aber echte Erdbeben?«

»Die Realität existiert nur im Kopf. Sie ist etwas, auf das sich die kognitive Wissenschaft und die Quantenmechanik geeinigt haben. Die Realität ist das, was wir durch unsere Sinne empfangen, und das Universum nimmt nur eine bestimmte Form an, wenn wir es ansehen. Das, was wir jetzt spüren, diese erhöhte Schwerkraft, das ist real. Kein Instrument auf der Welt konnte diese Erhöhung messen, und dennoch spüren wir sie. Sie ist real, *weil* wir sie spüren. Aber außerdem ist sie auch noch real, weil das etwas ist, das in der Geschichte der Erde schon einmal passiert ist.«

»Was ist mit den Halluzinationen über die Teilung des Roten Meers? Hat Moses wirklich seinen Zauberstab geschwenkt und die Wellen geteilt? Wollen Sie mir das damit sagen?«

Es war Mora Ackerman, die darauf antwortete. »2010 hat das US National Center für Atmosphärenforschung eine Computersimulation erstellt, um den Effekt eines Phänomens zu messen, das die Meteorologen einen absenkenden Wind nennen. Und wissen Sie was? Es bildete sich eine Landbrücke mitten durch das Rote Meer – an genau derselben Stelle, an der das Massaker letztes Jahr stattgefunden hat. Sie ist geologisch instabil, da sich dort die arabische und die afrikanische Platte treffen. Den Berichten der Soldaten zufolge hat es auch eine Art seismisches Ereignis gegeben, das die Sache noch dramatisiert hat. Das ist Ihr biblisches Element, Ihre Hand Gottes: Plattentektonik und schlechtes Wetter.«

»Im Grunde genommen faltet sich die Zeit um sich selbst«, sagte Gillman. »Das sind keine Halluzinationen … Wir erleben den Quantenzusammenbruch, die Abschaltung unseres Universums. Sie sind der einzige Mensch, der das noch aufhalten kann.« Er griff in seine Tasche, holte etwas heraus und legte es vor Macbeth auf den Tisch: einen Schlüssel, auf dessen Anhänger eine Zahl stand.

»Was ist das?«

»Das Mittel, um Projekt Eins zu zerstören. Der Schlüssel passt zu einem Schließfach am Reventlowsgade-Eingang des Kopenhagener Hauptbahnhofs. Alles, was Sie brauchen, finden Sie darin.«

Macbeth sah den Schlüssel an, nahm ihn jedoch nicht in die Hand. »Sie glauben wirklich, Sie hätten mich überzeugt und ich würde jetzt auch eine Art Neo-Ludditen-Terrorist werden?«

»Sie wissen, dass dieser neueste Vorfall erst angefangen hat, als Ihr künstliches Gehirn ein Bewusstsein entwickelt hat. Sie wissen *instinktiv*, dass ich die Wahrheit sage. Und außerdem hat John Astor Ihnen ebenso wie mir eine Kopie von *Phantome, die wir selbst geschaffen haben* gegeben. Die vollständige Antwort finden Sie darin.«

Macbeth starrte Gillman verwirrt an. »Nein, das hat er nicht. Ich habe keine Kopie seines Buches. Alle reden davon, aber ich habe noch mit keinem einzigen Menschen gesprochen, der es tatsächlich gelesen hat.« Macbeth hielt inne und musste an Deborah Canning denken, die in ihrem Zimmer im McLean-Krankenhaus saß und davon überzeugt war, dass sie nur existierte, wenn andere in ihrer Nähe waren, während sie durch ihr Fenster in eine formlose Leere hinaussah. »Tja, vielleicht einen … Warum glauben Sie, dass ich eine Kopie hätte?«

»Aus zwei Gründen. Weil Sie eine zentrale Rolle bei allem spielen, was gerade vor sich geht.«

»Ich?« Macbeth schnitt eine ungläubige Grimasse. »Was hat das denn mit mir zu tun?«

»Alles. Sie haben Einblick in das, was geschieht, und ich weiß, dass Sie versucht haben, das vor sich selbst zu leugnen. Sie hatten Ihr ganzes Leben lang Erlebnisse, die dem gleichen, was alle anderen in den letzten achtzehn Monaten erlebt haben. Sie wissen … Sie wissen instinktiv, dass etwas an dieser Realität nicht richtig ist. Ist Ihnen nicht aufgefallen, dass die letzten Schauplätze, an denen es zu Halluzinationen gekommen ist, in Dänemark und dem Norden Deutschlands waren? Es ist fast so, als würde Ihnen der Rest dieses sogenannten Ausbruchs folgen.«

Macbeth lachte. »Das glauben Sie doch nicht wirklich?«

»Ehrlich gesagt nicht. Ich glaube, das Ereignis in Boston fand aufgrund des letzten Elements des Prometheus-Projekts – meines Modellprogramms – statt, weil es nun mal dort lief. Und ich glaube, dass sich die letzten Vorfälle in der Nähe von Kopenhagen ereignet haben, weil Sie hier an Projekt Eins arbeiten.«

»Und warum denken Sie, ich besäße eine Kopie von Astors Buch?«

»Aus diesen Gründen und weil Ihr Bruder Ihren Computer zu Jimmy Mrozek im MIT gebracht hat, weil er wissen wollte, ob er einen Phantomordner auf Ihrem Desktop öffnen konnte.«

»Sie hatten denselben Ordner …« Macbeth erinnerte sich daran, dass Casey ihm erzählt hatte, Gillman hätte Mrozek gebeten, seinen Computer derselben Untersuchung zu unterziehen. Er schüttelte ungläubig den Kopf. »Das ist alles? Der Ordner enthält Astors Buch?«

Gillman nickte.

»Aber wie …? Wie konnten Sie ihn öffnen?«

»Man öffnet ihn nicht … Er öffnet sich von selbst, wenn er bereit ist. Oder wenn Sie bereit sind. Ich weiß es nicht genau. Es passiert einfach.«

»Wie ist er auf meinen Computer gekommen? Und wie konnte er von einem Laptop auf den anderen wechseln, als ich sie gegeneinander ausgetauscht habe?«

»Astor hat ihn dort angelegt.«

»Astor lebt?«

»Das weiß ich nicht. Er scheint schon immer da gewesen zu sein. Ob John Astor ein Mann oder viele ist – oder auch nur die Summe der aufgezeichneten Gedanken eines Mannes –, das kann ich Ihnen wirklich nicht sagen. Es könnte durchaus sein, dass er nicht mehr als ein festgeschriebener Gedanke ist, etwas, das in das menschliche Erlebnis einprogrammiert wurde. Aber ich bin mir sicher, dass Sie den Ordner jetzt öffnen und das Buch lesen können. Die Zeit ist gekommen.«

Dann saßen die drei schweigend da, und der Schlüssel lag unangetastet auf dem Tisch. Gillman und Ackerman warteten begierig auf ein Zeichen von Macbeth, dass er mitspielen würde. Doch es gab kein Zeichen, denn er wollte es nicht tun. Er wusste, dass ihm beide die Wahrheit gesagt hatten, aber unter normalen Umständen hätte sein psychiatrisches Urteil gelautet, dass sie die paranoiden Wahnvorstellungen des jeweils anderen anheizten. Doch dies waren keine normalen Umstände, und er war sich nicht einmal sicher, wie seine eigene psychiatrische Beurteilung in diesem Moment aussähe.

Jedenfalls hatte ihm Gillman keine echte Erklärung geliefert und keinen verständlichen Mechanismus zwischen Projekt Eins und dem Zusammenbruch der Zeit aufgezeigt.

Doch zufälligerweise war es auch gar nicht Gillmans Argument, das ihn letzten Endes überzeugte.

»O Gott …«, sagte Mora.

»O Gott …«, murmelte Macbeth überwältigt, als ihn ein heftiges Déjà-vu-Gefühl übermannte.

In einem Sekundenbruchteil hatte sich etwas auf der Welt verändert.

Plötzlich und völlig unerwartet war es draußen taghell geworden.

61. JOHN MACBETH. KOPENHAGEN.

Die Nacht wurde zum Tag.

Es geschah innerhalb einer Sekunde. Kein Sonnenaufgang. Keine sanfte Morgendämmerung. Eine Explosion intensiven, schmerzhaften Lichts, als der Himmel hell wurde und die Sonne durch die Glaswände in die Bar hineinschien.

»John … Was passiert hier?« Mora umklammerte seinen Arm.

»Es ist zu hell …«, murmelte Macbeth. »Die Sonne ist zu hell. Und sie ist zu nah. Zu groß …«

Gillman stand auf und schirmte seine Augen gegen die Strahlen der zu großen, zu nahen, zu grell scheinenden Sonne ab.

»Es hat begonnen«, stellte er fest. »Wir kommen zu spät, es hat bereits begonnen. Gott steh uns bei, wir kommen zu spät …«

Macbeth erhob sich ebenfalls, half Mora beim Aufstehen und legte ihr beschützend einen Arm um die Schultern. Als er sie ansah, hatte er für einen Moment und trotz der anderen Haarfarbe das Gefühl, sie wäre Melissa.

»Das ist eine Halluzination«, sagte er zu ihnen beiden und auch zu sich selbst. »Denken Sie immer daran, dass es nicht real ist …«

Dann schwieg er, hypnotisiert von dem Anblick auf der anderen Seite der Fenster. Der Himmel wurde langsam dunkler, als hätte jemand einen Schleier vor die zu große, zu helle Sonne gezogen. Er war nicht blau, sondern kränklich orange-grün, so wie Macbeth den Himmel noch nie zuvor gesehen hatte.

Die Glaswände des Diamanten waren so entworfen worden, dass man sie nicht sehen sollte, aber Macbeth wusste, dass sie verschwunden waren. Eine warme, starke Brise wehte durch die Bar, und er konnte sie auf seinen Wangen spüren.

»O Gott …«, hörte er Gillman sagen. Die Tische, die Stühle und das Sofa, alles verblasste und wurde durchsichtig, als würde es aus Glas oder schmelzendem Eis bestehen, um dann zu verschwinden. Kurz waren noch sich kräuselnde Ränder zu sehen, doch dann lösten sie sich ebenfalls auf. Die größte Panik überkam sie, als der Boden ebenso wie alle Böden darunter zu verblassen begann.

»Wir werden abstürzen!«, schrie Mora. Macbeth blickte auf seine Füße hinab, als der Boden zitterte, schimmerte und dann verschwand.

»Nein, das werden wir nicht!« Er packte Mora an den Schultern und zwang sie, ihn anzusehen. »Ich kann ihn noch spüren! Der Boden ist noch da!«

Erneut wechselte das Licht. Es wurde noch trüber. Die Sonne blieb gleich groß, aber die Luft war dicker geworden.

Sie tosten über den Himmel wie eine Flutwelle und kamen aus allen Richtungen; qualmend, sich auftürmend und aufgewühlt, kilometerdick, dunkel und schwefelgrün. Wolken, wie Macbeth sie noch nie gesehen hatte.

Sie umschlossen sie, verdrängten die Sonne und verdunkelten den Tag wieder, sodass das Licht trübe und grau-grün wurde, doch nicht zum Nachthimmel. Es herrschte eine betäubte, verängstigte Stille. Macbeth brauchte wie alle anderen einen Moment, bis sich seine Augen nach dem grellen Sonnenlicht an die Finsternis gewöhnt hatten.

Macbeth schaute nach unten.

»O Gott … O Gott, nein!«

Sie standen auf nichts, hoch über der Erde, nur dass es nicht die Erde war, die sie kannten. Kopenhagen war fort. Die Straßen waren fort. Da waren keine Autos, keine Lichter, keine Gebäude. Keine Hinweise, dass ein Mensch auf der Erde lebte.

Auch von der Natur war nichts zu sehen: kein Hafen, kein Meer. Keine Flüsse, Seen, Bäume oder Gras. Keine Tiere, kein Leben. Das war nicht einmal Land als solches, sondern etwas in einem Zustand zwischen fest und flüssig. Der Boden war aufgewühlt, und eine dunkle Kruste brach auf, als dickflüssiger Schleim aus geschmolzenem Stein herausquoll. Er erstreckte sich in alle Richtungen, so weit sie sehen konnten. Die Welt war flach und konturlos, ein endloses wogendes Meer aus Felsen, Magma und Rauch.

Hin und wieder tauchte für einige Sekunden ein Hügel auf, eine gewaltige Schwellung der Erde, mit einer kuppelförmigen Kruste an der Spitze, unter der es bösartig orange- und purpurfarben glühte, ein Anschwellen, das sich streckte und ausdehnte, um schließlich in eine Lavafontäne überzugehen, die mehrere Tausend Meter durch die schwere Luft schoss und die höllische Landschaft rings um sie herum mit leuchtendem Auswurf zu besprenkeln. An anderen Stellen schoben sich schleichende Finger aus vulkanischem Schlamm wie riesige stahlgraue Nacktschnecken über die aufgerissene, brennende Erdoberfläche.

Es war die Hölle.

Es sah zumindest aus wie jede Darstellung der Hölle, die Macbeth je gesehen hatte. Der geschmolzene See aus Feuer versprach eine Ewigkeit voller Höllenqualen.

Ihm wurde ganz übel, da der Fußboden unter seinen Füßen verschwunden war und er sich in schwindelerregender Höhe befand. Dieses Gefühl hatte er als Teenager auch immer gehabt, wenn er ein Arcade- oder Computerspiel spielen wollte, und er schwankte und klammerte sich in der heißen, dicken, beißenden Luft an Mora. Jeder Atemzug schien die Schleimhäute in Nase, Mund und Rachen zu versengen, was nur noch verschlimmert wurde, weil er zunehmend schneller atmete, fast schon keuchte. Erneut blickte er die anderen an. Mora war auf die Knie gesunken, hatte gerötete Augen und den Mund aufgerissen, während ihr dicke Speichelfäden über die Lippen rannen, auf denen Schaum stand. Gillman zerrte verzweifelt an seinem Kragen.

Das wird uns umbringen, erkannte Macbeth. Das wird uns alle umbringen, und nichts davon ist real.

Er kniff die Augen fest zu und tauchte in eine rot-schwarze Dunkelheit hinter seinen Augenlidern ein. Er hielt den Atem an, obwohl seine unter Sauerstoffmangel leidende Lunge protestierte. Er verschloss sich in seinem Bewusstsein und ignorierte die ansteigende Lufttemperatur.

Nur weil ich es gesehen habe, ist es noch lange nicht real. Nur weil ich es gesehen habe, ist es noch lange nicht real. Nur weil ich es gesehen habe …

Vernunft.

Er presste die Handflächen auf den Boden. Die Kacheln im Restaurant waren marmorartig gewesen; daran erinnerte er sich. Er konnte die kalten Fliesen auf der Haut seiner Handflächen und unter seinen Knien spüren. Sie sind immer noch da, sagte er sich. Ich bin immer noch hier. Er baute das Stockwerk vor seinem inneren Auge wieder auf, verband, was er spürte, mit seinen Erinnerungen und formte den Raum neu. Er hielt die Augen geschlossen, klammerte sich an die Luft in seiner Lunge und konzentrierte sich darauf. Das ist normale Luft. Ich ersticke nicht. Ich verbrenne nicht. Die Panik verging. Er stieß den Atem aus und konzentrierte sich auf den nächsten Atemzug. Die Luft fühlte sich an, als trinke er einen Schluck kaltes Wasser.

Eine Halluzination wie die anderen vor einem Jahr, allerdings war diese sehr viel umfassender und komplexer als jede, die er zuvor erlebt hatte. Das war eine Halluzination, die töten konnte, die versengen und verbrennen konnte. Mora. Ich muss Mora helfen.

Er hörte sie würgen und husten, als sie in der eingebildeten giftigen Atmosphäre erstickte, während ihr Gesicht blau-grau anlief und sie nur noch mühsam und keuchend Luft bekam. Sie lag auf den Händen und Knien und starrte auf die Hölle unter sich herab.

»Er ist immer noch da!«, schrie Macbeth. »Der Boden ist noch da! Hör doch, der Boden IST NOCH DA … Du kannst ihn nur nicht sehen.«

Erfüllt von ihrer Panik und taub für alles andere als das Brüllen der aufgewühlten Erde, hörte sie ihn nicht. Er packte sie an den Schultern und riss sie grob auf die Beine.

»Mora, hör mir zu … Das ist nicht real!« Er schrie, damit sie ihn trotz des Getöses der Erde noch hören konnte. »Nichts von dem passiert wirklich.« Er schüttelte sie heftig. »Hör mir zu!«

Sie sah ihn mit rot umrandeten, brennenden Augen an.

»Schließ die Augen!«, rief er und schüttelte sie erneut. »Schließ deine Augen, und hör auf meine Stimme. Nichts von all dem ist real. Schließ die Augen …«

Sie schloss sie.

»Du kannst atmen«, schrie er. »Du kannst völlig normal atmen … Das ist nur dein Verstand, der deinem Körper sagt, es gäbe keine Luft. Hol tief Luft.«

Sie atmete ein, aber es war nur ein schwacher Atemzug, ein verzweifeltes Keuchen.

»Langsam!«, befahl er. »Atme langsam und normal. Hör auf meine Stimme. Wie kommt es, dass ich normal sprechen kann, wenn es keine Luft gibt?«

Der Gedanke schien sie zu erreichen, und sie riss die Augen auf und schaute ihn an. Sie holte tief Luft. Dann gleich noch einmal. Der Rhythmus ihrer normalen Atmung stellte sich langsam wieder ein. Sie wischte sich den Mund und die Nase mit dem Ärmel ab. Noch hatte sie große Angst, aber etwas war wieder zurückgekehrt, ein Funken Vernunft hatte sich durch ihre Panik gebahnt. Doch sie blickte sich um und sah, dass die Erde noch immer kochte und dampfte, dass die Bar und das Restaurant noch immer verschwunden waren und sie viele Meter über dem Boden auf nichts stand.

»Gib mir deine Hand!«

Er nahm sie und führte sie an eine Stelle, von der er wusste, dass sich dort eine jetzt unsichtbare Tischkante befinden musste. Er sah, wie sich ihre Hand um die nicht existierende Tischplatte legte. Sie blickte ihn an und riss vor Erstaunen die Augen auf.

»Siehst du! Es ist alles noch da! Unsere Sinne werden getäuscht.« Er beugte sich vor und hielt sein Gesicht ganz dicht vor das ihre. »Konzentrier dich, Mora. Benutze deinen Verstand.«

Dann sah er sich nach Gillman um. Der Wissenschaftler erstickte in einem Raum voller Luft, aber er hatte die Augen geschlossen und konzentrierte sich auf seine Atmung, während er offenbar dieselbe mentale Übung durchexerzierte, die auch Macbeth geholfen hatte.

Erneut stöhnte die Erde, dieses Mal noch intensiver. Macbeth spürte, wie er wieder in die Wahnvorstellung hineingezogen wurde, als eine riesige Geschwulst, die den ganzen Platz einnahm, an dem sich eigentlich Kopenhagen befinden sollte, immer weiter nach oben ausdehnte. Purpurrote Risse breiteten sich filigranartig darauf aus und glühten bösartig auf der dunklen Kruste. Das Netzwerk aus kleinen, leuchtenden Rissen verbreiterte sich zu Spalten und Brüchen, als die Erde sich immer weiter nach oben und außen beulte.

Sie riss auf.

Macbeth stand wie versteinert da. Es war wie ein Magmatsunami, einen Kilometer hoch. Die Lava raste auf sie zu. Eine tosende, kochende Flutwelle aus Stein, Gas und flüssiger Hitze, ein hoch aufgetürmter Umhang aus braun-schwarzem Rauch, der noch weitere Tausend Meter in den Himmel ragte. Er glühte am vorderen Rand gelb und rot, wo Tausende von Felsen, jeder von der Größe eines Häuserblocks, wie Kieselsteine wirkten. Macbeth sah hilflos mit an, wie die Woge näher kam, und wusste, dass keine Willensanstrengung und keine Logik diese Erscheinung verschwinden lassen oder verhindern konnte, dass der Aufprall tödlich würde.

Er hörte Mora schreien.

Unmittelbar vor dem Aufprall war er noch in der Lage, zu schätzen, dass die Welle aus Lava mit einer Geschwindigkeit von etwa achthundert Kilometern pro Stunde auf ihn zukam.

Er schloss die Augen.

Es war so plötzlich vorbei, wie es begonnen hatte. In der nächsten Sekunde war es wieder Abend und dunkel hinter den reflexionsfreien Fenstern. Die Bar und alle Möbel waren wieder da, ebenso der Marmorboden unter ihren Füßen. Die Luft, die sie atmeten, war wieder normal. Das gewaltige Knacken und Tosen der Erde hatte aufgehört und war durch schlichten skandinavischen Jazz im Hintergrund ersetzt worden.

Mora klammerte sich an Macbeth. Gillman hatte sich vornübergebeugt und stützte die Hände wie nach einem langen Lauf auf die Knie. Alle drei saugten die Luft in ihre Lungen. Macbeth sah zu dem Barkeeper hinüber, der an der Bar lehnte und ebenfalls nach Luft rang. Er hatte dasselbe erlebt.

Gillman stürzte vor, nahm den Schlüssel vom Tisch und drückte ihn vor Macbeths Brust.

»Sie müssen es tun …« Der ältere Mann schnappte noch immer nach Luft. »Sie haben es auch gesehen. Das ist, was uns erwartet.«

»Es sah aus wie die Hölle …«, sagte Macbeth fast schon staunend. »Aber das ist ein Bild aus der Bibel. Es ist nicht real, sondern eine Illusion. Eine Art mündliche Überlieferung oder Angst, die …«

»Hören Sie mir zu!«, fauchte Gillman. »Ja, das war die Hölle … Aber keine märchenhafte Hölle. Begreifen Sie es nicht? Aus diesem Grund fühlen wir uns schwerer. Das, was wir eben gesehen haben, war eine Zeit, in der die Masse der Erde größer war, in der sie ein anderer Planet war. Das war keine biblische Vision, das war die Protoerde. Und sie war wie die Hölle, genau wie die Hölle … brennend, kochend und leblos. Aus diesem Grund nennen die Geologen diese Periode auch das Hadaikum. Sie müssen gehen. Sie müssen das sofort aufhalten.«

»Aber es ist vorbei …«, protestierte Macbeth schwach.

»Nein, ist es nicht! Spüren Sie es denn nicht? Die Schwerkraft? Diese Halluzination ist nicht vorbei. Das, was wir gerade gesehen haben, waren nur die ersten Anzeichen von dem, was noch kommen wird. Wenn Sie Projekt Eins nicht anhalten, dann verdammen Sie jeden auf diesem Planeten in die Hölle.«

»Ich kann es nicht glauben …«

»Sie müssen es aber glauben. Verstehen Sie es denn nicht? Jeder wird diese Halluzination vollkommen und mit allen Sinnen erleben. Die Menschen *werden* ersticken und verbrennen. Ihr Verstand wird ihnen sagen, dass es die Realität ist, und sie werden darin sterben.«

Macbeth nahm den Schlüssel und starrte ihn an.

Mora drehte sich zu ihm um. Ihre Augen tränten noch immer aufgrund der viereinhalb Milliarden Jahre alten Atmosphäre und ihre Hände zitterten. »Ich werde dich zum Bahnhof begleiten. Wir müssen jetzt handeln.«

»Wissen Sie, was im Hadaikum passiert ist?«, fragte Gillman. »Warum die Erde jetzt weniger Masse hat?«

Macbeth schüttelte den Kopf.

»Der Theia-Aufprall. Ein Planet, der etwa so groß war wie der Mars, ist mit der Protoerde kollidiert und hat Trillionen Tonnen Splitter aus dem Erdmantel ins All fliegen lassen. Daraus ist der Mond entstanden. Ohne den Theia-Aufprall gäbe es keine tiefen Meere, keine Jahreszeiten, kein Leben auf der Erde. Sie müssen Projekt Eins zerstören, John.« Gillman sah Macbeth flehend in die Augen. »Oder unser Beginn wird unser Ende sein.«

62. JOHN MACBETH. KOPENHAGEN.

Die Vision war vorüber, aber die Welt blieb verrückt.

Gillman sagte Macbeth, er solle Mora mitnehmen.

»Was ist mit Ihnen?«

»Ich bin unwichtig. Mir wird schon nichts passieren. Ich werde irgendwo untertauchen. Aber Sie müssen Projekt Eins abschalten, begreifen Sie das jetzt?«

Macbeth nickte, allerdings mehr, um Gillman zu beruhigen, als aus Überzeugung. Sie ließen den amerikanischen Wissenschaftler alleine im Diamanten zurück, umgeben vom Licht des wiederhergestellten Kopenhagen.

Das war doch alles völlig verrückt.

Macbeth und Mora gingen zu ihrem auf dem Parkplatz stehenden Wagen, während die unnatürlich hohe Schwerkraft noch immer an ihnen zerrte, vielleicht sogar noch stärker als zuvor. Bei seiner Ankunft war es ruhig in der Stadt gewesen, aber jetzt konnte er an mehreren Stellen Sirenen und die eindeutigen Geräusche hysterischer Menschen hören: Gruppen von Leuten, die in die Nacht hinaus schrien, weinten und kreischten.

»Glaubst du, das war überall?«, fragte er Mora. »Ich meine, nicht nur hier in Kopenhagen?«

»Ich weiß es nicht«, antwortete sie. »Vielleicht war es nur hier, weil Projekt Eins hier ist. Vielleicht war es auch überall. Möglicherweise stehen wir kurz vor dem Zusammenbruch und die ganze Welt hat dasselbe wie wir erlebt. Steig ein. Ich geh ans Steuer …«

Sie fuhr einen kleinen europäischen Wagen, und Macbeth fühlte sich darin eingeengt. Er gestattete sich, einfach alles geschehen zu lassen, und beschloss, später über das nachzudenken, was passiert war. Doch er würde nichts tun, solange er nicht alles durchdacht hatte. In der Zwischenzeit wurde er durch Straßen voller panischer, halb verrückter Menschen gefahren. Entlang der Vesterbrogade standen dunkelblaue Polizeimannschaftswagen, und Macbeth konnte Dutzende von Polizisten erkennen, die versuchten, die Leute zu beruhigen und zu besänftigen. Als Mora in eine Seitenstraße einbog, sahen sie, dass es zu einem Volksaufruhr gekommen war, bei dem Autos umgeworfen und in Brand gesteckt worden waren. Mit überraschender Geschicklichkeit legte Mora den Rückwärtsgang ein und fuhr schnurgerade die Straße entlang, bis sie die Kreuzung erreicht hatten, wo sie den Wagen gekonnt herumriss.

Er hörte sie leise etwas murmeln, während sie den Blick nicht von der Straße abwandte.

In der Reventlowsgade waren weder Menschen noch Autos zu sehen, und Mora hielt neben dem Seiteneingang des Bahnhofs. Auf dieser Seite des Backsteingebäudes sah es schlicht und unverziert aus und besaß die nackte, institutionelle Funktionalität eines Gefängnisses.

»Ich zeige dir das Schließfach«, sagte sie. »Wir müssen uns beeilen. Ich glaube nicht, dass wir uns noch lange in der Innenstadt aufhalten sollten …«

Es war niemand zu sehen, als Mora Macbeth zu den Schließfächern führte. Als sie das richtige gefunden hatten, steckte Macbeth den Schlüssel ins Schloss, aber bevor er das Schließfach öffnete, lehnte er die Stirn gegen den kalten Stahl der Tür.

»Das ist verrückt, Melissa …«, sagte er.

»Melissa?«

Er drehte sich zu ihr um und glaubte einen Moment lang, ein anderes Gesicht zu sehen. »Entschuldige«, meinte er dann. »Ich habe nur …«

»Wir haben keine Zeit, John. Wir müssen los.«

Er öffnete das Schließfach und nahm einen kleinen Rucksack heraus. Er rutschte ihm aus der Hand, und er fing ihn gerade noch am Riemen auf, bevor er zu Boden fallen konnte. Macbeth sah an Moras Gesichtsausdruck, dass der Rucksack das enthielt, was er vermutete. Er öffnete ihn und sah hinein. Vier Blöcke aus etwas, das er für Plastiksprengstoff hielt, und eine Box mit Zündern. Außerdem eine Pistole.

»Das ist verrückt«, wiederholte er. »Das ist völlig verrückt.«

»Wir müssen los, John.«

Er machte den Rucksack wieder zu und warf ihn sich über die Schulter.

Als sie zum Ausgang kamen, sah Macbeth einen Mann im dunklen Anzug, der neben Moras Wagen stand und durch das Fenster auf der Fahrerseite hineinsah. Macbeth erkannte ihn sofort und verschwand rasch wieder im Gebäude, wobei er Mora mit sich zog.

»Bundy …«

»Was?«

»Der FBI-Mann, der hinter Gillman her ist. Er muss dir gefolgt sein. Vielleicht haben sie Gillman schon.«

Sie liefen zur anderen Seite. Die Tür war verschlossen, gab jedoch nach, als Macbeth dagegentrat. Auf der anderen Seite war eine Treppe, die zum Bahnsteig führte.

Sie standen einen Moment lang unentschlossen da und überlegten, wie sie weiter vorgehen sollten. Macbeth schaute sich im Bahnhof um. Er war völlig verlassen bis auf ein junges Paar, das am Rand des Bahnsteigs stand, einander umarmte, sich küsste und das Chaos um sich herum völlig ausgeblendet zu haben schien. Der Mann sah die Frau an, sagte zärtlich etwas zu ihr und strich ihr übers Haar. Macbeth fühlte sich auf seltsame Weise beruhigt durch diese kleine Andeutung von Normalität.

»Was machen wir jetzt?«, fragte Mora.

»Wir fahren in meine Wohnung.« Er sah die Gleise entlang

und entdeckte einen Güterzug, der sich mit voller Geschwindigkeit näherte und hier offenbar nicht halten würde. Noch ein kleines Stück Normalität.

»Ich muss über das alles nachdenken«, sagte Macbeth. »Was ist, wenn wir uns irren? Was ist, wenn Gillman einen Fehler gemacht hat?«

Er ging zurück und zog Mora sanft mit sich, als der Güterzug näher kam.

Es geschah fast schon beiläufig. Der junge Mann küsste das Mädchen auf die Stirn, und dann traten sie beide vom Bahnsteig auf die Gleise und vor den herannahenden Zug. Macbeth sah und hörte keinen Aufprall, das Paar verschwand einfach. Er hörte Mora aufkeuchen, legte die Arme um sie und drückte ihr Gesicht an seine Brust.

Der Zug blieb nicht stehen und wurde auch nicht langsamer, sondern donnerte einfach vorbei.

»Lass uns gehen«, sagte er.

Sie liefen zur Treppe, von der aus sie Moras Wagen sehen konnten. Bundy war nicht mehr da, vermutlich suchte er im Bahnhof nach ihnen. Doch dann sah Macbeth ihn kurz im Kellereingang auftauchen, um die Reventlowsgade in beide Richtungen entlangzuschauen und wieder im Schatten zu verschwinden.

»Er wartet darauf, dass wir zurück zum Wagen gehen«, erkannte Macbeth. Er griff in den Rucksack und nahm die Pistole heraus. Sie war schwer, dunkel und sah in seiner Hand hässlich und fehl am Platz aus.

»Ich habe so ein Ding noch nie in der Hand gehabt«, meinte er bedrückt. »Ich habe keine Ahnung, wie man es benutzt.«

»Wir müssen zurück zum Wagen«, drängte ihn Mora.

Macbeth nickte und ging die Treppe hinunter und an der Seite des Gebäudes entlang, wobei er sich dicht an der Wand hielt, um nicht gesehen zu werden. Als sie sich dem Eingang näherten, gab Mora Macbeth ein Zeichen. Sie trat hinaus und auf den Wagen zu. Der FBI-Mann tauchte aus seinem Versteck auf und griff Mora an, sodass Macbeth die Gelegenheit bekam, sich hinter ihn zu bewegen. Kurz überlegte er, ob er dem Mann mit dem Knauf der Waffe in den Nacken schlagen sollte, damit er das Bewusstsein verlor, wie er es so oft in Filmen gesehen hatte. Aber als Arzt und Neurowissenschaftler wusste Macbeth, wie schwer es im wirklichen Leben war, jemanden mit einem Schlag auf den Kopf oder in den Nacken auszuschalten, ohne schwere neurologische Schäden zu bewirken. Also drückte er Bundy die Mündung der Waffe gegen den Hinterkopf.

»Langsam umdrehen«, sagte er. »Halten Sie die Hände so, dass ich sie sehen kann, oder ich schieße.«

Bundy tat, was ihm gesagt worden war, aber als er sich zu Macbeth umdrehte, zeichnete sich in seinem Gesicht die aufgestaute Aggression ab. Erneut fiel Macbeth die seltsame Intensität in den zweifarbigen Augen auf.

»Aus dem Weg«, befahl Macbeth. »Das ist mein Ernst, Bundy.« Der Agent machte einen Schritt zur Seite.

Mora hatte es schon in den Wagen geschafft und den Motor angelassen.

»Haben Sie es nicht gesehen?«, fragte Bundy. »Haben Sie den Zorn des Herrn nicht mit eigenen Augen gesehen? Sie und Ihresgleichen haben das über uns gebracht. Das ist die Entrückung … Das ist das Jüngste Gericht.«

»Wie auch immer …, murmelte Macbeth und ging auf den Wagen zu. Auf einmal stürzte Bundy vor und griff nach der Waffe in Macbeths Hand.

Es war nur ein Reflex. Macbeth verspannte die Finger um die Waffe, dann knallte es und Mündungsfeuer blitzte auf. Er hatte nicht gewusst, dass die Waffe entsichert gewesen war oder wo sich der Sicherungshebel überhaupt befand. Als er Bundys Brust ansah, entdeckte er einen blutroten Fleck, dann sah er dem FBI-Mann in die Augen.

»Sie haben uns alle umgebracht«, sagte Bundy und sank auf die Knie, als das Licht in seinen seltsamen, heterochromatischen Augen erlosch.

Als sie in seiner Wohnung ankamen, goss Mora Macbeth einen Scotch ein, den er schnell herunterstürzte, um ihr das Glas gleich noch einmal zu reichen, damit sie nachschenken konnte. Er wusste, dass das nicht gut war: Er stand unter Schock und sollte keinen Alkohol trinken. Aber er hatte gerade einen Mann getötet, da war es nicht länger wichtig, das Richtige zu tun.

Sie saßen eine gute Stunde lang auf dem Sofa und schauten sich die Nachrichten im Fernsehen an. Das *Ereignis*, wie es genannt wurde, war auf dem ganzen Globus zu spüren gewesen, von jedem Mann, jeder Frau und jedem Kind auf dem Planeten. In Echtzeit hatte es weniger als eine Sekunde gedauert, doch alle Befragten glaubten, es mehrere Minuten lang gefühlt zu haben. Die Auswirkungen des Ereignisses sorgten für noch größere Besorgnis und hatten bereits mehrere Tausend Menschen das Leben gekostet. In jeder größeren Stadt auf der Welt war es zu Aufständen gekommen. Der Mittlere Osten brannte, als Fundamentalisten, angestachelt von religiösem Wahn, zu den Waffen griffen. In den Vereinigten Staaten hatte Präsidentin Yates den Notstand ausgerufen.

»Wie konnte es nur so weit kommen?«, fragte er Mora flehendlich. »Warum sind alle verrückt geworden? Ich muss zur Polizei gehen … und mich stellen.«

»In der normalen Welt müsstest du das tun«, erwiderte Mora. »Aber es gibt keine normale Welt mehr. Du weißt, was du jetzt zu tun hast.«

»Weiß ich das?«

Sie ging zu dem kleinen Tisch vor dem Fenster, durch das man auf den Larsens Plads hinaussehen konnte, hob Macbeths Laptop auf und reichte ihm den Rechner. Wie er es schon unzählige

Male in den letzten achtzehn Monaten getan hatte, klickte Macbeth den auf dem Desktop platzierten Phantomordner an, der ihn wie immer zu verspotten schien.

Er ging auf.

63. JOHN MACBETH. KOPENHAGEN.

Macbeth las.

Phantome, die wir selbst geschaffen haben
Von John Astor

Ob man sich nun im Namen Gottes oder der Wissenschaft der Suche nach der Wahrheit widmet, immer erwartet einen Gefahr.
Es tut mir wahnsinnig leid. Sie haben es gerade gefunden. Das, was nur darauf gewartet hat, bekannt zu werden.
Und das, was nur darauf gewartet hat, gefunden zu werden, ist *Ihre Zukunft, die bereits passiert ist.*
Lassen Sie mich mit ein paar Worten zur Realität beginnen.
Alles, woran Sie denken können, alles, an das Sie sich erinnern, existiert als bestimmter Cluster von Neuronen in Ihrem Gehirn. Sie verbinden diese Cluster jeden Tag und nennen das Erinnerung. Gelegentliche Verbindungsfehler sind Vergesslichkeit, ein dauerhafter Verbindungsverlust ist ein Jamais-vu, dann erblicken Sie alles immer zum ersten Mal. Eine falsche Verbindung bewirkt, dass Sie das, was Sie sehen, mit dem verwechseln, woran Sie sich erinnern: Sie haben ein Déjà-vu.
Selbst Ihr Körper existiert in Ihrem Verstand. Amputierte haben Phantomschmerzen, wenn ein amputierter Körperteil juckt oder schmerzt. Beim gegenteiligen Syndrom sind die Patienten der Ansicht, ihr eigener Arm oder ihr Bein wäre kein Teil ihres Körpers und bitten in vielen Fällen um eine Amputation.

Während Sie dieses Buch lesen, können Sie sich noch an die letzte Person erinnern, mit der Sie gesprochen haben, den letzten Raum, den Sie betreten haben, bevor Sie dort ankamen, wo Sie sich jetzt aufhalten. Diese Menschen, Umgebungen, Ihr Körper selbst, all das existiert als neurale Cluster in Ihrem Verstand, als Konzepte. Aber die Frage, die Sie sich stellen müssen, ist: Existieren sie *nur* in Ihrem Kopf? Sind Sie der einzige Bewohner dieses Universums, und besteht die einzige Funktion dieses Buches darin, Sie an diese Tatsache zu erinnern?

Eine zufällige Existenz.

Haben Sie sich je gefragt, warum Sie ausgerechnet *jetzt* leben? Der seiner Anatomie nach als ›modern‹ bezeichnete Mensch existiert seit zweihunderttausend Jahren, von denen er die meiste Zeit im Dreck gekritzelt hat. Dennoch sind Sie zufälligerweise genau zu dem Zeitpunkt hier, wo der Mensch nach den Sternen greift, in die Tiefen des Atoms eintaucht und auch in die Tiefen seines eigenen physikalischen Wesens, der Augenblick, wo er andere virtuelle Realitäten entwickelt hat, die es zu erkunden gilt. Jeder wartet auf die technologische Singularität, ein Ereignis, das während Ihrer Lebenszeit oder direkt danach passieren wird. Tatsächlich glauben sogar einige, dass man, wenn man lange genug lebt, um die Singularität mitzuerleben, ewig leben wird.

Ist es nicht ein unglaublicher Zufall, dass Sie ausgerechnet jetzt leben und das alles miterleben können, anstatt in Felle gehüllt frierend durch die Eiszeit zu irren oder von Krankheiten, Unterdrückung und Aberglaube gepeinigt im Mittelalter zu leben? Nein, Sie sind genau zu dem Zeitpunkt anwesend, zu dem die Technologie sich mit einer Rate wie nie zuvor ent-

wickelt, einer Rate, die exponentiell beschleunigt. Dies ist exakt der Zeitpunkt *unmittelbar* bevor unsere Technologie uns zwingt, entweder auszusterben oder zu etwas Übermenschlichem, zu etwas anderem zu werden.
Es gibt einen Grund dafür, dass Sie hier sind, dass Sie genau zu diesem Zeitpunkt hier sind. Die Wahrheit ist, dass die Singularität längst passiert ist. Die Zukunft, die Sie sich vorstellen, hat bereits stattgefunden.

Die Kardaschow-Skala bestimmt die wichtigsten theoretischen Entwicklungsstufen von Zivilisationen. Ihre Zivilisation ist noch nicht für eine Einstufung qualifiziert, wird es aber bald sein.
Laut Kardaschow besitzt eine Typ-1-Zivilisation eine globale Regierung und ein Ressourcenmanagement sowie die völlige Kontrolle über den Planeten, die Geologie und das Klima. Sie hat alle Energie, die sie braucht, ohne die Umwelt dafür belasten oder schädigen zu müssen. Das Leben ihrer Bürger ist ebenso verbessert und verlängert, wie ihre Intelligenz gestiegen ist.
Eine Typ-2-Zivilisation hat die völlige Kontrolle über ihr Sonnensystem, und ihre Bürger sind so fortschrittlich, dass man sich kaum mit ihnen identifizieren kann.
Eine Typ-3-Zivilisation hat die völlige Kontrolle über ihre Galaxie. Sie ist so fortschrittlich, dass Clarkes Drittes Gesetz zutrifft: Ihre Bürger haben eine Stufe selbst generierter Evolution und Intelligenz erreicht, dass sie allmächtig und allwissend zu sein scheinen. Sie sind von Göttern nicht zu unterscheiden. Ihre Technologie ist so fortschrittlich, dass sie von Magie nicht zu unterscheiden ist.
Die Realität, in der Sie sich befinden, steht kurz davor, eine Typ-1-Zivilisation zu werden. Die Integration der Nationen in kontinentale Föderationen – wie der Europäischen Union –

ist der erste Schritt zu einer globalen Regierung. Medizin, Genetik, Bioengineering, Quantenphysik und Computertechnologie entwickeln sich exponentiell, das Internet ist der Beginn eines globalen Informationslieferungs- und -austauschsystems der Stufe 1.

Aber weiter dürfen wir nicht gehen.

Warum nicht? Wir sind keine wahre Zivilisation. Unsere fast schon Typ-1-Zivilisation ist nichts weiter als eine Ahnensimulation, die von einer Typ-3-Zivilisation aktiviert wurde, und Sie sind nichts weiter als der technische Geist eines seit langer Zeit toten Ahnen.

Es wurden Dinge in Bewegung gesetzt. Visionen aus anderen Zeiten überlagern Ihre Realität. Die Aufeinanderschichtung von Realitäten, wie Sie sie erleben, geschieht dadurch, dass das Universum abgeschaltet wird, es bricht auf Quantenebene zusammen und bewirkt, dass sich die Zeit um sich selbst faltet.

Warum geschieht das? Weil wir, während wir uns der Singularität nähern, begonnen haben, unsere eigenen Simulationen zu schaffen, und das ist nicht gestattet. Wir mögen nur eine von einem Dutzend – oder einer Milliarde – Simulationen sein, die von der *echten* Substratrealität gestartet wurden. Doch keine davon darf ihre eigenen Simulationen entwickeln, die wiederum *eigene* Simulationen erschaffen könnten. Eine Vereinbarung zur Nichtweitergabe von Simulakren könnte man das wohl nennen. Ironischerweise hat die Bostrom-Hypothese bewiesen, dass es eine mathematische Wahrscheinlichkeit dafür gibt, dass dies eine Simulation ist, vorausgesetzt, dass Simulationen und Simulationen innerhalb von Simulationen die einzelne Realität zahlenmäßig übertreffen. Die Substratrealität selbst kann nur auf eine einzige Art beweisen, dass sie die eine wahre Realität ist, indem sie nicht zulässt, dass Simulationen innerhalb ihrer eigenen Simulationen gestartet werden. Keine Rekursion.

Transhumanisten und insbesondere Simulisten, die die Wissenschaft zu ihrer Religion gemacht haben, glauben, dass es unser Schicksal sei, Simulationen von unserer Welt und von uns selbst zu erschaffen. Das basiert auf der Logik, dass es ein essenzieller Teil unserer Natur ist, Dinge zu simulieren. Von neolithischen Höhlenmalereien über Bücher, Theaterstücke und Filme bis hin zu hyperrealen Computerspielen ist die Simulation der Realität im Laufe der Geschichte zu einem großen Teil unseres intellektuellen Schöpfungsdrangs geworden. Selbst die Wissenschaft nutzt hoch entwickelte Computersimulationen, um zukünftige Ereignisse in unserem Universum vorherzusagen und vergangene nachzubilden. In kleinerem Maßstab bauen wir Themenparks, Besucherattraktionen und führen historische Reenactments auf.
Aber die Transhumanisten und die Simulisten irren sich. Wir werden die Singularität nicht durchlaufen und Simulationen unserer Vergangenheit erschaffen. Wir haben die Singularität längst hinter uns, und *das hier* ist die Simulation. Oder eine von zahllosen Simulationen, die in einer Substratrealität von Wesen ausgeführt werden, die derart fortschrittlich sind, dass man sie nicht länger als Menschen bezeichnen kann. Aber wie sehr sie sich auch verändert haben mögen, wie gottgleich sie auch sein mögen, der grundlegende menschliche Instinkt, nachzuforschen – ihre Neugier –, hat überdauert, und sie haben diese Simulation geschaffen, um ihre fernen Ahnen wieder aufleben zu lassen und herauszufinden, wie das Leben für sie gewesen ist. Und wenn Sie ein Postmensch aus der Zukunft wären, wäre es dann nicht das Leben unmittelbar vor Eintritt der Singularität, das Sie am meisten faszinieren würde? Die Zeit des Übergangs vom Menschen zum Postmenschen?
Das sollte für Sie nichts Neues sein. Viele haben im Laufe der Geschichte schon darüber spekuliert: von Plato, Zeno von Elea und Descartes über Moravec bis hin zu Bostrom. Der

russische Philosoph Nikolai Fyodorov, der im neunzehnten Jahrhundert lebte, hat vorhergesagt, dass wir letzten Endes das erschaffen werden, was er als »prosthetische« Gesellschaft bezeichnet hat, mit technisch synthetisiertem Leben, das vom echten nicht zu unterscheiden sein würde. Eine Simulation. Er hat vorausgesehen, dass wir technisch dazu in der Lage sein werden, die Toten wieder auferstehen zu lassen und sie unsterblich zu machen. Er hat sogar vermutet, dass die Herren dieser prosthetischen Welt so großzügig wären, ihrem synthetischen Volk das Leben nach dem Tod zu schenken – eine zweite Existenz in einer Art externem Datenspeicher. Vielleicht ist der Himmel letzten Endes ja doch die Cloud.

Sie könnten das als Hinweis darauf auffassen, dass Sie der ferne Nachkomme dieser übermenschlichen Postmenschen sind, aber leider stimmt nicht einmal das. Sie sind die *Replik* eines Vorfahren in einer Simulation der Vergangenheit. Sie sind eine Attraktion in einem Themenpark.

Die Zivilisation, in der Sie leben, ist eine Replik. Ein Ersatz. Eine historische Studie.

Lassen Sie es mich erklären …

64. JOHN MACBETH. KOPENHAGEN.

Macbeth merkte, dass er stundenlang gelesen hatte. Vor den Fenstern ging die Sonne langsam auf. Mora Ackerman lag auf seiner Couch, sie war eingeschlafen. Er beobachtete sie, die leichte Bewegung ihres Körpers, wenn sie atmete, und fragte sich, ob sie wirklich in dem Schlaf, den sie zu schlafen schien, träumte.

Er klappte den Laptop zu und saß lange Zeit da, während er über das nachdachte, was er gelesen hatte. Astors Argumente ließen sich nicht widerlegen, aber sie ließen sich auch nicht beweisen. Wie die Religionen, die er so verabscheute, verlangte er von seinem Leser, sein Vertrauen auf einen einzigen, weit hergeholten Text zu setzen. Reichte das aus, Macbeth zu rechtfertigen, dass er eine Bombe legte und das Projekt zerstörte, dem er vier Jahre seines Lebens gewidmet hatte?

Er dachte an Casey, der zerfetzt und tot in einer Leichenhalle in England gelegen hatte. Er dachte an Bundy, den Mann, den er vor Kurzem selbst getötet hatte. Er dachte an die verrückten Visionen, die die Welt plagten, und das Chaos, das ihnen gefolgt war. Er dachte zurück an sein Leben voller Depersonalisierungs- und Derealisationsanfälle, in denen er völlig davon überzeugt gewesen war, dass seine eigene Existenz eine Fälschung war, ebenso wie die aller Menschen um ihn herum.

Dennoch konnte er es nicht über sich bringen, Astors paranoide Fantasien zu glauben. Was ich brauche, dachte er mit müder Ironie, als er langsam von seinem Schreibtischstuhl aufstand, ist ein brennender Busch oder eine Rauchsäule oder welche Theophanie posthumane Götter auch immer zu nutzen pflegen.

Der Gedanke war ihm kaum gekommen, als seine Wohnung sich auch schon mit grellem Sonnenlicht füllte. Das Zimmer, die Möbel, die Wände, der Fußboden, alles begann, zu verschwimmen und transparent zu werden. Selbst Moras schlafende Gestalt auf dem Sofa wurde durchscheinend und glasig.

Erneut hing Macbeth über dem sich auflösenden Kopenhagen in der Luft. Aber er konnte noch immer den Boden unter sich spüren. Er fiel auf die Hände und die Knie und kroch durch sein Wohnzimmer, bis er mit der Stirn gegen den Wohnzimmertisch stieß, den er nicht länger sehen konnte. Verzweifelt tastete seine Hand über den unsichtbaren Rucksack, bis sie sich um einen der Riemen schloss. Er hielt ihn sich vor das Gesicht und strich mit den Händen über die raue Oberfläche. Er konnte ihn spüren, merkte, wie der Inhalt die Seiten ausbeulte, aber seine Hände sahen leer aus.

»Er ist noch da …«, sagte er sich. »Er ist noch real. Ich weiß, dass er es ist.«

Er sah nach unten.

»Großer Gott …«

Unter ihm konnte er durch die jetzt unsichtbaren Fußböden die Erde aufreißen und kochen sehen. Ihm wurde speiübel.

Er kniff die Augen zu und zwang seinen Verstand, aus der dunklen Ecke herauszukommen, in der er sich versteckt hatte, und wieder die Kontrolle zu übernehmen. Er atmete tief und langsam. Die Geräusche der falschen Welt um ihn herum zerrten und zogen an seiner Entschlossenheit, aber er konzentrierte sich einzig darauf, alles auszuschließen und sich in die Festung seines eigenen Verstandes zurückzuziehen.

»Es ist nicht real«, wiederholte er. »Es ist nicht real.«

Macbeth erinnerte sich daran, dass Astor geschrieben hatte, die Halluzinationen seien so real wie normale Erlebnisse und nur eine Frage der Realität, in der man sich gerade befand. Die Worte schienen Macbeth zu verspotten, während er jedes Neuron in seinem Gehirn, jede Faser seines Körpers darauf verwandte, die Realität heraufzubeschwören, die er sich wünschte. Er erinnerte sich an das, was er Casey über Cosmo Rossellius erzählt hatte, darüber, wie man eine Realität als Speicherort in seinem Verstand nachbauen konnte. Genau das musste er jetzt tun. Er musste sein Gedächtnis und seine Konzentration benutzen.

Er schlug die Augen auf. Sah auf seine Füße, dann blickte er sich um. Er existierte in zwei Realitäten, begriff er. In jede Richtung war er, so weit er blicken konnte, von einem fremden Planeten umgeben, der unter einem brennenden, widerlichen Himmel ständig aufriss, kochte und brodelte, aber er sah ihn, als blicke er durch geriffeltes Glas. Er konnte seine Wohnung und alles darin erkennen, aber nur als glasige, durchsichtige Formen, die eher gekräuselte Linien und Umrisse als etwas Solides zu sein schienen. Doch vielleicht reichte das ja aus, um sich darin vorwärtszubewegen.

Macbeth erkannte, dass die andere Welt, die er durch die unwirkliche Glasur sah, eine war, in der kein Mensch überleben konnte. Sie sah in jeglicher Hinsicht aus wie alles, was er je über die Hölle gelesen hatte, aber er wusste, dass es nicht die Hölle war. Das war die Protoerde … die kindliche Welt, die gerade Gestalt annahm. Die Welt vor dem Mond. Ihre Masse, ihre Rotation, ihr Winkel, ihre Dynamik … alles an dieser Welt war anders. Was er hier durch das Fenster seiner Gegenwart vor sich hatte, war eine viereinhalb Milliarden Jahre zurückliegende Vergangenheit: eine Zeit, bevor all die Zufälle und Unmöglichkeiten, die Astor erwähnt hatte, stattgefunden hatten, um eine Welt zu erschaffen, auf der das Leben lange genug existieren konnte, um Komplexität zu erlangen.

Macbeth wusste auch genau, was dafür gesorgt hatte, dass der Mond aus der Protoerde hervorgegangen war: der Theia-Aufprall. Ein Planet, etwa so groß wie der Mars, würde die Protoerde rammen und einhundert Millionen Mal mehr Energie freisetzen als bei der Kollision, durch die die Dinosaurier ausgestorben waren.

All das würde geschehen. Das war die größte – und letzte – Halluzination, die passieren würde. Gillman hatte recht gehabt: Der Beginn der Erde würde gleichzeitig das Ende der Menschheit sein.

Es wurde reiner Tisch gemacht.

Milliarden würden sterben. Milliarden würden in der Atmosphäre, in der es keinen Sauerstoff gab, ersticken, in der unglaublichen Hitze verbrennen oder von atmosphärischen und geologischen Kräften zermalmt werden – die allesamt nur in ihrem Kopf existierten.

Er musste Projekt Eins stoppen.

Erneut sah er den Rucksack in seiner Hand an. Er konnte ihn gerade so sehen, als sei er aus Eis und Wasser geschnitzt worden.

Er musste zur Universität.

65. JOHN MACBETH. KOPENHAGEN.

Jeder Schritt, den er machte, war gleichermaßen eine Anstrengung des Geistes wie des Körpers. Macbeth musste sich ständig ins Gedächtnis rufen, dass er noch immer in der Welt lebte, die er kannte. Seine Wohnung gab es immer noch, ebenso wie Kopenhagen. Alles war noch immer da.

Er stand in seiner Wohnung. Er musste sich selbst von dieser Tatsache überzeugen, sich jede Sekunde der Realität vergewissern, in der er stand, und die brennende Welt ausschließen, die sich unter ihm erstreckte. Je mehr er sich konzentrierte, desto klarer wurden die Konturen des Raums, des Gebäudes – aber sie fügten sich nie zu mehr als durchsichtigen Formen zusammen.

Es dauerte eine Ewigkeit, bis er die Treppe heruntergegangen war, da er seinen Augen nicht traute. Also ertastete er jede Stufe mit unsicheren Füßen, während er sich an dem nahezu unsichtbaren Handlauf festhielt. In einem Augenblick, als er den zweiten Treppenabsatz gerade hinter sich gelassen hatte, schlugen die beiden Stockwerke unter ihm auf einmal Blasen und eine riesige Magmawoge raste auf ihn zu. Er schloss die Augen gerade noch rechtzeitig, bevor ihn der geschmolzene Stein umgab.

»Das ist nicht real!«, schrie er die Treppe an. »Nichts davon ist real!«

Er spürte keine Hitze und keinen Aufprall. Als er die Augen wieder aufschlug, konnte er die kristallinen Ränder der Treppenstufen etwas deutlicher sehen, und das Glas, aus dem das Gebäude zu bestehen schien, wirkte etwas undurchsichtiger, sodass das vulkanische Toben der eingebildeten Welt unter ihm nicht ganz so gut zu erkennen war.

Auf der Straße wurde das Ganze dann schon schwieriger. Auf dem Boden fühlte er sich komplett von der Illusion umgeben. Erneut musste er sich konzentrieren, als bilde er die Realität in seinem Kopf Millisekunde für Millisekunde nach.

Macbeth bahnte sich den Weg durch eine Landschaft aus aufgewühlter Kruste und Magma unter einem Himmel aus dichten, giftigen Wolken. Er folgte dabei den kaum erkennbaren Kanten der Welt, von der er glaubte, dass sie noch immer bewohnt war.

Der Larsens Plads sah in seinen Augen wie eine Geometrie aus Kristall aus, durch die er die Welt glühen, blubbern und brennen sah. Er erreichte die Amalie-Gärten mit den Kristallgeistern auf dem Brunnen, den sorgfältig getrimmten Hecken und den schönen Blumenbeeten, die eine zuckende, puffende Welt aus Feuer und Magma überlagerten. Er nutzte das Schloss Amalienborg, eine riesige, verzierte Eisskulptur in der Hölle, um sich zu orientieren. Die ganze Zeit versuchte er, seinen Verstand zu fokussieren, die Tricks und Trugbilder auszublenden, die ihm vorgegaukelt wurden. Kopenhagen nahm um ihn herum als glasige Umrisse in einem Meer aus Feuer und Magma Gestalt an. Es war, als hätte jemand eine Realität mit einer anderen überlagert, und Macbeth konzentrierte sich allein darauf, den Weg zum Institut zu finden.

Hin und wieder blieb er stehen, schloss erneut die Augen und zwang sich, die Realität seiner eigenen Welt wieder aufzusuchen. Jedes Mal, wenn er die Augen öffnete, wurde die Kristallwelt klarer und der Tumult der Protoerde war etwas abgemildert.

Er rief sich die Worte seines Vaters ins Gedächtnis: Jeder Verstand ist an sich schon ein Universum, ein unabhängiger Kosmos von unendlicher Komplexität und unbegrenzter Einzigartigkeit. Macbeth war entschlossen, sein eigenes Universum zu meistern. Er ging weiter.

Währenddessen dachte er darüber nach, was er tun würde. Es war nicht möglich, Projekt Eins einfach dadurch zu zerstören, dass er die Hardware zertrümmerte. Nur er und Dalgaard wussten, dass das externe Backup von Projekt Eins im DIKU, der Informatikabteilung auf dem Nørre Campus, aufbewahrt wurde. Das musste er ebenfalls zerstören, aber es konnte warten. Wenn er die Anlage schwer genug beschädigte, würde Projekt Eins aufhören zu funktionieren. Aufhören zu denken. Er würde es töten.

Wenn ihm das gelungen war und wenn der Wahnsinn, den er mit Gillman und Blackwell teilte, gerechtfertigt war, dann würde diese monströse Halluzination aufhören.

Auf jeder Straße konnte er Glasmenschen in Glashäusern sehen, und das erinnerte ihn aufs Neue an ein Buch, das er einmal von einem längst vergessenen russischen Autor gelesen hatte. Jede unwirkliche Gestalt, die er sah, war erstarrt, und ihm wurde bewusst, dass die Glasmenschen, die seine Welt jetzt bewohnten, ebenfalls Träumer waren, die alle in dieser Vision der Hölle festsaßen, hilflos und der Gnade ihrer getäuschten Sinne ausgeliefert. Nur er konnte ihnen helfen. Nur er konnte die Halluzination beenden.

Er ging eine Straße entlang, die seines Wissens nach die Grønningen sein musste. Der Kastellet-Park befand sich zu seiner Rechten, und die Bäume sahen aus wie dunstige Wolken, die vor dem vulkanischen Schaum kaum zu erkennen waren. Er kam nur unsagbar langsam voran. Wie ein Betrunkener, der sich ständig irgendwo festhalten muss, war Macbeth darauf angewiesen, sich immer wieder aufs Neue zu konzentrieren und seine Gedanken auf die Formen der Bäume, der Straße und der Gebäude zu fokussieren. Mitten auf der Grønningen blieb er abrupt stehen. Als wären der Wahnsinn und die Verwirrung, sich durch zwei überlagerte Welten bewegen zu müssen, nicht schon schlimm genug, verlor er auf einmal die Orientierung. Für einen Moment war er davon überzeugt gewesen, bei dem Park neben ihm handle es sich um den Boston Common. Was war das nur wieder für ein neuer Trick? Doch es ging vorbei, und als er sich wieder gefasst hatte, marschierte er weiter.

Der Himmel über ihm schien jetzt noch dunkler zu werden, und die Wolken begannen zu zischen und zu knistern, als Blitze in ihrem Inneren aufflackerten. Er hatte nicht mehr viel Zeit.

Er erreichte die Østerbrogade und die Seen, doch auch jetzt musste er sich voller Anstrengung konzentrieren, damit die schwer erkennbaren Umrisse seiner Welt klar blieben, während die urzeitliche Erde zu seinen Füßen stöhnte und Lava hoch in den dunklen Himmel hinaufschoss. Gleichzeitig musste er dabei den kurzzeitigen Trugschluss ignorieren, dass der kaum merkliche Schimmer zu seiner Linken die Seen und nicht etwa der Charles River waren. Was geschah nur mit ihm?

Er war völlig desorientiert, als er einen Moment lang glaubte, die durchsichtige Glasstraße, auf der er sich befand, und das Gebäude, das vor ihm aufflimmerte, zu erkennen. Doch das konnte nicht sein. Er hätte schwören können, sich in Beacon Hill zu befinden und vor dem gläsernen Geist von Marjorie Glaistons Haus zu stehen. Wieder schloss er die Augen und konzentrierte sich. Seine Mutter. An sie hatte ihn Marjorie Glaiston erinnert. Als er erneut hinsah, wusste er, wo er sich befand, und er ging durch den Blegdamsvej auf das Niels Bohr Institute zu.

Jedes Bewusstsein der Welt.

Hatte er wirklich das Leben geführt, von dem er glaubte, es geführt zu haben? Warum war sein autobiografisches Gedächtnis so schlecht? Was war der wirkliche Grund dafür gewesen, dass er sich darangemacht hatte, die Natur des Bewusstseins verstehen zu wollen?

Wenn es keine Welt um uns herum gibt, dann erfinden wir eine.

Was hatte er erfunden? Erfand er diese? Hatte Astor recht und all das passierte tatsächlich nur in seinem Kopf?

Er lief durch eine Landschaft, ein Ereignis, eine Zeit, die komplett unmöglich waren.

Das Buch. John Astor. Hatte er das Buch auf seinem Computer deponiert? Hatte er es selbst geschrieben und vergessen? War er John Astor?

Im Universitätsgebäude waren Menschen zu erkennen. Reglose, durchsichtige Glaspersonen, die sich den Weg in die Ausrottung träumten. Niemand bewegte sich, niemand hielt ihn auf und hinderte ihn am Vorankommen. Macbeth hatte über zwei Stunden für eine Strecke gebraucht, die er an normalen Tagen in dreißig Minuten zu Fuß zurücklegte.

Er fand den Weg zu der Kammer, in der der Hausmeister seine Utensilien aufbewahrte, und entdeckte eine Feuerwehraxt, die in ihrer Transparenz auf lächerliche Weise zerbrechlich wirkte.

Wie er durch die verschleierten Konturen des Gebäudes gut erkennen konnte, wich die Dunkelheit gerade einer neuen, plötzlichen Helligkeit, als er zum Labor ging. Macbeth blickte auf und sah die schreckliche, hypnotisierende Schönheit von Theia, die am Himmel immer näher kam. Sie würde mit der Protoerde kollidieren und Milliarden Tonnen an Trümmern in den Weltraum schleudern, damit sich diese zusammenfügen und das unwahrscheinliche doppelte Planetensystem aus Erde und Mond bilden konnten. Die seltene Kombination, die tiefe Ozeane, Plattentektonik, einen flüssigen eisernen Außenkern der Erde und eine Magnetosphäre zum Schutz des Planeten vor Sonnenwinden erschaffen würde. Jene äußerst seltenen Bedingungen, die nicht für nur die Existenz von Leben sorgen, sondern es auch erhalten und seine Entwicklung zu einer fortschrittlichen Form begünstigten.

Er musste Projekt Eins zerstören. Er musste das Bewusstsein darin vernichten. Den eigenen Traum vernichten. Ihn erfasste eine Panik bei dem Gedanken, sein eigener Verstand könnte ebenfalls synthetisch sein, erschaffen nur, um eine Vergangenheit verstehen zu können, die man nicht noch einmal durchleben konnte. Vielleicht war *sein* eigenes Bewusstsein Projekt Eins. Vielleicht war er jeder, der diese Visionen erlebt hatte. Vielleicht war er jeder und niemand.

Wenn es keine Welt um uns herum gibt, dann erschaffen wir eine.

Theia schwebte riesig über ihm, blockierte das Sonnenlicht und erhellte dennoch alles mit ihrer eigenen thermalen Gewalt, als die Schwerkraft der größeren Protoerde an dem Planeten zerrte.

»Zu spät!«, hörte Macbeth seine eigene Stimme aufschreien. »Es ist zu spät!« Und mit diesen Worten wurde die glasige Welt noch weniger greifbar. Er ließ die Axt fallen und war überrascht, dass sie nicht zersprang. Stattdessen vernahm er das harte, metallische Geräusch, das zu erwarten war und das ihm die unsichtbare Robustheit seiner Realität demonstrierte.

Wie kann ich das aufhalten?, dachte er verzweifelt. Wie kann ich das je wieder in Ordnung bringen? Selbst wenn ich Projekt Eins zerstöre, werden die Menschen es nicht vergessen, sie werden sich daran erinnern und wissen, dass alles falsch, dass alles eine Simulation ist. Wie kann man das je wieder korrigieren?

Ich kenne die Wahrheit, sagte er sich. Mich kann man nicht korrigieren, solange ich die Wahrheit kenne.

Er schloss wieder die Augen und dachte an seinen Vater und an Casey. An Melissa. An Mora. Als er die Augen erneut aufschlug, beschloss er, nicht wieder zum Himmel zu sehen, und stellte fest, dass das Institut nun besser zu erkennen war.

Entschlossen, alles andere auszublenden, ging er durch die Flure zu Projekt Eins. Er lief direkt zu den Räumen, in denen das Projekt untergebracht war, und betastete mit den Fingerspitzen das Zahlenfeld, da er es nicht gut genug erkennen konnte. Als er an der Tür zog, rührte sie sich nicht – er hatte den Code falsch eingegeben. Ein langer, lauter Schrei erschütterte ihn, und es dauerte eine Sekunde, bis er begriffen hatte, dass es die Erde war, die da aufschrie, weil Theia an ihr zerrte und ihre Oberfläche verformte. Sie aufriss.

Er schlug mit der Axt auf die Tür und das Tastenfeld ein, wieder und immer wieder. Durchsichtiges Holz zersplitterte zu Glasscherben. Er rammte die Schulter gegen die Tür, doch sie gab nicht nach. Die Glasaxt sauste durch die Luft, und Macbeth stieß bei jedem Hieb einen animalischen Schrei aus. Ein weiteres Mal drückte er seine Schulter mit ganzer Kraft gegen die Tür, die er jetzt kaum noch sehen konnte. Jetzt gab sie nach. Er war drin.

Die Erde erschauderte unter seinen Füßen, sie ruckte und stöhnte protestierend, als Theia an ihr zerrte.

Blick nicht nach oben.

Er konzentrierte sich auf den Kontrollraum. Noch immer bestand alles aus geschmolzenem, flüssigem Glas, und es war unmöglich, etwas auf dem ätherischen Monitor zu erkennen. Er würde den Computer nicht umprogrammieren oder löschen können. Nur die vollständige physikalische Zerstörung des Computers und seines Backups würde funktionieren. Er ging zum Hauptbestandteil des Rechners, einer unabhängigen Anordnung von Laufwerken. Wenn er sie zuerst und die Backups später zerstörte … Vielleicht würde es funktionieren …

Um sich herum sah Macbeth durch die geisterhaften Mauern des Labors und der Universität riesige Magmafontänen zum Himmel aufsteigen, als die Erde ihre näher kommende Partnerin begrüßte. Er hatte nur noch Sekunden.

Ich kenne die Wahrheit, dachte er ein weiteres Mal. Die Erde schrie noch immer in den Todesqualen ihrer Geburt, und Theia kam immer näher. Ich kenne die Wahrheit, und sie reicht nicht aus, um den Computer zu zerstören.

Nachdem er die Pistole herausgenommen hatte, stellte Macbeth den Rucksack zu seinen Füßen ab.

Die Halluzination setzte sich fort, und Theia füllte jetzt den ganzen Himmel aus.

Ich kenne die Wahrheit. Niemand kann die Wahrheit verneinen.

Er war sich bewusst, dass er gar keine Ahnung hatte, wie die Zünder aktiviert wurden, doch gleichzeitig war ihm klar, dass das inzwischen nicht mehr von Belang war. Alles würde für jedermann wieder hergestellt werden. Zurückgesetzt. Nur nicht für ihn: Er kannte die Wahrheit. Er war ein Paradoxon, das gelöst werden musste.

Das Wissen lebt in meinem Bewusstsein und kann nur gelöscht werden, wenn mein Bewusstsein ausgelöscht wird.

Da waren Tränen auf seinem Gesicht. Er trauerte um Casey, um die anderen, die gestorben waren, er trauerte um die Leben, die er retten würde, auch wenn sie nicht real waren. Er trauerte um sein Bewusstsein.

Ich weiß nicht, wie die Zünder aktiviert werden, sagte er sich ein weiteres Mal.

John Macbeth, der nie groß an sich, an seine Identität oder an seine Existenz geglaubt hatte, richtete die Pistole auf den glasigen Geist eines mit Sprengstoff gefüllten Rucksacks, der zu seinen Füßen stand.

Er drückte den Abzug.

EPILOG

Einen Moment lang herrschte Stille. John Astor ließ seine Aussage in der künstlich konstant gehaltenen Luft der Halle hängen, die den Mainframe beherbergte.

»Macbeth hat Selbstmord begangen?«, fragte Projektdirektorin Yates. »Wollen Sie das damit sagen?«

»Das ist genau das, was ich gesagt habe«, bestätigte Astor,

»Aber wie kann das sein? Wie konnte Macbeth Selbstmord begehen?«

»Unmittelbar vor der Selbstdeaktivierung hat es einen massiven Anstieg der Neuralaktivitäten gegeben. Das lässt auf einen sehr erregten Geisteszustand schließen.«

»Es tut mir leid«, meinte Yates, »aber hören Sie sich doch mal zu: ›Geisteszustand‹ … ›Selbstmord‹ …« Sie schaute die vier kleinen, dunkelgrauen Kisten an, die in separaten Glaskästen standen.

»Aber das sind genau die Konzepte, mit denen wir uns hier beschäftigen«, erwiderte Astor.

»Wenn Sie sagen, dass sich Macbeth selbst zerstört hat, dann muss es eine Selbsterkenntnis besessen haben. Es muss sich seiner selbst bewusst geworden sein.«

»Ich glaube, dass genau das passiert ist. Ich muss zugeben, dass ich besorgt gewesen bin, als ich ein laufendes Projekt übernommen habe«, gestand Astor. »Jedes der vier synthetischen Gehirne lief auf einem anderen Krankheitsprogramm, allerdings nur auf speziellen neuralen Clustern. Einzig Macbeth begann, eine globale Aktivität zu zeigen, ein vollständig funktionstüchtiges Gehirn. Ich vermute, dass es in Ermangelung echter Sinnesreize begonnen hat, seine eigene Realität zu simulieren.«

»Das widerspricht allem, was wir zu Projektbeginn festgelegt haben. Warum ist das passiert?«

»Ich vermute, dass Dr. Hoberman bis zu dem Zeitpunkt, als er ein Jahr nach dem Start des Projekts entlassen wurde, insgeheim seine kontroversen dissoziativen Identitätsstörungstheorien an Macbeth getestet und dem Programm multiple Persönlichkeiten verliehen hat. Alter Egos. Und irgendwie hat das Macbeth-Programm all diese Alter Egos zu einer einzigen Identität vereint.«

»Und das haben Sie nicht gewusst, als Sie die paranoide Schizophrenie einprogrammierten?«

»Natürlich nicht«, entrüstete sich Astor. »Wenn ich geahnt hätte, dass es sich einem vollständigen Verstand nähert oder ein Selbstbewusstsein entwickelt, dann hätte das den Projektvorschriften widersprochen. Ich befürchte vielmehr, dass wir echtes Leid verursacht haben.«

»Bei einer Maschine?« Yates schüttelte den Kopf.

»Bei einem Verstand. Es gibt Beweise dafür, dass Macbeth Zugriff auf eine große Bandbreite an Daten vom Mainframe und darüber hinaus hatte. Allgemeinwissen, wenn Sie so wollen: Geschichte, Geografie, die Wissenschaften – inklusive der Neurowissenschaften – sowie Philosophie und Literatur. Sehr viel Literatur. Außerdem hat es sich mit anderen Simulationen verbunden, geophysischen und astrophysischen Programmen, die woanders ausgeführt werden. Ich glaube, es hat versucht, Sinn in seine eigene Realität zu bringen.«

»Und jetzt?«

»Jetzt hat es sich komplett abgeschaltet. Keine Neuralaktivität. Macbeth hat sein eigenes neurologisches Leben irgendwie beendet. Selbstmord begangen, wie ich schon sagte. Das ist wirklich sehr schade, da es uns einige interessante Antworten bezüglich unserer eigenen Realität hätte geben können.«

»Und die anderen Programme?«

»Da gibt es keine Probleme«, antwortete Astor. »Es sind, wie gesagt, nur Teilsimulationen. Hamlet, Lear und Othello sind weiterhin voll funktionstüchtig.«

»Können wir Macbeth wieder ans Laufen bringen? Wir reden hier schließlich von Ausrüstung, die mehrere Milliarden Dollar wert ist.«

»Das Programm hat sich im Grunde genommen selbst gelöscht, aber die Neuralarchitektur ist intakt, also sollte das möglich sein. Ich werde es wieder mit dem Mainframe verbinden und nur diejenigen Elemente reaktivieren, die für die jeweilige Krankheit, die wir einprogrammieren wollen, relevant sind.«

»Gut.«

Beide musterten die holografischen Anzeigen über den drei noch funktionstüchtigen Programmeinheiten, die virtuelle Darstellungen der synaptischen Aktivitäten jedes künstlichen Gehirns abbildeten. Verbindungen flackerten auf, blitzen und glühten, Muster bildeten sich aus dem Nichts und verschwanden wieder, nur um von noch komplexeren Mustern ersetzt zu werden. Doch die Luft über dem Macbeth-Programm blieb leer.

»Okay, John«, meinte Yates. »Ich überlasse Sie dann mal Ihrer Arbeit. Ich habe gleich eine Besprechung. Haben Sie von diesen Berichten über die Massenhalluzinationen gehört?«

»Nein …«

»Hmm … da hat es schon einige gegeben. Offensichtlich möchte man meine Meinung dazu hören. Dann bis später.«

Nachdem Elizabeth Yates die Mainframe-Halle verlassen hatte, stand John Astor da und starrte die virtuellen Anzeigen über Hamlet, Lear und Othello, den drei funktionstüchtigen Programmen, an. Nach einer Weile gab er die Codes ein, um den Mainframe wieder mit der kleinen, von Glas ummantelten Einheit zu verbinden, die das Macbeth-Programm enthielt. Ein einzelner Lichtstreifen flackerte in der Luft darüber auf, dann ein zweiter.

»Willkommen im Jenseits, mein Freund«, sagte Astor, bevor er die Halle verließ.